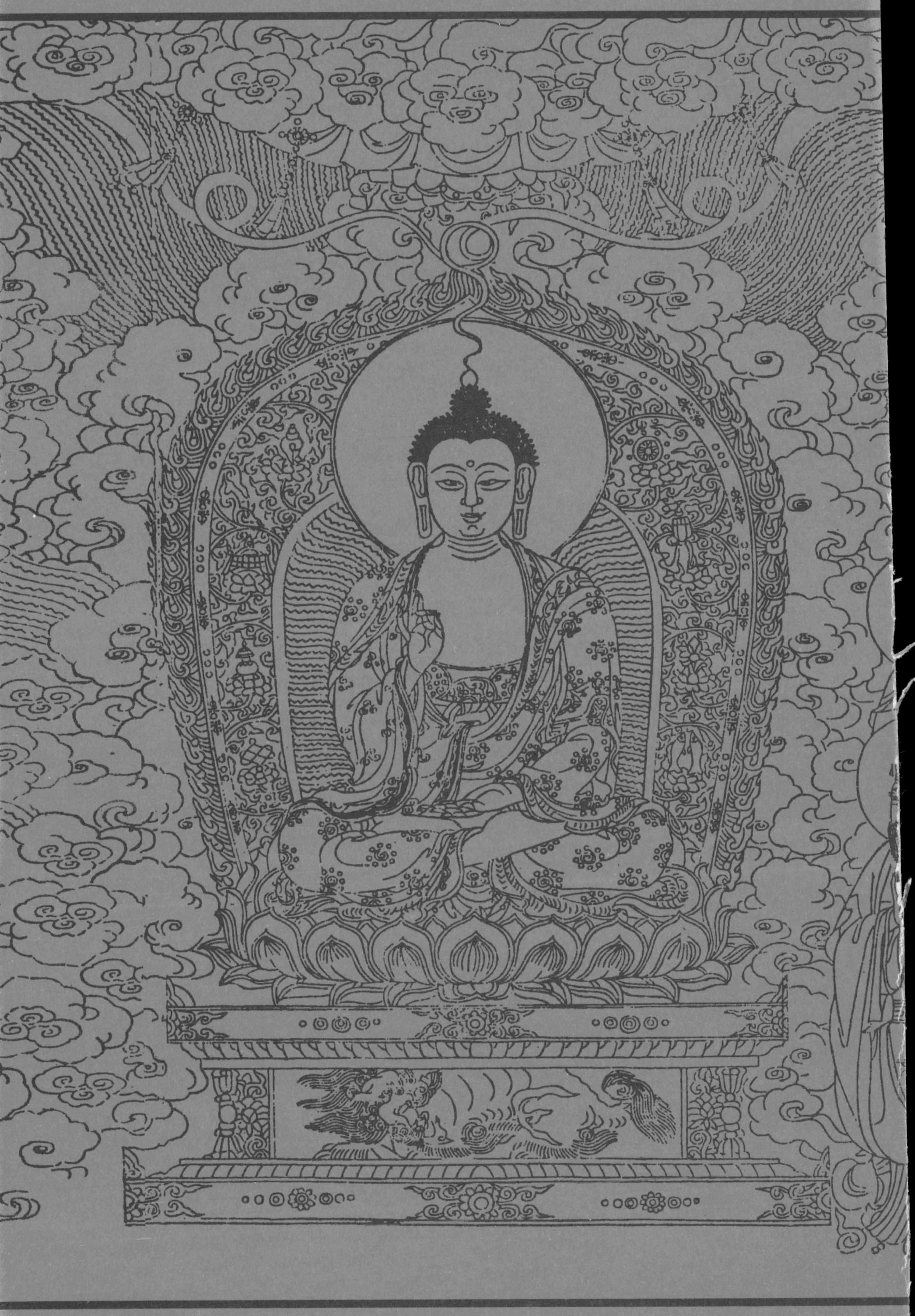

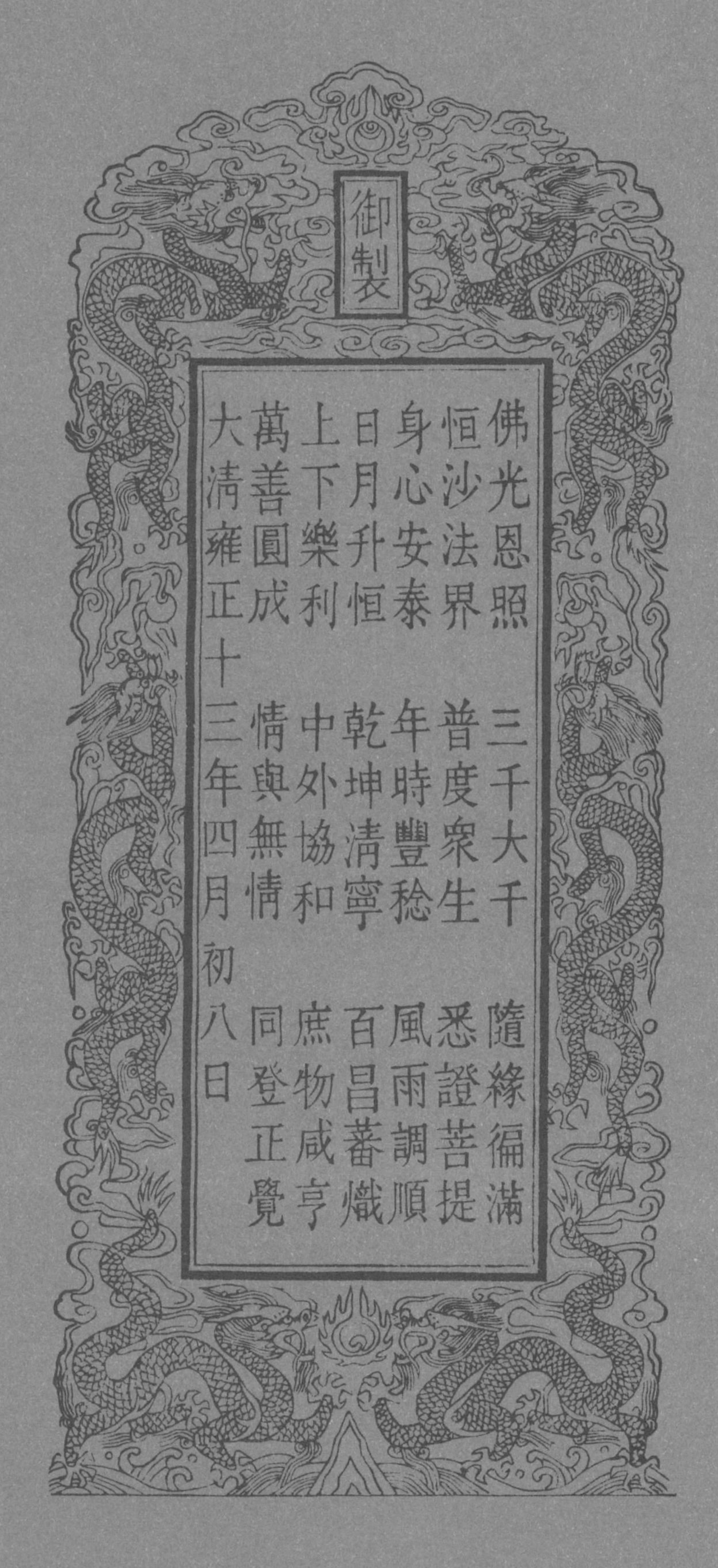
御製

佛光恩照　三千大千　隨緣徧滿
恒沙法界　普度衆生　悉證菩提
身心安泰　年時豐稔　風雨調順
日月升恒　乾坤清寧　百昌蕃熾
上下樂利　中外協和　庶物咸亨
萬善圓成　情與無情　同登正覺

大清雍正十三年四月初八日

第一八册　大乘經　寶積部（二）

大寶積經　一二〇卷（卷四一至卷九〇）

唐三藏法師菩提流志等奉詔譯……………一

目録

大寶積經
唐三藏法師菩提流志奉詔譯

清刻龍藏佛說法變相圖

大寶積經卷第四十一

唐三藏法師玄奘奉　詔譯

菩薩藏會第十二之七

四無量品第五

爾時佛告舍利子菩薩摩訶薩安住如是清淨信已佛薄伽梵知是菩薩摩訶薩爲菩薩藏法門之器知是諸佛正法器已躬往其所開發顯示菩薩之道舍利子汝今當知如是法門差別之相所謂菩薩摩訶薩安住淨信佛薄伽梵知是菩薩爲菩薩藏法門之器知是諸佛正法器已躬往其所開菩薩道舍利子如彼往昔超越無數廣大無量不可思議阿僧企耶劫爾時有佛出現於世名爲大蘊如來應正等覺明行圓滿善逝世間解無上丈夫調御士天人師佛薄伽梵住自作證具

足神通爲諸世間天人魔梵沙門婆羅門阿素洛等無量大衆宣説妙法開示演暢初中後善文義巧妙純滿清白隨順梵行舍利子爾時大蘊如來應正等覺有七十二那庾多聲聞弟子共會説法皆是大阿羅漢諸漏已盡無復煩惱乃至心得自在到於第一究竟彼岸舍利子是時有王名最勝壽如法治世號持政王所治大城名最勝幢廣博嚴麗安隱豐樂甚可愛樂人物充滿諠譁熾盛舍利子時勝壽王有子名精進行年居童幼形貌端嚴成就第一圓滿淨色爲諸衆生之所樂見已曾供養承事拘胝那庾多百千諸佛親覲奉敬植諸善本舍利子爾時精進行童子與諸内宫出遊園觀時大蘊如來應正等覺知是童子爲菩薩藏法門之器又是諸佛正法之器便往彼園精進行所既到彼已上住空中爲是童子開菩薩道又復讃説三世諸佛童子當知云何名爲菩薩道耶所謂菩薩摩訶薩於諸有情精勤修習四無量心何等爲四所謂大慈波羅蜜大悲波羅蜜大喜波羅蜜大捨波羅蜜又勤精進於諸攝法隨順修學童子若有菩薩如是修行是名開菩薩道復次童子云何菩薩摩訶薩於諸衆生精勤修學大慈無量波羅蜜所謂菩薩摩訶薩行菩薩道爲阿耨多羅三藐三菩提故盡衆生界慈心徧滿以何等量爲衆生界所謂盡虚空界是衆生量童子當知如虚空界無所不徧如是菩薩摩訶薩大慈無量亦復如是無有衆生含識種類而不充徧童子當知如衆生界無有限量如是菩薩摩訶薩所修之

慈亦無限量空無邊故衆生無邊衆生無邊故慈亦無邊童子當知衆生界多非大地界又非水界火界風界吾今爲汝廣說譬喻令汝了知諸衆生界無限量義童子當知假使十方各如殑伽河沙等世界數量一切同時合成大海滿其中水復有如上殑伽河沙等衆生同共集會析一毛端爲百五十分共以一分霑取海中第一滴水復有餘殑伽河沙等衆生如前同會取一分毛霑取海中第二滴水復有餘殑伽河沙等衆生如前同會取一分毛霑取海中第三滴水童子當知假使以是毛滴方便尚可霑盡此大海水而衆生性邊量無盡是故當知衆生之性無量無邊不可思議而菩薩慈悉皆徧滿童子於汝意云何如是無量無邊修慈善根頗有能得其邊際不精進行童子白佛言不也世尊佛言如是如是童子菩薩摩訶薩亦復如是修慈善根徧衆生界爲無限量復次童子我今更說大慈之相童子當知此慈無量能護自身此慈如是發起他利於無諍論慈最第一慈能除斷忿恚根栽慈能永滅一切過失慈能遠離諸有愛纒此慈如是但見衆生清淨勝德而不見彼有諸愆犯慈能超越熱惱所侵慈能生長身語心樂慈力如是不爲一切他所惱害慈性安隱離諸怖畏慈善根力隨順聖道慈能令彼多瞋暴惡不忍衆生發清淨信慈能濟拔諸衆生聚以慈力故於彼刀杖性無執持慈能將導一切衆生趣於解脫是慈能滅諸惡瞋恚是慈遠離詐現威儀諛諂矯飾逼切求索而能增長利養恭敬名譽等

事以慈力故梵釋天王之所禮敬以慈嚴身所有威德行慈之人爲聰慧者所共稱讃慈能防護一切愚夫是慈力故超過欲界順梵天道開解脱路慈爲大乘最居前導慈能攝御一切諸乘慈能積集無染福聚慈善之力一切有依諸福業事所不能及慈能莊嚴三十二相及隨顯相慈能離彼鄙賤下劣不具諸根慈爲坦路善道涅槃歸趣之所是慈能遠一切惡道及諸八難是慈力故喜樂法樂不貪一切富貴王位受用樂具是慈力故於諸衆生等心行施是慈能離種種妄想慈爲門路一切尸羅學之所由慈能救濟諸犯禁者是慈能現忍辱之力慈能遠離一切憍慢矜伐自大慈能發起無動精進慈能令修正方便行速疾究竟慈能爲諸靜慮解脱及三摩地三摩鉢底之所根本慈能令心出離煩惱諸有熾然慈爲一切智慧生因由慈無量能聞持故自他諸品皆悉決定慈能除遣順魔煩惱是慈力故同住安樂慈能令人起住坐卧密護威儀慈能損減諸掉性欲是慈猶如妙香塗身是慈能塗慚愧衣服是慈能遣一切諸難煩惱惡趣慈能濟拔一切衆生大慈無量捐捨自樂能與一切衆生安隱快樂如是無量不可思議大慈之相吾今略説童子是名菩薩摩訶薩大慈無量波羅蜜菩薩摩訶薩由成就是大慈無量故觀諸衆生常懷慈善勤求正法無有疲倦童子當知諸聲聞慈唯能自救諸菩薩慈畢竟度脱一切衆生童子當知衆生緣慈初發大心菩薩所得法緣之慈趣向聖行菩薩所得無緣之慈證

無生忍菩薩所得童子是名菩薩摩訶薩大慈無量波羅蜜若菩薩摩訶薩安住大慈波羅蜜故則於一切衆生慈心徧滿復次精進行童子云何名爲菩薩摩訶薩大悲無量波羅蜜童子當知菩薩摩訶薩爲欲證得阿耨多羅三藐三菩提故應以大悲而爲導首如人命根出息入息而爲上首如是童子證得大乘菩薩摩訶薩亦復如是必以大悲而爲導首童子如轉輪王所有衆寶要以金輪而爲前導如是童子菩薩摩訶薩亦復如是所有一切諸佛正法皆以大悲而爲導首復次童子菩薩摩訶薩爲阿耨多羅三藐三菩提故度諸衆生行於大悲畢竟不捨一切衆生童子云何菩薩摩訶薩於衆生所發起大悲童子菩薩摩訶薩行大悲時觀諸衆生虛僞身見之所纏縛爲諸惡見之所藏隱菩薩摩訶薩如是觀已於諸衆生發起大悲我當爲彼說微妙法令其永斷虛僞身見種種纏縛諸惡見等復次童子菩薩摩訶薩行大悲時觀諸衆生安住不實虛僞顛倒於無常中妄起常想於諸苦中妄起樂想於無我中妄起我想於不淨中妄起淨想童子菩薩摩訶薩如是觀已於諸衆生發起大悲我當爲彼說微妙法令其永斷虛妄不實諸顛倒故復次童子菩薩摩訶薩行大悲時觀諸衆生愚癡顛倒躭嗜愛欲於母姊妹尚生陵逼況復於彼餘衆生等菩薩摩訶薩觀是事已作如是念苦哉世間乃能容止非聖之聚惡業無愧充滿其中復作是念咄哉苦哉如是衆生曾處母胎卧息停止生由産門如何無恥共行

斯事如是衆生深爲大失極可憐愍種種過患極可訶責何以故爲貪瞋癡之所害故又爲無智所加害故捨離正法安住非法修行惡法墮在地獄畜生焰魔鬼趣如是衆生惡業引故所往之處行於非道童子譬如野干於彼塚間爲諸羣狗之所搏逐逃迸走避臨大峻崖窮途所逼夜中嘷吽如是童子彼諸衆生亦復如是同於野干復次童子譬如生盲羣狗逼逐臨大坑澗如是童子彼諸衆生亦復如是同於生盲復次童子譬如圂猪行處糞穢兼又食噉初無猒惡如是童子彼諸衆生亦復如是同於圂猪如是衆生極可憐愍嬈惱所逼於親非親爲諸煩惱之所加害行魔徒黨魔罥所縛纏裹惑網陷沒欲泥童子菩薩摩訶薩觀是事已於彼衆生發起大悲我當爲彼宣說妙法令其永斷諸欲煩惱故復次童子菩薩摩訶薩行大悲時觀諸衆生五蓋所覆欲箭所中貪著六處眼見色已執著像貌不能捨離如是耳所聞聲鼻所齅香舌所嘗味身所覺觸執著形相皆不能捨是諸衆生多於瞋恚互相怨讎若得義利稱我善友得非義利便相加害是諸衆生多於惛沉及以眠睡羸劣愚鈍爲無智膜之所覆障是諸衆生不善掉悔之所纏縛常爲種種諸惡煩惱染汙其心是諸衆生疑網纏裹於甚深法不能決定童子菩薩摩訶薩如是觀已於諸衆生發起大悲我當爲彼說微妙法令其永斷諸陰蓋故復次童子菩薩摩訶薩行大悲時觀諸衆生爲慢所害過慢所害我慢所害增上慢所害邪慢所害於諸下劣計

我爲勝於彼等者計我最勝或有衆生計色爲我或復乃至計識爲我於所未證計我已證由恃此故應可問訊而不問訊應可禮拜而不禮拜於諸長宿心無敬順於尊重師不加祇仰於聰叡者而不請問何等爲善何等不善何等應修何等不修何等應作何等不作何等有罪何等無罪何等爲道何等爲三摩地何等爲解脫如是等法曾未明了但自計我爲勝爲尊童子菩薩摩訶薩如是觀已於諸衆生發起大悲我當爲彼說微妙法令其永斷一切憍慢種故復次童子菩薩摩訶薩行大悲時觀諸衆生愛縛所縛爲愛僮僕妻妾男女所共纏裹爲無義利之所圍繞爲諸衰禍之所繫縛生死關鍵之所遮礙不能出離地獄傍生焰魔鬼道爲彼有縛之所拘檢而不能得縱任自在童子菩薩摩訶薩如是觀已於諸衆生發起大悲我當爲彼說微妙法令其獲得縱任自在隨欲而行趣涅槃故復次童子菩薩摩訶薩行大悲時觀諸衆生遠離善友爲惡知識之所纏執由彼昵近諸惡友故躭著一切不善之業所謂殺生偷盜邪行妄語離間麤獷綺語貪恚邪見諸如是等無量惡業熾然建立童子菩薩摩訶薩如是觀已於諸衆生發起大悲我當爲彼說微妙法令其爲諸善友所攝捨棄十種不善業道令其受持十善業故復次童子菩薩摩訶薩行大悲時觀諸衆生爲諸愚癡之所覆蔽無明暗膜之所翳障顛倒執著於其自體有情命者生者人者少年丈夫及數取者作者受者我及我所如是諸見無邊無量堅執

不捨童子菩薩摩訶薩如是觀已於諸衆生發起大悲我當爲彼說微妙法令聖慧眼得清淨故又令永斷一切見故復次童子菩薩摩訶薩行大悲時觀諸衆生樂著生死流轉不息五蘊魁膾常恒尋逐三界囹圄曾無遠離桎梏枷鎖不思開釋菩薩摩訶薩觀見是已於諸衆生發起大悲我當爲彼說微妙法令彼解脫五蘊魁膾又令越度生死曠野及以出離三界牢獄諸繫縛故復次童子菩薩摩訶薩行大悲時觀諸含識從不善生如趣如輪轉圜不定由此業故從此世間至彼世間又從彼世間至此世間迅速流轉馳向五趣背涅槃道童子菩薩摩訶薩觀是事已於諸衆生發起大悲我應爲彼說微妙法當爲開闢涅槃宮門令其趣入如是童子菩薩摩訶薩行大悲時觀衆生性發起十種大悲無量復次童子菩薩摩訶薩復有十種大悲轉相所謂如是大悲由於不諂而得生起譬如虛空永出離故如是大悲由於不誑而得生起從增上意而出離故如是大悲非由詐妄而得發起從如實道質直其心而出離故如是大悲由於不曲而得生起極善安住無曲之心而出離故如是大悲由彼無有憍高怯下而得生起一切有情高慢退屈善出離故如是大悲由護彼故而得生起從自心淨而出離故如是大悲由堅固慧而得生起永離一切動不動心妙住其心善出離故如是大悲由捨自樂而得生起授與他樂善出離故如是大悲爲欲荷負諸衆生故而得生起堅固精進善出離故復次童子菩薩摩訶薩大

悲無量復有如是十種轉相所謂一切大乘出離皆因大悲而得出離以是因故說名大悲如是大悲建立一切布施持戒忍辱精進靜慮智慧由是因故說名大悲如是大悲建立念處正斷神足如是大悲建立根力覺支隨念共法覺支及與道支歡喜本業諸定次第十善業道乃至諸相皆如是說以是因故說名大悲如是大悲建立如來自然智慧以是因故名爲大悲童子當知如是大悲作自所作善作所作不變異作爲諸衆生作所應作如是大悲一切衆生如意圓滿童子是名菩薩摩訶薩大悲無量波羅蜜由成就是大悲波羅蜜故菩薩摩訶薩觀諸衆生處如是位復於彼所重興悲愍復次精進行童子云何名爲菩薩摩訶薩大喜無量波羅蜜童子當知菩薩摩訶薩爲衆生故求阿耨多羅三藐三菩提時修行大喜如是喜者有無量相童子當知菩薩喜者名諸善法憶念歡悅清淨妙喜何以故於諸善法無下感性無退屈性無疲倦性故是喜名爲遠離一切樂世間性何以故安住一切樂法樂性故是喜能令內以歡悅身力勇銳何以故慧覺怡暢心意踊躍故是喜樂於如來之身何以故樂求相好妙莊嚴故是喜聞法無有猒倦何以故欣樂依法能正行故由斯喜故於法欣勇於諸衆生心無損害喜樂菩提於廣大法悉能信解發起遠離少分乘心是喜名爲制伏慳喜何以故於諸求者行必施故由斯喜故於諸犯戒受心攝受於諸持戒心常清淨又復能令自尸羅淨是喜名爲超過一切惡道怖畏

安隱之喜是喜名爲忍受他人諸惡言詞鄙語路喜是喜名爲無返報喜何以故若遇挑眼截手刖足斬支節時心堪忍受是喜名爲敬尊重喜何以故於諸長宿具修威儀曲躬恭敬跪拜尊嚴故是喜名爲恒舒頻喜何以故心志和泰遠離顰蹙先言問訊故是喜名爲遠離一切詐現威儀諛諂矯誑遍求之喜何以故是喜趣向堅實正法之道路故由此喜故於諸菩薩起深愛樂猶如大師於正法所起愛樂心如自己身於如來所起愛樂心如自己命於尊重師起愛樂心猶如父母於諸衆生起愛樂心視如一子於阿遮利耶受教師所起愛樂心敬如眼目於諸正行起愛樂心猶如身首於波羅蜜起愛樂心猶如手足於說法師起愛樂心如衆重寶所求正法起愛樂心猶如良藥於能舉罪及憶念者起愛樂心猶如良醫如是童子是名菩薩摩訶薩大喜無量波羅蜜諸菩薩摩訶薩住是大喜波羅蜜故行菩薩行常懷歡喜勤求正法無有猒倦復次精進行童子云何名爲菩薩摩訶薩大捨無量波羅蜜童子當知菩薩摩訶薩爲衆生故發阿耨多羅三藐三菩提已當行大捨當知是捨有於三種何等爲三謂捨煩惱捨護自他捨時非時捨何等名爲捨煩惱捨童子當知菩薩摩訶薩於敬事所其心不高於不敬事心無卑下若受利養心不憍高不得利養心無紆鬱於彼持戒及犯戒所起平等覺得勝名譽心不悕樂被諸毀謗情無憂慼若致譏訶志無貶退於稱讚所善住法性於諸苦事有擇慧力於諸樂事有無

常苦觀解之力棄捨愛欲斷諸瞋恚於怨親所其心平等於善作惡作其心無二於有愛不愛情無所觀於善聞惡聞不生執著於善說惡說心無愛恚於諸欲味及過患所平等稱量於我自身及他衆生起於平等信欲之意於身命所情無顧戀於下中上諸衆生所起平等照於隱顯法起平等性於諦非諦自體清淨如是童子菩薩摩訶薩若能自然起勝對治是名菩薩摩訶薩捨煩惱捨復次童子何等名爲護自他捨童子當知菩薩摩訶薩若被他人節節支解割皮肉時常自觀心住於大捨雖復支解割其身肉然其內心唯住於捨無所希望及以追求縱於身語起諸變異俱能堪忍是則名爲護自他捨爾時菩薩又觀二種心無損害何等爲二所謂不由眼相及以色相乃至不由意相及以法相心生損害而住於捨何以故無損無害是乃名爲護自他捨復次何等名爲護自他捨被他所損不加報故於自於他俱能忍受是名爲捨於諸有恩及無恩所平等方便是名爲捨是捨名爲無諍極捨滅自心捨觀自體捨不害他捨於諸定事菩薩能捨然佛世尊非所聽許諸菩薩等唯修於捨何以故菩薩摩訶薩尚應修習諸行作用日夜常念發起精進求諸善法於時非時乃應修捨復次童子何等名爲時非時捨童子當知菩薩摩訶薩具大智慧善能修習時與非時謂非法器諸衆生所應起於捨不恭敬所應起於捨於無利益譏毀苦惱應起於捨於聲聞乘趣正決定應起於捨於修施時應捨修戒於修戒時應

捨修施於修忍時應捨牽引施戒精進修精進時應捨修戒修靜慮時應捨施度修習慧時應捨緣發五波羅蜜多童子是名菩薩摩訶薩時非時捨何以故由所不應作法無造作性故是故菩薩深知非益而行於捨若有菩薩摩訶薩安住大捨波羅蜜行菩薩行則於一切惡不善法能與大捨童子如是等相是名菩薩摩訶薩大慈大悲大喜大捨若諸菩薩摩訶薩安住如是四無量波羅蜜者當知是則爲菩薩藏法門之器又是諸佛正法之器如是舍利子此薄伽梵大蘊如來爲精進行童子廣開示此四無量已復爲開解六波羅蜜多及諸攝法令是童子隨順修學舍利子是精進行童子精勤修習如所聞法廣如後說

杝那波羅蜜多品第六

爾時佛告舍利子云何菩薩摩訶薩爲阿耨多羅三藐三菩提故精勤修習諸波羅蜜多行菩薩行舍利子菩薩摩訶薩行菩薩行者即於如是六波羅蜜多精勤修學是則名爲行菩薩行舍利子何等名爲六波羅蜜多舍利子所謂杝那波羅蜜多尸羅波羅蜜多羼底波羅蜜多毗棃耶波羅蜜多靜慮波羅蜜多般若波羅蜜多舍利子如是名爲六波羅蜜多菩薩摩訶薩依如是六波羅蜜多故行菩薩道復次舍利子云何名爲菩薩摩訶薩依杝那波羅蜜多行菩薩行舍利子菩薩摩訶薩度衆生故行杝那波羅蜜多時爲諸衆生而作施主若沙門婆羅門等有來求者悉皆施與須食與食須飲與飲珍異餚膳無不

盡施如是或求車乘衣服華鬘塗香末香或求坐卧依倚牀席敷具病藥燈明音樂奴婢或求金銀末尼真珠瑠璃螺貝璧玉珊瑚等寶或求象馬車輅園林池苑男女妻妾財穀庫藏或求四大有洲自在之王一切樂具及諸嬉戲娛樂之物或有來求手足耳鼻頭目肉血骨髓身分菩薩摩訶薩見來求者悉能一切歡喜施與舍利子以要言之一切世間所須之物菩薩摩訶薩行大施故但見來求無不施與復次舍利子菩薩摩訶薩行柁那波羅蜜多故復有十種清淨施法何等爲十一者菩薩摩訶薩無有不正求財而行布施二者菩薩摩訶薩不逼迫衆生而行布施三者菩薩摩訶薩不以恐怖而行布施四者菩薩摩訶薩不棄捨邀請而行布施五者菩薩摩訶薩不觀顔面而行布施六者菩薩摩訶薩於諸衆生情無異想而行布施七者菩薩摩訶薩無貪愛心而行布施八者菩薩摩訶薩無起瞋恚而行布施九者菩薩摩訶薩不求剎土而行布施十者菩薩摩訶薩於諸衆生起福田想不以輕懱而行布施舍利子是名菩薩摩訶薩行於十種清淨之施爲滿柁那波羅蜜多故復次舍利子菩薩摩訶薩行柁那波羅蜜多時復有十種清淨行施何等爲十一者菩薩摩訶薩不毀業報而行布施二者菩薩摩訶薩不以邪意而行布施三者菩薩摩訶薩無不信解而行布施四者菩薩摩訶薩無有猒倦而行布施五者菩薩摩訶薩無有現相而行布施六者菩薩摩訶薩勇勵熾然而行布施七者菩薩摩訶薩無有變

悔而行布施八者菩薩摩訶薩於持戒者不以偏敬而行布施九者菩薩摩訶薩於犯戒所不以輕鄙而行布施十者菩薩摩訶薩不希果報而行布施舍利子是名菩薩摩訶薩行於十種清淨之施爲欲滿足柁那波羅蜜多故復次舍利子菩薩摩訶薩行柁那波羅蜜多時復有十種行清淨施何等爲十一者菩薩摩訶薩不以毀呰而行布施二者菩薩摩訶薩不以背面而行布施三者菩薩摩訶薩無不清淨而行布施四者菩薩摩訶薩不現忿相而行布施五者菩薩摩訶薩不現嫉相而行布施六者菩薩摩訶薩不現恚相而行布施七者菩薩摩訶薩無不殷重而行布施八者菩薩摩訶薩無不自手而行布施九者菩薩摩訶薩不以許多後便與少而行布施十者菩薩摩訶薩不求來生而行布施舍利子是名菩薩摩訶薩行於十種清淨之施爲欲滿足柁那波羅蜜多故復次舍利子菩薩摩訶薩行柁那波羅蜜多時復有十種行清淨施何等爲十一者菩薩摩訶薩無不常施二者菩薩摩訶薩無繫屬施三者菩薩摩訶薩無差別施四者菩薩摩訶薩無他緣施五者菩薩摩訶薩無微劣施六者菩薩摩訶薩不希財色及以自在而行布施七者菩薩摩訶薩無求生於釋梵護世諸大天故而行布施八者菩薩摩訶薩無有回向聲聞獨覺地故而行布施九者菩薩摩訶薩無爲聰慧所識訶故而行布施十者菩薩摩訶薩無不回向薩伐若故而行布施舍利子是名菩薩摩訶薩行於十種清淨之施皆爲滿足柁那

波羅蜜多故復次舍利子菩薩摩訶薩行枕那波羅蜜多時復有十種行清淨施何等爲十謂如前說十種法中出離有爲證得無爲又舍利子菩薩摩訶薩如是行施能得十種稱讚利益上妙功德何等爲十一者菩薩摩訶薩由施食故獲得長壽才辯安樂妙色雄力勇健無不具足二者菩薩摩訶薩由施飲故獲得永離一切煩惱渴愛無不具足三者菩薩摩訶薩由施諸乘故獲得一切利益安樂衆事無不具足四者菩薩摩訶薩由施衣服故獲得成就慚愧皮膚清淨猶如金色無不具足五者菩薩摩訶薩由施香鬘故獲得淨戒多聞諸三摩地塗香聖行無不具足六者菩薩摩訶薩由以末香塗香施故當得徧體香潔妙香聖行無不具足七者菩薩摩訶薩由施上味故獲得甘露上味大丈夫相無不具足八者菩薩摩訶薩由以舍宅房宇施故當得與諸衆生爲舍爲宅爲救爲洲爲歸爲趣無不具足九者菩薩摩訶薩由愍病者施醫藥故當得無老病死圓滿甘露不死妙藥無不具足十者菩薩摩訶薩由以種種資生衆具施故感得一切圓滿衆具菩提分法無不具足舍利子是名菩薩摩訶薩爲得菩提修行是施獲得如是十種稱讚利益上妙功德皆爲滿於枕那波羅蜜多故復次舍利子菩薩摩訶薩行枕那波羅蜜多時修行布施又復獲得十種稱讚利益上妙功德何等爲十一者菩薩摩訶薩施燈明故獲得如來清淨五眼無不具足二者菩薩摩訶薩施音樂故獲得如來清淨天耳無不具足三者菩

薩摩訶薩以諸金銀末尼眞珠瑠璃螺貝璧玉珊瑚一切珍寶施故感得圓滿三十有二大丈夫相無不具足四者菩薩摩訶薩以種種雜寶及衆名華施故獲得圓滿八十隨顯之相無不具足五者菩薩摩訶薩以象馬車乘施故獲得廣大徒衆眷屬繁多無不具足六者菩薩摩訶薩以園林臺觀施故獲得成就靜慮解脱三摩地三摩鉢底無不具足七者菩薩摩訶薩以財穀庫藏施故獲得圓成諸法寶藏無不具足八者菩薩摩訶薩以奴婢僕使施故獲得圓滿自在身心閑豫無不具足九者菩薩摩訶薩以男女妻妾施故獲得圓滿可愛可樂可意阿耨多羅三藐三菩提無不具足十者菩薩摩訶薩以四洲自在一切王位施故獲得一切種微妙圓滿一切智智無不具足舍利子菩薩摩訶薩如是行施名爲攝受十種稱讃利益上妙功德皆爲滿足柁那波羅蜜多故復次舍利子菩薩摩訶薩爲得阿耨多羅三藐三菩提故行柁那波羅蜜多時所修布施又得十種稱讃利益何等爲十一者菩薩摩訶薩以上妙五欲施故獲得清淨戒定慧聚及以解脱解脱知見聚無不具足二者菩薩摩訶薩以上妙戲樂器施故獲得清淨遊戲法樂無不具足三者菩薩摩訶薩以足施故感得圓滿法義之足趣菩提座無不具足四者菩薩摩訶薩以手施故感得圓滿清淨法手拯濟衆生無不具足五者菩薩摩訶薩以耳鼻施故獲得諸根圓滿成就無不具足六者菩薩摩訶薩以支節施故獲得清淨無染威嚴佛身無不具足

七者菩薩摩訶薩以目施故獲得觀視一切衆生清淨法眼無有障礙無不具足八者菩薩摩訶薩以血肉施故獲得堅固身命攝持長養一切衆生真實善權無不具足九者菩薩摩訶薩以髓腦施故獲得圓滿不可破壞等金剛身無不具足十者菩薩摩訶薩以頭施故證得圓滿超過三界無上最上一切智智之首無不具足舍利子菩薩摩訶薩爲得菩提行如是施攝受如是相貌圓滿佛法稱讚利益上妙功德皆爲滿足杝那波羅蜜多故復次舍利子如是菩薩摩訶薩行杝那波羅蜜多時其性聰敏智慧甚深無量方便行於布施以世間財求於無上正等菩提衆聖王財以生死財而求甘露不死仙財以虛僞財而求堅實賢聖之財由如是故廣行布施

舍利子是菩薩摩訶薩爲求無上菩提及涅槃故以世間財物修行施時一切世間財物樂具無不盡捨何以故皆依無上正等覺故舍利子如世農夫依彼犁牛耕治地已便下種子如是農夫依彼犁具無量功力展轉獲得金銀末尼一切寶物及得種種上妙衣服何以故一切世間無有財物與穀等故如是舍利子菩薩摩訶薩有時有分依世間財證覺無上正等菩提亦復如是復次舍利子譬如乳牛或噉乾草或噉濕草或飲冷水或飲煖水而能出於乳酪生酥熟酥及以醍醐如是舍利子菩薩摩訶薩依於無上正等菩提行世財施隨所樂欲有能獲得轉輪王報及獲帝釋梵王勝報由成就是三種報故菩薩十地速得圓滿如來十力四無所畏因是施

故速得圓滿乃至具足千業所起十八不共佛法又具千業所起六十種圓滿妙音又具百業所起一一大丈夫相又具二百業所起無見頂髻相又過此百倍圓滿成就如來大法螺相又過拘胝百千倍成就如來皓齒齊列不缺不踈平等之相如是等相無量功業之所合成皆由如來業果報相施行所起速得圓滿復次舍利子菩薩摩訶薩行柁那波羅蜜多時於乞者所起大慈心而行布施此心續起殑伽沙等方得成滿中無間絶佛三摩地舍利子如來應正等覺住此三摩地已能於一一毛孔而出百三摩地猶如殑伽大河流化不絶而得自在是故當知如來所有一切神通變化多由施行而得成就舍利子如是如來所有佛法皆由昔日行菩薩行世間財施之所攝受舍利子是名菩薩摩訶薩行財施時爲求甘露爲求堅實爲求菩提爲求涅槃應知如是法門差別所謂菩薩摩訶薩依世財施而與柁那波羅蜜多相應證覺阿耨多羅三藐三菩提故復次舍利子菩薩摩訶薩行柁那波羅蜜多時其相無量吾今當說往昔過去無數廣大無量不可思議阿僧企耶劫於彼時分有佛出世號旁耆羅私如來應正等覺明行圓滿善逝世間解無上丈夫調御士天人師佛薄伽梵舍利子彼佛住世壽十千歲與百千苾芻大聲聞衆同共集會皆阿羅漢離諸煩惱具大勢力乃至一切心得自在逮勝究竟舍利子時彼世中有紡績者名織紡綫形貌端正衆所樂觀彼作業處去佛不遠每日將晚欲還家時往詣佛

所常以一縷微綫奉施如來因白佛言願薄伽梵哀愍我故受此縷線爲攝受處以此善根於未來世得成如來應正等覺能攝一切時彼世尊便爲納受如是日施一縷滿千五百爲善攝受由此福故乃經十五拘胝劫中不墮惡趣又經千拘胝反爲轉輪王又經千拘胝反爲天帝釋以此善根柔和微妙欣愛等業便得奉覲千拘胝佛於諸佛所供養恭敬尊重讚歎又以諸華塗香末香及以香鬘繒蓋幢旛衣服飲食坐卧之具病緣醫藥一切衆物奉獻如來從是巳後又經一阿僧企耶劫出現於世證覺阿耨多羅三藐三菩提號善攝受如來應正等覺明行圓滿善逝世間解無上丈夫調御士天人師佛薄伽梵住壽世間經二十拘胝歲有二十拘胝那庚多大聲聞衆一切皆是大阿羅漢彼佛世尊成立安住五拘胝等菩薩摩訶薩於阿耨多羅三藐三菩提演說妙法利益安樂無量無數諸有情巳現入涅槃彼薄伽梵滅度之後正法住世滿一千年廣布舍利流徧供養亦如我今涅槃之後舍利子汝今當觀由施微縷發大心故次第展轉成滿佛法舍利子當知此施由心廣大不由於縷何以故若施廣大不由心者如向施主以微縷施不應得心清淨究竟如是舍利子當觀菩薩摩訶薩行柁那波羅蜜多時依世財施便得一切圓滿功德舍利子菩薩摩訶薩行柁那波羅蜜多時其性聰敏智慧甚深因於少施多有所作由智力故增上所作由慧力故廣大所作回向力故無邊所作爾時世尊欲重宣此義而說

頌曰

行施不求妙色財　亦不願感天人趣
爲求無上勝菩提　施微便感無量福
行施不求名稱讚　未曾爲樂及徒衆
亦不求諸生死報　施微而獲於大果
布施飲食及衣服　不求諸有及諸趣
爲求開解甘露門　施如毛端福無量
既無掉動及高慢　亦離諂誑慳嫉心
懈怠諸緣皆悉捨　唯勤行施利於世
財穀王位及身命　歡喜捨已心無變
如斯善捨獲廣大　菩提解脫未爲難
愛樂諸來乞求者　如父如母如妻子
所獲財物常行施　見彼感財無妬心
行施之時衆繁雜　土塊杖木來加害
雖見曾無忿恚心　愛語如舊情欣悅
若施彼怨猶若親　於驚怖者施無畏
凡所有物皆能捨　而心未曾生鄙悋
恒樂正求無上法　於世王位絶希求
出離世間嚴飾處　常勤奉行於法施
除彼樂求穢欲者　誰有能求天世王
是故智者不貪樂　諸欲王位生天樂
大名稱者所行施　恒求無上佛菩提
捨捐身命及餘事　速疾能感多安樂
聰慧菩薩行諸施　未曾遠離上菩提
不求妙色世間財　又不願樂生天樂
雖求涅槃無所依　遠離一切諸希願
若能如是善修習　則名知道開道者

舍利子聰慧菩薩摩訶薩於是布施具足成就善能修行菩薩妙行無有疑惑舍利子是名菩薩摩訶薩柁那波羅蜜多若諸菩薩摩

訶薩爲阿耨多羅三藐三菩提故精進修行是菩薩行一切衆魔魔民天子於此菩薩不能嬈亂又不爲彼異道他論所能摧屈

大寶積經卷第四十一

音釋

阿僧企耶 梵語也亦名阿僧祇此云無央數企去智切
諠譁 諠虛袁切囂也譁胡瓜切讙也
拘胝 梵語也亦云拘致此云百億胝張尼切
那庾多 梵語也此云萬億庾弋渚切
殑伽 梵語也此云天堂來河名也以從高處來故殑其陵其揢二切伽求迦切
愆 去乾切過也
鄙賤 鄙補美切鄙薄輕賤之也
躭嗜 躭丁含切樂也嗜常利切喜欲之也
摶逐 摶伯各切擊也
圂猪 圂胡困切豕圈也
魔罥 罥古泫切網也
羸劣 羸力追切瘦也劣龍輟切弱也
關鍵 關姑還切持門橫木也鍵巨展切鑰須也
眤近 眤尼質切近也
麤獷 麤聰徂切大也踈也獷古猛切麤惡也
魁膾 魁苦回切凡爲首者曰魁膾古外切切肉也魁膾謂爲首屠宰者也
囹圄 囹音靈圄音語即牢獄之名也
桎梏 桎質栗切足械也梏古沃切手械也
毱 居六切以華爲圓囊實以毛髮曰毱
荷負 荷胡可切負房久切謂擔荷任負也
刖 魚厥切斷足也
顰蹙 顰紕民切蹙子六切愁貌謂顰眉蹙額也
矯誑 矯居夭切安也詐也誑居況切欺也
紆鬱 紆憶俱切曲也鬱紆勿切滯也
貶 悲檢切損也抑也
鞞底 梵語也亦名鞞提此云忍辱鞞初限初澗二切
薩伐若 梵語也亦云薩婆若此云一切智若爾者切
叡 以芮切明達也
綫 思箭切縷也

大寶積經卷第四十二

唐三藏法師玄奘奉　詔譯

菩薩藏會第十二之八

尸波羅蜜品第七之一

爾時佛告舍利子云何菩薩摩訶薩尸羅波羅蜜多菩薩摩訶薩爲阿耨多羅三藐三菩提依此勤修行菩薩行舍利子菩薩摩訶薩行尸羅波羅蜜多故有三種妙行何等爲三一者身妙行二者語妙行三者意妙行舍利子何等名爲身妙行語妙行意妙行耶舍利子所謂菩薩摩訶薩遠離殺生離不與取離欲邪行是名身妙行舍利子菩薩摩訶薩遠離妄語遠離間語遠麤惡語遠離綺語是名語妙行舍利子菩薩摩訶薩於諸貪著瞋恚邪見皆無所有是名意妙行菩薩摩訶薩具足如是三妙行故是名尸羅波羅蜜多復次舍利子菩薩摩訶薩行尸羅波羅蜜多時如是思惟云何身妙行語妙行意妙行耶舍利子菩薩摩訶薩如是思惟若身不造殺生不與取欲邪行業者是名身妙行菩薩摩訶薩如是思惟若語不造妄語離間麤惡綺語業者是名語妙行菩薩摩訶薩如是思惟若意不造貪著瞋恚邪見業者是名意妙行由具如是正思惟故是名菩薩摩訶薩行尸羅波羅蜜多復次舍利子如是菩薩摩訶薩行尸羅波羅蜜多時作如是念若業不由身語意造此業爲可建立不菩薩摩訶薩如是如理觀察若業不由身語意造此業不可建立若青若黃若赤若白若紅若頗胝色此業又非眼所識非耳所識非鼻舌身意所識何以故

舍利子由於此業非能生非所生非已生不可執受都無有能了別此業菩薩摩訶薩如是了知此尸羅性不可爲作若不可爲作則不可建立若不可建立我等於中不應執著如是菩薩摩訶薩由觀解力故不見妙行及以尸羅亦不見有具尸羅者不見尸羅所回向處菩薩摩訶薩如是觀已畢竟不起妄有身見何以故舍利子有身見故可有觀察此是持戒此是犯戒如是觀已於彼守護及以儀則若行若境皆悉具足正知而行正知行故名持戒者菩薩摩訶薩不取著自不取著他而行於行不毁尸羅不取尸羅而行於行若取著我即取尸羅若不著我不取尸羅若知尸羅是不可得即不毁犯所有律儀若於律儀無毁犯者則不名爲毁犯尸羅又不名執取尸羅舍利子以何因緣於是尸羅而不執取謂一切法知他相故若由他相則無有我若我是無何所執取爾時世尊欲重宣此義而説頌曰

若有身語意清淨　行時恒修一切淨
常住清淨諸禁戒　是名菩薩具尸羅
賢聖聰慧諸菩薩　能善護持十業道
不由身語及意作　如是智者説尸羅
若非造作非所生　非執無形亦無顯
由無有形有顯故　未曾可得而建立
尸羅無爲亦無作　非眼能見非耳聞
非鼻非舌亦非身　又非心意所能識
若非六根之所識　則無有能施設者
如是觀察尸羅淨　曾未依執住尸羅
不恃持戒生憍慢　不計我想護尸羅

善護尸羅無戒想　具足尸羅行覺行
妄有身見已除遣　見與見者曾無有
無有能見無彼處　不觀持戒犯戒者
善入無護法理趣　威儀具足不思議
妙善正知能守護　除斯更無具戒者
無我想者無尸羅　無所依我能依戒
我說究竟常無畏　不執身我與尸羅
說無我者不取戒　說無我者戒無依
說無我者不希戒　說無我者戒無心
不毀尸羅不執戒　亦不計我起尸羅
無所依我及戒想　甚深慧行菩提行
如是尸羅無所畏　此人常不犯尸羅
若能不執有諸法　如是尸羅聖所讚
若住我見諸愚夫　計我具戒能持戒
彼受護戒果終已　於三惡趣常纒縛
若有斷盡諸我見　彼無有我及我所
是眞持戒無見故　無復怖畏墮諸惡
若能如是知戒行　無有能見犯尸羅
尚不觀我及三有　況見持戒及犯戒

復次舍利子如是行尸羅波羅蜜多菩薩摩訶薩行菩薩行清淨戒時具有十種極重深心何等爲十一者發起深心信奉諸行二者發起深心勤加精進三者猛勵樂欲諸佛正法四者廣具崇重一切諸業五者深懷信奉一切果報六者於諸賢聖深發敬心七者於諸尊重鄔波柁耶阿遮利耶清淨侍奉八者於賢聖所與起供養九者於諸正法勵意求請十者求菩提時不顧身命舍利子如是行尸羅菩薩摩訶薩有如是等十深心法菩薩摩訶薩安住深心修諸善法何等名爲諸善

法耶所謂三種妙行身妙行語妙行意妙行若諸菩薩摩訶薩安住如是三種妙行爲欲勤求大菩薩藏微妙法門何以故以諸菩薩摩訶薩依此法門能趣阿耨多羅三藐三菩提故爾時世尊欲重宣此義而說頌曰

由身而發起　佛所讃善業　爲得聞法故
供養諸賢聖　於法及聖人　猛勵起恭敬
爲利諸衆生　慈心不嫉妬　當演智人言
無談不愛語　所說欣樂相　發語無麤鄙
意業常居善　曾無樂諸惡　恒觀察法性
恭敬住慈心　於如來聖教　敬心而聽法
於法恭敬已　速悟大菩提

舍利子諸菩薩摩訶薩行尸羅波羅蜜多時安住如是十最勝法勤求菩薩藏法門故於諸賢聖一切師長勤加恭敬奉事供養乃至施及貯水之器復次舍利子菩薩摩訶薩行尸羅波羅蜜多時應具如是十種發心何等爲十舍利子菩薩摩訶薩觀是病身諸界毒蛇恒相違害多諸苦惱多諸過患癲狂癰瘺疽癬惡癘風熱痰飲衆病所聚又是身者如病如瘡如被箭刺如暴水流如甖𤻆者搖動不息速起速滅又觀是身虚僞羸弱老朽疾壞暫時停住難可愛樂狀若塚間爾時菩薩復作是念我此病身雖經此苦曾不值遇如是福田我今得值又復善感如此之身我當依諸福田長養慧命捨不堅身獲於堅身爲欲勤求大菩薩藏微妙法門故於彼賢聖鄔波柁耶阿遮利耶諸尊師所奉事供養乃至施及貯水之器舍利子是名菩薩摩訶薩第一發心爾時世尊欲重宣此義而說頌曰

諸界暴毒蛇　展轉相依附　隨一興增動
生則致大患　所謂眼耳鼻　舌齒內腹藏
如是諸患惱　皆悉依身生　癰瘑與癲狂
疽癬大疾癘　諸餘種種病　無不依身生
是身猶如病　如癰如中箭　如是毒害身
速壞暫時住　如趣彼塚間　悉是無常相
搖鼓爛壞身　衆病速生滅　我當修佛身
所因賢善業　以彼朽爛壞　衰老無常身
轉成於佛身　及難思法身　以如是朽壞
徧常流穢身　當證得如是　無流無穢身
若人怖寒熱　遮障堅防護　畢爲老病死
諸苦同煎害　若人於寒熱　身徧能堪忍
莊嚴丈夫業　速成無上身　我當勤供養
世所同尊重　以不堅實身　當貿彼堅實

舍利子諸菩薩摩訶薩行尸羅波羅蜜多時發如是等第一心已爲欲勤求大菩薩藏微妙法門故於說法師倍復奉事勤加供養乃至施及貯水之器復次舍利子菩薩摩訶薩行尸羅波羅蜜多時發如是念身是不堅性非牢固當假覆蔽洗濯按摩而復終歸破壞離散磨滅之法舍利子譬如陶師埏埴瓦器若大若小終歸破壞如是舍利子身爲不堅終歸破壞如彼瓦器又舍利子譬如樹枝所依華葉果實終歸墮落如是舍利子身爲不堅必墮落法勢非久住如熟果等又舍利子譬如草端霜露凝滴日光照灼必不停住如是舍利子身爲不堅如霜露滴亦不久住又舍利子譬如大海及以衆流有泡沫聚一切不堅其性虛弱不可轂觸如是舍利子是身不堅猶如沫聚本性虛弱亦復如是又舍利

子如天大雨流泡亂浮速起速滅如是舍利子身爲不堅如水上泡其性輕薄亦復如是舍利子菩薩摩訶薩深自觀身見是事已復作是念我於長夜感得如是不堅固身曾未値遇如是福田我今得值又復善感如此之身我當依諸福田長養慧命以不堅身貿易堅身爲欲勤求大菩薩藏微妙法門故於說法師奉事供養乃至施及貯水之器舍利子是名菩薩摩訶薩第二發心爾時世尊欲重宣此義而說頌曰

如世諸陶師　埏埴坏成器　皆當歸破壞
衆生命如是　譬如依樹枝　所有葉華果
皆歸墮落法　人命亦如是　如草端垂露
日光之所照　須臾不暫停　人命亦如是
如河海聚沫　其性本虛弱　如是不堅身
虛浮亦如是　譬如天大雨　生起水浮泡
刹那速消滅　不堅身亦爾　不堅起堅想
於堅想不堅　邪分別所行　不能證堅實
於堅起堅智　不堅知不堅　正分別所行
能證於堅實　爲修堅實慧　微施於水器
故以不堅身　貿易彼堅實

舍利子諸菩薩摩訶薩行尸羅波羅蜜多時發如是第二心已爲欲勤求大菩薩藏微妙法門故於說法師倍復奉事勤加供養乃至施及貯水之器復次舍利子菩薩摩訶薩行尸羅波羅蜜多時發如是心我於長夜遠離善友諸惡知識之所拘執其性懈怠不修精進下劣愚鈍多邪惡見妄起如是癡不善心無施無受亦無福祀無有善作及以惡作無作增長諸業果報菩薩摩訶薩作如是念我

爲貪欲之所惑亂長夜流轉造作種種惡不善業由此不善惡業力故感得穢惡自體報果生鬼國中乏資生具無有一切最勝福田又我曾生餓鬼趣中恒食炭火經無量歲又於衆多百千歲中不聞水名況復身觸又作是念而我今者值遇如是最勝福田又感善身果報成就多資生具我當依諸福田廣修善業不顧身命承事師長鄔波柁耶阿遮利耶爲欲勤求大菩薩藏微妙法門故於說法師奉事供養乃至施及貯水之器舍利子是名菩薩摩訶薩第三發心爾時世尊欲重宣此義而說頌曰

如是善知識　常親近敬奉　便成如是性
故應數親近　爲惡友拘執　遠離賢善友
懈怠鄙精進　慳嫉多諂曲　無施等邪見
非撥於一切　我曾生鬼趣　受弊惡形質
於生死長夜　可畏大闇中　饑渴徧煎惱
多受於衆苦　於多百千歲　曾不聞水名
不見淨福田　不得無是難　我今感於此
難得之世間　又奉值賢明　獲無難具足
復離惡知識　得逢賢善友　誓不顧身命
當爲證菩提　以清淨善心　恭侍尊師長
亦當供諸佛　爲證菩提故

舍利子諸菩薩摩訶薩行尸羅波羅蜜多時發如是第三心已爲欲勤求大菩薩藏微妙法門故於說法師倍復奉敬勤加供養乃至施及貯水之器復次舍利子菩薩摩訶薩行尸羅波羅蜜多時發如是心我於長夜遠離善友惡友拘執懈怠懶惰下劣精進無智愚癡由如是見由如是忍謂有衆生受諸苦惱

如是悲泣號哭之時復以身手妄加捶打種種惱害以此因緣便生如是無量惡見謂無惡業無惡業報復由瞋恚覆蔽心故造作種種惡不善業以是業報得穢惡身生畜生中乏資生具無有一切最勝福田菩薩摩訶薩作如是念我於彼趣或作馲駝及牛驢等食敢芻草加諸杖捶訶喝恐怖情所不樂強令馱負復作是念我於往昔雖經此苦曾不值遇如是福田我今得值又復善感如此之身我當依諸福田不顧身命以不堅身貿易堅身供事師長為欲勤求大菩薩藏微妙法門故於說法師奉事供養乃至施及貯水之器舍利子是名菩薩摩訶薩第四發心爾時世尊欲重宣此義而說頌曰

我於彼長夜　未知登聖道　墮在駝牛驢
多受諸勤苦　我今得人身　當修賢善業
由此證菩提　是為聰慧相　我當起恭敬
建立諸佛法　奉覲說法師　為得菩提故
過去難思劫　循環生死輪　往來非義利
無福田養命　遠離善知識　常親近惡友
隨彼教誨轉　數墮諸惡處　我曾於傍生
閉縛驅打罵　由斯惡業故　受不愛苦果
遂墮於惡處　作馲駝牛驢　負重猶加杖
不親善友故　我今得難得　人身及善友
既蒙生善處　又得值無難　如龜久處海
欣遇浮木孔　身語善防護　精進心強盛
無諂事善友　長養慧命身　若有尊重師
發我慧心者　能宣說勝妙　菩提道大師
供養兩足尊　諸塗香末香　種種衣華鬘
我當承敬奉　現在十方佛　勝義常開示

無邊金色日　當修行供養　徧遊諸佛土
廣供調御師　爲淨菩提道　當昇大覺座

舍利子諸菩薩摩訶薩行尸羅波羅蜜多時發如是等第四心已爲欲勤求大菩薩藏微妙法門故於說法師倍增奉事勤加供養乃至施及貯水之器復次舍利子菩薩摩訶薩行尸羅波羅蜜多時發如是心我昔長夜遠離善友惡友拘執懈怠懶惰下劣精進無智愚癡由興惡見如是信忍如是欲樂妄作是念若以一切有情一切衆生或取身肉同煮一鑊或取其身同剉爲膾雖作如是不名非福又興惡見不由此故而招於惡不由此故而生於惡由妄見故又於大海此岸所有衆生一切布施悉令充足雖作如是不名非罪妄生異計不因此故而招於福不因此故而生於福以妄見故又於大海彼岸所有衆生一切斬害亦不因此而招於惡又不因此而生於惡菩薩摩訶薩作如是念我於往昔如是作已不能了知是罪非罪是福非福習近惡見愚癡所蔽多造不善諸重惡業由此業報感得下弊穢惡地獄之身於地獄中或敢鐵丸或以鋸解受於種種堅鞕苦味純苦無間相續不已乃至經彼多百千歲尚不聞樂聲何況身觸爾時菩薩復作是念我於往昔雖經此苦曾不值遇如是福田我今得值又復善感如是之身我當依諸福田長養慧命以不堅身貿易堅身不顧身命奉事師長爲欲勤求大菩薩藏微妙法門故於說法師奉事供養乃至施及貯水之器舍利子是名菩薩摩訶薩第五發心爾時世尊欲重宣此義

而說頌曰

我曾親惡友　爲惡心欺誑　依止衆惡見
徒興造惡業　盡大海此岸　所住諸衆生
施飲食充滿　謂不招生福　盡大海彼岸
所住諸衆生　我悉加殺害　謂非招惡業
如是諸惡見　數習恒親近　墮極苦地獄
壓笮於身首　昔於三惡趣　徒盡百千身
未曾見諸佛　世間之導首　世善友名稱
其聲尚難聞　我幸人中利　當修賢善業
得人身甚難　既得長命難　正法聞難會
諸佛出世難　我已得人身　感茲危脆命
逢值佛興世　預如來正教　我不復當行
身語心惡業　勿令我未來　受不愛苦果
我以清淨心　當修清淨業　由身語及意
行世所難行　我終不違師　衆人所許教
又當興供養　爲佛菩提故　以我不諂誑
及無幻僞心　當開脩直路　爲佛菩提道
無畏大菩薩　已發如是心　奉施貯水器
慧方便具足

舍利子諸菩薩摩訶薩行尸羅波羅蜜多時發如是第五心已爲欲勤求大菩薩藏微妙法門故於說法師倍增奉事勤加供養乃至施及貯水之器復次舍利子菩薩摩訶薩行尸羅波羅蜜多時發如是心我於長夜遠離善友惡友拘執懈怠懶惰下劣精進無智愚癡由是惡見如是信忍如是欲樂妄生是念撥無迎逆曲躬跪拜合掌問訊諸善業報爲慢所蔽多造惡業由惡業報在人趣中感鄙穢形於諸福田未曾長養清淨慧命菩薩摩訶薩作如是念我憶往昔受於孤露貧窮下

賤繫屬於他奴婢等類又受耽嗜色欲有情衆生貪著一切諸色欲相住不平等惡行之數起於種種諸惡邪見毀壞尸羅毀壞正見安住三種不善根中安住四種不應行處爲五種蓋之所覆蔭於六尊重不懷恭敬於七種法未能隨轉八邪性中邪決定行九惱害事之所惱害十業惡道常登遊踐地獄因道常面現前於天因道背而不面遠離一切諸善知識爲諸惡友之所執持隨逐魔怨自在而行遠諸善法現行一切不善之法又爲如是横加鞭杖訶喝恐怖情所不忍强抑驅役供給於他菩薩摩訶薩又作是念我昔未值如是福田故受諸惡我今得值又復善感如是之身我當依諸福田以不堅身易於堅身又當自養慧命不顧身命奉事師長爲欲勤求大菩薩藏微妙法門故於説法師奉事供養乃至施及貯水之器舍利子是名菩薩摩訶薩第六發心爾時世尊欲重宣此義而説頌曰

親近惡友增憍慢　經於無量多劫海
人趣受生奴婢身　於諸有流長夜轉
我今已得於難得　第一勇猛善人身
又得生於妙國土　值佛清淨無諸難
諸友賢善最勝友　能宣菩薩行道者
心寶增長諸菩薩　多俱胝劫今乃值
無常無恒虛薄身　譬如水泡并聚沫
又似幻事及戲變　如夢所見竊言等
命如雲電不久住　於世念念將消滅
是命將逝刹那間　故以不堅易堅命
我憶往昔多時中　墮在慢山深險處

曾於過去被欺誑　經不思議百劫海
我今盡捨身貪愛　又無顧戀壽命心
當速捨離憍高慢　於尊重師深敬奉
又世所共同尊長　所謂父母諸兄等
當速捨離憍高慢　第一遵崇極恭仰
近妙菩提諸菩薩　與我同奉菩提行
應生堅固愛敬心　常樂供養專承事
昔具重慢慢增長　不知調御斷慢法
當以無上智金剛　令憍慢山永摧碎
菩提妙行圓成已　安止最勝菩提座
摧伏鬬諍魔軍眾　當度四流羣生等
十方所有諸患人　臥自糞中為眾猒
於彼興發慈悲意　為作拔濟所歸趣
安住大施波羅蜜　於佛戒德能防護
具足修成於忍行　發起正勤令現前
得具靜慮波羅蜜　此時調伏心令住
安住大慧善方便　當為一切尊福田
增長盛福力如是　不可思議善智慧
若得第一自在智　乃至應時奉水器

舍利子諸菩薩摩訶薩行尸羅波羅蜜多時發如是第六心已為欲勤求大菩薩藏微妙法門故於說法師倍復承事勤加供養乃至施及貯水之器復次舍利子菩薩摩訶薩行尸羅波羅蜜多時發如是心我於長夜遠離善友惡友拘執懈怠懶惰下劣精進無智愚癡由是惡見如是信忍如是欲樂妄生是念謂無黑業無黑業報無有白業無白業報無黑白業無黑白報無非黑白業無非黑白報又不請問沙門婆羅門何者為善何者不善何者有罪何者無罪何者應修何者不應修

何者應作何者不應作又不請問修何等行於長夜中能感無義無利及諸苦惱又作何行於長夜中能感有義有利及諸安樂菩薩摩訶薩作如是念我於往昔由於此慢及以勝慢所障蔽故而能多造不善惡業以此業報感得人身諸根缺減於勝福田未養慧命雖處人中等作覆器童蒙嬉戲愚戇聾盲於善惡義無力無能了達宣暢又作是念我昔未遇是勝福田故造諸惡我今值遇又復善感具諸根身我當依諸福田增長慧命又應不顧身命求諸力能了達善說惡說之義又當請問於說法師何者爲善何者不善何者有罪何者無罪何者應修何者不應修何者應作何者不應作作何等行令彼聲聞及獨覺法而現在前作何等行令諸佛法及菩薩法而現在前舍利子菩薩摩訶薩爲欲勤求菩薩藏故依尸羅波羅蜜多行菩薩行以不堅身易於堅身於說法師承事供養乃至施及貯水之器舍利子是名菩薩摩訶薩第七發心爾時世尊欲重宣此義而說頌曰

於昔過去多百劫　遠離益我親善友
未曾請問善不善　有罪無罪諸業果
由增上慢自在力　墮於地獄鬼趣中
習近惡念爲同侶　經多百劫墜惡道
或習人趣多千劫　輪迴受身根不具
不知何善何不善　有罪無罪作業果
我獲人道猛健身　具足諸根處清淨
遠離諸難得無難　如龜引頸遇浮孔
值世作明燈照者　聞説離欲諸聖教
時我請問世間尊　善與不善等業果

云何具慳墮諸趣　云何無慳爲施主
云何貪諂汙尸羅　云何戒財全守護
云何忿恚憒亂人　云何無忿忍辱力
云何懈怠散亂心　云何精勤樂靜慮
云何惡慧瘂愚癡　云何有慧樂眞實
云何專意行菩提　具足尋求賢聖行
云何流慈徧世間　云何拔濟諸惡趣
云何樂法無猒心　能求菩提諸行藏
云何往請十方刹　現住諸佛世尊前
云何致敬修功業　云何請問普賢行
我今正應勤請問　法師尊重等尊重
云何於師樂敬養　云何令師意歡悅
佛子已生如是心　能集廣大妙福力
及勝自在智慧力　歡喜奉施至水器

舍利子諸菩薩摩訶薩行尸羅波羅蜜多時發如是第七心已爲欲勤求大菩薩藏微妙法門故於說法師倍復奉事勤加供養乃至施及貯水之器復次舍利子菩薩摩訶薩行尸羅波羅蜜多時發如是心我於長夜遠離善友惡友拘執懈怠懶惰下劣精進癡鈍無識猶如瘂羊捨離一切正義相應文句正法相應文句寂靜相應文句滅止相應文句正覺相應文句諸沙門婆羅門般涅槃等相應文句捨離如是諸文句已反更受持讀誦思尋究達一切非義相應文句非法相應文句乃至非涅槃等相應文句由如是故妄興是見謂無有力無有精進無丈夫果無勢無勇無行無威或俱生念無有行威又生是念無因無緣可令有情而生染汙不由因緣有情雜染又生是念無因無緣可令有情而得清

淨不由因緣有情清淨菩薩摩訶薩又作是念我於長夜由依如是不平等因無因見故多造種種惡不善業由此業報我於往昔在人趣身諸相不具於諸福田未長慧命雖處人中等於覆器童蒙嬉戲愚戇聾盲無力無能受持讀誦思惟究達正義相應文句乃至涅槃相應文句又作是念我昔未遇是勝福田故生妄見我今值遇乃至不顧身命爲求力能當於正義相應文句正法相應文句寂靜相應文句乃至涅槃相應文句如是等正法文句皆是大菩薩藏微妙法門之所攝者我今受持讀誦思惟究竟必當發起最上正勤盡命承事於說法師我今依尸羅波羅蜜多行菩薩行爲欲於此菩薩藏法能受能持能讀能誦修行供養故又作是念我當以不堅身易於堅身當善造集若福若智二種資糧由是二力常恒親近菩薩藏法菩薩摩訶薩如是思已於說法師承事供養乃至施及貯水之器舍利子是名菩薩摩訶薩第八發心爾時世尊欲重宣此義而說頌曰

若法眞實義相應　隨順修習道支道
爲於寂滅而作證　而能流通涅槃路
我昔遠離如是法　反更染習於諸惡
非法非義非寂靜　乃至涅槃不相應
無有精進亦無力　無丈夫果無威勢
撥無諸行無勇猛　一切盡空無所得
無有諸佛亦無法　及無世間之父母
無有黑法與白法　若果若報悉皆無
於如是等諸惡見　無始世來恒習行
由斯墮於地獄中　純受極苦久難出

如是轉受傍生趣　及墮焰魔惡世間
或時得生人趣中　愚騃無智而瘖瘂
童蒙嬉戲與聾盲　闇鈍頑嚚無智識
從是復墮於地獄　受諸重苦增愚暗
我從久遠無量劫　未曾得是清淨身
已遇諸根皆具足　是時宜速加精進
諸法眞實義相應　能爲寂靜之助伴
趣菩提道與菩提　我宜及時求是法
諸大菩薩祕奥藏　甚深眞實義相應
經彼百千俱胝劫　若得聞者爲希有
如是及餘諸佛法　無量無數不思議
我當精勤受已持　爲證諸佛菩提故
又當正勤起恭敬　承事供養說法師
所謂諸佛諸菩薩　當於彼聞無上法
諸無所畏大菩薩　發起如是勇猛心
智慧方便善成就　乃至施及貯水器

舍利子諸菩薩摩訶薩行尸羅波羅蜜多時發起如是第八心已爲欲勤求大菩薩藏微妙法門故於說法師倍增承事勤加供養乃至施及貯水之器復次舍利子菩薩摩訶薩行尸羅波羅蜜多時發如是心一切衆生爲無義行之所拘執顧戀身命著無義行不能勵意專修義利舍利子云何名爲著無義行謂於身命有所顧戀於覺分法情無希望計我我所以爲前導恒於其身防衛覆障沐浴調治莊飾寶護是則名爲著無義行舍利子復有著無義行謂於身命有所顧戀於覺分法情無希望計我我所以爲前導而於妻妾男女兄弟朋友眷屬親戚防衛覆障乃至一切諸受用具寶玩執著是則名爲著無義行

舍利子復有著無義行謂於身命有所顧戀於覺分法情無希望計我我所以爲前導而於奴婢僮僕防衛驅役桎梏守護是則名爲著無義行舍利子云何名爲專修義利謂於身命無所顧戀於覺分法有所希望妙菩提心以爲前導專修勝善身業意業及以語業是則名爲專修義利舍利子復有專修義利謂於身命無所顧戀於覺分法有所希望妙菩提心以爲前導專修引發杝那波羅蜜多乃至般若波羅蜜多是則名爲專修義利舍利子復有專修義利謂於身命無所顧戀於覺分法有所希望妙菩提心以爲前導而專修行布施愛語利益同事攝化一切諸衆生故是則名爲專修義利舍利子復有專修義利謂於身命無所顧戀於覺分法有所希望妙菩提心以爲前導專修念處正斷神足根力覺分如是道支是則名爲專修義利舍利子復有專修義利謂於身命無所顧戀於覺分法有所希望妙菩提心以爲前導而於父母及諸師長專修供養恭敬禮拜曲躬合掌謙下問訊迎逆給事弁和順業是則名爲專修義利舍利子復有專修義利謂於身命無所顧戀於覺分法有所希望妙菩提心以爲前導於三寶所隨順法教專修敬事舍利子菩薩摩訶薩作如是念一切衆生專著無義爲無義行之所拘執顧戀身命放逸懈怠而我今者專修義利爲有義行之所守護我當勤加精進以身供事諸說法師以不堅身易於堅身當修福智二力資糧以修福智力資糧故當近無上微妙菩提舍利子菩薩摩訶

薩依尸羅波羅蜜多行菩薩行爲求如是菩薩藏故承事供養諸說法師乃至施及貯水之器舍利子是爲菩薩摩訶薩第九發心爾時世尊欲重宣此義而說頌曰

諸愚癡凡夫　常顧於身命　不顧求菩提
起雜染三業　常爲利自身　及妻子眷屬
寶玩於無義　是名癡凡夫　驅役奴僕等
多畜養四足　寶著於無義　是名無智者
貯積多財穀　不施不食用　寶著於無義
名守藏愚夫　諸愚癡凡夫　專寶著無義
具妙慧菩薩　精求諸義利　不顧於身命
欣樂助菩薩　起種種善業　是名專義利
方便善修習　施戒忍正勤　靜慮與妙慧
是名專義利　供養於父母　給侍諸師長
深敬奉三寶　是名專義利　於攝一切法
諸菩薩妙藏　誦持及開闡　是名專義利
如是專義利　諸佛之所讚　精進善相應
是勝無畏子　發如是念已　以清淨信心
敬養尊重師　乃至奉水器

舍利子諸菩薩摩訶薩行尸羅波羅蜜多時發起如是第九心已爲欲勤求大菩薩藏故於說法師倍復承事勤加供養乃至施及貯水之器復次舍利子菩薩摩訶薩行尸羅波羅蜜多時發如是心世間衆生邪僻自在反執師教無所尅獲不獲何等所謂聖財云何聖財謂信戒聞慚愧捨慧如是等法是謂聖財彼諸衆生不獲此故名極貧窮菩薩摩訶薩又作是念我今應修妙善自在於師教誨隨順敬受所以者何菩薩摩訶薩由妙自在於師教誨隨順敬受有所證得何所證得所

謂聖財何等名爲菩薩聖財謂菩薩藏法門差別了知菩薩妙善自在即說法師妙善自在於菩薩藏法門差別廣爲衆生宣揚敷演辯了建立開闡分別顯示流布菩薩摩訶薩安住如是菩薩藏已獲聖法財永斷貧窮速疾證於阿耨多羅三藐三菩提舍利子菩薩摩訶薩依尸羅波羅蜜多行菩薩行發是心已妙善自在於師教誨隨順敬受復作是念我當以不堅身貿易堅身爲欲勤求菩薩藏故承事供養於說法師乃至施及貯水之器舍利子是名菩薩摩訶薩第十發心爾時世尊欲重宣此義而說頌曰

世間下劣諸衆生　諛諂幻惑多姦僞
顛倒僻執不如理　專惡自在違師教
深知是已順師誨　便能分別廣敷演
由斯獲得仙聖財　信戒捨聞慚愧慧
如是七財無盡藏　知非器者勿開顯
世間多有善衆生　堪爲諸佛淨法器
無諂美言來請問　妙善自在而開雅
常發猛勇勤精進　恭敬正法樂常聞
爲證諸佛妙菩提　不顧所愛之身命
知彼堪任正法器　復能受持深妙理
導師發起大慈悲　爲說無雜眞法界
諸大菩薩妙法藏　依彼建立勝菩提
又於其中廣開示　諸佛堅固聖財寶
一切諸法爲空相　亦無相相無我相
無有壽命無變異　無諸戲論無受藏
一切諸法之自性　不從緣生亦無相
曾無初起無終滅　無相眞如之所顯
若善自在柔和者　於師教誨無倒執

自然最勝為開示　本境所學解脫門
淨信尸羅與慚愧　正聞捨施般羅若
為彼分別廣敷顯　無盡七財之法藏
佛子和柔妙自在　隨順善友所誨言
我當承事說法師　為證無上菩提故
菩薩適發是心已　於渴乏者生悲愛
乃至經營淨瓦器　盛滿清水隨時施

舍利子諸菩薩摩訶薩行尸羅波羅蜜多時發起如是第十心已為欲勤求大菩薩藏故於說法師倍增承事勤加供養乃至施及貯水之器

大寶積經卷第四十二

音釋

貯知呂切盛也　癲都年切狂病也　癰於容切腫也疽也　癤子烈切癰癤也　疽癖疽七余切癰疽也癖息淺切乾瘍也　痰徒含切病液也　貿莫候切易也　埏埴埏式連切埴常職切埏埴謂和土為器也　㲉直庚切撞也　寱牛制切寐中有言為寱語　鋸居御切刀鋸也　鞕魚孟切堅牢也　脆此芮切物易斷也　戇陟降切愚也　憤房吻切懣也　騃五駭切癡也　頑　嚚嚚語巾切頑嚚心不則德義之經為頑口不道忠信之言為嚚

大寶積經卷第四十三

唐三藏法師玄奘奉　詔譯

菩薩藏會第十二之九

尸波羅蜜多品第七之二

爾時佛告舍利子菩薩摩訶薩行尸羅波羅蜜多時成就如是善根力故獲得四種廣勝處法何等爲四一者於諸善法速能趣入二者爲説法師之所讚美三者修行成滿無有毁犯四者於佛正法堅持不壞舍利子是爲菩薩摩訶薩獲得四種廣勝處法又舍利子菩薩摩訶薩由是力故處在人中復獲四種廣勝處法何等爲四一者爲多衆生隨逐修學於諸白法究竟安住二者於夷坦路營建逆旅極當堅密速令衆生獲得歡喜三者於長夜中得法利故歡泰之心無有退減四者臨終捨命無惑纏心往生善趣安樂世界舍利子是爲菩薩摩訶薩處在人中獲得四種廣勝處法又舍利子菩薩摩訶薩由是力故處在天中復獲四種廣勝處法何等爲四一者以福感故能攝天衆二者諸天集會瞻仰面門菩薩今者將何所演我等聞已當有開悟三者爲天帝釋及餘天子之所參覲請法斷疑而是菩薩不往其所四者現大宫殿爲於菩薩之所受用舍利子是爲菩薩摩訶薩處在天中獲得四種廣勝處法舍利子如是菩薩摩訶薩行尸羅波羅蜜多時若在天上若生人中復得無量無邊百千萬億諸妙法門皆爲滿足尸羅波羅蜜多故爾時世尊欲重宣此義而説頌曰

菩薩處高座　諸天所禮敬　瞻仰彼尊顔

将宣何等法　一切皆恭敬　具慧除慳悋
處歡喜宮殿　釋天來請疑　天中命盡已
來生於人間　爲轉輪聖王　大力無慳悋
若人中命終　還復生天上　曾未更衆苦
奉養法師故　恒獲如是等　四種廣勝處
爲無下劣心　恭敬說法者　若以敬愛心
奉施於水器　則天龍及人　所應親供養

復次舍利子是諸菩薩摩訶薩行尸羅波羅蜜多時成就如是諸善根故復於天中得四種法何等爲四一者了知先世所經造業二者了知因此善故來生天上及能了知退失善法三者了知從此命終當生某處四者爲諸天衆宣說妙法示教讚喜既利益已便捨天身舍利子是爲菩薩摩訶薩生在天中得四種法皆由尸羅波羅蜜多故復次舍利子菩薩摩訶薩行尸羅波羅蜜多時成就如是諸善根故復得四種圓成勝法舍利子何等爲四一者菩薩摩訶薩捨天宮已還來人趣與戒俱生二者菩薩摩訶薩處在人中獲得五種成勝生法云何爲五所謂得生勝家得勝妙色得勝淨戒得勝眷屬於諸衆生得修勝慈如是名爲獲得五種成勝生法三者菩薩摩訶薩處在人中復得五種成不壞法云何爲五所謂得善知識不可破壞所受之身終無中夭所得財位中無退失得菩提心無能壞者於匱法時得自豐足如是名爲獲得五種成不壞法四者菩薩摩訶薩處在人中又復獲得五種希有圓滿之法云何爲五菩薩摩訶薩於舍宅中安設空器隨菩薩手所及之處一切衆寶即皆盈滿是名第一獲得

希有圓滿之法菩薩摩訶薩若遇渴時即於其前具八德池自然涌現是名第二獲得希有圓滿之法菩薩摩訶薩福德持身不爲外物之所侵害所謂若毒若刀若火若水吸精氣者或復藥叉及諸惡鬼不能損害是名第三獲得希有圓滿之法菩薩摩訶薩於贍部洲諸災劫起所謂若刀兵劫若饑饉劫若疾病劫若火劫若水劫若風劫若渴劫若熱光劫若藥叉劫舍利子如是別劫興起之時爾時菩薩不生其中便處天上受極快樂受多極樂是名第四獲得希有圓滿之法菩薩摩訶薩即以如是善根力故永不復生諸難之處不生惡趣若悔纏心即能見知速疾遠離是名第五獲得希有圓滿之法舍利子是名菩薩摩訶薩行尸羅波羅蜜多故又復獲得四種希有圓成勝法復次舍利子菩薩摩訶薩行尸羅波羅蜜多時成就如是善根力故常不遠離四種妙法云何爲四一者菩薩摩訶薩但見有苦諸衆生時即便獲得大悲之心二者菩薩摩訶薩所有男女皆於菩薩恭敬隨順三者菩薩摩訶薩能制衰老不爲所侵四者菩薩摩訶薩資生作業百倍獲利或復過此二倍三倍舍利子是爲菩薩摩訶薩行尸羅波羅蜜多時成就如是四種妙法恒無遠離復次舍利子菩薩摩訶薩行尸羅波羅蜜多時成就如是諸善根故不爲三法之所劫奪何等爲三一者不爲貪欲之所劫奪二者不爲瞋恚之所劫奪三者不爲愚癡之所劫奪舍利子是爲菩薩摩訶薩行尸羅波羅蜜多故遠離三種劫奪之法復次舍利子

菩薩摩訶薩行尸羅波羅蜜多時成就如是諸善根故復得四種無病之法何等爲四一者菩薩摩訶薩不爲長病之所纏逼二者菩薩摩訶薩支體鮮澤未曾羸顇三者菩薩摩訶薩資生衆具無有損减四者菩薩摩訶薩不爲國王盜賊惡人及餘衆生所加惱害舍利子是爲菩薩摩訶薩行尸羅波羅蜜多故獲得四種成無病法復次舍利子菩薩摩訶薩行尸羅波羅蜜多時成就如是諸善根故獲得四種尊位之相何等爲四一者菩薩摩訶薩爲轉輪王威加四域以法御世名爲法王七寶來應皆悉成就何等爲七所謂輪寶象寶馬寶女寶末尼珠寶主家藏寶主兵臣寶千子滿足形貌端嚴威勢雄猛降伏怨敵是轉輪王爲四大洲之所朝宗欽仰歸化又爲宰相羣臣守衛衆會國界人民及諸小王共所導敬舍利子是爲菩薩摩訶薩獲得第一尊位之相又舍利子菩薩摩訶薩於妙五欲不染樂著所謂眼所識色耳所識聲鼻所識香舌所識味身所識觸菩薩摩訶薩於是五欲不染著故以淨信心捨家入道速獲五通人及非人之所恭敬舍利子是爲菩薩摩訶薩獲得第二尊位之相舍利子菩薩摩訶薩在所生處自然常得最上覺最上慧最上辯爲諸大王之所尊敬如過去世大烏末荼爲王敬重而是菩薩亦復如是爲王敬重請昇御座又爲宰相羣臣守衛衆會國界人民所共尊仰舍利子是爲菩薩摩訶薩獲得第三尊位之相又舍利子菩薩摩訶薩既悟阿耨多羅三藐三菩提已威德殊勝圓滿第一

爲諸天龍藥叉健達縛阿素洛揭路茶緊捺洛牟呼洛伽人非人等一切有情同所歸敬何以故由是菩薩成就最勝戒定慧品解脱解脱知見品於此法中證得清淨故舍利子是爲菩薩摩訶薩獲得第四尊位之相舍利子是名菩薩摩訶薩行尸羅波羅蜜多時獲得四種尊位之相皆爲成滿尸羅波羅蜜多故復次舍利子如是菩薩摩訶薩行尸羅波羅蜜多時具清淨心以貯水器奉施鄔波柁耶及阿遮利耶二尊師故獲得如是無量無邊功德妙法所謂菩薩摩訶薩爲求法故去來進止隨順於師如其所言終不違逆成就如是善根力故復獲四種最勝資財何等爲四一者菩薩摩訶薩所生之處獲得大王所用資財非餘衆生下劣資具二者菩薩摩訶薩所生之處受離欲法獲得仙財以淨信心捨家入道名聖法財三者菩薩摩訶薩所生之處得宿命念名獲念財由此念故生生之處終不忘失菩提之心四者菩薩摩訶薩證得阿耨多羅三藐三菩提已名菩提財常爲四衆天龍藥叉健達縛阿素洛揭路茶緊捺洛牟呼洛伽人非人等前後圍遶舍利子是名菩薩摩訶薩行尸羅波羅蜜多故證得四種最勝資財復次舍利子菩薩摩訶薩行尸羅波羅蜜多時於説法師乃至受持四句頌等去來進止隨順教命所謂是善是不善是有罪是無罪是應修是不應修又如是教乃至作此事已於長夜中能感無義無利諸苦惱法若作此已於長夜中能感有義有利諸安樂法如是等教隨師所命不作不善修習

善法無違無逆由是菩薩摩訶薩成就如是善根力故復獲四種成高勝法何等爲四一者菩薩摩訶薩得具尸羅成高勝法二者菩薩摩訶薩所感形體一切身分悉皆圓滿三者菩薩摩訶薩獲得大慧涌慧高慧廣慧捷慧利慧速慧深慧決擇之慧四者菩薩摩訶薩身壞命終生於善趣諸天世界舍利子是名菩薩摩訶薩行尸羅波羅蜜多時獲得四種成高勝法復次舍利子菩薩摩訶薩行尸羅波羅蜜多時成就如是善根力故又獲四種無能觀法何等爲四舍利子菩薩摩訶薩成就如是善根力故所在生處感得隱密陰藏之相是名第一無能觀法舍利子菩薩摩訶薩成就如是善根力故從初生巳若母若父若餘眷屬若天若龍藥叉羅刹健達縛阿素洛揭路茶緊捺洛牟呼洛伽人非人等所有衆生若清淨心若雜染心皆不能見菩薩之頂是名第二無能觀法舍利子菩薩摩訶薩成就如是善根力故從初生巳若母若父乃至人非人等所有衆生若清淨心若雜染心於菩薩面無能修飾瞻覩之者若有起心我當瞻飾菩薩面者便於兩足而現面像何以故舍利子以是菩薩摩訶薩成就如是希奇法故名善丈夫又復成就最勝丈夫第一詞辯是名第三無能觀法舍利子菩薩摩訶薩成就如是善根力故初生之時無人扶持自立于地遍觀四方即便獲得明利之智何以故由是菩薩摩訶薩於過去世以無諂心求聞法故而是菩薩摩訶薩又復獲得無邪諂眼由成就是無諂眼故以淨天眼超勝於

人乃至能觀三千大千世界所有衆生又此菩薩摩訶薩獲得速疾廣大之智由成就是廣大智故而能了知一切衆生於三時中所積集心何以故由是菩薩摩訶薩於彼往昔求法之時作意攝心勤加恭敬於正法所起良藥想起珍寶想起難遭想起妙善想如其所念求聞正法聞已受持菩薩摩訶薩又因是故復獲捷疾簡擇之智由成就是簡擇智故善能稱量諸衆生戒乃至善能稱量正聞定慧解脱解脱知見又菩薩摩訶薩善能稱量一切衆生尸羅同性乃至善能稱量正聞定慧解脱解脱知見同性又菩薩摩訶薩善能稱量一切衆生戒之等流乃至善能稱量正聞定慧解脱解脱知見等流又菩薩摩訶薩善能稱量一切衆生尸羅等流超勝之相乃至善能稱量正聞定慧解脱解脱知見等流超勝之相又菩薩摩訶薩善能稱量一切衆生進止威儀修行正行勇猛之相舍利子菩薩摩訶薩如是展轉稱量思惟一切衆生諸功德已而作是念是諸衆生所有戒聞乃至解脱解脱知見是諸衆生所有尸羅同性乃至正聞定慧解脱解脱知見同性是諸衆生所有尸羅等流乃至正聞定慧解脱解脱知見等流是諸衆生所有尸羅等流超勝之相乃至正聞定慧解脱解脱知見等流超勝之相是諸衆生所有進止威儀修行正行勇猛之相如是等相皆是衆生所有功德我今於中稱量觀察不見與已有平等者爾時菩薩又更思惟一切衆生根本堅住與已校量不見一切與我等者又舍利子菩薩摩訶薩

初生之時於刹那頃能速發起業報妙智由此智故一彈指頃善能了知一切衆生千種心相是時菩薩摩訶薩以智尋思此一切心不見與已有平等者菩薩摩訶薩如是正知我今獨處最上尊位如師子王安住無畏如大龍王有大威德足不踐地各行七步念菩提座微妙業報住在現前唱如是言我於世間最爲尊大我於世間最爲殊勝我今當證生老死邊我當度脱一切衆生生老病死憂悲苦惱我當爲諸衆生宣説廣大微妙最勝無上正法舍利子菩薩摩訶薩發是語時中無有間其聲徧告滿此三千大千佛之世界其中衆生聞是聲已驚怖毛竪天鼓戰掉數發大聲而此世界皆悉震動唯有菩薩所住之地如車輪許嶷然安靜即此地輪下依水聚亦不爲彼大風揺動是菩薩摩訶薩自觀已身見無量光徧身而住既證阿耨多羅三藐三菩提已爲諸衆生所共瞻仰是名第四無能觀法舍利子是名菩薩摩訶薩獲得四種無能觀法何以故皆是菩薩摩訶薩於過去世行尸羅波羅蜜多時隨順法師去來進止遵承教命無違逆故復次舍利子菩薩摩訶薩行尸羅波羅蜜多時成就如是諸善根已復獲四種迅速之法何等爲四菩薩摩訶薩成佛之時具足如是諸佛如來所説之法無有缺減又所説法言無虚設是名第一迅速之法菩薩摩訶薩成佛之時具足如是諸佛如來若有所命作如是言進來苾芻爾時衆生便進佛所髮自斷落被服袈裟持鉢多羅是名第二迅速之法菩薩摩訶薩成佛之

時具足如是諸佛如來善知衆生三時之心是名第三迅速之法菩薩摩訶薩成佛之時具足如是諸佛如來善知衆生應病藥智是名第四迅速之法舍利子是名菩薩摩訶薩獲得四種迅速之法何以故由於往昔行尸羅波羅蜜多時以清淨心奉施鄔波柁耶及阿遮利耶諸說法師之水器故復次舍利子菩薩摩訶薩依尸羅波羅蜜多具足如是善根力故成佛之時復得四種他不害法何等爲四舍利子如來身者無依無受何以故如來之身若爲火刀毒藥他物能損害者無有是處舍利子是爲菩薩摩訶薩成佛之時具尸羅故能獲得四種無損害法復次舍利子菩薩摩訶薩依尸羅波羅蜜多由具如是善根力故成佛之時復得四種他無過法何等爲四一者諸佛如來無依無受所以者何無有衆生於如來前能發是言我爲如來說未聞法乃至一句若能說者無有是處二者諸佛如來無依無受所以者何無有衆生於如來前如法立論乃至一句若立論者無有是處三者諸佛如來無依無受所以者何無有衆生能得如來乃至微分一不定心若能得者無有是處何以故舍利子諸佛如來心恒在定謂住慈悲喜捨等故四者諸佛如來無依無受所以者何無有衆生能取如來身色諸相若取相者無有是處舍利子諸佛如來具尸羅故獲得四種他無過法復次舍利子諸佛如來成就如是善根力故獲得具足五無量法何等爲五一者諸佛如來尸羅無量二者諸佛如來正聞無量三者諸佛如來正

定無量四者諸佛如來正慧無量五者諸佛如來解脱解脱知見無量舍利子如是如來五無量法皆由往昔行尸羅波羅蜜多時於鄔波柁耶阿遮利耶諸尊重所隨順師教去來進止無違逆故復次舍利子諸佛如來具足尸羅波羅蜜多已成就如是善根力故獲得四種無障礙智何等爲四所謂諸佛世尊於過去世無障無礙智見轉諸佛世尊於未來世無障無礙智見轉諸佛世尊於現在世無障無礙智見轉諸佛世尊善能發起平等之心由起如是平等之心故能知三世平等之性舍利子是爲如來具尸羅故獲得四種無障礙智復次舍利子諸佛如來又復善能成就正智由正智故不依屬他而能悉知一切諸法諸佛如來又能成就不思議智由成

就此不思議智故而能了知諸風雨相舍利子如來善知世有大風名烏盧博迦乃至衆生諸有覺受皆由此風所揺動故此風輪量高三拘盧舍於此風上虚空之中復有風起名曰雲風此風輪量高五拘盧舍於此風上虚空之中復有風起名蹭薄迦此風輪量高十踰繕那於此風上虚空之中復有風起名吠索縛迦此風輪量高三十踰繕那又此風上虚空之中復有風起名曰去來此風輪量高四十踰繕那如是舍利子次第轉上六萬八千俱胝風輪之相如來應正等覺依止大慧悉能了知舍利子最上風輪名爲周徧上界水輪之所依止其水高量六十八百千踰繕那爲彼大地之所依止其地量高六十八千踰繕那舍利子是地量表有一三千大千

世界其中有佛號曰弘藴如來應正等覺今現在彼住世施化其佛壽量三十俱胝歲聲聞弟子有三十俱胝那庾多一切皆是大阿羅漢諸漏已盡無復煩惱乃至證得諸心自在最上波羅蜜爾時彼佛與如是等大聲聞衆同共集會復有百俱胝等菩薩摩訶薩皆悉證得菩薩藏法於諸義理妙善決定爲多聞海爲大法師住空無相及以無願舍利子我涅槃後具滿千歲彼佛方乃入般涅槃正法住世滿於千歲流布舍利徧益世間亦如我今般涅槃後舍利流布徧益之相舍利子如來無障礙智又能了知過於彼佛世界之上無量無邊風輪圍相并諸佛土具足圓相舍利子又過此上有別世界現無如來而有百千獨覺所住其中衆生皆於獨覺而種善根舍利子如來依彼智故復能了知此世界上有殑伽沙等諸佛如來出興于世今現在彼度諸衆生如是十方無量無數不可思議不可稱量諸佛如來應正等覺出興于世今現在彼度諸衆生如來妙智悉能了知舍利子如來又能了知如上所説諸佛世界現燒然等成壞之相無量無邊如來妙智皆悉明了爾時世尊説是語已長老舍利子白佛言世尊如來應正等覺成就何等諸善根故而能獲得如是無量不可思議無障礙智佛告舍利子如來由住尸羅波羅蜜多故妙善自在於正法所發起恭敬尊重之想起良藥想起珍寶想起難遭想起善根想如所應想生深敬想又能安住攝正法想舍利子如來由住尸羅波羅蜜多敬重法故獲得如是明利

大智如是大智又能了知無量無數過於前量舍利子諸佛世尊無斷之智無量無數不可思議不可稱量不可宣說往來之相舍利子諸佛如來具尸羅故復得如是自在之力是故如來如彈指頃往殑伽沙等諸佛世界而復旋返還本住處舍利子諸佛如來於是正法尸羅波羅蜜多所以淨信解聽聞受持由此獲得速疾解脫由此解脫我善解脫於何法中而得解脫謂於諸苦善得解脫復次舍利子若有菩薩摩訶薩於此四種恭敬住處聞斯法已得清淨信行尸羅波羅蜜多故發如是心我如是住我於此住由我如是常安住故我常不離諸佛正法舍利子菩薩摩訶薩受持是經法門章句彼由如是善根力故復獲四種慧所成法何等爲四一者由具慧故能發大慧二者由具慧故逢值諸佛親覲承事三者由具慧故以淨信心捨家入道四者由具慧故速證阿耨多羅三藐三菩提舍利子是名菩薩摩訶薩行尸羅波羅蜜多時獲得四種慧所作法復次舍利子菩薩摩訶薩行尸羅波羅蜜多時由成就是善根力故又獲四種多所作法何等爲四一者受得人身名多所作二者值佛出世名多所作三者以淨信心捨家入道名多所作四者速證阿耨多羅三藐三菩提名多所作舍利子是名菩薩摩訶薩行尸羅波羅蜜多時獲得四種多所作法復次舍利子菩薩摩訶薩行尸羅波羅蜜多時由成就是善根力故復獲四種支分之法何等爲四一者菩薩摩訶薩獲轉輪支謂處人中作轉輪王二者菩薩摩訶

薩處於梵世爲大梵王三者菩薩摩訶薩處諸天衆而爲天帝四者菩薩摩訶薩證得阿耨多羅三藐三菩提已於一切法具足圓滿號爲法王處世垂化又復獲得吉祥諸力淨衆生智神通境界如是諸相皆能了知爲諸世間天人之眼爾時世尊欲重宣此義而說

頌曰

救世之明眼　諸羣生最上　善解諸醫法
由斯證寂滅　往返隨師教　感報爲如是
未曾受衆苦　及不善自在　速往生天上
速還返人中　速奉見諸佛　速得離諸難
巨富豐大財　目覩諸伏藏　隨手之所及
衆寶皆盈滿　化現妙池沼　八德水常盈
未曾受憂惱　爲善自在果　手足不繚戾
又無醜短相　支體不乾枯　亦復不減少
不傴不缺目　指相無增減　首異於象頂
爲善自在果　儀貌皆圓滿　質重如金聚
端嚴衆樂觀　容相皆鮮妙　諸天龍鬼神
及以世人等　供養而尊敬　爲妙自在德
遠離諸惡道　往人天善趣　速悟大菩提
爲善自在果　若人悉能了　一切衆生心
各行七步已　妙音告世界　斯人智最上
斯人慧最上　解脫亦最上　衆生中最上
慧令慧清淨　慧依智安立　慧智與解脫
皆依諸佛證　由慧自性生　所知由智了
若有具智慧　所求無不遂　如是甚深義
我爲汝略說　無慧少欲人　寧當受此義
彼由癡所癡　衆惡所逼迫　發起於忿恚
不恭敬正法　若少欲衆生　於如是正法
不復興恭敬　更起諸餘事　不敬法衆生

忿恚所迷執　常懷染汙心　不應爲宣説
諸老熟所及　衰邁摩訶羅　彼臨命終時
虛言住後有　諸老熟所及　衰邁摩訶羅
妄呑羅漢供　速墮於地獄　具戒尚難得
況阿羅漢果　信者營靈廟　復由沉惡趣
復次舍利子菩薩摩訶薩行尸羅波羅蜜多時如是精勤修行戒行爲求菩薩藏故以身承事正行諸師獲得如上所説功德又復獲得倍過前數無量無邊不可思議功德利益舍利子當知菩薩摩訶薩安住如是菩薩藏故行善自在妙清淨戒諸菩薩行舍利子云何名爲妙戒清淨舍利子菩薩摩訶薩行尸羅波羅蜜多故獲得十種清淨尸羅汝應知之何等爲十一者於諸衆生曾無損害二者於他財物不行劫盜三者於他妻妾遠諸染習四者於諸衆生不興欺誑五者和合眷屬無有乖離六者於諸衆生不起麤言由能堪忍彼惡言故七者遠離綺語凡有所言諦審説故八者遠諸貪著於他受用無我所故九者遠離瞋恚善能忍受麤言辱故十者遠離邪見由不敬事諸餘天仙及神鬼故舍利子是爲菩薩摩訶薩行尸羅波羅蜜多時獲得十種清淨尸羅當如是學復次舍利子菩薩摩訶薩行尸羅波羅蜜多時復有十種清淨尸羅汝今當知何等爲十一者不缺尸羅不由無智之所證故二者不穿尸羅不平等生所遠離故三者不玷尸羅一切煩惱所不雜故四者不染尸羅唯爲白法所增長故五者應供尸羅隨其所欲自在行故六者稱讚尸羅諸聰慧者不訶毀故七者不呰尸羅一切

過惡不容受故八者善護尸羅善能守護諸根門故九者善守尸羅自然正智恒現前故十者善趣尸羅大菩提願爲助伴故舍利子是爲菩薩摩訶薩行尸羅波羅蜜多時獲得十種清淨尸羅當如是學復次舍利子菩薩摩訶薩行尸羅波羅蜜多故復有十種清淨尸羅汝今當知云何爲十一者少欲尸羅如法清淨善知量故二者知足尸羅永斷一切諸貪著故三者正行尸羅能令身心皆遠離故四者住靜尸羅於諸閙閙皆捨遠故五者杜多功德蠲除嗜欲尸羅自在善根之所成故六者聖種知足尸羅不顧他顏無希望故七者如説而行尸羅幽明奉攝不欺人天故八者自省已過尸羅常以法鏡照了自心故九者不譏他闕尸羅將護彼意故十者成熟衆生尸羅不捨諸攝法故舍利子是爲菩薩摩訶薩行尸羅波羅蜜多故獲得十種清淨尸羅當如是學復次舍利子菩薩摩訶薩行尸羅波羅蜜多時復有十種清淨尸羅汝今當知云何爲十一者於佛淨信尸羅離心栽栟故二者於法淨信尸羅守護正法故三者於僧淨信尸羅恭敬聖衆故四者俯屈從事尸羅不離思惟佛菩提故五者親近善友尸羅覺分資粮善積集故六者遠離惡友尸羅棄捨一切不善法故七者大慈波羅蜜多尸羅成熟一切諸衆生故八者大悲波羅蜜多尸羅困厄衆生令解脱故九者大喜波羅蜜多尸羅於彼正法生喜樂故十者大捨波羅蜜多尸羅於諸愛恚兩俱捨故舍利子是爲菩薩摩訶薩行尸羅波羅蜜多故獲得十種

清淨尸羅當如是學復次舍利子菩薩摩訶薩行尸羅波羅蜜多時復有十種清淨尸羅汝今當知何等爲十一者柁那波羅蜜多尸羅爲善成熟諸衆生故二者羼底波羅蜜多尸羅善護一切衆生心故三者毗梨耶波羅蜜多尸羅於諸正行不退轉故四者靜慮波羅蜜多尸羅靜慮資粮善滿足故五者般若波羅蜜多尸羅聽聞根本無猒足故六者樂求聞法尸羅常樂請求菩薩藏故七者不顧惜身尸羅以無常想恒觀察故八者不寳重命尸羅以如幻心常現觀故九者諸意滿足尸羅從初發心善清淨故十者佛戒和合尸羅回向如來一切戒故舍利子是爲菩薩摩訶薩行尸羅波羅蜜多故獲得清淨尸羅當如是學復次舍利子是諸菩薩摩訶薩行尸羅波羅蜜多時具足如是清淨戒故無有人天諸妙快樂是諸菩薩而不受者無有世間工巧業處是諸菩薩所不知者無有世間諸衆生等所受用具是諸菩薩不獲感者無有凡夫不互爲怨而是菩薩於彼衆生曽無瞋恚無有世間虚誑妄語菩薩於彼不生信受無有世間諸衆生等菩薩於彼不起毋想無有世間諸衆生等菩薩於彼不生父想無有世間諸衆生等菩薩於彼不生保任親附之想無有一切有爲之法菩薩於彼不起無常生滅之想舍利子菩薩摩訶薩了知諸行皆無常巳不顧身命修清淨戒行諸菩薩所行正行皆爲成滿尸羅波羅蜜多故爾時世尊欲重宣此義而說頌曰

妙色妙音聲　能濟樂法者　菩薩未爲難

住淨尸羅故　面目皆圓淨　不生盲跛傴
諸身分端正　皆由淨戒生　具大力大勢
赫奕大威光　復由精進慧　令惡魔驚怖
諸王咸供養　天龍所尊敬　善斷諸疑網
深修行大慈　安住於戒聚　法行大名稱
苦逼不生畏　終不墮惡道　衆生皆惛睡
菩薩能覺之　常無有暫眠　徧四方求法
安住於戒聚　爲求菩提道　捨最上名珍
妻子身肉等　求最勝法教　及無上佛法
於世間所依　應修諸供養　若訶責罵詈
惱害與惡行　加哀及讚美　斯由住忍故
如所說修行　言常不虛誑　安坐道場已
震動於大地　於佛法無疑　捨離邪天衆
恒事天所尊　謂供薄伽梵　世間諸衆生
刀杖等相加　能令彼和合　是爲聰敏相
衆生受重苦　多百俱胝劫　雖不來見求
若覩常無捨　善友交談論　義利由斯獲
而衆生不求　反更相加害　我以贍部洲
及諸佛國土　滿中珍寶聚　用資求善友
假使以利刀　割斷我支節　於彼衆生類
常行平等心　捨愚夫作業　爲佛法因緣
常守淨尸羅　安住微妙法　修習法隨法
行菩提妙行　爲求佛菩提　三明慧甘露
安住於戒聚　修學諸佛法　是爲聰慧者
天世應修供　一切法無疑　善達諸工巧
深曉衆生意　弘揚美妙法　戒聚已清淨
安坐菩提樹　降伏惡魔軍　悟無上正覺
揚暉滿世界　猶如日月光　菩薩有情尊
能開聖慧眼　授手引羣生　問道皆開示
常歡笑先言　曾無懷嫉妬　捨無量自身

及施多財寶　未嘗有遠離　最上佛菩提
信戒已圓具　善住諦實言　曾無有幻僞
安住尸羅聚　諸來菩薩所　或設虛妄言
有聞皆信受　而恒依諦語　若有許菩薩
假言衣食施　終無有惠及　菩薩無恚心

大寶積經卷第四十三

音釋

羸顇　羸倫爲切瘦也顇秦醉切憂瘁也
嶷然　嶷魚力切謂如山之嶷然不動也
踰繕那　梵語也此云限量如此方一驛地或四十里六十里八十里也繕時戰切
繚戾　繚蓮條切戾郎計切繚戾謂手足纏攣而曲戾也
傴　委羽切不伸也
枿　牙葛切伐木之餘謂斫而復生也
跛　補火切足偏廢也

大寶積經卷第四十四

唐三藏法師玄奘奉　詔譯

菩薩藏會第十二之十

尸羅波羅蜜品第七之三

復次舍利子菩薩摩訶薩行尸羅波羅蜜多時具足如是清淨尸羅於諸行中常恒發起不可樂想於諸衆生起父母想於彼有情起難保想於妙五欲起非妙想於受了別起無識想舍利子是菩薩摩訶薩作是觀已不起平等不平等心何以故是菩薩摩訶薩作如是觀若當發起心平等者應起出心入於寂滅若當發起心不平等應令染心轉不平等如是眼色爲緣生於眼識染心起滅由隨眼故彼心體生於所緣境妄心計淨若能了知彼不如理而體不淨如是知已便得解脫若彼解脫即盡於彼彼何所盡所謂貪盡瞋盡癡盡如是盡者即非貪盡瞋盡癡盡何以故若刹那貪有滅盡者即應貪異盡異若如是者貪應是實盡亦是實若貪是實不應滅盡然舍利子一切有情皆由不正思惟如理作意故生於貪欲夫貪欲者分別所起若無分別計執斯斷若斷計執即無有實由無實故中無所貪由無貪故即是眞實若是眞實於中無苦由無苦故則無燒惱無燒惱故即是眞實若是眞實於中無熱由無熱故是即清涼是即涅槃於涅槃中無有貪愛何以故舍利子夫涅槃者無有思慮我當除滅如是會愛貪愛盡故名得涅槃若如是者即能貪異所貪亦異涅槃復異此若異者則於彼爲彼若於彼爲彼智者應當尋思彼實如是求已

不得堅實若無堅實即爲是虛若是虛者即爲寂靜若寂靜者即爲是空空無何法謂我我所若常若恒若住若變異法則無有情則無命者由如是故於貪瞋癡則無所起舍利子以何等故有我我所計此爲我此我所有起我我所顛倒計我故執我所執我所故便有所作於所作中起四種行云何爲四謂身所作語心所作由意思惟發麤惡語從此便生運身加害舍利子一切愚癡凡夫由起自他別異想故爲想所執爲想所縛菩薩摩訶薩行尸羅波羅蜜多故於如是事知顛倒已不與諸行而相習近何以故由習近故則生怖畏菩薩摩訶薩作如是念我今爲求無怖畏故度諸衆生不宜於彼而生怖畏我當與之共爲親愛復次舍利子云何菩薩摩訶薩依尸羅波羅蜜多故於一切衆生起父母想舍利子菩薩摩訶薩行尸羅波羅蜜多時作是思惟無有衆生於彼過去久遠世來非父非母易可得者何以故一切衆生定曾爲我若父若母然由於彼生貪心故捨於母想生瞋心故捨於父想流轉生死不能斷絶是故舍利子菩薩摩訶薩由斯事故深思惟巳於諸衆生起眷屬想舍利子如彼過去超阿僧企耶廣大無量不可思議劫爾時有佛名最勝衆出現於世如來應正等覺明行圓滿善逝世間解無上丈夫調御士天人師佛薄伽梵彼佛住壽九俱胝歲與九俱胝那庾多大聲聞衆同共集會爾時有一菩薩名爲得念生在王宫形貌端嚴衆所樂見成就第一圓淨色相然此菩薩初生之時父母各以八萬

四千童少婇女而以賜之親友眷屬復以八萬四千諸妙婇女而用上之父母知友復以婇女八萬四千奉於菩薩爲欲生長常隨翼從舍利子時菩薩父爲是菩薩起三時殿熱時雨時及以寒時令彼菩薩居重殿上隨時而住又令無量百千妓樂圍遶菩薩而娛樂之爾時菩薩聞諸樂音將舉其聲起生滅想而現在前樂音暫止便思此聲依何而起何處而生依何而息何處而滅爾時菩薩作是觀時不起晝夜差別之想唯恒發起無常之想一切世間不可樂想舍利子爾時得念菩薩四萬歲中未曾於樂而生味著又四萬歲於諸欲中未曾貪染是時菩薩住深宮中入四靜慮發五神通即從内宮以神足力身昇虛空往最勝衆如來應正等覺薄伽梵所既到彼已請問彼佛得少善法旋還本宮舍利子是得念菩薩於彼如來入涅槃日復往如來所住之處問諸苾芻最勝衆佛今爲何在我今欲見親覲供養時諸苾芻告得念曰善男子汝不知耶如來今者已般涅槃爾時菩薩既知如來般涅槃已即於是處舉身投地涕泣悶絶良久乃甦便說頌曰

如是照世間　到諸法彼岸　我住放逸地
如何自欺誑　百千劫俱胝　如來乃一現
而我不奉事　誰當作依救　如我自惟忖
我母非親善　何不讚如來　令我初生見
父亦非親善　陷我於諸欲　既被所拘執
乖事世間依　不聞佛所說　六十妙音聲
生爲失大利　謂不事佛故　到諸法彼岸
利世大悲者　我憍逸所執　不事兩足尊

千億那庾劫　見諸佛甚難　我不修供養
滅後方來至　今我重思忖　父母俱非善
當我初生時　何不爲讚佛　今見最勝尊
常住如來所　廣修諸供養　及聽聞正法
如來所宣暢　六十妙音聲　而我未曾聞
滅後方來至　我今失大利　涅槃後方來
無爲演妙法　如先佛所說

舍利子爾時得念菩薩即於是處悲啼而起往最勝衆如來般涅槃牀既到彼已哀慟悲噎右遶如來滿百千帀却住一面而說頌曰

佛爲羣生眞實尊　顯揚無上微妙法
我今發起至誠心　爲獲最勝菩提故
我今敬禮如來足　世界眞言大慧者
願我當獲如斯智　等最勝尊之所得
我昔羸劣無智慧　墮在魔羅品類中
安處居家多迫迮　不得奉事人中上
我已曾修勝妙福　由此暫得覲如來
然佛不垂開正法　故我於今受極苦
我今天龍等衆前　興發至誠眞諦語
若我本期如實者　當依所言無不遂
願我當於未來世　諸佛出現人中尊
見甚深義廣大用　宣說無上眞實法
爾時諸難我不生　既生諸欲不親近
女色自在無隨轉　摧壞魔羅之囹圄
生生常得見諸佛　無上正法現前聞
由覲諸佛淨信生　生淨信已修諸行
若我所發至誠言　必當諦實非虛者
由此如來還起坐　如從重睡欻然覺
菩薩適發誠言已　如來應時便起坐
百千俱胝諸天衆　以上妙衣而奉散

菩薩是時心喜悅　舉身上踊住虛空
旣在虛空安住已　以妙伽他讚最勝
慈心利世大明照　第一説者大神通
覺悟愍念世間依　演宣無上正法者
舍利子爾時得念菩薩宣説如是諸讚頌已
欲令大衆倍歡悅故復於佛前而説頌曰
我於未來當作佛　示現授記人中尊
汝等大衆應隨學　於如來所興供養
世間依怙不思議　誰有於斯不生信
哀愍我等及衆生　已入涅槃還重起
舍利子是得念菩薩於最勝衆如來法中大
設供養植諸善本即以如是善根力故於此
命終生彼善趣諸天世界經二十大劫俱胝
不墮惡趣又經二十大劫俱胝不受欲樂舍
利子是得念菩薩於如是時親覲奉事七千

諸佛於諸佛所廣設供養爲求阿耨多羅三
藐三菩提故常修梵行於最後劫末世之時
得勝上身自善根力之所發起成等正覺號
娑羅王如來應正等覺明行圓滿善逝世間
解無上丈夫調御士天人師佛薄伽梵出現
於世舍利子是娑羅王佛壽二十俱胝歲與
諸弟子再會説法第一大會聲聞弟子有二
十俱胝第二大會有四十千一切皆是大阿
羅漢諸漏已盡無復煩惱獲大勢力乃至得
到諸心自在第一彼岸舍利子彼佛世尊般
涅槃後流布舍利廣起靈廟正法住世滿十
千歲爾時薄伽梵欲重宣此義而説頌曰
舍利子當知　是得念菩薩　二十劫俱胝
未曾墮惡道　又經如是劫　不習諸貪欲
於是中間時　七千佛滅度　愛樂諸佛法

常修清淨行 最後悟菩提 號娑羅王佛
三十俱胝千 住無上正覺 悟上菩提已
利益諸衆生 二十俱胝歲 廣宣微妙法
二十俱胝衆 及餘四十千 一切盡諸漏
皆佛之仙衆 彼佛涅槃後 舍利廣流布
靈廟具足滿 六十千俱胝 滅後法住世
經於十千歲 聞佛說正教 皆生清淨信
如來所說法 智者不生疑 終不墮惡道
速證於寂滅

復次舍利子如是菩薩摩訶薩行尸羅波羅蜜多故清淨戒聚於諸衆生起父母想何以故我於往昔生貪心故捨於母想生瞋心故捨於父想我今行尸羅波羅蜜多安住淨戒於彼諸欲恒與起猒違背之想是菩薩摩訶薩爲除貪故以正作意於諸欲中起於眞實違猒之想舍利子是菩薩摩訶薩由起如是正思惟故能自了知諸欲之相又能了知諸欲違猒舍利子云何名爲了知諸欲及能了知諸欲違猒舍利子所言諸欲名爲貪愛謂貪眼識所識諸色是名爲欲貪愛耳識所識諸聲是名爲欲如是貪愛鼻識所識諸香舌識所識諸味身識所識諸觸是名爲欲舍利子若有貪愛則有執著夫執著者名之爲結結名發起發起名縛又亦名爲不實戲論如是舍利子一切衆生皆爲不實戲論諸縛所縛纏縛徧縛增上徧縛不得解脱舍利子一切衆生爲誰縛故名之爲縛所謂色縛所縛故名之爲縛乃至聲香味觸縛所縛故名之爲縛又何等故名爲色縛謂於自身所得諸色妄起我想命者之想數取趣想常想恒想

不變異想實想全想一合之想如是等想名爲色縛舍利子何等名爲色縛所縛謂於所起我自體相深親寶重廣興我愛於諸妻妾一切女色戀著不已如是名爲色縛所縛舍利子是諸衆生既得受用諸欲法已造不善業不如實知諸欲過失云何名爲諸欲過失舍利子一切諸欲無非過失是故智者於諸過失不應生欲然趣惡道是欲重過吾當爲汝開示其相舍利子云何名爲能趣惡道諸欲重過舍利子我說一切習近欲時無有少惡而不造者彼若報熟無有少苦而不攝受是故舍利子我觀一切千世界中衆生大怨無過妻妾女色諸欲何以故舍利子夫有智者即是如來言無智者謂羣生也若諸智者之所訶毀是名眞實若諸無智之所攝受則非眞實舍利子諸無智者何所攝受所謂攝受諸有爲法攝受妻妾女色諸欲及男女等彼無智者又爲妻子諸女色等之所攝受如是展轉更相攝受則不攝受於彼聖道舍利子彼無智者爲於男女妻妾諸女色等所纏縛故於諸善法多生障礙何所障礙所謂障礙出家障礙尸羅障礙靜慮障礙天道障礙涅槃又能障礙諸妙善法又舍利子彼無智者若有攝受男女妻妾諸女色等略說則是攝受怨讎即爲攝受地獄傍生焰魔鬼趣等舍利子如是攝受取要言之即是攝受一切惡不善法障礙一切諸賢聖法又若攝受男女妻妾諸女色等乃至則於一切美食亦能障礙況餘勝事舍利子如是障礙略而言之所謂障礙見佛障礙聞法障礙奉僧障礙見

佛所得淨信障礙聞法所得淨信障礙奉僧所得淨信又略而言障礙獲得具足無難障礙信財戒財聞財捨財慧財慚財愧財舍利子若有攝受男女妻妾諸色欲等即爲攝受不信惡戒邪聞慳悋惡邪之慧無慚無愧又復攝受病癰毒箭火聚毒蛇舍利子若有樂處居家耽嗜不捨當知即是樂處塚間是故我說樂處居家如住塚間及曠野處無所投告即爲喪失諸白淨法又舍利子若有衆生味著男女妻妾諸女色欲當知即是味著礫石之雹即是味著利刀之刃即是味著大熱鐵丸即是味著坐熱鐵牀即是味著熱鐵杌隥舍利子若有味著華鬘香塗即是味著熱鐵華鬘亦是味著屎尿塗身舍利子若有攝受居處舍宅當知攝受大熱鐵甇若有攝受奴婢作使當知攝受地獄惡卒若有攝受象馬駝驢牛羊雞豕當知攝受地獄之中黑駮諸狗又是攝受百踰繕那禁衛之卒取要言之若有攝受妻妾男女諸女色欲當知即是攝受一切衆苦憂愁悲惱之聚舍利子寧當依附千踰繕那量大熱鐵牀是牀極熱徧熱猛焰洞然於彼父母所給妻妾諸女色欲乃至不以染愛之心遠觀其相何況親附抱持之者何以故舍利子當知婦人是衆苦本是障礙本是殺害本是繫縛本是憂愁本是怨對本是生盲本當知婦人滅聖慧眼當知婦人如熱鐵華散布於地足蹈其上當知婦人於諸邪性流布增長舍利子何因緣故名爲婦人所言婦者名加重擔何以故能使衆生負重擔故能使衆生弊重擔故能使衆生受

重擔故能使衆生持於重擔有所行故能使衆生荷於重擔徧周行故能令衆生於此重擔心疲苦故能令衆生爲於重擔所煎迫故能令衆生爲於重擔所傷害故舍利子復以何緣名之爲婦所言婦者是諸衆生所輸委處是貪愛奴所流没處是順婦者所輸税處是婦媚者所迷惑處是婦勝者所歸投處是屈婦者所憑仗處婦自在者所放逸處爲婦奴者所疲苦處隨婦轉者所欣仰處舍利子以如是等諸因緣故名是諸處以之爲婦又舍利子世間衆生由婦因緣不捨重擔不捨何等之重擔耶所謂五藴何等五藴色藴受藴想藴行藴識藴舍利子世間婦人能令衆生不捨如是五藴重擔故名五藴以之爲婦舍利子復何因緣世人名婦爲故第二舍利子如是女人是犯尸羅第二伴故是犯威儀第二伴故是犯正見第二伴故是飲食時第二伴故是往地獄傍生鬼趣第二伴故能障聖慧礙涅槃樂攝一切苦第二伴故是以名爲故第二也舍利子復以何故世人名婦以爲母衆舍利子一切女人生多過失無邊幻誑故名母衆若有隨逐母衆自在當知即墮魔羅手中自在爲惡如是舍利子當知世界一切女人生多過失無邊幻誑心多輕躁心多掉動其心流蕩傾覆不住心似山狖心似猨猴善能示現幻誑之術如是諸相故名女人以爲母衆又舍利子言母衆者即母幻村又亦名爲幻之城邑幻王所都幻客之亭幻人之館幻國幻村幻處幻方是幻世間是幻世界是無邊幻是廣大幻是無量幻是不可

思議幻舍利子由如是等諸欲重過能趣惡道故號女人名毋幻村舍利子譬如幻師善學幻術於大衆中示現種種幻誑之事舍利子毋村亦爾善學女人幻誑之術能令丈夫若見若聞若摩若觸皆被繫縛又諸女人巧知惑媚由知媚故勢力自在凡有所作歌舞戲笑啼泣往來若住坐卧於一切時能令丈夫不得自在隨彼女人繫縛驅使舍利子譬如世間成熟稻田被大雹雨傷殘滋甚如是舍利子是毋幻村猶如大雹墮丈夫田摧壞一切白法苗稼消滅都盡舍利子諸如是等能趣惡道貪欲重過一切世間愚癡凡夫爲之幻惑不能覺了而復攝受所愛妻妾諸女色欲爲之迷醉復次舍利子聰慧菩薩摩訶薩行尸羅波羅蜜多故於是諸欲深知過已便依正法起二種想所謂於諸愚夫起惡人想於佛菩薩起善人想菩薩摩訶薩作是觀已便自思惟我今應往善丈夫趣不宜往彼惡丈夫趣我不應往地獄傍生焰魔鬼趣我不應往毀尸羅趣我不應往犯戒住處我今應往最勝無上離前諸法無障礙趣我今應往諸佛如來大智慧趣又作是念我當逆流而行非順流者我當作獅子吼非野干鳴我當云現金翅鳥王之大勢力不應云現微細蜫蟲之所有力我今應作賢良之人不作險惡憒雜之人我今應啜賢良勝士清淨之食不應啜彼無良下士不淨之食我應修行微妙靜慮最勝靜慮殊特靜慮第一三摩地所得彼類靜慮不應修行非彼類靜慮非下劣靜慮舍利子菩薩摩訶薩又作是念我應遊

戲諸佛靜慮不應遊戲聲聞獨覺一切愚夫異生靜慮我當修行無依靜慮不應修行依色靜慮又亦不依受想行識靜慮不應修行依地界靜慮又亦不依水界火界風界靜慮亦不修行依欲界靜慮又亦不依色界無色界靜慮亦不修行依此世他世靜慮又亦不依已見已聞已念已識已得已觸已證如是靜慮舍利子是菩薩摩訶薩復作是念言我當修習無依靜慮由修習故當不自損又不損他亦不俱損我當追求圓成佛智豈復應求世間諸欲復次舍利子如是聰慧菩薩摩訶薩行尸羅波羅蜜多時作如是等諸正觀已復應當發四種猒離云何為四所謂能於諸欲而生猒離於諸有中能生猒離於不知恩諸衆生所而生猒離於一切行諸苦惱所而生猒離舍利子是名菩薩摩訶薩行尸羅波羅蜜多故發起四種猒離之想應如是學復次舍利子菩薩摩訶薩行尸羅波羅蜜多時觀諸有情處於惡道見妙女色起貪心者應起四種猒離之想云何爲四所謂退失想顛墜想行廁想膿潰糞穢不淨之想如是舍利子處諸惡道有情識者見妙女色尚應發起如是四想何況於人舍利子安住大乘諸族姓子猒離一切有爲行者見妙女色起於退失顛墜行廁膿潰糞穢如是四想若起此想猶生貪心又應更起三種親想所謂於母等類起於母想姊妹等類起姊妹想於女等類而起女想佛告舍利子菩薩摩訶薩聞我所說能善解者應當隨順如是經典尸羅波羅蜜多何以故無有衆生是易可得久遠世

來非我父母所以者何是諸衆生皆曾爲我而作父母若有習近妻妾女人則爲習近過去之母舍利子菩薩摩訶薩聞我説已爲清淨故應當如是勵勤修學復次舍利子一切世間愚癡凡夫於彼正法違逆不信菩薩不爾隨順正法無有違逆若有修行如是諸觀猶爲貪心所隨逐者菩薩復應如理觀察所生貪心見何而生若當於眼起貪心者菩薩重應如理觀之我爲於眼起染愛者誰能見眼爲眼見眼耶則彼自體見自體耶何以故彼亦是眼此亦是眼皆爲四大之所造故又爲大種之所生故非由自體於此自體而起染愛又非於我自體而起染愛何以故彼則是此故若有於彼起染愛者應是於此而起染愛以無差别故一切世間愚癡凡夫無差别住我今應求差别之法何以故以諸欲覺都無有得故爾時世尊欲重宣此義而説頌曰

展轉同一義　都無差别性　由乖理邪執
起是貪愛心　云何四大生　還能染大造
諸法猶如幻　無由起貪愛　我等邪分别
妄起貪愛心　不肖者生貪　賢善人無愛
徧於十方界　無實貪可求　但虚妄分别
故起斯貪愛

復次舍利子菩薩摩訶薩行尸羅波羅蜜多時作是觀已猶被貪心而隨逐者若有聞佛所説諸法善根力故復應隨順如是經典所謂眼如聚沫不可撮摩何以故彼聚沫等一切諸法本無有我亦無有情無有命者無數取趣無摩納婆無丈夫無意生無作者無受

者於如是等無作無受一切法中誰能染愛又於何所而生染愛舍利子眼如浮泡性非堅實何以故彼浮泡等一切諸法本無有我亦無有情無有命者無數取趣無摩納婆無丈夫無意生無作者無受者於如是等無作無用諸法之中誰能染愛又於何所而生染愛舍利子眼如陽焰業惑愛生何以故彼陽焰等一切諸法本無有我亦無有情乃至誰能染愛於何染愛舍利子眼如芭蕉體非貞固何以故彼芭蕉等一切諸法本無有我亦無有情乃至誰能染愛於何染愛舍利子是眼如夢非如實見何以故彼虛夢等一切諸法本無有我亦無有情乃至誰能染愛於何染愛舍利子眼如傳響繫屬衆緣何以故彼傳響等一切諸法本無有我亦無有情乃至誰能染愛於何染愛舍利子眼如光影依業影現何以故彼光影等一切諸法本無有我亦無有情乃至誰能染愛於何染愛舍利子眼如浮雲飄亂散相何以故彼雲等法本無有我亦無有情乃至誰能染愛於何染愛舍利子眼如流電念壞相應何以故彼電等法本無有我亦無有情乃至誰能染愛於何染愛舍利子是眼如空離我我所何以故彼空等法本無有我亦無有情乃至誰能染愛於何染愛舍利子眼爲無知如草木土石何以故無知等法本無有我亦無有情乃至誰能染愛於何染愛舍利子眼無作用隨風機轉何以故無作等法本無有我亦無有情乃至誰能染愛於何染愛舍利子眼爲虛誑不淨朽爛之所積聚何以故虛誑等法本無有我

亦無有情乃至誰能染愛於何染愛舍利子眼爲虚僞摧破壞散滅盡之法何以故虚僞等法本無有我亦無有情乃至誰能染愛於何染愛舍利子眼如丘井常爲老逼何以故丘井等法本無有我亦無有情乃至誰能染愛於何染愛舍利子眼不久停終於死際何以故彼非久停一切諸法本無有我亦無有情無有命者無數取趣無摩納婆無丈夫無意生無作者無受者於如是等無作無用緣會所生諸法之中誰能染愛又於何所而行染愛如是廣說一切内外諸根塵法亦復如是舍利子菩薩摩訶薩如是正觀察時爲諸貪愛所牽引者無有是處若有菩薩摩訶薩作是觀者當知是則於諸法中永離貪愛舍利子是名菩薩摩訶薩行尸羅波羅蜜多時畢竟清淨滅諸貪愛爾時佛告舍利子如是清淨行尸羅波羅蜜多菩薩摩訶薩不行一切害衆生業乃至命難於諸衆生終不加害不行一切不與取業乃至命難於他資具終不劫盜不習一切婬荒邪行乃至命難於諸女色終不染趣不説一切欺誑妄語乃至命難於諸衆生不行虚誑不説一切麤獷之言乃至命難於諸衆生終不毀罵不説一切離間之言乃至命難於諸衆生不行破語於自眷屬生知足故不傳一切浮綺談説言必如量乃至命難終不綺繪異詞矯飾文句於他財物不起貪著乃至命難諸所受用終無愛染於諸惱辱具忍成就聞麤惡言善能堪耐乃至命難不生忿恚於諸法中不生邪見乃至命難終不信事諸餘天神唯於佛所淨心

歸趣舍利子如是名爲菩薩摩訶薩尸羅清淨佛告舍利子是菩薩摩訶薩行尸羅波羅蜜多故具足成就無量無邊諸佛正法舍利子菩薩摩訶薩由行尸羅波羅蜜多故具足成就不缺尸羅不與無智相親近故具足成就不穿尸羅不平等生能遠離故具足成就不班尸羅不近惡人諸煩惱故具足成就不雜尸羅唯爲白法所增長故具足成就應供尸羅如其所欲自在行故具足成就稱讃尸羅不爲智者所訶毀故具足成就善守尸羅圓備正念及正知故具足成就不呰尸羅於諸過失所不生故具足成就善護尸羅於諸根門善防衛故具足成就高廣尸羅爲一切佛所憶念故具足成就少欲尸羅知淨量故具足成就知足尸羅欣樂斷故具足成就正行尸羅身心遠離故具足成就處靜尸羅猒煩閙故具足成就聖種善喜尸羅不顧他顔無希望故具足成就杜多功徳少事尸羅自在生長諸善根故具足成就如說而行尸羅不誑世間諸天人故具足成就大慈尸羅不害一切諸有命故具足成就大悲尸羅堪忍一切諸苦惱故具足成就大喜尸羅於彼法樂無退減故具足成就大捨尸羅一切愛恚畢竟斷故具足成就常省已過尸羅恒於内心善察照故具足成就不譏彼闕尸羅於衆生心善隨護故具足成就成熟衆生尸羅究竟能到施彼岸故具足成就善守護尸羅究竟能到戒彼岸故具足成就無憎害心尸羅究竟能到忍彼岸故具足成就不退轉尸羅究竟能到正勤彼岸故具足成就定分圓滿

尸羅究竟能到靜慮彼岸故具足成就正聞無猒尸羅究竟能到大慧彼岸故具足成就親近善友尸羅覺分資粮善修集故具足成就遠離惡友尸羅棄捨不平等道故具足成就不顧戀身尸羅以無常想恒觀察故具足成就不顧戀命尸羅以其所重不常保故具足成就不起悔尸羅心善清淨故具足成就不詐現尸羅方便善清淨故具足成就不惱熱尸羅於增上意善清淨故具足成就不輕掉尸羅永離諸貪愛故具足成就不高慢尸羅和柔質直故具足成就不强戾尸羅性賢善故具足成就善調伏尸羅無憒恚故具足成就寂靜尸羅性安攝故具足成就善語尸羅如其所說無違逆故具足成就成熟有情尸羅常不捨離諸攝法故具足成就守護正法尸羅於聖法財自不壞故舍利子聰慧菩薩摩訶薩如是清淨戒聚具足成就尸羅波羅蜜多爲阿耨多羅三藐三菩提故善能修行菩薩妙行舍利子是名菩薩摩訶薩尸羅波羅蜜多若諸菩薩摩訶薩精勤修行是菩薩行一切衆魔魔民天子於此菩薩不能嬈亂又不爲彼異道他論所能摧屈

大寶積經卷第四十四

音釋

甦　素孤切死而更生曰甦　噎　烏結切聲塞也　迫迮　迫慱陌切窘也急也迮側革切亦迫也又狹也　欻然　欻許勿切猶忽然也　礫　郎擊切小石也　雹　蒲各切雨氷也　机隥　机居矣切可凭坐之器爲机隥正作凳都鄧切牀屬　駁　北角切斑駁色不純也　輕躁　躁則到切動也不安靜也　狖　余救切獸似猿

爲狖

翅式利切鳥翼也　憒古對切心亂也　歠徒濫切食歠也　廁初吏切圂厠也　潰胡對切決也　沫莫割切水沫也　撮摩撮子括切兩指撮也摩莫婆切撫也

大寶積經卷第四十五

唐三藏法師玄奘奉　詔譯

菩薩藏會第十二之十一

羼底波羅蜜多品第八

爾時佛告舍利子云何名爲菩薩摩訶薩羼底波羅蜜多菩薩摩訶薩爲阿耨多羅三藐三菩提故於如是法精勤修學行菩薩行舍利子菩薩摩訶薩由住如是羼底波羅蜜多故具足忍力立性堅正於諸寒熱饑渴蛇蝎蚉虻風日等觸悉能堪忍又能忍麤惡言說鄙陋詞句及以依身所起猛迅苦受堅鞕辛楚奪命至死諸如是等所有苦受並能堪忍舍利子若諸菩薩摩訶薩能具是者是則名爲羼底波羅蜜多復次舍利子我昔長夜未成佛時行菩薩行常修忍辱舍利子白佛言世尊云何世尊爲菩薩時修集忍辱行菩薩行佛告舍利子我憶過去行菩薩行多有衆生數來毀罵非法訶責面於我前出諸非法弊惡言説舍利子我於爾時行羼底波羅蜜多故制伏其心不生忿恚慳悋惱熱但作是念於諸行中無有少法是易可得過於毀罵及訶責者是故我今應當修捨又我於彼應起慈悲何以故世間衆生多分安住毀罵訶責由斯業故還復感得如是之相訶毀果報在在所生常得醜陋可惡之身我今不樂醜陋之事豈應樂行毀罵訶責何以故如是訶毀諸惡業者是則名爲不相應業不稱理業愚夫之業是下劣業非善人業非賢聖業由此業故墮於地獄傍生焰魔世界又由此業與諸惡趣而爲眷屬由此業故感得貧窮藥

又之身又由此業感貧餓鬼又根本果報由此業故感得貧窮餓鬼之身又由此業感貧餓鬼根本果報由此業故感得貧窮人趣之身又由此業感貧人趣根本果報又由如此訶毀業故感得下趣及以下趣根本果報我今不應求下劣趣所以者何若我求作如是事者與諸衆生有何差別然彼衆生不順於理我既順理不應同彼舍利子是諸菩薩摩訶薩行羼底波羅蜜多者應當隨我修學是法何以故舍利子是諸菩薩爲他毀罵訶責之時便能依是正法作意思惟忍受是菩薩摩訶薩由得如是忍辱力故復獲無量諸妙善根假使以諸珍寶滿佛世界四大洲中持用布施比前功德皆不能及所以者何是忍辱行極善丈夫方能修習何以故一切衆生多

爲毀罵訶責之所拘執由如是故生死流轉不能斷絶復次舍利子是諸菩薩摩訶薩行羼底波羅蜜多者應自勉勵審諦觀察作如是念我若被他訶毀之時爲能思惟於佛菩提及法僧不若能思惟是則爲善若不能思不名爲善復更以餘無量方便思惟於佛思惟菩提及以法僧舍利子菩薩摩訶薩作是思已應當觀察我今與彼一切衆生有何差別殊異之相何以故彼諸衆生現於我身起瞋害者我於佛菩提及以法僧曾不思惟我若同彼不思惟者與諸衆生有何差別有何殊異希奇之相舍利子是菩薩摩訶薩又復思惟若被他人現瞋恚時心便生捨於佛菩提及法僧等曾無思念此非我宜又作是念若我於彼起瞋恚者則爲無智無忍辱力亦

於本願而便棄捨所以者何若起瞋恚則無是心我當攝受一切衆生我當不捨一切衆生我若起瞋於一有情不名菩薩攝化之法誰請於我行菩薩道而況往昔發如是願我當速證阿耨多羅三藐三菩提已廣爲衆生宣說正法適發如是弘誓之時諸佛世尊同共證我便作是念此族姓子發心安住如是無上正等覺已當爲衆生廣宣正法又於今者諸佛世尊無障礙智無障礙見現證知我是故不應爲他毀罵訶責之時若起瞋恚於佛菩提法僧之所若生捨者不應憶念何以故現在東方殑伽沙等諸佛世界彼世界中有殑伽沙等如來應正等覺現在住持彼佛世尊亦證知我心生正願南西北方四維上下亦復如是當我發是正願之時諸佛同聲讚我忍力故我不應作師子吼已復作野干聲師子吼者謂我當證大忍辱力野干聲者謂於衆生而行瞋恚訶毀等相舍利子是菩薩摩訶薩復作是念世間衆生若得彼利方乃利他我亦如是得衆生利方利彼者我與世間有何差別有何殊異希奇之相又作是念世間衆生若彼於此作無義利此復於彼作無義利我亦如是衆生於我作無義利我復於彼作無義利若如此者我與衆生有何希奇差別殊異舍利子菩薩摩訶薩於是法中應當修學又作是念世間衆生互爲怨對若得彼利謂爲善友若不得利更相殺害我見如是深過失故應當不觀一切衆生於我之身作諸利樂及於我身作無義利但作是念我於今者必當饒益一切衆生爲欲滿足

羼底波羅蜜多故爾時世尊欲重宣此義而說頌曰

設彼於我爲無利　經於多百拘胝劫
見彼有情受衆苦　終無安住於捨心
設有互得世財利　更相稱讚爲善友
若互不得世財利　彼此怨對相殘害
假使以此贍部洲　或復三千佛世界
盛滿珍寶來相惠　常求我爲賢善友
假使執持利刀劍　來解我身諸支節
我當於彼諸衆生　平等利益心無二
於諸毀罵我當忍　亦忍一切諸難苦
當爲衆生讚忍力　亦自安住大忍中
世間暴惡諸有情　以刀毒等相加害
能和合彼爲善友　此則聖賢聰叡相
我當不學世愚夫　又應與彼而爲異
凡夫聖者之所行　流轉寂滅差別故

復次舍利子菩薩摩訶薩行羼底波羅蜜多時應作如是修學正法舍利子是菩薩摩訶薩復作是念假使經於百千那庾多拘胝大劫被諸衆生常以刀杖瓦石土塊種種加害但使須臾得存微命猶應忻慶作如是念奇哉如是有情聖者能於我命不見全斷是菩薩摩訶薩從是已後轉增修學又作是念假使衆生行七步頃斬截我首等殑伽沙然我於彼終不發起若忿若恚所以者何夫忿恚者速能損害百千大劫所集善根若我善根爲損害已復當經於百千大劫方始勤苦修行聖道若如是者阿耨多羅三藐三菩提極難可得是故我當被忍辱鎧以堅固力摧忿恚軍又舍利子菩薩摩訶薩住大乘者起忿

恚心魔得其便既得便已於阿耨多羅三藐三菩提能為障礙舍利子忿恚心者於菩提道能為擾亂擾亂心者能發惡魔所有魔業此中云何名為魔業若有菩薩心住衣鉢不能捨離當知魔業心住乞食諸施主家不能捨離當知魔業心住名聞恭敬利養不能捨離當知魔業於出家法常生猒患當知魔業於白淨法多生輕賤當知魔業於空寂處無志求心當知魔業不樂無上正等菩提當知魔業於餘智慧恒欣求習當知魔業乃至於鄔波柁耶阿遮利耶二勝師所不修敬仰恭順之心當知魔業舍利子諸如是等忿恚之心能於菩提而為擾亂舍利子是則名為住擾亂心菩薩摩訶薩為諸惡魔之所使故作諸魔業復次舍利子菩薩摩訶薩行羼底波羅蜜多時作如是念於長夜中諸眾生等為諸惡魔伺求便者所謂瞋恚舍利子我今為汝廣說其事我念過去為大仙人名修行處時有惡魔化作五百健罵丈夫恒尋逐我與諸惡罵晝夜去來行住坐卧僧坊靜室聚落俗家若在街巷若空閑處隨我坐立是諸化魔以麤惡言毀罵訶責滿五百年未曾休廢舍利子我自憶昔五百歲中為諸魔羅之所訶毀未曾於彼起微恨心恒興慈救而用觀察舍利子我於爾時復作是念若有諸善男子守護尸羅具眾善法於貪瞋癡性輕少者不唯於彼作諸利益說我以為行難行者又亦不唯於彼作諸利益能證無上正等菩提何以故若有眾生剛强難伏毀犯尸羅具諸惡法為性濁重貪瞋癡者若我於彼作諸利

益是則説我爲難行者由我於彼作諸利益速成無上正等菩提先當令彼證寂滅故舍利子是諸菩薩摩訶薩若忿恚心現在前時應生如是諸大正念若生是念諸利益事速得圓滿舍利子如來於過去世由行如是羼底波羅蜜多菩薩行故證得阿耨多羅三藐三菩提是故菩薩摩訶薩欲求無上正等覺者於諸忍力常具成就堪受一切寒熱飢渴風日蚊蝱蛇蠍等觸又能堪忍麤惡言説鄙陋詞句依身所生猛利諸苦堅鞕楚辛奪命至死如是苦受並能堪忍舍利子是名菩薩摩訶薩安住是忍速能成就羼底波羅蜜多故復次舍利子云何菩薩摩訶薩羼底波羅蜜多菩薩摩訶薩依之修行具足成滿忍法之相舍利子菩薩忍者無有瞋恚是菩薩忍無有忿懟是菩薩忍無諸怒害是菩薩忍不起怨諍是菩薩忍無諸損惱是菩薩忍善能自護是菩薩忍善能護他是菩薩忍當善護身是菩薩忍當善護語是菩薩忍當善護心是菩薩忍如理觀察是菩薩忍猒離諸欲是菩薩忍作淨業報是菩薩忍身善清淨是菩薩忍語善清淨是菩薩忍心善清淨是菩薩忍受諸人天圓滿淨樂是菩薩忍如來相好圓滿莊嚴是菩薩忍如來言説梵音微妙是菩薩忍行菩薩行攝諸善本令不壞失是菩薩忍出離衆生逼迫苦惱是菩薩忍除滅一切諸惡怨對是菩薩忍舍利子略而言之當知一切如來力無所畏不共佛法大慈大悲大喜大捨無量圓滿諸佛妙法皆是菩薩摩訶薩羼底波羅蜜多之所成就復次舍利子

菩薩摩訶薩行羼底波羅蜜多時應當具足諸忍正行舍利子菩薩摩訶薩若被罵詈終無返報善達言語如響聲故若被捶打終無返報善達身形如影像故若被忿怒終無返報善觀其心如幻化故若被讃毁終無愛恚善知自身德圓滿故於得失利不生欣慼調伏其心住寂靜故不希美稱不犯惡名善能觀察廣大慧故毁而不下讃而不高德善安住不傾動故於諸苦事曾無猒惡苦衆生所深懷戀故於諸樂相曾無忻愛知有爲樂性無常故世間八法所不能染不依一切有趣生故於諸自苦善能堪忍終不令他受苦惱故於勝菩提心無退屈覺分資粮善圓滿故節節支解乃至斬首善能堪忍希求如來金剛身故屠割身肉善能堪忍爲求如來妙相好故諸變惡事善能堪忍爲殖一切善業力故舍利子如是等相名爲菩薩摩訶薩成就羼底波羅蜜多應如是學復次舍利子菩薩摩訶薩行羼底波羅蜜多時諸忍之相所謂菩薩摩訶薩修行忍者是則名爲畢竟堪忍何以故若謂我能堪忍毁罵而起忍者是則名爲俱生之忍如是忍者非畢竟忍若謂誰能起罵復何所罵而起忍者是則名爲校計法忍若謂是眼能罵眼耶而起忍者是則名爲觀諸處忍若謂此中無能所罵而起忍者是則名爲悟入一切無衆生忍舍利子如是諸忍皆非菩薩畢竟之忍又舍利子若謂罵聲但有諸字是則名爲響聲之忍如是忍者非畢竟忍若謂彼我俱無常者是則名爲悟無常忍若謂彼有顛倒我無顛倒是則名爲

高下之忍若謂彼非正理我是正理是名相應不相應忍若謂彼住邪道我住正道是則名爲二道別忍如是忍者非畢竟忍若謂我忍於空不忍見趣我忍無相不忍諸覺我忍無願不忍志求我忍無作不忍諸行我忍惑盡不忍煩惱我忍諸善不忍不善我忍無罪不忍有罪我忍無漏不忍有漏我忍出世不忍世間我忍清淨不忍雜染我忍涅槃不忍生死舍利子如是諸忍但得名爲治斷之忍皆非菩薩畢竟忍也復次舍利子云何菩薩摩訶薩行於羼底波羅蜜多時修行菩薩畢竟之忍舍利子若隨順空不滅諸見於彼空性亦無增益如是忍者是名菩薩畢竟之忍若隨順空不滅求願於無願性亦無增益若隨順空不滅諸行於無作性亦無增益若隨順空不滅煩惱於惑盡性亦無增益若隨順空不滅不善於彼善性亦無增益若隨順空不滅有罪於無罪性亦無增益如是乃至若隨順空不滅生死於涅槃性亦無增益舍利子如是等相而生忍者則名菩薩摩訶薩畢竟之忍舍利子一切諸法非能生非所生非已生非現生無有一法是可生起無生起故則無有盡若有能知此無盡者則名菩薩摩訶薩畢竟之忍舍利子一切諸法非是有爲亦非無爲無有增益無殖無增亦無長養無盛無衰無有作者無有起者由無起故亦無有盡如是忍者則名菩薩摩訶薩無生之忍舍利子菩薩摩訶薩爲阿耨多羅三藐三菩提故行菩薩行若有具足成就如是忍者是名菩薩摩訶薩羼底波羅蜜多圓滿成就舍

利子若菩薩摩訶薩安住如是羼底波羅蜜多精勤修學行菩薩行者不爲諸魔魔衆天子之所擾亂又亦不爲異道邪論所能摧伏

毗棃耶波羅蜜多品第九之一

爾時佛告舍利子云何菩薩摩訶薩爲阿耨多羅三藐三菩提故依毗棃耶波羅蜜多行菩薩行舍利子菩薩摩訶薩於是正勤波羅蜜多精進修學行菩薩行舍利子菩薩摩訶薩具足成就不退正勤而能不顧所重身命發大精進求菩薩藏微妙法門殷重聽聞受持讀誦究竟研尋通達義趣廣爲他人敷演開示或復書持如理修學是名菩薩摩訶薩行菩薩行舍利子云何名爲不顧身命舍利子菩薩摩訶薩行正勤波羅蜜多時設爲於他所加恐怖作如是言若汝於此菩薩藏經受持讀誦乃至廣爲他人開示書持如理修學者我當以百具箭矟貫舉汝身除斷汝命舍利子菩薩摩訶薩當於爾時雖聞此言曾不入心無恐無怖無驚無畏發四堅固勇猛威勢於菩薩藏微妙法門轉加精進不棄不捨不遠不離具足成就猛利信解堅固信解堅固堪忍堅固正勤舍利子我當爲汝說堅固忍堅固正勤方便譬喻爲令菩薩得堅固忍堅固正勤行菩薩道不顧身命舍利子假使三千大千世界所有衆生有情所攝若卵生若胎生若濕生若化生若有色若無色若有想若無想若非有想非無想若可見若不可見彼諸衆生乃至於剎那頃皆得人身於菩薩所同結百千極重怨讎彼諸怨等語菩薩言汝若於是菩薩藏經差別文句受持讀

誦乃至廣爲他人開示書持如理修學者我等諸人同時執縛當斷汝命舍利子菩薩摩訶薩行毗棃耶波羅蜜多故當於爾時雖聞此語都無發起一念怖心但具攝持四種正法專務尋求大菩薩藏微妙法門舍利子是名菩薩摩訶薩具足成就不退正勤波羅蜜多故又復成就無邊勢力勇猛精進正勤勇健心意勇健淨戒勇健大忍勇健等持勇健大慧勇健正行勝智皆悉勇健舍利子是菩薩摩訶薩行正勤波羅蜜多時具足如是大忍力故假使十方無量衆生各競執持百千刀劒於菩薩所興加逆害菩薩爾時於諸有情終不微發一念瞋心舍利子如是菩薩摩訶薩住忍力故如大梵王如天帝釋如蘇迷盧四寶山王不可傾動常住慈悲恒起意解救療衆生於諸所行終無退轉而是菩薩心如大地心如大水心如大火心如大風及以虛空又能善修對治貪瞋癡等栽蘖根本舍利子若有菩薩摩訶薩以殑伽沙等無量世界盛滿一切無價珍寶持用奉施無量如來應正等覺又有菩薩摩訶薩行毗棃耶波羅蜜多者聽聞如是大菩薩藏微妙法門聞是經已往空閑處繫念思惟如是之法精進修學令未修學諸菩薩等愛樂習行舍利子如是菩薩摩訶薩行正勤故攝持無量諸妙善根非彼行施之所能及何以故舍利子如是善根繫屬阿耨多羅三藐三菩提故是故諸菩薩摩訶薩於菩薩藏微妙法門應當聽聞受持讀誦若復書寫廣爲他說發起正勤勇猛修習復次舍利子發起正勤波羅蜜多菩

薩摩訶薩當應修行不行行處舍利子云何名爲不行行處舍利子不行行處所謂涅槃言不行者諸惡天魔所不行故所言行者正勤善人之所行故言善人者所謂諸佛獨覺及佛弟子所以者何諸登聖道所有善人及佛世尊皆爲趣向般涅槃故舍利子一切衆生多行三處何等三處所謂隨順惡道趣向惡道將墮惡道是故諸菩薩摩訶薩於雜染法終不隨順唯求出離戒忍多聞白等諸法舍利子世間衆生多住無業而恒自計住於有業世間衆生多諸懈怠而恒自謂發起正勤是故舍利子聰慧菩薩摩訶薩終不與彼無業懈怠共相習近又亦不墮於其數中唯與同行發起正勤諸大菩薩而相習近何以故舍利子無有衆生於彼最勝無染淨相大般涅槃生淨信解如菩薩者舍利子發起正勤波羅蜜多菩薩摩訶薩不唯自爲證涅槃故發勤精進然爲攝受一切有情令諸衆生得利樂故修行正行發勤精進開示教導安處衆生於聖道路故説菩薩名善丈夫爾時世尊欲重宣此義而説頌曰

正勤無緩慢　常具大精進　於菩薩藏法
聰叡恒受持　善思惟法義　於佛不思議
但勤求淨法　故名爲菩薩　正勤大慧者
坐妙菩提樹　摧怖惡魔軍　由般若精進
現守護禁戒　任持諸世間　爲利益衆生
常精進無限

復次舍利子如是大乘大菩薩藏微妙經典流布於世能令衆生發大懽喜又能引生福德智慧感大財富令其增長能感諸天殊勝

快樂能感一切圓滿具足能生一切諸佛如來力無所畏無礙智解大慈大悲大喜大捨不共佛法略而言之能引一切諸佛之法摧怖魔怨令心清淨能發猛慧窮生涯本盡苦邊際能近涅槃舍利子於當來世我與汝等般涅槃後後五百歲爾時多有薄福衆生當於是經不生信重毀滅捨棄復有無量福德衆生欽奉是經如理修學勤加精進爲求無上正等菩提故爲求尸羅故爲求多聞爲求定慧解脱解脱知見故爲求一切佛法利樂一切衆生故爲捨邪見修行正見故爲捨生死流轉修於聖道故爲欲演說正法降伏天魔故爲欲捨離貪愛調伏瞋心摧破愚癡除滅無明發慧明故復次舍利子當來之世若有衆生聞是法已爲求一切諸善法故當發增上勇猛正勤以聞如是微妙法故於諸佛法無有障礙決定無疑舍利子爾時復有無量衆生福果所資住增上意爲求無上正等覺故聽是經典聞已當獲廣大歡喜於菩薩藏微妙法門極善研習如說修行又舍利子爾時當有於如來教樂聞法者彼諸衆生隨以何等差別因緣遇得聽聞如是經典聞已當獲廣大歡喜生歡喜已發堅精進能於如是大菩薩藏微妙法寶取少實分舍利子譬如大海水上漂流無量種種熟果色香美味皆悉具足有一丈夫發起勇猛大精進力便入海中運動手足接取彼果若二若三然是丈夫執持此果從海而出往至一處取而嘗之乃知其味淳美希有即作是念如是妙果具色香味我從生來未曾得食當更發勤精

進重入海中運其手足斂收餘果作是念已來至海濵通徧觀之了不復見深起追悔生大憂惱我先何爲不多收取乃令失是無量妙果如是舍利子於我滅後後五百歲無上正法將滅之時當有無量諸衆生等少信少施少戒少慧少修精進隨以何等差別因緣遇得聽聞如是經寶旣聞法已於此經中但得少分微淺之義乃至受持一四句頌復爲惡魔嬈亂障蔽不爲衆人之所敬問及以供養稱讚信奉是持經者知彼衆人不敬重故便於此經安住捨心持先所聞經中句義微細少分往一靜處思惟觀察心生歡喜而復悔恨作如是言嗚呼竒哉我於今者大失善利諸佛如來無上正教如何不多聽聞領受又於如來起深重心倍於先來發正念者舍

利子當爾之時有諸苾芻惡魔持故聞是經已於衆人前當起誹謗言是經典諸文華者之所造作實非佛說由如是故有諸苾芻於是經典全不聽受爾時世尊欲重宣此義而說頌曰

聞是法已　當無障礙　於諸佛法　最上無疑
諸少福者　不得聽聞　諸多福者　聞是經典
少福之人　雖聞不信　多福聞已　頂戴如鬘
諸少福者　言非聖教　當墜惡趣　如盲墮坑
多福之人　聞生歡喜　當往善趣　如酥滴水
諸薄福者　聞生憂惱　受苦長夜　不脫黑暗
雖得少聞　復爲魔嬈　謗佛菩提　速入地獄

復次舍利子諸佛如來具足成就清淨妙智乃至能知四衆之心若一苾芻苾芻尼鄔波索迦鄔波斯迦於當來世正法滅時或有聽

聞如是經典隨順領受或有聞已輕毀誹謗或有衆生全不聽聞如是一切如來淨智悉能了知舍利子若有菩薩摩訶薩及餘一切諸有衆生聞已領受如是經典精進修習當得成就四種無障清淨之法何等爲四一者成就尸羅無障清淨二者成就具足無難清淨三者成就逢值諸佛親事供養無障清淨四者成就見慈氏佛初得見已無障清淨舍利子彼諸衆生聞是經已如上所說諸妙善根隨其方便必當獲得舍利子是名菩薩摩訶薩修行正勤波羅蜜多故成就四種無上清淨之法復次舍利子於當來世正法滅時有諸菩薩摩訶薩安住大乘修行正勤波羅蜜多者於是經典勤加修學發大精進聽聞受持書寫讀誦窮尋旨趣廣爲他說敷揚開顯爾時當有十障礙法出現世間諸有智者深當覺知不應隨轉但當發起勇猛精進受持是經舍利子何等名爲十種障礙智者覺知不應隨轉舍利子有諸苾芻發勤精進於是經典求聞誦習爾時惡魔令持經者口禁不語便於是經不得建立是名第一障礙之法諸有智者深當覺知不應隨轉又舍利子有諸苾芻發勤精進於是經典求聞誦習爾時惡魔令持經者患其眼目便於是經不得建立是名第二障礙之法諸有智者深當覺知不應隨轉又舍利子有諸苾芻發勤精進於是經典求聞誦習爾時惡魔令持經者身諸支節一時皆病便於是經不得建立是名第三障礙之法諸有智者深當覺知不應隨轉又舍利子有諸苾芻發勤精進於是經典

求聞誦習爾時惡魔令持經者於其住處心不喜樂尋欲捨棄便於是經不得建立是名第四障礙之法諸有智者深當覺知不應隨轉又舍利子有諸苾芻發勤精進於是經典求聞誦習爾時惡魔令持經者互生忿恚爲忿壞心相加殘害便於此經不得建立是名第五障礙之法諸有智者深當覺知不應隨轉又舍利子有諸苾芻發勤精進於是經典欲求誦習爾時惡魔令持經者起言諍事起鬭訟事起譏刺事起乖離事起瞋罵事由是事故彼此口中互生矛稍互相言訟互相殘害互相乖競由起如是諍競事故便生障礙於是經典不得流轉起意造作諸餘事業是名第六障礙之法諸有智者深當覺知不應隨轉又舍利子有諸苾芻發勤精進於是經典欲求誦習爾時惡魔將壞滅故作諸形相或俗人形或出家形來至其所嬈亂其意令於是經不能受持反加謗毀復更起心樂餘事業是名第七障礙之法諸有智者深當覺知不應隨轉又舍利子當來之世正法欲滅爾時有諸年少苾芻於是經典起清淨信心生愛樂在我法律中爲行毗棃耶波羅蜜多故發勤精進於阿耨多羅三藐三菩提深心安住又於是經恭敬聽聞旣得聞已生大歡喜時諸年少苾芻當爲鄔波柁耶及阿遮利耶二本學師之所障礙令於自法不生樂欲是時二師而語之言汝所持經此非佛語非佛菩提非是正法非毗奈耶非大師教時彼苾芻聞師教誨信受領解於佛菩提即便棄捨是時二師重語苾芻汝等應當精進修學

如我所説若法若律時諸苾芻信受領已先所修習增上善根爲師所壞皆悉斷滅舍利子彼諸苾芻斷善根已復爲惡魔之所誑惑由誑惑故於佛正教造障法業臨命終時惡境現前惛癡迷亂乃至大死都皆集現而復重興感地獄業舍利子如是當來諸不善事如來於此悉能了知又舍利子當來之世有諸年少苾芻於是經典起諸惡見誹謗不信凡所遊履經行往來以種種言常興謗毀如來於此悉能了知舍利子菩薩摩訶薩發勤精進住大乘者當於爾時應起四想何等爲四一者應當發起自調伏想二者應觀自身所作事業不應觀他所有諸事三者於彼有情起悲愍想四者住空閑處於自他心起隨護想舍利子如是四想住大乘者若被誹謗

應當發起又舍利子當來之世無量衆生受諸邪見於彼演説正法苾芻信受者少不懷敬重請問經義又不供養親近往來亦不承事返生陵懱於説非法苾芻信受者多得大勢力爲諸衆生所共敬重請問經義供養稱讚是非法者因此緣故復於是經毀謗譏笑舍利子當爾之時諸衆生等於是經典不忻樂者聞斯毀謗倍不忻樂諸忻樂者被謗毀故便於此經捨離樂欲教離樂欲諸苾芻等轉更熾盛致令轉讀是經典者於衆會前不得開示是名第八障礙之法諸有智者應當覺知不應隨轉又舍利子當來之世有諸苾芻貪愛所蔽多行劫盜欣樂世間三種弊法何等爲三一者欣樂追求世間衣鉢二者欣樂追求世間飲食三者欣樂追求世間戲論

綺飾文頌如是三法是名第九障礙之法諸有智者應當覺知不應隨轉又舍利子當來之世正法滅時有諸菩薩安住大乘行毗棃耶波羅蜜多故於是經典發勤勇猛增上精進書寫受持研尋讀誦廣爲他人開示演說彼諸人等當爲諸魔之所執持煩惱業障之所覆蔽喜世間業樂世間業方便勤求世間事業於世談論喜樂轉增方便勤求世間談論喜樂睡眠方便勤求喜於衆亂樂於衆亂方便勤求樂著衆亂於是經典不能受持又不轉誦研尋其義亦不爲他廣敷開示舍利子於佛教中無有所餘能爲內損無有所餘能速毀滅唯除懶惰諸惡苾芻是名第十障礙之法諸有智者應當覺知不應隨轉爾時世尊欲重宣此義而說頌曰

正法滅時多障礙　當興種種惡魔業
於白淨法不修習　亦不樂求勝涅槃
薄少智慧具惡覺　不求安住於正法
備行種種非法行　遊諸惡趣定無疑
彼諸衆生臨命終　無有能爲救護者
又彼親教及傳授　命終當墮三惡趣
百千拘胝那庾劫　爲求世利涉諸苦
常爲三火所燒然　云何令彼速解脫
我已證成無等覺　轉於微妙梵法輪
諸天世間不能轉　今故爲轉度衆生
如是彼時諸羣生　捨我世間難得法
習近惡魔諸品類　當受無邊極重苦
障彼習行施戒等　菩提聖道之因緣
若有精勤於佛教　當迷惑彼正道路
諸有聽聞如是法　宣說無我諸空理

安住此法正行時　惡魔當爲彼障礙
謂此最勝此眞實　於非勝實勝實想
反加謗毀佛正教　當知速墮於地獄
若有衆生於佛所　深起堅牢愛恭敬
聽聞如是正法已　歡喜隨順而稱讚
惡魔知彼既生喜　與諸眷屬同愁怖
便興種種驚畏相　於彼人所生留難
或當變作苾芻形　詐現相親竊言議
謂此非正菩提道　何故在此而奔趣
有諸衆生於是經　將發堅固住正勤
又被誘附而輕弄　用斯廢捨不修學
既被魔羅所惑亂　隨魔意轉而拘執
乃告此經非正法　便於寂滅永棄捨
彼又棄捨大導師　復不勤求無上法
又復發生我愛已　速疾趣彼地獄中

爾時當有少衆生　樂欲勤求此空法
不得和合同修習　乃各流散他方土
如是無上最勝法　諸當聞者皆輕毀
持法者怖遠逃避　是相當興未來世
此國全無持法者　遠方雖有未爲多
縱有受持此經者　悉皆捐捨無諮問
世間依怙聖教中　如是甚深無上法
無量障礙在未來　了然猶如現在住
時有持法賢善者　不顧身命住空閑
修習演宣如是法　速疾往昇於善趣

大寶積經卷第四十五

音釋

蛇蝎蛇食遮切蝎許竭切毒虫也忿懟忿撫吻切怒也懟徒對切銜怨也稍所角切矛屬矛長丈八曰稍鄔波索迦梵語也此云近事男鄔安古切鄔波斯迦梵語也此云近事女噤巨禁切口閉也陵懱懱莫結切陵懱謂侵陵傲懱也

大寶積經卷第四十六

唐三藏法師玄奘奉　詔譯

菩薩藏會第十二之十二

毗梨耶波羅蜜多品第九之二

復次舍利子當來之世法欲滅時復有菩薩摩訶薩安住大乘行毗梨耶波羅蜜多者見如是等諸惡衆生誹謗毀滅是正法已倍增振發勇猛正勤大精進力於是經典大菩薩藏微妙法門慇懃聽受書持讀誦廣爲他人開示演說舍利子如是菩薩摩訶薩當於爾時應起四想何等爲四舍利子所謂我父寶藏不久當滅由爲此故佛薄伽梵釋迦牟尼如來應正等覺於百千那庾多拘胝無數大劫精勤修習難行苦行方乃獲是正法寶藏是故我當發勤精進奉持此藏遍持此藏極當遍持廣通此藏欲令法寶久不滅故舍利子譬如有人惟有一子憐念愛重具大福相觀無猒足是人後時欲有所趣而携此子將涉危難恐顛墜故以手執持又等遍持極等遍持勿令我子墮險難處如是舍利子彼善男子亦復如是深懷奉信敬重於我不捨如是無上法寶志恒希求清淨寂滅雖經惡世而能攝受最勝正法舍利子我今以此菩提因緣無上正法付囑是人又舍利子譬如世間大軍戰時少有衆生爲護衆故處於前陣惟有果敢雄猛丈夫合率驍勇抗拒勍敵爲護己衆處大軍前振威而住如是舍利子於當來世正法滅時壞正法者當現前時有諸衆生發起深心欣樂寂滅而能於是無上法寶乃至受持少分要義當知是人亦復如是

被於正勤堅固甲冑奮發勇猛大精進力摧碎諸魔所有軍陣何以故舍利子若有衆生於是經典乃至受持一四句頌不生誹謗隨喜讚歎言此經典眞是佛說於多人前廣宣顯示者當知是人即爲隨喜讚說去來現在諸佛所說經法舍利子如來不說是人但得少分功德果報我說是人乃能成就如虛空量大功德聚何以故舍利子我說是等名爲善人如是善人甚爲難得謂知恩者及報恩者舍利子如是知恩及報恩者當知是爲人中珍寶又舍利子於當來世正法滅時諸惡魔等威勢現時若有衆生於如來所信重不捨受持是經無有遠離我說是人第一丈夫爲善丈夫爲勝丈夫爲健丈夫爲大丈夫當知是人則爲如來勝法朋侶非爲詐現朋惡黨者當知是人行實行者如是舍利子菩薩摩訶薩應當修習堅固正行乃至命終中無暫廢於諸佛所當勤衞護乃至命終中無暫廢於正法所當勤攝受乃至命終中無暫廢甚深空法當勤信解乃至命終中無暫廢舍利子是爲菩薩摩訶薩於後惡世所起四法若有成就如是四法菩薩摩訶薩於當來世法欲盡時謗正法時滅正法時犯戒徒黨大强盛時熾然追求順世外道惡呪術時刧濁亂時有情濁時壽命濁時煩惱濁時諸見濁時菩薩摩訶薩當於爾時應住三處而爲依止何等爲三所謂應住阿蘭若處應住諍息滅處應住佛菩提處舍利子是爲菩薩摩訶薩當來惡世住於三處應如是持是則具足毗棃耶波羅蜜多故爾時世尊欲重宣此義

而説頌曰

於最勝法不遠離　爲盡生老病死苦
常勤精進無妄念　當速成就自他利
若有於是善説法　聞已安住正思惟
當知我爲彼大師　彼則是我眞弟子
若不聽聞如是法　設聞不住正思惟
是人當趣諸惡道　猶彼衆流歸大海
百千俱胝那庾劫　諸佛出現甚爲難
雖復暫遇不親奉　當隨惡魔自在轉

復次舍利子乃往過去九十一劫當於爾時有佛出世名曰勝觀如來應正等覺明行圓滿善逝世間解無上丈夫善調御士天人師佛薄伽梵舍利子彼佛法中有六苾芻行諸惡行恒相隨逐一名善見二名善樂三名歡喜四名調善五名蘇逾遮六名火天授舍利子是六苾芻恒説非法有我有人有常有斷結固周旋更相信任趣深隱所同共謀議我等應當各各誘化人別百家用爲徒黨又令百家傳告眷屬如是展轉親姻傳告或當至於五十百等作是議已便往教化若村若城郊野店肆或至王都及餘邦國一一諸家悉皆往趣既到彼已不説正法於佛世尊先行毀謗舍利子彼惡苾芻云何毀謗舍利子諸惡苾芻告衆人言世間決定有我有衆生有壽命者有數取者若諸世間定無有我及諸法者誰去誰來誰坐誰卧誰語誰默誰能行施誰是所受誰能受用誰受苦樂誰有能受不苦不樂若有人來語汝等言世間決定無我無衆生無壽命者無數取者當知是人爲汝等怨非汝善友舍利子爾時諸惡苾芻重

更誘化婦人丈夫及以男女作如是言若有人說無我等法當知其人爲不善者爲暴惡者是汝惡友非汝善友復更化言汝等諸人是聰慧者深能領解我所說義自今已往若諸惡友非善友來當爲汝說世間決定無我等法汝等不應輒相親昵交顧往還承事供養舍利子諸惡苾芻行如是化於半月間人各誘得滿五百家歸從其見舍利子爾時有諸苾芻是阿羅漢永離一切煩惱垢穢而是勝觀如來應正等覺真實弟子爲乞食等諸因緣故詣彼諸惡苾芻所化之家暫至其門便爲婦人丈夫及諸男女所共毀罵非理訶責以麤惡言面陳挫辱爲諸苾芻而說頌曰

汝等不能知正法　汝等迷失於聖道

汝等退捨於淨教　汝等皆當墮地獄

舍利子彼諸人等說是語已於阿羅漢倍更訶罵既訶罵已復以種種言詞而罵於佛即於佛前說伽陀曰

如來所說法虛妄　所謂諸行悉無常

又說諸法皆無我　及以無恒無不變

諸行都無有堅實　皆爲虛僞忘失法

所說空華無所有　但能誑惑彼愚夫

舍利子彼諸人等說如是語輕毀佛已倍增憤恚又於佛前說伽陀曰

如來所說一切法　決定無我無衆生

無有壽命無數取　亦無作者及受者

而今現見諸世間　有能行施及所受

并餘種種受用人　及覺廣大諸受等

當知宣說定無我　一切皆應墮惡道

舍利子當爾之時諸不善人同聲說是非法

語者大小男女有六十八俱胝千衆生皆惡苾芻所化導故行是惡業彼命終已同生無間大地獄中受身麤大魚形人首其舌長廣彌布於地周遍下釘如殖蓋田又於舌上衆多鐵犂常以耕之彼一一身又爲一百極惡商佉之所噉食又於空中大熱鐵丸猛焰赫然光色熾盛從空而墮常雨其身是諸罪人以惡業故受如是等種種楚毒爾時世尊欲重宣此義而說頌曰

鐵丸猛焰如飛電　可畏無量百千種
當於其身而墮墜　熾然恒受種種苦
又於身內遍流轉　炎熾猛盛難逢近
騰焰高踊百由旬　流火遍出身毛孔
又彼衆生一一舌　盡爲無量鐵犂耕
一切舌分皆分裂　如是苦受恒纏繞
斯由親近惡友已　能感如斯大苦聚
又由遠離具戒者　致令速墮於惡道

舍利子時彼非法六惡苾芻由惡教故命終之後皆生阿毗大地獄中一一受身縱廣等量三十踰繕那彼一一身皆生千口一一口中各生二舌是一一舌廣長量等四踰繕那一一舌上有五百鐵犂鐵牛挽之以耕其舌是諸罪人雖受苦痛大苦逼故不遑號叫又於頭上各有萬億獄卒手執害具刀鋸矛矟斫刺破裂壞其身首在此獄中壽萬億歲如是展轉復往諸餘大地獄中具受辛酸種種苦楚何以故由彼瞋毀佛聖教故舍利子當於爾時有大長者名曰安隱財富無量資産具足多諸珍寶金銀瑠璃珊瑚末尼眞珠貝玉無不備有又多僕使奴婢財穀庫藏皆悉

盈滿爾時長者爲惡苾芻之所教化旣受其語生於斷見長者有妻名爲焰慧容色盛美爲人所重彼生一男形貌端嚴衆覩無猒成就第一圓滿淨色曾於過去無量百千那庾多拘胝佛所植諸善本當初生時三返微笑又發是言奇哉奇哉云何今者生斷見家其母聞巳驚恐惶懼身毛爲竪與諸女人棄之逃避舍利子時諸女人欲審悉故還來近住觀察是兒爲何等類天耶龍耶爲藥叉耶爲健達縛爲阿素洛爲揭路茶爲緊捺洛爲牟呼洛伽爲究槃荼爲畢舍遮人非人耶舍利子時此嬰兒再發是言告諸女曰汝雖怖走我甚安樂時此嬰兒爲諸女人而說頌曰

汝當樂義利　於義利勿怖　我當度汝等
令脫於邪道　汝安隱勿怖　應怖前惡友
我當度汝等　令脫於邪見

舍利子時彼父母及餘大衆聞是嬰兒說伽陀巳便往兒所爾時嬰兒爲其父母而說頌曰

家中凡所有　廣大諸財穀　速持來見與
供佛及聲聞　彼大聲聞衆　照世勝觀尊
三界圍輪中　都無與等者　彼大聲聞衆
照世勝觀尊　廣闡揚妙法　利益諸羣品
彼大聲聞衆　照世勝觀尊　身具三十二
大丈夫威相　彼佛聲聞衆　猶如烏曇華
名稱甚難聞　過億俱胝劫

舍利子時兒父母聞是法巳即取家中二十俱胝上妙財寶將至兒所而語之言此諸財寶是汝父母所有之物汝當取之隨汝志意生信之所任持奉施爾時父母即爲是兒而

說頌曰

此是汝父母　所致諸財寶　隨心所敬信
汝當持布施　若金若珍寶　家中甚豐積
隨心所敬信　汝當持速施　衣服坐卧具
華鬘及塗香　隨心所敬信　汝持歡喜施
於佛及法僧　無上福田所　爲利諸羣生
當應行布施

舍利子爾時嬰兒聞其父母所說頌已復爲父母而說頌曰

我今往勝觀　世間依怙所　當廣設供養
爲利羣生故　諸有欲希求　天上人中樂
應隨我所詣　勝觀如來所

舍利子爾時嬰兒以念正知觀視四方白父母曰父母當知我今應往薄伽梵勝觀如來應正等覺所於是衆人聞是語已皆大驚愕云何嬰兒當初生日便能與人往返言議又能徒步有所造詣時有八萬四千衆生聞是奇異皆來雲集而作是言我等當觀此嬰兒者是何等類爲天爲龍爲藥叉耶乃至爲畢舍遮人非人耶舍利子爾時嬰兒與諸大衆八萬四千前後圍遶往詣勝觀如來所止之處當此嬰兒往佛所時以福德力恐爲風日所損弊故於上空中十千寶蓋自然而現用覆其身又於嬰兒所由之路虛空之中羅布金網雨上妙華及細末香超勝諸天常所散香扇清涼風與天香合周流飄散相續不斷虛空諸天又於行路以諸香水而用灑之覆以金羅種種珍服又彼諸天雨華布道光采相曜積齊于膝於其道側無量百千清涼池沼自然出現八功德水具足盈滿生諸妙華

所謂殟鉢羅華鉢特摩華拘貿陀華奔荼利華含發鮮榮彌滿池內又有鳧鴈鴛鴦異類衆鳥遊戲水上舍利子時彼嬰兒所由之路七寶欄楯以界道側諸天妓樂具無量千深遠妙音自然而發左右寶樹行列莊嚴於大道中復施華路現於身前爲供養故以待嬰兒遊履其上於其華路承步諸華舉足之時自然隱沒及將下足華便踊現爾時嬰兒遊此華道經須臾頃即便迴顧觀諸大衆說伽陀曰

汝等無理不應行　異我此路餘非理
而我常遊此正理　故往有理最勝處
超過無量那庾劫　時復一福遇人身
時有一佛出世間　時勤修得淨信慧

舍利子爾時嬰兒爲諸大衆說伽陀已於虛空中有八萬四千諸大天子同聲讚言善哉善哉便說伽陀讚嬰兒曰

善哉善哉大智慧　汝所宣說會正理
仁者後顧爲無理　有正理者當前趣

舍利子爾時嬰兒又以伽陀報諸天曰

汝諸天等所宣說　有理無理之正言
我今問汝汝當答　有理無理之實義

舍利子爾時諸天復以伽陀報嬰兒曰

若樂欲住諸財寶　不樂出離所行處
如是無理諸凡愚　安住地獄之前道
若樂捨家趣非家　當應捨欲棄財寶
是人於世有正理　不久便開解脫門

舍利子爾時嬰兒復以伽陀報諸天曰

如汝所說理無理　觀汝全未能明曉
如是有理無理義　我深於此正開悟

舍利子爾時嬰兒說是語已即使前進趣薄伽梵毗鉢尸如來應正等覺大會之所既到彼已頂禮佛足右遶三帀却住一面於薄伽梵勝觀如來深生敬仰即以伽陀而讚頌曰

常行利益諸世間　勝觀三明施甘露
如大龍象大師子　由是我今常敬禮
世間明照甚難得　猶如烏曇跋羅華
爲世依怙作光明　形色微妙甚圓具
世間衆苦所逼迫　不能了知眞聖道
踰越正路而逃迸　譬等生盲處於世
願我此世當成佛　如今勝觀人中尊
當拔衆生無量苦　及救三火燒然者
如是無邊百千衆　皆隨我來至於此
惟願演宣微妙法　悉令安住上菩提

舍利子爾時嬰兒說是頌已白勝觀如來應正等覺言世尊願我來世於此世間當成如來應正等覺爲諸衆生顯揚正法亦如今者勝觀如來爲諸大衆廣說妙法爾時會中有八萬四千衆生復白勝觀如來言世尊我等亦願於當來世得成如來應正等覺爲衆生故顯揚正法亦如今者勝觀如來等無有異爾時勝觀如來應正等覺了知如是八萬四千人增上意已即便微笑舍利子諸佛法爾於微笑時有種種光青黃赤白紅頗胝色從佛面門自然而發遍照無量無邊佛之世界上至梵世映蔽一切日月光明其光遍照所應作已而復還來右遶勝觀如來百千帀已從薄伽梵頂髻而入舍利子爾時勝觀如來有一侍者覩佛神變現微笑已從坐而起偏覆左肩以右膝輪安處于地向佛合掌曲躬

禮敬即於佛前以頌問曰

我今問佛勝觀尊　端嚴希有生衆喜
何等因緣大善逝　現發微笑世間依
兩足世尊現微笑　其相非無有因緣
願演微笑因緣本　利益世間悲愍故
今有百千俱胝衆　現住牟尼世尊前
攝耳專注樂聽聞　願世間依愍衆說
佛爲一切衆生眼　爲舍爲救爲歸趣
能斷衆生諸有疑　憐愍世間利益者
如來善知諸過去　又能通達於未來
於一切法不生疑　及以現在諸佛土
遍智法王論自在　出過三世妙如來
我今請問世間依　何等因緣現微笑
佛能永斷他疑網　於一切法自無疑
八音暢宣微妙法　善拔衆生憂毒箭
我心喜踊難陳說　合十指掌懷恭敬
敢問法王大聖尊　何等因緣現微笑

舍利子爾時勝觀如來應正等覺告侍者曰苾芻汝今見是嬰兒在我前不對曰唯然我今已見勝觀佛言此嬰兒者往昔過去曾於六十四俱胝那庾多百千佛所供養恭敬尊重讚歎以諸衣服飲食卧具病緣醫藥及餘資物持用奉施彼諸佛已爲欲趣向三菩提故又於過去十那庾多佛所修行梵行廻向阿耨多羅三藐三菩提苾芻當知今是嬰兒所將大衆八萬四千於過去世並是嬰兒本生父母何以故此嬰兒者曾於過去發如是願願我經生在在處處所有父母皆令安住於佛菩提又令諸母更無第二再受女身由是願故彼諸衆生至于今日隨逐嬰兒來至

我所又隨修學發於無上正等覺心爾時勝觀如來欲重宣此義爲侍者苾芻而說是頌

苾芻當觀此嬰兒　及現前住多千衆
其心踊躍發誠言　願我當來如法王
當知曾於過去生　如上數量諸佛所
恭敬供養大導師　利益天人世間者
於十那庾諸佛所　依佛捨家持正法
常行最勝之所行　爲求無上菩提故
汝觀八萬四千衆　今現皆住如來前
曾於久遠過去世　悉是嬰兒之父母
又此嬰兒曾發願　諸有生生父母者
普令安住上正覺　更不重受女人身
彼皆隨學嬰兒行　發菩提心於我所
今我皆當授彼記　方將爲世兩足尊
由此因緣現微笑　彼昔勝行我能知
及以未來諸所作　當證人中大聖主
諸天龍神及人等　無量百千那庾多
聞佛爲彼授記已　於勝觀尊生大喜

舍利子爾時嬰兒聞佛授記心生歡喜踊躍無量悅意泰然得未曾有速疾往詣其父母所說伽陀曰

如是多千衆　我前生父母　皆已住菩提
父母心何趣

舍利子爾時父母復以伽陀報其子曰

如子志所趣　我心亦如是　當成一切智
此決定無疑　子已生我家　願後勿相捨
常當憶念我　令速證菩提

舍利子爾時嬰兒復以伽陀報父母曰

我諸所化導　皆願先成佛　最後我當成
照世人調御

舍利子汝今當觀彼過去世勝觀如來法中嬰兒者豈異人乎勿作餘疑今大自在天子是也從是已後又經俱胝那庾多劫更不退墮過是劫後生轉輪王聖種族中彼當來父號曰名稱如我今父淨飯大王彼當來母號曰離暗如我今母摩訶摩耶彼當來子號曰無憂如我今子羅睺羅舍利子彼既出家悟菩提已得成爲佛名曰大悲如來應正等覺十號具足其佛壽量滿百千俱胝歲佛身常光遍照所及十踰繕那佛說法處大會充滿百踰繕那大悲如來處世教化爲度聲聞三會說法第一大會度諸弟子有百俱胝第二大會度諸弟子有那庾多俱胝第三大會度諸弟子有百千那庾多俱胝舍利子其弟子中滿一俱胝皆是大阿羅漢諸漏已盡無復煩惱得自在慧具八解脫成就靜慮及六神通舍利子大悲如來所度聲聞阿羅漢衆如上所說三會數量彼菩薩衆其數亦等皆是往世所生父母彼佛世尊宣說妙法利益無數諸衆生已然後涅槃佛滅度後正法住世滿俱胝歲分布舍利饒益衆生亦如我今般涅槃後流布供養等無有異舍利子安住正勤菩薩摩訶薩亦復如是修行毗利耶波羅蜜多時爲求阿耨多羅三藐三菩提故能於是經修行正法倍增振發勇猛正勤大精進力度脫無量諸衆生等我說是人爲善丈夫思覺觀察不倦不退勇猛精進明繫在心舍利子云何菩薩摩訶薩不倦精進舍利子菩薩摩訶薩爲衆生故求菩提時不應限以數量而有所求何以故菩薩摩訶薩不作是念

於爾所劫我當流轉於爾所劫我不流轉以如是故菩薩爾時被難思鎧勴於生死作是念言假使如我前際所經生死如是更受勤苦經於生死倍過前際爲求菩提中無懈息舍利子菩薩摩訶薩具足如是堅固弘誓則名成就不倦精進復次舍利子菩薩摩訶薩云何修行勇猛精進舍利子假使三千大千世界滿中熾火發起勇猛正勤菩薩摩訶薩爲欲往覲彼如來故以精進力於是熾火從中而過不怯不退又舍利子勇猛正勤菩薩摩訶薩爲求聽聞大菩薩藏微妙法門故以精進力雖逢是火從中直過而無怯退又舍利子假使三千大千世界滿中熾火勇猛正勤菩薩摩訶薩爲欲宣説大菩薩藏深妙法故以精進力於是熾火從中直過而無怯退

又舍利子假使三千大千世界滿中熾火勇猛正勤菩薩摩訶薩爲欲生起善根因緣以精進力於是熾火從中直過而無怯退又舍利子假使三千大千世界滿中熾火勇猛正勤菩薩摩訶薩爲欲利益諸衆生故以精進力能於中過如是爲欲令他得寂靜故得調伏故雖逢是火皆由中過而無怯退又舍利子發起勇猛不倦正勤菩薩摩訶薩爲欲令他般涅槃故以精進力雖逢是火能於中過而無怯退舍利子是名菩薩摩訶薩修行毗利耶波羅蜜多勇猛之相復次舍利子發起勇猛不倦正勤菩薩摩訶薩行毗利耶波羅蜜多時由不懈倦堅固不退善根所發無上大悲之所熏故恒發勇猛大精進力於諸衆生常行化導又舍利子如是發起勇猛不倦

正勤菩薩摩訶薩於一切時舉足下足常不捨離大菩提心於佛法僧恒生珍敬繫念在前於諸衆生恒遍觀察為利益故不欲令被煩惱勢力之所逼奪又舍利子發起勇猛不倦正勤菩薩摩訶薩所有已生諸妙善根一切迴向無上菩提令此善根畢竟無盡譬如少水投于大海乃至劫燒中無有盡舍利子菩薩摩訶薩亦復如是以諸善根迴向菩提亦無有盡是名菩薩摩訶薩勇猛不倦大精進力又舍利子勇猛不倦精進菩薩摩訶薩以平等行積集善根於諸衆生起平等行積集善根為欲引生一切智智積集善根為欲利益諸衆生故積集善根舍利子如是無量諸大善根皆是菩薩摩訶薩勇猛無倦大精進力之所集起復次舍利子如是勇猛不倦

正勤菩薩摩訶薩常應精進修學是法所得福聚無量無邊今當廣說福聚之相舍利子我觀世間一切衆生所有福聚無量無邊如是乃至一切有學無學所有福聚一切獨覺所有福聚轉復無量不可思議如上所有諸福聚等假使皆悉内置衆生一毛孔中如是衆生一一毛孔皆有如上福德之聚無量無邊不可思議如是假使一切衆生一切毛孔所有福聚合集置一無關鍵會大法祠中舍利子如是法祠功德福聚倍增于百感得如來大丈夫身色相之一如是一一大丈夫相皆以如是功德所成如是一切如來身中大丈夫相所有福聚皆合成一眉間毫相如是入一眉間毫相福聚又過於此滿百千倍大功德聚合成如來頂上無能觀見烏瑟膩沙

大丈夫相如是入一肉髻大功德聚又過於此滿於拘胝百千倍大功德聚合成如來大法商佉之相舍利子由此如來大法螺相爲無量種功德集成以如是故如來隨所意欲出大音聲遍告無量無邊一切世界爲諸有情廣說妙法如其根性隨聞信解悉令歡喜何以故皆由精進所修學故舍利子菩薩摩訶薩應作是念如是無上正等菩提雖極難得我當不捨精進鎧甲發大勇猛必定速悟無上菩提不足爲難既成佛已隨我意欲於法螺相出大音聲遍告無量無邊一切世界爲諸衆生說微妙法隨根性解皆令歡喜舍利子是名菩薩摩訶薩勇猛無倦正勤之相復次舍利子勇猛無倦精進菩薩摩訶薩依毗利耶波羅蜜多故常應如是精進修學由修學故具足成就一切智慧舍利子假使三千大千世界所有衆生一切成就隨信行智即用此智欲以比一成就隨法行智百分不及一千分不及一百千萬分不及一僧佉分不及一迦羅分不及一伽拏那分不及一烏波摩分不及一烏波尼沙陀分不及一復次舍利子假使三千大千世界所有衆生一切成就隨法行智欲以比一第八人智百分不及一乃至烏波尼沙陀分不及一復次舍利子假使三千大千世界所有衆生一切成就第八人智欲以比一預流果智百分不及一乃至烏波尼沙陀分不及一復次舍利子假使三千大千世界所有衆生一切成就預流果智欲以比一乃至一來向智如是一來果智乃至欲比不還果智如是乃至欲比阿羅

漢智若獨覺智若過百劫菩薩智若成就不退轉菩薩智如是乃至欲比繫屬一生菩薩智皆應廣說無量無邊算數譬喻所不能及如是舍利子假使十方無量無邊一切世界所有衆生皆悉成就繫屬一生菩薩之智欲比如來十力之一處非處智百分千分百千萬分不及一僧佉分不及一迦羅分不及一伽拏那分不及一烏波摩分不及一烏波尼沙陀分不及一乃至算數譬喻所不能及舍利子是菩薩摩訶薩行毗利耶波羅蜜多故聞如來如是甚深智解之時其心不驚無有怖畏於是智入生樂欲心發起正勤中無廢捨作如是念我今修行勇猛精進假使我身皮肉骨血筋脉髓腦皆悉枯燥爛壞無遺未得如來如是處非處智力已來於其中間發大勇猛堅固精進終無懈廢舍利子是名菩薩摩訶薩勇猛無倦正勤波羅蜜多堅固之相應如是學復次舍利子菩薩摩訶薩行毗利耶波羅蜜多故發大勇猛無倦正勤常應如是精進修學由修學故能滅衆生諸煩惱火舍利子假使一切衆生於過去世所有諸心皆入衆生一心中轉如是衆生一一諸心乃至一切衆生一一各有爾所諸心無量繁雜難可了知如是一切衆生一一心中各具無量貪瞋癡等諸惑繁雜以此一切衆生所有煩惱皆入一衆生一心中轉舍利子假使展轉一切衆生皆具如是無量煩惱難可了知菩薩摩訶薩作如是念我當策勵勇猛發勤精進尋求如是智慧資糧隨我所發正勤之力於諸衆生貪瞋癡火及餘熱惱我要當

令息滅無遺斬除毒害摧碎散壞同於灰燼速令衆生住涅槃道舍利子是名菩薩摩訶薩勇猛無倦正勤波羅蜜多應如是學復次舍利子菩薩摩訶薩依毗利耶波羅蜜多故安住勇猛無倦精進常應如是正勤修學以修學故諸善身業無有休廢諸善語業無有休廢諸善心業無有休廢乃至所有一切正勤皆爲方便策進菩薩身語心業舍利子然諸世間但說菩薩身語二業精進第一不說菩薩心精進相舍利子菩薩摩訶薩心精進相無量無邊吾今略說何等名爲心精進相謂菩薩心修行正勤若進若止如是爲相舍利子云何名爲正勤進止舍利子菩薩修行大精進者爲菩提故勤行精進所言進者於諸衆生發起大悲所言止者謂無我忍所言進者攝諸衆生所言止者於法不取所言進者生死無倦所言止者不得三界所言進者一切盡捨所言止者不猒布施所言進者攝取淨戒所言止者不猒尸羅所言進者堪忍衆苦所言止者心無毀壞所言進者起諸善法所言止者心常遠離所言進者攝受靜慮所言止者心常寂滅所言進者聞法無猒所言止者如理善巧所言進者聽說無倦所言止者無戲論法所言進者求慧資糧所言止者斷諸戲論所言進者增長梵信所言止者真智行捨所言進者具五神通所言止者遍知漏盡所言進者修諸念處所言止者念無功用所言進者正斷方便所言上者善惡俱捨所言進者引發神足所言止者任運作用所言進者諸根善權所言止者觀非根性所

言進者攝受諸力所言止者智無制伏所言進者生菩提分所言止者智揀擇法所言進者求道資糧所言止者無來往性所言進者求奢摩他所言止者心住寂止所言進者資助勝觀所言止者伺察法性所言進者隨覺諸因所言止者諸因遍智所言進者從他聞音所言止者如法修行所言進者謂身莊嚴所言止者謂法性身所言進者謂語莊嚴所言止者聖默然性所言進者信解脫門所言止者無有發起所言進者遠離四魔所言止者捨煩惱習所言進者方便善巧所言止者觀察深慧所言進者觀察緣境所言止者無功用觀所言進者觀察假名所言止者了達實義舍利子諸如是等進止之相是名菩薩摩訶薩惟心精進若諸菩薩摩訶薩聞如是等心精進相應當發起勇猛無倦具足正勤舍利子如是名為菩薩摩訶薩修行正勤波羅蜜多無有猒倦勇猛精進修習之相

大寶積經卷第四十六

音釋

驍（古堯切健也）抗拒（抗苦浪切抵也拒其呂切捍也禦也）勍（渠京切强也）冑（直又切兜鍪也）阿蘭若（梵語也此云閑靜處若爾者切）誘（與久切教也引也相訹誘也）挫（麤卧切摧也折也）唼（色甲切聚食也）挽（無遠切引也）驚愕（愕五各切驚愕也謂驚駭錯愕也）殟鉢羅（梵語也亦云優鉢羅此云青蓮花殟烏骨切）燥（蘇到切乾也）爛（郎肝切糜爛也）策勵（策測革切策進也勵力制切勉勵也）灰燼（燼徐刃切火餘也）

大寶積經卷第四十七

唐三藏法師玄奘奉　詔譯

菩薩藏會第十二之十三

毗黎耶波羅蜜多品第九之三

復次舍利子如是勇猛無倦正勤菩薩摩訶薩成就五種增進之法便能速悟阿耨多羅三藐三菩提舍利子何等名爲成就五種增進之法所謂值佛出世爲增進法得近善友爲增進法得具無難爲增進法隨所修進一切善法永不失壞爲增進法於彼安住律儀菩薩摩訶薩所隨從修學爲增進法舍利子是爲菩薩摩訶薩修行毗黎耶波羅蜜多故成就五法增進不退速悟無上正等菩提爾時長老舍利子白佛言世尊頗有菩薩於是五法而損減不佛言有曰何謂也大德薄伽梵何者是也大德蘇揭多佛告舍利子有五種法菩薩成就便能損減何等爲五謂於佛世而不值遇於彼善友不懷親近具無難法而不獲得修習善法多有失壞於諸安住律儀菩薩心無隨學由具如是損減法故亦不速悟無上菩提舍利子何等五法菩薩成就舍利子在家菩薩爲王師傅以威勢力恐怖衆生致有緣務祈請威福若爲成辦如是事者重相酬謝而是菩薩覩世利故心無正直便爲作之凡所出言無非爲利舍利子由如是法損減善道由如是法損減無難如是在家菩薩爲養身故行諸惡行不值佛世乃至不疾證於阿耨多羅三藐三菩提舍利子是名菩薩成就第一損減之法復次舍利子在家菩薩住毀城法何等名爲住毀城法舍利

子若諸如來應正等覺出現世間爲諸天人魔梵說法開示宣暢初中後善文義巧妙純一圓滿清白梵行爾時當有四衆出現所謂苾芻苾芻尼鄔波索迦鄔波斯迦時苾芻尼依附村城郊野館舍國邑王都爲護戒故在中居止彼諸在家菩薩來是住處汙其戒衆以毀戒故名住毀城犯是事已不值佛世乃至不能疾悟無上菩提舍利子是名菩薩成就第二損減之法復次舍利子在家菩薩見諸有依善說法律演正法時便於父母兄弟姊妹妻妾男女眷屬及諸衆生而爲法障舍利子在家菩薩障礙法已於長夜中自於法律常多障礙不值佛世乃至不能疾悟無上菩提舍利子是名菩薩成就第三損減之法復次舍利子在家菩薩聞佛經中如來讃說少欲知足出要相應獨靜山林離苦之法心生不信輕毀誹謗亦教他人起如是見是諸在家不善菩薩毀呰如來清淨教已還復沉溺可毀呰趣何等名爲可毀呰趣謂墮地獄畜生焰魔世界或生邊地及蔑戾車惡邪見中在家菩薩行是事故不值佛世乃至不悟無上菩提舍利子是名菩薩成就第四損減之法復次舍利子在家菩薩依止國王及諸大臣乃至富貴有自在者行弊惡行恃爲勢力譏訶毀罵輕懱戲弄無量衆生舍利子在家菩薩以成就此語惡行故速能招集諸惡趣報不值佛世不遇善友不得無難失壞善根不隨安住律儀菩薩修學正法不能速悟無上菩提舍利子是名菩薩成就第五損減之法爾時世尊欲重宣此義而說頌曰

菩薩成就五種法　如是智慧無增長
既不速疾見如來　亦不逢事人中上
或爲王者大師傅　欺詐誑惑諸衆生
由具如斯不善業　不遇世間依怙者
令多有情生怖畏　若納贓賕若損害
興造如斯惡業已　終不奉值人中尊
或令諸尼淨戒聚　破壞摧滅生悲苦
當離無量億如來　叵得成就諸無難
於其父母妻子等　障礙不令修法行
又障聽聞於正法　速感愚癡覆蔽果
若人猒世樂出家　便致拘執緣留礙
當離無量最勝尊　叵得成就諸無難
若有聽聞如是法　所謂讃説住空閑
便生不忍忿恚心　謗毁謂爲非法説
謗毁如是正法已　常住生盲大劇苦
一切重障罪業中　方斯十六不及一
彼難奉見諸如來　設見不能懷信敬
受女黄門生盲身　又受駝驢猪狗等
若有於佛及菩薩　深生殷重愛敬心
遠離一切障礙已　相續修行賢聖道
父母妻子眷屬等　恒樂安勤正法中
衆生猒世求出家　讃美勸助令其果
若處眷屬正法中　當速德登賢善趣
有能讃勸出家者　速悟無上佛菩提

復次舍利子出家菩薩復有五法若成就者不值佛世不親善友不具無難失壞善根不隨安住律儀菩薩修學正法亦不速悟無上菩提舍利子何等名爲出家菩薩成就五法一者毁犯尸羅二者誹謗正法三者貪著名利四者堅執我見五者能於他家多生慳嫉

舍利子如是名爲出家菩薩成就五法不值佛世乃至不獲無上正等菩提舍利子譬如餓狗慞惶緣路遇值鎖骨久無肉膩但見赤塗言是厚味便就啣之至多人處四衢道中以貪味故涎流骨上妄謂甜美或齩或舐或齧或吮歡愛纏附初無捨離時有刹帝利婆羅門及諸長者皆大富貴來遊此路時此餓狗遥見彼來心生熱惱作如是念彼來人者將無奪我所重美味便於是人發大瞋恚出深毒聲惡眼邪視露現齒牙便行齧害舍利子於意云何彼來人者應爲餘事豈復求此無肉赤塗之骨鎖耶舍利子白佛言世尊不也世尊不也善逝佛告舍利子若如是者彼慳餓狗以何等故出深毒聲現牙而吠舍利子言如我意解恐彼來人貪著美膳必能奪我甘露良味由如是意現牙吠耳佛告舍利子如是如是如汝所言當來末世有諸苾芻於他施主勤習家慳耽著屎尿妄加纏裹雖值如是具足無難而便委棄不修正檢此之苾芻我說其行如前癡狗舍利子我今出世憐愍衆生欲止息故專思此事爲如是等諸惡苾芻說此譬喻復次舍利子是諸菩薩摩訶薩爲欲利益安樂無量衆生故求於佛智行毗梨耶波羅蜜多彼諸菩薩摩訶薩於已身肉尚行惠施況復規求妄想惡肉而於他家起諸慳嫉舍利子彼諸苾芻慳他家故我說是人爲癡丈夫爲活命者爲守財穀奴僕隷者爲重世財寶玩縛者唯於衣食所欽尚者爲求妄想貪嗜惡肉起慳嫉者舍利子我今更說如是正法彼諸苾芻先至他家不應

見餘苾芻而生嫉妬若有苾芻違我法教見餘苾芻或作是言此施主家先爲我識汝從何來乃至此耶我於此家極爲親密調謔交顧汝從何來輙相侵奪舍利子以何等故彼慳苾芻於後來者偏生嫉妬舍利子由諸施家許其衣鉢飲食卧具病縁醫藥及供身等資生什物彼作是念恐彼施主將先許物施後來者由如是故即此苾芻於施主家起三重過一者起住處過見餘苾芻或起恨言我於今者當離此處二者凡所習近當言未知應與不應三者於不定家妄起諸過舍利子彼慳苾芻於後來人發三惡言一者說住處過以諸惡事增益其家令後苾芻心不樂住二者於後苾芻所有實言反爲虛說三者詐現善相諂附是人伺有微隙對衆治舉舍利子如是苾芻於他施家生慳嫉者速滅一切所有白法永盡無遺復次舍利子若有苾芻住家慳者我說是人爲不善者則爲棄捨菩提資糧又爲不能隨逐安住律儀菩薩修正法者又舍利子如是種相我更當說乃往昔時過於無數廣大無量不可思議阿僧企耶劫有佛出世名勝現王如來應正等覺明行圓滿善逝世間解無上丈夫調御士天人師佛薄伽梵彼佛住壽九十拘胝歲聲聞衆會九十拘胝那庚多皆是大阿羅漢諸漏已盡乃至一切得心自在第一究竟舍利子當於爾時有大長者名爲善擇其家巨富多饒財寶資產僮僕無不充徧有二子一名律儀二名住律儀年在幼稚容貌端正淨色圓滿衆人喜見舍利子時勝現王如來應正等覺於

晨朝時服衣持鉢大苾芻僧左右翼從彼佛世尊居僧上首爲福利故現乞食法入彼長者所住大城威儀庠序諸根寂定心意恬怕逮得調順奢摩他及獲第一調順奢摩他修攝諸根如大龍象澄靜無濁如深泉池盛德巍巍如金樓觀色相超挺如紫金山又如大海衆寶充盈如帝釋主諸天圍遶如大梵王心慮寂靜舍利子彼薄伽梵有如是等威相莊嚴長者二子當於爾時在重閣上遥覩勝現王佛從遠而來容貌威嚴色像第一發歡喜心歎未曾有舍利子彼住律儀童子以先覩佛喜踊内心白其兄曰從生已來兄頗曾見如是端嚴舍靈王不兄報弟曰我從生來實未曾見如是端嚴舍靈中王弟白兄言如我惟忖於未來世定當作是舍靈中王舍利子爾時住律儀童子即爲其兄而說頌曰

如律儀兄今所見　我於當來定如是
大苾芻衆所圍遶　當復倍勝於今日
求菩提道因緣故　當誓不噉諸飲食
兄既樂居牢獄中　我意決定當超勝
如是一切衆生尊　譬等衆星之滿月
誰有見斯不生信　而樂居家不出離

舍利子爾時律儀童子即以伽陀報其弟曰

弟當且止勿高聲　非但語言便遂事
我豈當發世語言　試誰在先成正覺

舍利子爾時住律儀童子復以伽陀白其兄曰

如是無上菩提道　非但弊鄙慳心證
我當發大賢善聲　決定成佛人中上
夫懷慳者相如是　資産不欲令他知

我今豈復守沉默　尚捨身命況財寶
我以家資咸布施　爲求菩提道因緣
及以兄分家財寶　盡施佛田深敬故
誰見如是最勝尊　具三十二妙相者
而不發願趣菩提　唯除具諸下劣見
所有家宅及財寶　父母并諸眷屬等
我當一切皆捨離　速往善逝如來所
爲世依怙作光明　照世慈尊極難遇
百千拘胝那庾劫　如是勝相甚難聞
我見世尊入王都　大苾芻僧所圍遶
如盛滿月在清天　流光洞照諸依地
我見世尊遊四衢　周徧莊嚴於一切
猶彼具足千光日　獨滿虛空常徧照
我見世尊居衆首　莊嚴顯發苾芻僧
如彼蘇迷盧山王　映諸寶山悉嚴麗
如來威光極熾盛　通照此土諸羣生
圓成妙相兩足尊　榮光鑒飾諸大衆
如來住大神通力　善御天龍非人等
復興無量種變現　爲衆生故入王都
誰見如斯正法主　三十二相大莊嚴
而復希趣下劣乘　唯除不肖愚闇者
我今欣覩人中尊　發生難得清淨信
爲利含識趣菩提　要當往覲如來所
舍利子爾時律儀童子又以伽陀報其弟曰
我於途路非懈怠　而不速往如來所
待我下斯重閣已　當出外宇諦思惟
宜應捐捨於我想　又不顧惜吾身命
及求最上丈夫智　爾乃往詣如來所
父母家宅及財寶　於如是等生重愛
我今一時皆棄捨　爾乃往詣如來所

若有欲願當成佛　又深愛樂如來者
宜速捐諸珍寶聚　捨離家法趣非家

舍利子爾時住律儀童子聞是語已即於閣上下其階道將往勝現王如來應正等覺所未至之頃其兄律儀又從重閣速疾而下馳詣佛所修敬已訖時住律儀後乃方至爾時律儀兄童子即以十億無價寶衣奉獻如來又於佛前而說頌曰

我今不求於妙相　奉施如來無價衣
惟願當來所獲報　如今世尊等無異
一切含靈中最勝　一切妙法善安住
惟願當來所獲報　如今世尊等無異
具足無上智慧藏　諸力正勤善安住
三十二相身所持　願速當成人中上
成就諸佛十種力　四無所畏善安住

惟願當來所獲報　如今世尊等無異
如佛所知眞淨法　唯佛善住皆明照
願賜演通如是法　令我速悟上菩提
我今不求妙色相　奉佛無價勝上衣
唯希寂靜妙菩提　爲利諸天世間故
如來所住微妙法　一切異論無傾動
我今爲求如是法　敢施無價勝上衣
諸法無生無老病　亦無憂愁悲歎等
願爲開斯寂靜法　導利諸天世間故
若法無有貪瞋癡　亦無諸慢及渴愛
願説菩提與佛性　無爲清涼甘露法
若法如來所安住　爲天龍等深敬禮
或有思慮或無思　願爲開斯寂靜法
佛住是處能通照　無量四方諸佛土
如發大焰深暗中　願證如斯等甘露

若諸一切愛無愛　性常不依於欲界
色無色界亦無依　願說如斯勝妙法

舍利子爾時住律儀童子聞兄律儀說是頌已便以一具新妙寶履奉施勝現王如來即於佛前說伽陀曰

願我當爲諸羣生　爲救爲趣爲依舍
更不履踐於邪徑　恒導羣迷說正路
願常不習於貪欲　此乃愚夫之所行
永離一切有爲法　恒值如來出興世
既逢明照世間者　便應供養兩足尊
勤求無上佛菩提　爲利一切羣生故
當以無量香華鬘　高妙幢旛諸寶蓋
奉獻龍中之大龍　爲利一切羣生故
復以種種上衣服　卧具飲食諸醫藥
俱持奉獻佛世尊　爲利一切羣生故
擊大小鼓吹螺貝　及奏簫管清歌等
俱持奉獻照世尊　爲利一切羣生故
厚味種種極淳濃　世間微妙所珍尚
俱持奉獻救世尊　爲利一切羣生故
廣行如是供養已　利益無量諸羣生
我於爾時便出家　精勵勤修於梵行
當安住斯八妙道　復安無量億衆生
願我爲諸有識依　常不履於邪曲徑
衆聖訶毀極下劣　所謂婬欲我能捐
又當棄捐諸放逸　於不放逸恒修學
願我永不生衆難　常得生諸淨信家
生生常見人中尊　見已於佛生深信
既生信已修恭敬　以妙華鬘及塗香
種種音樂供養已　爲求諸佛深智慧
如是廣修諸供養　乃經無量拘胝劫

永斷欲法捨居家　精勤奉修清淨行

舍利子爾時住律儀童子說是頌已即於所讚勝現王如來之處爲彼如來以赤栴檀建立道場高華綺飾四踰繕那縱廣莊嚴備諸彫麗爾時童子既立道場莊嚴成就即以奉施彼佛世尊又於佛前而說頌曰

佛所安住四種住　往昔最勝所稱譽
我今欣求如是住　惟願善逝慈哀許
若有安住是所住　心常了知無量衆
及知過去未來生　我今欣求如是住
若住是住至究竟　四種正勝四神足
及四最勝無礙辯　我今欣求如是住

舍利子爾時薄伽梵勝現王如來哀此童子受其所獻上勝道場與苾芻僧入中居止時彼童子既覩如來及苾芻僧受其施故心大歡喜踊躍無量又以種種上妙供具而爲供養倍加恭敬尊重讚歎於半月間中無斷絶過是已後便於佛前除去鬚髮被袈裟衣以淨信心捨棄家法起於非家專志精勤求諸善法舍利子時二童子求善法已心正了知於佛菩提俱發弘誓其兄律儀作是誓言願我最先成等正覺其佛名曰世間依怙放大光明其弟住律儀者又發誓言願我最先成等正覺其佛名曰大導商主天人中尊舍利子爾時律儀童子菩薩摩訶薩作是願已即於勝現王如來前合掌而立大誓莊嚴說伽陀曰

我當不復更安坐　亦無放倚身眠卧
專精勤求菩提道　爲利一切羣生故
我當不觀身與命　常捨懶惰勤精進

志求上妙菩提道　爲利一切羣生故
假使血肉都乾竭　皮骨筋脉皆枯燥
要捨懈怠及身命　精勤爲趣上菩提

舍利子爾時住律儀童子菩薩摩訶薩聞兄律儀童子菩薩摩訶薩發是願已歡喜踊躍即於其前說伽陀曰

今當共契同和好　修行無上菩提行
興發最勝勤精進　爲利一切羣生故
我今薄濟於身命　隨彼血肉皆枯燥
發千精進隨兄學　爲求無上菩提故
我當獨處住空閑　山野林中勤精進
常求微妙最勝智　隨住莊嚴大法王

爾時佛告舍利子彼過去世勝現王如來法中律儀童子菩薩摩訶薩與住律儀童子菩薩摩訶薩於彼佛所發大弘誓行毗黎耶波羅蜜多故精勤不懈修行正道舍利子彼二菩薩行精進時於千歲中乃至未曾如彈指頃被於睡眠之所逼奪於千歲中未曾起念欲卧息心於千歲中未曾起念欲樂坐心於千歲中未曾一返屈身蹲踞唯除便利若食飲時便就住立於千歲中未曾再食日止一食食止一摶飲水一器於千歲中未曾起念欣樂食心如謂我今極爲饑渴願當疾得如是等念初無有生於千歲中未曾一返過量飲噉於千歲中未曾起念稱量飲食此醎此淡此甘此苦辛酢美惡初無興慮於千歲中每乞食時一心正念未曾觀彼授食人面不生是念誰與我食爲丈夫耶爲婦人耶乃至童男童女皆不瞻視於千歲中居止樹下未曾仰面觀於樹相於千歲中所著衣服未曾

再易於千歲中未曾一念起於欲覺恚覺害覺於千歲中未曾起念緣親里覺若父若母兄弟姊妹及餘眷屬皆不緣念於千歲中未曾起念於所居家發思覺心於千歲中未曾起念仰觀虛空日月星宿雲霞等色於千歲中未曾起念以身依倚若壁若樹於千歲中未曾起念以諸酥油用塗肢體於千歲中未曾起念身心驚怖於千歲中未曾起念身心疲倦於千歲中未曾起念懈怠懶惰放逸之心唯與是念我今修行阿耨多羅三藐三菩提何時當證何時當得於千歲中未曾一返身心痛惱於千歲中未曾起念我欲剃髮唯除四天大王時來頭上以其神力手摩持去於彼天宮起窣堵波衆寶莊嚴而爲供養於千歲中雖有天王若來若去而心都無去來之想於千歲中未曾起念從陰影處至光景處從炎熱處至清涼處於千歲中於嚴寒時未曾起念覆厚煗衣而取温適於千歲中未曾起念論說世間無益之語舍利子是二菩薩於千歲中行如是等堅固精進時有惡魔名愚癡念如我今者出現世間有惡魔羅愚癡念者舍利子彼時惡魔興壞亂故於律儀菩薩所經行道仰布利刀徧其行處爾時律儀菩薩於彼刀道微失本心生利刃想適生想已便即追悔發大音聲再返唱言咄哉奇事我今如何住於放逸舍利子時彼菩薩所發音聲徧告三千大千世界於上空中有百千拘胝天魔徒黨聞是菩薩憶念音聲即共同時語菩薩言如汝今者普告之聲深爲善說深爲善說舍利子如是天聲唯律儀聞彼

住律儀於諸天聲及此菩薩普告大聲初不聞之爾時律儀菩薩聞天語已奮發堅固大精進欲復前經行再轉其心不緣刀刃舍利子時彼菩薩摩訶薩降魔怨已住如是威儀行如是妙行修如是道迹起如是大悲與發如是勇猛精進未曾休廢復次舍利子彼二大士於彼法中行毗棃耶波羅蜜多故俱成就是威儀行迹大悲勇猛又於千歲住空閑林修佛隨念過是已後勝現王如來方入涅槃爾時諸天便來告曰善男子豈不知耶如來今者已般涅槃時二大士既聞天告即便往詣勝現王如來涅槃林所既到彼已合掌而立瞻仰如來目未曾捨極懷戀慕深生敬重作是念言如來出世大慈悲者覆護衆生同於舍宅如何一旦速般涅槃令我等類無依無怙舍利子是二大士立如來前深懷戀仰七日七夜足不移處不勝哀慼遂立命終往生梵世既受梵身得宿智力以大神通從上來下至涅槃會爲勝現王如來應正等覺所有舍利起窣堵波珍寶妙物極世莊嚴四十千歲方得成就以諸輪蓋安施其上舍利子時二菩薩爲彼如來起窣堵波已心大歡喜合掌而立觀其福相倍加欣慶如是又經七十千歲方始致禮因爾命終俱生贍部洲中大轉輪王家處太后胎舍利子彼初生已便憶過去所經諸事作如是言我於今者應當安住最上第一不放逸法復以伽陀而自誡曰

我今生處輪王家　廣大財食皆如意
於極放逸當捐捨　勤求無上佛菩提

財寶色欲及王位　無常迅速須臾頃
智者於斯不欣樂　勤求上妙佛菩提
若於財寶不生樂　爲利含識證菩提
應疾捨欲求出家　修行勝妙諸梵行
我昔過去無量劫　躭滯五欲爲功德
若生天上及人中　未曾於彼生知猒
故應捨欲及王位　父母眷屬諸財寶
及捨國城大軍衆　出家勤求證菩提

舍利子時彼菩薩身相端正如十六少童不樂俗網常思過患即剃鬚髮服袈裟衣以清淨信棄捨家法趣於非家二十千歲勤修梵行後命終已復生梵世於彼壽盡還生贍部舍利子當於爾時此贍部洲有佛出世名曰妙香如來應正等覺明行圓滿善逝世間解無上丈夫善調御士天人師佛薄伽梵時彼菩薩既遇佛已即於法中剃除鬚髮服袈裟衣以清淨信棄捨家法趣於非家滿拘胝歲修行梵行如是次第十千如來出現於世律儀菩薩皆得值遇於諸佛所植衆德本常勤精進修行梵行彼住律儀菩薩常與其兄同生一處修諸聖道唯於一佛不修梵行以是因故律儀菩薩先得成佛出現於世名曰熾然精進如來應正等覺明行圓滿善逝世間解無上丈夫調御士天人師佛薄伽梵住世教化經九十拘胝歲聲聞大衆有九十那庾多共會說法舍利子熾然精進如來與世之時彼住律儀菩薩爲轉輪王威加四域福德所被於熾然精進如來極起深信以種種上妙衣服餚膳飲食病緣醫藥什物衆具供養恭敬尊重讃歎於三月中奉獻彼佛及苾芻

僧舍利子爾時熾然精進如來應等正覺雖受供養爲欲覺悟彼輪王故令其憶念說伽陀曰

若爲證得諸佛法　勇猛精進最爲上
貪著五欲諸含生　凡有所求難果遂
若求義利於五欲　智者當知無義利
汝今處在無義中　求勝義利不可得
我昔與汝爲兄弟　俱發弘誓趣菩提
爾時競列至誠言　誰速在初成正覺
今汝見我證菩提　轉勝梵輪於大衆
汝猶沉溺五欲家　婬荒女色恒守護
過去諸佛常宣說　智者不應保弊欲
是故我恒勤遠離　曾未追求行放逸
汝攝惡慧行無義　汝常安住無義業
欲法引苦汝長迷　離欲清淨聖所讚

舍利子時彼輪王聞熾然精進如來說伽陀已生大覺悟深見欲過希求出家竟不辭諸妻子眷屬長者僚宰大小諸王亦不顧戀國邑人民財寶府藏即從座起往如來前一心合掌說伽陀曰

我當悉捨於家國　要往空閑至命終
寧使肌肉並乾枯　爲佛菩提因緣故
復當勇猛大精進　利益無量諸羣生
棄捨家法趣非家　當住虛靜無爲處
不欣緣附於五欲　弊惡誑惑彼愚夫
由我陷没欲泥中　故使掩面而隨後
諸欲財寶及王位　一切一時皆棄捨
即於如來聖教中　專務精修無上道
誰有智者當親附　誰行學藏有爲行
今我修行精進已　不速成佛躭諸欲

是故我捨諸欲樂　王位財寶皆除斷
要歸佛教趣非家　爲佛菩提因緣故

舍利子爾時輪王謟伽陀已即於熾然精進佛所剃除鬚髮服袈裟衣以淨信心棄捨家法趣非家道住空靜處勤修梵行於時復有六十拘胝百千衆生聞彼輪王出家學道亦懷淨信除捨俗相隨王出家修諸梵行舍利子時熾然精進如來處世垂化久乃涅槃輪王苾芻見佛滅度悲感充塞奉接如來遺身舍利起窣堵波嚴飾供養其後不久便致命終生覩史多天受天報盡還生贍部洲中即於是劫成阿耨多羅三藐三菩提名曰妙行如來應正等覺明行圓滿善逝世間解無上丈夫調御士天人師佛薄伽梵其佛住世滿拘胝歲聲聞弟子有拘胝那庾多而共集會皆是大阿羅漢諸漏已盡乃至一切心得自在已到究竟第一彼岸妙行如來安住百千菩薩摩訶薩令於阿耨多羅三藐三菩提不復退轉又爲無量無數諸衆生等宣揚妙法所應作已入般涅槃正法住世經餘一劫流布舍利饒益衆生亦如我今般涅槃後舍利廣流等無有異爾時佛告舍利子諸菩薩摩訶薩行毗梨耶波羅蜜多故安住正勤行菩薩道應當依隨律儀菩薩摩訶薩修學勇猛無倦精進波羅蜜多不應依附彼枯骨鎖住慳衆生而爲修學舍利子若有菩薩樂求菩提不應他家而生慳悋若復失念起慳悋時應樂觀察三種怖畏何等爲三謂於他家數致來往或因乞食或復談話纏綿不已遂成親好見彼第二賢善苾芻以貪著故便生慳

嫉或時微起一念恚心不相隨順由是緣故當知攝受地獄諸苦業道當知下生盲種於其心田當知生邊地業具足攝受舍利子我今爲汝更說其相謂彼菩薩見諸賢善清淨苾芻來至其所輒生嫉妬瞋恚之心內雖忿結而外現清白與交言論心乃慳悋而身恒將遇隨事供擬或私處隱屏怒眼視之或以不實事用加誣謗舍利子以是因緣如是菩薩當知攝受地獄業道生盲種子植其中心雖生人道復在邊地遭諸苦楚受生盲報多被誹謗爲他役使晝夜辛勤初無停息舍利子若諸菩薩說於他家起慳嫉時應思惟此三種怖畏爾時如來說是語已長老舍利子白佛言甚奇世尊未曾有也是諸菩薩摩訶薩極爲希有乃能善遇如來說是家慳出要之法善哉世尊願爲我等諸聲聞衆說正法要離家慳相所以者何我等於佛法中非爲不願脫於地獄生盲邊地誹謗果報常願生於中國人趣我等聲聞深欲樂聞離家慳法惟願世尊捨無緣怨不捨我等必爲宣說爾時佛告舍利子善哉善哉舍利子甚爲希有汝等乃能住無淨諂請問如來如是之義諦聽諦聽當爲汝說舍利子若有衆生欲隨如來修學佛法我當爲彼如應顯說何以故以諸衆生能隨佛學如來不違彼意必現其前而爲說故又舍利子若有衆生不樂隨佛修學正法若爲彼說是人聞已則當成立鬬諍根本舍利子如是成就淨信菩薩摩訶薩行毗黎耶波羅蜜多故於諸佛法廣生淨信長久大夜常樂觀察爲欲救濟沉溺衆生故往

如來所慇懃鄭重諮疑問義凡所敷演樂欲聽聞既聞法已復獲廣大清淨深信歡喜踴躍倍加精進受持正法如說修行又舍利子當來之世我諸弟子少有苾芻深心希樂趣般涅槃寂靜之法多依三事以爲常業何等爲三一者常喜追求世間名利二者貪樂朋黨追求食家往還不絕三者喜樂追求華飾房宇貯積財富什物資具是名依止追求三事舍利子是諸苾芻以依如是三種事故終不解脫三種惡趣舍利子如是苾芻不樂解脫地獄傍生焰魔鬼趣而返喜樂勤修滅盡趣天道法又常勤修相言鬬訟譏刺離間諍論之事復樂攝受心不淨信諸惡友等捨空靜林依泊村落白衣俗人而爲朋黨舍利子諸在家者作如是言如是長老數來我家與我同好我當供給施其衣服飲食卧具病緣醫藥諸餘資具彼住空閑諸長老等既於俗人素無周接我等如何與之言問以此事故是諸苾芻與在家者轉相親狎更互談說但叙世事繁雜戲論舍利子是惡苾芻樂共無良之人同止遊涉久著住處曾無移轉多覓朋黨及多食家數數瞻視躬行慶吊由此事故密懷親愛設有客苾芻來都無供給先行毀呰非法之言而客苾芻實是賢聖是惡苾芻亦不稱說汝爲多聞具戒清淨汝是預流一來不還阿羅漢果如是等言全不稱說舍利子是惡苾芻在我法中不修我法更無餘事惟樂毀呰訶罵不息舍利子彼諸俗人爲朋黨者又作是言諸客苾芻未曾與我共住久處周旋還往舊住苾芻與我久住情事相

委通致使命經理緣務以是義故我當與諸舊住苾芻共相護惜假爲威勢舍利子以是等故諸惡苾芻於是經典若解不解一切時中皆悉誹謗毀呰不信又舍利子若復有人聽聞如來所説經典如是文句差別法門常樂聽聞聞便信解無疑惑者必能捨離如是衆生及捨應往惡趣之業如是舍利子修行無倦精進菩薩摩訶薩聽聞如是慳嫉等相往惡趣業既聞是已便不自行家慳等事況復爲他開示此法舍利子如是名爲菩薩摩訶薩精勤無倦修行毗梨耶波羅蜜多應如是學

大寶積經卷第四十七

音釋

蔑戾車梵語也亦云彌離車此云惡見蔑彌列切戾力霽切　譏訶譏居依切譴也察也訶虎何切責也　贓賕贓則郎切吏受賄也又盜所取物曰贓賕巨鳩切枉法致賂曰賕　齩五巧切以齒齧骨也　舐神紙切以舌取食也　齧五結切噬也　吮徂兗切口嗽也　謔虛約切戲也　隙苦戟切孔隙也又豐隙也　奢摩他梵語也此云止又云能滅謂能滅一切煩惱結故　挻徒頂切拔也又挻出也　鎣烏扃切亦飾也　屐奇逆切屩也　蹲踞蹲徂尊切亦踞也踞居御切蹲踞謂屈足踞坐也　窣堵波梵語也此云方墳又云圓塚窣蘇沒切堵音覩　煗乃管切溫也　咄哉咄當沒切嗟咨語也

大寶積經卷第四十八

唐三藏法師玄奘奉　詔譯

菩薩藏會第十二之十四

毗梨耶波羅蜜多品第九之四

復次舍利子菩薩摩訶薩精勤無倦修習毗梨耶波羅蜜多時於諸衆生起病者想何以故一切衆生常是病者恒爲三種熱惱所燒惱故舍利子何等名爲三種熱惱所謂貪欲熱惱瞋恚熱惱愚癡熱惱菩薩摩訶薩作如是念我等今者應以如是無上正法阿竭陀膏藥塗傅如是熱惱衆生何以故由是無上正法清涼微妙膏藥用塗傅故一切衆生貪瞋癡等諸熱惱病皆悉除滅舍利子諸菩薩摩訶薩以是正法良藥塗傅衆生令三毒滅故是菩薩摩訶薩無倦正勤修行毗梨耶波羅蜜多應如是學復次舍利子菩薩摩訶薩修行毗梨耶波羅蜜多其相無量我今當説舍利子菩薩摩訶薩常作是念所謂一切衆生皆是病者何以故由爲三毒常熱惱故若有衆生生地獄者亦爲如是貪瞋癡等之所燒惱如是生傍生者焰魔世界人中天上所有衆生無不爲是三毒燒惱若有衆生成疑見等諸煩惱者亦常爲於貪瞋癡等之所燒惱舍利子是諸衆生具煩惱病非餘良醫及勝妙藥若塗若傅能令貪瞋癡等熱惱靜息惟除如來無上勝妙大法醫王及證法身菩薩摩訶薩以大願力自嚴持身爲良藥已乃能除滅一切衆生貪瞋癡等諸熱惱病復次舍利子汝應解了如是法門所謂一切衆生貪瞋癡病非餘醫藥而能瘥愈惟有如來無

上醫王法身菩薩以大願力而得除滅舍利子於汝意云何衆生界多地等界多舍利子白佛言世尊如我解佛所說妙義衆生界多非大地界亦非水界火界風界所能比類佛言如是如是如汝所說衆生界多非大地界乃至衆生界多非彼風界舍利子我今更說如是之相舍利子有諸衆生身形微細難可覩見非佛法外諸神仙眼之所能及亦非聲聞獨覺天眼境界惟是如來清淨天眼所能照了舍利子如來以淨天眼明見如車輪量所有微細含識衆生其數無量多於三千大千世界於人天趣諸受生者舍利子如是無量無邊諸有情界乃至三千大千世界一切有情若卵生若胎生若濕生若化生若有色若無色若有想若無想若非有想非無想若可見若不可見如是乃至所有假名建立諸有情界設使於一刹那或一羅婆或一牟呼多頃非前非後皆得人身彼諸人等並成良醫壽命一劫明練方術通閑醫道爲大醫師善療衆病皆如今者時縛迦醫王舍利子彼諸醫王同共集議作如是言有一衆生懷貪瞋癡熱惱之病我爲醫王勤加功用當爲除滅如是舍利子設使彼等一一諸醫皆持清涼妙藥其量高廣如蘇迷盧山王並又勤加功用將欲滅一衆生貪瞋癡惱又彼諸醫於是清涼藥分山王摩以爲末盡其劫壽塗一衆生一切醫王盡其功術並悉疲倦乃至藥分山王用末塗盡皆亦不能滅一衆生貪瞋癡等諸惱熱病復次舍利子諸佛如來出興于世見諸衆生具煩惱病如來但說一不淨

觀無上正法阿竭陀膏藥用以塗傅無量衆生貪欲熱惱無不除滅如是塗傅無量百衆生無量千衆生無量百千衆生無量拘胝衆生無量百拘胝無量千拘胝無量百千拘胝衆生無量拘胝那庾多衆生無量百拘胝那庾多無量千拘胝那庾多無量百千拘胝那庾多衆生如是無量薑羯羅衆生無量頻跋羅衆生乃至無量不可說不可說衆生以聞一不淨觀故貪欲熱惱同時靜息舍利子如來但說一慈悲觀無上正法清涼妙藥用以塗傅無量衆生瞋恚熱惱皆得除滅乃至不可說不可說衆生瞋恚除滅亦復如是舍利子如來但說一因緣觀無上正法清涼妙藥用以塗傅無量衆生愚癡熱惱皆得止息乃至不可說不可說衆生愚癡止息亦復如是

又舍利子證得法身菩薩摩訶薩亦以大願自嚴持身爲法良藥善能息滅無量衆生三毒熱惱乃至息滅不可說不可說無量衆生貪瞋癡等諸惱熱病復次舍利子如我先說證得成就法身菩薩摩訶薩願力持身而爲良藥用滅無量不可說衆生煩惱熱病如是等相吾今更說汝當諦聽舍利子我念往昔過無數劫有佛興世名曰然燈如來應正等覺明行圓滿善逝世間解無上丈夫調御士天人師佛薄伽梵舍利子爾時然燈如來應正等覺爲我授記作如是言汝摩納婆於當來世過阿僧企耶劫當得作佛號釋迦牟尼如來應正等覺乃至佛薄伽梵舍利子彼然燈佛授我記已爾時便證法身成就佛滅度後我爲帝釋名微妙眼於三十三天得大自

在具大神通有大威德宗族熾盛舍利子是時贍部洲中有八萬四千大城有無量千村邑聚落市肆居止復有無量百千拘胝那庾多一切衆生住如是處人物繁擁極爲興盛舍利子當於爾時有大疫病中劫出現多有衆生遭遇重病身體潰爛癰腫痤癤疥癬惡瘡風熱痰癃互相違返以要言之一切病苦無不畢集於時復有無量百千諸醫藥師爲欲救療如是病苦勤加功用極致疲倦而衆生病無有愈者舍利子彼諸無量病苦衆生不遇良醫爲病所弊無有救護無有歸趣皆共呼嗟失聲號哭涕泣横流作如是言我今受此無量重病何處當有天龍藥叉健達縛及諸羅刹人非人等以大慈悲而能見爲除我病者若有能除我病苦者我當不悋一切財寶厚報其恩隨其教誨舍利子我於爾時以淨天眼超過於人見諸衆生種種疫病逼惱其身煩寃纏繞無有救濟又以天耳清淨過人徹聽衆生號訴之聲極爲悲怨酸楚難聞舍利子我於彼時見聞是已於是衆生深起大悲即作是念一何苦哉如是無量無邊衆生遭是重病無舍無宅無救無護無歸依趣無能療者我今決定爲諸衆生爲舍爲宅爲救爲護爲歸依處爲醫療者必令病惱普皆平復舍利子我於爾時便隱帝釋高廣之形於贍部洲俱盧大城不遠受化生大衆生身名曰蘇摩既受生已住虛空中以伽陀頌遍告贍部洲内所有衆生說其頌曰

俱盧大城爲不遠　有大身者名蘇摩

若有衆生敢其肉　一切病惱皆除愈

彼無瞋恚諸忿害　爲作良醫生贍部
汝當欣踊勿驚疑　隨意割肉除衆惱

舍利子爾時贍部洲内所有諸城八萬四千村落市肆又無量千一切含識爲病惱者聞是聲已一時皆往俱盧大城蘇摩菩薩大身之所競以利刀或割或截彼之身肉舍利子蘇摩菩薩行精進行當被割時於其身肉出大音聲説伽陀曰

若此能實證菩提　智藏當成無盡者
隨我所發諦誠言　亦願身肉常無盡

舍利子爾時贍部洲内一切衆生爲病逼故段段割截菩薩之身或擔持去或就食者雖被加害以願力故隨割隨生無有缺減舍利子是諸衆生噉食蘇摩菩薩肉已一切病患悉皆除滅病既除瘥復令衆生心得安樂形無變易是諸衆生身心安樂展轉聲告遍贍部洲來食肉已病皆除愈無有變易身心安樂舍利子爾時一切贍部洲中人民之類若男若女童男童女食菩薩肉病除愈者於是菩薩深懷恩惠競自思惟是蘇摩者極有重恩除我病苦施我安樂令無變易我當云何施設供養酬斯厚澤作是念已咸共集會詣俱盧大城蘇摩菩薩大身之所既到彼已皆共圍遶感戴其恩不能自勝説伽陀曰

仁爲舍宅爲救護　仁爲良醫妙藥者
惟願哀憐垂教勑　我等如何修供養

舍利子我於爾時爲是大身拔濟衆生如是病苦知是無量諸衆生等銜我重恩歸依我已便滅所現蘇摩大身復帝釋形住衆生前威光顯盛而告之曰卿等當知若爲病苦由

我身肉而得除差卿等懷恩將思報者卿等當知我本不爲村城舘邑王都國土田宅舍屋住處等事愍卿病苦行身肉施我亦不爲金銀末尼瑠璃眞珠珂貝璧玉珊瑚等寶行身肉施我亦不爲象馬牛羊放牧畜産行身肉施我亦不爲婦人丈夫童男童女奴婢僕使行身肉施我亦不爲餚膳飲食衣服卧具病縁醫藥及餘資穡行身肉施我亦不爲園林池苑宮殿樓觀愍卿病苦行身肉施卿等當知我本所以愍卿病苦行身肉施爲令衆生離不善業卿等但能爲我永斷永離殺生之業永斷永離不與取業永斷永離欲邪行業如是永斷永離虛誑語業離間語業麤惡語業綺飾語業貪欲瞋恚諸邪見業卿等於此永斷離者是爲利益是爲報恩舍利子爾時帝釋復爲大衆說伽陀曰

我非爲求珍寶聚　其量高廣等迷盧
亦不爲求大王女　及諸衣食牀敷事
欲奉蘇摩大身者　但當尊重同和合
展轉慈心相敬視　專修淨妙十業道
卿等當於十業道　但常和合堅防守
是名大輿法供養　菩薩非求世財故
我不用諸世財寶　芳羞飲食妙衣服
象馬車乘牛羊等　牀敷婇女資生具
卿等但共同和合　善持清淨十業道
展轉發起大慈心　彼此熏修利義意

舍利子爾時贍部洲內無量衆人聞我說是勸發之言感恩德故頂禮我足皆悉受持十種清淨妙善業道舍利子我於爾時爲彼大衆廣宣正法示敎讚喜便隱天身不現於世

如是舍利子我正憶念往昔世時贍部洲中所有人民食噉蘇摩菩薩肉者從是已來乃至無有一人墮於惡趣彼命終已皆生三十三天宿業力故與我俱生舍利子我於爾時復爲彼天隨其所應敷演法化示教讚喜皆令安住聲聞乘中或獨覺乘或有安住阿耨多羅三藐一切智乘如是等衆聞我法故或有已般涅槃正般涅槃當涅槃者舍利子汝觀如是安住法身菩薩摩訶薩行毗棃耶波羅蜜多故成就如是大神通力成就如是大威德力成就如是大勢之力乃能但捨一身之惠而大成熟無邊衆生皆住三乘得不退轉爾時長老舍利子白佛言世尊云何菩薩摩訶薩行毗棃耶波羅蜜多時精勤修獲法身之相唯然世尊願爲解說佛告舍利子菩薩摩訶薩法身之相無生無死堅固難壞猶如金剛不可思議而諸法身菩薩摩訶薩爲欲化度身壞衆生故現壞身又欲化諸身不壞者現不壞身然此法身圓成具足非火所燒非刀能割如彼金剛堅固難壞舍利子安住法身菩薩摩訶薩行毗棃耶波羅蜜多故無倦精進非有功用但以其身則能成熟無量衆生不假其心思量分別即此菩薩身自能知了諸身相隨入自身眞如法性自身眞如隨入諸法眞如諸法眞如隨入自身眞如自身眞如隨入諸佛眞如諸佛眞如隨入自身眞如自身眞如隨入去來現在眞如去來現在眞如隨入自身眞如又過去眞如不違未來眞如亦非未來眞如違過去眞如又過去眞如不違現在眞如亦非現在眞如違過去眞

如又未來眞如不違過去眞如亦非過去眞如違未來眞如又未來眞如不違現在眞如亦非現在眞如違未來眞如又現在眞如不違過去眞如亦非過去眞如違現在眞如又現在眞如不違未來眞如亦非未來眞如違現在眞如又去來現在眞如即蘊界處眞如又蘊界處眞如即染汙清淨眞如又染汙清淨眞如即流轉寂滅眞如又流轉寂滅眞如即加行眞如又加行眞如即一切行眞如而一切行即是眞如而此眞如即一切行復次舍利子夫眞如者即是實性即是如性是非不如性是不遠離性是無發動性是無嬈亂性是不相違性是無違諍性又舍利子夫眞如者無所違諍以無違諍名曰眞如然諸如來說名違諍舍利子眞如說名隨順攝受何因緣故如來乃說以爲違諍舍利子如來違於一切諍故以是因緣菩薩常現一切違諍又諸如來本無違諍亦未曾起何以故無違無諍說名如來而常現諸色像違諍非惟如來而有動亂諸菩薩摩訶薩以如實智觀如來身於如來身平等法性即觀自身平等法性又於自身平等法性觀察如來平等法性又於自身平等法性觀察諸身及以非身於一切身及以非身觀察於彼不思議身菩薩摩訶薩於緣生法了一切身既了知已引攝法身舍利子菩薩摩訶薩當於引攝此法身時我說是等便證法身既得證已又能示現蘊界處身當知是身法身所顯是故舍利子一切衆生若有值遇如是法身若見若聞即皆調伏觸彼身時能令衆生作諸義利復次

舍利子如時縛迦大醫王者聚集衆藥和爲形相變成女像姸質華美淨色悅人由是醫王善能作故妙善成就善加嚴飾舍利子是藥女像雖無思慮又無分別而能示現往來住止若坐若卧諸有豪貴大王王子大臣長者及諸小王有病惱者至時縛迦大醫王所爾時醫王觀其所治即以藥女賜爲仇匹彼諸人等既蒙所惠便執藥女暫身交觸一切患苦自然消除無病安樂無有變異舍利子此時縛迦大醫之王療治世間諸病妙智餘有世醫無與等者如是舍利子法身所顯菩薩摩訶薩亦復如是乃至一切衆生若男若女童男童女有貪恚癡熱惱病者至菩薩所暫觸其身一切病苦皆得消滅又覺其身離諸熱惱何以故由諸菩薩摩訶薩本發大願善清淨故復次舍利子法身菩薩摩訶薩不由食摶食故身得安住雖復了知一切飲食本無所有愍衆生故而現受食雖現食之情無躭著於其自身未曾顧戀何以故法身之力無退無減不以飲食安住其身又舍利子法身菩薩摩訶薩於諸生死難可了知而示現身有生有死何以故爲欲成熟諸衆生故示現終盡然此菩薩摩訶薩了知諸法無有終盡示現有生了知諸法無有起作雖現生起了知諸法畢竟無生又此法身以法爲食法力所持依止於法本願力故無有功用成熟衆生舍利子法身菩薩摩訶薩如是等相皆由無倦精進修行毗棃耶波羅蜜多故而便證入爾時世尊欲重宣此義而說頌曰

身如金剛不可損　知時設化故現生

毒惡刀火非燒害　見燒害者所化衆
有病則見爲良藥　饑渴衆生見飲食
以諸法性無分別　法身無身一理證
了知一法從緣生　無摩納婆意生等
衆緣有故苦綸連　衆緣無故苦綸斷
了色不堅如聚沫　思惟諸受等浮泡
想如熱時陽焰動　芭蕉諸行應觀察
如世善幻舞戲者　刹那便現諸色像
了知識用亦如是　智者於彼皆無願
知世財如箭離弦　復似電飛山水暴
暫聚還散類空雲　智者於彼皆無願
諸有都無有衆生　未曾不受天諸樂
復墮地獄更貧苦　佛子觀已不求天
彼心無依似遊空　非有非無離依止
雖生諸有無生死　證無老死大我故

復次舍利子無倦精進菩薩摩訶薩修行毗棃耶波羅蜜多時當應如是正心修學舍利子世間雖有諸醫充滿世界不能了知三種大患何以故彼皆不善又無智故而不能識貪瞋癡等三種大患舍利子彼無智醫非惟不識三種大患又不了知三大良藥對治三患何等爲三所謂不能了知貪欲大患不淨良藥而爲對治瞋恚大患慈心良藥而爲對治愚癡大患緣起良藥而爲對治舍利子如是諸醫惟能療治一二別病不能普治一切衆病惟能暫治少時降損非爲盡病畢竟除瘥菩薩摩訶薩作如是念我今行毗棃耶波羅蜜多故修菩薩道豈當隨學如是諸醫我當依隨諸佛世尊善達諸法無上大醫之王畢竟療治一切病者是大醫王我今隨從依

憑修學既修學已我應普治一切病苦豈當療治別別諸病我應畢竟除衆病本豈當暫瘥不除病本舍利子是菩薩摩訶薩復作是念我應積集如是無上正法阿竭陀膏藥當使一切衆生聞藥聲已貪瞋癡等極重大患自然消滅是故舍利子無倦精進菩薩摩訶薩行毗梨耶波羅蜜多故積集如是無上正法阿竭陀膏藥塗傳一切有病衆生不與聲聞獨覺法共惟除如來無上大醫之王善達一切法者以無上正法阿竭陀膏藥遍塗所吹大法之螺如是塗已便就吹之其聲遍告三千大千世界於中所有非一衆生聞是聲已但使一切貪瞋癡等諸大重病皆悉除滅如是除滅非一百衆生非一千衆生非一百千衆生如是除滅非一拘胝衆生非一百拘胝千拘胝百千拘胝衆生如是除滅非一拘胝那庾多衆生非一百拘胝那庾多千拘胝那庾多百千拘胝那庾多衆生非一薑羯羅衆生如是除滅乃至不可說不可說衆生所有三毒大患皆得除滅復次舍利子如大雪山中有大藥王名爲毗伽摩若聞其聲一切世間猛烈毒熱皆悉消滅若藥所住百踰繕那其威盛故令諸惡毒皆無勢力若以藥王塗大螺鼓若擊若吹其聲所及諸有衆生或飲毒藥或被毒螫毒塗毒刺衆毒惱者但聞如是螺鼓之聲暫至於耳一切諸毒皆得除滅舍利子如是毗伽摩大妙藥王一切世醫皆不能識唯除時縛迦大醫王者方知色性如是舍利子無倦精進菩薩摩訶薩亦復如是行毗梨耶波羅蜜多故積集如是無上正

法阿竭陀膏藥不與聲聞獨覺法共唯除如來無上正法大醫之王能滅衆生諸有病者以無上正法阿竭陀膏藥用塗大法之螺塗已吹之聲告三千大千世界其中所有一切衆生乃至不可說不可說等聞是聲已貪瞋癡等諸重大患悉得寂滅無有遺餘復次舍利子如是無上正法阿竭陀膏藥從於何所而來集此舍利子當知如是膏藥從大菩提法器中來又舍利子彼菩提器從何而來當知從菩薩法財寶篋中來又舍利子如是菩薩寶篋從何而來當知不異大菩薩藏法門中來是故舍利子無倦精進菩薩摩訶薩爲欲修行毗梨耶波羅蜜多故應極至誠尋求如是大菩薩藏法門經典聽聞受持若讀若誦研究義理廣爲衆生宣說開示舍利子汝

又應知如是之相吾今當說重顯其義若諸無倦精進菩薩摩訶薩修行毗梨耶波羅蜜多故聞我說已於是經典應極至誠尋究義理爲他開示舍利子乃往古世過阿僧企耶劫廣大無量不可思議難可度量乃至過是等數又復過是等量當於爾時於此世界有佛出現名赤蓮華勝如來應正等覺明行圓滿善逝世間解無上丈夫調御士天人師佛薄伽梵舍利子彼佛聲聞弟子一大集會其數具滿八十拘胝皆是大阿羅漢諸漏已盡乃至獲得諸心自在最勝波羅蜜舍利子彼佛壽量滿八十歲便般涅槃正法住世經五百歲像法住世亦五百歲舍利流布如我今者般涅槃後供養舍利當流布相舍利子彼佛去世入涅槃後將滿百年有一菩薩他方

界終生此世界大王之家適初生巳便唱是言竒哉今者生非法處又作是言竒哉今者生非法處如是唱已復作是言我於今者當行法行我於今者當行法行爾時衆人皆生疑怪以其所述同共號之名爲法行舍利子時法行王子漸漸長大諸根成滿牀年二十淨信捨家趣無上道既出家已獨止幽閑空寂林中宴處靜室時虛空中有大天神來告之曰苾芻當知汝今若求如來佛果聲稱高遠尊上法者但當勤學大菩薩藏微妙法門若未獲者勿捨精進專志尋求無令不果舍利子時法行苾芻從彼天神聞斯語已心大歡喜踊躍無量身意悅豫即行尋訪菩薩藏法躬詣村城王都國邑乃至亭館展轉尋求了無所得爾時法行苾芻復更經歷往諸僧坊或見苾芻或苾芻尼便至其所作如是言善哉仁者何處當有大菩薩藏微妙法門菩薩摩訶薩依之修學出生無量諸佛妙法彼便答言苾芻當知我初不聞何等名爲大菩薩藏微妙法門我於今者因汝說故方聞大菩薩藏法門名字來入我耳舍利子爾時法行苾芻重自思念如是法門諸佛妙法不應天神妄有所說我於今者要當不捨勇猛精進乃至未聞大菩薩藏法門已來中無懈廢便更請問彼苾芻等赤蓮華勝如來般涅槃時焚身之地爲在何所汝當示我此地方面我當往彼行精進業彼苾芻等即告之言苾芻當知如是方面是薄伽梵赤蓮華勝如來焚身之地爾時法行苾芻即往其所到已頂禮右遶無數即退一面結跏趺坐一心攝念

想對彼佛作是誓言我於此處結跏趺坐我若不從赤蓮華勝如來現前聽聞大菩薩藏微妙法門者要當不解此坐不起此處舍利子時法行王仙苾芻精進堅固發如是誓結跏趺坐過七日已東方世界有薄伽梵名曰寶藏如來應正等覺爲法行王仙苾芻故從彼而來現其身前爲說開示八門句法因又告曰王仙苾芻汝今當隨八門句法大菩薩藏微妙法門精勤修行則諸佛法不難得遂時王仙苾芻聞佛教已精勤修習八門句法於後不久便得成就不可思議無上多聞即從地起離本坐處爲欲廣行毗梨耶波羅蜜多故勇猛正勤往諸村城王都國邑乃至亭館從一一處至一一處展轉宣說顯通如是大菩薩藏微妙法門滿六十歲於如是時教化衆生天人等衆滿拘胝數皆得安住於三乘中舍利子彼王仙苾芻化衆生已臨命終時發如是言願我還生此佛世界人趣之中當修法行作是願已便就命終以願力故於此世界贍部洲中生居士家彼初生日便唱是言我於今者當修法行又作是言我於今者當修法行爾時衆人因其所述爲立本號還名法行舍利子是法行童子形如八歲淨信捨家趣無上道出家不久以宿習故大菩薩藏微妙法門無上深義自然現前法行苾芻安住如是大菩薩藏六十歲中廣行法化躬至村城王都國邑乃至亭館處處施化爲諸衆生開示是法於六十歲教化天人滿拘胝衆於三乘中皆已成熟或住聲聞乘或住獨覺乘或住無上大乘之者舍利子彼時法

行苾芻化衆生已臨命終時復發是言願我未來當得爲人出家聞法既命終後以願力故於此世界贍部洲中生於王家彼初生日於上空中天神唱言此衆生界法勝菩薩出現於世又唱是言此衆生界法勝菩薩出現於世爾時衆人聞天告已便號王子以爲法勝舍利子法勝王子如是漸漸諸根成熟狀年二十淨信捨家趣於非家纔出家已衆人便號法勝苾芻舍利子法勝苾芻大念慧力之所持故大菩薩藏微妙法門自然現前精勤修習能善永斷衆生疑惑六十年中躬事巡化遊歷村城王都國邑乃至亭館爲諸衆生開示是法於六十歲成熟拘胝諸天人衆悉令安住阿耨多羅三藐三菩提心舍利子法勝苾芻將欲命終復發是言願我來世生

人道中正信出家適發願已便就命終還生此界贍部洲中大富長者家彼初生時復有天神大聲唱令於此世界得念菩薩今日出現如是再返爾時衆人聞天告已皆共號之名爲得念舍利子是得念菩薩諸根成滿狀如二十盛年之者淨信捨家趣於非家纔出家已宿習力故便得成就不可思議最勝無上不忘總持多聞具足六十年中身行化導巡歷村城王都國邑乃至亭館處處流化宣說正法斷衆生疑開示如是大菩薩藏微妙法門過六十歲安置天人滿一拘胝或住聲聞或住獨覺或復安住無上佛智舍利子是得念菩薩化衆生已臨命終時復發是言願我未來生於人中正信出家彼命終已還生此界大王之家初生之時復有天神大聲唱

告此有情界依法菩薩出現於世如是再返爾時衆人聞天告已便名王子以爲依法舍利子依法菩薩如是漸漸諸根成滿狀二十歲以信捨家趣於非家纔出家已宿習力故便得成就無間斷念念力持故大菩薩藏微妙法門自然現前舍利子依法菩薩而作苾芻五十年中遊行敎化從一聚落至一聚落從一村墟至一村墟從城至城從館至館從國至國從一王都至一王都爲諸衆生開示如是菩薩藏法斷除疑惑於五十歲令四拘胝諸天人衆住聲聞乘住獨覺乘或住無上諸佛大乘舍利子是依法菩薩摩訶薩從是命終生於東方寶藏如來佛之世界初生之時即得成就不可思議無上多聞敎化示導六十八拘胝諸天人衆皆得成滿安住三乘

舍利子是依法菩薩摩訶薩於彼寶藏如來法中化衆生已命終還來於此世界赤蓮華勝佛土贍部洲中生大王家當於生時彼所敎化六十八拘胝天人大衆皆成熟者於彼命終亦隨菩薩生此佛土與是菩薩而爲眷屬舍利子當於爾時此方世界有佛出世名最高行如來應正等覺明行圓滿善逝世間解無上丈夫調御士天人師佛薄伽梵其佛壽命滿足八十拘胝歲爾時人壽量與佛等舍利子最高行如來應正等覺處世說法一一歲中有一大會一一大會皆有八十拘胝諸聲聞衆其佛凡有八十拘胝聲聞大會純是大阿羅漢爾時菩薩爲王子時名曰勇施成就多聞聰叡勝觀與其眷屬六十八拘胝如是大衆前後圍遶往詣薄伽梵最高行如

來應正等覺所住之處既到彼已頂禮佛足遶無數帀却坐一面舍利子爾時最高行如來了達勇施王子增上信樂即便開示本行相應微妙勝法時勇施王子聞佛開示如是法已豁然意解得清淨信心清淨故即與六十八拘胝眷屬以信捨家趣於非家既出家已盡其壽量淨修梵行舍利子時勇施王子彼佛法中精進經行於菩薩道其心將證無上菩提時最高行如來便爲授記告諸大衆今此苾芻勇施菩薩摩訶薩者次我滅後當證阿耨多羅三藐三菩提出現世間名大精進如來應正等覺明行圓滿善逝世間解無上丈夫調御士天人師佛薄伽梵舍利子是最高行如來授彼記已便般涅槃勇施菩薩見佛滅度戀慕增感恭敬供養如來舍利廣起靈廟利益衆生住持正法開化無量其後不久證得阿耨多羅三藐三菩提名大精進舍利子是大精進如來壽量半劫其佛說法無量大會一一集會有十二那庾多聲聞弟子純阿羅漢舍利子如是無倦精進菩薩摩訶薩爲欲修行毗棃耶波羅蜜多故鄭重慇懃尋求如是大菩薩藏微妙法門聽聞受持若讀若誦思惟研究開析義理廣爲含生宣示演說惟功不已遂至成佛名大精進如來應正等覺出興于世廣宣法化饒益衆生如上所說是故舍利子若有善男子善女人安住大乘微妙正行欲疾證於阿耨多羅三藐三菩提者應當奮發勇猛精進鄭重慇懃尋求如是菩薩藏法即得奉遇恭敬聽受乃至廣爲含生宣說開闡何以故舍利子勇猛精

進菩薩摩訶薩必因尋求大菩薩藏微妙法門方得成滿毗棃耶波羅蜜多故舍利子是名菩薩摩訶薩勇猛精進勤修毗棃耶波羅蜜多爲衆生故行菩薩行若諸菩薩摩訶薩精進修行是菩薩行一切衆魔魔民天子於此菩薩不能娆亂又不爲彼異道他論所能摧屈

大寶積經卷第四十八

音釋

瘥䢘懈切瘉也病除也痤昨禾切小腫也疥古隘切瘙疥也稸丑六切積稸也聚也藏也螫施隻切蟲毒也篋苦協切箱屬

大寶積經卷第四十九

唐三藏法師玄奘奉　詔譯

菩薩藏會第十二之十五

靜慮波羅蜜多品第十之一

復次舍利子云何名爲菩薩摩訶薩精勤修學靜慮波羅蜜多爲衆生故行菩薩行舍利子菩薩摩訶薩爲衆生故具足勤修四種靜慮何謂爲四舍利子菩薩摩訶薩離欲離惡不善法故有尋有伺離生喜樂是名菩薩安住第一具足靜慮又舍利子菩薩摩訶薩滅尋伺故内正等淨心一趣體無尋無伺定生喜樂是名菩薩安住第二具足靜慮又舍利子菩薩摩訶薩爲離喜故便住於捨正念正知身正受樂衆聖所説有捨有念樂住離喜是名菩薩安住第三具足靜慮又舍利子菩薩摩訶薩爲斷樂故斷苦爲先及憂喜没不苦不樂捨念清淨是名菩薩安住第四具足靜慮舍利子菩薩摩訶薩於是靜慮定心清白無有穢濁離隨煩惱不捨深定而能發起一切靜慮種種作業是名菩薩摩訶薩依靜慮波羅蜜多故勤修如是四種靜慮復次舍利子云何菩薩摩訶薩靜慮作業所謂菩薩成就神通智業圓滿舍利子云何名爲菩薩神通復以何等而爲智業舍利子言通智者菩薩摩訶薩成就通智具足五種何等爲五所謂天眼作證智通天耳作證智通他心智作證智通宿住憶念作證智通如意足差别作證智通舍利子是名菩薩摩訶薩五種神通菩薩於中具足成就智業圓滿復次舍利子云何菩薩摩訶薩天眼性作證智通云何

神通智業圓滿舍利子菩薩摩訶薩修行靜慮波羅蜜多故得是天眼智業圓滿如是定心清淨明白又無濁穢離隨煩惱故於舍識死生作證智神通其心善趣又舍利子如是菩薩摩訶薩天眼清淨明亮顯照超過於人觀諸舍識若死若生好色惡色善趣惡趣若劣若勝隨諸衆生業所積集悉能了知如是以淨天眼見諸衆生成就身惡行成就語惡行成就意惡行誹謗賢聖發起邪見彼由邪見業受因故身壞終後墮於惡趣生地獄中如是衆生成就身妙行成就語妙行成就意妙行不謗賢聖發起正見彼以正見業受因故身壞命終往生善趣天世界中舍利子是名菩薩摩訶薩天眼清淨超過於人隨諸衆生業所積集悉能明見復次舍利子菩薩摩訶薩修行靜慮波羅蜜多故所獲天眼明徹最勝過諸舍生所得天眼舍利子由是菩薩所獲天眼極善明朗徹視顯現所有色相若麤若細若勝若劣若遠若近如是諸境皆對自前悉能明見又舍利子菩薩摩訶薩由是眼故一切有障諸色像等經菩薩眼徹視明朗皆無障礙是故舍利子此菩薩摩訶薩所獲天眼於諸天中爲最爲勝如是一切那伽一切藥叉健達縛阿素洛有學無學及阿羅漢諸獨覺等所得之眼菩薩於彼所得天眼作證智通爲最爲上爲尊爲勝爲妙爲明清徹第一復次舍利子菩薩摩訶薩修行靜慮波羅蜜多故所獲天眼諸出離道之所發生以是天眼極善明了徹視顯現故所有十方無量無邊諸世界中麤細勝劣若近若遠一

切諸色如實明見又以是眼於彼十方無邊無際諸世界中所有含識生一切趣除無色界彼一切類皆能如實了知明見又以是眼善知衆生所有業因及業果報又善了知彼諸衆生所有諸根及諸根因諸根差別悉能分別如實了知復次舍利子菩薩摩訶薩修行靜慮波羅蜜多故又以是眼能觀十方無量無邊諸佛國土功德莊嚴皆對目前悉能現見既現見已清淨修治所行戒聚即以迴向所成佛土清淨功德之所莊嚴舍利子是名菩薩摩訶薩具足天眼安住尸羅圓滿迴向又舍利子菩薩摩訶薩天眼清朗超過於人如實明見一切諸佛及菩薩僧既現見已彼諸正士所有軌則景行根念正智威儀聖法解脫智住證得總持勝智巧妙智慧方便善權趣入如是一切勝妙法行菩薩悉能如實明見便志勤修速令圓滿復次舍利子菩薩摩訶薩修行靜慮波羅蜜多故所得天眼清淨超人無量功德之所成就何以故是眼無障於一切色悉能見故是眼無著於一切色無執著故是眼解脫解脫一切隨眠見故是眼清淨性清徹故是眼無依以諸境界無所依故是眼無受煩惱隨眠不執受故是眼無翳無疑惑故是眼無縛離障法故是眼明了證法明故是眼依智行非識故是眼無染無恚無癡遠離一切煩惱濁故是眼隨順勝決擇分以爲聖行之所根故是眼無礙相於一切衆生等放神光故是眼清朗離聚亂故是眼無垢性皎淨故又舍利子是菩薩眼能引佛眼性如虛空無所退捨是菩薩眼無著

無縛於諸愛恚皆悉遠離是菩薩眼行義境界等行正法清淨智道於諸衆生善能安住高廣大悲是菩薩眼於來求者無所恚礙是菩薩眼於犯戒者曾無譏毀是菩薩眼於諸懈失能隨守護是菩薩眼於彼懶惰能施策進是菩薩眼於心亂者示靜慮分是菩薩眼於惡慧者施正慧眼是菩薩眼行邪道者開示正路是菩薩眼於彼下劣信樂衆生示現如來廣大佛法是菩薩眼畢竟能趣一切智智高廣神通妙覺現前乃至道場無有退轉舍利子是名菩薩摩訶薩依靜慮波羅蜜多故獲是天眼神通作證智業圓滿復次舍利子云何菩薩摩訶薩修行靜慮波羅蜜多故獲是天耳性作證智神通復以何等神通智業具足圓滿舍利子菩薩摩訶薩以依靜慮

波羅蜜多故勤修獲得是天耳性徹聽清淨超過於人有二種聲人非人等若遠若近皆聞顯現舍利子是菩薩摩訶薩以天耳性能聞十方無量無邊諸世界中一切聲響所謂天聲龍聲藥叉聲健達縛聲阿素洛聲揭路荼聲緊捺洛聲牟呼洛伽聲人非人聲及聞賢聖說法之聲如來聲獨覺聲菩薩聲聲聞聲如是等一切聲響菩薩摩訶薩以天耳性徹聽之力悉現聞知又能了知諸弊惡趣所有音聲地獄聲畜生聲焰魔界聲如是等無量無邊一切聲響菩薩摩訶薩以天耳性徹聽之力悉能現聞又諸小蟲蚊虻蠅蟻乃至微細有命之類隨所發聲菩薩摩訶薩以天耳性悉能現聞又舍利子菩薩摩訶薩天耳清淨若諸衆生於心所緣起善不善發生語

業以天耳性悉能了知又能了知或有諸業善因攝受或有諸業不善因攝受如是一切悉能了知菩薩摩訶薩又能了知或有語業貪隨眠故瞋恚發起或有語業瞋隨眠故貪欲發起又能了知或有語業貪瞋隨眠故愚癡發起或有語業癡隨眠故貪瞋發起又能了知或有語業貪隨眠故貪欲發起或有語業瞋隨眠故瞋恚發起或有語業癡隨眠故愚癡發起如是一切隨有言說音聲所顯悉能了知又能了知或有語業意解清淨方便染礙或有語業方便清淨意解染礙如是一切所有音聲菩薩摩訶薩以無礙天耳大神通智隨諸遠近皆如實知復次舍利子菩薩摩訶薩修行靜慮波羅蜜多故天耳通智清淨明達十方世界聖及非聖所有音聲皆悉聽聞復能分別無有錯謬雖聞聽已於聖音聲不起欣愛於非聖聲不生嫌嫉又於聖聲聽聞知故獲得大慈於非聖聲聽聞知故獲得大悲又十方諸聲一時無量菩薩摩訶薩以前後際分齊智力天耳無亂皆如實知復次舍利子菩薩摩訶薩以淨天耳周廣聽聞盡於十方一切世界如來遊化刹土之處佛薄伽梵說法言音悉皆聽聞既得聞已念器不忘一切能持不令流散如處器中堅住不溢如是舍利子菩薩摩訶薩聞如來聲亦復如是悉能了知堅不堅法又舍利子是菩薩摩訶薩爲聽法故非於一佛所說法音而徧領受於第二佛所說法音纏縛障礙何以故菩薩摩訶薩聞法無猒故雖復前後一切如來所說法音皆能任持無有錯謬又菩薩摩

訶薩以淨天耳悉能聽聞十方世界善不善聲此諸聲中所有顯說時非時語如是無量皆如實知舍利子何等名爲時非時語舍利子諸佛菩薩善知時宜或時爲衆廣說法要或時爲衆略說法要菩薩摩訶薩如是諸聲皆悉聞已以一音聲隨其所應廣略開演又舍利子菩薩摩訶薩能善了知或有實可記法若爲說者恐惱他故而不記別或實非可記法謂能引無義菩薩摩訶薩妙能隨順利他方便無量善巧自淨其心而便授記復次舍利子菩薩摩訶薩修行靜慮波羅蜜多故天耳清淨徹聽之力知諸聲相或時具有如是相聲應須隨喜而聽聞者菩薩摩訶薩即便聽聞如是相聲或時具有如是相聲不應隨喜而聽聞者菩薩摩訶薩便不聽聞如是相聲又舍利子菩薩摩訶薩若處大衆說法之時衆生耳識不能清淨便以神力加被於彼令其解了說法音聲若諸衆生於一切法皆欲領解便令得聞如是法聲若諸衆生不欣諸法既無欲解便令不聞如是法聲復次舍利子菩薩摩訶薩修行靜慮波羅蜜多故獲得如是天耳通智所聞音響無量無邊又舍利子天耳性者能令諸法皆明淨故天耳性者能令智慧性清徹故天耳性者能令菩薩自清淨故天耳性者能令衆生性清淨故天耳性者極善審察如其文字所說音詞而能聽聞明了通暢又能悟入於五趣生所有含識種種言詞音聲差別菩薩悉能同其類音而爲說法舍利子是菩薩摩訶薩天耳性通唯能趣向如來天耳必定不趣諸餘乘行

舍利子是名菩薩摩訶薩修行静慮波羅蜜多故獲天耳性徹聽神通智業圓滿復次舍利子云何菩薩摩訶薩修行静慮波羅蜜多故獲是他心作證智神通何等復名他心神通智業圓滿舍利子菩薩摩訶薩以是清淨他心智通明了所及盡於十方諸世界中所有含識無量心相菩薩悉能如實了知若諸衆生前際心相後際心相現在心相菩薩於中皆能曉了舍利子是菩薩摩訶薩具足如是他心通智故以過去心智悉能解入一切含識因及隨因差别之心何以故由能了知如是衆生是廣大因所生心因如是衆生是中品因所生心因如是衆生是下劣因所生心因如是一切皆如實知菩薩摩訶薩又能了知如是衆生有施欲解相應根如是衆生有戒欲解相應根如是衆生有忍欲解相應根如是衆生有精進欲解相應根如是衆生有静慮欲解相應根如是衆生有智慧欲解相應根如是一切諸根相應菩薩悉能如實明了菩薩摩訶薩又能了知如是衆生有慈行根如是衆生有悲行根如是衆生有喜行根如是衆生有捨行根悉能了知如實分别菩薩摩訶薩又能了知如是衆生有佛乘行根如是衆生有獨覺乘行根如是衆生有聲聞乘行根如是一切皆能了知菩薩摩訶薩又如實知如是衆生有强因力趣向大乘善因成就如是衆生有强緣力趣向大乘緣因成就皆能如實分别了知菩薩摩訶薩又如實知如是衆生有强因力成就趣向大乘善因然此衆生由方便因生下賤家如是衆生

有强方便力雖不成就廣大善因然此衆生更植因力生廣大家如是一切皆能了知菩薩摩訶薩又能了知如是衆生欲解清淨非方便淨如是衆生方便清淨非欲解淨如是衆生欲解清淨方便清淨如是衆生非欲解淨非方便淨舍利子菩薩摩訶薩以是通力故如是一切皆能了知復次舍利子菩薩摩訶薩修行靜慮波羅蜜多時獲是他心通智故所有一切衆生前際因根心行智及隨諸行説法智如是皆名菩薩摩訶薩他心通智舍利子菩薩摩訶薩具是智故以彼後際心入智通悉能了知如是衆生於未來世當有戒因於現在世而有施因如是衆生於未來世當有施因於現在世而有戒因如是衆生於未來世當有精進因於現在世而有忍因如是衆生於未來世當有忍因於現在世有精進因如是衆生於未來世當有慧因於現在世有靜慮因如是衆生於未來世當有靜慮因於現在世而有慧因如是一切無量因行悉如實知明了通達菩薩摩訶薩又能了知如是衆生於未來世當有出世行因於現在世而有世間行因如是衆生於未來世當有世間行因於現在世而有出世行因如是一切悉能了知菩薩摩訶薩又能了知如是衆生於未來世當有大乘因所生根於現在世有獨覺乘因所生根如是衆生於未來世當有獨覺乘因所生根於現在世而有大乘因所生根如是衆生於未來世當有大乘因所生根於現在世有聲聞乘因所生根如是衆生於未來世當有聲聞乘因所生根於現

在世而有大乘因所生根如是衆生於未來世當有獨覺乘因所生根於現在世有聲聞乘因所生根如是衆生於未來世當有聲聞乘因所生根於現在世有獨覺乘因所生根如是舍利子如前所說諸有因行及以有緣於未來世一切衆生當有是根菩薩摩訶薩以他心智通力故若因若行若緣皆能如實分別了知舍利子當知是諸菩薩摩訶薩於未成熟諸衆生所發起正勤方便化導不生猒倦隨彼衆生心能悟入爲說正法何以故菩薩摩訶薩善知如是正法器已即便爲說如是正法說法之業常無差失是故皆號之爲不虛說法者復次舍利子菩薩摩訶薩修行靜慮波羅蜜多故獲是他心智業通證於現在世一切衆生心及心法次第生起如是無量悉皆了知舍利子云何名爲心及心法次第轉起而能知耶舍利子菩薩摩訶薩於諸舍識有貪心如實知有貪心離貪心如實知離貪心有瞋心如實知有瞋心離瞋心如實知離瞋心有癡心如實知有癡心離癡心如實知離癡心又復能知由彼如是如是諸煩惱惑覆障如是如是諸衆生心菩薩摩訶薩皆於是等如實了知既了知已隨彼如是諸煩惱等出離正法而爲宣說復次舍利子菩薩摩訶薩既具如是他心通智將欲說法往大衆中先應觀察一切大衆諸根行等差別之相既了知已如彼衆生所應行行而爲說法舍利子當知是菩薩摩訶薩以了知衆生根心勝劣之智能悉了知衆生根心勝劣之性舍利子當知如是菩薩不妄輕毀於自

心相及他心相何以故由此菩薩摩訶薩以智簡集心相續故如是以念簡集以悟簡集以趣簡集以慧簡集以覺簡集心相續故離煩惱習相續斷絶清淨無垢明徹無染無濁無躁擇照諸法隨入衆生一切心行如是簡集心相續故舍利子菩薩摩訶薩若能悟入如是一切心法智者是名菩薩摩訶薩修行靜慮波羅蜜多故獲是他心神通智業圓滿成就之法復次舍利子云何菩薩摩訶薩修行靜慮波羅蜜多時獲得宿住隨念作證智神通智業圓滿舍利子菩薩摩訶薩以具如是宿住隨念之智力故盡於十方遍周世界所有衆生非一種種諸宿住事悉能隨念如是一生十生百生千生若百千生非一百生非一千生非一百千生如是次第皆能了知菩薩摩訶薩又能了知壞劫成劫若成壞劫非一壞劫非一成劫非一成壞劫如是無量皆能了知菩薩摩訶薩又知如是衆生曾於彼處有如是名有如是姓如是種類如是色相如是狀貌如是形像如是飲食如是久住受如是等苦樂之事菩薩摩訶薩以宿住智皆能隨念又能了知如是衆生此處命終彼處受生彼處命終此處受生如是此彼命終此彼受生若自若他如是一切所有行相所有處所非一種種諸宿住事菩薩摩訶薩悉能隨念分别了知復次舍利子是菩薩摩訶薩以依靜慮波羅蜜多故宿住念力善能隨念前際所有自宿住事悉能了知又能隨念前際所有他諸有情他數取趣所受非一無量種種諸宿住事皆能隨念而得知之菩薩

摩訶薩又能隨念前際因生自善根因又能隨念一切舍識前際因生他善根因如是一切隨念了知舍利子是菩薩摩訶薩宿住智力無量方便以自善根迴向菩提能令衆生各自憶識所有善根又令衆生於菩提心勤行攝受如是一切隨念能知又能隨念先世所有諸苦樂因善知此因皆趣無常苦無我等舍利子是菩薩摩訶薩既知是已於菩薩行無色憍逸無財憍逸無眷屬憍逸無自在憍逸無有希求轉輪聖王憍逸無有希求帝釋天主憍逸無有希求梵世大王憍逸無有希求護世天王憍逸無有希求諸處受生樂著憍逸無有希求諸欲之王富樂憍逸唯除爲欲成熟衆生便以願力故受諸有舍利子如是菩薩摩訶薩了知一切皆趣無常苦無我故於過去世煩惱諸行善能訶責輕毀猒惡於現在世更不容納如是煩惱乃至命難重苦因緣終不造作不善之法及諸惡業舍利子是菩薩摩訶薩以先所集一切善根皆悉迴向阿耨多羅三藐三菩提令其增廣現在所集諸善根等爲欲攝受一切衆生遠離一切不平等迴向故是菩薩摩訶薩具如是等諸善根已紹三寶種令不斷絶皆爲迴向一切智智舍利子當知菩薩摩訶薩念定之力乃能如是成就無量微妙善法復次舍利子菩薩摩訶薩修行靜慮波羅蜜多故獲是宿住妙緣隨念極善安住住法界故如是隨念堅固不動方便善巧簡擇集故如是隨念無有掉亂已善修治靜慮業故如是隨念無有躁擾妙奢摩他善住持故如是隨念無諸

迷謬毗鉢舍那善攝受故如是隨念性無魯樸善證清淨現妙智故如是隨念能善憶持久遠諸念無忘失故如是隨念大寶伏藏福德資糧善積集故如是隨念不隨於他智慧資糧善積集故如是隨念已到彼岸諸度資糧善積集故如是舍利子當知無量無邊諸妙善法皆由念力所任持故於過去世及現在世發起憶念無忘失法舍利子是名菩薩摩訶薩依靜慮波羅蜜多故獲是宿住神通成就具足智業圓滿復次舍利子云何菩薩摩訶薩如意足作證智神通何等復名如意足通智業圓滿舍利子菩薩摩訶薩依靜慮波羅蜜多故獲是欲三摩地斷行成就修如意足如是勤心觀三摩地斷行成就修如意足舍利子是菩薩摩訶薩依如是等欲勤心觀助發定法極善修治極善成立自在轉故能善修習四如意足舍利子菩薩摩訶薩成就四種如意足已隨其願欲如意神通證得現前能示非一種種神變菩薩摩訶薩雖現無量神通變化皆為度脱諸衆生故而修習之舍利子是諸衆生應見如是神通變化受調伏者菩薩摩訶薩隨彼所應即便顯示如是神通無量變化或現色相或現威力或㝠加被衆生因是而從度脱復次舍利子云何菩薩摩訶薩如意足通現諸色相調伏衆生舍利子是菩薩摩訶薩觀諸衆生由如是等諸色像現若見若聞方從調伏菩薩即便隨其所念現斯色像或現如來色像或現獨覺色像或現聲聞色像或現天帝色像或現梵王色像或現護世天王色像或現轉輪聖王

色像如是等諸餘色像菩薩摩訶薩隨所化度皆能示現乃至由現畜生色像及餘一切而調伏者即便示現如是色像爲諸衆生宣說正法復次舍利子云何菩薩摩訶薩如意足通現諸威力舍利子菩薩摩訶薩觀諸衆生力增上慢忿恚憍逸極懷深重由如是力得調伏者菩薩摩訶薩隨其所應便爲示現如是神力或現摩訶諾伽那力或現那羅延力四分之一或現那羅延力全分之半或現那羅延力具足全分如是乃至漸致兼倍令彼衆生調伏化度舍利子菩薩摩訶薩以靜慮波羅蜜多如意足神通力故能以二指舉蘇迷盧最大山王輕轉自在猶如取一阿末羅果復以山王擲置他方無邊世界舍利子如此山王舉高一十六萬八千踰繕那量廣八萬四千踰繕那量四寶所成高廣第一由是菩薩住如意足雖擲異方於菩薩力無損無減又舍利子菩薩摩訶薩住如意足故又能以此三千大千世界如是縱廣盡其際量從水輪聚上至有頂擎置掌中住經一劫現諸威儀無有妨礙舍利子如是無量不可思議菩薩摩訶薩悉能隨應示現神變舍利子菩薩摩訶薩化現成就如是大力爲令力增上慢忿恚憍逸極重衆生見聞菩薩顯現神變所有恃力懷慢忿恚憍逸悉皆摧滅菩薩了知既調伏已隨其所應爲說法要復次舍利子云何菩薩摩訶薩證得如意足通加被之智舍利子菩薩摩訶薩即以如是加被智力隨所加念即便成就舍利子菩薩摩訶薩若欲加念深廣大海使如牛跡即如其念令

是大海量如牛跡又欲加念微淺牛跡猶如大海即如其念令是牛跡量同大海又舍利子菩薩摩訶薩若欲加念劫燒大火令成水聚即如其念便成水聚加念水災令成火災即如其念火災便起舍利子以要言之一切加念神足之門菩薩摩訶薩隨念加之皆得成就又舍利子菩薩摩訶薩若有加念下中上法互相轉易即隨其念皆得成就又舍利子菩薩摩訶薩凡所加念神通被物貞固難壞不可轉變一切世間無有能令搖動隱沒若沙門若婆羅門諸天帝釋魔王梵王及餘世間皆無有能如法搖動及隱沒者唯除法王諸佛世尊舍利子當知是菩薩摩訶薩以如是等加念持力但爲尊重種種廣大奇特變現諸衆生等爲宣正法故現威神復次舍利子菩薩摩訶薩修行靜慮波羅蜜多故獲得如是如意神足無退自在超過諸魔煩惱境界趣入一切諸佛境界是諸衆生不惱方便一切善根資糧積集一切魔王及魔軍衆諸威德大不能遮斷舍利子是名菩薩摩訶薩依靜慮波羅蜜多故獲是如意足作證神通智業圓滿復次舍利子云何菩薩摩訶薩依靜慮波羅蜜多故得是神通此神通者何等義理復以何等而名爲智舍利子菩薩摩訶薩若觀色像名曰神通若能了知色像盡法而不證盡是名爲智又舍利子若能聽聞一切聲響是名神通若能了知聲響前際本不可說是名爲智又舍利子若能了達衆生心行是名神通若能了知心性寂滅不證彼滅是名爲智又舍利子若能隨念過去邊際

是名神通若能了知三世無礙是名爲智又舍利子於諸佛土若往若來是名神通若知國土等虛空相是名爲智又舍利子了法與起故名爲神通觀法平等是名爲智又舍利子明達諸世間故名神通不雜諸世間是名爲智又舍利子威勢映奪一切釋梵護世諸天故名神通了知一切聲聞緣覺其證下劣是名爲智舍利子諸如是等若通若智其德無量不可思議是名菩薩摩訶薩依靜慮波羅蜜多故精勤獲得如是神通智業圓滿復次舍利子菩薩摩訶薩依靜慮波羅蜜多故證得無邊深妙靜定何以故舍利子菩薩摩訶薩乃至爾所無數煩惱積集心捨菩薩於彼亦有爾所無數靜慮資糧功德安住其心又舍利子菩薩摩訶薩乃至爾所一切衆生以煩惱心生諸散亂菩薩於彼亦應積集爾所靜慮資糧功德舍利子是名菩薩摩訶薩所證靜慮無量無邊皆由靜慮波羅蜜多之所發起復次舍利子菩薩摩訶薩所證之定極善深妙菩薩應時安住於中平等引攝是處說名三摩呬多舍利子云何名爲平等引攝舍利子三摩呬多者引攝有情平等之性故名此定三摩呬多舍利子三摩呬多者引攝其心平等性故又三摩呬多者引攝欲解平等性故又三摩呬多者引攝方便平等性故又三摩呬多者引攝增上欲解平等性故又三摩呬多者引攝柁那平等性故又能引攝尸羅羼底毗梨耶靜慮般羅若平等性故又二摩呬多者引攝一切諸法平等性故舍利子是名菩薩摩訶薩三摩呬多深妙靜慮

引攝平等諸法性故復次舍利子菩薩摩訶薩依靜慮波羅蜜多故所獲靜慮微密深妙唯智能入亦得名爲三摩半那舍利子何等名爲三摩半那舍利子如是妙定等諸法性所以者何若菩提平等即是一切有情平等若一切有情平等即是諸法平等若能平等證入是平等性是則名爲三摩半那又舍利子若空性平等即諸法平等若能證入是平等性是則名爲三摩半那如是無相無願及以無行性皆平等即諸法平等若能證入是平等性是則名爲三摩半那又舍利子若心性平等即諸法平等若能證入是平等性是則名爲三摩半那舍利子是名菩薩摩訶薩獲是靜慮三摩半那平等之性皆因靜慮波羅蜜多故復次舍利子菩薩摩訶薩依靜慮波羅蜜多故獲是平等微妙靜慮於諸含識有恩無恩皆生平等心無簡約是故菩薩等心於地等心於水等心於火等心於風等心虛空無有高下亦無萎屈安住善住證無動搖於諸威儀心恒在定又不分別所住威儀心性純熟樂處深定不掉不舉無有飄轉遠諸愚鈍言無雜亂知義知法善識諸時所謂迦羅吠羅及三摩耶巧能隨順一切世間而與世間性不相雜超越世間利等八法諸煩惱惑不能染汙離憒鬧處遠於所行唯常安止平等法性不捨深定而現世間一切作業舍利子是名菩薩摩訶薩依靜慮波羅蜜多故證入如是無量功德當知皆是妙慧方便之所發起復次舍利子云何菩薩摩訶薩依靜慮波羅蜜多故證是妙慧及以方便舍利

子菩薩摩訶薩以大悲力繫心於境爲度衆生是名方便證入寂靜最極寂靜是名爲慧又舍利子若能證入佛智無礙是名方便無有一法而可慮知是名爲慧又舍利子若能證入諸法攝觀是名方便若於法性無雜思惟是名爲慧又舍利子平等證入佛身莊嚴而現在前是名方便觀察法身性無處所是名爲慧又舍利子平等證入憶念諸佛所演言詞梵音聲等是名方便觀察法性不可言說是名爲慧又舍利子平等證入其心安住金剛喻定是名方便念無散亂觀察法性是名爲慧又舍利子若如是定安住本願成熟衆生是爲方便觀察衆生皆無我性是名爲慧又舍利子若定緣彼增上境界發起一切增上善根是名方便若能觀察無根無住是名爲慧又舍利子若定修治佛土現前是名方便觀察國土與虛空等是名爲慧又舍利子若定發起莊嚴道場是名方便若住寂靜慮知諸法是名爲慧又舍利子若定發起轉正法輪是名方便若觀所轉法輪無起是名爲慧又舍利子如是無量覺分資糧平等證入觀察現前是名方便如是無量諸惑寂滅息除熱惱如來所有靜慮妙樂不與諸法而共相應無有諸相諸相遍知遠離一切所緣境界如是皆入菩薩正定所有靜慮舍利子菩薩摩訶薩若能如是觀察具足是名爲慧舍利子若菩薩摩訶薩成就如是無盡靜慮與靜慮波羅蜜多相應故一切惡魔不能得便即名安住諸佛法器舍利子如是方便如是妙慧是名菩薩摩訶薩靜慮波羅蜜多具

足成就皆是妙慧方便之所發起復次舍利子菩薩摩訶薩依靜慮波羅蜜多故具足成就不退神通善能建立智所作業非彼慢力之所發起遊戲神通示現世間一切作用安住神通發起世間一切大事又舍利子此神通者爲大智相具足世出世間微妙作用故此神通者爲大慧相現見世出世間一切諸法故此神通者爲無盡相隨遍一切如虛空故此神通者等見諸色色無色中平等見故此神通者善能隨入音聲法間前際音聲平等性故此神通者能觀衆生一切心行現見彼性故此神通者善能隨念一切諸劫分別了知前後際故此神通者善能示現無量神變恒現在前無加行相故此神通者了知漏盡觀待迦羅及三摩耶不過時故此神通者是聖出世於一切法決擇分故又舍利子如是神通微妙甚深聲聞獨覺所不能測如是神通有大威德善能調伏一切有情如是神通有大功業證得灌頂一切諸法自在轉故如是舍利子是名菩薩摩訶薩依靜慮波羅蜜多故獲是無退諸勝神通善能建立智所作業非彼慢力之所發起

大寶積經卷第四十九

音釋

錯謬 錯倉各切差錯也謬靡幼切誤謬也 魯樸 樸匹角切魯樸謂愚魯質樸也 那羅延 梵語也此云金剛

大寶積經卷第五十

唐三藏法師玄奘奉　詔譯

菩薩藏會第十二之十六

靜慮波羅蜜多品第十之二

復次舍利子菩薩摩訶薩修行靜慮波羅蜜多故獲得如是無退神通善能建立智所作業舍利子當知菩薩摩訶薩得是通智由清淨心鮮白心明潔心無濁心離隨煩惱心善調順心善寂靜心善修治心如是心相之所由生靜慮解脫三摩地三摩鉢底之所發起舍利子是菩薩摩訶薩處於世界故作意生非繫縛生不由繫縛命終受生何以故是菩薩摩訶薩解脫一切虛妄分別故解脫一切非眞實煩惱縛故解脫一切顛倒妄執所依止故是故此菩薩摩訶薩隨現世界解脫而生解脫命終解脫受生舍利子是菩薩摩訶薩現受生已成辦大乘圓滿一切諸佛正教遍遊十方廣求佛法雖志有所求而無取無得隨入諸佛法即爲一切法隨入一切法即爲諸佛法如是菩薩隨入佛法及一切法然不隨彼法非法行舍利子諸菩薩摩訶薩若能如實求諸法時安住無取及無得者是則無有一法而可入於算數何以故一切諸法超過算數道故若能了達法平等性是則不執法與非法何以故一切諸法性無執故若計於中而有義者是則獲得廣大無義若有善能不計於義是則義與非義不現前故不見義者於一切處覺慧無礙是菩薩摩訶薩若能如是了覺無礙則爲獲得無障礙覺若有無障礙覺則於一切而無所著若無所著

則無所住若無所住則無所乏若無所乏則無癡無求若無癡無求則無迷無惑若無迷無惑則無我無我所若無我所則無攝受若無攝受則無所執若無所執則無諍論若無諍論是則無諍沙門之法若有無諍沙門法者是則一切無障無礙等虛空求若能等彼虛空求者則不繫屬欲界色界及無色界若於諸處無繫屬者則無色相及以形量若具無是色相形量則能如是隨覺若能如是隨覺則能如是通達舍利子云何說名隨覺通達舍利子菩薩摩訶薩若能隨覺通達是處無有少法可得此則說名隨覺通達舍利子諸菩薩摩訶薩由平等證入如是隨覺通達故說是菩薩摩訶薩依靜慮波羅蜜多成就希奇未曾有法復次舍利子云何名爲菩薩摩訶薩成就希奇未曾有法舍利子菩薩摩訶薩依靜慮波羅蜜多故雖行大慈而恒觀無我雖行大悲而知無衆生雖行大喜而知無命者雖行大捨而知無數取雖廣行大施而心恒調順雖緣境淨戒而心常寂靜雖隨辱行忍而心無窮際雖勤加精進而心能簡集雖入諸靜慮而正心觀察雖遍行智慧而心無所行雖行四念住而心無緣念亦無作意雖行四正斷而心無生滅雖行如意足而心無戲論雖行淨信而心無繫著雖行正勤而心恒遠離雖行於念而心恒自在雖住三摩地而心證平等雖行般羅若而心本無相雖行諸力而心無摧伏雖行覺分而解析菩提雖修道分而心無所修雖行奢摩他而心恒寂滅雖行毗鉢舍那而心無定觀雖修行聖諦

而畢竟遍知雖成熟衆生而心本清淨雖攝受正法而不壞法性雖淨佛國土而心等虚空雖證無生法而心無所得雖行不退轉地而心性無退雖獲諸妙相而知性無相雖莊嚴道場而心遊三界常處周輪雖降伏魔軍而於諸含識無所摧伏雖知諸法即菩提性而心隨覺了雖轉法輪而心住法性無還無轉雖復示現大般涅槃而於生死性心常平等如是舍利子是名菩薩摩訶薩平等證入隨覺通達如是希奇未曾有法當知修行靜慮波羅蜜多之所成就復次舍利子何等名爲菩薩摩訶薩依靜慮波羅蜜多修學菩薩靜慮之相舍利子菩薩靜慮不住自性爲滿如是三摩地故菩薩靜慮無有愛味不爲貪著自安樂故菩薩靜慮緣於大悲爲斷一切衆煩惱故菩薩靜慮定無退轉緣於欲性增上性故菩薩靜慮鍳發神通了達衆生諸心行故菩薩靜慮心欣愛悦善能顯發心自在故菩薩靜慮了知一切三摩鉢底映蔽一切色無色界故菩薩靜慮是爲寂靜最勝寂靜近於寂靜映蔽聲聞獨覺定故菩薩靜慮無有分别極爲究滿妙清淨故菩薩靜慮行品最勝習氣相續永除滅故菩薩靜慮以慧超度超度一切諸世間故菩薩靜慮爲諸含生欲解導首善能度脱諸含生故菩薩靜慮紹三寶種令不斷絶以佛靜慮無窮盡故菩薩靜慮最爲高顯三摩呬多常現前故菩薩靜慮自在而轉諸有所作善圓滿故菩薩靜慮是爲大我以妙智慧爲大我故舍利子如是無量菩薩靜慮皆是菩薩摩訶薩依靜慮波

羅蜜多心所集起復次舍利子菩薩摩訶薩靜慮波羅蜜多何等之法而爲前導舍利子靜慮波羅蜜多者心靜觀智以爲前導心住一緣以爲前導心無散動以爲前導其心安住以爲前導心奢摩他以爲前導心三摩地以爲前導三摩地根以爲前導三摩地力以爲前導三摩地覺分以爲前導正三摩地以爲前導靜慮解脱以爲前導九次第定以爲前導九滅除法以爲前導一切善法以爲前導伏煩惱怨以爲前導三摩地蘊具足圓滿以爲前導菩薩摩訶薩諸三摩地以爲前導佛薄伽梵諸三摩地以爲前導舍利子如是等無量靜慮皆爲靜慮波羅蜜多前導之法舍利子復有無量無邊證寂靜法並是靜慮波羅蜜多之所前導舍利子是名菩薩摩訶薩靜慮波羅蜜多菩薩摩訶薩爲阿耨多羅三藐三菩提故當於是中發勤精進具足修學行菩薩行爾時世尊欲重宣此義而説頌曰

靜慮解脱到彼岸　勤行此行多劫海
其心清淨無濁穢　不染世法踰蓮華
有大靜定名遍照　此定依修到彼岸
又名月光淨莊嚴　復名電光所嚴飾
或名高行或心勇　或定名爲無垢光
或戒德辯或無憂　或名諸法自在轉
或名法炬或法勇　或名山威法自在
或正法智自然超　或持正法妙清淨
或名觀察他心定　或名正法寶光明
復名滅惑嚴勝幢　有定名爲摧魔力
或名斷疑及無著　或定名爲寂靜燈

或力高勝或十力　或名敬手大名稱
或名持山善安住　或蘇迷盧大明燈
或名無勝勝彼勝　或名智炬及慧行
或無邊智或自在　或名發慧寂靜定
或名月淨日音聲　或那羅延摧憍慢
或善調龍師子吼　或名遠離種種想
或名旋轉或迴還　或無瞋眼力清淨
或定名爲念諸佛　或名念法或念僧
或名智轉或入空　或名無相或無願
或金剛喻或靜地　或金剛地或高勝
或名山王或不瞋　或無邊轉或淨音
或離煩惱或觀察　或虛空妙或如空
或發廣大諸功德　或趣覺慧或念慧
或辯無盡或相續　或無邊說詞無盡
或無懷善作所作　或名觀察或衆悅

或名慈現或悲廣　或入歡喜或欣慶
或捨或脫二種礙　或名法光或法義
或金剛幢或智海　或解脫堅或衆喜
或名智炬無動定　或定名曰勝蓮華
或簡集法或無動　或名慧上及寂靜
或無邊光或佛海　或名解脫或智授
或名如來妙莊嚴　或名無邊勝光焰
或名歡喜莊嚴土　或名悅豫衆生意
有定名爲一切時　順菩提道三摩地
或定名爲到彼岸　覺分華嚴施寶髻
或施甘露堅解脫　或風無動盛光明
或名海潮溝寶藏　諸那羅延山峯力
或名神通廣大義　妙善攝受三摩地
或定名爲大通照　諸佛如來之境界
證得如斯寂靜定　及餘拘胝無有邊

修行靜慮到彼岸　菩薩功德廣無量
行住恒遊靜慮境　其心無擾常憺怕
若行若卧止定中　無有威儀不在定
處定能發大音聲　以諸法性恒寂靜
無異分別無自在　無我無命無分別
如是及餘無涯際　無有數量功德海
聰叡菩薩愍含靈　修行靜慮到彼岸

般若波羅蜜多品第十一之一

復次舍利子云何菩薩摩訶薩般若波羅蜜多菩薩摩訶薩爲阿耨多羅三藐三菩提故依此勤修行菩薩行舍利子菩薩行般若波羅蜜多故於菩薩藏微妙法門慇懃鄭重聽聞受持若讀若誦思擇義理既能通達復爲他人廣宣敷演開示其要舍利子若有菩薩摩訶薩聞我說已如法奉行於菩薩藏微妙法門慇懃鄭重聽聞受持讀誦研尋通達其義爲他宣說廣開示已當知是人證得如是無盡慧相舍利子如是慧者爲何等相云何入證舍利子所言慧者以聞爲相菩薩之人如理證入是故說爲無盡慧相又舍利子如是之相我當廣說謂此相者菩薩摩訶薩爲求正法欲樂爲相欲解爲相方便爲相善友爲相無慢爲相於多聞所恭敬爲相尊重爲相旋遶爲相謙敬爲相親覲爲相諦聞爲相承事爲相思惟爲相不亂爲相珍寶想爲相良藥想爲相息諸病想爲相念器爲相趣覺爲相樂大慧爲相證入覺爲相聞無猒足爲相捨增益爲相調順離薪爲相親近多聞者爲相於諸作事喜愛爲相身調適爲相心勇鋭爲相又舍利子菩薩摩訶薩於聽法衆無

倦聽聞爲相聽聞正義爲相聽聞正法爲相聽聞正行爲相聽聞證智爲相聽聞波羅蜜多爲相聽聞菩薩藏法爲相聽聞諸攝法爲相聽聞方便善巧爲相聽聞梵住爲相聽聞神通爲相聽聞正念正智爲相聽聞念住爲相聽聞正勝爲相聽聞神足爲相聽聞緣起爲相聽聞無常爲相聽聞苦法爲相聽聞無我爲相聽聞寂靜爲相聽聞空爲相聽聞無相爲相聽聞無願爲相聽聞無加行爲相聽聞善根加行爲相又舍利子如是自在爲相聞法爲相對治雜染爲相制伏一切煩惱想爲相讚美智者爲相親覲聖者爲相遠離非聖爲相聽聞聖者爲相聽聞諸根爲相聽聞修習隨念爲相聽聞覺分爲相聽聞聖八支道爲相聽聞如來力無所畏大慈大悲大喜大捨無礙辯才十八不共佛法爲相如是舍利子當知菩薩摩訶薩若於此聽聞即於此解了若於此解了即於此正行何以故舍利子若菩薩摩訶薩於菩薩藏微妙法門聞相趣入方便無量吾今略說四十一種舍利子何等爲相一者若有菩薩於此法門生欲樂者當知此菩薩摩訶薩即爲聽聞聞便解了旣解了已便行正行二者若有菩薩於此法門生於欲解當知此人即是聽聞解了行於正行三者若有菩薩於此法門方便趣入當知此人即是聽聞解了行於正行四者若有菩薩親近善友此人即爲聽聞解了行於正行五者若有菩薩於多聞所心無有慢此人即爲聽聞解了行於正行六者若有菩薩恭敬多聞此人即爲聽聞解了行於正行七者

若有菩薩於多聞者生尊重心此人即爲聽聞解了行於正行八者若有菩薩於多聞所旋繞奉敬此人即爲聽聞解了行於正行九者若有菩薩於多聞所行謙下心此人即爲聽聞解了行於正行十者若有菩薩親近多聞此人即爲聽聞解了行於正行十一若有菩薩於多聞所攝耳諦聽此人即爲聽聞解了行於正行十二若有菩薩於多聞所承事迎送此人即爲聽聞解了行於正行十三若有菩薩於多聞所思惟義趣心定不亂此人即爲聽聞解了行於正行十四若有菩薩於多聞所起珍寶想此人即爲聽聞解了行於正行十五若有菩薩於多聞所起良藥想此人即爲聽聞解了行於正行十六若有菩薩於多聞所能起息滅貪瞋癡想此人則爲聽聞解了行於正行十七若有菩薩於多聞所聞已能持此人則爲聽聞解了行於正行十八若有菩薩趣覺於法此人則爲聽聞解了行於正行十九若有菩薩於多聞所樂其智慧此人則爲聽聞解了行於正行二十若有菩薩於多聞所聞已覺悟此人則爲聽聞解了行於正行二十一若有菩薩聞無猒足此人則爲聽聞解了行於正行二十二若有菩薩聞說柁那便增長捨此人則爲聽聞解了行於正行二十三若有菩薩聞說尸羅便守護戒此人則爲聽聞解了行於正行二十四若有菩薩聞說羼底便能修忍此人則爲聽聞解了行於正行二十五若有菩薩聞說毗梨耶便起正勤無惓精進此人則爲聽聞解了行於正行二十六若有菩薩聞說靜慮便

入靜慮其心不散此人則爲聽聞解了行於正行二十七若有菩薩聞說般羅若其心決定便修智慧爲盡諸漏此人則爲聽聞解了行於正行二十八若有菩薩於多聞所生大歡喜此人則爲聽聞解了行於正行二十九若有菩薩聽聞法已身調適者此人則爲聽聞解了行於正行三十若有菩薩聽聞法已其心勇鋭此人則爲聽聞解了行於正行三十一若有菩薩聞大乘經心生信欲此人則爲聽聞解了行於正行三十二若有菩薩聞攝法已其心趣入此人則爲聽聞解了行於正行三十三若有菩薩聞說念住便即趣於身受心法此人則爲聽聞解了行於正行三十四若有菩薩聞說正勝便於惡法已生未生若背若捨若彼善法已生未生不捨覺轉此人則爲聽聞解了行於正行三十五若有菩薩聞說神足即能奉行生身輕性生心輕性生欲輕性此人則爲聽聞解了行於正行三十六若有菩薩聞說靜慮便靜思惟其心趣入此人則爲聽聞解了行於正行三十七若有菩薩聞諸法中不輕慢行便於衆生起大慈心於入苦者起大悲心於正法所起大喜心於不善所起大捨心此人則爲聽聞解了行於正行三十八若有菩薩聞說根已其心趣入於彼諸根所謂信根精進根念根慧根三摩地根此人則爲聽聞解了行於正行三十九若有菩薩聞說覺分其心趣入覺悟法性此人則爲聽聞解了行於正行四十若有菩薩聞說道支其心趣入涅槃正路此人則爲聽聞解了行於正行四十一若有菩薩

聞説如來力無所畏大慈大悲大喜大捨無礙辯才十八不共佛法及餘無量諸佛正法皆聽聞已其心趣入阿耨多羅三藐三菩提此人如是如法聽聞既聽聞已便能解了既解了已行於正行舍利子我已説是四十一法趣入聞相諸菩薩摩訶薩當於中學舍利子如是名爲菩薩摩訶薩修行般若波羅蜜多聞慧本相復次舍利子菩薩摩訶薩修行般若波羅蜜多行菩薩行者應於如是大菩薩藏微妙法門鄭重聽聞受持讀誦思惟其義通達旨趣復爲他人廣分别説是行資糧舍利子云何菩薩摩訶薩於如是法而起正行舍利子菩薩於法起正行者所謂如説修行建立而住是名於法而起正行若復有能一切不取是名於法而起正行何以故舍利子若取於法即名邪行無處無位執取法人由如是法能得出離必無是處何以故無取行人於法無行尚應生疑無作用故況取法行而非邪行是故應當不取諸法而行正行又舍利子若於諸法無有障礙是名正行若於諸法不輕蔑者是名正行若於諸法不取不捨不生不滅是名正行乃至若於諸法無合無散是名正行又舍利子如我所説若有是處無有少法而可見聞亦無可説如是一切諸法非可得見非可執取何以故一切諸法皆是一相所謂無相又舍利子一切諸法性本無相若有菩薩説於無相是則無相還應可説何以故無相有相皆無相故不可説言此爲有相此爲無相舍利子若有菩薩摩訶薩能悟如是一切法相即是無相不可得

見不可執取如法了知是名正行菩薩摩訶薩勤修如是正法行已當於諸法證入無障照明之慧如是舍利子是名菩薩摩訶薩般若波羅蜜多正行之相爾時世尊欲重宣此義而說頌曰

安住正行聰叡者　於菩薩藏善決定
此人於法不起執　無執取行相如是
證得諸法不爲空　非於諸法空平等
又非空法有所執　無執正行相如是
於法無取亦無捨　亦非取法以爲法
無取是名諸法相　無取正行相如是
若於諸法智無礙　此智無有不焚燒
於焚燒智無所執　諸法正行相如是
智者安住遠離德　於法應起勤精進
若能依止軌則行　爾時當入清淨門
是清淨門通諸法　亦了有情諸欲解
智者雖知無所觀　而能演宣如是法
於甚深法了勝義　常於深義勝決擇
踊現無邊功德行　明智多聞如大海
於彼所說諸文義　究竟無能證得者
以彼文義俱無邊　眞實正行恒無動

復次舍利子菩薩摩訶薩修行般若波羅蜜多時於菩薩藏微妙法門殷重聽聞乃至爲他如法說已當知是菩薩摩訶薩於一切法獲得光明能破一切無明黑闇及諸瞖膜舍利子如是光明即爲智慧何以故善不善法皆能明了如實知故是菩薩摩訶薩修如是法獲明慧已乃至命難衆苦因緣決定不造諸不善法舍利子是菩薩摩訶薩爲欲永滅不善法故隨所聞法極善通達既通達已是

則說爲牟尼寂靜如是舍利子是名菩薩摩訶薩修行般若波羅蜜多時正行之相爾時世尊欲重宣此義而說頌曰

如人入闇室　覆蔽絶光明　雖有衆色像
非明眼所見　如是隨有人　内具諸明解
不聞於正法　善惡何能曉　多聞解了法
多聞不造惡　多聞捨無義　多聞得涅槃
善聽增長聞　聞能增長慧　慧能修淨義
得義能招樂　聰慧得義已　證現法涅槃
淨覺法相應　證得第一樂　聞菩薩藏已
正法善安住　爲世大光明　行菩提妙行

復次舍利子菩薩摩訶薩爲欲修行般若波羅蜜多故於能受持菩薩藏經正行人所深起敬心善知識想旣生想已又於大菩薩藏微妙法門倍復尋求令此法門轉增明淨舍利子是菩薩摩訶薩爲求菩薩藏故發生信欲策勵正勤檢攝其心令定安住是菩薩摩訶薩於四正斷方便修成一切法中得無障礙如是舍利子是名菩薩摩訶薩般若波羅蜜多正行之相爾時世尊欲重宣此義而說頌曰

所謂說法者　即爲善知識　恭敬聽聞法
安住於正行　欲解常無退　精進常高勇
淨慧常修治　於智常安住　自然達諸法
不隨於信行　以智觀於法　是爲諸佛說
智者分別句　趣義善加學　於白黒品等
常修常遠離　心曽無猒倦　於法無退沒
身欲並輕安　速得心精進　由聞法增智
智增無退念　智恒依念住　了知淨穢法
學於無上法　勝趣念慧力　了衆生欲解

自學於長夜　學法已昇進　極進智清淨
了衆生欲解　如解便開示
復次舍利子菩薩摩訶薩修行般若波羅蜜多時於菩薩藏微妙法門如是尋求通達覺慧依是清淨善法明門菩薩常應如是修學舍利子若有菩薩摩訶薩於法修學應作是念二因二緣能發正見何等爲二所謂從他聞音及以內自如理作意彼復思惟從他聞音如理作意爲何等相尋重思惟若有樂定修相應行諸菩薩等未曾聽聞大菩薩藏微妙法門又不聽聞聖法律教但於三摩地中生知足想當知是人以慢力故起憎上慢我說是人不能解脫生老病死愁歎憂苦諸熱惱等既不脫諸熱惱等苦豈得脫彼五門生死爲之沉溺流轉不息是諸衆生實非解脫而便自謂我已解脫實未離苦而便自謂出離衆苦是故如來依是人故如實說法若能從他隨順聽聞是則解脫諸老死等復作是言如我先聞薄伽梵說
多聞解了法　多聞不造惡　多聞捨無義
多聞得涅槃　善聽增長聞　聞能增長慧
慧能修淨義　得義能招樂　聰慧得義已
證現法涅槃　聞法淨黠慧　證得第一樂
是故舍利子諸菩薩摩訶薩如是思已當於大菩薩藏微妙法門及以聖法毗奈耶教殷重聽聞受持讀誦廣爲他人敷演開示復次舍利子若諸含識於菩薩藏微妙法門雖復聽聞而不如理方便作意當知是人於彼聖道不能正行是故如來依是人故說正法要作如是言若欲解脫生老病死當具內自如

理思惟諸菩薩等應如是學舍利子云何名爲如理方便何等菩薩如理作意而能修學舍利子菩薩摩訶薩如理方便者無有一法若合若離何以故如理方便非方便故又舍利子菩薩摩訶薩若有安住如理方便及作意者當知此相但是音聲而此音聲性無所起亦不轉起及由彼故而發音聲何以故彼一切皆不可得故又復菩薩觀是音聲前際後際從何而生滅往何所如是觀察了不可得又更推求如此聲者爲在已說爲在今說爲在當說又重推求如是聲者若已所說若今所說若當所說如是聲者若爲斷故已說若爲斷故今說若爲斷故當說如是聲者若爲證故已說若爲證故今說若爲證故當說是菩薩如是一切尋求聲已都無得者又更觀察若過去相若未來相若現在相如是觀已皆不可得舍利子若菩薩摩訶薩如是正觀察時是名如理方便作意是故如理方便菩薩摩訶薩於如是觀應具修學復次舍利子云何菩薩摩訶薩如理觀耶諸菩薩等云何應學舍利子是菩薩摩訶薩觀一切法自性息滅若如是觀名如理觀若觀諸法自性寂靜是則名爲如理正觀若觀諸法畢竟空寂是則名爲如理正觀若觀諸法入平等性是則名爲如理正觀若觀諸法畢竟無生是則名爲如理正觀若觀諸法畢竟不生是則名爲如理正觀若觀諸法畢竟不起是則名爲如理正觀若觀諸法畢竟寂滅是則名爲如理正觀舍利子是菩薩摩訶薩作是觀時亦不見有能觀之者應如是觀所謂非觀非

不觀故若有菩薩作是觀者名如理觀若他觀者名非理觀復次舍利子云何菩薩摩訶薩應學如是如理方便舍利子菩薩摩訶薩如理方便者非於少法有愚迷故如理方便者非於少法而生障礙如理方便者無有少法非解脫門如理方便者無有爲斷少分法故發勤精進如理方便者不爲證少法故勇勵正勤舍利子菩薩摩訶薩應以如是如理正見如其所見正觀諸法舍利子云何名爲如其所見正觀諸法舍利子謂無所見名觀諸法何等是爲無所見耶舍利子無所見者名爲無生言無生者是爲無起言無起者名無所照是故如來依是正法說如是言若有菩薩觀一切行見無生時即是趣入正性決定夫正見者謂能趣入正性決定舍利子彼菩薩摩訶薩作是思惟何因緣故當得趣入正性決定舍利子菩薩摩訶薩應如是學若觀我見爲平等者即是一切諸法平等若作是觀當知趣入正性決定是故諸菩薩摩訶薩若欲趣入正性決定者當於如是大菩薩藏微妙法門殷重聽聞受持讀誦研窮義趣復應爲他如法廣說便當於是法門如理方便作意修學舍利子如是名爲菩薩摩訶薩爲阿耨多羅三藐三菩提故修行般若波羅蜜多行菩薩行

大寶積經卷第五十

音釋

三摩鉢底 梵語也亦云三摩提此云等持即方便隨緣止謂一切禪定攝心也　瞚 式閏切目動也　銳 以芮切鋒利也　翳膜 翳於計切障也蔽也膜當作膜莫各切目不明也　黠慧 黠胡八切亦慧也

大寶積經卷第五十一

唐三藏法師玄奘奉　詔譯

菩薩藏會第十二之十七

般若波羅蜜多品第十一之二

復次舍利子菩薩摩訶薩修行般若波羅蜜多時爲求如是深極妙善清白覺慧故由是妙善淨法明門精勤方便如理證入觀如理句舍利子云何名爲如理證入復以何等爲如理句舍利子菩薩摩訶薩如理證入者謂依奢摩他證入毗鉢舍那證入正行證入如理證入身遠離證入心調順證入非斷證入非常證入因緣證入緣起證入無有情無命者無數取者證入未來已來若有若無證入無有轉移因果不壞證入雖修集空無相無願證入而不取空無相無願證故雖於三摩地三摩鉢底證入而不以如是等力受生證故雖取神通智證入而不盡諸漏證故雖觀察無生證入而不正趣決定證故雖觀衆生無我證入而不捨大悲證故雖觀一切衆生可怖證入而故取諸有證故雖於寂滅離欲證入然於離欲法不作證故雖捨樂妙欲證入而不捨樂法證故雖捨一切戲論思覺證入而不捨善巧方便證故舍利子如是名爲如理證入菩薩摩訶薩欲得如是如理證入應當修學般若波羅蜜多故復次舍利子菩薩摩訶薩修行般若波羅蜜多時云何學是正法如理之句舍利子菩薩摩訶薩當如是知如理句者即出生句即趣理句即法門句即面門句即是因句即積集句即不相違句即無諍論句即是捨句即無執取句即無棄

捨句即無戲論句即無捨句即無誹謗句即無輕懱句即隨足句即無諍句即無退轉句即無對治句又舍利子如理句者實性之句如性之句非不如性句眞如之句如理之句三世平等句離分別句又舍利子如理句者色識無依住句受想行識識無依住句眼色眼識性無依住句耳聲耳識性無依住句鼻香鼻識性無依住句舌味舌識性無依住句身觸身識性無依住句意法意識性無依住句又舍利子如理句者即名依義句即名依法句即名依智句即名依了義句舍利子如是等無量法門是則名爲如理之句是故如理證入正勤方便菩薩摩訶薩作如是觀時亦不見有能觀之者應如理觀所謂非觀非不觀故若有菩薩作是觀者名如理觀若他觀者名非理觀舍利子如理方便菩薩非於少法而有愚迷非於少法而生障礙無有少法非解脫門非爲斷少法故發勤精進不爲證小法故勇勵正勤應具如是如理正見如其所見正觀諸法何等正觀謂無所見無所見者即是無生言無生者即是無起言無起者名無所照舍利子如是次第轉法廣如前說乃至名爲菩薩摩訶薩修行般若波羅蜜多故復次舍利子菩薩摩訶薩修行般若波羅蜜多時云何應學如理正觀舍利子是菩薩摩訶薩應作如是正觀諸法所謂我如理故則觀諸法一切如理我無我故則觀諸法亦復無我衆生無我故則觀諸法亦復無我舍利子菩薩摩訶薩作是觀者名如理觀舍利子云何菩薩摩訶薩修行如理方便舍利

子當知是菩薩摩訶薩不觀如理生死性與彼如理涅槃性共相交雜作如是觀是則名爲如理方便又是菩薩觀煩惱性與涅槃性同一合相無有差異亦不分別相應違背作如是觀是則名爲如理方便亦得名爲如理正觀舍利子當知菩薩摩訶薩所有一切如理方便皆於無量衆生處起若衆生處不棄捨於諸法不破壞是名菩薩如理方便舍利子菩薩摩訶薩應知如是相如是聞如是如理證入如是如理觀察如是如理正見等流是名菩薩如理正慧舍利子菩薩摩訶薩應當如是修行正行皆爲成滿般若波羅蜜多故復次舍利子菩薩摩訶薩修行般若波羅蜜多時所有般若自性清淨不與一切有爲行法而共同止舍利子何等諸法不與同止

舍利子所謂如是般若不與無明而共同止不與諸行而共同止如是廣說乃至不與老死而共同止舍利子如是般若不與身見而共同止乃至不與身見爲本六十二見趣而共同止如是般若不與高慢而共同止不與下劣而共同止不與世間八法而共同止舍利子如是般若不與蘊界處法而共同止乃至不與一切所緣作意而共同止如是般若不與慢同止不與下慢邪慢同止乃至不與隨煩惱等二十一法而共同止如是般若不與微細下劣中上品貪同止乃至不與一切煩惱而共同止如是般若不與愚暗翳瞙障蓋諸纏同止乃至不與一切隨順退分諸法而共同止如是般若不與欲諍穢濁煩惱魔同止不與蘊魔死魔天魔同止乃至不與一

切魔業而共同止如是般若不與執我同止不與有情命者數取養育意生摩納婆等同止乃至不與住我見等而共同止如是般若不與業障同止不與煩惱障法障見障報障智障同止乃至不與一切隨俗習氣而共同止如是般若不與思惟分別同止不與相貌所緣見聞念識同止乃至不與一切結縛增益而共同止如是般若不與慳捨同止不與持犯忍恚勤怠靜亂愚慧同止乃至不與一切波羅蜜多能治所治諸法智性而共同止如是般若不與遠離同止不與住不遠離邪性正性善及不善有罪無罪生死涅槃同止乃至不與一切相對治法而共同止如是般若不與種種差別性同止不與國土差別性諸佛差別性有情差別性諸法差別性同止乃至不與一切差別性而共同止如是般若不與無智同止不與智識世俗勝義乃至不與一切有情相貌作意而共同止如是般若不與慧不現行同止不與無身無形無相無爲同止乃至不與一切思惟心意識安住等法而共同止舍利子菩薩摩訶薩修行般若波羅蜜多時所有般若微妙清淨不與如是無量無邊有爲行法而共同止舍利子如是名爲修行般若波羅蜜多菩薩摩訶薩般若之相應如是學復次舍利子菩薩摩訶薩安住大乘大菩薩藏修行般若波羅蜜多時獲得般若分別善巧當知是菩薩摩訶薩即以此法於諸法中明了通達獲得善巧舍利子云何名爲如是般若分別善巧舍利子如是善巧無量無邊吾今略說十種善巧何等爲

十所謂蘊法善巧界法善巧處法善巧諦法善巧無礙解善巧依趣善巧資糧善巧道法善巧緣起善巧一切法善巧舍利子如是十種微妙善巧所有分別若通達者是則名爲般若分別菩薩摩訶薩於是善巧應當修學復次舍利子云何菩薩摩訶薩修行般若波羅蜜多故而能通達蘊法善巧舍利子蘊法善巧者所謂依諸蘊法起於言說何等言說舍利子如是言說猶如幻化陽焰夢中傳響光影是故如來以無礙辯爲諸衆生說如是法舍利子我說此色喻如聚沫何以故舍利子即此聚沫本無有我亦無有情無生者無命者無數取無養育無意生無摩納婆以聚沫性即色自性菩薩摩訶薩於如是法善巧知之是則名爲蘊法善巧又舍利子我說此受喻如水泡何以故舍利子即此水泡本無有我亦無有情無生者無命者無數取無養育無意生無摩納婆以水泡性即受自性菩薩摩訶薩於如是法善巧知之是則名爲蘊法善巧又舍利子我說此想喻如陽焰何以故舍利子即此陽焰本無有我亦無有情無生者無命者無數取無養育無意生無摩納婆以陽焰性即想自性菩薩摩訶薩於如是法善巧知之是則名爲蘊法善巧又舍利子我說此行喻如芭蕉何以故舍利子即此芭蕉本無有我亦無有情無生者無命者無養育無數取無意生無摩納婆無作者無受者以芭蕉性即行自性菩薩摩訶薩於如是法善巧知之是則名爲蘊法善巧又舍利子我說此識喻如幻事何以故舍利子即此幻事

本無有我亦無有情無生者無命者無養育無數取無意生無摩納婆無作者無受者以幻事性即識自性菩薩摩訶薩於如是法善巧知之是則名爲蘊法善巧舍利子所言蘊者說名世間世間之法即敗壞相是故當知諸世間性即蘊自性舍利子何等名爲世間性耶謂無常性苦性無我性如是等性名爲蘊性如是蘊性即世間性菩薩摩訶薩若於是中善巧知者是則名爲蘊法善巧舍利子若有菩薩摩訶薩爲欲修行般若波羅蜜多故精勤修習蘊法善巧復次舍利子云何菩薩摩訶薩修行般若波羅蜜多故而能通達界法善巧舍利子界法善巧者所謂法界即爲地界何以故以彼法界非堅鞕相故又法界者即爲水界何以故以彼法界非濕潤相故又法界者即爲火界何以故以彼法界非成熟相故又法界者即爲風界何以故以彼法界非搖動相故舍利子菩薩摩訶薩若於是中如實了知是則名爲界法善巧又舍利子言法界者即眼識界何以故以彼法界非照明相故又法界者即耳識界何以故以彼法界非聞聲相故又法界者即鼻識界何以故以彼法界非齅香相故又法界者即舌識界何以故以彼法界非甞味相故又法界者即身識界何以故以彼法界非覺觸相故又法界者即意識界何以故以彼法界非分別相故舍利子菩薩摩訶薩若於是中如實了知是則名爲法界善巧又舍利子如是我界與法界平等有情界與法界平等欲界色界及無色界與法界平等生死界涅槃界與法

界平等如是乃至虛空界法界及一切法界皆悉平等舍利子以何義故而得平等謂由空平等故一切法平等無變異平等故一切法平等又舍利子若有宣說有爲界證入無爲界證入如是則有無量無邊若諸菩薩摩訶薩作是揀擇證入法界是則名爲界法善巧舍利子如是菩薩摩訶薩爲欲修行般若波羅蜜多故應勤修習界法善巧復次舍利子云何菩薩摩訶薩修行般若波羅蜜多故而能通達處法善巧舍利子處法善巧者眼爲是空無我我所菩薩摩訶薩如實了知如是眼性乃至意爲是空無我我所菩薩摩訶薩如實了知如是意性菩薩摩訶薩雖於諸處不積集不善而積集於善然於善不善中不起二相如是了知是名菩薩摩訶薩處法善巧又舍利子云何菩薩摩訶薩於眼處色處而能通達善巧了知舍利子謂於眼色觀見離欲然於離欲而不作證如是了知是名菩薩處法善巧如是耳聲鼻香舌味身觸意法即此意法觀見離欲然於離欲而不作證如是了知是名菩薩處法善巧又舍利子諸佛如來說微妙法或說聖處或非聖處言聖處者堪受道法非聖處者遠離道法菩薩摩訶薩安住於道於離道住諸衆生所獲得大悲不捨道處若有菩薩如是了知善通達者是名菩薩摩訶薩處法善巧舍利子諸菩薩摩訶薩爲欲修行般若波羅蜜多故應勤修學處法善巧復次舍利子云何菩薩摩訶薩修行般若波羅蜜多故而能通達諦法善巧舍利子當知菩薩摩訶薩有四種行入諦善

巧何等爲四所謂苦智集智滅智道智舍利子云何名爲苦智乃至道智謂於諸蘊本無生智如是之智名爲苦智於諸染愛永斷滅智如是之智名爲集智謂於一切無生無壞如是之智名爲滅智於一切時諸所緣法無有損益如是之智名爲道智舍利子若菩薩摩訶薩於是四諦以如是等智慧了知雖復明達而不作證何以故爲欲成熟諸衆生故如是具足名諦善巧又舍利子菩薩摩訶薩諦善巧者復有三種何等爲三一者世俗諦二者勝義諦三者相諦舍利子世俗諦者當知乃至世間所有語言文字音聲假說如是等相名世俗諦勝義諦者所謂若於是處尚非心行況復文字而能陳說如是等法名勝義諦相諦者所謂諸相即是一相如是一相即是無相如是說者名爲相諦舍利子菩薩摩訶薩於世俗諦爲衆生故說無猒倦勝義諦者於中作證而無退墮於彼相諦深達本性了知無相舍利子是名菩薩摩訶薩爲欲修行般若波羅蜜多故精勤修學諦法善巧復次舍利子菩薩摩訶薩精勤修學諦善巧者如實當知復有一諦無有第二何等一諦所謂滅諦舍利子諸佛如來於此一諦明了通達無有增益既通達已爲處增益諸含生等宣說如是一諦之法令彼修學悟無增益故舍利子若有菩薩作如是知是名菩薩摩訶薩諦法善巧復次舍利子菩薩摩訶薩復應修學諦法善巧舍利子諦善巧者爲善通達諸聖諦故何等名爲通達聖諦舍利子苦聖諦者謂五受蘊其性實苦是名苦諦菩薩

摩訶薩於是諦中通達五蘊皆爲苦相夫苦相者即爲空相如是則名爲苦聖諦舍利子集聖諦者五受蘊因隨眠愛見是名集諦菩薩摩訶薩於此因法若愛若見無有增益無取無迷明了通達如是則名爲集聖諦舍利子滅聖諦者若五受蘊究竟滅盡是名滅諦菩薩摩訶薩觀是諦法不生前際不往後際不住現在明了通達如是則名爲滅聖諦舍利子道聖諦者若依彼道證得苦智集智滅智無第二智是名道諦菩薩摩訶薩於如是諦明了通達無有分別是則名爲趣苦滅行聖諦是故舍利子菩薩摩訶薩若於此諦以智觀察亦令衆生觀察解了是名菩薩摩訶薩諦法善巧復次舍利子菩薩摩訶薩於是諦法又應觀知如是四諦云何苦諦於諸一切能受所受皆是苦諦於如是中善當揀擇即此智性善揀擇覺明了通達是名菩薩苦聖諦云何集諦若從是因諸蘊集起皆是集諦於如此因如實了知是名菩薩苦集聖諦云何滅諦諸受永息無所覺受是名滅諦雖觀受滅而不作證如是通達是名菩薩苦滅聖諦云何道諦若善修習離受聖道是名道諦譬如船筏不求於受亦不求道是名菩薩趣苦滅行聖諦如是舍利子若有菩薩摩訶薩如是現觀依寂靜定發四種見而此四見非畢竟淨若能通達如此法者是名菩薩摩訶薩諦法善巧復次舍利子菩薩摩訶薩於是諦法善巧通達若證於滅則苦不生觀無生智是名苦智舍利子有爲生緣觀察此有非有非無如是之智名爲集智舍利子一切

生者即是無生了知此故都無所滅此無滅智名盡滅智舍利子若如是道無所稱量無所追尋無所觀察名廣大智如是之智名爲道智舍利子菩薩摩訶薩於此諦法善能建立而於諦智無所住著是名菩薩摩訶薩諦法善巧舍利子菩薩摩訶薩爲欲修行般若波羅蜜多故精勤修是諦法善巧復次舍利子云何名爲菩薩摩訶薩修行般若波羅蜜多故獲無礙解善巧舍利子菩薩摩訶薩以具修學般若波羅蜜多故具足四種無障礙解何等爲四所謂義無礙解法無礙解詞無礙解辯無礙解舍利子何等名爲義無礙解舍利子諸菩薩依般若波羅蜜多故獲是義無礙解謂一切法勝義處智觀是智者即義無礙解如是諸覺智因智緣智和合智遍隨行智廣大緣生智法性無雜智如來隨入智安住實際智於空法中隨覺觀智於無相法如所觀智於無願法起願行智於無加行起加行智於一理趣觀入證智於無有情觀入證智於無我法觀入證智於無命者一向入智於無數取觀勝義智於過去世觀無礙智於未來世觀無邊智於現在世觀一切處智於諸蘊法觀如幻化智於諸界法觀等毒蛇智於諸處中觀如空𧁸智於諸内法觀寂靜智於諸外法觀無所行智於諸境界觀無所有智於諸念住觀安住智於彼諸趣觀隨行智於諸緣起觀現見智於諸諦法觀通達智於一切苦觀無生智於一切集觀無加行智於一切滅觀離相智於一切道觀拔濟智於諸法中觀句分析智於諸根法觀證入智於

諸力法觀無屈伏智於奢摩他觀所依處智於毗鉢舍那觀明照智於諸幻事觀虛集智於諸陽焰觀迷亂智於所夢事觀虛見智於彼傳響觀緣合智於彼光影觀無動智於差別相觀一相智於諸繫縛觀離縛智於諸相續觀無相續智於聲聞智觀隨聲入智於獨覺智觀廣大緣生入一境智於佛大乘觀知一切善根資糧能積集智舍利子諸如是等一切觀智是名菩薩摩訶薩義無礙解復次舍利子菩薩摩訶薩復有義無礙解所謂依趣之義以諸法性之所依趣何以故以一切法遍皆是空空性義者說名爲義以一切法遍皆無相無相義者說名爲義以一切法遍皆無願無願義者說名爲義以一切法遍皆遠離遠離義者說名爲義以一切法遍無有情無命者無數取無數取義說名爲義菩薩摩訶薩若能隨入如是相義是則名爲義無礙解舍利子若有菩薩摩訶薩說是義者當知是爲說無住法說無盡法即說一切之所顯說即說一切智者諸無礙解所揀擇義當知是人即爲諸佛世尊印可隨喜當知此智是爲眞慧是爲實慧是爲無異慧是爲諸處揀擇無礙之慧舍利子菩薩摩訶薩如是了知是則名爲義無礙解復次舍利子云何菩薩摩訶薩法無礙解舍利子菩薩摩訶薩修行般若波羅蜜多故獲是法無礙解者謂諸法中隨證入智何等名爲隨證入智舍利子謂諸法中有所證入何等諸法謂善不善有罪無罪有漏無漏世間出世間有爲無爲染汙清淨若有隨順生死及以涅槃於如是等

一切法中隨能證入法性平等菩提平等如是智性是則名爲法無礙解復次舍利子法無礙解者菩薩摩訶薩以如是解心智證入如是貪行如是入證假立貪行或復證入方便貪行或復證入堅固貪行或復證入微薄貪行或復證入非處貪行或復證入營求貪行或復證入宿世貪行或復證入無邊異相貪行或復證入現在衆緣貪行又舍利子菩薩摩訶薩了諸有情如是貪相所謂或有衆生内貪非外貪或有衆生外貪非内貪或有衆生内外俱貪又舍利子或有衆生色貪非聲貪或有衆生聲貪非色貪或有衆生色聲俱貪復次或有衆生色貪非香貪或有衆生香貪非色貪或有衆生色香俱貪復次或有衆生色貪非味貪或有衆生味貪非色貪或有衆生色味俱貪復次或有衆生色貪非觸貪或有衆生觸貪非色貪或有衆生色觸俱貪又舍利子或有衆生聲貪非香貪或有衆生香貪非聲貪或有衆生聲香俱貪復次或有衆生聲貪非味貪或有衆生味貪非聲貪或有衆生聲味俱貪復次或有衆生聲貪非觸貪或有衆生觸貪非聲貪或有衆生聲觸俱貪又舍利子或有衆生香貪非味貪或有衆生味貪非香貪或有衆生香味俱貪復次或有衆生香貪非觸貪或有衆生觸貪非香貪或有衆生香觸俱貪又舍利子或有衆生味貪非觸貪或有衆生觸貪非味貪或有衆生味觸俱貪又舍利子或有衆生色聲貪非香貪或有衆生香貪非色聲貪或有衆生色聲香俱貪復次或有衆生色聲貪非味貪或

有衆生味貪非色聲貪或有衆生色聲味俱貪復次或有衆生色聲貪非觸貪或有衆生觸貪非色聲貪或有衆生色聲觸俱貪又舍利子或有衆生聲香貪非味貪或有衆生味貪非聲香貪或有衆生聲香味俱貪復次或有衆生聲香貪非觸貪或有衆生觸貪非聲香貪或有衆生聲香觸俱貪又舍利子或有衆生香味貪非觸貪或有衆生觸貪非香味貪或有衆生香味觸俱貪又舍利子或有衆生色聲香貪非味貪或有衆生味貪非色聲香貪或有衆生色聲香味俱貪復次或有衆生色聲香貪非觸貪或有衆生觸貪非色聲香貪或有衆生色聲香觸俱貪又舍利子或有衆生聲香味貪非觸貪或有衆生觸貪非聲香味貪或有衆生聲香味觸俱貪又舍利子或有衆生色聲香味貪非觸貪或有衆生色聲香味觸俱貪舍利子如是等無量衆生俱各起是無量貪相入於貪行由菩薩摩訶薩證入是門故入諸衆生二萬一千貪行門二萬一千瞋行門二萬一千癡行門二萬一千等分行門舍利子若菩薩摩訶薩證入如是八萬四千煩惱行門者當知如是菩薩摩訶薩具足成就心廣大智及隨行說智不增不減說智不過時說智根器有差別智立言不虛說智舍利子菩薩摩訶薩具足如是諸勝智故是名菩薩摩訶薩法無礙解復次舍利子云何菩薩摩訶薩詞無礙解舍利子菩薩摩訶薩修行般若波羅蜜多故具足如是詞無礙解所謂於諸言詞證入之智獲是智已而能了知

諸天言詞諸龍言詞藥叉言詞健達縛言詞阿素洛言詞揭路荼言詞緊㮈洛言詞牟呼洛伽言詞人言詞非人言詞乃至五道衆生一切含識所有言詞音聲籌議菩薩悉能以智證入又能以是言音爲彼衆生宣說證法舍利子是則名爲菩薩摩訶薩詞無礙解又舍利子復有詞無礙解謂諸菩薩善能了知如是言詞唯應顯了如是之法如是言詞唯應隨辯如是之法如是言詞應以是字隱藏是法菩薩摩訶薩又以是解當應了知是一名言是二名言是多名言又能了知是女名言是男名言是非男非女名言又能了知是略名言是廣名言是好名言是惡名言又能了知過去名言未來名言現在名言又能了知如是等相一字增益如是等相多字增益若諸菩薩能善了知是則名爲詞無礙解又舍利子復有詞無礙解者菩薩摩訶薩所發言詞無量功德所共集成何等是耶舍利子諸菩薩等所發言詞無有微弱即此言詞善巧施設無有繁重無有急速詞極明了文義圓備順悅大衆種種美妙顯示深奥世俗勝義之所莊嚴自心智見通達無礙諸佛印可悅豫衆生舍利子如是具足是名菩薩摩訶薩詞無礙解復次舍利子云何菩薩摩訶薩辯無礙解舍利子菩薩辯者所謂菩薩摩訶薩修行般若波羅蜜多故獲是言詞無礙辯無滯記別辯宣暢無斷辯速辯迅辯捷疾辯不可動辯不訥鈍辯隨問對辯無退怯辯不相違辯無諍論辯可樂法辯住忍力辯妙甚深辯種種差別辯種種微妙辯世俗勝義辯

建立一切布施持戒懷忍正勤靜慮般羅若辯建立一切念住正斷神足根力覺支道分奢摩他毗鉢舍那辯建立一切靜慮解脫三摩地三摩鉢底辯廣大智辯一切聖人所乘辯一切衆生心行辯無蹇吃言辯無梗澁言辯無輕掉言辯無麤獷言辯愛潤音言辯清淨言辯橫逸言辯無著言辯教詔言辯三摩呬多言辯妙相應言辯無闕闟言辯美妙音言辯柔渭音言辯無致譏訶言辯衆聖所讚言辯舍利子菩薩摩訶薩以如是等所有言辯遍告無邊諸佛刹土所發言音超過一切梵音言詞如是言音明了清淨爲諸如來之所印可是諸菩薩具足才辯以是言音愍諸有情及數取者廣爲宣說微妙正法能令是等出離生死永盡衆苦舍利子是名菩薩摩訶薩辯無礙解舍利子如是名爲無礙解善巧由此無礙解善巧故菩薩摩訶薩修行般若波羅蜜多精勤修習無礙解善巧

大寶積經卷第五十一

音釋

翳瞙翳於計切障也蔽也瞙莫各切目不明也　鞕魚孟切堅鞕也　齅許救切以鼻攝氣也　豫羊恕切樂也　捷疾葉切敏疾也　訥鈍訥奴骨切鈍徒困切訥鈍謂語言蹇訥遲鈍也　謇吃謇居偃切難於言也吃去訖切口不便於言也　麤獷麤倉胡切踈也大也獷古猛切麤惡也　闟弋約切與鑰同謂鑠須也

大寶積經卷第五十二

唐三藏法師玄奘奉　詔譯

菩薩藏會第十二之十八

般若波羅蜜多品第十一之三

復次舍利子云何菩薩摩訶薩依趣善巧舍利子菩薩摩訶薩修行般若波羅蜜多故於四依趣善能具足何等爲四所謂依趣於義不依趣文依趣於智不依趣識依趣於了義經不依趣不了義經依趣於法不依趣數取趣者舍利子云何名爲依趣於義不依趣文復以何等爲文爲義舍利子所言文者謂諸世間諸法作用傳習文詞所言義者謂所通達出世間法所言文者宣示可樂布施調順寂靜言詞所言義者謂所布施調順寂靜決定了知無杇壞智所言文者訶毀生死分別言詞所言義者生死不染徹見法性所言文者稱揚讚歎涅槃功德所言義者謂諸法性涅槃無分別性所言文者隨順諸乘建立言說所言義者一理趣法善通達智所言文者宣說捨離諸所有法所言義者謂是三輪究竟清淨所言文者宣說律儀身語意業受持學處杜多功德所言義者身語意業皆不可得不由加行尸羅清淨所言文者宣說忍受瞋恚栽忿憍慢傲逸能行是忍名善丈夫所言義者謂善證得無生法忍所言文者演諸善根發起精進所言義者無取無捨無住精進所言文者宣說靜慮解脫等持等至所言義者滅盡定智所言文者一切聞持諸慧根本所言義者不可說義所言文者謂能開示三十七覺分聖道正法所言義者證得菩提

分法正行之果所言文者謂能開示苦集道諦所言義者於滅作證所言文者開示無明爲初乃至老死所言義者謂無明滅故乃至老死亦滅所言文者宣說止觀資糧正法所言義者明解脫智所言文者宣說貪瞋及癡等分行法所言義者謂無分別心解脫智所言文者開示一切障礙之法所言義者謂無障礙解脫之智所言文者開示三寶稱讚功德所言義者離欲法性無爲無著功德正行所言文者宣說菩薩從初發心乃至道場修學功德發起正行所言義者謂刹那心相應證覺一切智智舍利子舉要言之如來所演八萬四千法藏聲教皆名爲文諸離一切言音文字理不可說是名爲義舍利子是名菩薩摩訶薩修行般若波羅蜜多故依趣於義不依趣文復次舍利子云何菩薩摩訶薩依趣於智不依趣識舍利子菩薩摩訶薩依般若波羅蜜多故善巧了知諸有言教數取趣義是名爲識此不應依諸有言教如法性義即是於智此應依趣又舍利子是菩薩摩訶薩由二法善巧便能修行般若波羅蜜多何等爲二謂識及智舍利子何等爲識何等爲智舍利子所言識者謂四識住何等爲四一者色趣識所依止二者受趣識所依止三者想趣識所依止四者行趣識所依止如是識住是名爲識不應依趣所言智者於五取蘊識不安住識蘊遍智是名爲智此應依趣所言識者謂能了知地界水界火界風界如是了知則名爲識不應依趣若有說言四種識住識不安住此則名爲識之法性若於法性

不雜亂智是名爲智則可依趣又復識者所謂了別眼所識色耳所識聲鼻所識香舌所識味身所識觸意所識法如是了別是名爲識所言智者若於内處心慮寂靜若於外處尋伺不行依趣於智不於一法而生分別如是等相名之爲智又復識者從所緣境而生於識從諸作意而生於識從遍分別而生於識如是等相名之爲識所言智者無取無執無緣無了別無所分別是名爲智又復識者於諸一切有爲行法識所依趣是名爲識所言智者於無爲法無識能行此無爲智是名爲智又復識者有生有滅所住之識故名爲識不應依趣無生無滅亦無所住是名爲智此應依趣舍利子是名菩薩摩訶薩修行般若波羅蜜多故依趣於智不依趣識復次舍利子云何名爲菩薩摩訶薩不依趣不了義經依趣了義經舍利子諸菩薩等善能通達即如先說所有廣文是則名爲不了義經如是廣文不應依趣即如先說所有廣義是則名爲了義經際如是廣義則可依趣又舍利子何等經中以爲了義何等經中名不了義舍利子菩薩摩訶薩依般若波羅蜜多故善能分別若諸經中宣說於道如是言教名不了義若諸經中宣說於果如是言教名爲了義若諸經中說世俗諦名不了義說勝義諦名爲了義若諸經中宣說作業煩惱惑染名不了義若有宣說煩惱業盡是名了義若諸經中宣說可責染汙之法名不了義若有宣說修治清淨如是法者是名了義若諸經中有所宣說猒背生死欣樂涅槃名不了義若

有宣説生死涅槃二無差别是名了義若諸經中宣説種種文句差别名不了義若説甚深難見難覺是名了義若諸經中文句廣博能令衆生心意踊躍名不了義若有宣説文句及心皆同灰燼是名了義若諸經中宣説有我有情命者養者數取趣者意生摩納婆作者受者又説立有種種受蕴無有主宰如是言教名不了義不應依趣若諸經中説空無相無願無生無起亦無出現無有我無有情無命者無養者無數取趣者及三解脱門如斯言教是名了義則可依趣舍利子是名菩薩摩訶薩修行般若波羅蜜多故依趣了義不趣不了之義復次舍利子云何名爲菩薩摩訶薩依趣於法不依趣數取者舍利子菩薩摩訶薩依般若波羅蜜多故於諸經教善能分别諸有宣説不了義經即爲補特伽羅義如是言教不應依趣諸有了義即如性法義如是言教此應依趣又舍利子復以何等名爲依法云何名爲數取趣者舍利子若有依止數取之見諸所緣法如是之相名數取者此數取見所緣法住性之法性如是相者是名爲法言數取者所謂凡夫數取善凡夫數取隨信行數取隨法行數取第八數取預流數取一來數取不還數取阿羅漢數取獨覺數取菩薩數取舍利子復有一數取者出現於世利益安樂無量衆生悲愍世間爲諸天人義利安樂如是數取所謂如來應正等覺舍利子如是一切數取名言如來依世俗諦爲衆生説若有衆生於此言教起於執著如是等類不應依趣何以故如來欲令於

彼正依趣故佛薄伽梵說如是法汝等依趣諸法實性無宜依趣彼數取者舍利子何等是爲諸法實性舍利子所謂無有變異無有增益無作無不作不住無根本如是之相是名法性又復於一切處通照平等諸平等中善住平等不平等中善住平等於諸平等不平等中妙善平等如是等相是名法性又法性者無有分別無有所緣於一切法證得決定究竟體相如是名爲諸法實性舍利子若有依趣法性之者則諸法性無不依趣菩薩摩訶薩由證入如是門故於一切法依趣一切法性故舍利子如是名爲菩薩摩訶薩四種依趣若有菩薩摩訶薩於此法中能通達者是則說名依趣善巧舍利子如是名爲依趣善巧菩薩摩訶薩爲欲修行般若波羅蜜多故精勤修習依趣善巧

復次舍利子云何名爲菩薩摩訶薩資糧善巧舍利子當知菩薩摩訶薩修行般若波羅蜜多故善能通達二種資糧何者是二謂福及智舍利子云何名爲福德資糧所謂布施體性福所作事尸羅體性福所作事諸修體性福所作事及大慈定大悲方便菩薩摩訶薩作福所作諸事業故於諸善根若自若他勵志奉修悉能興起三世積集所有諸惡悉皆發露又於一切衆生所有功德一切學無學所有功德一切獨覺所有功德一切菩薩從初發心廣修諸行得不退轉繫屬一生如是等無量無邊菩薩摩訶薩所有功德菩薩普皆心生隨喜又於去來現在一切諸佛薄伽梵所一切善根菩薩亦皆心生隨喜舍利

子是菩薩摩訶薩又復善能隨喜俱生福所作事復能勸請一切諸佛轉妙法輪及諸賢聖令演勝法勸請俱生福所作事復能以諸善根迴向菩提迴向俱生福所作事是菩薩摩訶薩見有未發大菩提心諸菩薩等方便教令發菩提心若有已發菩提心者說法示導教令成熟諸貧窮者攝以財物若疾病者施以醫藥殷勤瞻視恭敬承事於暴惡者心生忍受所犯戒品無有覆藏發露諸過善能除罪已般涅槃諸佛世尊於一切時常修供養於鄔波陀耶及阿遮利耶敬如大師於正法所發勤精進追尋請問於說法師敬愛尊奉猶如事佛有說法會雖去已遠多百踰繕那要往其所聽聞正法無有猒足或有衆生來請疑滯以無染心宣說淨法於父母所承修供養知恩了恩無有變悔積集一切諸清淨福修行建立情無猒倦以諸律檢防護於身身無詭詐防護於語發言和雅防護於心心無諂誑欲攝梵福故爲諸如來營構制多令丈夫相具圓滿故積集無遮大祠法會爲隨顯相令圓滿故積集種種善根資糧爲莊嚴身故捨離憍慢爲莊嚴語故遠諸語過爲莊嚴心故遠離一切憎嫉覺慧爲大莊嚴佛剎土故化現神通轉變自在爲欲莊嚴諸法相故無上妙智善性清淨爲欲莊嚴大法衆故遠離一切離間麤惡破壞語言爲不取著一切法故離妄分別令說法者無憂慼故歡喜授與善哉言詞令說法者無唐捐故遠離諸蓋恭敬聽法爲欲莊嚴菩提樹故奉施諸佛清淨園林爲欲莊嚴佛道場故備修善根

無有退轉爲欲淨除生死法故不染一切諸業煩惱爲欲獲得珍寶手故修行布施一切珍寶爲欲獲得無盡之財及無盡藏故所愛重物先用行施爲欲令諸衆生暫見便起清淨信故舒顔先問遠諸顰蹙爲欲獲得平掌相故於諸衆生起平等照爲放無邊諸光網故於不學識諸衆生所情不輕懱又無捨置爲令受生得清淨故常存積集清淨戒福爲令胎藏得清淨故於諸毁犯善能清淨爲欲生於天人中故修治清淨十善業道遠離無知往還進止故於諸教誡無妄分別爲得法財富逸自在故於深奥法性無藏悋爲諸世間所瞻仰故修治清淨增上欲解爲得廣大法勝解故於微少行而不修證爲欲攝受一切福故心恒思惟一切智者爲七聖財得圓滿故於佛正法信爲前導爲欲攝受諸淨法故於已身命曾無顧錄爲諸世間所委任故於先所許必令果遂爲令一切諸佛妙法得圓滿故圓滿修習一切佛法舍利子若菩薩摩訶薩具足成就如是相者是名菩薩摩訶薩福德資糧善巧復次舍利子云何菩薩摩訶薩智德資糧善巧舍利子是菩薩摩訶薩修行般若波羅蜜多時由住如是如是因緣法故攝取於智是故名曰智德資糧舍利子如是攝智以何等法爲因爲緣舍利子當知菩薩摩訶薩欲無猒倦精進尋求智隨行性親近善友趣諸佛智不趣聲聞及獨覺智於彼善友情無憍慢恭敬愛重如愛大師而是菩薩知彼善友具諸欲解無有少分順智言説而不諮受彼善友者又知菩薩是法器已

即爲宣說中無暫斷是諸菩薩聞說如是正法資糧相應之行精進尋思方便修習舍利子諸如是相此則名爲智德資糧相應正行復次舍利子云何名爲菩薩摩訶薩正法資糧相應正行舍利子正法資糧者所謂菩薩摩訶薩具修正行故嗜欲饕餮善能節儉事緒緣務善能減約言說談話善能遠離於諸音聲善能棄捨初夜後夜無有睡眠精勤修習相應正行是菩薩摩訶薩稱量理義鄭重尋思故心無濁穢制伏諸蓋故於所毀犯善知出離無有諂詐現除悔故無所追求堅修正行故隨順正法趣向正法俯臨正法於法勇猛常如救彼頭衣熾然故勤求妙智無暫休息不處愚暗故無有慢緩不棄善軛故遠離憒閙常樂獨處故宴默思惟聖種知足故

不捨杜多所有功德愛樂法樂故常樂尋求出世間法不思寶玩隨順世間文章呪術故成就正念無忘失故備甚深義善隨行故具足妙慧道隨順故堅固勇猛防衛外緣故内懷羞恥慙愧莊嚴故隨行佛趣離非智故捨愚癡瞙慧眼清淨善覺悟故覺慧寛廣於如是覺無狹劣故妙覺明顯證現智故舍利子是菩薩摩訶薩所有功德不隨於他於自功德無增上慢於他功德不嫉不毀善修行業不輕業報由如是故具足成滿業清淨智舍利子如是等相具足圓備是名菩薩摩訶薩智德資糧善巧之行復次舍利子菩薩摩訶薩復有智德資糧善巧謂能具足四種施法便得成就智德資糧何等爲四一者菩薩摩訶薩若見書寫如是經典給施葉紙筆墨衆

事二者菩薩摩訶薩請説法者演深妙義三者菩薩摩訶薩以諸利養恭敬名聞讃頌稱揚奉説法者四者菩薩摩訶薩於説法師攝受正法無有諂曲讃悦彼意應施是言善哉善哉舍利子若有菩薩摩訶薩行是四種清淨布施當知善能積集智德資糧善巧復次舍利子菩薩摩訶薩復有四種積集無盡智德資糧何等爲四一者菩薩摩訶薩巧能守護説法者身二者巧能守護所有衆善三者巧能守護其所止處四者巧能守護彼説法者所有徒衆舍利子是爲菩薩摩訶薩四種積集智德資糧復次舍利子菩薩摩訶薩復有四種任持智德資糧善巧何等爲四所謂菩薩摩訶薩於説法者以法任持以智任持以財任持以菩提功德而用任持舍利子是爲菩薩摩訶薩四種任持智德資糧復次舍利子菩薩摩訶薩復有五種勝力能爲智德資糧善巧何等爲五所謂菩薩摩訶薩具足信力爲欲成就信解心故具足進力求善知識成多聞故具足念力令菩提心無忘失故具足定力審諦觀察平等覺故具足慧力由久修習多聞力故舍利子是名菩薩摩訶薩五力智德資糧善巧之行復次舍利子菩薩摩訶薩復有智德資糧善巧謂具四種清淨尸羅能善積集智德資糧何等爲四所謂菩薩摩訶薩樂法尸羅求法尸羅觀法尸羅迴向菩提尸羅舍利子菩薩摩訶薩若具如是四種清淨尸羅能善積集智德資糧善巧之行復次舍利子菩薩摩訶薩復有智德資糧善巧謂能具足四種忍法能爲智德資糧善

巧何等爲四一者菩薩摩訶薩勤求法時善能忍受一切麤惡非法言說二者菩薩摩訶薩勤求法時善能堪忍一切風日寒熱飢渴三者菩薩摩訶薩勤求法時於阿遮利耶鄔波陀耶二勝師所隨有訓誨頂戴領受四者菩薩摩訶薩勤求法時善能信解於空無相無願之法舍利子如是四種含受忍法能爲智德資糧之行復次舍利子菩薩摩訶薩復有智德資糧善巧謂能具足四種精進能爲智德資糧善巧何等爲四所謂菩薩摩訶薩堅固精進聽聞正法堅固精進任持正法堅固精進演說正法堅固精進修行正行舍利子如是四種堅固精進能爲智德資糧之行復次舍利子菩薩摩訶薩復有智德資糧善巧謂能具足四種靜慮於法修習能爲智德資糧善巧何等爲四一者菩薩常樂行遠離法二者樂獨專一守靜山林三者常樂尋求神通靜慮四者常勤修行廣大佛智舍利子如是四種正法靜慮能爲智德資糧之行復次舍利子菩薩摩訶薩復有智德資糧善巧謂能具足四種正法智慧光明能爲智德資糧善巧何等爲四所謂菩薩摩訶薩修行如是智慧光明不住於斷不說於常不違緣起信解無我舍利子如是四種諸智慧光明能爲智德資糧正行復次舍利子菩薩摩訶薩復有智德資糧善巧謂能成就四種正法無上方便能爲智德資糧善巧何等爲四所謂菩薩摩訶薩修行般若波羅蜜多故隨順世間隨順經典隨順妙法隨順淨智舍利子如是四種正法方便能爲智德資糧正行復次

舍利子菩薩摩訶薩復有智德資糧善巧謂能進趣四種法道能爲智德資糧善巧何等爲四所謂菩薩摩訶薩以依般若波羅蜜多故具足修行到彼岸道七覺分道八聖支道趣向一切智者智道舍利子如是四種正法之道能爲智德資糧正行復次舍利子菩薩摩訶薩復有智德資糧善巧謂具四種無猒足法則能善集智德資糧何等爲四所謂菩薩摩訶薩以修行般若波羅蜜多故奉持正法無量聽聞無有猒足爲衆說法無有猒足觀察理義無有猒足智慧方便無有猒足舍利子如是四種無猒足法能集智德資糧正行復次舍利子菩薩摩訶薩如是智德資糧善巧隨徧入於一切行處何以故舍利子當知布施由智資糧而成就故如是持戒忍辱精進靜慮正慧亦是智德資糧成就乃至慈悲喜捨一切善法亦因智德資糧成就何以故舍利子菩薩摩訶薩所有發起堅固正行皆依止智彼一切行智爲前導由是菩薩具大智故爲諸無智之所歸趣一切惡魔不得其便諸佛如來所共加護將得趣入一切智智舍利子是爲菩薩智德資糧善巧之行若諸菩薩摩訶薩成就如是福智二種資糧善巧當知修行般若波羅蜜多故獲是資糧善巧之力

復次舍利子云何菩薩摩訶薩念住善巧舍利子所謂菩薩摩訶薩修行般若波羅蜜多故具足修習四種念住則能成就方便善巧舍利子何等爲四一者於身隨身觀察修習念住二者於受隨受觀察修習念住三者於

心隨心觀察修習念住四者於法隨法觀察修習念住舍利子菩薩摩訶薩修行般若波羅蜜多故云何於身隨身觀察修習念住舍利子菩薩於身住隨身念觀察是身前際過咎是菩薩摩訶薩作是思惟如是身者顛倒業起因緣所生本無主宰無所攝受如彼卉木叢林諸藥草等從因緣生本無主宰無所攝受此身又如館舍所起皆由草木墻壁衆緣所共合成此身亦爾但爲蘊界處等之所攝持而其本性空無有我無有我所無常無恒無有堅住非不變法我今不應於是身分妄有所計是故我今當以如是不堅之身用貿堅身何等身者名爲堅實謂如來身是堅實身我觀是身極爲虛僞要當成辦如來之身何以故如來身者即是法身金剛之身不可壞身堅固之身超於三界最勝之身又作是念我此身者無量過咎之所雜染我當求證離諸過染如來之身舍利子是菩薩摩訶薩以諸覺慧揀擇力故觀察是身四大種攝爲諸隨眠所依窟宅是故我今當以此身爲諸衆主驅役給使何以故譬如世間外四大種所謂地界水火風界以種種門無量差別衆具資財饒益養育一切衆生我今亦是用此四大所合成身以種種門無量差別境界資財當爲衆生之所受用舍利子是菩薩摩訶薩由依般若波羅蜜多觀察是身有如是等大義用故雖觀此身體性是苦而不猒患如是苦身雖觀是身究竟盡性而不猒患流轉受生雖觀是身其性無我而無猒倦成熟衆生雖觀是身我寂滅性而不墮彼永捨寂

滅雖觀身空無相遠離而不墮於遠離邊際舍利子是菩薩摩訶薩於此身法住隨身觀觀察是身無實無堅又於內身住隨身觀隨內而行於諸煩惱無復容受又於外身住隨身觀隨外而行於諸煩惱不與共住舍利子是菩薩摩訶薩成就如是身念住已其身清淨無有染汙具足一切清淨身業得清淨相莊嚴之身既具如是莊嚴身故爲諸天人之所歸仰舍利子是名菩薩摩訶薩修行般若波羅蜜多故於此身法隨身觀察修習念住

復次舍利子菩薩摩訶薩修行般若波羅蜜多時云何於受隨受觀察修習念住舍利子菩薩摩訶薩作是思惟諸所有受一切皆苦我於今者具覺慧力於如是受當善決擇以智決擇以慧決擇方便決擇是菩薩摩訶薩既具如是勝決擇力雖受於樂當樂觸時即於一切善道衆生起大慈心不爲貪欲隨眠所惱雖受於苦當苦觸時即於一切惡道衆生起大悲心不爲瞋恚隨眠所惱雖復受諸不苦不樂當觸受時不爲無明隨眠所惱舍利子是菩薩摩訶薩由依般若波羅蜜多具足如是觀解力故隨受而行修習念住所受諸受若苦若樂不苦不樂善能觀察諸受出離又能令彼一切衆生證受遍智寂滅之法又作是念此諸衆生具煩惱故無有智慧不能了知諸受出離何以故若受樂時便生貪愛若受苦時便生瞋恚若受不苦不樂便起愚癡而況我輩諸菩薩等隨智慧行一切所受諸過失法皆已息滅豈當於受更起煩惱我於今者應具發起方便善巧及與大悲攝

諸衆生令於諸受皆得息滅舍利子如是菩薩何因縁故說於諸受而不退墮舍利子謂於諸受智慧揀擇能引於樂不引於苦舍利子復以何等智慧揀擇謂是菩薩觀察此中無能受者若我若有情若命者若數取等於是觀察竟無能受唯有受者有何等受所謂執受攝受取受有得受顛倒受分別受見隨眼受眼想所生受乃至意想所生受色想所生受乃至法想所生受及彼種種眼觸所生受如是廣說若內若外所有諸法乃至諸觸縁所生受若苦若樂不苦不樂如是等相是名爲受復次舍利子諸佛如來分別諸受無量諸門差別之相舍利子如來或時說爲一受所謂一心了別諸境或說二受謂內及外或說三受所謂過去了別未來了別現在了別或說四受所謂地水火風界差別了別或說五受所謂思惟如是五蘊或說六受所謂分別如是六處或說七受謂七識住或說八受所謂八邪方便之相或說九受所謂九位衆生所居或說十受所謂十善諸業道等舍利子如是廣說乃至無量一切諸受隨所縁境隨所作意限量分齊有爾所受然諸如來說受無量何以故衆生無量故隨有衆生各具如是無量諸受舍利子如是菩薩摩訶薩云何於受住隨受觀舍利子謂諸菩薩以清淨智方便善攝一切衆生所有諸受生滅住異及善了知一切衆生善不善等所有受智若諸菩薩如是隨觀是名於受具足觀察舍利子如是名爲菩薩摩訶薩修行般若波羅蜜多故於一切受隨心觀察修習念住復次

舍利子菩薩摩訶薩修行般若波羅蜜多時云何於心隨心觀察修習念住舍利子是諸菩薩摩訶薩無有忘念密護防守離諸散亂觀察於心生滅散壞念念不住於内於外不住不轉是名菩薩正觀於心舍利子是菩薩摩訶薩復作是念我憶最初曾所發心如是諸心生已即滅離散變壞不可了知詣何方所又我所有無量諸心積集善根生已即滅離散變壞無有方所又我所有無量心相迴向菩提而心體相不能自了云何此心能作是念我當證覺阿耨多羅三藐三菩提耶何以故以此心體不能了心不能觀心不能通達於自心故舍利子是菩薩摩訶薩復作是念若菩提心由善根心無有失者則善根心由迴向心無有迷失若迴向心由菩提故無有失者則阿耨多羅三藐三菩提爲無有失是菩薩摩訶薩作是觀已於無迷失不恐不怖復作是念此縁起法因果不壞雖復是心法性無有自性無有作用無有主宰然此諸法依止因縁而得生起我當隨其所欲積集善根既積集已修相應行終不捨離是心法性復次舍利子菩薩摩訶薩云何此中積集之相舍利子是諸菩薩摩訶薩作如是觀積集之相是心本性猶如幻化無有一法而可集者是心法性而能布施一切衆生迴向積集莊嚴佛土是則名爲善根積集又舍利子是心本性如夢所見其相寂靜是心法性而能積集守護尸羅皆爲迴向神通作用是則名爲善根積集又舍利子是心本性猶如陽餤究竟盡滅是心法性而能修習一切可樂

忍辱之力迴向積集莊嚴菩提是則名爲善根積集又舍利子心本性者如水中月究竟遠離積集之相是心法性而能發起一切正勤迴向成熟無量佛法是則名爲善根積集又舍利子心本性者不可取得不可觀見是心法性而能修習一切靜慮解脫三摩地三摩鉢底迴向諸佛勝三摩地是則名爲善根積集又舍利子觀此心性本非色相無見無對不可了知是心法性而能修習一切慧句差别說智迴向圓滿諸佛智慧是則名爲善根積集又舍利子心無所緣無生無起是心法性而能建立無量善法攝受色相如是名爲善根積集又舍利子心無所因亦無所生是心法性而能攝受覺分法因是則名爲善根積集又舍利子心性遠離六種境界亦不生起是心法性而能引發菩提境界因所生心是則名爲善根積集舍利子如是名爲菩薩摩訶薩依般若波羅蜜多故於一切心隨心觀察修習念住復次舍利子是菩薩摩訶薩又依般若波羅蜜多故於一切心住隨心觀爲求證得勝神通故繫縛其心修學通智得神通已但以一心而能善知一切心相既了知已依心自體宣說諸法舍利子如是住隨心觀菩薩摩訶薩以大悲力制御其心成熟衆生而無猒倦由是菩薩住隨心觀故不爲心盡不爲心滅安住於心但爲令心遠離生死相續結縛而安住心又復以諸心念智力安住諸法無生無起正決定性而不退墮二乘地中又以是力持心相續乃至成滿一切佛法一刹那心相應妙慧覺悟阿耨多羅

三藐三菩提如是舍利子是名菩薩摩訶薩依般若波羅蜜多於一切心隨心觀察修習念住復次舍利子菩薩摩訶薩修行般若波羅蜜多時云何於法隨法觀察修習念住舍利子是菩薩摩訶薩以聖慧眼觀見諸法乃至坐於道場於其中間無有迷失是菩薩於一切法住隨法觀不見少法遠離於空遠離無相遠離無願遠離無住遠離無起及以遠離無加行者又重觀察不見少法遠離緣起舍利子是菩薩摩訶薩安住如是隨法觀故不觀於法及以非法此中何者以之為法謂無我義是名法義無有情義無命者義無數取趣義如是等義是名為法復以何等為非法義所謂我見有情見命者見數取趣見斷見常見有見無有見如是等見是名非法又舍利子舉要而言一切諸法或名為法或名非法何以故若能了知如是諸法皆空無相及以無願即一切法並名為法若有計著我及我所諸見隨眠即一切法並名非法舍利子菩薩摩訶薩依般若波羅蜜多故住隨法觀已不見一法而非佛法而非是佛而非是道而非解脫而非出離者是菩薩摩訶薩了知諸法皆出離已又復獲得無障大悲觀諸衆生所有煩惱皆從虚假妄想而生知諸煩惱體性自離何以故是諸煩惱等趣了義無少煩惱可積可集如是隨覺即是菩提煩惱之性即菩提性菩薩如是雖安住念而無所住非憶非忘而能了知念所安住何以故所安住念即名法界若住法界即住有情界若住有情界即住虚空界由如是故說此諸法

與虛空等舍利子如是住隨法觀菩薩摩訶薩依趣佛法故信解諸法即是佛法雖復發起如是盡智而於無爲盡滅之法能不作證雖復發起無生之智愍諸含識而現受生又不捨離無生實際舍利子是菩薩摩訶薩於諸法中安住念故遍能攝受二乘諸法雖於一切假立諸法安住於念而此正念無散無失乃至後際於一切法隨法觀察修習念住能以無量言說所說不平等境平等趣入一切佛法能令一切衆生心喜能摧一切堅固魔軍因是證得自然大智舍利子是名菩薩摩訶薩修行般若波羅蜜多故於一切法隨法觀察修習念住是則名爲四種念住善巧之法如是舍利子菩薩摩訶薩欲得修行般若波羅蜜多者應當修習念住善巧

大寶積經卷第五十二

音釋

傲逸 傲五到切傲逸謂倨傲縱逸也　**資糧** 資津私切齎持也糧呂張切穀食也謂宣說止觀如齎持穀食以爲正法之資糧也　**燼** 徐刃切火餘也　**薄伽梵** 梵語也亦云婆伽婆多含不翻具六義焉一自在二熾盛三端嚴四名稱五吉祥六尊貴乃總衆德至尚之名也　**踰繕那** 梵語也亦名由旬此云限量如此方一驛地或四十里六十里八十里也踰音俞繕時戰切　**詭詐** 詭居洧切許側嫁切詭詐謂詭譎姦詐也　**構** 古候切架造也　**顰蹙** 顰毗賓切蹙子六切愁貌謂顰眉蹙頞也　**輕懱** 懱莫結切輕懱謂輕易陵懱也　**饕餮** 饕土刀切貪財曰饕餮他結切貪食曰餮　**軶** 於革切　**憒閙** 憒古對切心亂也閙女教切不靜也　**狹劣** 狹胡甲切隘也劣龍輟切弱也

大寶積經卷第五十三

唐三藏法師玄奘奉　詔譯

菩薩藏會第十二之十九

般若波羅蜜多品第十一之四

復次舍利子云何菩薩摩訶薩四正勝道善巧舍利子菩薩摩訶薩以修般若波羅蜜多故道有四種何等爲四一者未生惡不善法爲不生故便生欲樂勇猛策勵發勤精進攝持於心平等安住二者已生惡不善法爲永斷故便生欲樂勇猛策勵發勤精進攝持於心平等安住三者未生善法爲生起故便生欲樂勇猛策勵發勤精進攝持於心平等安住四者已生善法令住不忘修習圓滿便生欲樂勇猛策勵發勤精進攝持於心平等安住舍利子如是四種又亦名爲四種正勝復次舍利子云何名爲未生惡不善法爲不生故乃至攝持於心平等安住舍利子所言未生惡不善法爲不生故便生欲樂勇猛策勵者是謂如理作意故發勤精進者是謂不捨如理作意故攝持於心平等安住者是則名爲如理觀察何以故由如理方便故惡不善法不復現行舍利子何等名爲惡不善法復以何義惡不善法不復現行舍利子惡不善法所謂尸羅戒所對治定所對治慧所對治云何名爲戒所對治舍利子言對治者所謂犯戒及餘一切發趣毀犯尸羅之法諸妙戒聚之所對治如是名爲戒所對治舍利子何等名爲定所對治所謂違犯軌則及餘一切引心亂法諸妙定聚所對治法如是名爲定所對治舍利子何等名爲慧所對治所謂毀

犯於見及餘一切能引諸見纏障蓋法諸妙慧聚之所對治如是名爲慧所對治舍利子諸如是等並得名爲惡不善法若諸所有如理作意不令如是惡不善法得生起者是則名爲惡不善法不復現行舍利子是名菩薩摩訶薩第一正勝復次舍利子云何名爲已生惡不善法爲求斷故乃至攝持於心平等安住舍利子若諸惡不善法積集於心無方無處及諸惡不善法現行覺心依止於因緣所緣境而得生起何等名爲緣境生起所謂因淨妙相而起貪心損壞相故而起瞋心無明相故而起癡心爾時菩薩便住如是如理思惟不淨相故貪欲寂靜慈愍相故瞋恚寂靜緣起相故愚癡寂靜是諸煩惱雖由作意求息滅故假立言說名爲寂靜而實寂靜無別可得但爲斷滅平等性故現觀諸法即以此法而名正勝舍利子是名菩薩摩訶薩第二正勝復次舍利子云何名爲未生善法爲欲生故乃至攝持於心平等安住舍利子如是義者文句無量何以故善薩摩訶薩無量善法皆應積集由是文句而無有量舍利子當知菩薩一切善根樂欲爲本由精進故便能積集一切善根何以故由如是法攝持安住故一切善根皆得究竟舍利子是名菩薩摩訶薩第三正勝復次舍利子云何名爲已生善法令住不忘修習圓滿便生欲樂乃至攝持於心平等安住舍利子如是義者當知即是迴向菩提何以故由迴向菩提所有善根無復失壞故所以者何以彼菩薩不依三界而發心故舍利子若諸菩薩不依三界修

習善根又復迴向一切智者當知所有一切善法則爲究竟無能有盡舍利子是名菩薩摩訶薩第四正勝舍利子菩薩摩訶薩爲欲修行般若波羅蜜多故精勤修習如是四種道分善巧復次舍利子云何菩薩摩訶薩五分道善巧舍利子何等爲五所謂信根精進根念根定根慧根是名爲五舍利子云何名爲菩薩摩訶薩修行般若波羅蜜多信根舍利子如是信者信四種法何等爲四一者信受如是處生死中世間正見由此信故菩薩摩訶薩依趣業報乃至失命因緣終不興意造諸惡業二者信受如是諸菩薩行由此信故修行正行終不起意樂證餘乘三者信受如是勝義了義甚深緣起一切諸法無我無有情但是言說之所假立唯空無相無願之相由此信故有情見趣及諸隨眠不復增長四者信受如是力無畏等一切佛法既信受已離疑離惑修習一切所有佛法舍利子如是等相是名菩薩摩訶薩信根舍利子云何名爲菩薩摩訶薩修行般若波羅蜜多精進根所謂信所信法由精進根而得生起即以此法名精進根舍利子云何名爲菩薩摩訶薩修行般若波羅蜜多念根所謂諸法由於精進之所積集以念根力而不失壞即以此法而爲念根舍利子云何名爲菩薩摩訶薩修行般若波羅蜜多定根所謂諸法由念根力所不失壞即彼諸法以定根故攝住一緣故名定根舍利子云何名爲菩薩摩訶薩修行般若波羅蜜多慧根所謂諸法由定根故攝住一緣即彼諸法以慧根力觀達明了故

名慧根舍利子菩薩摩訶薩若具如是五增上根無間相續修行正行能速圓滿一切佛法亦速趣入授記莂地舍利子譬如外道具五通仙若諸胎藏男女二形猶未生起終不爲彼妄有授記如來亦爾若諸菩薩未具成就如是五根無間相續終不爲彼而授記也舍利子如是等相是名菩薩五分道法菩薩摩訶薩爲欲修行般若波羅蜜多故便能修習如是五分道善巧復次舍利子菩薩摩訶薩以依般若波羅蜜多故道善巧者復有五分何等爲五所謂信力精進力念力定力慧力是名爲五舍利子云何名爲菩薩摩訶薩信力舍利子是諸菩薩清淨勝解信受決定堅固難壞不可制伏設有惡魔化爲佛像到菩薩所爲作障礙令是菩薩於正法智及勝解脱欲使遠離情不欲樂又作是言如是法者非佛正教舍利子假使四大之性互相轉變終不能使成就信力勝解菩薩爲魔惑故信力傾動舍利子如是名爲菩薩摩訶薩信力復次舍利子云何菩薩摩訶薩精進力舍利子所謂菩薩發勤精進方便修習一切善法於彼諸處獲得堅固住持之力由是力故乃至彼處所爲之事未終究竟於其中間無有一切天及世間於是菩薩住持之力能令移動不住本處舍利子如是名爲菩薩摩訶薩精進力復次舍利子云何菩薩摩訶薩念力舍利子諸菩薩等於彼彼法由安住念令心安住無有能令移動散亂是菩薩摩訶薩由念持力善能摧滅一切煩惱而無有能制伏此念舍利子如是名爲菩薩摩訶薩念力

復次舍利子云何菩薩摩訶薩三摩地力舍利子諸菩薩等安住遠離諸靜慮支雖復觀察一切音聲諸語業道及音聲刺而不能障最初靜慮是諸菩薩雖以如是一切善法尋伺推求無量諸法而不能障第二靜慮是諸菩薩雖復安住所生歡喜而不能障第三靜慮是諸菩薩雖爲成熟一切衆生攝受正法不住於捨而不能障第四靜慮舍利子菩薩摩訶薩安住如是四種靜慮一切靜慮所對治法不能制伏又是菩薩雖於三摩地安住不捨而不隨彼定力受生舍利子如是名爲菩薩摩訶薩三摩地力復次舍利子云何菩薩摩訶薩慧力舍利子是智慧力堅固難拔所謂一切世間出世間法所不制伏如是智力又是菩薩生生之處乃至世間已行正行善巧業處難作難解而諸菩薩於彼一切不由師教現前了知舍利子是諸菩薩又於一切出世間法謂能救度諸世間者菩薩摩訶薩以智慧力悉能攝受不爲一切世間天人之所制伏舍利子是名菩薩摩訶薩慧力如此等相是則名爲菩薩摩訶薩五分道善巧舍利子是諸菩薩摩訶薩爲欲修行般若波羅蜜多故精勤修習如是五分道善巧復次舍利子云何菩薩摩訶薩修行般若波羅蜜多覺分善巧舍利子菩薩摩訶薩有七種覺分何等爲七所謂念覺分擇法覺分精進覺分喜覺分安覺分等持覺分捨覺分是名菩薩摩訶薩七種覺分舍利子云何名爲菩薩摩訶薩念覺分所謂諸菩薩由依如是正念力故隨覺諸法觀察諸法尋思諸法了達諸

法揀擇諸法鑒照諸法是菩薩摩訶薩由念力故隨覺一切諸法體相舍利子何等名爲了達諸法自體相智謂由念力覺一切法自體相空若諸菩薩通達此者是則名爲念覺分法復次舍利子云何名爲菩薩摩訶薩擇法覺分謂諸菩薩具足揀擇八萬四千諸法藏智隨彼諸法應當揀擇如是揀擇所謂了義如是了義由不了義不了義者由世俗義世俗義者由勝義義勝義義者由假施設假施設者由勝決擇此勝決擇是名揀擇舍利子若諸菩薩成就此者如是名爲擇法覺分復次舍利子云何名爲菩薩摩訶薩精進覺分所謂菩薩即於如是念擇進喜安定捨智攝受欣樂勇猛勢力欲無退減正勤策勵不捨善梔爲道現觀所發正勤舍利子若諸菩薩成就此者如是名爲精進覺分復次舍利子云何名爲菩薩摩訶薩喜覺分謂由菩薩於法生喜便喜悅法由喜悅法故心不沉没不沉没故生清淨喜由喜清淨故身心安隱離諸煩惱舍利子若諸菩薩成就此者如是名爲喜覺分法復次舍利子云何名爲菩薩摩訶薩安覺分所謂菩薩由身安故獲得心安由心安故息諸煩惱遠離一切所有蓋障於所緣境其心安住如是便入於三摩地舍利子若諸菩薩成就此者是則名爲安覺分法復次舍利子云何名爲菩薩摩訶薩三摩地覺分所謂菩薩以是定心覺知於法非不定心何以故若心得定覺了諸法終不發起諸愛見等纏障邪覺唯除於法平等實性心定趣入覺一切法平等之性舍利子若諸菩

薩成就此者如是名爲三摩地覺分法復次舍利子云何名爲菩薩摩訶薩捨覺分法所謂菩薩於能順憂喜分法心無執著於諸世法心不攝受不高不下安住不動無欣無猒無愛無恚唯能隨順修習聖道若諸菩薩成就此者是則名爲捨覺分法如是舍利子菩薩摩訶薩欲於是等七覺分法通達善巧故便樂修行般若波羅蜜多精勤修習覺分善巧復次舍利子云何菩薩摩訶薩修行般若波羅蜜多道分善巧舍利子菩薩摩訶薩具足如是八聖道分何等爲八所謂正見正思惟正語正業正命正精進正念正三摩地如是名爲諸菩薩等八聖道分舍利子云何名爲菩薩摩訶薩正見舍利子謂衆賢聖出世間見如是見者非我見起非有情見起非命者見起非數取者見起非斷見起非常見起非有見起非無有見起非善見起非不善見起乃至非涅槃見起舍利子若諸菩薩遠離此見是則名爲菩薩正見復次舍利子云何菩薩摩訶薩正思惟舍利子若諸菩薩由此思惟則能發起貪瞋癡等一切煩惱如是思惟終不發起若諸菩薩由此思惟便能生長戒聚定聚慧聚解脫聚解脫知見聚等諸功德者如是思惟諸菩薩等恒常發起舍利子若有菩薩成就此法是則名爲正思惟分復次舍利子云何名爲菩薩摩訶薩正語舍利子謂諸菩薩如是語言不自損惱不損惱他不與衆生共相交諍由是菩薩成就是語能入聖道故說名爲菩薩正語復次舍利子云何名爲菩薩摩訶薩正業舍利子謂諸菩薩

終不造作黑黑報業若業能感白淨果報若業能盡一切諸業如是業者方便發起舍利子是諸菩薩即以此業而爲自業業爲依趣精勤方便修平等業如是名爲菩薩正業復次舍利子云何名爲菩薩摩訶薩正命舍利子謂諸菩薩所有聖種杜多功德不諂不誑無懷浮詐於諸乞求性離逼切易滿易養於彼軌則奉而修行不生縵緩於他利養不興嫉妬於自利養而生知足於聖所開不深染著而常清淨自守命行舍利子若諸菩薩成就此者是則名爲菩薩正命復次舍利子云何菩薩摩訶薩正精進舍利子是諸菩薩若於聖者所不開許貪瞋癡等煩惱隨眠及諸邪行於是法中發勤精進者菩薩不樂行於精進若諸正勤爲聖諦攝趣入聖道能至涅槃引發正行如是精進爲諸菩薩所樂修學即以此法名正精進復次舍利子云何名爲菩薩摩訶薩正念舍利子謂有諸念極善安住性非下劣心善正直無有邪曲能觀生死所有過患與大涅槃爲歸趣路若諸菩薩於如是念恒正憶持爲令聖道不忘失故即以此法名爲正念復次舍利子云何名爲菩薩摩訶薩正三摩地舍利子三摩地者若於正性平等則於一切法平等諸菩薩等安住如是三摩地已爲欲解脫一切衆生故趣入正性如是正定是無盡道過去未來現在諸佛爲諸菩薩證現觀故宣說開示是則名爲菩薩正定舍利子是名菩薩摩訶薩八聖道分若諸菩薩摩訶薩爲欲修行般若波羅蜜多者應勤修是八聖道分善巧

復次舍利子菩薩摩訶薩以修行般若波羅蜜多故修道善巧道善巧者復有二種何等爲二謂奢摩他及毗鉢舍那是名爲二舍利子何等名爲奢摩他道舍利子謂諸菩薩其心寂靜深極寂靜最勝寂靜無有散亂諸根憺怕不掉不舉離諸躁擾及以惛沉安靜密護離諸諂曲調順堪能樂常獨處離彼諠鬧樂遠離行身無塵染心無惑亂於寂靜門思惟作意離諸惡欲無所希望遠諸大欲歡悅知足正命清淨正行圓滿容護威儀知時知分易養易滿善知其量常樂思擇無高無下弊鄙麤言性能堪忍於相應門發心安住樂處閑室於靜慮分作意緣念生起大慈引發大悲安住大喜修習大捨從初靜慮乃至八定次第證入若諸菩薩成就此者如是名爲奢摩他道舍利子菩薩摩訶薩復有無量諸奢摩他資糧正行諸菩薩等於此資糧方便趣入如是又名奢摩他道復次舍利子云何名爲毗鉢舍那道謂諸菩薩於妙慧分修習聖道於諸法中發起如是無作觀智又復發起無我無有情無命者無數取觀智於諸蘊中起法觀智於諸界中起法界觀智於諸處中起空聚落觀智於諸眼中起照了觀智於緣起中起不相違觀智於諸見趣起遠離觀智於諸因果起業報觀智於所應得果起作證觀智於所入正性起趣入觀智舍利子毗鉢舍那者所謂於諸法中起如理見於諸法中起眞實見於諸法中起不變異見於諸法中而起空見於諸法中起無相見於諸法中起無願見又舍利子毗鉢舍那者非以有因

故觀非以無因故觀非以生滅住因故觀非以有所得因故觀何以故菩薩於此都無所觀而復觀察不見而見見而不見舍利子若諸菩薩作是觀者名如實觀名眞實見亦名證得毗鉢舍那善巧方便舍利子菩薩摩訶薩於此觀中雖復發起如是觀解而不墮彼無所爲作亦不遠離善根加行若諸菩薩成就是者是名菩薩摩訶薩毗鉢舍那舍利子菩薩摩訶薩爲欲修行般若波羅蜜多故精勤修習奢摩他毗鉢舍那道法善巧復次舍利子菩薩摩訶薩道相如是我若略說菩薩道者則唯有一趣道善巧舍利子何等是耶所謂菩薩獨拔衆表無有與等不假伴助爲證阿耨多羅三藐三菩提故由自攝受精進勢力清淨欲解被堅固鎧何以故由是菩薩不由他悟不緣於他自所建立自力所起嚴備如是堅固甲鎧舍利子是諸菩薩興發是念如是甲鎧一切衆生所不能擐我今獨擐如是甲鎧一切賢聖諸新發意未住正位諸菩薩等所未曾擐我今獨擐爾時菩薩又作是念我於今者嚴備如是豈令布施自在度我我當自在度彼布施如是持戒忍辱精進靜慮及般若等豈令自在而度於我我當自在先度於彼又作是念我於今者豈令波羅蜜多發起於我我當發起波羅蜜多如是廣說一切善根皆當因我而便發起不令善根發起於我舍利子若諸菩薩摩訶薩於如是法不假伴助自能建立謂我獨一無有等者當坐堅固勝金剛座自以勢力摧伏魔軍用一刹那相應妙慧當證無上正等菩提舍利

子若諸菩薩起如是等欲解方便決定觀察是名菩薩摩訶薩趣一道善巧舍利子菩薩摩訶薩爲欲修行般若波羅蜜多故修習如是趣一道善巧舍利子諸如是等道善巧相諸菩薩摩訶薩爲欲修行般若波羅蜜多故修習如是道法善巧復次舍利子云何菩薩摩訶薩緣起善巧舍利子謂諸菩薩依般若波羅蜜多修緣起者處寂靜室作是思惟如是世間純大苦聚從於何所而得集起既思惟已便自了知如是苦聚由不如理作意集故無明集起無明集故諸行集起諸行集故諸識集起諸識集故名色集起名色集故六處集起六處集故諸觸集起諸觸集故諸受集起諸受集故諸愛集起諸愛集故諸取集起諸取集故諸有集起諸有集故而生集起生集起故老死愁歎憂苦逼惱皆悉集起舍利子菩薩摩訶薩復作是念如彼諸法雖復集起無作無用無有主宰如是諸法諸善爲因不動爲因涅槃爲因彼一切法從緣生起無有主宰亦復如是若諸衆生下根爲因中根爲因上根爲因諸業爲因因果流轉亦復如是舍利子如是一切所有因法因緣和合而得集起菩薩一切悉能了知如是名爲緣起善巧舍利子菩薩摩訶薩又作是念由何滅故彼諸法滅既思惟已便自了知由不如理作意滅故而無明滅無明滅故諸行便滅諸行滅故乃至純大苦聚滅舍利子若能了知如是法智是則名爲緣起善巧舍利子是諸菩薩又作是念因依正法依止諸緣依止和合得修諸善是法若由諸因和合依止諸

緣則此法等不依止我不依有情不依命者不依數取是則此法不可稱量舍利子諸菩薩等若能如是如理觀察是則名爲緣起善巧又復觀察一切佛法皆菩提相緣所起相觀諸緣起皆盡滅相以能觀待諸衆生故而不趣入畢竟寂滅是則又名緣起善巧舍利子是諸菩薩摩訶薩爲欲修行般若波羅蜜多故修習如是緣起善巧復次舍利子云何菩薩摩訶薩一切法善巧舍利子菩薩摩訶薩修行般若波羅蜜多故於一切法遍攝一切有爲無爲菩薩摩訶薩於如是等有爲無爲一切諸法應修善巧舍利子云何菩薩摩訶薩有爲善巧所謂妙善身行妙善語行妙善意行是則名爲有爲善巧云何名爲無爲善巧即以如是妙善身語及以意行迴向畢竟無爲菩提迴向無爲菩提妙觀又復迴向於薩伐若是則名爲無爲善巧復次舍利子菩薩摩訶薩有爲善巧者即是積集五到彼岸何等爲五所謂布施持戒忍辱精進靜慮波羅蜜多是名有爲若由般若波羅蜜多無爲智故則五到彼岸不可猒毀如此妙智又能積集諸到彼岸資糧善法信解無漏無上菩提及以迴向一切智智是則名爲無爲善巧復次舍利子菩薩摩訶薩有爲善巧者所謂以無礙光照諸衆生以四攝法攝諸衆生是名有爲若觀諸法無我無有情無取無執於四攝法方便善巧愛樂信受無爲等覺及以迴向一切智智是則名爲無爲善巧復次舍利子菩薩摩訶薩有爲善巧者所謂不斷能令生死相續結縛而復永斷能令生死相

續煩惱任持菩提結縛相續一分結縛不復現行是名有爲善巧若復修習空無相願諸法正智現觀善巧無上菩提不由他緣於無爲法而復作證是則名爲無爲善巧復次舍利子菩薩摩訶薩有爲善巧者謂諸菩薩雖行三界而不爲彼三界煩惱之所染汙如是名爲有爲善巧雖具通達一切三界出離之法而不墜墮出離界中是則名爲無爲善巧舍利子菩薩摩訶薩一切法善巧者是則名爲一切智智若諸菩薩圓滿證入一切智智即一切時智慧善巧即此名爲諸法善巧舍利子菩薩摩訶薩爲欲修行般若波羅蜜多故修習如是一切法善巧如是舍利子若有依菩薩藏修行般若波羅蜜多菩薩摩訶薩爲欲修行般若波羅蜜多故依慧分別善巧通達修習如是十種善巧

復次舍利子云何名爲菩薩摩訶薩妙慧云何名爲到彼岸義舍利子所言慧者謂能解了一切善法是現見慧隨順通達一切法故是眞量慧如實通達一切法故是通達慧一切見趣諸纏縛法不爲障故是離願慧永離一切欲求願故是安悅慧永息一切諸熱惱故是歡喜慧緣法喜樂無斷絶故是依趣慧於諸義智皆現見故是建立慧建立一切覺品法故是證相慧隨其所乘證得果故是了相慧善能照了是智性故是濟度慧救度一切諸暴流故是趣入慧能趣正性無生法故是策勵慧振發一切諸善法故是清澄慧離先隨眠煩惱濁故是最勝慧昇陟一切諸法頂故是微妙慧以自然智隨覺法故是離行

慧更無雜染三界法故是攝受慧一切賢聖所攝受故是斷願慧除遣一切相分别故是捨逸慧遠離一切愚黑闇故是方便慧安住一切瑜伽師地者所成就故是發趣慧當住一切聖智道故是照明慧除滅一切無明暴流翳闇瞙故是施眼慧開導一切猶如眼故是無漏慧慧眼超過邪僻路故是勝義慧照了如是大聖諦故是無别慧善調順故是光明慧諸智門故是無盡慧遍於一切隨行照故是無滅慧常廣見故是解脱道慧永斷一切取執縛故是不離處慧不與一切煩惱障法而同止故舍利子如是慧相我今略說當知菩薩摩訶薩更有無量無邊諸慧何以故舍利子如是乃至一切衆生所有心行當知菩薩摩訶薩亦有爾所慧業智行如是乃至一切衆生所有欲解當知菩薩摩訶薩亦有爾所慧觀察智如是乃至一切衆生所有諸煩惱門當知菩薩摩訶薩亦有爾所廣大慧門如是乃至一切聲聞獨覺及正等覺所有遍智當知菩薩摩訶薩亦有爾所慧所行處舍利子如是等一切慧處諸菩薩摩訶薩皆於其中精勤修學是則名爲菩薩妙慧復次舍利子云何名爲菩薩摩訶薩到彼岸義舍利子如是乃至一切所知諸妙善法能到彼岸者當知皆是到彼岸義又舍利子如上廣說一切慧句應知皆是到彼岸義又諸菩薩修行差别圓滿之義當知皆是到彼岸義如是一切智智圓滿之義當知皆是到彼岸義於諸一切爲無爲法無執著義當知皆是到彼岸義能善覺悟無量生死大過失義當知

皆是到彼岸義一切諸法有能開悟不覺者義當知皆是到彼岸義有能開示無窮盡法寶藏義者當知是爲到彼岸義無障解脫圓滿義者當知是爲到彼岸義覺悟布施持戒忍辱精進靜慮慧平等義當知是爲到彼岸義最勝決擇善巧義者當知是爲到彼岸義遍行一切衆生界義是則名爲到彼岸義無生法忍圓滿之義是則名爲到彼岸義不退轉地究竟滿義是則名爲到彼岸義清淨修治諸佛土義是則名爲到彼岸義成熟一切衆生義者是則名爲到彼岸義往詣道場昇菩提座義是則名爲到彼岸義畢竟摧伏諸魔軍義是則名爲到彼岸義一切佛法皆圓滿義是則名爲到彼岸義於菩薩藏差別法門正安住義是則名爲到彼岸義舍利子若於如是大菩薩藏微妙法門正修覺已我說是等則於一切波羅蜜多皆得究竟

復次舍利子若有安住大乘諸善男子及善女人皆當於是大菩薩藏微妙法門殷勤請求受持讀誦通達義理廣爲他說分別顯示何以故舍利子若有於是菩薩藏經殷重聽聞受持讀誦乃至爲他分別解說者當知是人必定獲得十種功德稱讚利益何等爲十一者在在所生一切微妙功巧業處究竟通達二者在所生處常居高族榮望當世三者所生之處有大威嚴勢力自在四者凡所言令一切皆從無不信伏五者所生之處具大豪富六者在所生處恒爲天人所加愛敬七者生處人中常爲輪王得大自在八者所生常得爲天帝釋九者若生色界爲大梵王十

者在所生處常不遠離大菩提心舍利子受持經者則爲獲得十種功德稱讚利益復次舍利子是諸善男子善女人等受持是經殷重聽聞讀誦解義乃至爲他廣説開示當知是人復得如是十種功德稱讚利益何等爲十一者不與尼伽蘭陀耶論相雜二者不起我見三者無有情見四者無命者見五者無數取見六者不起斷見七者不起常見八者一切世務情無顧及九者恒發勝心樂欲出家十者若聞經典速能受持恒悟解深義舍利子是名獲得十種功德稱讚利益復次舍利子是善男子善女人等受持是經殷重聽聞讀誦解義乃至爲他廣分别説當知是人復得如是十種功德稱讚利益何等爲十一者成就正念二者成就正覺三者成就正趣四者成就志勇五者成就正慧六者得具無難七者憶本生事八者性薄貪欲無猛利貪不爲重貪之所燒惱九者性薄貪瞋無猛利瞋不爲重瞋之所燒惱十者性薄愚癡無猛利癡不爲重癡之所燒惱舍利子是名獲得十種功德稱讚利益復次舍利子是善男子善女人等受持是經殷重聽聞讀誦解義乃至爲他廣分别説當知是人復得如是十種功德稱讚利益何等爲十一者成就機速慧二者成就捷辯慧三者成就猛利慧四者成就迅疾慧五者成就廣博慧六者成就甚深慧七者成就通達慧八者成就無著慧九者常現前見一切如來旣得見已以清美頌而爲讚歎十者善能如理請問如來又能如理開釋疑難舍利子是名獲得十種功德稱讚

利益復次舍利子是善男子善女人等受持是經讀誦解義乃至爲他廣分別說當知是人復獲如是十種功德稱讚利益何等爲十一者常樂遠離諸不善友二者常樂親近諸善知識三者能緩諸魔所有繫縛四者摧殄諸魔所有軍陣五者善能訶猒一切煩惱六者於一切行心恒捐捨七者違背一切向惡趣道八者歸向一切趣涅槃道九者善說一切越度生死清淨之施十者巧能隨學一切菩薩所行軌則又能奉行諸佛教勑如是名爲十種功德稱讚利益舍利子若有善男子善女人能於如是大菩薩藏微妙法門殷重聽聞受持讀誦研尋義趣明了通達復能爲他廣說開示當知是人則爲獲得如上功德稱讚利益爾時世尊欲重宣此義而說頌曰

諸聰叡者慧無邊　妙能通達法及義
尊勝文詞善圓具　由持如是大經王
常獲豐饒法寶藏　恒欣悅意行法施
發生最上勝歡喜　由持如是大經王
多衆生聞說法者　證斯廣大勝功德
我當云何說是法　如持經者之所獲
諸獲如斯最勝慧　於正法所終無壞
由念發生微妙智　能說無上智依處
勤求善說正法句　最勝衆聖所稱讚
常聞發起超勝行　由持如是大經王
慧者聞已持深義　於諸文句無妄執
常隨理趣而觀照　增長妙智量無邊
無邊妙智無邊義　第一義解諒難思
遍遊十方廣稱讚　聞經勝利無窮盡
極善微薄貪瞋癡　獲得第一心清淨

由聞如是大經王　功德勝利無邊際
雖獲勝財無放逸　稱量財義誰堅固
深達世財非有實　於財無戀趣非家
出詣閑靜住中林　於彼惛沉常遠離
聽聞淨法曾無猒　靜慮正教無慳恡
請問疑難世導師　聞已爲他廣開釋
由斯增長微妙智　於白淨法終無退
如是舍利子諸菩薩摩訶薩爲欲修行般若波羅蜜多故於是經典精進修學行菩薩行是名菩薩摩訶薩於般若波羅蜜多方便修學正法之要

大寶積經卷第五十三

音釋

策勵　策楚革切勵力制切策勵謂策進勉勵也
記莂　莂筆列切記莂謂授將來成佛之記劫國名號之莂也
梔　於華切
縵緩　縵莫晏切緩胡管切縵緩謂舒緩遲緩也
憺怕　憺音淡怕傍各切憺怕恬靜無爲貌
躁擾　躁則到切急躁也擾而沼切煩擾也
惛沉　惛呼昆切惛沉謂心不明了而沉沒也
鎧　可亥切甲也
擐　胡慣切貫也

大寶積經卷第五十四

唐三藏法師玄奘奉　詔譯

菩薩藏會第十二之二十

大自在天授記品第十二

爾時佛告舍利子往昔過去大蘊如來應正等覺爲精進行童子廣說如是四無量法及說六波羅蜜多已爾時彼佛復告精進行童子云何菩薩摩訶薩隨攝法轉童子當知菩薩摩訶薩具足如是四攝之法由是法故菩薩摩訶薩恒處長夜攝諸衆生何等爲四所謂布施愛語利行同事如是名爲四種攝法童子云何名爲如是攝法童子所言施者具有二種一者財施二者法施是爲布施言愛語者謂於一切諸來求乞或樂聞法菩薩悉能愛語慰喻言利行者謂能滿足若自若他所有意樂言同事者隨已所有智及功德爲他演說攝受建立一切衆生令其安住若智若法復次童子言布施者於來乞求諸衆生所心意清淨言愛語者於來乞求諸衆生所善言安慰言利行者隨諸衆生所有義利皆令成熟言同事者於來乞求諸衆生所行平等心成其義利復次童子言布施者謂諸菩薩發意行捨言愛語者方便無斷言利行者深心無悔言同事者迴向大乘復次童子言布施者謂隨慈心而行於捨言愛語者常不捨離歡喜之心言利行者成就大悲心恒欣樂利衆生事言同事者修捨平等無有高下心恒迴向一切智智復次童子言布施者如法求財常思行捨拯濟貧乏言愛語者既施財已重復安處令住法義言利行者自利利

他平等攝取言同事者爲欲利益諸衆生故究竟發起一切智心復次童子言布施者一切所有内外諸法悉皆捨離言愛語者於一切法功德智慧無所秘惜言利行者棄捨自利專務利他言同事者總攝財物如置掌中隨緣惠施情無憂慼復次童子言法施者如所聞法廣爲他説言愛語者以無染心分別開示言利行者謂爲於他授誦經典乃至説法無有猒倦言同事者以不捨離一切智心安置含生於正法所復次童子所言法施若爲徃返求聽法者如佛正教不亂宣説言愛語者以微妙音開示正法言利行者謂以衣服飲食牀敷醫藥及餘隨用什物衆具於求法者及説法者但有匱乏即便給施言同事者常起深心無間説法復次童子言法施者由是菩薩了知法施諸施中上常行法施言愛語者謂所演説利益之事言利行者演暢其義不依於文言同事者欲令圓滿一切佛法常爲衆生如應敷化復次童子言布施者所謂檀那波羅蜜多言愛語者所謂尸羅波羅蜜多及以羼底波羅蜜多言利行者所謂毗利耶波羅蜜多言同事者所謂靜慮波羅蜜多及般若波羅蜜多復次童子言布施者謂初發心一切菩薩言愛語者謂已發行一切菩薩言利行者謂不退轉一切菩薩言同事者所謂繫屬一生諸大菩薩復次童子言布施者爲欲堅固菩提根本言愛語者爲欲成就菩提萌芽言利行者爲欲開發菩提妙華言同事者爲欲成熟菩提勝果如是童子是名菩薩摩訶薩四種攝法菩薩摩訶薩爲

欲修行大菩提故以如是等四攝之法處於長夜攝受衆生是名菩薩摩訶薩隨攝法轉童子如是攝法無量無邊皆說名爲菩提之道舍利子爾時薄伽梵大蘊如來應正等覺爲是精進行童子開示如是大菩提道時彼童子具於佛所聞是法已又聞讚說過去未來現在諸佛得大歡喜即以上妙衣服餚膳飲食牀敷醫藥什物衆具持以奉獻大蘊如來及聲聞衆如是乃經九十六拘胝歲供養恭敬尊重讚歎又復興發菩提大願雖作如是無量功德而大蘊如來未與童子授於阿耨多羅三藐三菩提記舍利子汝謂彼時精進行童子豈異人乎勿作餘疑即我身是也我於彼佛所以諸供養奉佛及僧經爾所歲又復發起大菩提願然彼如來不授我記汝於來世當得作佛號釋迦牟尼如來應正等覺舍利子從大蘊如來滅度之後經阿僧企耶劫爾時有佛出興于世名曰寶性如來應正等覺明行圓滿善逝世間解無上丈夫調御士天人師佛薄伽梵舍利子寶性如來有八十那庾多聲聞弟子共會說法一切皆是大阿羅漢諸漏已盡無復煩惱乃至其心自在證得第一波羅蜜時彼世中有轉輪聖王名曰善見七寶來應所謂成就金輪乃至主將兵寶是善見王以其輪寶威四天下正法治世名爲法王仁德育物衆所欣重國界人民居住寬博所治大城名曰圓滿東西長十二踰繕那南北廣七踰繕那安隱豐樂人民熾盛甚可愛樂多諸財寶資具充溢爾時城中有大長者名曰善慧其家巨富財寶充積

已曾供養過去諸佛殖衆德本舍利子時薄伽梵寶性如來觀是長者深心欲解作是思惟此大長者善根已熟堪爲如是大菩薩藏法門之器又是諸佛正法之器既了知已便往其所現大神變上住虛空結跏趺坐爲彼長者開菩提道人復讚說過去未來現在諸佛舍利子爾時善慧聞佛開示大菩薩道又聞讚說三世佛已獲得廣大歡喜淨信即以上妙衣服餚膳飲食及餘資具以用奉獻寶性如來及弟子衆經於千歲供養恭敬尊重讚歎又復興起阿耨多羅三藐三菩提微妙大願雖作如是廣發衆行然彼如來未爲授記舍利子汝謂爾時善慧長者豈異人乎勿餘異疑即我身是也我於爾時雖以種種供養奉佛及僧并起廣大菩提勝願然彼如來不授我記云於來世當得作佛號釋迦牟尼如來應正等覺舍利子自寶性如來滅度之後經阿僧企耶劫有佛出世名曰放光如來應正等覺明行圓滿善逝世間解無上丈夫調御士天人師佛薄伽梵舍利子以何義故佛名放光舍利子當於爾時有王出世名曰勝怨所都大城名盛蓮華安隱豐樂人民熾盛財寶衆具充積流溢王有大臣婆羅門種名曰光主其家巨富財產倉庫具足盈滿而是大臣爲勝怨王偏所愛重欣慕其德常所見遇情無猒逆舍利子時勝怨王割所王國四分之一賜此大臣封以爲王時光主王治于小國以法御世不行邪枉舍利子是光主王於後異時誕生太子形貌端正衆所樂觀成就第一圓滿淨色以三十二大丈夫相具

足莊嚴又於王子一切身分皆放光明猶如日輪之所照曜因爲立號名曰放光舍利子時光主王召集國中諸婆羅門善占相者皆悉集已便示王子令其相之諸婆羅門既覩相已便作是言令此王子定當作佛時光主王即以王子付諸養母其後不久身相長大聰叡明達時淨居天處色究竟天宮以通智力知是王子將登正覺便於彼沒來至放光王子菩薩所止處已右遶菩薩即於其前說是頌曰

非謂安處大王宮　能生清淨勝功德
要假仙幢袈裟相　果證無上妙菩提
盛壯須臾若流逝　迅速過於大猛風
不可喜樂弊衰老　摧壞世間之所愛
衰老能令薄勢力　難得欣樂趣非家
大仙今者極盛年　宜當及時發精進
善哉善哉大慧者　善哉善哉大超悟
善哉善哉速出家　定成堅固等正覺

舍利子時放光菩薩摩訶薩爲淨居天所開悟已以清淨信趣於非家當出家夜即成阿耨多羅三藐三菩提時彼世尊便以如是廣大名稱出現世間號曰放光如來十號具足爲諸天人之所讚頌時勝怨王聞光主王子出家修行證得無上正等菩提名曰放光即便往告光主王言我聞卿子出家成佛不審世尊大慈悲故能來降不若不垂愍至於此者我當嚴備四種力軍往如來所躬事奉敬舍利子時光主王即集大臣守衛軍衆具宣是事諸大臣言王於今者應自往詣放光如來諮問是事大悲世尊愍衆生故爲欲往彼

勝怨王所爲不往耶時光主王即便嚴駕與諸大臣侍衛導從往如來所既到彼已頂禮佛足即以上事具白世尊時放光如來告父王曰大王當知我今往詣勝怨王所慜衆生故舍利子時放光如來隨所樂欲別住一處勝怨王都即與二十拘胝大阿羅漢出詣彼國爾時父王亦備四種强力軍衆隨從佛後辦具種種上妙衣服餚膳飲食牀敷醫藥及餘資具供佛及僧乃至隨逐如來到已王領國界之際便禮佛足遶無數帀涕泣哽噎辭退而還時勝怨王聞放光如來與諸大衆將來詣此盛蓮華城即便嚴飾所都大城除去一切沙礫瓦石清淨夷坦街巷道路掃灑修治極令莊嚴又以香水重增霑灑散布名華量齊人膝以妙香瓶列重於道敷置種種微妙寶衣於上虛空張施旛蓋作倡妓樂騰鬱充滿舍利子時勝怨王作如是等莊嚴綺飾盛蓮華城大王都已又下嚴勑擊鼓宣令於此王都城之內外所有華鬘及塗香等無令有人輒自受用并將出賣一切皆當奉獻供養放光如來若違此令當加重罰舍利子時勝怨王賫持種種華鬘塗香末香珍妙衣服幢旛寶蓋鼓擊種種諸妙音樂又設羽儀現大嚴備以王威勢出所都城爲欲瞻仰彼如來故并申禮拜陳諸供養與四衆軍及王城内所有婆羅門長者居士豪族類等往詣佛所既到彼已時勝怨王最先頂禮彼如來足復以種種華鬘塗香末香上妙衣服幢旛寶蓋供養如來自供養已復令王子大臣及諸侍衛婆羅門長者居士等亦如大王廣修供

養舍利子時勝怨王旣供養已具歡喜心具妙善心具離蓋心具適悦心與諸群臣而隨佛後舍利子爾時有婆羅門名曰珍寶住大雪山王側五百儒童以為弟子衆人所宗名德遠被善持藝術於三毗陀經達到彼岸又於尼揵荼書及計羅婆論分別字論伊底訶婆論五分記論隨順世論祠祀呪論丈夫相論於是等論皆善通達及以自宗師傅三明大教曉其理趣妙識開遮舍利子是婆羅門有一儒童近住弟子名曰迷伽受學珍寶備通幽旨藝術經論並皆明達智與師齊堪為導首時彼迷伽白其師曰大師當知所學經論皆已通達我今當返自所生地云何奉酬大師恩德時師告曰伐瑳迷伽夫為弟子欲報師恩當以財寶方陳厚意所謂何等若辦

五百羯利沙鉢那者足表深心舍利子爾時迷伽儒童受師教已致敬右遶辭退而行遍遊村城亭館國邑王都處處追覓謝師財寶旣具集已將陳酬報漸漸往詣盛蓮華城遥見王都種種嚴飾明發華麗甚可愛樂即問傍人今此王都有何盛事榮飾周布莊嚴乃爾傍人答曰卿不知耶今日放光如來應正等覺與八十拘胝大阿羅漢八萬四千諸大菩薩將入此城其中人民當行大施當與大福由斯事故致此莊嚴時迷伽儒童忽聞如是佛名之聲獲得廣大歡喜淨信竊自惟忖諸佛如來出世甚難極難得值遇烏曇華又似盲龜難遇浮孔百千大劫時或一遇我今奉見甚為希有定應以此五百羯利沙鉢那貿華散奉放光如來當更求財用酬師德舍

利子當於爾時有一女人齎持七莖殟鉢羅華從市而來迷伽告曰何處得此水生華來女曰我於其處賣華鬘所以五百羯利沙鉢那買得此華迷伽告曰今酬本價能與華不女曰不然又曰若不許者今有五百羯利沙鉢那汝當獨取此七莖華二人當共爲可爾不女曰卿用此華爲作何等告曰將用奉散放光如來女曰如卿所言從今已往於諸有趣常能降及爲我夫者當以此華持用相委爾時迷伽便報女曰止止女人勿作是說何以故汝女人性掉動輕轉多諸放逸汝之所言不足收採又我當於阿僧企耶劫修集佛法廣行布施或以金銀珍寶珊瑚末尼真珠瑠璃螺貝璧玉象馬駝驢牛羊群畜乃至或捨大國王位車輅服飾內宮妃后男女眷屬或捨手足耳鼻皮肉骨髓髻中明珠眼目頭首大略而言無有一切內外之物於我施門而不捨者或復有時當捨於汝入佛法中以信出家趣於非家汝性掉動輕轉放逸或當爾時於我大捨而爲障礙其女報曰審如所言我爲大利縱使卿今賣我此身乃至充一羯利沙鉢那者終無異心於施留礙或復割截我身段段施捨定無留礙修集佛法迷伽告曰若能如是此則爲可宜速與華爾時女人持華授與迷伽取華便即往詣放光佛所遥見如來與無量百千拘胝那庾多衆生前後圍繞威儀庠序導衆而前乃至以無量百千功德莊嚴從彼而來於世尊所心生淨信以無量種清淨歡喜深愛重心前詣佛所恭敬禮拜不勝欣慶又見多人以諸大價微妙

衣服為供佛故敷施行道便作是念我今雖無上妙衣服唯有所著弊鹿皮衣當敷道中藉如來足作是念已脫衣布地爾時諸人競取皮衣遠棄他所咸生嗤責云何為是含靈中寶敷設如此弊鹿皮衣時彼迷伽即便馳往四衢道邊泥濕之處取鹿皮衣敷置其上作如是念放光如來大慈悲者加哀憐我以遍照眼及遍照智賜觀所為希願以足蹈我衣上爾時如來愍其所念便以足趾蹈鹿皮衣迷伽見已心生慶悅踊躍歡喜即以所持殟鉢羅華用散其上於時復有無量天子住虛空中以天曼陀羅華殟鉢羅華鉢特摩華拘貿陀華奔荼利華及天栴檀末香俱散佛上作天音樂詠天清歌遍滿虛空大興供養時彼迷伽所散之華列住空中乃復變成無量千數殟鉢羅華葉皆垂下合成華蓋隨佛而行迷伽見已倍復踊躍心生淨信於如來前解十二年金色髮髻以布于地便發無上菩提大願若我來世當成如來應正等覺審不虛者惟願今者放光如來授手安慰又發堅固勢力弘誓作如是言若使如來不以足趾蹈金色髮授手安慰及不授我菩提記者我終不起即於此地乾枯命終舍利子爾時放光如來應正等覺具遍照眼及遍照智於三世中無事不達知彼迷伽意欲解已便舉足趾躡其髮上即便右顧如龍象迴告諸聲聞一切大眾汝等苾芻勿蹈其髮所以者何此儒童者却後過阿僧企耶劫當成如來應正等覺號釋迦牟尼舍利子是時迷伽聞佛授記歡喜踊躍上昇虛空高七多羅樹證得

百千那庾多拘胝無動諸定又以神通智力觀見東方過殑伽沙等無量諸佛皆爲授記作如是言儒童當知汝於來世經阿僧企耶劫當得作佛號釋迦牟尼如是南西北方四維上下周遍十方各如殑伽沙等無量如來皆如東方諸佛授記舍利子迷伽儒童既蒙諸佛授記安慰已從虛空下來詣佛所以信捨家趣於非家修習堅固清淨梵行舍利子汝今於此無生疑惑謂彼往世迷伽儒童是餘人乎勿作是觀即我爲彼儒童菩薩我於爾時以是五莖青色蓮華奉散彼佛復解金髮敷置道上與如來行便蒙授記是故舍利子若有菩薩摩訶薩欲得速受如來記者當於如是大菩薩藏微妙法門殷重聽聞受持讀誦通明義趣廣爲他說分別開示復應修

行無相正行何以故我憶往昔未得值遇放光佛前無有一切白淨行法不修行者雖作如是無量勤苦然不蒙佛爲我授記所以者何由修諸行皆有相故從是已後我方於是大菩薩藏微妙法門隨所聞已安住正行如是行者謂無相行無功用行無所得行行如是等無相行已放光如來乃爲授記舍利子我憶往昔最初得見放光佛時便得超過一切有相有功用行又初見佛便能隨覺一切法性又得通達一切諸法自性無生從是已後放光如來乃爲授記作如是言迷伽儒童汝於來世過阿僧企耶劫當得作佛號釋迦牟尼如來應正等覺舍利子當授記時我便證得無生法忍舍利子證得何等無生法忍所謂證得一切色法無所得忍證得受想行

識法無所得忍證得蘊界處法無所得忍舍利子言得忍者是則名爲忍受諸法都無所得何以故非於證得如是忍時世間之法而復現行非異生法非諸學法非無學法非獨覺法非菩薩法非諸佛法而復現行所以者何由一切法不現行故說名得忍由一切法畢竟無得亦無所得故名得忍又是忍者於一刹那盡一切相及諸所緣故得名忍又是忍者不忍於眼不壞於眼及諸所緣故名得忍不忍於耳鼻舌身意不壞於意如是忍者無盡境界如是忍者非趣境界故名得忍是故舍利子若有菩薩摩訶薩欲得速爲如來授記證是忍者當於如是大菩薩藏微妙法門殷重聽聞受持讀誦通達義趣廣爲他說分別開示安住正行謂無相行無功用行無所得行如是等法名爲正行爾時大衆中有長者子名那羅達多從薄伽梵聞說如是大菩薩藏微妙法門又聞讃歎諸佛菩薩勝功德已即從座起披一肩衣以右膝輪安置于地向佛合掌頂禮恭敬而白佛言世尊先爲諸長者等廣說諸法相續不絕如是開示如是教導皆令證得阿羅漢果即於此生盡老死際而未聞說大菩薩藏微妙法門讃歎諸佛菩薩功德我幸大利今具得聞竊生是念如是大乘爲尊爲勝爲上爲妙爲無有上更無過上所謂阿耨多羅三藐三菩提我今現前親聞佛說受持領悟開顯諸法如是法者分別諸法無所依執無我我所無有攝受世尊我作是念如是妙法爲尊爲勝爲上爲妙爲無有上更無過上如是法者我當修集世

尊我今思惟一切乘中爲無上者所謂佛乘諸佛如來亦説此乘最爲第一最爲無上我從今日發起無上正等覺心爲欲利安多衆生故爲欲悲愍諸世間故利益安樂無量天人如佛建立諸大菩薩所有學處我今皆當悉依隨學説是語已爾時世尊告長者子善哉善哉善男子阿耨多羅三藐三菩提甚難證信甚難修習汝今乃能深發是意時長者子白佛言世尊無上菩提雖復甚難證信修習然我今者發起如是勇猛精進必當修習阿耨多羅三藐三菩提不以爲難又我於此阿耨多羅三藐三菩提奉修牢强定無退轉世尊我於今者發大弘誓假使發菩提心如殑伽沙數方證無上正等覺者我於是事彌增精進乃至如上一一發心經如殑伽沙等劫乃至隨是發菩提心一一所發要由斬截殑伽沙等身分頭首方能起者是菩提心雖復經履如是勤苦我於是中倍加精進終不放捨無上菩提何以故縱逢如是諸苦難事猶應修習藉斯緣故必證菩提何況爲證無上菩提受諸安樂而不修學所以者何阿耨多羅三藐三菩提其性高廣具足周大無上佛法不可思議不可稱量無有涯際不可宣説雖復諸佛無障礙智經歷百千拘胝那庾多劫以諸言音説此菩提非易可盡爾時長者子那羅達多即於佛前而説頌曰

百千拘胝劫　乃發菩提心　雖衆苦所逼
不捨含生界　隨發菩提心　要斷諸身首
聚量高迷樓　我亦能堪忍　我安住菩提
利樂含生故　願我於來世　如今日世尊

遠彼聲聞乘　兼濟下乘者　願我於來世
如今日世尊　此乘爲大乘　最上佛稱讃
我觀無與等　故欣樂菩提　爲拔濟危厄
爲脫三惡趣　爲求是如來　出世現成佛

爾時長者子那羅達多說是頌已便自思惟我今明達廣大佛法如何不以教化妻子諸眷屬等此非我宜作是念已即從座起頂禮佛足右遶三帀速疾還家嚴辦種種諸供養具與其七妻男女奴婢各有七人賫持七雙上妙衣服及諸華香供養之具又與五百樂人相隨疾出王舍大城爲欲奉見薄伽梵故時王舍城有多人衆見長者子與其眷屬速疾馳出因而問曰汝等今者有何忽遽與諸眷屬將往何所長者子言諸善男子豈不知乎今者如來應正等覺止鷲峯山無量百千天人大衆前後圍繞無量方便爲諸衆生分別開示廣大佛法故我今者率領眷屬將往佛所爲求如是廣大佛法爲欲成辦不可思議不可稱量諸佛智慧爲欲種植無上正等菩提善根汝等若欲成就廣大諸佛法者可共同詣彼如來所當共種是廣大佛法無上善根爾時王舍城中人民之類聞長者子說是語已有十千人皆樂隨從往至佛所時長者子那羅達多與其眷屬及以隨從滿十千人同時見佛頂禮佛足却住一面時長者子與諸俱來所有大衆賫持華鬘塗香末香衣蓋幢旛作倡伎樂歌詠讃歎供養如來復以千雙淨妙珍服以覆佛上時長者子作是奉已歡喜無量即於佛前說伽陀讃其頌曰

第一有情微妙者　成清淨行上菩提

能發無邊勝智見　如是我今修供養
昔無量劫多修行　爲利衆生求大覺
證法自在現成佛　如是我今修供養
我與妻子眷屬衆　爲利含識求菩提
并及多千人民等　同共歸依大覺者

爾時長者子説是伽陀讚歎佛已便白佛言世尊我今與此諸有情等至如來所皆已安住阿耨多羅三藐三菩提惟願世尊哀愍此等復爲説法當令一切於阿耨多羅三藐三菩提不復退轉又我今者欲於佛所種諸善根惟願世尊現爲我證當使如是善根力故令諸衆生平等速證阿耨多羅三藐三菩提又獲無量廣大佛法亦如今者現在世尊時長者子與諸眷屬五百樂工十千人衆一心同聲白佛言世尊我等今者於如來前同共至誠歸依於佛歸依於法歸依於僧惟願世尊憶持我等是鄔波索迦始從今日乃至壽終寧棄身命不捨歸趣清淨信心又復世尊憶持我等始從今日乃至菩提爲阿耨多羅三藐三菩提故發起增上勇猛之心又復世尊憶持我等惟願速證阿耨多羅三藐三菩提爲諸衆生宣説正法亦如今者如來無異又復世尊憶持我等惟願來世成佛之時大衆圍繞如今無異又復世尊憶持我等惟願來世度脱無量苦逼衆生如今無異時長者子及諸來衆并五百樂工作是誓已復以種種微妙音樂供養如來右遶三帀爾時世尊愍此等故上昇虛空結跏趺坐時五百樂工既覩如來現此神變於世尊所倍生淨信以佛威力諸音樂器不假攝持自然上涌住在

空中無所憑據作衆妓樂繁會充溢右繞如來時長者子俱來大衆咸覩神變歎未曾有心生慶悅踊躍歡喜皆共合掌致敬如來爾時空中周帀正等一踰繕那復有無量百千音樂亦無執持自然而現猶如蜂房懸處虛空作倡妓樂發微妙音爾時長者子與其眷屬及五百樂工十千城人及以先來聽法衆內六十千人諸苾芻衆千二百五十人佛威力故皆涌空中又佛神力於上空中五百樂臺自然出現是諸臺中皆說妙法又有四大樂臺現於佛前莊嚴雕飾窮世瓌異又有無量百千拘胝諸天子衆列住空中以天曼陀羅華而散佛上佛神力故所散之華於虛空中變成八萬高妙華臺時諸大衆覩上臺中有如是等廣大莊嚴於如來所倍生淨信愛敬之心歎未曾有爾時世尊知諸大衆其心清淨又復了知那羅達多及俱來衆增上意已便現微笑如前廣說乃至其光還從頂沒時長老阿難既覩微笑披一肩衣向佛合掌恭敬作禮白佛言世尊有何因緣現此微笑我惟如來所現神相非無因緣佛告阿難汝今當知此長者子那羅達多七婦男女并奴婢等三十六人由供養我善根力故當來之世經千拘胝劫不墮惡趣人天往返受諸快樂過是劫已值佛出世名曰商主如來應正等覺明行圓滿善逝世間解無上丈夫調御士天人師佛薄伽梵於是佛所供養恭敬尊重讚歎廣修梵行從是已後復經二十拘胝劫不墮惡道阿難當知是長者子七婦七女及以七婢自此命終便捨女身得成男子恒

與那羅達多不相捨離行菩薩道於當來世同處一劫得成阿耨多羅三藐三菩提阿難當知長者子那羅達多菩薩摩訶薩當成佛時號平等心如來應正等覺出現於世十號具足是大菩薩所有眷屬當成佛時皆同一號阿若末若如來應正等覺具足十號是五百樂工以供養我善根力故當來又經阿僧企耶劫不墮惡趣又經於彼滿千拘胝轉輪聖王而爲翼從阿難當知是五百樂工大略而言於是劫中得值十千諸佛皆得親承供養無空過者從是已後同一劫中得成阿耨多羅三藐三菩提皆號美音是十千人以供養我善根力故中四百人當得值遇慈氏如來於彼佛所淨修梵行得盡諸漏便般涅槃所餘人等當來又經殑伽沙等如是大劫不墮惡道漸次得值千拘胝佛於彼佛所廣修諸行爾後一切得成阿耨多羅三藐三菩提皆同一號名甚希有阿難當知是六萬衆中具滿千人於我滅後正法已盡又過於彼刀兵中劫慈氏如來未出現前衆生壽命漸增長時爾時贍部當有八萬獨覺出現於世是一千人皆得值遇供養修善於後復值慈氏如來還得供養從是已後經二十五拘胝那庾多劫不墮惡趣最後人身諸善根力所覺曉故淨信捨家趣於非家便得證悟緣覺菩提阿難當知於此衆中有十千人具生聖見餘千人等同發阿耨多羅三藐三菩提心復有六十那庾多諸天子等遠塵離垢於諸法中生淨法眼如是阿難誰有見斯殊特勝利而於佛所不生淨信愛樂恭敬發希有心唯

除愚癡不肖之士何以故彼諸人等於如來所但修如是微細善根乃能獲得如來大利或復證入無上涅槃爾時世尊欲重宣此義而說頌曰

於佛所修諸供養　獲得如斯勝功德
若有希求高大果　當於導師修供養
若佛現在修供養　或復於佛涅槃後
供養馱都如芥子　常得奉侍諸如來
若復欲修諸供養　如來住世或涅槃
供養馱都如芥子　行平等心果平等
若有具修平等心　供養平等人中上
當成平等之勝報　及證平等妙菩提
若有欲攝諸善趣　遮障絕除衆惡道
及欲趣向涅槃路　如是獲得不爲難
佛具最勝淨尸羅　佛具最勝三摩地
若生最勝淨信已　當獲最勝如來果
若修最勝諸供養　速登最勝之善道
及證最勝尊正見　能宣最勝微妙法
若樂人中聰叡者　親持諸佛清淨法
當修猛利正欲樂　多聞如理正思惟
有得轉輪之聖主　或爲帝釋梵天王
廣修無量勝功德　定趣無餘大寂滅

爾時世尊說是頌已告長老舍利子若有安住大乘諸善男子及善女人欲疾證得阿耨多羅三藐三菩提者當於如是大菩薩藏微妙法門發生猛利清淨欲樂殷重聽聞受持讀誦通達義趣廣爲他說分別開示何以故若於是經受持讀誦乃至爲他分別說者能令三寶永不斷絕常不遠離四無量行常勤修習六到彼岸恒正方便以四攝法攝化衆

生舍利子如是大乘大菩薩藏微妙法門當知即是諸菩薩道所以者何是經典者善能攝持阿耨多羅三藐三菩提故舍利子是經乃是諸菩薩等聖珍寶藏我依是經正修學已畢竟證得生死永斷又證一切波羅蜜多由證是故即號無上正等覺者舍利子如來於一切波羅蜜多皆已畢竟如來於一切所作皆已靜息如來於無量諸地皆已證得又復更證無邊之地何以故由佛證是諸波羅蜜多故而能究竟安住一切到彼岸法是故諸菩薩摩訶薩應當於是大菩薩藏微妙法門精進修行如我所證爾時世尊而說頌曰

於業應知業　於報應知報　無業亦無報
是安隱涅槃　諸有爲皆苦　於中無有智
是故智生已　有爲皆解脫

爾時世尊說是頌已長老舍利子及大苾芻并諸天人健達縛阿素洛等一切衆生聞佛所說皆大歡喜信受奉行

大寶積經卷第五十四

音釋

匱乏 匱求位切竭也乏扶法切空乏也　餚膳 餚胡交切凡殽而食曰餚膳時戰切具食曰膳參津私切訪問言於善曰諮　哽噎 哽古杏切噎烏結切哽噎悲塞也　礫 郎擊切小石也　磋 七何切　輅 力故切王者所來之車也　嗤 赤脂切笑也　趾 諸市切足也　蹈 徒到切踐也　殑伽 梵語也此云天堂來河名也以從高處來故殑其陵其拯二切伽求迦切　瓌異 瓌公回切瓌異謂瓌偉奇異之寶也

大寶積經卷第五十五

唐三藏法師菩提流志奉　詔譯

佛爲阿難說人處胎會第十三

如是我聞一時佛在舍衛國祇樹給孤獨園尊者阿難於日晡時從禪定起與五百比丘俱詣佛所合掌恭敬頂禮佛足却住一面爾時世尊即告阿難及諸比丘我有法要初中後善其義微妙純一無雜具足清白梵行之相所謂入母胎藏修多羅法應當諦聽善思念之我今爲汝分別解說阿難白佛言唯然世尊願樂欲聞爾時世尊告阿難言若有衆生欲入胎時因緣具足便得受身若不具足則不受身云何名爲緣不具足所謂父母起愛染心中陰現前求受生處然此父母亦白和合或前或後而不俱時復於身中各有諸患若如是者則不入胎其母胎藏或患風黃血氣閉塞或脂閉塞或肉增結或有鹹病或麥腹病或蟻腰病或如駝口或車轅曲木或如車軸或車轂口或如樹葉或曲繞旋轉狀如藤笋或胎藏內猶如麥芒或精血多泄不暫停住或癖下流水或胎藏路澁或上尖下尖或曲或淺或復穿漏或高或下或復短小及諸雜病若如是者不得入胎若父母尊貴有大福德中陰卑賤或中陰尊貴有大福德父母卑賤或俱福德無相感業若如是者亦不受胎如是中陰欲受胎時先起二種顛倒之心云何爲二所謂父母和合之時若是男者於母生愛於父生瞋父流胤時謂是已有若是女者於父生愛於母生瞋母流胤時亦謂已有若不起此瞋愛心者則不受胎復次

阿難云何得入母胎所謂父母起愛染心月期調順中陰現前無有如上衆多過患業緣具足便得入胎如是中陰欲入胎時復有二種云何爲二一者無有福德二者有大福德其無福者覺觀心起所見境界便作是念我今值遇風寒陰雨大衆憒閙衆威來逼便生恐怖我今應當入於草室及以葉室或隱牆根或入山澤叢林窟穴復更生於種種諸想隨其所見便入母胎大福德者亦生是念我今值遇風寒陰雨大衆憒閙衆威來逼亦生恐怖即上高樓或登大閣或入殿堂及以牀座亦生諸餘種種之想隨其所見便入母胎佛告阿難如是中陰初受胎時名歌羅邏皆依父母不淨及過去業而得受身如是之業及以父母諸緣之中各不自生和合力故而便受身譬如以器盛酪及以繩等即便出酥諸緣之中皆不可得和合力故酥乃得生歌羅邏身亦復如是因緣力故便得受胎復次阿難譬如依止青草牛糞及以棗酪而各生蟲一一之中蟲不可得因緣力故蟲乃得生此蟲生時青黄赤白各隨所依而作其色是故當知父母不淨而生此身諸緣中求皆不可得亦不離緣和合力故而便受胎此身生時與其父母四大種性亦無差別所謂地爲堅性水爲濕性火爲熱性風爲動性歌羅邏身若唯地界無水界者譬如有人握乾麨灰終不和合若唯水界無地界者譬如油水其性潤濕無有堅實即便流散若唯地水無火界者譬如夏月陰處肉團無日光照則便爛壞唯地水火無風界者則不增長譬如有人

及其弟子能善吹糖諸有所作而令其內悉使空虛若無風力終不成就如是四大互相依持而得建立是故當知歌羅邏身因於父母四大業風而得生者亦復如是衆緣之中皆不可得和合力故而便受身復次阿難譬如新淨種子善能藏積不為蟲食無有爛壞乾焦穿穴或復有人選擇良田潤沃之處下此種子令一日中芽莖枝葉扶踈蔭映華果滋茂皆具足不不也世尊佛告阿難歌羅邏身亦復如是皆從因緣次第生長不得一時諸根具足是故當知雖從父母而有此身諸緣中求皆不可得和合力故而便受生復次阿難譬如明眼之人持日光珠置於日中以乾牛糞而懸其上去珠不遠火便出生不即牛糞及以日光各能生火亦不相離因緣力故火便出生從於父母所生之身亦復如是歌羅邏身名之為色受想行識說之為名名色五陰刹那受身已經諸苦我不讚歎況復長時輪迴諸有譬如少糞猶尚臭穢何況於多如是五陰歌羅邏身誰當愛樂復次阿難如是之身處在母胎凡經三十八七日已方乃出生

第一七日處母胎時名歌羅邏身相初現猶如生酪七日之中內熱煎煮四大漸成

第二七日處母胎時所感業風名為遍滿其風微細吹母左脇及以右脇令歌羅邏身相漸現狀如稠酪或似凝酥內熱煎煮便即轉為安浮陀身如是四大漸漸成就

第三七日處母胎時復感業風名為藏口由此風力令漸凝結其安浮陀轉為閉手狀如

藥杵而復短小於其胎中内熱煎煮如是四大漸漸增長

第四七日處母胎時復感業風名爲攝取由此風力能令閉手轉爲伽那狀如温石内熱煎煮四大漸增

第五七日處母胎時復感業風名爲攝持由此風力能令伽那轉爲般羅奢佉諸皰開剖兩髀兩肩及其身首而便出現如春陽月天降時雨樹木枝條而便出生因業風力諸皰現時亦復如是

第六七日處母胎時復感業風名之爲飯由此風力四相出現云何爲四所謂兩膝兩肘名爲四相

第七七日處母胎時復感業風名爲旋轉由此風力四相出現所謂手足掌縵之相其相柔輭猶如聚沫

第八七日處母胎時復感業風名爲翻轉由此風力二十相現所謂手足二十指相而便出生如天降雨樹木枝條漸得增長業風力故諸根現前亦復如是

第九七日處母胎時復感業風名爲分散由此風力現九種相云何爲九所謂眼耳鼻口大小便處名爲九相

第十七日處母胎時復感業風名爲堅鞕由此風力即便堅實復有一風名爲普門吹其胎身悉令脹滿猶如浮囊

十一七日處母胎時復感業風名曰金剛由此風力在於胎中或上或下令其身孔皆得通徹又以風力使懷胎者或復悲喜行住坐卧其性改常運動手足令胎身孔漸漸增長

於其口中而出黑血復於鼻中出穢惡水此風迴轉於諸根已而便息滅

十二七日處母胎時復感業風名爲曲口由此風力左右脇間生大小腸猶如藕絲及緊紡線置在於地十八周轉依身而住復有一風名爲穿髮由此風故三百二十支節及百一穴生在身中

十三七日處母胎時復感業風名作飢渴由此風力胎身虛羸生飢渴想其母飲食所有滋味於身穴中及以臍輪資持潤益爾時世尊以偈頌曰

其子處母胎　已經十三七　身即覺虛羸
便生飢渴想　母所有飲食　滋益於胎中
由此身命存　漸漸而增長

十四七日處母胎時復感業風名爲線口由此風力生九百筋於身前後及以左右而交絡之

十五七日處母胎時復感業風名爲蓮華由此風力生二十脉飲食滋味流入此脉潤益其身何者二十於身前後及以左右各有五脉此一一脉皆有四十枝派小脉如是等脉各各復有一百枝派身前二萬名曰商佉身後二萬名之爲力身左二萬名爲安定身右二萬名爲具勢如是八萬大小肢脉生於此身其脉復有種種之色所謂青黄赤白酥酪油色是八萬脉一脉一根於其根上生於一孔或復二孔乃至七孔一一皆與毛孔相連猶如藕根生諸孔穴

十六七日處母胎時復感業風名爲甘露由此風力令此眼耳鼻口胷臆心藏四邊九孔

之處悉令開發出入氣息上下通徹無有障礙若有飲食滋潤其身有停積處復能銷化從下流出譬如窑師及其弟子能善調泥安布輪繩下上迴轉所造器物而得成就此亦如是皆由風力及善惡業令眼耳等漸漸具足

十七七日處母胎時復感業風名犛牛面由此風力令其兩眼而得光潔耳鼻諸根漸漸成就譬如有鏡塵翳所覆或取塼末及以油灰磨拭令淨是故當知以業風力吹其眼等使得明淨亦復如是

十八七日處母胎時復感業風名大堅强由此風力令其諸根漸漸成就而復明淨猶如日月雲霧覆蔽猛風卒起吹令四散而此日月忽然大明以是業風吹其諸根轉更明淨亦復如是

十九七日處母胎時由前風力眼耳鼻舌四根成就初入胎時已具三根一者身根二者命根三者意根如是諸根悉已具足

二十七日處母胎時復感業風名曰堅固由此風力能於身中生種種骨於左脚中生二十骨復於右脚亦生二十足跟四骨蹲有二骨膝有二骨髀有二骨䯢胯三骨脊十八骨肋二十四骨十三骨左右二手各二十骨臂有四骨肩有二骨頷有二骨髑髏四骨及齒根等有三十二譬如塑師及其弟子先以堅木後以繩纏造諸形狀雖未有泥如是之時名爲骨相以業風力生諸骨時亦復如是是故當知於七日中除其小骨大骨生者數有二百

二十一七日處母胎時復感業風名爲生起由此風力能令其子生於身肉譬如泥師及其弟子能善調泥泥諸牆壁此由業風能生身肉亦復如是

二十二七日處母胎時復感業風名曰浮流由此風力能生身血

二十三七日處母胎時復感業風名爲淨持由此風力能生身皮

二十四七日處母胎時復感業風名曰持雲由此風力令其皮膚皆得調均光色潤澤

二十五七日處母胎時復感業風名曰持城由此風力令其子身血肉增長漸漸滋潤

二十六七日處母胎時復感業風名曰生成由此風力便即能生髮毛爪甲一一皆與諸脉相連

二十七七日處母胎時復感業風名爲曲鑰由此風力令其身相漸得成就或於先世造諸惡業於諸資具慳貪悋惜不肯惠施或復不受父母師長教誨由是業故而得種種不如意身若以長大肥白柔輭之身爲端正者而便受得短小瘦黑堅鞕之身若以短小瘦黑堅鞕之身爲端正者而便受得長大肥白柔輭之身若於其身支分之中高下多少踈密爲端正者而便受得無有高下踈密不具足身或復受得聾盲瘖瘂手足攣躄諸根不具所有音聲人不喜聞其身醜陋猶如餓鬼以惡業故而受種種不如意身父母親屬尚不喜見況復餘人若於前世造十善業好行惠施無有慳貪諂誑之心父母師長所有言教即皆信受以是因緣若得爲人則不受於

如上諸惡業身而便獲得種種殊妙之身顏容端正諸相具足所有言音而爲衆人之所愛樂是故當知由善業故便得如是勝妙果報阿難如是之身若是男者蹲居母腹右脇而坐兩手掩面向脊而住若是女者蹲居左脇兩手掩面背脊而住生藏之下熟藏之上内熱煎煑五處繫縛如在革囊其母多食或復少食甘食澁食乾食膩食辛鹹苦醋冷熱之食或復婬欲急行跳躑久卧久坐皆受苦惱是故當知處母胎時有如是等衆苦逼迫我今略說人中尚爾何況地獄難可爲喻誰有智者於生死海當樂此身

二十八七日處母胎時生於八種顛倒之想何等爲八一乘騎想二樓閣想三牀榻想四泉流想五池沼想六者河想七者園想八者苑想是故名爲八種之想

二十九七日處母胎時復感業風名曰華條由此風力令此胎身光色潤澤諸相分明皆由過去所造諸業差別不同隨其形類有種種色或作白色或復黑色或不白不黑色或作青色或乾枯色或潤澤色如是色相而得成就

三十七日處母胎時復感業風名爲鐵口由此風力髮毛爪甲皆得增長亦復能現白黑諸光從業緣起而生此相

三十一七日乃至三十五七日處母胎時身相長大漸漸增廣人相具足

三十六七日處母胎時生猒離心不以爲樂

三十七七日處母胎時便起五種不顛倒想何者爲五一不淨想二臭穢想三囹圄想四

黑闇想五猒惡想其子處胎生如是等猒離之心

三十八七日處母胎時復感業風名曰拘緣由此風力即便迴轉復有一風名爲趣下能令其身頭向於下長伸兩臂漸欲出生然其此子或於前世曾經積集墮落之業令其此身手脚縱横不能轉側惡業緣故於母腹中而便捨命母於此時受大苦惱或復命終若於前世修諸善業作長壽因臨欲生時母子安隱無有如上惡業諸苦過於三十八七日已欲出胎時受種種苦方乃得生是故當知受此身者實爲大苦初出胎時若男若女適生墮地或以手捧或衣承接或在牀席或在屋中或復地上或逈露處或在日中或冬夏時冷熱風觸此身初生受大苦惱如生剥牛觸於牆壁或復露地隨在之處爲蟲所食亦如有人而爲蚊虻諸蟲唼食復加杖捶而鞭撻之初出胎時以煖水洗觸其身時所受之苦亦復如是兒既生已漸漸增長母身所出雜血之乳而養育之我於諸餘經中先已廣說是故當知此身皆是不淨衆苦之所成就誰有智者於生死中而當愛樂如是之身復次阿難初出胎時經於七日八萬戶蟲從身而生縱横食噉有二戶蟲名爲舐髮依髮食髮有二戶蟲依眼食眼有四戶蟲一名鞍乘二名有齲三名發病四名圓滿依頭食頭有一戶蟲名黑稻葉依耳食耳有一戶蟲名爲藏口依鼻食鼻有二戶蟲一名遥擲二名遍擲依脣唼脣有一戶蟲名曰針口依舌食舌有一戶蟲名爲利口依於舌根而食舌根有

一戶蟲名爲手圓依齶食齶有二戶蟲一名手網二名半屈依止手掌食於手掌有二戶蟲一名遠臂二名近臂依臂食臂有二戶蟲一者名鐵二名近鐵依止咽喉食於咽喉有二戶蟲一名金剛二名大金剛依心食心有二戶蟲一者名羸二名羸口依肉食肉有二戶蟲一名具色二名具稱依血婁血有二戶蟲一名勇健二名香口依筋食筋有二戶蟲一名不高二名下口依止脊骨食於脊骨有一戶蟲名曰脂色依脂食脂有一戶蟲名曰黃色依膽食膽有一戶蟲名曰眞珠依肺食肺有一戶蟲名之爲荻依脾食脾有五百戶蟲一百戶蟲名之爲月一百戶蟲名爲月口一百戶蟲名爲輝耀一百戶蟲名爲輝面一百戶蟲名爲廣大依止左邊而食左邊復有五百戶蟲亦如是名依止右邊而食右邊有四戶蟲一名少穿二名大穿三名骨穿四名骨面依骨食骨有四戶蟲一名大白二名小白三名吸力四名虎道依脉食脉有四戶蟲一名意樂二名師子力三名免腹四名躭欲依止生藏而食生藏有二戶蟲一名勇猛二名勇猛主依止熟藏食於熟藏有四戶蟲一名鹽口二名網口三名蘊口四名鳥口依小便處食小便處有四戶蟲一名應作二名大作三名碎末四名臆皺依大便處食大便處有二戶蟲一名黑面二名可畏面依髀食髀有二戶蟲一名疾癩二名小癩依膝食膝有一戶蟲名爲愚根依蹲食蹲有一戶蟲名爲黑頭依脚食脚阿難我今爲汝略說八萬戶蟲依止此身晝夜食噉亦復能令氣力虛羸

顔容憔悴種種病苦皆集此身復令其心憂悲熱惱雖有良醫亦生迷惑不知何藥能治此病誰有智者於生死海而當愛樂如是之身復次阿難從初生時乃至長大衣食資養成立此身然其壽命或經百年或復短促於一百年中有三百時謂春夏冬春爲熱際夏爲雨際冬爲寒際此三時中各有四月一年之中有十二月於百年中千二百月黑月白月二千四百凡經晝夜三萬六千一日再食七萬二千或有不食亦在其數所謂或病或醉或時斷食或復瞋恨睡眠調戲諸餘事務及飲母乳以此因緣名爲不食如是之身雖壽百年必歸磨滅誰有智者於生死海而當愛樂復次阿難受於此身有二種苦云何爲二一者衆病集身名爲內苦二者人與非人之所逼惱名爲外苦何者名爲衆病集身所謂眼耳鼻舌咽喉牙齒胷腹手足有諸病生或復風癎涕唾癲狂乾消上氣肺逆小便淋瀝疥癩癰疽痃癖痔瘻惡瘡膿血煎寒壯熱種種諸病皆集此身復有百一心黃之病百一風病百一痰病風黃痰等和合共起復有百一如是四百四病逼切其身名爲內苦復有外苦加害此身所謂或在牢獄撾打楚撻杻械枷鎖繫縛諸苦或劓耳鼻及刖手足斫截其頭不爲諸天之所守護即令非人諸惡鬼神夜叉羅刹而得其便復爲蚊虻蜂等毒蟲之所唼食寒熱飢渴風雨並至種種苦惱逼切其身人中尚爾況惡道苦難可具說是故當知皆由過去諸不善業受如是報若爲刀杖之所加害而造城壁及諸牆壍防衛其

身爲惡風雨蚊𧕄蜂蠆而求屋舍爲四百四病内苦外苦而求飲食卧具醫藥田園室宅金銀七寶奴婢車乘資生之具供給所須不稱其心便生苦惱設獲珍財慳貪悋惜常加守護或時散失復生大苦阿難此五陰身一一威儀行住坐卧無不皆苦若長時行不暫休息是名爲苦住及坐卧各各長時亦復皆苦若長時行而得暫住便生樂想其實非樂若長時住而得暫坐若長時坐而得暫卧妄生樂想實無有樂是故當知此五陰身皆名爲苦若復有人或爲自利或爲利他若自他俱利應當猒患如是諸苦出家修學則於涅槃解脱之法爲不唐捐若復有人或以衣服卧具醫藥資生之具供養彼者獲大果報威德名聞佛告阿難於意云何色是常耶是無常耶阿難白佛言世尊色是無常佛言若無常者爲是苦耶爲非苦耶阿難答言色即是苦佛言若無常苦是敗壞法若有多聞諸聖弟子聞是説已執於此身如是之色即是於我及我所不不也世尊色中無我亦無我所復次阿難於意云何受想行識爲是常耶是無常耶阿難白佛言世尊皆是無常佛言若無常者爲是苦耶爲非苦耶阿難答言如是四陰即名爲苦佛言若無常苦是敗壞法若有多聞諸聖弟子聞是説已執於此身如是四陰即是於我及我所不不也世尊此四陰者實無有我及以我所復次阿難如是我者不在過去現在未來若内若外若麤若細若勝若劣若近若遠彼一切法悉亦非我及以我所阿難當知以如實智而觀察之諸法無

我若有多聞諸聖弟子作是觀已便生猒離而得解脫究竟涅槃如是修學證此法身生分已盡梵行已立所作已辦不受後有佛說是經已尊者阿難遠塵離垢得法眼淨五百比丘不受諸法漏盡意解時諸大衆聞佛所說皆大歡喜信受奉行

大寶積經卷第五十五

音釋

晡博孤切日加申時也　轂古祿切車轂也輻所湊者　𤺋當蓋切病也　胤羊晉切子孫相承續也　歌羅邏梵語也此云凝滑邏魯可切　脇虛業切腋下也　皰匹貌切瘡皰也　髀部禮切股也　窯餘昭切燒瓦器窯也　氂謨交切長氂牛也出西南夷氂可為旌　跟古痕切足踵也　踹示兖切腓腸也　胯苦瓦切腰胯兩股間也　瘖啞瘖於今切啞烏下切瘖啞不能言也　攣躄攣力員切手拘攣也躄必益切足不能行也　蹲徂尊切蹲踞也　跳躑跳田聊他弔二切躍也越也躑直炙切住足也又躑躅也　舐甚尒切以舌取食也　齶五各切口中齗齶也　憔悴憔昨焦切悴秦醉切憔悴謂憂愁而容貌瘠瘦也　癇戶間切病也　癲都年切狂病也　淋瀝淋力尋切淋沃也瀝郎擊切點滴也　癰疽癰於容切疽七余切癰疽腫癤也　痃癖痃胡堅切癖病也癖匹壁切腹病也　痔瘻痔直尒切瘻盧候切痔瘻後病也　劓牛劍切刑鼻也　刖魚厥切斷足也　蚊蝱蚊音文蝱莫耕切並齧人飛蟲也　螫施隻切蟲毒也

大寶積經卷第五十六

唐三藏法師義淨譯

佛說入胎藏會第十四之一

如是我聞一時薄伽梵在劫比羅城多根樹園與大苾芻衆無量人俱爾時世尊有弟子名曰難陀身如金色具三十相短佛四指妻名孫陀羅儀容端正世間希有光華超絶人所樂見難陀於彼纏綿戀著無暫捨離染愛情重畢命爲期世尊觀知受化時至即於晨朝著衣持鉢將具壽阿難陀爲侍者入城乞食次至難陀門首而立以大悲力放金色光其光普照難陀宅中皆如金色于時難陀便作是念光明忽照定是如來令使出看乃見佛至即便速返白難陀曰世尊在門聞此語已即欲速出迎禮世尊時孫陀羅便作是念我若放去世尊必定與其出家遂捉衣牽不令出去難陀曰今可暫放禮世尊已我即却迴孫陀羅曰共作要期方隨意去以粧濕額而告之曰此點未乾即宜却至若遲違者罰金錢五百難陀曰可爾即至門首頂禮佛足取如來鉢却入宅中盛滿美食持至門首世尊遂去即與阿難陀世尊現相不令取鉢如來大師威嚴尊重不敢喚住復更授與阿難陀阿難陀問曰汝向誰邊取得此鉢答曰於佛邊取阿難陀曰宜授與佛答曰我今不敢輕觸大師默然隨去世尊至寺洗手足已就座而坐難陀持鉢以奉世尊食已告曰難陀汝食我殘不答言我食佛即授與難陀食已世尊告曰汝能出家不答言出家然佛世尊昔行菩薩道時於父母師長及餘尊者所有

教令曾無違逆故得今時言無違者即告阿難陀曰汝與難陀剃除鬚髮答曰如世尊教即覓剃髮人爲其落髮難陀見已告彼人曰汝今知不我當不久作轉輪王汝若輒爾剃我髮者當截汝腕彼便大怖裹收刀具即欲辭出時阿難陀便往白佛佛便自去詣難陀處問言難陀汝不出家答言出家是時世尊自持瓶水灌其頂上淨人即剃便作是念我今敬奉世尊旦爲出家暮當歸舍既至日晚尋路而行爾時世尊於其行路化作大坑見已便念孫陀羅斯成遠矣無緣得去我今相憶或容致死如其命在至曉方行憶孫陀羅愁苦通夜爾時世尊知彼意已告阿難陀曰汝今宜去告彼難陀令作知事人即便往報世尊令爾作知事人問曰云何名爲知事人欲作何事答曰可於寺中檢校衆事問曰如何應作答言具壽凡知事者若諸苾芻出乞食時應可灑掃寺中田地取新牛糞次第淨塗作意防守勿令失落有平章事當爲白僧若有香華應行與衆夜閉門戶至曉當開大小行處常須洗拭若於寺中有損壞處即應修補聞是教已答言大德如佛所言我皆當作時諸苾芻於小食時執持衣鉢入劫比羅城爲行乞食于時難陀見寺無人便作是念我掃地了即可還家遂便掃地世尊觀知以神通力令掃淨處糞穢還滿復作是念我除糞穢方可言歸放箒收持糞穢無盡復作是念閉戶而去世尊即令閉一房竟更閉餘戶彼戶便開遂生憂惱復作是念縱賊損寺此亦何傷我當爲王更作百千好寺倍過於是

我宜歸舍若行大路恐見世尊作是思量即趣小徑佛知其念從小道來既遙見佛不欲相遇路傍有樹枝蔭低垂即於其下隱身而住佛令其樹舉枝高上其身露現佛問難陀汝何處來可隨我去情生羞恥從佛而行佛作是念此於其婦深生戀著宜令捨離爲引接故出劫比羅城詣室羅伐既至彼已往毗舍佉鹿子母園佛念難陀愚癡染惑尚憶其妻愛情不捨應作方便令心止息即告之曰汝先曾見香醉山不答言未見若如是者捉我衣角即就捉衣于時世尊猶如鵝王上昇虛空至香醉山將引難陀左右顧眄於果樹下見雌獼猴又無一目即便舉面直視世尊佛告難陀曰汝見此瞎獼猴不白佛言見佛言於汝意云何此瞎獼猴比孫陀羅誰爲殊勝答言彼孫陀羅是釋迦種猶如天女儀容第一舉世無雙獼猴比之千萬億分不及其一佛言汝見天宮不答言未見可更捉衣角即便執衣還若鵝王上虛空界至三十三天告難陀曰汝可觀望天宮勝處難陀即往歡喜園婇身園麤身園交合園圓生樹善法堂如是等處諸天苑園華果浴池遊戲之處殊勝歡娛悉皆遍察次入善見城中復見種種鼓樂絲竹微妙音聲廊宇踈通牀帷帳設處處皆有天妙婇女共相娛樂難陀遍觀見一處所唯有天女而無天子便問天女曰何因餘處男女雜居受諸快樂汝等何故唯有女人不見男子天女答曰世尊有弟名曰難陀投佛出家專修梵行命終之後當生此間我等於此相待難陀聞已踊躍歡欣速還佛所

世尊問言汝見諸天勝妙事不答言已見佛言汝見何事彼如所見具白世尊佛告難陀見天女不答言已見此諸天女比孫陀羅誰爲殊妙白言世尊以孫陀羅比此天女還如香醉山内以瞎獼猴比孫陀羅百千萬倍不及其一佛告難陀修淨行者有斯勝利汝今宜可堅修梵行當得生天受斯快樂聞已歡喜默然而住爾時世尊便與難陀即於天没至逝多林是時難陀思慕天宮而修梵行佛知其意告阿難陀曰汝今可去告諸苾芻不得一人與難陀同座而坐不得同處經行不得一竿置衣不得一處安鉢及著水瓶不得同處讀誦經典阿難陀傳佛言教告諸苾芻苾芻奉行皆如聖旨是時難陀既見諸人不共同聚極生羞愧後於一時阿難陀與諸苾芻在供侍堂中縫補衣服難陀見已便作是念此諸苾芻咸棄於我不同一處此阿難陀既是我弟豈可相嫌即去同坐時阿難陀速即起避彼言阿難陀諸餘苾芻事容見棄汝是我弟何乃亦嫌阿難陀曰誠有斯理然仁行別道我導異路是故相避答曰何謂我道云何爾路答曰仁樂生天而修梵行我求圓寂而除欲染聞是語已倍加憂慼爾時世尊知其心念告難陀曰汝頗曾見捺洛迦不答言未見佛言汝可捉我衣角即便就執佛便將去往地獄中爾時世尊在一邊立告難陀曰汝今可去觀諸地獄難陀即去先見灰河次至劒樹糞屎大河入彼觀察遂見衆生受種種苦或見以鉗拔舌捩齒抉目或時以鋸剫解其身或復以斧斫截手足或以牟矟鑱

身或以棒打稍刺或以鐵鎚粉碎或以鎔銅灌口或上刀山劒樹碓擣石磨銅柱鐵牀受諸極苦或見鐵鑊猛火沸騰熱燄洪流煑有情類見如是等受苦之事復於一鐵鑊空煑炎熱中無有情覩此憂惶問獄卒曰何因緣故自餘鐵鑊皆煑有情唯此鑊中空然沸涌彼便報曰佛弟難陀唯願生天專修梵行得生天上暫受快樂彼命終後入此鑊中是故我今然鑊相待難陀聞已生大恐怖身毛皆竪白汗流出作如是念此若知我是難陀者生叉鑊中即便急走詣世尊處佛言汝見地獄不難陀悲泣雨淚哽咽而言出微細聲白言已見佛言汝見何物即如所見具白世尊佛告難陀或願人間或求天上勤修梵行有如是過是故汝今當求涅槃以修梵行勿樂生天而致勤苦難陀聞已情懷愧恥默無所對爾時世尊知其意已從地獄出至逝多林即告難陀及諸苾芻曰內有三垢謂是婬欲瞋恚愚癡是可棄捨是應遠離法當修學

爾時世尊住逝多林未經多日爲欲隨緣化衆生故與諸徒衆往占波國住揭伽池邊時彼難陀與五百苾芻亦隨佛至往世尊所皆禮佛足在一面坐時佛世尊見衆坐定告難陀曰我有法要初中後善文義巧妙純一圓滿清白梵行所謂入母胎經汝當諦聽至極作意善思念之我今爲說難陀言唯然世尊願樂欲聞佛告難陀雖有母胎有入不入云何受生入母胎中若父母染心共爲婬愛其母腹淨月期時至中蘊現前當知爾時名入母胎此中蘊形有其二種一者形色端正二

者容貌醜陋地獄中有容貌醜陋如燒杌木傍生中有其色如烟餓鬼中有其色如水人天中有形如金色色界中有形色鮮白無色界天元無中有以無色故中蘊有情或有二手二足或四足多足或復無足隨其先業應託生處所感中有即如彼形若天中有頭便向上人傍生鬼横行而去地獄中有頭直向下凡諸中有皆具神通乘空而去猶如天眼遠觀生處言月期至者謂納胎時難陀有諸女人或經三日或經五日半月一月或有待緣經久期水方至若有女人身無威勢多受辛苦形容醜陋無好飲食月期雖來速當止息猶如乾地灑水之時即便易燥若有女人身有威勢常受安樂儀容端正得好飲食所有月期不速止息猶如潤地水灑之時即便難燥云何不入父精出時母精不出母精出時父精不出若俱不出皆不受胎若母不淨父淨若父不淨母淨若俱不淨亦不受胎若母陰處爲風病所持或有黄病痰𤸇或有血氣胎結或爲肉增或爲服藥或麥腹病蟻腰病或産門如駝口或中如多根樹或如犂頭或如車轅或如藤條或如樹葉或如麥芒或腹下深或有上深或非胎器或恒血出或復水流或如鵶口常開不合或上下四邊闊狹不等或高下凹凸或内有蟲食爛壞不淨若母有此過者並不受胎或父母尊貴中有卑賤或中有尊貴父母卑賤如此等類亦不成胎若父母及中有俱是尊貴若業不和合亦不成胎若其中有於前境處無男女二愛亦不受生難陀云何中有得入母胎若母腹淨

中有現前見爲欲事無如上説衆多過患父母及子有相感業方入母胎又彼中有欲入胎時心即顛倒若是男者於母生愛於父生憎若是女者於父生愛於母生憎於過去生所造諸業而起妄想作邪解心生寒冷想大風大雨及雲霧想或聞大衆鬧聲作此想已隨業優劣復起十種虛妄之想云何爲十我今入宅我欲登樓我昇臺殿我昇牀座我入草菴我入葉舍我入草叢我入林内我入牆孔我入籬間難陀其時中有作此念已即入母胎應知受生名羯羅藍父精母血非是餘物由父母精血和合因緣爲識所緣依止而住譬如依酪瓶鑽人功動轉不已得有酥出異此不生當知父母不淨精血羯羅藍身亦復如是復次難陀有四譬喻汝當善聽如依

青草蟲乃得生草非是蟲蟲非離草然依於草因緣和合蟲乃得生身作青色難陀當知父精母血羯羅藍身亦復如是因緣和合大種根生如依牛糞生蟲糞非是蟲蟲非離糞然依於糞因緣和合蟲乃得生身作黄色難陀當知父精母血羯羅藍身亦復如是因緣和合大種根生如依棗生蟲棗非是蟲蟲非離棗然依於棗因緣和合蟲乃得生身作赤色難陀當知父精母血羯羅藍身亦復如是因緣和合大種根生如依酪生蟲身作白色廣説乃至因緣和合大種根生復次難陀依父母不淨羯羅藍故地界現前堅鞕爲性水界現前濕潤爲性火界現前温煖爲性風界現前輕動爲性難陀若父母不淨羯羅藍身但有地界無水界者即便乾燥悉皆分散譬

如手握乾麨灰等若但水界無地界者即便離散如油滴水由水界故地界不散由地界故水界不流難陀羯羅藍身有地水界無火界者而便爛壞譬如夏月陰處肉團難陀羯羅藍身但有地水火界無風界者即便不能增長廣大此等皆由先業爲因更互爲緣共相招感識乃得生地界能持水界能攝火界能熟風界能長難陀又如有人若彼弟子熟調沙糖即以氣吹令其增廣於内空虚猶如藕根内身大種地水火風業力增長亦復如是難陀非父母不淨有羯羅藍體亦非母腹亦非是業非因非緣但由此等衆緣和會方始有胎如新種子不被風日之所損壞堅實無穴藏舉合宜下於良田并有潤澤因緣和合方有芽莖枝葉華果次第增長難陀此之種子非離緣合芽等得生如是應知非唯父母非但有業及以餘緣而胎得生要由父母精血因緣和合方有胎耳難陀如明眼人爲求火故將日光珠置於日中以乾牛糞而置其上方有火生如是應知依父母精血因緣合故方有胎生父母不淨成羯羅藍號之爲色受想行識即是其名説爲名色此之蘊聚可惡名色託生諸有乃至少分剎那我不讚歎何以故生諸有中是爲大苦譬如糞穢少亦是臭如是應知生諸有中少亦名苦此五取蘊色受想行識皆有生住增長及以衰壞生即是苦住即是病增長衰壞即是老死是故難陀誰於有海而生愛味卧母胎中受斯劇苦復次難陀如是應知凡入胎者大數言之有三十八七日初七日時胎居母腹如榍

如癰卧在糞穢如處鍋中身根及識同居一處壯熱煎熬極受辛苦名羯羅藍狀如粥汁或如酪漿於七日中内熱煎煮地界堅性水界濕性火界煖性風界動性方始現前難陁第二七日胎居毋腹卧在糞穢如處鍋中身根及識同居一處壯熱煎熬極受辛苦於毋腹中有風自起名爲遍觸從先業生觸彼胎時名頞部陁狀如稠酪或如凝酥於七日中内熱煎煮四界現前難陁第三七日廣説如前於毋腹中有風名刀鞘口從先業生觸彼胎時名曰閉尸狀如鐵箸或如蚯蚓於七日中四界現前難陁第四七日廣説如前如毋腹中有風名爲内開從先業生吹擊胎箭名爲健南狀如鞋楥或如温石於七日中四界現前難陁第五七日廣説如前於毋腹中有風名曰攝持此風觸胎有五相現所謂兩臂兩脞及頭譬如春時天降甘雨樹林鬱茂增長枝條此亦如是五相顯現難陁第六七日於毋腹中有風名曰廣大此風觸胎有四相現謂兩肘兩膝如春降雨蒹草生枝此亦如是四相顯現難陁第七七日於毋腹中有風名爲旋轉此風觸胎有四相現謂兩手兩脚猶如聚沫或如水苔有此四相難陁第八七日於毋腹中有風名曰翻轉此風觸胎有二十相現謂手足十指從此初生猶如新雨樹根始生難陁第九七日於毋腹中有風名曰分散此風觸胎有九種相現謂二眼二耳二鼻并口及下二穴難陁第十七日於毋腹中有風名曰堅鞕令胎堅實即此七日於毋胎中有風名曰普門此風吹脹胎藏猶如浮囊

以氣吹滿難陀第十一七日於母胎中有風名曰踈通此風觸胎令胎通徹有九孔現若母行立坐卧作事業時彼風旋轉虛通漸令孔大若風向上上孔便開若向下時即通下穴譬如鍛師及彼弟子以槖扇時上下通氣風作事已即便隱滅難陀第十二七日於母腹中有風名曰曲口此風吹胎於左右邊作大小腸猶如藕絲如是依身交絡而住即此七日復有風名曰穿髮於彼胎內作一百三十節無有增減復由風力作一百禁處難陀第十三七日於母腹中以前風力知有飢渴母飲食時所有滋味從臍而入藉以資身難陀第十四七日於母腹中有風名曰線口其風令胎生一千筋身前有二百五十身後有二百五十右邊二百五十左邊二百五十難陀第十五七日於母腹中有風名曰蓮華能與胎子作二十種脉吸諸滋味身前有五身後有五右邊有五左邊有五其脉有種種名及種種色或名伴或名力或名勢色有青黃赤白豆酥油酪等色更有多色共相和雜難陀其二十脉别各有四十脉以爲眷屬合有八百吸氣之脉於身前後左右各有二百難陀此八百脉各有一百道脉眷屬相連合有八萬前有二萬後有二萬右有二萬左有二萬難陀此八萬脉復有衆多孔穴或一孔二孔乃至七孔一一各與毛孔相連猶如藕根有名孔隟難陀第十六七日於母腹中有風名曰甘露行此風能爲方便安置胎子二眼處所如是兩耳兩鼻口咽胷臆令食入得停貯之處能令通過出入氣息譬如陶師及彼

弟子取好泥團安在輪上隨其器物形勢安布令無差舛此由業風能作如是於眼等處隨勢安布乃至能令通過出入氣息亦無夾失難陀第十七七日於母腹中有風名曰毛拂口此風能於胎子眼耳鼻口咽喉胷臆食入之處令其滑澤通出入氣息安置處所譬如巧匠若彼男女取塵翳鏡以油及灰或以細土揩拭令淨此由業風能作如是安布處所無有障礙難陀第十八七日於母腹中有風名曰無垢能令胎子六處清淨如日月輪大雲覆蔽猛風忽起吹雲四散光輪清淨難陀此業風力令其胎子六根清淨亦復如是難陀第十九七日於母腹内令其胎子成就四根眼耳鼻舌入母腹時先得三根謂身命意難陀第二十七日於母腹中有風名曰堅固此風依胎左脚生指節二十骨右脚亦生二十骨足跟四骨蹲有二骨膝有二骨髀有二骨腰髁有三骨脊有十八骨肋有二十四骨復依左手生指節二十骨復依右手亦生二十腕有二骨臂有四骨胷有七骨肩有七骨項有四骨頷有二骨齒有三十二骨髑髏四骨難陀譬如塐師或彼弟子先用鞕木作其相狀次以繩纏後安諸泥以成形像此業風力安布諸骨亦復如是此中大骨數有二百除餘小骨難陀第二十一七日於母腹中有風名曰生起能令胎子身上生肉譬如泥師先好調泥泥於牆壁此風生肉亦復如是難陀第二十二七日於母腹中有風名曰浮流此風能令胎子生血難陀第二十三七日於母腹内有風名曰淨持此風能令胎子生

皮難陀第二十四七日於母腹中有風名曰滋漫此風能令胎子皮膚光悅難陀第二十五七日於母腹中有風名曰持城此風能令胎子血肉滋潤難陀第二十六七日於母腹中有風名曰生成能令胎子身生髮毛爪甲此皆一一共脉相連難陀第二十七七日於母腹中有風名曰曲鑰此風能令胎子髮毛爪甲悉皆成就難陀由其胎子先造惡業慳澁悋惜於諸財物堅固執著不肯惠施不受父母師長言教以身語意造不善業日夜增長當受斯報若生人閒所得果報皆不稱意若諸世人以長爲好彼即短若以短爲好彼即長以麤爲好彼即細若以細爲好彼即麤若支節相近爲好彼即相離若相離爲好彼即相近若多爲好彼即少若少爲好彼即多愛肥便瘦愛瘦便肥愛怯便勇愛勇便怯愛白便黑愛黑便白難陀又由惡業感得惡報聾盲瘖瘂愚鈍醜陋所出音響人不樂聞手足攣躄形如餓鬼親屬皆憎不欲相見況復餘人所有三業向人說時他不信受不將在意何以故由彼先世造諸惡業獲如是報難陀由其胎子先修福業好施不慳憐愍貧乏於諸財物無悋著心所造善業日夜增長當受勝報若生人閒所受果報悉皆稱意若諸世人以長爲好則長若以短爲好則短麤細合度支節應宜多少肥瘦勇怯顏色無不愛者六根具足端正超倫辭辯分明音聲和雅人相皆具見者歡喜所有三業向人說時他皆信受敬念在心何以故由彼先世造諸善業獲如是報難陀胎若是男在母右脇蹲踞

而坐兩手掩面向毋脊住若是女者在毋左脇蹲踞而坐兩手掩面向毋腹住在生藏下熟藏之上生物下鎮熟物上刺如縛五處插在尖標若毋多食或時少食皆受苦惱如是若食極膩或食乾燥極冷極熱鹹淡苦醋或太甘辛食此等時皆受苦痛若毋行欲或急行走或時危坐久坐久卧跳躑之時悉皆受苦難陀當知處毋胎中有如是等種種諸苦逼迫其身不可具說於人趣中受如此苦何況惡趣地獄之中苦難比喻是故難陀誰有智者樂居生死無邊苦海受斯厄難難陀第二十八七日於毋腹中胎子便生八種顛倒之想云何爲八所謂屋想乘想園想樓想閣想樹林想牀座想河想池想而實無此妄生分别難陀第二十九七日於毋腹中有風名曰華條此風能吹胎子令其形色鮮白淨潔或由業力令色黧黑或復青色更有種種雜類顔色或令乾燥無有滋潤白光黑光隨色而出難陀第三十七日於毋腹中有風名曰鐵口此風能吹胎子髮毛爪甲令得生長白黑諸光皆隨業現如上所説難陀第三十一七日於毋腹中胎子漸大如是三十二七三十三七三十四七日已來增長廣大難陀第三十五七日子於毋腹支體具足難陀第三十六七日其子不樂住毋腹中難陀第三十七七日於毋腹中胎子便生三種不顛倒想所謂不淨想臭穢想黑闇想依一分説難陀第三十八七日於毋腹中有風名曰藍華此風能令胎子轉身向下長舒兩臂趣向産門次復有風名曰趣下由業力故風吹胎子令

頭向下雙脚向上將出產門難陀若彼胎子於前身中造衆惡業并墮人胎由此因緣將欲出時手足横亂不能轉側便於母腹以取命終時有智慧女人或善醫者以煗酥油或榆皮汁及餘滑物塗其手上即以中指夾薄刀子利若鋒芒内如糞廁黑闇臭穢可惡坑中有無量千蟲恒所居止臭汁常流精血腐爛深可猒患薄皮覆蓋惡業身瘡於斯穢處推手令入以利刀子臠割兒身片片抽出其母由斯受不稱意極痛辛苦因此命終設復得存與死無異難陀若彼胎子善業所感假令顛倒不損其母安隱生出不受辛苦難陀若是尋常無此厄者至三十八七日將欲產時母受大苦性命幾死方得出胎難陀汝可審觀當求出離

大寶積經卷第五十六

音釋

盻普惠切目流視也 捩良傑切拗也 抉於決切剔也又挑也 鋸居御切刀鋸也 刻音披劍切也 穳祖管切鋋也又矛戟柄底銳者曰穳 鑱鉏銜切鐫也 矟色角切矛屬矛丈八者謂之矟 鎚直追切鍛器也 杌五忽切樹無枝也 鑽祖筭切木鑽也 榍先結切木榍也 鍋古禾切溫器也 鞘先弔切刀室也 楥虛願切屨法也 萬杜亐切卉木初生貌 鍛丁貫切小冶也又冶金曰鍛 橐他各切無底囊也又吹火具也 隟豈逆切鑄隙也 髁苦瓦切髀骨也 頷胡感切口下曰頷 臠力兖切塊切肉也

大寶積經卷第五十七

唐三藏法師義淨譯

佛說入胎藏會第十四之二

爾時世尊復告難陀汝今既知胎苦生苦應識凡受胎生者是極苦惱初生之時或男或女墮人手内或在衣等安在日中或在陰處或置揺車或居牀席懷抱之内由是因緣皆受酸辛楚毒極苦難陀如牛剥皮近牆而住被牆蟲所食若近樹草樹草蟲食若居空處諸蟲唼食皆受苦惱初生亦爾以煗水洗受大苦惱如癩病人皮膚潰爛膿血横流加之杖捶極受楚切生身之後飲母血垢而得長大言血垢者於聖法律中即乳汁是難陀既有如是種種極苦無一可樂誰有智者於斯苦海而生愛戀常爲流轉無有休息生七日已身内即有八萬户蟲縱横噉食難陀有一户蟲名曰食髮依髮根住常食其髮有二户蟲一名伏藏二名麤頭依頭而住常食其頭有一户蟲名曰繞眼依眼而住常食於眼有四户蟲一名驅逐二名奔走三名屋宅四名圓滿依腦而住常食於腦有一户蟲名曰稻葉依耳食耳有一户蟲名曰藏口依鼻食鼻有二户蟲一名遥擲二名遍擲依脣食脣有一户蟲名曰蜜葉依齒食齒有一户蟲名曰木口依齒根食齒根有一户蟲名曰針口依舌食舌有一户蟲名曰利口依舌根食舌根有一户蟲名曰手圓依齶食齶復有二户蟲一名手網二名半屈依手掌食手掌有二户蟲一名短懸二名長懸依腕食腕有二户蟲一名遠臂二名近臂依臂食臂有二户蟲一

名欲吞二名巴吞依喉食喉有二戶蟲一名有怨二名大怨依胷食胷有二戶蟲一名螺貝二名螺口依肉食肉有二戶蟲一名有色二名有力依血食血有二戶蟲一名勇健二名香口依筋食筋有二戶蟲一名不高二名下口依脊食脊有二戶蟲俱名脂色依脂食脂有一戶蟲名曰黃色依黃食黃有一戶蟲名曰眞珠依腎食腎有一戶蟲名曰大眞珠依腰食腰有一戶蟲名曰未至依脾食脾有四戶蟲一名水命二名大水命三名針口四名刀口依腸食腸有五戶蟲一名月滿二名月面三名暉曜四名暉面五名別住依右脇食右脇復有五蟲名同於上依左脇食左脇復有四蟲一名穿前二名穿後三名穿堅四名穿住依骨食骨有四戶蟲一名大白二名小白三名重雲四名臭氣依脉食脉有四戶蟲一名師子二名備力三名急箭四名蓮華依生藏食生藏有二戶蟲一名安志二名近志依熟藏食熟藏有四戶蟲一名鹽口二名蘊口三名網口四名雀口依小便道食尿而住有四戶蟲一名應作二名大作三名小形四名小束依大便道食糞而住有二戶蟲一名黑口二名大口依脞食脞有二戶蟲一名癩二名小癩依膝食膝有一戶蟲名曰愚根依脛食脛有一戶蟲名曰黑項依脚食脚難陀如此之身甚可猒患如斯色類常有八萬戶蟲日夜噉食由此令身熱惱羸瘦疲困飢渴又復心有種種苦惱憂愁悶絕衆病現前無有良醫能爲除療難陀於大有海生死之中有如是苦云何於此而生愛樂復爲諸神

病之所執持所謂天神龍神八部所持及諸鬼神乃至羯吒布單那及餘禽獸諸魅所持或爲日月星辰所厄此等鬼神作諸病患逼惱身心難可具說佛告難陀誰於生死樂入母胎受極辛苦如是生成如是增長飲母乳血及諸飲食安生美想漸至長成假令身得安樂無病衣食恣情壽滿百歳於此生中睡眠減半初爲嬰兒次爲童子漸至長成憂悲患難衆病所逼無量百苦觸惱其身難可說盡身内諸苦難忍受時不願存生意便求死如是之身苦多樂少雖復暫住必當謝滅難陀生者皆死無有常存假使藥食資養壽命得延年歳終歸不免死王所殺送往空田是故當知生無可樂來世資糧應勤積集勿作放逸精修梵行莫爲懶惰於諸利行法行功德行純善行常樂修習恒觀自身善惡二業繫在於心勿令後時生大追悔一切所有愛樂之事皆悉别離隨善惡業趣於後世難陀壽命百年有其十位初謂嬰兒位卧於襁褓二謂童子樂爲兒戲三謂少年受諸欲樂四謂少壯勇健多力五謂盛年有智談論六謂成就能善思量巧爲計策七謂漸衰善知法式八謂朽邁衆事衰弱九謂極老無所能爲十謂百年是當死位難陀粳概大位略說如是計准四月以爲一時百年之中有三百時於春夏冬各有其百一年十二月總有一千二百月若半月爲數總有二千四百半月於三時中各有八百半月總有三萬六千晝夜一日再食總有七萬二千度食雖有緣不食亦在其數不食緣者所謂瞋恨不食遭苦不

食或求索不得睡眠持齋掉戲不食事務不食食與不食而共合集數有爾許并飲毋乳人命百年我已具說年月晝夜及飲食數汝應生猒難陀如是生成長大身有衆病所謂頭目耳鼻舌齒咽喉胷腹手足疥癩癲狂水腫欬嗽風黃熱癊衆多瘧病支節痛苦難陀人身有如是病苦復有百一風病百一黃病百一痰癊病百一總集病總有四百四病從內而生難陀身如癰箭衆病所成無暫時停念念不住體是無常苦空無我恒近於死敗壞之法不可保愛難陀凡諸衆生復有如是生受苦痛謂截手足眼耳鼻舌頭及支分復受獄囚枷鎖杻械鞭打拷楚飢渴困苦寒熱雨雪蚊蝱蟻子風塵猛獸及諸惡觸種種諸惱無量無邊難可具說有情之類常在如是堅鞕苦中愛樂沉没諸有所欲苦爲根本不知棄捨更復追求日夜煎迫身心被惱內起燒然無有休息如是生苦老苦病苦死苦愛別離苦怨憎會苦求不得苦五取蘊苦四威儀中行立坐卧亦皆是苦若常行時不立坐卧即受苦無樂若常立時不行坐卧若坐不行立卧若卧不行立坐皆受極苦而無安樂難陀此等皆是捨苦求苦唯是苦生唯是苦滅諸行因緣相續而起如來了知故說有情生死之法諸行無常非眞究竟是變壞法不可保守當求知足深生猒患勤求解脫難陀於善趣中有情之類生處不淨苦劇如是種種虛誑說不可盡何況具說於三惡趣餓鬼傍生地獄有情所受楚毒難忍之苦復次難陀有其四種入於母胎云何爲四一者有情

正念入正念住正念出二者正念入正念住不正念出三者正念入不正念住出四者三皆不正念誰是正念入住出如有一類凡夫有情性愛持戒數習善品樂爲勝事作諸福行極善防護恒思質直不爲放逸有大智慧臨終無悔即便受生或是七生預流或是家家或是一來或是一間此人由先修善行故臨命過時雖苦來逼受諸痛惱心不散亂正念而終復還正念入母胎内了知諸法由業而生皆從因緣而得生起常與諸魔作居止處難陀應知此身恒是一切不淨窟宅體非常住是愚癡物誘誑迷人此身以骨而作機關筋脉相連通諸孔穴脂肉骨髓共相纏縛以皮覆上不見其過於熱窟中不淨充滿髮毛爪齒分位差別執我我所故恒被拘牽不得自在常出涕唾穢汗流汗黄水痰癊爛壞脂膩腎膽肝肺大腸小腸屎尿可惡及諸蟲類周遍充滿上下諸孔常流臭穢生熟二藏葢以薄皮是謂行厠汝應觀察凡食噉時牙齒咀嚼濕以涎唾嚥入喉中髓腦相和流津腹内如犬咬枯骨妄生美想食至臍間嘔逆覆上還復却咽難陀此身元從羯羅藍頞部陀閉尸健南鉢羅奢佉不淨穢物而得生長嬰兒流轉乃至老死輪迴繫縛如黑闇坑如臭壞井常以鹹淡苦辛酸等食味而爲資養又母腹火燒煑身根不淨糞鍋常嬰熱苦母若行立坐卧之時如被五縛亦如火炙難可堪忍無能爲喻難陀彼胎雖在如是糞穢坑中衆多苦切由利根故心不散亂復有一類薄福有情在母腹内或横或倒由其先業因

緣力故或由母食冷熱鹹酸甘辛苦味不善調故或飲漿水過量或多行婬欲或饒疾病或懷愁惱或時倒地或被打拍由是等緣母身壯熱由身熱故胎亦燒然由燒然故受諸苦惱由是苦故便即動轉由動轉故或身橫覆不能得出有善解女人以酥油塗手內母腹中緩緩觸胎令安本處手觸著時胎子即便受大苦惱難陀譬如幼小男女人以利刀削破皮肉散灰於上由斯便有大苦惱生胎子楚毒亦復如是雖受此痛由利根故正念不散難陀此胎如是住母腹中受如斯苦又欲產時辛苦而出由彼業風令手交合支節拳縮受大劇苦欲出母胎身體青瘀猶如初腫難可觸著飢渴逼迫心懸熱惱由業因緣被風推出既出胎已被外風觸如割塗炭手

衣觸時皆受極苦雖受此苦由上利根故正念不亂於母腹中知入住出悉皆是苦難陀誰當樂入如是胎中難陀誰是於母腹正念入住不正念出難陀如有一類凡夫有情性樂持戒修習善品常爲勝事作諸福行其心質直不爲放逸少有智慧臨終無悔或是七生預流或是家家或是一來或是一間此人先修善行臨命終時雖苦來逼受諸痛惱心不散亂復還正念入母胎中了知諸法由業而生皆從因緣而得生起廣說如上乃至出胎雖受如是諸極苦楚由是中利根故入住正念不正念出廣說如上乃至誰當樂入如是胎中難陀誰是正念入胎不正住出難陀如有一類凡夫有情性樂持戒修習善品常爲勝事作諸福行廣說如上乃至臨終無悔

或是七生預流等臨命終時衆苦來逼雖受痛惱心不散亂復還正念入母胎中由是下利根故入胎時知住出不知廣説如上乃至誰當樂入如是胎中難陀誰是入住出倶不正念如有一類凡夫有情樂毀淨戒不修善品常爲惡事作諸惡行心不質直多行放逸無有智慧貪財慳悋手常拳縮不能舒展濟惠於人恒有希望心不調順見行顛倒臨終悔恨諸不善業皆悉現前當死之時猛利楚毒痛惱逼切其心散亂由諸苦惱不自憶識我是何人從何而來今何處去難陀是謂三時皆無正念廣説如上難陀此諸有情生在人中雖有如是無量苦惱然是勝處於無量百千倶胝劫中人身難得若生天上常畏墜墮有愛别離苦命欲終時餘天告言願汝當生世間善趣云何世間善趣謂是人天人趣難得遠離難處更復是難云何惡趣謂三惡道地獄趣者常受苦切極不如意猛利楚毒難可譬喻餓鬼趣者性多瞋恚無柔輭心諂誑殺害以血塗手無有慈悲形容醜陋見者恐怖設近於人受飢渴苦恒被障礙傍生趣者無量無邊作無義行無福行無法行無善行無淳質行互相食噉强者凌弱有諸傍生若生若長若死皆在暗中不淨糞屎垢穢之處或時暫明所謂蜂蝶蚊蟻蚤虱蛆蟲之類自餘復有無量無邊生長常暗由彼先世是愚癡人不聽經法恣身語意貪著五欲造衆惡事生此類中受愚迷苦難陀復有無量無邊傍生有情生長及死皆在水中所謂魚鼈黿鼉鱓蛭蚌蛤蝦蟇之類由先世業身語意

惡如上廣說難陀復有無量無邊傍生有情聞屎尿香速往其處以爲食飲所謂猪羊鷄犬狐狢鵰鷲烏蠅蜣蜋禽獸之類皆由先世惡業所招受如是報難陀復有無量無邊傍生之類常以草木及諸不淨充其飲食所謂象馬駝牛驢騾之屬乃至命終由先惡業受如是報復次難陀生死有海苦哉痛哉猛燄燒然極大炎熱無一衆生不被燒煑斯等皆由眼耳鼻舌身意熾盛猛火貪求前境色聲香味觸法難陀云何名爲熾盛猛火謂是貪瞋癡火生老病死火憂悲苦惱毒害之火常自燒然無一得免難陀懈怠之人多受衆苦煩惱纒作不善法輪迴不息生死無終勤策之人多受安樂發勇猛心斷除煩惱修習善法不捨善軛無休息時是故汝令應觀此身皮肉筋骨血脉及髓不久散壞常當一心勿爲懈怠未證得者勤求證悟如是應學難陀我不共世間作諸諍論然而世間於我强爲諍論所以者何諸知法者不與他諍離我我所共誰爲諍由無見解起妄執故我證正覺作如是語我於諸法無不了知難陀我所言說有差異不難陀言不也世尊如來說者無有差異佛言善哉善哉難陀如來所說必無差異如來是眞語者實語者如語者不異語者不誑語者欲令世間長夜安樂獲大勝利是知道者是識道者是說道者是開道者是大導師如來應正等覺明行足善逝世間解無上士調御丈夫天人師佛世尊世間之人無知無信常與諸根而爲奴僕唯見掌中不觀大利易事不修難者恒作難陀且止如

斯智慧境界汝今應以肉眼所見而觀察之知所見者皆是虛妄即名解脫難陀汝莫信我莫隨我欲莫依我語莫觀我相莫隨沙門所有見解莫於沙門而生恭敬莫作是語沙門喬答摩是我大師然而但可於我自證所得之法獨在靜處思量觀察常多修習隨於用心所觀之法即於彼法觀想成就正念而住自爲洲渚自爲歸處法爲洲渚法爲歸處無別洲渚無別歸處難陀云何苾芻自爲洲渚自爲歸處法爲洲渚法爲歸處無別洲渚無別歸處如是難陀若有苾芻於自內身隨觀而住勤勇繫念得正解了於諸世間所有恚惱常思調伏是謂隨觀內身是苦若觀外身及內外身亦復如是難陀汝於集法觀身而住觀滅而住復於集滅二法觀身而住即於此身能爲正念或但有智或但有見或但有念無依而住於此世間知無可取如是難陀是謂苾芻於自內身隨觀而住外身內外身爲觀亦爾次觀內受外受及內外受而住觀內心外心及內外心而住觀內法外法及內外法而住勤勇繫念得正解了於諸世間所有恚惱常思調伏觀集法住觀滅法住復於集滅二法觀法而住即於此身能爲正念或但有智或但有見或但有念於此世間知無可取如是難陀是謂苾芻自爲洲渚自爲歸處法爲洲渚法爲歸處無別洲渚無別歸處難陀若有丈夫稟性質直遠離諂誑於晨朝特來至我所我以善法隨機教示彼至暮時自陳所得暮以法教旦陳所得難陀我之善法現得證悟能除熱惱善應時機易爲方

便是自覺法善爲覆護親對我前聞所説法順於寂靜能趣菩提是我所知是故汝今見有自利見有他利及二俱利如是等法應常修學於出家法謹愼行之勿令空過當獲勝果無爲安樂受他供給衣食卧具病藥等物令其施主獲大福利得勝果報尊貴廣大如是難陀應當修學復次難陀未有一色是可愛樂能於後時不變壞者無有是處不起憂悲不生煩惱者亦無是處難陀於汝意云何此色是常爲是無常大德體是無常難陀體既無常爲是苦不大德是苦若無常苦即變壞法我諸多聞聖弟子衆計色是我我有諸色色屬於我我在色中不白言不也世尊於汝意云何受想行識是常無常大德皆是無常難陀體既無常爲是苦不大德是苦若無常苦即變壞法我諸多聞聖弟子衆計受等是我我有受等受等屬我我在受等中不不也世尊是故應知凡是諸色若過去若未來若現在若内若外若麤若細若勝若劣若遠若近所有諸色皆非是我我不有色色不屬我我不在色中如是應以正念正慧而審觀察受想行識若過去若未來若現在若内若外若麤若細若勝若劣若遠若近此等亦非是我我亦非有此等我亦非在此中如是應以正念正慧而審觀察若我多聞聖弟子衆如是觀察於色猒患復於受想行識亦生猒患若猒患已即不染著既無染著即得解脱既解脱已自知解脱作如是言我生已盡梵行已立所作已辦不受後有爾時世尊説此法已時具壽難陀遠塵離垢得法眼淨五百

苾芻於諸有漏心得解脫爾時世尊重說伽陀告難陀曰

若人無定心　即無清淨智　不能斷諸漏
是故汝勤修　汝常修妙觀　知諸蘊生滅
清淨若圓滿　諸天悉欣慶　親友共交歡
往來相愛念　貪名著利養　難陀汝應捨
勿親近在家　及於出家者　念超生死海
窮盡苦邊際　初從羯羅藍　次生於肉疱
肉疱生閉尸　閉尸生健南　健南暫轉變
生頭及四支　衆骨聚成身　皆從業因有
頂骨合九片　頷車兩骨連　齒有三十二
其根亦如是　耳根及頸骨　齶骨并鼻梁
胷臆與咽喉　總有十二骨　眼匡有四骨
肩偶亦兩雙　兩臂及指頭　總有五十骨
項後有八骨　脊梁三十二　此各有根本
其數亦四分　右脅邊肋骨　相連有十三
左脇相連生　亦有十三骨　此等諸骨鎖
三三相續連　二二相鈎牽　其餘不相續
左右兩腿足　合有五十骨　總三百十六
支柱於身肉　骨節相鈎綴　合成衆生體
實語者記說　正覺之所知　從足至於頂
雜穢不堅牢　由此共成身　脆危如葦舍
無梢唯骨立　血肉遍塗治　同機關木人
亦如幻化像　應觀於此身　筋脉更纏繞
濕皮相裹覆　九處有瘡門　周遍常流溢
屎尿諸不淨　譬如倉與篅　盛諸穀麥等
此身亦如是　雜穢滿其中　運動骨機關
危脆非堅實　愚夫常愛樂　智者無染著
洟唾汗常流　膿血恒充滿　黄脂雜乳汁
腦滿髑髏中　胷鬲痰癊流　内有生熟藏

肪膏與皮膜　五藏諸腸胃　如是臭爛等
諸不淨同居　罪身深可畏　此即是怨家
無識躭欲人　愚癡常保護　如是臭穢身
猶如朽城郭　日夜煩惱逼　遷流無暫停
身城骨牆壁　血肉作塗泥　畫彩貪瞋癡
隨處而莊飾　可惡骨身城　血肉相連合
常被惡知識　内外苦相煎　難陀汝當知
如我之所說　晝夜常繫念　勿思於欲境
若欲遠離者　常作如是觀　勤求解脫處
速超生死海

爾時世尊說是入胎經已具壽難陀及五百苾芻皆大歡喜信受奉行難陀苾芻越生死海險難之處能至安隱究竟涅槃獲阿羅漢果說自慶頌曰

敬心奉澡浴　淨水及塗香　并修諸福田
獲斯殊勝報

時諸大衆聞是說已咸皆有疑爲斷疑故請大師曰大德難陀苾芻先作何業由彼報得金色之身具三十相以自嚴飾望世尊身但少四指於婬欲境極生愛著大師哀愍於生死海強拔令出方便安置究竟涅槃惟願爲說佛告諸大衆難陀苾芻先所作業果報成熟皆悉現前廣說如餘即說頌曰

假使經百劫　所作業不亡　因緣會遇時
果報還自受

汝等諦聽過去世時九十一劫人壽八萬歲有毗鉢尸佛如來應供正等覺明行足善逝世間解無上士調御丈夫天人師佛世尊出現於世與六萬二千苾芻遊行人間至親慧城王所都處住親慧林即於此住時彼世尊

有異母弟於婬欲境極生愛著其毗鉢尸如來應正等覺於生死海勸令出家方便安置究竟涅槃時彼國王名曰有親以法化世人民熾盛豐樂安隱無諸詐僞賊盜疾疫牛羊稻蔗在處充滿王異母弟極躭婬染王聞佛衆住親慧林將諸王子親侍大臣及內宮女人民翊從往詣佛所頂禮佛足退坐一面爾時世尊爲彼王衆宣揚妙法示教利喜得殊勝解其弟躭欲不肯出門時大臣子及餘知友撫塵之類詣而告曰善友知不王及王子并諸內宮大臣人衆往毗鉢尸佛所躬行禮敬聽受妙法獲殊勝解人身難得汝已得之如何今時躭著婬欲不肯出門彼聞責已心生愧恥俛仰相隨同行而去時佛弟苾芻見諸徒侶共行而去問曰何故君等將此一人共伴而去時彼同伴具以事白苾芻曰我是佛弟昔在家時於諸欲境極生躭著幸蒙大師强牽令出安隱將趣究竟涅槃更有如是愚癡之輩與我相似仁等慈悲强共將去誠爲大善今可往詣無上大師得至佛所必生深信時彼同伴共至佛所佛觀彼類稱根欲性而爲說法旣得聞已深起信心從座而起偏袒右肩合掌向佛白言世尊惟願大師及諸聖衆明至我家入温室澡浴佛默然受彼知受已禮佛雙足奉辭而去遂至王所申恭敬已白言大王我詣佛所聞法生信於婬欲境起猒離心奉請佛僧明至我家入温室浴如來大師慈悲爲受佛是人天所應供養王今宜可灑掃街衢嚴飾城郭王作是念佛來入城我當嚴飾然我之弟躭欲難諫佛今調

伏實誠希有答言甚善汝今可去營辦澡浴所須之物我當隨力嚴飾城隍弟生大喜辭王而去王告諸臣曰當可唱令普告諸人明日世尊將入城內諸舊住者及遠方來汝等諸人咸當隨力嚴飾城郭灑掃街衢持諸香華迎大師入臣奉王教普告令知具宣王勑時諸人衆於彼城中除去瓦礫遍灑香水燒諸妙香懸衆旛蓋散華供養如天帝釋歡喜之園時彼王弟辦諸香湯及香油等莊嚴浴室敷置牀座毗鉢尸佛漸欲至城王及諸臣太子后妃宮人婇女及諸人衆咸出奉迎遥禮佛足隨從入城時彼王弟引佛世尊入溫室內授香水等以充澡浴見佛世尊身如金色三十二相八十種好周遍莊嚴見已歡喜生深信心洗浴既竟著衣服已即便頂禮世尊雙足發是願言我今幸遇最上福田微伸供養願此善因於未來世身得金色與佛無異如世尊弟於欲境中深生躭著强拔令出得趣安隱究竟涅槃願我當來得爲佛弟獲金色身亦復如是我於欲境生躭著時强牽令出愛染深河得趣涅槃安隱之處汝等苾芻勿生異念彼親慧王躭欲之弟即難陀苾芻是由於昔時請毗鉢尸佛入浴室中香湯澡浴淨心發願彼之善因令爲佛弟身作金色我於躭著婬欲之境强拔令出捨俗出家究竟涅槃至安隱處時諸大衆更復有疑請世尊曰大德難陀苾芻曾作何業今身感得三十大丈夫相佛告諸大衆彼所作業廣說如前乃往過去於聚落中有一長者大富多財資生無乏有一苑園花果茂盛流泉浴池

林木森聳堪出家人棲隱之處時有獨覺出現於世哀愍衆生處於閑靜世間無佛唯此福田于時有一獨覺尊者遊行人間至斯聚落周旋觀察屆彼園中其守園人既見尊者告言善來爲解勞倦尊者住此即於中夜入火光定園人見已作如是念此之大德成斯勝行即便夜起往就家尊告言大家宜於今者生慶喜心於苑園中有一大德來投我宿成就妙行具足神通放大光明遍照園內長者聞已疾往園中禮雙足已作如是言聖者仁爲求食我爲福田幸住此園我常施食彼見慇懃即便爲受住此園內入勝妙定解脫之樂復作是念我此臭身輪迴生死所應作者並已獲得宜入圓寂永證無生作是念已即昇虛空入火光定現諸神變放大光明上燭紅輝下流清水捨此身已神識不生永證無餘妙涅槃界時彼長者取其屍骸焚以香木復持乳汁而滅其火收餘身骨置新瓶中造窣堵波懸諸旛蓋深生敬信灑三十種衆妙香水并發大願求諸相好汝等諦聽勿生異念往時長者即難陀是由以勝妙供養敬信業故今受果報感得三十殊妙勝相時諸大衆更有疑念重請世尊大德難陀苾芻曾作何業若不出家棄塵俗者必當紹繼力輪王位佛告諸苾芻難陀先世所造之業果報熟時必當自受廣如上說過去世時此賢劫中人壽二萬歲有迦葉波佛出現世間十號具足在婆羅痆斯仙人隱處施鹿林中依止而住時彼城中王名訖栗枳以法化世爲大法王廣如上說王有三子謂大中小彼迦葉

波佛施化事畢猶如火盡入大涅槃其王信敬取佛遺身以諸香木栴檀沉水海岸牛頭天木香等焚燒旣訖滅以香乳收其舍利置金寶瓶造大窣堵波皆用四寶縱廣正等一踰繕那高半踰繕那安相輪時王之中子親上中蓋汝等苾芻勿生異念時王中子者即難陀是由於昔時敬心供養安置中蓋斯之善業於二千五百生中常爲力輪王化一洲内今此生中若不出家者還作力輪王得大自在時諸大衆更復有疑請問世尊大德難陀苾芻曾作何業於佛弟子善護根門最爲第一佛言此由願力難陀苾芻於迦葉波佛時捨俗出家其親教師彼佛法中善護根門稱爲第一盡其形壽梵行自持然於現身竟無證悟於命終時便發誓願我於佛所盡斯形壽梵行自持然於現身竟無所證願我以此修行善根此佛世尊記未來世有摩納婆當成正覺號釋迦牟尼我於彼佛教法之中出家離俗斷諸煩惱獲阿羅漢如親教師於斯佛所善護根門最爲第一我亦如是於彼教中守護根門最爲第一由彼願力今於我所諸弟子中善護根門最爲第一如是苾芻若純黑業得純黑報若純白業得純白報若雜業者當受雜報是故汝等離純黑雜業修純白業如是應修

大寶積經卷第五十七

音釋

煗乃管切温也 腕烏貫切手腕也 脛下頂胡定二切脚脛也 繈褓繈居兩切負兒衣也褓補抱切小兒衣也 梗槩梗古杏切槩古代切梗槩大畧也 欬嗽欬苦愛切嗽蘇奏切欬嗽上氣逆喘也 杻械杻敕久切手械也械胡懈切桎梏也又器之總名也 咀嚼咀在呂切含味也嚼疾雀切噬也

劇奇逆切尤甚也 蚤子皓切齧人跳蟲也 虱所櫛切齧人蟲也 蛆子余切蛆蟲也 黿愚袁切大鼈也 鼉徒河切水蟲有足似蜥蜴長大類魚曰鼉 鱓常演切魚名似蛇而無鱗爲鱓 蛭之吉切水蛭也一名馬蟥 蝦蟇蝦胡加切蟇莫加切蝦蟇蛙屬 窣堵波梵語也此云方墳又云圓塚窣蘇沒切堵音覩

大寶積經卷第五十八

唐于闐三藏實叉難陀譯

文殊師利授記會第十五之一

如是我聞一時佛在王舍城耆闍崛山與大比丘衆一千人俱菩薩八萬四千文殊師利菩薩觀世音菩薩得大勢菩薩而爲上首復與七十二億諸天衆俱悉皆趣向菩薩之道復與四天大王釋提桓因梵天王等及其眷屬各有五萬二千衆俱亦皆趣於菩薩之道有四阿修羅王各與眷屬無量衆俱復與七萬二千大龍王俱其名曰難陀龍王優波難陀龍王婆留那龍王娑竭羅龍王持大地龍王無熱惱龍王髙勝龍王伏魔龍王最勝龍王月上龍王如是等而爲上首復與無量夜叉王俱其名曰金毗羅夜叉王阿吒薄拘夜叉王蘇支路摩夜叉王妙意夜叉王妙慧夜叉王妙相夜叉王普色夜叉王不動夜叉王有力夜叉王大力夜叉王如是等而爲上首時王舍城國王大臣及諸四衆天龍夜叉人非人等各以衣服飲食卧具醫藥種種資具於如來所恭敬尊重而爲供養爾時世尊於晨朝時著衣持鉢與諸比丘及於天人百千之衆前後圍遶向王舍城阿闍世宫佛威神力放百千種妙色光明百千音樂同時俱奏雨衆妙華優鉢羅華鉢曇摩華拘勿頭華芬陀利華繽紛而下是時如來以神通力隨所行處涌出寶蓮大如車輪白銀爲莖真金爲葉毗瑠璃寶以爲其鬚於華臺中有化菩薩結跏趺坐是諸菩薩與寶蓮俱遶王舍城右旋七帀而説頌曰

釋種應供大商主　利樂含識令安隱
具大威德寂靜心　爲世依怙當入城
若欲遠離老死苦　或樂遊戲於天宮
或有欲破諸魔軍　應近妙辯人中主
難得聞名令出現　經百千劫修衆行
以大悲心遊世間　如是之尊當入城
曾行無量無邊捨　男女妻室及王位
頭目耳鼻并手足　衣服飲食亦復然
已修無量施功德　證於無上一切智
以施調心固其行　戒淨無缺大丈夫
成就無量忍功德　心恒恬怕當入城
俱胝劫行勝精進　念衆生苦忘疲倦
具足無量無比禪　彼梵音者當入城
智慧無量無倫匹　猶若虛空無邊際
最勝人尊戒亦然　備修衆行智清淨
摧壞魔軍能濟拔　得住無憂不動位
無等法王轉法輪　彼釋師子當入城
若欲成佛出興世　三十二相以莊嚴
應發無等菩提心　於如來所興供養
若欲永捨貪恚癡　及以遠離諸煩惱
速當親近釋師子　施作種種諸供養
若欲速成釋梵王　各千眷屬常隨從
恒受天宮諸快樂　彼應親近釋師子
欲爲四洲聖輪王　所願七寶皆成就
最勝千子咸勇健　應當供養彼勝尊
欲爲長者邑中主　資財增廣無有量
眷屬色相悉超倫　彼應供養釋師子
已得解脫及當得　皆由聞佛寂靜法
難可值遇彼勝尊　應聽甘露無憂句

爾時王舍城中男女長幼無量衆生聞此頌

已即皆開悟各賫香華寶蓋幢旛無量音樂詣如來所一心瞻仰踊躍歡喜恭敬供養於是世尊將欲入城足蹈門閫城中之地六種震動雨衆妙華及諸音樂城中衆生盲者得視聾者得聞狂者得心倮者得服飢者得食貧者得財時彼衆生亦復不爲貪欲瞋恚愚癡憍慢之所逼惱慈心相向猶如父子彼樂音中而說頌曰

十力大丈夫　最勝人師子　利物入都城
群生獲安樂　盲瞽得見色　聾瞶得聞聲
顛狂復本心　倮露蒙衣服　飢渴遇珍膳
貧窶得資財　又於虛空中　諸天百千億
同爲供養佛　競奏諸樂音　具德十力尊
令入此城内　城中六種動　所謂遍動等
衆生無怖想　皆獲大歡喜　而今此城中
一切諸衆生　不爲貪恚癡　慳嫉之所惱
欣悦充遍身　慈念而相向　願佛速入城
安樂諸群品　世尊入城時　普放大光明
人天咸奏樂　悦暢於心意　如是諸奇特
種種無有量　天人阿修羅　莫不皆瞻奉

時王舍城有菩薩長者之子名摧過咎於里巷中遥覩世尊相好奇特端嚴澄睟諸根湛寂觀者無猒住奢摩他最上調伏防護諸根如善調象正念不亂如淨淵池三十二相莊嚴其體彼菩薩既見是已生極尊重淨信之心便往佛所稽首雙足右遶三帀却住一面復有無量百千衆生同詣佛所無數諸天住虛空中合掌恭敬尊重頂禮爾時摧過咎菩薩白佛言世尊菩薩成就幾法速得阿耨多羅三藐三菩提隨其所願嚴淨佛剎於是世

尊爲欲調伏諸衆生故爲欲哀愍摧過咎故往詣廛肆於大衆中而告之言善男子菩薩成就一法速得阿耨多羅三藐三菩提隨其所願嚴淨佛刹善男子何謂一法此菩薩於一切衆生行大悲故以勝志樂發菩提心云何名爲以勝志樂發菩提心應作是說若有已發菩提心者乃至微惡終更不作何所不作謂貪瞋癡及以在家威儀調戲悉皆遠離若出家已不復希望名利恭敬安住出家所修行法云何出家所修行法謂如實悟入一切諸法云何所悟一切諸法謂蘊界處有爲無爲云何悟入謂觀察五蘊寂滅如幻空無所有如是悟時不見悟入無覺無思一切分別悉皆寂滅若於諸蘊如是悟入即爲悟入一切諸法是名出家所修行法菩薩如是修此行時亦不捨離一切衆生何以故是菩薩如自所觀爲衆生說而亦不著法及衆生善男子是爲菩薩成就一法速得阿耨多羅三藐三菩提亦令佛刹具足圓滿說此法時摧過咎菩薩得無生忍歡喜踊躍上昇虛空高七多羅樹於彼衆中二千衆生發菩提心一萬四千諸天及人遠塵離垢於諸法中得法眼淨於是世尊熙怡微笑從其面門放種種色光照無量世界照已還來遶佛三帀而從頂入是時阿難即從座起整理衣服偏袒右肩右膝著地於世尊前而說頌曰

自在力導師　到諸法彼岸　一切智人尊
何緣現微笑　善逝十力尊　能爲諸利益
三世悉明達　何緣現微笑　了衆生心行
上中下差別　知諸想無礙　願佛爲宣說

億那由諸天　咸來頂禮佛　願發微妙音
充濟諸渴仰　勝定到彼岸　智慧亦復然
遠離於錯謬　何緣現微笑　百千諸天衆
爲法故來集　無量諸比丘　合掌皆願聞
奏種種音樂　供養於如來　善哉佛世尊
願決衆疑惑

佛告阿難汝今見此摧過咎菩薩昇虛空不阿難白言唯然已見佛言善男子此摧過咎却後過於六萬二千阿僧祇劫於此世界當得成佛號寂靜調伏音聲劫名離熱惱彼佛刹土功德莊嚴及以聲聞菩薩之衆亦如不動如來妙喜世界等無差別是時世尊與諸比丘到阿闍世王宮已各隨次第敷座而坐時王即以種種飲食手自斟酌供養世尊及比丘僧悉令充足復以上妙衣服奉獻如來即於佛前處卑牀坐而白佛言世尊忿恨瞋惱從何而生愚癡無智由何而滅佛告大王忿恨瞋惱我我所生若不能知功德過失及我我所名爲無智若如實知彼我我所此即非智非非智也大王當知一切諸行來無所從去無所至若無來去則無生滅若無生滅彼智無智亦復皆無何以故無有少法而能了知生與非生若離能知是爲知也時阿闍世王白佛言世尊希有如來應正等覺如是善說我今寧可聞法中夭不願徒生壽命相續爾時世尊爲阿闍世勸發開曉令歡喜已從座而去詣耆闍崛山洗足已敷座而坐入于三昧是時如來爲法施故於晡時間從三昧起諸大菩薩及聲聞衆皆從定出於是文殊師利與四萬二千趣菩薩乘諸天子俱彌

勒菩薩與五千菩薩衆俱勇猛雷音菩薩與五百菩薩衆俱如是一切菩薩及諸聲聞并阿闍世王各將眷屬前後圍遶詣如來所頂禮佛足退坐一面時王舍城復有無量百千衆生皆共往詣耆闍崛山到如來所頂禮佛足退坐一面於是舍利弗承佛威神從座而起偏袒右肩右膝著地合掌恭敬而白佛言如來前已於王舍城廛肆之内爲摧過咎略説菩薩摩訶薩功德莊嚴清淨佛刹善哉世尊惟願廣説如諸菩薩行不退轉菩提之行息諸煩惱嚴淨佛刹圓滿大願具足修行諸波羅蜜遠離聲聞辟支佛地履踐如來所行之跡降伏衆魔制諸外道具一切智轉妙法輪如是菩薩乃至未得一切種智而能決定利益安樂無量衆生世尊今此會中爲求菩提善男子善女人聞是法已歡喜修行于時世尊作是思惟今我所説非但爲此現前會衆是故宜應示現神變作是念已放百千億妙色光明一一光明普照十方百千億土彼諸佛土所有日月天龍摩尼電火光明映蔽不現而彼一切大小圍山須彌山王及餘諸山叢林樹木爲佛光明之所鑒徹無能現影是時如來復現威德謦欬之聲其聲遍聞十方世界爾時東方去此八十四恒河沙等佛刹有世界名普光明彼現有佛號集吉祥王而彼佛刹無有聲聞辟支佛名唯是菩薩充滿其土一一菩薩各有百億不退菩薩而爲眷屬時彼衆中有一菩薩名曰法上以何義故名爲法上謂彼菩薩於衆會前聞説法已上昇虛空高七多羅樹自隱其身説菩薩藏

法門名陀羅尼金剛句時彼會衆咸作念言一切諸法但有其聲何以故即如法上菩薩不見身相但聞其聲此聲無體如彼身相既離見聞則爲法性說此法時會中無量得忍菩薩遥見彼土法上菩薩又見此刹佛放光明及聞其聲曁乎彼界彼諸菩薩即時共詣集吉祥王如來之所頂禮佛足却住一面法上菩薩白佛言世尊以何因緣而現此瑞未曾有也佛言善男子西方去此過八十四恒河沙等佛刹有世界名娑婆彼現有佛號釋迦牟尼爲欲召集十方世界諸菩薩故一切毛孔放此光明及謦欬聲法上菩薩白佛言世尊我今欲往娑婆世界禮覲供養釋迦如來及諸菩薩并欲聽法佛言可往今正是時爾時法上菩薩即作是念今我以何神變往彼禮覲釋迦如來作是念已即入一切莊嚴身三昧由是三昧威神力故令此三千大千世界滿中妙華積至於膝百千音樂同時俱作寶幢旛蓋種種莊嚴復以妙香普熏此界猶如他化自在天宫是時法上菩薩現神變已即與六十三億大菩薩衆前後圍遶譬如壯士屈伸臂頃從彼土沒現此界中到如來所頭面禮足右遶三帀隨所來方以願力故化現蓮華而坐其上爾時南方去此過九十六億那由他佛刹有世界名離塵彼現有佛號師子勇猛奮迅而爲無量大菩薩衆恭敬圍遶於彼衆中有一菩薩名曰寶掌以何義故名爲寶掌謂彼菩薩於諸佛土化衆生時欲以右手遍捫若干諸佛世界即隨所欲而能成辦從其手出佛法僧聲施戒忍進禪慧

慈悲喜捨之聲出如是等百千億那由他法寶之聲爾時寶掌菩薩見大光明聞謦欬聲詣彼佛所白言世尊以何因緣而有此瑞佛言善男子北方去此過九十六億那由他佛刹有世界名娑婆佛號釋迦牟尼爲欲演説佛刹功德莊嚴法門集諸菩薩令聞此法攝受功德故現斯瑞寶掌菩薩白佛言世尊我等欲往娑婆世界禮覲供養釋迦如來及諸菩薩并欲聽法佛言善男子寧用去爲何以故彼娑婆世界具足三毒苦惱衆生之所聚集寶掌菩薩白佛言世尊彼釋迦如來應正等覺見何義利捨嚴淨刹現穢土中佛言善男子彼佛如來昔於長夜作如是言願我速得成就大悲常於弊惡衆生之中成等正覺轉妙法輪寶掌菩薩復白佛言世尊彼釋迦如來乃能往昔發是大悲難發之願現於如此惡世界中如是慈尊甚爲難遇我今當往禮覲供養佛言可爾今正是時然善男子汝詣彼土應當謹察無自毀傷所以者何生彼世界諸菩薩等雖爲難遇其餘衆生心行險詖難可調伏寶掌白言彼土雖有忿恨怨讎無傷於我假使一切衆生盡未來際瞋恨駡辱乃至刀杖瓦石打擲悉能受之終不加報爾時師子勇猛奮迅如來謂彼一切衆菩薩言諸善男子汝等若能如寶掌者可與俱行説是語時於彼會中有七萬二千菩薩同聲白言我等共往娑婆世界寶掌菩薩即作是念今我以何神變往彼禮覲釋迦如來復能安樂無量衆生作是念已即以右手覆此三千大千世界雨諸飲食衣服車乘金銀瑠璃

眞珠珂貝珊瑚璧玉隨諸衆生心所希望悉能充滿樂聞法者即令得聞復使無量聞法衆生證得眞實亦令無數病苦衆生受勝妙樂是時寶掌菩薩現神變已與諸菩薩於一念頃從彼土没現此界中到如來所頂禮佛足右遶三帀隨所來方以願力故化現蓮華而坐其上爾時西方去此過七十二億那由他百千佛刹有世界名摩尼藏彼現有佛號摩尼積王其佛刹土清淨瑠璃之所成就無有聲聞及辟支佛唯是清淨大菩薩衆去來坐立於瑠璃地咸見如來分明顯現如明鏡中覩其面像是諸菩薩於彼地中見佛世尊亦復如是見已請法佛便爲說往昔大願彼諸菩薩聞法得忍爾時如來於眉間毫相摩尼寶中放大光明遍照彼刹其中所有日月光明映蔽不現以華開合而爲晝夜於彼刹中有一菩薩名勝智願遇斯光已便詣佛所白佛言世尊以何因緣而有此瑞佛言善男子東方去此過七十二億那由他百千佛刹有世界名娑婆佛號釋迦牟尼爲欲召集諸菩薩故而現斯瑞時勝智願聞是語已白佛言世尊我等欲往娑婆世界禮覲供養釋迦如來及諸菩薩并欲聽法佛言可往今正是時時勝智願作是念言今我以何神變往彼禮覲釋迦如來作是念已即入三昧令此三千大千世界三惡道苦悉皆消滅得無上樂譬如比丘得諸禪定爾時一切諸天世人及以非人不爲貪恚愚癡諸見我慢忿恨怒害慳嫉憍諂覆藏之所逼惱皆發慈心爾時勝智願菩薩現神變已與四萬二千菩薩於一

念頂從彼土没現此界中到如來所頭面禮足隨所來方以願力故化現蓮華而坐其上爾時北方去此過六萬三千佛刹有世界名常莊嚴彼現有佛號娑羅起王其佛刹土初未曾聞女人之稱一切皆是蓮華化生袈裟隨體時佛爲彼諸菩薩衆説佛種性印法門何等名爲佛種性印所謂最初發菩提心從此即爲具菩薩戒入菩薩藏得陀羅尼心無散亂不離於捨證入空性正修無相無所願求性離貪染於蘊界處而能證入所作隨覺樂求佛慧於無生性眞實了知證於諸法而無分别具足正見斷於妄念是故名爲佛種性印時彼衆中有一菩薩名相莊嚴星宿聚王本願殊勝若有衆生見其身者必定當得三十二相時彼菩薩遇佛光明及聞其聲便

詣佛所頂禮雙足右遶三帀白佛言世尊以何因緣而有此瑞佛言善男子於此南方過六萬三千佛刹有世界名娑婆佛號釋迦牟尼爲欲召集諸菩薩故而現此瑞彼菩薩言何故名爲娑婆世界佛言彼界堪忍貪恚愚癡及諸苦惱是故名爲娑婆世界彼菩薩言娑婆世界諸衆生等皆能忍受惡罵捶打諸惱亂耶佛言善男子彼界衆生少能成就若斯功德而多隨順貪恚愚癡怨恨纏縛彼菩薩言若如是者彼界不應名娑婆也佛言相莊嚴星宿聚王彼佛刹土亦有行菩薩乘諸善男子及善女人已曾供養無量諸佛成就忍辱將護衆生善自調伏若有衆生以諸苦惱而來加害悉能含忍終不放逸貪恚愚癡善男子由有如此諸善丈夫是故彼界名曰

娑婆又彼界中亦有衆生具足衆惡少能悔過其心麤猛而無愧耻不敬佛不重法不愛僧當墮地獄畜生餓鬼彼釋迦如來於此下劣衆生之中悉能忍受罵辱嫌恨誹謗惱亂惡言恐懾心如大地不可揺動無所違逆若得供養及以不得心無高下亦無憎愛是故彼界名曰娑婆爾時相莊嚴星宿聚王菩薩白佛言世尊我等今者得大善利不生於彼弊惡下劣衆生之中佛言善男子莫作是說何以故東北方有世界名妙莊嚴忍彼現有佛號大自在王其土衆生皆悉具足一向安樂譬如比丘入於滅定彼之安樂亦復如是若有衆生於彼佛土億百千歲修諸梵行不如於此娑婆世界一彈指頃於諸衆生起慈悲心所獲功德尚多於彼何況能於一日一夜住清淨心爾時相莊嚴星宿聚王菩薩白佛言世尊我等欲往娑婆世界禮覲承事釋迦如來及諸菩薩并欲聽法佛言可往今正是時爾時相莊嚴星宿聚王菩薩即作是念今我以何神通之力往彼禮覲釋迦如來作是念已於虚空中化成寶蓋覆此三千大千世界百千萬億珠纓寶旛周帀垂布於其蓋中雨種種華百千音樂自然而奏復令此會比丘比丘尼優婆塞優婆夷天龍夜叉乾闥婆阿修羅迦樓羅緊那羅摩睺羅伽人非人等各自見身具三十二相現寶蓋中爾時相莊嚴星宿聚王菩薩現神變已與十億菩薩於一念頃從彼土没現此界中到如來所頂禮雙足右遶三帀隨所來方以願力故化現蓮華而坐其上如是乃至遍於十方各有無

量阿僧祇佛刹中無量阿僧祇百千億菩薩見大光明聞謦欬聲問彼世尊而來此土頂禮佛足各坐一面亦復如是又此界中釋梵護世大威德天諸龍夜叉乹闥婆阿修羅迦樓羅緊那羅摩睺羅伽等皆見光明咸來佛所頂禮雙足却坐一面爾時世尊現神變已十方無量百千億那由他佛刹所有菩薩來集會者皆見此土功德莊嚴并佛身量菩薩聲聞及受用具與自本刹悉皆同等然知彼此刹無雜亂爾時彌勒菩薩即從座起整理衣服偏袒右肩右膝著地合掌向佛而說頌曰

名振十方智無量　放大光明照世間
一切衆生共度量　莫測人尊勝智慧
十方無量億菩薩　爲求法故咸來集
而皆信樂諸法門　願佛演說令歡喜
如來戒定及智慧　名稱普聞十方國
演法無畏猶師子　光遍虛空如日照
一切天龍與羅刹　及諸比丘比丘尼
優婆塞衆優婆夷　合掌樂聞如來說
過去未來及現在　世尊於彼悉了知
以勝解力拔群迷　願決疑惑令開曉
云何菩薩智慧行　嚴淨佛刹令光潔
云何諸願速成滿　令請如來爲宣說
云何無慳戒無缺　能忍罵辱諸難事
精進修行無懈倦　解脫無量苦衆生
專心樂入三昧門　遊止清淨禪宮殿
處世利益而無染　譬如蓮華不著水
云何智慧出世間　開闡甚深微妙法
降伏一切諸魔衆　速能具足奢摩他

大寶積經卷第五十八

音釋

閫苦本切閾也門橛也　倮郎果切赤體也　聾聵聾盧紅切聵胡對切聾聵耳病無聞也　寠郡羽切貧無禮也　睟雖遂切潤澤貌　謦欬謦棄挺切欬苦蓋切道氣聲也小曰謦大曰欬　險詖險虛儉切詖彼義切險詖陰險不平之言也　愶虛業切以威力相恐也

大寶積經卷第五十九

唐于闐三藏實叉難陀譯

文殊師利授記會第十五之二

爾時世尊告彌勒菩薩摩訶薩言汝今爲佛嚴辦法座我當昇已説往昔志樂所修諸行善巧出生諸佛刹土功德莊嚴趣向眞實法門爾時彌勒菩薩即作是念今者世尊以何義故令我嚴座不使阿難大目連等如何棄捨彼諸聲聞將非唯爲諸菩薩説或彼聲聞及辟支佛於此法門而非器故以是世尊令我敷座爾時彌勒菩薩即爲如來以神通力化作衆寶師子之座高四萬由旬周帀嚴麗柔軟天衣以敷其上從其座出種種光明照此三千大千世界爾時如來昇其座已令此世界六種震動爾時世尊告長老舍利弗菩薩成就四法能令所願皆得滿足何等爲四一者發勝志樂二者於諸衆生起悲愍心三者發起精進四者承事善知識復次舍利弗菩薩成就一法令願不退嚴淨佛刹何謂一法是菩薩應當樂學不動如來爲菩薩時本所修行立弘誓願我當所在生處初生之時若不出家則爲欺誑十方諸佛如是舍利弗是諸菩薩應隨順學若佛出世若不出世一切生處皆悉決定捨家出家何以故而諸菩薩最勝利益所謂出家舍利弗樂出家者則能攝取十種功德何等爲十一者不著諸欲二者樂阿蘭若三者行佛所行四者離凡夫行五者不著妻子及以財産六者離惡道因七者修善趣法八者宿世善根皆不損減九者恒爲諸天之所歎羨十者一切鬼神恭敬

守護若菩薩常樂出家獲得如是十種功德是故舍利弗菩薩志求菩提欲度衆生常當出家是名菩薩成就一法復次舍利弗菩薩成就二法令願不退嚴淨佛刹何等爲二所謂菩薩不樂聲聞地不求聲聞乘不愛樂説聲聞乘處不親近聲聞乘者不學聲聞戒不樂宣説共聲聞乘相應之法亦不勸他行聲聞乘於緣覺乘亦復如是唯爲佛法勸發衆生成就最上阿耨多羅三藐三菩提是名爲二舍利弗若有勸他趣入佛乘此菩薩則能攝取十種功德何等爲十一者得清淨刹無有聲聞及辟支佛二者得純一清淨諸菩薩衆三者諸佛世尊之所護念四者常爲諸佛稱名讚歎而爲説法五者所發之心皆悉廣大六者若生天上當作帝釋或梵天王七者若生人中作轉輪王八者常見諸佛九者爲諸天人之所愛樂十者攝取無量無邊阿僧祇功德何以故舍利弗若有能令三千大千世界所有衆生一切皆得阿羅漢果或復置於緣覺之地若復有能置一衆生於佛菩提此之功德甚多於彼何以故舍利弗不由聲聞緣覺出現佛種不斷世若無佛則無聲聞及辟支佛舍利弗以佛出現令佛種不斷亦復出生聲聞緣覺是故舍利弗菩薩令他住佛乘中得如是等十種功德得清淨刹復次舍利弗菩薩成就三法令願不退攝受佛刹功德莊嚴何等爲三一者尊重愛樂住阿蘭若二者無所染著而行法施三者堅固安住淨戒律儀舍利弗菩薩堅住戒律得十無畏何等爲十一者入聚落無畏二者衆中説法

無畏三者飲食無畏四者出聚落無畏五者入寺無畏六者大衆中食無畏七者教授無畏八者親近和上阿闍梨無畏九者於自眷屬慈心教誨無畏十者受用衣服飲食卧具醫藥無畏住戒律者所有言説令他信受舍利弗是爲菩薩十種無畏舍利弗菩薩説法心無所著則能攝受十種功德何等爲十一者不生惡欲二者不求他人識知三者不起名聞心四者於檀越家心不繫著五者不占護他家六者於極下劣四事供養而生喜足七者説法令他信受八者善神守護九者不生邪覺十者起念佛心是名爲十舍利弗菩薩尊敬愛樂住阿蘭若成就十種功德利益何等爲十一者遠離世俗言論二者專習閑靜三者心緣定境四者捨諸營務五者愛樂諸佛六者恒受禪定喜樂七者修梵行時無有障礙八者少用功力而得三昧九者所受教法未常忘失十者所聞法義皆悉了知是名爲十復次舍利弗菩薩成就四法令願不退嚴淨佛刹何等爲四一者如説能行如行能説二者常自謙下三者遠離慳嫉四者見他得利心生歡喜是名爲四舍利弗是菩薩如行能説有四種利益何等爲四一者口中常出青蓮華香二者語業清淨言無錯謬三者一切世間所共信受四者攝受諸佛圓滿音聲是名爲四舍利弗菩薩謙下有四種利益何等爲四一者遠離惡趣畜生等身二者受妙快樂三者潛謀暴賊俱不能害四者堪受人天恭敬禮拜是名爲四舍利弗菩薩遠離慳嫉有四種利益何等爲四一者不忘施

心二者於飢饉時作大施主三者見持戒者來承迎引納四者若受他施及施於他無有一人而生嫉妬是名爲四舍利弗菩薩見他得利生歡喜心有四種利益何等爲四一者常生是心我攝衆生應與利樂彼既自得故生歡喜二者所有財物王難水火劫賊怨親無能侵奪三者隨所生處財寶諸子皆悉具足王不嫉忌何況餘人四者蓄用資財俱無窮盡是名爲四舍利弗是菩薩成就四法復次舍利弗菩薩成就五法令願不退嚴淨佛剎何等爲五一者彼菩薩詣說法者而問之言修何等行能得佛剎清淨莊嚴若得聞已如說修行二者菩薩清淨持戒及願力故生佛國中生彼國已觀察彼土種種莊嚴衆寶資具及諸聲聞菩薩大衆諸相微妙於如來所恭敬尊重白言世尊菩薩修何等行得廣大佛剎清淨莊嚴而彼如來知此菩薩志樂殊勝即爲宣說如是功德成就佛剎彼得聞已如法修行三者菩薩有智有行應淨其智應進其行云何淨智謂於能緣及所緣法遠離聲聞緣覺智故云何進行謂如所聞必定修行離不行故四者菩薩善知有因及知出離言有因者謂不正思惟是四顛倒之所依止爲生死因故言出離者謂正修行於一切法不起分別爲出離故五者菩薩了知諸佛體性及剎土性俱但有名名亦寂滅如是了知不起知想是名爲五復次舍利弗菩薩成就六法速得阿耨多羅三藐三菩提亦能攝取一切世界最上佛剎何等爲六一者此菩薩爲大施主所有珍玩可愛樂物歡喜布施

無所悋著又作是念我行大施圓滿大乘所謂求阿耨多羅三藐三菩提時一切悉捨心無所著具足成就菩提資粮捨自身命尚不生悔何況財産及妻子等舍利弗何故如來名一切智謂行菩薩行時於自所有一切皆捨以是義故得菩提已名一切智二者若菩薩在家出家寧捨身命終不破戒以此持戒共諸衆生迴向阿耨多羅三藐三菩提如是持戒自覺歡喜樂修梵行晝夜安樂益加求法住正修行猒怖三界希求出離雖見出要顧念衆生如我所苦彼亦皆然我當荷荔重擔攝取衆生置於涅槃安樂之處如是持戒自覺喜時獲大悲心乃至未得一切種智不捨精進如救頭然三者菩薩被忍辱鎧離於高慢得大忍力若遇罵辱及捶打時忍心成就不生瞋恨假使有棒如須彌山有人執持於億劫中常見打罵而亦不生怨恨之心何以故彼諸衆生未隨佛學而我方將隨佛修學是故於彼所得打罵便能增長爾所大悲我當爲諸衆生被弘誓鎧攝取衆生令得解脫入於涅槃是故我今不應瞋恨菩薩正住如是忍時則得成就十種具足何等爲十一者種姓二者財産三者眷屬四者色相五者善捨六者善友七者得聞正法八者如說修行九者臨命終時得見諸佛十者既見佛已生淨信心是爲十種功德具足四者菩薩爲欲成就善法堅固自課發起精進又爲一一衆生盡未來際於生死中次第修行諸精進行而不疲倦以自課業及此大悲爲一切衆生於爾所時流轉生死不捨衆生舍利弗若

有菩薩十方各如恒沙世界滿中七寶於念念中奉上如來如是相續盡未來際若有菩薩發大悲心被精進鎧而此功德復多於彼舍利弗菩薩具此精進得十種勝志樂法何等爲十一者離凡愚行二者攝受佛行三者見生死過四者住大悲心五者不退本願六者少諸疾病七者順諸佛教八者薄婬怒癡九者隨文了義十者修行成就是名爲十五者菩薩作是思惟諸佛如來心常在定未曾失念我應隨佛所行若心散亂終不能證佛所行處是故應當捨離一切心所取著亦捨一切利養恭敬聚落城邑飲食資生及諸親友爲欲利益諸衆生故不捨衆生樂阿蘭若住寂靜處獨行無侶如犀一角住靜處已起大慈心初遍一方漸至十方普遍衆生慈心遍已得入禪定舍利弗若有在家菩薩以一切樂具於恒沙劫供養一切恒河沙諸佛及比丘衆若有出家菩薩行於七步向阿蘭若寂靜之處而此福德甚多於彼以能速得大菩提故舍利弗菩薩樂住寂靜入禪定者獲十種功德利益何等爲十一者得念二者得慧三者修行四者迅辯五者得陀羅尼六者善知法生七者善知法滅八者戒聚無犯九者諸天供養十者不貪他好是名爲十六者菩薩善知智慧等流謂作是念智慧以戒爲首白法增長以慧爲首是故菩薩應學智慧世間所有難作難成一切工巧一切醫藥皆悉遍學而此智慧不能證入離欲寂滅亦復不能趣向菩提非向沙門非婆羅門非向涅槃是故我今應更遍求法藥工巧以如是智

令我得彼究竟寂滅彼菩薩求諸法本不見少法能起於法以不見故住於寂滅住寂滅故則無熱惱無熱惱故了知生死爲衆生故而受彼生令諸衆生除滅苦故是名爲六復次舍利弗菩薩成就七法令願不退嚴淨佛刹何等爲七一者自捨一切而施不可得故二者戒不缺犯不計著戒故三者忍辱柔和而衆生不可得故四者發起精進身心不可得故五者成就禪定不住禪故六者智慧圓滿無分別故七者隨念諸佛遠離相故是名爲七復次舍利弗菩薩成就八法令願不退嚴淨佛刹何等爲八一者不樂涅槃二者施莊嚴具三者其心廣大四者尊敬法師五者不行邪命六者平等惠施七者不自矜高八者不凌懱他是名爲八復次舍利弗菩薩成

就九法令願不退嚴淨佛刹何等爲九一者具身律儀二者具語律儀三者具意律儀四者滅諸貪欲五者滅諸瞋恚六者滅諸愚癡七者不行欺誑八者爲堅固友九者不輕慢善知識是名爲九復次舍利弗菩薩成就十法令願不退嚴淨佛刹何等爲十一者聞地獄苦但起大悲不生怖畏二者聞畜生苦但起大悲不生怖畏三者聞餓鬼苦但起大悲不生怖畏四者聞諸天衰惱但起大悲不生怖畏五者聞人中飢饉賊盜怨敵殺害但起大悲不生怖畏六者菩薩作如是念我於此時當起精進乃至未得清淨佛刹終不懈慢七者令我刹中飲食衣服隨念即得八者我佛刹中諸衆生等壽命無量九者我佛刹中諸衆生等無彼我心十者我佛刹中所有衆

生決定趣向無上菩提是名爲十復次舍利弗若菩薩執持妙華詣如來所或佛塔所與供養時作是願言如此妙華色香殊勝見者欣悦我成佛時令我刹中如是種種妙華遍布及衆寶樹周帀莊嚴乃至末香塗香衣服飲食寶蓋幢旛金銀瑠璃真珠等寶用供養時亦應如是迴向佛刹功德莊嚴以彼菩薩住戒律故隨心所願皆得成就復次舍利弗菩薩不求自樂喜他得樂是故菩薩得菩提時彼佛刹中所有衆生悉皆具足一向快樂復次舍利弗菩薩常應普皆攝取十善業道悉以迴向一切種智是故菩薩得菩提時彼佛刹中所有衆生初生即具十善業道及出離智復次舍利弗菩薩隨所至方勸諸衆生悉皆令趣無上菩提唯讃佛乘不説二乘及所共法是故菩薩得菩提時彼佛刹中所有衆生決定當得無上菩提永離聲聞及辟支佛無量菩薩充滿其國復次舍利弗菩薩於他利養終不遮斷見他得利常生歡喜是故菩薩得菩提時彼佛刹中所有衆生受用資具恒無斷絶具足獲得大法光明復次舍利弗菩薩若見比丘比丘尼有過犯者終不發揚但自安住正法之中是故菩薩得菩提時彼佛刹中一切無有過失之名何以故以彼大衆皆得清淨無過失法復次舍利弗菩薩樂法求法不生熱惱如所聞法正住修行是故菩薩得菩提時彼佛刹中衆生生者求法樂法皆無熱惱如所聞法隨順修行復次舍利弗菩薩弦歌皷吹種種音樂供養佛塔以此善根迴向佛刹功德莊嚴是故菩薩得菩

提時彼佛刹中百千音樂不皷自鳴復次舍利弗菩薩若見失念衆生令得正念是故菩薩得菩提時令諸弟子得禪悅食舍利弗如是佛刹功德具足如來辯才或一劫或過一劫說不能盡舍利弗然我今者隨諸菩薩之所樂欲如是略說勝志樂者聞已趣向當得圓滿佛刹功德舍利弗菩薩成就三法速得阿耨多羅三藐三菩提所求佛刹皆得成就何等爲三一者大願殊勝二者住不放逸三者如所聞法起正修行是名爲三爾時舍利弗白佛言世尊如來希有善說此法世尊住不放逸故得菩提分法住修行故得大菩提住勝願故成就佛刹功德莊嚴佛告舍利弗如是如是如汝所說如我往昔以大願力成就佛刹不放逸故得成菩提舍利弗若但言說住於放逸而不修行彼尚不能至聲聞地何況能得阿耨多羅三藐三菩提是故菩薩若欲自知是眞菩薩如菩薩所學應如是學爾時會中四萬菩薩從座而起合掌向佛同聲白言如佛所記菩薩學處我當隨學住不放逸修行成就滿足大願嚴淨佛刹爾時世尊熙怡微笑時舍利弗白佛言世尊以何因緣現此微笑佛告舍利弗汝見此諸善男子師子吼不舍利弗言唯然已見佛言舍利弗此諸善男子過百千劫各於異刹得阿耨多羅三藐三菩提同號願莊嚴亦如當來師子佛等其土清淨如無量壽國唯除壽量舍利弗言彼諸如來壽量幾何佛言彼一一佛皆壽十劫爾時師子勇猛雷音菩薩即從座起偏袒右肩右膝著地合掌向佛白言是文殊

師利童眞菩薩諸佛世尊常所稱歎久如當得阿耨多羅三藐三菩提所得佛刹當復云何佛言善男子汝當自問文殊師利時師子勇猛問文殊師利言仁者何時當得阿耨多羅三藐三菩提答言善男子何不問我趣菩提不而乃問我成菩提耶何以故我於菩提尚不趣向何況當得問言文殊師利仁者豈不爲利衆生故趣菩提耶答言不也何以故衆生不可得故若衆生是有可爲利益趣向菩提而衆生壽命及福伽羅皆無所有是故我今不趣菩提亦不退轉師子勇猛言文殊師利仁者趣向諸佛法不答言不也善男子一切諸法皆趣向佛法何以故諸法無漏無繫無形無相爲趣向佛如趣向佛諸法亦然善男子而汝所問趣向佛法我今問汝隨汝意答於意云何爲色求菩提耶爲色本性求爲色如求爲色自體求爲色空求爲色離求爲色法性求菩提耶善男子於意云何爲色得菩提耶乃至爲色法性得菩提耶答言不也文殊師利色不求菩提乃至色法性不求菩提色不得菩提乃至色法性亦不得菩提文殊師利言於意云何受想行識求菩提乃至識法性求菩提耶識得菩提乃至識法性得菩提耶答言不也文殊師利受想行識不求菩提乃至識法性不求菩提識不得菩提乃至識法性不得菩提文殊師利言於意云何離於五蘊有我我所耶答言不也文殊師利言如是如是善男子更以何法而求菩提及得菩提師子勇猛言文殊師利仁者所言衆皆誠信而今乃說不求菩提不得菩提新

發意菩薩聞此所說必生驚怖文殊師利言善男子一切諸法無有驚怖於實際中亦無驚怖如來爲於無驚怖者而演說法若驚怖者彼即生猒若生猒者彼則離欲若離欲者彼則解脱若解脱者則無菩提若無菩提是則無住彼若無住是則無去若無有去是則無來則無願求若無願求則不退轉若不退轉則爲退轉退轉何法所謂執我衆生命者及福伽羅若斷若常取相分别悉皆退轉彼若退轉則不退轉不退何法謂空無相無願實際及諸佛法皆不退轉何謂佛法謂不離不著及無所縁無入無出無有所行亦無表示但有其名空無有生無去無來無染無淨無塵離塵無我無分别無和合無執取平等無違是爲佛法善男子此諸佛法非法非非法何以故以諸佛法無生處故彼新發意菩薩聞此説已若生驚怖速得菩提若起分别作如是念而今我等所成菩提隨有發心住於現證乃得菩提若不發心終不能得如是分别皆不生故菩提及心俱不可得不可得故則無分别若無分别則無現證何以故現證所因不可得故善男子於意云何虚空可得菩提耶答言不也又言善男子如來豈不説一切法同虚空耶答言如是如是又言善男子如虚空菩提亦爾如菩提虚空亦然虚空菩提無二無别若菩薩知此平等則無有知亦無不知亦無不見説此法時一萬四千比丘盡諸有漏心得解脱十二那由他比丘遠塵離垢於諸法中得法眼淨九萬六千衆生發菩提心五萬二千菩薩得無生忍爾時

師子勇猛雷音菩薩白文殊師利言仁者發菩提心來爲幾時耶文殊師利言止善男子莫生妄念若有於無生法中說如是言我發菩提心我行菩提行爲大邪見善男子我都不見有心發向菩提以不見心及菩提故是故無發師子勇猛言文殊師利都不見心是何句義文殊師利言善男子是都不見說名平等又問云何說爲平等答言善男子如是平等以種種性皆無所有彼彼諸法一味故說一味說者所謂離故無染無淨不斷不常不生不滅無我無受不取不捨如是說法不念我說亦無分別善男子於此平等法中了知修行是名平等復次善男子若菩薩入此平等都不見有種種界若一若多於平等中不見平等於相違中不見相違以彼本來性清淨故爾時師子勇猛雷音菩薩白佛言世尊此文殊師利不肯自說發心久近此諸大衆皆樂欲聞佛言善男子文殊師利是甚深忍者於甚深忍中菩提及心皆不可得以不可得是故不說然善男子我今當說文殊師利發心久近善男子過去久遠過七十萬阿僧祇恒河沙劫有佛名雷音如來應正等覺出現于世在於東方去此過七十二那由他佛刹有世界名無生彼雷音如來於中說法諸聲聞衆有八十四億那由他諸菩薩衆二倍過前善男子彼時有王名曰普覆七寶具足王四天下正法理化爲法輪王而於八萬四千歲中以衣服飲食宮殿臺觀僮僕給侍一一殊妙恭敬供養雷音如來及諸菩薩聲聞大衆其王親族中宮婇女王子大臣唯務

供養餘無所作雖經多歲初無疲倦過是已後其王獨在靜處思惟我今已集廣大善根而猶未定所迴向處爲求帝釋大梵天王轉輪王耶爲求聲聞辟支佛耶作是念已空中諸天告言大王勿起如是狹劣之心何以故王之所集福德甚多當發阿耨多羅三藐三菩提心善男子時普覆王聞是語已歡喜念言我今於此決定不退何以故天知我心而來告我善男子爾時彼王與諸大衆八十億那由他百千衆生往詣雷音佛所頂禮雙足右繞七帀曲躬恭敬合掌向佛而說頌曰

我今聞最勝　願當爲我說　云何得成就
最上人中尊　世間所依止　我已廣供養
以不決定心　未知迴向處　已修廣大福
當何所迴向　爲求梵天位　帝釋轉輪三
爲求於聲聞　及以辟支佛　我發此念時
空中天告我　大王汝勿起　狹劣迴向心
爲一切衆生　當興廣大願　利益世間故
應發菩提心　我今請世尊　於法自在者
願說菩提心　發起之方便　發菩提心已
當得如牟尼　惟願兩足尊　爲我具宣說

爾時雷音如來爲普覆王而說頌曰

大王汝諦聽　我當次第說　一切因緣法
隨根欲所行　如其所有願　得如是果報
我亦於往昔　發起菩提心　爲諸衆生故
願當作利益　如我所作願　如昔所發心
得不退菩提　意願速圓滿　大王應堅固
修習於諸行　汝當得廣大　無上佛菩提

時普覆王聞佛所說歡喜踊躍得未曾有於衆會前大師子孔而說頌曰

今對一切衆 發大菩提心 爲一一衆生
誓盡未來際 受無量生死 而作大饒益
備修菩薩行 救諸衆生苦 從今若違誓
起於貪欲心 及慳嫉怨恨 則誑十方佛
又我從今日 乃至成菩提 常當學諸佛
修行於梵行 隨順淨戒律 遠離諸過咎
又我於菩提 亦不願速證 當盡未來際
廣利諸群生 嚴淨諸佛刹 無量不思議
當令我名號 普聞十方界 我今自授記
決定當成佛 志樂勝清淨 於此固無疑
我當淨三業 不令起諸惡 我以此眞實
成佛人中尊 若此心眞實 地當六種動
若我語誠諦 無有虛妄者 當使虛空中
音樂自然奏 若我無諂曲 及以怨恨心
由此眞實故 當雨曼陀華

時普覆王說此頌已心誠實故十方億刹六種震動於虛空中奏諸音樂雨曼陀羅華時二十億衆生隨從王者皆大歡喜而自慶言我等當得最上菩提即學彼王發菩提心佛告大衆爾時普覆王者豈異人乎今文殊師利菩薩是也彼於往昔過七十萬阿僧祇恒河沙劫初發菩提之心次過六十四恒河沙劫得無生法忍能具足菩薩十地如來十力佛地諸法悉皆圓滿而未曾起一念之心我當得佛善男子爾時二十億衆生隨逐彼王於雷音佛所發菩提心者皆由文殊師利勸發令入布施持戒忍辱精進禪定智慧今並證得阿耨多羅三藐三菩提轉大法輪作佛事已而般涅槃文殊師利皆悉供養彼諸如來亦皆護持彼諸佛法唯有一佛號地持山

在此下方過四十恒河沙刹土其佛世界名曰地持亦有無數諸聲聞衆佛壽無量丁今現在說此文殊師利宿緣之時衆中七千衆生發阿耨多羅三藐三菩提心

大寶積經卷第五十九

音釋

錯謬 錯倉各切謬靡幼切錯謬謂舛錯謬誤也

饉 渠刃切菜蔬不熟曰饉

蓄 勑六切積蓄也

捶打 捶之累切打音頂捶打以杖擊也

淩懱 淩力膺切懱莫結切淩懱謂侵淩輕懱也

皷吹 皷果五切皷擊也吹尺僞切噓之也凡吹笛簫成音者皆謂之吹又皷吹軍中樂也

熈怡 熈許羈切怡弋支切熈怡和樂也

貌

大寶積經卷第六十

唐于闐三藏實叉難陀譯

文殊師利授記會第十五之三

爾時師子勇猛雷音菩薩白文殊師利言仁者已滿足十地及如來十力一切佛法悉皆圓滿何故不成阿耨多羅三藐三菩提文殊師利言善男子無有圓滿諸佛法已更證菩提何以故已圓滿故不應更證師子勇猛言云何圓滿諸佛法耶答言佛法圓滿如眞如圓滿眞如圓滿如虛空圓滿如是佛法眞如虛空亦無有二善男子如汝所言云何圓滿諸佛法者如色圓滿乃至識圓滿佛法圓滿亦復如是師子勇猛言何者是色等圓滿文殊師利言善男子於意云何汝所見色是常耶是無常耶答言不也文殊師利言善男子若法非常非無常彼有增減耶答言不也文殊師利言善男子若法不增不減是名圓滿云何圓滿若於諸法不能了知則生分別若能了知則無分別若無分別則無增減若無增減此則平等是故善男子若見色平等即是色圓滿受想行識及一切法圓滿亦復如是爾時師子勇猛雷音菩薩白文殊師利言仁者得法忍來無一念心願成正覺而今何故乃勸餘人令向菩提文殊師利言我實不曾勸一衆生令趣菩提何以故衆生無所有故衆生性自離故若衆生可得則令向菩提既不可得故無所勸何以故平等無分別故非以平等而求平等亦無所起是故常說應觀諸行來無所從去無所至是名平等則是性空於性空中而無所求善男子如汝問我

得忍已來無一念心當得菩提者善男子汝見彼心耶而以此心得菩提耶師子勇猛言不也文殊師利何以故以心非色不可見故菩提亦爾但是名想若心名若菩提名皆無所有文殊師利言善男子如汝說我不生一念得菩提者是密意說何以故以心本來無有生故是故無生既無有生何得何證師子勇猛問言云何名爲平等證入答言於諸法中無繫著者名平等證言證入者彼微細智亦不生滅與眞如無異無可分別是名證入若正見修行者於平等中無一法可得離種種性亦不著一是名證入若以身證諸法無相明了彼相所謂無相而於身心亦不執著是則名爲圓滿證入師子勇猛問言云何名得文殊師利言善男子以世間言說名之爲得諸聖所得非言能說何以故法無依止離言說故復次善男子以無得爲得亦非得非不得說名爲得爾時師子勇猛雷音菩薩白佛言世尊善哉願說文殊師利所得佛刹佛言善男子汝當自問文殊師利時彼菩薩白文殊言仁者當得何等佛刹功德莊嚴文殊師利言善男子若我求菩提汝可問其所得佛刹師子勇猛言仁者豈不求菩提耶文殊師利言不也何以故若有所求則有染著若有所染則有貪愛若有所愛彼則有生彼若有生是則有愛若有所愛終不於中而有出離善男子我爲是故不求菩提何以故菩提不可得故以不可得是故不求善男子然汝問我何等佛刹仁當得者我不能說何以故對於如來一切智者說自佛刹功德莊嚴即

爲菩薩自讚已德佛告文殊師利汝可自說以何等願莊嚴佛刹令諸菩薩聞已決定成滿此願時文殊師利受如來教即從座起偏袒右肩右膝著地合掌白佛言世尊我今承佛神力當爲宣說諸有欲求大菩提者皆應諦聽若聞此願當如實學令得圓滿文殊師利當以右膝著地之時十方各恒河沙等諸佛刹土六種震動時文殊師利復白佛言我從往昔百千億那由他阿僧祇劫已來起如是願我以無礙天眼所見十方無量無邊諸佛刹中一切如來若非是我勸發決定菩提之心教授教誡令修布施持戒忍辱精進禪定智慧乃至令得阿耨多羅三藐三菩提我於菩提終不應證而我要當滿此所願然後乃證無上菩提時彼衆中諸菩薩等咸作是念文殊師利無礙天眼見幾如來是時世尊知諸菩薩心之所念即告師子勇猛雷音菩薩言善男子譬如以此三千大千世界碎爲微塵於意云何此諸微塵可以算計知其數不答言不也世尊佛言善男子文殊師利無礙天眼見於東方無量諸佛復過是數南西北方四維上下亦復如是時文殊師利白佛言世尊我有是願以恒河沙等諸佛世界爲一佛刹無量妙寶間錯莊嚴若不爾者我終不證無上菩提復次世尊我復有願令我刹中有菩提樹其量正等十大千界彼樹光明遍此佛刹復次世尊我復有願我坐菩提樹已證得阿耨多羅三藐三菩提乃至涅槃於其中間不起此座但以變化遍於十方無量無數諸佛刹土爲諸衆生而演說法復次世

尊我復有願令我刹中無女人名純菩薩衆離煩惱垢具淨梵行初生之時袈裟隨體結跏趺坐忽然而現如是菩薩遍滿其刹無有聲聞辟支佛名唯除如來之所變化往詣十方爲諸衆生說三乘法爾時師子勇猛雷音菩薩白佛言世尊文殊師利當來成佛名爲何等佛言善男子此文殊師利成佛之時名爲普見以何義故而名普見以彼如來於十方無量百千億那由他諸佛刹中普皆令見若諸衆生見彼佛者必定當得阿耨多羅三藐三菩提普見如來雖未成佛若我現在及滅度後有聞其名亦皆必定當得阿耨多羅三藐三菩提唯除已入離生之位及狹劣心者文殊師利又白佛言世尊我復有願如阿彌陀佛刹以法喜爲食而我刹中菩薩初生

起食念時即便百味盈滿於鉢在右手中尋作是念若未供養十方諸佛及施貧窮苦惱衆生餓鬼等類令其飽足而我決定不應自食作此念時得五神通乘空無礙往於十方無量無數諸佛刹中以食供養諸佛如來及聲聞衆又於貧苦諸衆生類亦皆周給復爲說法令離渴愛於一念頃還至本處復次世尊我復有願於我刹中諸菩薩等初生之時所須衣服於其手中隨意皆出種種衣寶鮮潔稱體應沙門服便作是念若未供養十方諸佛不應自用於一念中往詣十方無量佛刹以此衣寶獻諸佛已還至本處方自受用復次世尊我復有願我佛刹中諸菩薩衆所得財寶及諸資具要先分施諸佛聲聞遍供養已然後受用又我刹中遠離八難及不善

法既無過咎亦無禁戒無有苦惱諸不悅意時師子勇猛白佛言世尊而彼佛刹名爲何等佛言彼刹名隨願積集清淨圓滿師子勇猛言世尊彼佛世界在何方所佛言在於南方此娑婆世界亦當在彼佛刹之中文殊師利又白佛言我復有願我佛刹中積集無量妙寶所成復以無量摩尼妙寶間錯莊嚴其摩尼寶於十方界所未曾有甚爲難得如是寶名俱胝歲中說不能盡隨諸菩薩樂見彼刹金爲體者即見爲金樂見銀體即見爲銀然於見金未曾損減樂見玻瓈瑠璃碼碯赤真珠等無量諸寶各隨所見皆不相礙如是栴檀香體阿伽羅香乃至赤栴檀等各隨樂見亦復如是又彼刹中不以日月摩尼星火等光之所照現彼諸菩薩皆以自身光明照於千億那由他刹又彼刹中以華開爲晝華合爲夜隨諸菩薩所樂時節即皆應之然無寒暑及老病死若諸菩薩隨其所樂欲證菩提即往餘刹於兜率天壽盡降生而證菩提此佛刹中無有涅槃百千種樂於虛空中雖不現相而聞其音此樂不出順貪愛聲但出諸波羅蜜佛法僧聲及菩薩藏法門之聲隨諸菩薩所解妙法皆悉得聞又諸菩薩若欲見佛隨所詣處經行坐立應念即覩普見如來坐菩提樹若諸菩薩於法有疑但見彼佛不待解釋疑網皆斷解了法義爾時會中無量百千億那由他諸菩薩衆同聲說言若有得聞普見佛名彼人便得最上善利何況生於彼佛土者若有得聞此文殊師利授記法門及聞文殊師利名者是則名爲面見諸佛

是時佛告諸菩薩言如是如是如汝所説善男子若有受持百千億諸佛名號若復有稱文殊師利菩薩名者福多於彼何况稱於普見佛名何以故彼百千億那由他佛利益衆生不及文殊師利於一劫中所作饒益爾時衆中無量百千億那由他天龍夜叉乾闥婆阿修羅迦樓羅緊那羅摩睺羅伽人非人等同聲唱言南無文殊師利童眞菩薩南無普見如來應正等覺説此語已八萬四千億那由他衆生發阿耨多羅三藐三菩提心無量衆生善根成熟於三乘中得不退轉文殊師利又白佛言我復有願如我所見無量無數百千億那由他諸佛世尊而彼諸佛所有佛刹功德莊嚴如是一切皆令置我一佛刹中唯除二乘及五濁等世尊若我自説佛刹功德種種莊嚴過恒沙劫亦不能盡如我所願唯佛能知佛言如是文殊師利如來知見於三世中無有限礙爾時衆中有諸菩薩作如是念文殊師利所得佛刹功德莊嚴與阿彌陀佛刹爲等不耶爾時世尊知彼菩薩心之所念即告師子勇猛言善男子譬如有人析一毛爲百分以一分毛於大海中取一滴水此一滴水喻阿彌陀佛刹莊嚴彼大海水喻普見如來佛刹莊嚴復過於此何以故普見如來佛刹莊嚴不思議故爾時師子勇猛白佛言世尊如是等類佛刹莊嚴於三世佛刹頗更有不佛言有善男子東方去此過百億恒河沙世界有佛刹名住最上願彼中有佛名普光常多功德海王彼佛壽命無量無邊常爲菩薩而演説法善男子彼佛刹土功德

莊嚴與普見佛刹等無有異善男子有四菩薩被不思議弘誓之鎧而於此願決定成滿亦當得此佛刹莊嚴如普見如來時師子勇猛言願佛說彼菩薩名號及其住處復願示彼普光常多功德海王如來佛刹令此大衆多所利益何以故此諸菩薩若見聞已於此所願當得成滿佛言善男子汝等諦聽當爲汝說善男子彼一菩薩名光明幢在於東方無憂德佛刹次名智上在於南方智王如來佛刹次名諸根寂靜在於西方慧積如來佛刹次名願慧在於北方那羅延如來佛刹爾時世尊以神通力現普光常多功德海王如來佛刹令此大會見彼如來及菩薩衆并其佛刹功德莊嚴昔所未見亦未曾聞而彼一切皆不思議無量百千億那由他寶間錯莊嚴於一劫中說彼功德亦不能盡衆皆明見如觀掌中菴摩勒果彼菩薩身長四萬二千由旬佛身長八萬四千由旬光明洞照如閻浮檀金山成就廣大功德莊嚴坐大菩提樹下諸菩薩衆恭敬圍遶現百千億諸變化事往詣十方諸世界中爲諸衆生而演說法是時佛告諸菩薩言善男子汝等見彼如來佛刹莊嚴菩薩衆耶時諸大衆同聲白言唯然已見我等當學此菩薩行如文殊師利之所修行我等亦當成就如此莊嚴佛刹爾時世尊熈怡微笑從其面門放種種色光照於無量無邊世界照已還來遶佛三帀從其頂入爾時彌勒菩薩白佛言世尊以何因緣現此微笑佛告彌勒此大衆中八萬四千菩薩見彼佛刹莊嚴之事雖皆發心當欲成就如是

佛剎然於其中有十六善大丈夫具勝志樂而發大心彼能成滿如文殊師利所起大願餘諸菩薩亦速當得阿耨多羅三藐三菩提所得佛剎功德莊嚴如阿彌陀佛剎彌勒當知諸菩薩等志樂既勝所成亦大志樂勝者言我成就如文殊師利莊嚴佛土其餘劣者雖以信心亦作是語以此語業猶能棄捨六十億百千那由他劫生死流轉亦得圓滿五波羅蜜爾時彌勒菩薩見於四方光明幢等四大菩薩各坐瑠璃光明樓閣有百千億諸天圍繞雨華奏樂現大神變震動大地而來於此時彌勒菩薩即白世尊請問其事佛言善男子此四菩薩爲見我故四方如來各令至此時彼菩薩既到佛所頂禮佛足右遶三帀退坐一面彼四菩薩光明遍照此之大會

爾時世尊告諸菩薩言善男子此四善大丈夫志願所趣皆不思議應當尊重請其法要而彼所願於諸菩薩最爲殊勝若有善男子善女人得見之者必定當得阿耨多羅三藐三菩提棄捨二十億劫生死流轉具足圓滿五波羅蜜若有女人聞此菩薩名者速得捨離女人之身於是世尊即攝神力而彼佛剎忽然不現文殊師利白佛言世尊一切諸法皆悉如幻何以故譬如幻師幻爲隱現諸法生滅亦復如是而此生滅即無生滅以無生滅是則平等菩薩修此平等便能證得無上菩提智上菩薩白文殊師利言於此菩提云何證得文殊師利言此菩提者非是可得亦非可壞非可住者智上白言而此菩提非以住得非不住得何以故以彼法性本來無生

非曾有非當有亦非可壞是故無得文殊師利謂智上等諸菩薩曰云何名爲說一相法門彌勒菩薩曰若有不見蘊界處亦非不見無所分別亦不見集散是名說一相法門師子勇猛雷音菩薩曰若不作種種分別此是凡夫法此是二乘法此則不違法性入於一相所謂無相是名說一相法門樂見菩薩曰若有修眞如行而亦不作眞如之想於此甚深無所分別是名說一相法門無礙辯菩薩曰若能究竟盡於諸法亦以此法爲他演說是名說一相法門善思菩薩曰若以思議入不思議此不思議亦不可得是名說一相法門妙離塵菩薩曰若有不染一切相亦非染非不染無違無順亦不迷惑非一非一亦非種種不取不捨是名說一相法門娑竭羅菩薩曰若有能入如海難入甚深之法而於此法亦不分別雖爲他說而無說想是名說一相法門月上菩薩曰若於一切衆生心行平等猶如滿月無衆生想是名說一相法門離憂闇菩薩曰云何拔衆生憂箭謂我我所是彼憂根若能住我我所平等是名說一相法門無所緣菩薩曰若不攀緣欲界色界無色界聲聞法緣覺法及諸佛法是名說一相法門普見菩薩曰若說法時應說平等法謂空性平等亦無空想及平等想是名說一相法門淨三輪菩薩曰若說法時應淨三輪謂所爲衆生我不可得亦不分別自爲法師於所說法而無住著如是說法是名說一相法門成就行菩薩曰若有能說於一切法修平等行所知如實非文字說以一切法離言說故

是名說一相法門深行菩薩曰若有能說了達一切甚深之法亦不見彼能說所說及與所爲是名說一相法門如是無量諸菩薩等各以辯才演說一相法門說此法門時三十七億菩薩得無生法忍八萬四千那由他百千衆生發阿耨多羅三藐三菩提心七千比丘不受諸法盡諸有漏心得解脫九十六那由他諸天及人於諸法中得法眼淨爾時師子勇猛雷音菩薩白佛言世尊此文殊師利久如當得阿耨多羅三藐三菩提彼佛壽命及菩薩衆其數幾何佛言善男子汝當自問文殊師利時師子勇猛白文殊師利言仁者久如當得菩提文殊師利言善男子若虛空界爲色身時我乃當得無上菩提若幻人得菩提我乃當得若漏盡阿羅漢即是菩提我

乃當得若夢響光影及以化人得菩提時我乃當得若月照爲晝日照爲夜我乃當得阿耨多羅三藐三菩提善男子汝之所問應當問彼求菩提者師子勇猛言仁者豈不求菩提耶答言不也何以故文殊師利即是菩提菩提即是文殊師利所以者何文殊師利但有名菩提亦但有名此名亦離無作故空而彼空性即是菩提爾時佛告師子勇猛言汝頗見聞阿彌陀如來聲聞菩薩諸衆會耶唯然聞見佛言其數幾何答言非算數思議之所能及佛言善男子如摩竭國量一斛油麻舉取一粒喻阿彌陀佛國聲聞菩薩餘不舉者喻文殊師利得菩提時菩薩衆會復過是數善男子如以三千大千世界微塵數劫比普見如來壽量劫數百分千分百千億分乃

至算數譬喻所不能及應知彼普見如來壽命無有算數亦無限量如有一人以三千大千世界碎爲微塵第二第三人亦碎大千世界以爲微塵復有一人取彼微塵從此東行過爾所微塵數世界乃下一塵又過爾所微塵數世界復下一塵如是次第盡諸微塵復有第二人亦持爾所微塵從此南行如前下塵次第展轉乃至塵盡西方北方四維上下各有一人所下塵數亦復如是善男子是諸世界可知數不答言不也佛言善男子如是諸人於彼十方所經世界若著微塵及不著者盡末爲塵於意云何是諸微塵可以算計知其數不答言不也世尊若有計量心則迷亂不能了知佛言善男子諸佛如來悉能了知彼微塵數設過於此如來亦知時彌勒菩薩白佛言世尊諸菩薩等爲求如是大智慧故於大地獄無量億劫受諸極苦終不應捨如是大智佛言彌勒如是如是如汝所說何有於此大智慧中不生欲樂唯除下劣及懈怠者說此智時一萬衆生發菩提心爾時佛告師子勇猛言善男子於意云何如彼十人經十方界盡爲微塵文殊師利當於爾所微塵數劫行菩薩道何以故文殊師利大願不可思議趣向亦不可思議得菩提已壽量亦不可思議菩薩衆會亦不可思議爾時師子勇猛白佛言世尊文殊師利發趣甚大所修之行亦復廣大乃於爾所微塵數劫不生疲倦文殊師利言如是如是善男子如汝所說於意云何虛空界有如是念度於晝夜時節歲月劫數等耶答言不也文殊師利言如是

善男子若有覺一切法等於虛空彼微細智無有分別亦無是念度於晝夜時節歲月諸劫數等何以故彼於諸法無想念故善男子如虛空界無有疲倦及熱惱想何以故設過恒河沙劫而虛空界亦無生起亦無燒滅非可破壞何以故以虛空界無所有故如是善男子若菩薩了一切法無所有已亦無熱惱及疲倦等善男子彼虛空名亦無燒滅熱惱疲倦亦不動揺不生不老不來不去文殊師利名號亦爾無有熱惱及疲倦等何以故名字性離故說此法時四大天王釋提桓因梵天王等及餘大威德諸天子等同聲唱言是諸衆生聞此法門獲大善利何況受持讀誦當知彼等所成善根極爲廣大世尊我等於此法門受持讀誦廣宣流布爲欲護持此深法故爾時師子勇猛白佛言世尊若有得聞如此法門受持讀誦思惟及發如此功德莊嚴佛刹之心得幾所福佛言善男子如來以無礙佛眼所見諸佛及彼刹土若有菩薩以妙七寶滿彼諸刹奉施供養一一如來各盡未來際令此菩薩安住淨戒於一切衆生得平等心若有菩薩於此莊嚴功德佛刹法門受持讀誦復能發心隨文殊師利所學行於七步此二功德比前七寶布施功德百分不及一乃至算數譬喻所不能及爾時彌勒菩薩白佛言世尊當何名此法門我等云何奉持佛言此法門名爲諸佛遊戲亦名諸願究竟亦名文殊師利功德莊嚴佛土亦名令發菩提心菩薩歡喜亦名文殊師利授記如是受持爾時十方諸來菩薩爲欲供養此法門

故而雨衆華讚言希有世尊希有世尊我等乃得聞是不思議文殊師利師子吼莊嚴法門時諸菩薩說是語已各還本土說此法時恒河沙等菩薩得不退轉無量衆生善根成熟爾時文殊師利即入菩薩出生光明普照如幻三眛入三眛已令此衆會普見十方無量無邊諸佛刹中一切如來一一佛前皆有文殊師利說自佛刹功德莊嚴衆會見已於文殊師利殊勝大願生希有心佛說是經已彼一切菩薩及諸比丘比丘尼優婆塞優婆夷天龍夜叉乾闥婆阿修羅迦樓羅緊那羅摩睺羅伽人非人等聞佛所說皆大歡喜信受奉行

大寶積經卷第六十

大寶積經卷第六十一

高齊北天竺三藏那連提耶舍譯

菩薩見實會第十六之一

序品第一

如是我聞一時佛在迦毗羅國尼居陀林與大比丘衆千二百五十人俱其名曰優樓毗螺迦葉伽耶迦葉那提迦葉摩訶迦葉舍利弗大目揵連一切皆是大阿羅漢諸漏已盡無復煩惱其心自在心善解脱慧善解脱如大龍象所作已辦皆棄重擔逮得已利盡諸有結於正教中心得善解於一切法心無所礙到於彼岸自得解脱解脱眷屬自得調伏調伏眷屬自得寂定寂定眷屬自得度脱度脱眷屬已到彼岸彼岸眷屬已到陸地陸地眷屬自得安隱安隱眷屬自得寂滅寂滅眷屬自破煩惱破煩惱眷屬自得沙門沙門眷屬自得息惡息惡眷屬自婆羅門婆羅門眷屬自除惡法除惡法眷屬自了知諸法了知諸法眷屬自能得度能得度眷屬自具諸德具諸德眷屬自無煩惱無煩惱眷屬自離五支離五支眷屬自得離障離障眷屬自得静意静意眷屬自具六通具六通眷屬自離憎愛解脱離憎愛解脱眷屬自守護一心守護一心眷屬自念門具足念門具足眷屬自依四依四依眷屬自離種種諸見離種種諸見眷屬自棄諸希望棄諸希望眷屬自得盡行盡行眷屬自得事訖事訖眷屬自修自修眷屬自無濁念無濁念眷屬自斷有覺斷有覺眷屬自倚身行倚身行眷屬自得樂不動樂不動眷屬自心善解脱心善解脱眷屬自慧

善解脱慧善解脱眷屬自得賢聖賢聖眷屬如是等比得離枝葉除去皮膚唯有心實堅固而住爾時世尊於其後夜露地而坐時比丘衆四面圍繞爾時世尊默然而住觀比丘衆告諸比丘汝等諸人訪覓一人堪能往化淨飯王者爾時慧命阿若憍陳如即從座起偏袒右肩右膝著地合掌向佛即便作禮白佛言世尊我當往化淨飯王耶佛言汝止憍陳如汝今具足大師之德不應往彼時有慧命婆澀摸及大名耶輸陀優樓毗螺迦葉摩訶迦葉舍利弗大目連等各白佛言世尊我等堪能往化淨飯王也佛告摩訶目連汝等且止汝等皆悉具足大師尊重之法不應往化爾時大德摩訶目連即作是念世尊今者欲令誰往化淨飯王耶爾時目連即入如實

三昧以三昧力莊嚴其心即得見佛意之所念在於慧命迦盧陀夷欲令往化淨飯王耳譬如重閣樓牕之中日從東入光照西壁如是目連見世尊心專在迦盧陀夷欲令化王亦復如是爾時慧命目連即從定起往迦盧陀夷所到已白言世尊心念知汝堪能往化淨飯王迦盧陀夷汝今應當發大勇猛速往化王目連作是語已時慧命迦盧陀夷白目連言凡庶難化何況國王何以故剎利種姓灌頂大王有自在力難可化故大目連譬如聚積衆柴若二若三乃至千載如此柴聚經多年歲甚大乾燥于時有人放火燒之成大火聚於意云何此之火聚寧爲大不目連言甚大若復有人更以無量酥油溉灌此火增盛不大目連言轉熾倍盛於意云何此火可

近不目連言難可得近如是大目連刹利種姓灌頂大王難可教化不可得近亦復如是大目連譬如狂象之牙可觸以不目連言不可觸也如是大目連灌頂刹利難可教化亦復如是時慧命目連復白優陀夷言世尊心念知汝堪能往化淨飯王也優陀夷復白目連言世尊實垂顧念謂我堪能往化淨飯王耶目連答言世尊實誠念汝謂汝堪能教化父王爾時世尊自告優陀夷言優陀夷汝可入城教化父王何以故唯我與汝堪能教化淨飯王耳優陀夷我諸聲聞弟子之中汝能教化諸邑聚落最爲第一爾時世尊即以偈頌告優陀夷言

諦聽優陀夷　汝能善教導　必令釋種喜
往化最勝王　王今受悟時　兼利諸天人
必得到彼岸　汝當速往化　釋種淨飯王
今懷恨亂濁　住念慧不行　猶如墜高崖
戀惜于高位　慧心盡迷没　如商失重寶
追念生大苦　如天墜宮殿　追戀五欲樂
未知佛正法　悲哀大惱亂　自念失七寶
及與人四道　憶此聖王位　口出非法言
王時悲亂言　不覺已及他　如奪精魂鬼
執持於人身　猶在鷄羅山　一切無所見
如是惱恨障　應見不復覩　亦如睡眠死
已心不自了　憂恨迷惑障　王不識自喜
如婦夫壻亡　悲淚生憂惱　王今癡惱亂
哀戀生大苦　汝具巧方便　往化淨飯王
摧倒邪慢幢　當建正法燈　更無有能化
淨飯大王者　唯汝優陀夷　過去曾同行
優陀夷當知　曾有大國王　名曰增長實

聲名震十方　如法作國王　一切皆歸化
能以正法治　王領四天下　城邑悉滿中
華果香園苑　多諸賢聖衆　無有雜惡人
芳林甚稠密　地淨無棘刺　多饒淨妙等
華池莊嚴好　人民廣熾盛　棄惡常善住
閉諸惡趣門　必昇妙天道　彼王昔有子
曾廣供養佛　備修諸善根　具足諸功德
名曰妙堅慧　億衆所供養　常見色欲過
棄家樂閑靜　父王勑子言　汝可受五欲
婇女自娛樂　遊觀寶宮池　我今爲汝辦
玩弄無乏少　云何不受樂　汝當說其意
知諸趣善妙　汝受寶宅中　女寶常圍繞
妙境甚可樂　諸仙處閑林　猶捨退還家
受諸色欲樂　況汝無乏少　婇女衆圍繞
王臣皆隨從　臺館若天宮　應受五欲樂

諸女甚端正　美麗若天人　善奏歌舞樂
可以自娛意　目如優波葉　脣赤若含丹
面滿廣黛眉　平額姝咽頸　膺平缺骨滿
臂如象王鼻　掌如蓮華色　指圓傭纖好
舌薄廣紅赤　美言若甘露　齒素利齊密
珠瓔寶衣服　臍深腹不現　脊如金剛杵
髀股傭圓直　伊尼鹿王腨　行步如鵝王
皆各瞻視汝　盛年甚可愛　堪能存後嗣
汝及衆麗人　猶如春華開　盛年色未退
應當速受樂　堅慧白父王　王言非正理
若有如法語　所勑不敢違　王聽我今說
樂善眞實語　乃至於夢中　不起婬欲想
父王今此言　智者所不許　愚者樂此事
明人常所猒　何故明目人　而羨盲瞽導
豈有岸上人　反樂沉溺者　何有解脫人

而復樂牢獄　豈有安樂人　欽羨衆苦者
我意觀父王　如盲溺獄者　如夢受五欲
復爲欲所溺　父王如盲冥　我目見殊勝
王爲欲所漂　我今甚猒賤　欲如毒藥器
亦如毒蛇頭　如利刀劒矟　亦如大猛火
王臣勸化時　堅慧悉不許　捐親及國土
棄欲而出家　如蛇脫故皮　亦如棄涕唾
遠離於過惡　絶望永出家　堅慧捨俗時
臣子隨出家　其人名月施　棄欲隨堅慧
童子出家已　并及大臣子　成就四梵住
具足五神通　深見五塵過　超絶於欲界
轉正妙法輪　直生梵天上　童子出家已
父王起嫌恨　月施詣王所　善化令王喜
優陀夷當知　昔時堅慧者　遠離於五欲
今即我身是　優陀夷當知　彼時增實王
豈爲異人乎　淨飯王是也　優陀夷當知
隨我出家者　月施汝身是　亦曾化增實
是故優陀夷　今應化父王　必有大利益
昔曾教化故

爾時慧命優陀夷受佛教已默然許可時優陀夷過夜曉已至於食時著衣持鉢入迦毗城時有釋種一千餘人集在王門皆有所須時淨飯王聞佛如來到迦毗城在尼居林起嫌恨意此兒出家退我種族富貴大樂如其在家應紹金輪王四天下如法統領民無逆命七寶具足其七者何一曰輪寶二曰象寶三名馬寶四曰摩尼寶五稱女寶六曰主藏臣寶七稱導師寶具足千子勇健難當顔容美妙能摧强敵護四天下不以刀杖斷理國土如法治正自然泰平我得輪王自在快樂

彼應尊重供養於我以兒出家故所應得者悉皆墜落作是念已勑諸釋種一切不得至我兒所敬信聽法若有犯者當斬其首時有釋種名曰喜面不在衆中不聞王教見優陀夷即往其所稽首白言善來尊者得平安耶世尊安樂少病少惱起居輕利在路不疲供饌不乏也時優陀夷報喜面言如來安樂少病少惱起居輕利在路不疲飲食無乏時有釋種名曰善覺見喜面共優陀夷在屏處語亦詣其所白言大德自遠而來比康吉耶世尊起居安樂少病少惱在路不疲供饌無乏耶優陀夷答言如來聖御安樂在路不疲無所乏少爾時復有二釋種一名無憂二名離憂見喜面善覺共優陀夷在於屏處亦復棄衆往詣其所白優陀夷言善來至此氣力好耶世尊起居安樂耶遠涉途路得無疲耶優陀夷報言如來聖御安樂涉路不疲時二釋種重白言如來途路何故無乏也優陀夷報言以四天王及天帝釋諸梵天王常來供養故無所乏時諸釋種俱白優陀夷言我等今欲詣佛至世尊所供養聽法恐不獲遂何以故淨飯大王向有勑旨勑諸釋種悉皆不聽至佛所供養聽法如有犯者當斬其首慮王憲故不得禮拜供養聽受正法時優陀夷聞此語已知其父王有大怨恨我今作何方便至王所也作是念已我當舉高七多羅樹於虛空中結跏趺坐至於王所爾時慧命優陀夷即入如實三昧以其三昧莊嚴其心復以神力舉高七多羅樹於虛空中跏趺而坐飛空往詣淨飯王所時王遙見優陀夷以神通

力於虛空中跏趺而來從座而起合掌恭敬向優陀夷而說偈言

染服大師從何來　成就威儀難見者
若有所須願速說　我今誠心必奉給

爾時慧命優陀夷以偈答曰

我是大王子之子　大王即是我祖父
我爲如來行乞食　得食奉送大善逝
大王今日獲善利　王見人天最尊上
威德光明照十方　猶如秋月日中時
如日處空離雲霧　光明晃耀普皆照
如是最勝王聖子　威德光顯聞十方
猶如秋日初出時　蔽諸螢火光普照
如是最勝王聖子　伏諸外道獨顯耀
猶如日中盛隆熾　陵於星辰故不現
如是最勝王聖子　降伏外道自光顯
猶如日中陵月明　令月失光明不現
是王聖子伏外道　如日盛明月隱照
如禽獸聞獅子吼　水陸空行散還穴
驚奔逃走迷諸方　以獅子聲難忍故
大聖如來震吼時　邪外道聞無我聲
假使無知至有頂　聞此無我皆悉怖
盲冥愚癡人天中　有目如來示明炬
爲作明燈除愚闇　興舉無上智光輪
顯示邪正等不等　教導世間道非道
爲失路者示其路　拔欲淤泥置岸上
如興雲蔭覆枯池　注雨充足原隰滿
如是大王仙聖子　興建法雨潤人天
如水沾地及山川　并諸百卉叢林樹
藥草條莖及枝蔓　諸華蓊蔚遍山好
如是十力四無畏　具足十八不共樹

一切智果華莊嚴　王仙聖子微妙身
如須彌山處大海　嚴好不動天樂居
如斯善逝大王子　沙門海中最第一
忉利天主舍脂夫　於天衆中奇特妙
如斯世尊大王子　沙門衆中最殊妙
吼說祕奥甚深法　以悲鬘電遍一切
如來龍王降法雨　念處池水細注下
持戒威德如日輪　以三昧力除惱闇
智慧光滅煩惱愛　大牟尼日照世間
具足念處摩尼寶　戒定船栰渡彼岸
覺支寶鉢禪浩滿　復求畢叉入佛海
清淨戒根堅難動　三昧樹葉念處枝
七覺華空堅樹身　無我堅固成佛樹
戒林中行大力者　三昧調伏德山依
三解脫門爲境界　佛十力牙是王子
正見無著牟尼尊　能降強敵勝牛王
恐怖種種諸外道　是大王子無畏吼
尸羅德藏妙莊嚴　禪定寂滅無量衣
具智牟尼解脫境　能施財物如長者
遠離諸惡集諸善　滅諸煩惱善慧根
慧施天人修羅等　光明晃耀王聖子
戒雲空慧以爲電　八支綢雨能潤澤
牟尼能與勝苗子　王子猶如大龍雨

爾時淨飯王以偈問曰

勝士得來安樂耶　至於飲食無乏少
身無疲勞牀卧具　如華在岸不蔫萎

爾時優陀夷以偈答曰

禪定境界具神力　身心安樂遍充滿
牟尼神慮依寂止　猶如金蓮不枯燥

爾時淨飯王以偈問曰

昔以旌鼓自警悟　美音箏笛及簫瑟
妙好妓女以自娛　今獨林中不苦耶
爾時優陀夷以偈對曰
禪定寂定爲境界　巧能修學三昧樂
行住坐卧依諸善　心常喜樂無苦惱
爾時淨飯王以偈問曰
無價寶牀常安卧　眠時美女衆在側
周圍廣設明燈樹　如何闇卧不悒慼
爾時優陀夷以偈答曰
牟尼眠時卧聖牀　慈爲氈褥悲樂枕
佛住喜心常怡悅　捨三有趣不悒慼
爾時淨飯王以偈問曰
諸犍釋種常圍繞　博達多聞以爲伴
殿舍天宫中長養　如何今日樂林間
爾時優陀夷以偈對曰
如法生子恒現前　同修寂止在其側
心好閑林修諸定　離長導師樂山林
爾時淨飯王以偈問曰
童子昔日在宫時　以天浴池而澡沐
亦用香澤塗其身　今在林中誰爲洗
爾時優陀夷以偈對曰
諸法池水戒善岸　牟尼自浴并浴他
已及諸子浮不濕　自度以訖及群生
爾時淨飯王以偈問曰
昔種種香常熏體　金綫真珠以嚴身
常著天子妙衣服　今在林間用何飾
爾時優陀夷以偈對曰
功德鬘嚴戒香熏　禪定瓔珞慚愧衣
通明解脱自莊嚴　光明威德耀林中
爾時淨飯王以偈問曰

昔以刀劒弓箭矛　健士執持常防衛
亦用寶蓋恒覆蔭　今獨林中誰守護

爾時優陀夷以偈對曰

慈悲忍辱自防衛　聲聞弟子眷屬力
以功德法定無怖　十力雄猛四無畏

爾時淨飯大王以偈讃曰

善哉善説我子德　久修善法不退轉
汝進食訖將飯去　我亦往詣牟尼王

爾時優陀夷復白王言大王婆伽婆是大衆師善御群生是大仙人能善安住沙門衆中沙門中王光明普照譬如十五日夜淨月圓滿衆星圍繞光明甚盛照耀一切世尊亦爾在沙門衆中光明照耀亦復如是譬如秋月在於空中無諸雲翳彼婆伽婆亦復如是在大衆中光明照耀亦復如是譬如帝釋天中之王坐善法堂諸天之中光明顯赫彼婆伽婆在於衆中光明晃耀亦復如是譬如須夜摩天王兜率陀天王化樂天王他化自在天王在天衆中光明顯耀威德獨尊彼婆伽婆於沙門衆中威德顯赫亦復如是猶如娑婆世界主大梵天王與百億梵衆之所圍繞光明晃耀威德獨尊彼婆伽婆在沙門衆中光明顯赫威德尊勝亦復如是爾時淨飯王聞説婆伽婆道德已心作是念此乃世尊聲聞弟子猶有如是大神通大威力大功德何況如來復念太子本生之時大地六種十八相動動遍動等遍動涌遍涌等遍涌吼遍吼等遍吼震遍震等遍震起遍起等遍起覺遍覺等遍覺放大光明無人扶持行於七步空中二道流水注下洗浴其身自然而有眞金聖

座於虛空中化成天蓋諸天禮拜乃至未出家時不爲五欲之所迷惑凡有所作決定不退隨説能作一切時中堅固大力不作妄語不違信行本作是言我成阿耨多羅三藐三菩提自度已訖復當度王時王念佛爲菩薩時本誓願故説是偈言

若有初生已　明智言不虛　所説事不異
智者誰不信　若有初生時　世親説無等
必作天人尊　智者誰不信　若有不能惜
寶聚如雪山　離於貪悋者　智者誰不信
若能於夢中　不作虛妄語　如説如修行
智者誰不信　如刀劒之語　不能惱令瞋
離於忿怒事　智者誰不信　無有能欺者
貪瞋亦不染　具足智慧王　智者誰不信
一切妙五欲　及以種種報　無有能繫縛
智者誰不信　種種希有事　及以衆妙物
無有能怖畏　智者誰不信　以諸美妙言
明人善巧説　無有能惑縛　智者誰不信
以諸順義語　諸欲決定句　於此不能縛
智者誰不信　以諸軍駕力　及以種種護
能出於妙城　智者誰不信　棄捨妙欲樂
爲求甘露行　希望於菩提　智者誰不信
六年修苦行　勇猛無能當　求於勝菩提
智者誰不信　六年麤少食　求於勝菩提
利安諸世間　智者誰不信　六年爲魔擾
相續求短缺　不能得其便　智者誰不信
遠離五欲過　不求於他物　常利益世間
智者誰不信　不從他聞法　自然成菩提
寂定難可覺　智者誰不信　梵天自勸請
勤求佛世尊　如請而演説　智者誰不信

哀憐愍我故　來到尼俱園　爲度諸釋種
智者誰不信　如來自度已　度我於有海
憶念本誓願　智者誰不信　今正得利時
知佛一切智　爲憐愍我故　智者誰不信
我今當往詣　見人導師身　作是思念時
自省是人王

爾時淨飯王久思量已白慧命優陀夷言比丘汝今至此更何所須時優陀夷以偈答言

本爲利益大王故　我今乘通來至此
若於十力起一信　男女皆得趣善道
十力功德無邊際　大仙爲諸釋種來
欣欣之事今方至　人主應當發信心
大王名稱必增長　遍滿三千大千界
汝子既是人王藏　具足十力慈悲心
遊行十方心無礙　如華在水不染著
自度四流諸有已　亦度人天四瀑河
安置無畏洲岸上　大王應當信導師
拔去四流三毒箭　亦作群生勝醫師
於衆醫中最尊上　大王應當深敬信
亦能降伏諸軍衆　魔王眷屬惡親黨
證於寂滅妙菩提　大王應當深敬信
諸人天王咸勸請　爲度衆生說妙法
敷演無上甘露藥　人中牛王應當信
隱蔽一切外道衆　轉過稱量妙法輪
化度無量億衆生　大雄人王應當信
無明厚覆黑闇中　自眼清淨復淨他
說法能除諸盲翳　大雄人王應當信
老病死畏逼迫者　說除老病不死法
令世間衆昇善趣　大雄人王應當信
三火所燒世間衆　如地洞然以水滅

說於八正聖爲人　大雄牛王應當信
除斷三穢吐諸惡　能離世間三垢濁
遊行十方甚奇妙　勇猛牛王應當信
如父愛子愍世間　十力大慈心普潤
起大悲愍度衆生　勇猛牛王應當信
難調能調婆伽婆　所應度者今悉度
能滅熾然諸煩惱　勇猛大王應當信
衆生墮於三有海　猶如船舫能濟度
十力大悲救世間　勇猛牛王應當信
無量功德端正身　大悲遊行化世間
令久濁心得清淨　勇猛大王應當信
如摩尼寶澄清水　遊行世間淨衆生
除斷群迷競亂濁　勇猛大王應當信
如摩尼珠性清淨　能令智者心歡欣
世尊離惡心皎潔　令諸明人欣慕樂
於世間最起信心　能使天人離苦擔
捨諸有趣得寂滅　勇猛大王應當信
功德聚中說少分　如在虛空鳥一跡
佛功德岸我不知　大王應當深敬信

爾時淨飯王聞慧命優陀夷善說世尊爲菩薩時所修功德即自念知如來本誓我得度已必當度王如是念已深生敬信復白慧命優陀夷言比丘汝今即是我子之子汝可食竟速還佛所將食奉佛我今亦當往見世尊爾時慧命優陀夷知淨飯王得於敬信飯食已訖即持餚饌奉上如來爾時佛告諸比丘言優陀夷教化淨飯王得於正信諸比丘今日諸天世人大得利益爾時世尊讚歎優陀夷言善哉善哉汝於今日得大福德以淨飯王得敬信故爾時佛告諸比丘言迦盧陀夷

化淨飯王所得功德若是色者十方世界恒
沙佛刹所不容受以功德聚廣大無量故

大寶積經卷第六十一

音釋

姝春朱切美色也又好也　咽頸咽因連切嗌也咽喉也頸經郢切頸莖也　膗纖膗丑容切均也圓直也纖思廉切細也　髀股髀部禮切股也又股骨也股音古脛本曰股　矟所角切矛屬長丈八者爲矟　屏處屏必郢切屏處謂有障蔽之處也　晃耀晃胡廣切光明也耀弋照切照耀也　淤泥淤依倨切謂滓濁之泥也　隰席入切下濕曰隰又下平曰隰　卉許偉切草之總名也　蔓無販切藤蔓也　蓊蔚蓊烏孔切蔚於物切蓊蔚草木盛貌　鬘莫班切　桄房越切大船也又木簰也大曰桄小曰桴　⿰金卝古猛切與鑛同金鐵之樸也　綢直由切密也　蔫萎蔫於乾切不鮮也萎邕危切枯也　悒慼悒於急切慼倉歷切並憂也　氈褥氈諸延切撚毛席也褥儒欲切藉也裀褥也　矛莫浮切鉤兵也二丈爲矛　瀑河瀑蒲報切與暴同　舫甫妄切方舟也又兩舟相並曰舫　餚饌餚何交切菹醢也饌雛戀切具食也

大寶積經卷第六十二

高齊北天竺三藏那連提耶舍譯

菩薩見實會第十六之二

淨飯王詣佛品第二

爾時世尊飯食澡手洗鉢器已現其瑞相即時毗沙門天王以無量那由他百千億衆夜叉圍繞譬如壯士屈伸臂頃一念之中從天宫没佛前而現頭面禮足住立北方於虚空中夜叉大衆前後圍繞合掌恭敬佛及衆僧提頭賴吒天王以無量百千那由他乾闥婆衆前後圍繞亦如壯士屈伸臂頃從天宫没於如來前頭面禮足住在東方於虚空中恭敬世尊及比丘衆爾時毗樓勒叉天王以無量百千那由他鳩槃茶衆之所圍繞亦如壯士屈伸臂頃從天宫没在於佛前頭面禮足住於南方在虚空中合掌恭敬如來及比丘衆爾時西方毗樓博叉天王以無量百千那由他諸龍前後圍繞亦如壯士屈伸臂頃從天宫没於如來前頭面禮足住在西方於虚空中合掌恭敬如來及比丘衆釋提桓因天王亦復如是無量那由他百千圍繞從三十三天没住於佛前頭面禮足於虚空中恭敬如來及比丘衆夜摩天王兜率陀天王化樂天王他化自在天王娑婆世界主大梵天王光音天王遍淨天王廣果天王淨居天王各以無量百千那由他天衆之所圍繞於彼天没住於佛前頭面禮足在虚空中恭敬如來及比丘衆亦復如是爾時毗摩質多阿脩羅王與六十那由他眷屬前後圍繞猶如壯士屈伸臂頃於自宫没住於佛前頭面禮足現

恭敬相却住一面金翅鳥王亦與八萬六千迦樓羅衆眷屬圍繞於自宫没住於佛前頭面禮足及諸外道其有八億從諸方來而說偈言

於淨虛空中　十五夜滿月　超過諸星衆
光明獨顯耀　佛如淨月輪　滅闇除三垢
能超諸外道　猶如空中月　秋日千光明
能除諸闇冥　超出明月光　開布蓮華池
佛光過於日　普照大千界　如來能開現
聲聞蓮華林　天主憍尸迦　住在善法堂
出過諸天衆　金剛杵光耀　十力功德山
兩足尊勝王　超過諸外道　猶如釋天王
須夜摩天王　天衆所供養　住在天衆中
光赫坐寶座　十力無邊威　超過惡道趣
無畏光明德　顯說八正道　如兜率天王
在宫衆圍繞　超過諸天衆　宿善而晃耀
調御人天師　八部所供養　超過諸世間
無畏顯說法　如化樂天王　在於天宫中
超過諸天衆　功德獨光顯　佛超諸世間
離濁出三界　能調未調王　具十力光照
如自在天王　住居天宫中　超過諸天衆
宿善而晃耀　如是佛光明　具足十力行
超過天人衆　本善功德故　如大梵天王
超過諸梵衆　光耀說甜美　顯於八正路
如來勝梵天　沙門衆中王　光明照三界
轉於四諦法　知見衆集已　天人龍聽法
人中最勝王　吐宣八正語　虛空可度量
海可瓶量盡　須彌山可稱　佛德難可知

爾時淨飯王白釋種言諸仁者如日欲出先現瑞相所謂明星出時當知日出不久迦盧

陀夷亦復如是於佛如來一切種智先見瑞相比丘所說如來功德即是一切智相諸仁者速辦好乘我當往詣至如來所時釋種臣言善哉大王今正是時所須之具今悉已辦爾時大王勑諸臣言從迦毗羅城乃至尼俱陀林於其中間精治道路以好輭沙遍布其地散種種華懸諸繒綵作倡妓樂種種歌舞爾時大王乘好車乘出迦毗羅城詣尼俱園於彼乘後有八萬白象以種種寶間錯莊嚴於其象上各立七寶殿堂甚奇微妙於其象後各嚴八萬寶馬於其馬上各有金幢其馬及幢各以七寶莊嚴微妙第一是時城中有無量人嚴飾車乘諸所服飾青馬青車青蓋嚴飾執持青刀衣服皆青鞍韉鞦轡悉亦青色各持青幢一一車後百青衣人之所圍繞復有釋種等各各嚴飾種種好車青黃赤白雜色莊嚴雜色車馬雜色嚴飾一一車馬皆有百人雜色莊嚴亦復如是爾時世尊遥見王來告諸比丘汝若欲見三十三天遊戲衆者當觀釋種出迦毗羅城何以故釋種遊行與天無異故爾時世尊而說偈言

其迦毗羅妙城中　淨飯大王及眷屬
最勝人王今方至　諦聽諦聽我當說
象馬車乘過百千　種種莊嚴甚殊妙
從迦毗羅而引出　人王寶藏及諸乘
青馬青車青莊嚴　將從衣服悉青色
靴帽刀拂咸亦青　青鞭青轡青鈴綱
青衣人持青幢蓋　人馬皆青甚殊妙
黃馬黃車黃莊飾　將從衣服悉黃色
靴帽刀拂皆亦黃　黃鞭黃轡黃鈴綱

黃衣人持黃幢蓋　人馬皆黃甚殊妙
赤馬赤車赤莊嚴　將從衣服悉赤色
靴帽刀拂皆赤赤　赤鞭赤轡赤鈴網
赤衣人持赤幢蓋　人馬皆赤甚殊妙
白馬白車白莊嚴　將從衣服悉白色
靴帽刀拂皆亦白　白鞭白轡白鈴網
白衣人持白幢蓋　人馬皆白甚微妙
雜色車馬雜莊嚴　將從衣服悉雜色
靴帽刀拂皆亦雜　雜色鞭轡雜鈴網
雜色衣人持幢蓋　人馬皆雜甚微妙
彼諸車後莊嚴象　其數足滿八十千
金鞍金韉金莊飾　象皆皆有七寶殿
種種莊嚴妙龍馬　其數亦滿八十千
七寶莊嚴甚奇麗　衆妙服飾從車後
以諸妙華散御路　用五種香熏其地
懸諸瓶香幷繒綵　壯士戲人歌舞輩
種種莊嚴遍其路　作諸音樂從王後

爾時淨飯王及諸侍從至尼俱樹園下車而入步衆導從前後圍繞爾時世尊知父王心深生恚恨爲度王故過於人上在虛空中自在遊行如來行時娑婆世界主大梵天王在如來右釋提桓因在如來左須夜摩天王兜率陀天王化樂天王他化自在天王各各執持種種天蓋供養如來爾時毗沙門王提頭賴吒天王在佛東面偏袒右肩右膝著地合掌向佛現恭敬相毗樓勒叉王毗樓博叉王在佛西面亦偏袒右肩右膝著地合掌向佛現恭敬相爾時四天王天三十三天夜摩天兜率陀天化樂天他化自在諸天子等在虛空中雨天優鉢羅華栴檀末香曼陀羅華作

天妓樂及以歌舞復於虛空中雨諸香水從昔以來未曾見聞優鉢羅華栴檀香末供養如來爾時世尊亦現神通以通力故令人見天差别之相時淨飯王見諸天子供養如來生希有心復見嚴飾七寶重閣滿虛空中見已作是說言如來本昔作童子時不以四天下轉輪聖王生於顧戀何以故今在三千大千世界中爲大法王統領天人富貴自在今此世尊爲正法王我今於此爲人圍繞世尊乃有天人侍衛爾時淨飯王偏袒右肩右膝著地頭面禮足合掌向佛而作是言世尊初生之時無人扶持而行七步觀察十方而作是言我於世間最尊最勝當得度脫老病死邊我於爾時頭面禮世尊足復於後時至於田村閻浮樹下坐於清涼日雖西移影初不動復有六天童子合掌作禮在如來前我於爾時頭面作禮大牟尼足我今第三復亦頭面禮世尊足爾時淨飯王而說偈言

兩足世尊初生時　無人扶持行七步
自說我於世最勝　爾時我禮明智者
牟尼踰城至田村　閻浮樹影蔭不移
六天童子修供養　我時復禮世應供
今是第三稽首禮　恭敬憐愍世間尊
堪受人天微妙供　世無如佛何有勝
世尊本號悉達多　字爲父母所喜樂
始知如來名稱實　得願滿足獲甘露

爾時欲界諸天與世尊敷師子座以天妙衣敷在座上及尼俱園復以天劫波樹衣彌覆虛空爾時世尊從空而下在師子座跏趺而坐時淨飯王及諸眷屬頭面禮足退坐一面

欲色二界諸天子等亦頭面禮足於虛空中
退坐一面爾時世尊而說偈言
淨飯大王及眷屬　來詣世尊設供養
從迦毗羅妙城出　趣尼俱陀可樂園
佛與無量衆圍繞　阿脩羅王及龍王
鳩槃荼王金翅王　乾闥婆王并眷屬
夜义大王鬼神衆　緊那羅王悉皆集
欲界天王并天子　一切皆生欣喜心
六欲諸天旣如是　梵輔梵身梵天衆
遍勝諸天并眷屬　乃至廣果淨居天
沙門大衆婆羅門　僧佉衞世尼乾子
及餘一切諸外道　修行種種異術士
斯等諸方皆來集　如來示現自神力
令淨飯王及釋種　獲得信心欣喜成
如來普爲一切衆　以微妙語善義句
世尊意在淨飯王　現化種種勝神力
王本不許佛出家　相師本昔相童子
在家必作轉輪王　無量億衆所供養
滿足聖王七種寶　亦復具有四神通
如法正治護國土　王四天下刹利王
爾時菩薩發是言　我昔無量那由劫
於一切時常實語　大王諦聽我今說
大王昔來於我所　實自初無信敬心
欲以輪王令我作　以四天下生戀惜
譬如本昔有神黿　隨海水潮在陸地
其海潮水迴還去　黿便墜墮深井中
井中舊鼈問海黿　汝本何處今至此
廣智海黿答井鼈　我遇海潮墜此井
其海潮水還源時　我行遲遲遂不及
以斯我今失時節　墮此小井共汝住

井鼈復問海龜言　其海多少井中水
豈復寛廣於此耶　爲大爲小願速説
廣智海龜答井鼈　無智住人穿鑿處
我於大海水中居　在彼經歷多年載
猶尚不知海處中　況復了達其彼岸
如是大王都不知　我之神通威德力
欲以輪王四天下　世間豪貴戀惜我
我今現作法輪王　統領三千大千界
如法正治離刀杖　得於八部最勝供
我今稱頌昔日言　故來應現此大衆
以神通力修其心　用慈悲念召集衆
一切諸有皆雲會　莫不爲王得淨信

阿脩羅王授記品第三

爾時世尊現其瑞相以是相故時毗摩質多阿脩羅王作是念言我今最初供養世尊時毗摩質多阿脩羅王與其徒衆六十那由他婦女眷屬亦六十那由他以其海中無價寶珠及餘海中所有悉採供養爾時阿脩羅王化作六十那由他七寶車一一寶車復化六十那由他調順之馬一一調馬復化七寶鈴網莊飾馬上復化眞金鈴釧以飾馬脚一一馬亦復化作七寶纏髻騣尾一一調馬復以眞金鞦轡彼諸調馬皆以七寶爲角彼諸調馬車上七寶莊嚴軒蓋皆用七寶在虛空中隨車行住一一軒蓋皆懸七寶流蘇鈴帶一一軒蓋皆化寶網彌覆其上彼諸車馬軒蓋鈴網爲風所吹出微妙音奪人視聽猶如善擊百妓音樂出種種聲令人喜樂奪人心意一一寶車在虛空中去地六十由旬一一車後作諸音樂一一車上皆有阿脩羅女種種

嚴飾在其車上是諸女等或有立舞或有坐舞或有唱歌或身動轉或散栴檀末香或散優鉢羅末或雨沉水末或雨多摩羅跋香或雨天諸末香或散阿脩羅香末或雨金末或雨曼陀羅華摩訶曼陀羅華曼殊沙華摩訶曼殊沙華波盧沙迦華摩訶波盧沙迦華迦迦羅婆華摩訶迦迦羅婆華波吒梨華摩訶波吒梨華質多羅波吒梨華摩訶質多羅波吒梨華悉皆化作用供養佛或散金華銀華毗瑠璃華玻璃華赤真珠華碼碯華硨磲華或持七寶以散世尊有散衣服或以手環臂脚印釧寶冠寶鬘莊嚴之具金鎖銀鎖真珠繩貫或長或短或有七寶頂巾及諸瓔珞金銀耳璫或以七寶盛髮之袋以散於佛或以頂鬘在臂鈴釧動搖發聲或以七寶填鬘以金莊嚴或以金填七寶莊嚴有執金網有捉金流蘇有持摩尼流蘇有持真珠流蘇或持金蓋銀蓋或持毗瑠璃蓋有持七寶蓋者或持種種寶幢或持種種色旛或雨香水者皆爲供養佛故或有合掌說偈讚歎曰

歸命丈夫調御師　歸命丈夫最勝士
歸命丈夫兩足尊　歸命丈夫無等倫
歸命明照世間者　歸命最上大智海
歸命具足功德林　歸命最勝微妙山
歸命具足功德聚　歸命滅除諸煩惱
歸命修諸淨行師　歸命淨行無斷絕
歸命無依不怯弱　歸命無懈無掉動
歸命決定發精進　歸命決定滿足者

爾時阿脩羅王亦復化作六十那由他七寶帳幕甚奇微妙雜色莊嚴一一帳幕浮遊之

下亦復化作六十那由他七寶大地彼諸地上亦復化作六十那由他樓櫓却敵七寶合成微妙第一一一却敵亦復化作六十那由他重閣殿堂七寶莊嚴一一堂殿復有六十那由他門戶總牖七寶莊飾一一門戶金門銀扇雜寶雕飾其諸門閫一一皆用毗瑠璃寶一一門樞皆用硨磲復以硨磲爲柱一一柱上以赤真珠以爲櫨栱碼碯爲地其銀門者悉用金扇毗瑠璃爲閫硨磲雕鏤碼碯爲樞赤珠爲柱白玉爲栱玻瓈爲地毗瑠璃門戶玻瓈爲扇金爲門閫銀爲戶樞白玉爲柱碼碯爲栱赤真珠地玻瓈門戶毗瑠璃爲扇碼碯爲閫赤珠爲樞以金爲柱銀爲枅栱白玉爲地碼碯門戶白玉莊飾赤真珠寶以爲閫扇銀爲戶樞瑠璃爲柱金爲枅栱玻瓈爲地赤真珠戶瑪瑙莊飾白玉閫扇銀爲戶樞毗瑠璃柱玻瓈枅栱黃金爲地白玉門戶碼瑙莊飾金爲閫扇毗瑠璃樞白銀爲柱玻瓈爲地赤真珠寶以爲枅栱彼諸門戶一一戶中化作六十那由他師子之座七寶合成以諸天人阿脩羅衣彌覆其上或敷迦旃陵伽衣或敷憍奢耶衣其座兩頭置朱色枕彼諸座前有七寶几一一几上有施六億阿脩羅王種種衣服所謂諸天樹衣芻摩羅衣憍奢耶衣迦尸迦衣一一師子座上各各皆有二脩羅女衆寶莊嚴一一女人皆持七寶多羅樹葉以爲其扇一一座中皆有化脩羅子在於座上兩女侠侍持七寶扇彼諸門戶不復化作六十那由他七寶幢蓋於金門戶化作青幢黃柄玻瓈間錯於銀門戶化作黃幢赤

眞珠柄白銀間錯於毗瑠璃門化作赤眞珠幢黄金爲柄玻瓈交錯玻瓈門户化作雜色寶幢黄金爲柄白銀交錯青幢黄頭黄幢青頭赤幢白頭白幢赤頭雜色幢者七寶爲頭彼諸寶幕及諸殿堂於虛空中繞佛三帀猶如三十三天伊羅婆那龍象在空遊行俱持毗陀羅婆樹槃耶多羅樹供養諸天彼諸帳幕於虛空中右繞三帀亦復如是彼諸寶幕却敵之中及以地上重閣殿堂有諸門户師子之座莊嚴寶蓋寶幢旛華雨天栴檀末香天優波羅末香沉水末香復雨曼陀羅華摩訶曼陀羅華曼殊沙華摩訶曼殊沙華迦迦羅婆華摩訶迦迦羅婆華波吒梨華摩訶波吒梨華質多羅波吒梨華摩訶質多羅波吒梨華金華銀華毗瑠璃華玻瓈華一切衆寶華雨金雨銀雨天樹衣彼諸脩羅王子手中悉持如是寶珠以珠力故隨意所須皆能降雨爾時迦毗羅城四門之外各各縱廣六十由旬以阿脩羅王威神之力放光遍照六十由旬上照六萬由旬周圍遍滿供養之具彼諸浮遊帳幕繞佛而住時迦毗羅城中積曼陀羅華舉高七丈天上香水成泥以佛神力令其香氣遍滿三千大千世界於此三千大千世界中所有住大乘者彼諸衆生聞其香氣乃至初發阿耨多羅三藐三菩提心得不退轉況復久修時毗摩質多阿脩羅王乘七寶車繞佛三帀以妙天栴檀末以散佛上而說讚曰

我今歸依婆伽婆　能施天人無畏者

歸依最勝不可動　希望無上妙菩提

我今歸依婆伽婆　心喜不墮三惡趣
是故我今歸依佛　希求無譬妙菩提
我今歸依婆伽婆　能除生死大苦海
能斷曠野離惱淨　堪能引導衆生師
我今歸依婆伽婆　以此歸依不求生
老死所逼大苦惱　世尊爲諸天人歸

爾時毗摩質多阿脩羅王以偈歎佛右繞三帀時彼諸馬瓔珞莊嚴彼諸車莊嚴彼諸阿脩羅阿脩羅女莊嚴彼諸旛幢寶蓋鈴網等爲風所吹出深妙聲稱心奪聽譬如具足百妓音樂善巧奏擊出深妙音稱意音聲甚可聽採奪人耳目如是諸馬莊嚴瓔珞乃至鈴網爲風所吹出微妙音如巧奏擊百種音聲甚可愛樂爾時毗摩阿脩羅王繞佛三帀雨天栴檀末香優鉢羅末沉水末香多摩羅末香種種阿脩羅香末從空而下雨天曼陀羅華摩訶曼陀羅華曼殊沙華摩訶曼殊沙華波盧沙迦華摩訶波盧沙迦華迦迦羅婆華摩訶迦迦羅婆華波吒梨華摩訶波吒梨華質多羅波吒梨華摩訶質多羅波吒梨華復有種種化華雨金華銀華毗瑠璃華乃至七寶衆華從空而下雨天香水阿脩羅香水從空而下以香水故迦毗羅城内外縱廣六十由旬悉成香泥以其泥香遍滿三千大千世界所有菩薩聞其香者於阿耨多羅三藐三菩提得不退轉爾時毗摩質多阿脩羅王繞佛三帀以佛神力於虛空中作天妓樂及阿脩羅音聲彼諸音樂以佛神力其音遍滿三千大千世界皆悉聞知所有住大乘者聞其聲已悉於阿耨多羅三藐三菩提得不退轉

無量百千阿脩羅女或歌或舞或奏音樂或身動轉又散天栴檀末優鉢羅末沉水末多摩羅跋香曼陀羅華摩訶曼陀羅華曼殊沙華摩訶曼殊沙華波盧沙華摩訶波盧沙華迦迦羅婆華摩訶迦迦羅婆華波吒梨華摩訶波吒梨華質多羅樹華摩訶質多羅樹華金華銀華毗瑠璃華衆寶雜華又雨化華以散佛上又散諸天衣服臂脚鈴釧以散佛上腰瓔珞手臂瓔珞指環頂巾七寶之鬘金鎖銀鎖眞珠之貫摩尼瓔珞半月珠瓔於兩肩上七寶衣瓔種種寶瓔兩耳璫璪盛髮寶袋莊嚴頂冠種種流蘇種種香流蘇種種眞珠流蘇種種摩尼流蘇或雨天種種寶蓋金末香水又阿脩羅女手把赤眞珠以散佛上又捉寶散者又捉種種珠散者皆爲供養佛故毗摩質多阿脩羅王與其眷屬皆悉相順而說偈言

我常如是心　值遇佛世尊　歸依如來故
未來常供養

爾時波羅陀阿脩羅王所設供養亦如毗摩質多阿脩羅王等無有異乘七寶車右繞三帀以偈讚佛

我禮得實十力士　亦禮離怖無畏者
決定得於不共法　歸命導引諸世間
我禮斷除結縛者　亦禮出離生死道
我禮到岸住陸地　將導貧乏衆生師
我禮深智不思議　與衆和合不掉動
於諸趣中心解脫　猶如蓮華不著水
牟尼本修諸空法　離諸簡擇得無相
於一切處無所願　我禮如空無所依

爾時善臂阿脩羅王所設供養廣大無量如毗摩阿脩羅王等無有異乘衆寶輦右繞三帀散其金粟以偈讚曰

大牟尼尊無等倫　天上天下亦無比
佛知衆生如陽焰　非眞實有唯想轉
於此無作無受者　亦無士夫空無我
離諸所作無體性　說於一切寂定法
於善逝法得信解　觀一切法悉平等
彼當得作導師子　順佛言教如父說
我今讚歎所得福　唯佛智解能照知
我以福德悉無餘　迴施衆生皆作佛

爾時復有跋墀毗盧遮那阿脩羅王所設供養亦如毗摩質多阿脩羅王等無有異乘七寶車繞佛三帀散以銀華說偈歎曰

我今禮佛妙好相　度生死海到彼岸
自身得度復度他　安置彼岸無畏處
唯佛大慧知羣生　倒見叢林無智者
迷惑焰水計爲實　無等悲心皆已知
世尊妙人見衆生　如幻陽焰如光影
牟尼如法生善子　三有中行不染行
大自在人知非實　知諸法性彼此空
愚癡如夢受欲樂　佛子知已修諸行

爾時羅睺羅阿脩羅王所設供養亦如毗摩質多阿脩羅所設供養乘七寶車繞佛三帀以質多羅波吒藜華以散佛上說偈讚曰

大仙如來神妙身　超過一切諸天人
旣如須彌比芥子　復似大海譬牛跡
如來顏容甚端正　衆相莊嚴第一最
超過一切色中上　如日出現螢息照
世尊無量威德聚　超過一切威德者

令諸威德不能現　如日出時螢光隱
大聖世尊智慧海　超過遍覆三有界
蔽諸外道令不現　如日盛明月光沒
爾時睒婆利阿脩羅王所設供養亦如毗摩質多阿脩羅王修供養已乘七寶車繞佛三帀用摩訶波吒棃華以散於佛說偈讚曰
樂奢摩他智慧者　能除三毒貪瞋癡
引導衆生出世間　猶如甘雨滅塵焰
世尊熾然正法眼　亦如酥投大盛火
能斷煩惱疑網盡　亦如火燒大曠野
顏容端正甚微妙　衆相莊嚴最第一
超過一切諸妙色　如日出時螢光隱
如來秉持諸善根　無量億萬那由他
能除煩惱及惡業　如食甘露去身毒
吹除一切無明冥　如夜明炬照黑闇
如來示現正法眼　猶如珠師顯寶價
爾時樂戰阿脩羅王所設供養亦如毗摩質多阿脩羅王設供養已乘七寶車繞佛三帀散衆寶華以偈讚曰
難調惡心佛能調　如勇健士降勝敵
善得柔輭心自在　我禮心調無畏者
能調諸根離怨對　離畏無畏得安隱
世尊煩惱不更發　消伏毒害悉無餘
那羅延力善修慈　於愛憎中心平等
如來知諸衆生想　不爲六道之所攝
離諸想心竭有愛　放智慧光破諸闇
於諸法中心不著　牟尼超過無等倫
爾時善目阿脩羅王所設供養亦如毗摩質多阿脩羅王修供養已乘七寶車繞佛三帀奉衆寶藏以獻於佛說偈歎曰

大雄久已知　諸法眞實相　所謂法名者
各各和合假　一切諸法體　種種求不得
所言此法者　說唯是假名　離名名體性
諸相亦如是　無相亦無名　已離三種法
所言解脱者　實無可顯說　說者說亦無
解者亦復然　如是知於法　無上牟尼子
於諸法不著　修行大名稱

爾時伏三界阿脩羅王所設供養亦如毗摩質多阿脩羅王修供養已乘七寶車繞佛三帀用眞珠瓔珞以奉如來說偈歎曰

我今歎佛離怨敵　顏容端正戒智力
一切世間無如佛　以無比身伏讐對
色力光明照三有　修諸善業得端正
以布施力得其相　八十種好悉嚴淨
淨持戒力無能動　明人思量所不得
佛持戒心清淨故　人中師子所作成
如來智力更無比　以無怖畏勝三界
如師子王衆中吼　超過一切諸外道

爾時毗盧遮那阿脩羅王所設供養亦如毗摩質多阿脩羅王設供養已乘七寶車繞佛三帀手執衆寶以散如來復以偈頌而讚歎曰

諸衆皆集牟尼所　淨心瞻仰如來面
一切現前覩世尊　斯則如來不共相
佛以一音演說法　種種隨心各皆解
世尊說應衆生機　斯則如來不共相
佛以一音演說法　衆生隨類各得解
稱意所欲知其義　斯則如來不共相
佛以一音演說法　或有修進或調伏
或有獲得無學果　斯則如來不共相

爾時目真鄰陀阿脩羅王所設供養亦如毗摩質多阿脩羅王修供養已乘七寶車繞佛三帀手執赤真珠以散佛上說偈讚曰

欣喜淨心敬信佛　離於憿慢無邪見
順佛阿含不放逸　是爲修行無比子
諸法自性不可得　如夢行欲悉皆虛
但隨想起非實有　世尊知法亦如是
如秋時雲水中月　迷惑無智愚衆生
不能惑著明智人　深樂佛法精進者
妙人最妙不錯悞　於佛法中不放逸
分別諸法悉如夢　得見如實妙三昧

爾時毗摩質多阿脩羅王等有六十那由他阿脩羅設供養已皆各合掌作禮而住欣欣踊躍情意充滿喜樂稱心菩提之心流注不絕爾時世尊知彼諸阿脩羅信心供養已如諸佛法示現微笑相從其面門放無量色光青黃赤白紅紫玻瓈亦如金銀及以雜色從口出已繞佛三帀還從頂入爾時慧命馬勝比丘從座而起偏袒右肩右膝著地合掌向佛爲佛作禮以偈問曰

雄猛牟尼現瑞相　慜世間者非無因
人中最勝願爲說　大仙所現之因緣
憐慜世間現瑞應　見諸脩羅勝供養
欲授脩羅決定記　令我等輩得欣欣
朝有勝心無有疑　此衆中有發心者
世尊知其信根已　人中師子現此瑞
朝日誰發清淨心　誰於人中生勝信
世尊知其信根已　現此最妙之瑞相
今此大衆皆有疑　皆見如來現微笑
誰復朝日降魔怨　現此瑞相爲此人

善哉降怨大仙尊　願斷大衆心猶豫
願尊速説勿踟蹰　斷此大衆之疑網
爾時世尊以偈答馬勝比丘曰
善哉比丘所問義　我所現瑞利世間
我説果報無有餘　汝今一心善諦聽
諸阿脩羅供養佛　爲求無上勝菩提
脩羅心意無所依　如手在空不障礙
此等供養世尊已　阿脩羅衆心清淨
大智皆捨脩羅道　於人天中久受樂
此等於其未來世　值遇恒沙人師子
於善名劫得成佛　如來皆號爲善名
數滿六十那由他　名振十方照世間
演説無依無著法　廣能度脱天人衆
彼諸佛土甚嚴淨　佛知世間離五濁
淨佛國土三千界　滿足六十那由他
彼國無諸三惡趣　以欣喜心土田淨
彼佛雄猛除諸難　演説無上大乘法
彼等諸佛得壽命　住世六十那由劫
演説無所依止法　一一導師皆亦然
彼諸如來滅度後　世間智者盡皆滅
滿足六十那由劫　彼佛正法住在世
是諸如來各各度　如恒河沙衆生聚
彼諸如來等無量　土壽法住亦如是
彼諸善逝能成熟　六十那由衆生數
皆令安住大乘中　各各紹繼三寶種
今此授記爲脩羅　利世間者大仙説
天人聞斯授記已　身心踊躍得淨信

大寶積經卷第六十二

大寶積經卷第六十三

高齊北天竺三藏那連提耶舍譯

菩薩見實會第十六之三

本事品第四

爾時慧命摩訶迦葉見諸阿脩羅王供養佛已生希有心作是思惟世尊本修菩薩行時作何善根得是果報時迦葉即入如實三昧以其三昧嚴心力故憶念過去阿僧祇阿僧祇劫如來所修一切功德於彼彼道彼彼生中所修善根皆爲滿足無上菩提以此善根得住不退轉地彼諸善根皆得念知爾時迦葉憶念如來大善根時作如是心如佛所習善根廣大如來一一發心善根如十方世界恒沙刹土其中衆生皆得人身得人身已衆生如恒沙劫供養善逝亦如脩羅一一衆生如恒沙劫供養如來已不能報如來一發心善根爾時慧命摩訶迦葉從三昧起以偈讚曰

一一如來牟尼尊　發心廣大向菩提
此脩羅等所供養　佛迦羅分不及一
世尊應供人中上　如須彌山栴檀聚
人天中勝所供養　由度功德彼岸故
人中師子應受供　過諸恒河沙數等
譬如大海滿中水　香水和合而供養
具足功德應受供　多於恒河沙數等
積滿華聚而供養　猶如斫迦婆羅山
自然大士應受供　如須彌山燈明炷
大海以爲香油器　以燈供養諸勝者
應受供養大威勢　多於恒河沙數等
造立塔廟而供養　由度功德彼岸故

人中堅固應受供　以諸廣大勝寶蓋
其蓋遍覆三千界　經於那由他劫數
憐愍世間人中尊　無邊功德應受供
以諸寶幢所供養　遍滿十方諸世界
於不思議億劫數　以廣大旛而供養
滿恒河沙諸世界　經於無量億劫數
供養如來人師子　起於分別作譬喻
大論師中師子子　諦聽諦聽諸天人
我及諸來在此衆　若如恒河沙數等
諸有十方世界衆　一切皆當得作佛
具足十力人師子　彼佛頭數如恒沙
一一皆有恒沙頭　於一一頭如恒沙
各各皆有恒沙口　彼於一一無量口
有於無量沙數舌　以舌讚歎於如來
彼諸如來說不盡　功德彼岸不可到
一切智智不可量　由度功德彼岸故

爾時世尊告諸比丘言善哉善哉諸比丘我諸聲聞端直而住有智有法亦如梵天乃能入我功德海中何以故如來具足無量功德具足不思議功德諸比丘如來功德聚不可思議諸比丘如來功德聚若是色者一一發心所得功德如恒河沙等世界中所不容受何以故諸比丘如來一一發心功德一切智所攀緣處如恒沙等諸佛如恒沙等劫不能思量說不可盡何以故如來本修菩薩行時無一發心不爲利益一切衆生衆生所攝者無一發心不爲一切衆生衆生界無邊際其中衆生亦無邊際所有衆生界無邊際如來一一發心功德亦無邊際何以故如衆生界無邊際如衆生界不可量如來一一發心功

德聚不可窮盡皆爲憐愍利益安樂一切衆生故是故發心假使一切衆生供養時不能報如來一發心功德何以故彼諸衆生供養如來皆爲悕望雜食世報故菩薩本發心離於雜食求世報心爲利益安樂衆生故欲令衆生背於生死趣向涅槃如來本修菩薩行時爲利益安樂衆生離於雜食不求世報佛告諸比丘於過去世無量無邊流轉生死阿僧祇不可思議無始世界不可說劫中有佛號曰因陀幢王出現於世如來應供正遍知明行足善逝世間解無上士調御丈夫天人師佛婆伽婆彼佛如來以一一發心如恒沙等世界中曾爲衆生作利益安樂思量發心比丘彼因陀幢如來作佛時恒河沙世界同一佛刹其因陀幢如來應供正遍知國土嚴淨離於惡趣及以八難是因陀幢如來應供正遍知其國土中所有衆生住正定聚其邪定衆生增上慢衆生一向皆無不淨身業不淨口業不淨意業一切皆無亦無惡趣煩惱作惡趣業何以故因陀幢如來教是衆生令其發心止一切惡以其善法授令修學是因陀幢如來國土中曾得五種樂所謂一得欲樂二得出家樂三得禪樂四得三摩跋提樂五得無上菩提樂彼諸衆生雖受其樂而不貪著譬如蜜蜂但取其味不取華色彼諸衆生亦復如是雖受其樂而不取著譬如飛鳥空中而行不著其空如是衆生雖受其樂而不取著亦復如是是因陀幢如來應供正遍知其佛土中所有衆生無有憂苦唯有喜樂亦無不苦不樂受愚癡無故唯有稱心之樂

何以故彼諸衆生本修善故由彼因陀幢如來本修菩薩行時現諸相好令彼衆生不作一切惡安置衆生修習善法彼等次第離諸惡道安於善處彼等於一切種不善業一向悉無其所作業得果報時心不欣樂生苦受者無有是處不作惡業不受苦果故愚癡無故不苦不樂受亦無彼因陀幢如來佛土中一切時恒無惡風暴雨亦無毒熱彼諸衆生時節變易苦一切皆無彼因陀幢如來本修菩薩行時彼佛土中其諸衆生一切身業智上首智順轉演說開示正顯如是一切口業智上首智順轉演說開示正顯如是一切意業智上首智順轉演說開示正顯如是彼諸衆生從彼菩薩聞已彼諸衆生一切身業一切口業一切意業智上首智順轉迴向以善業故愚癡報不生以其愚癡故受不苦不樂受彼諸衆生於彼佛土中苦受不苦不樂受一向皆無以離愚癡故彼諸衆生生彼國土時其因陀幢如來教化已於法敬重若遊行時思量於法愛欲於法染著於法彼等心生愛欲染著於法遊行時無有苦受行住坐卧睡寤乃至無有威儀之苦彼諸衆生在國土中無惡可順以無惡故無苦可生於善無著以是因緣彼諸衆生善順無故變易苦無於諸法中不生貪著是故壞苦不生亦無怨憎會苦何以故由彼衆生於一切衆生中得住平等心現前是故無有怨憎會苦亦無愛別離苦何以故由彼衆生於一切法不著故其愛別離苦從愛而生是故無有愛別離苦苦苦亦無何以故於樂受不生著故唯有行苦

所謂無常苦何以故彼佛唯說第一義故彼佛住世經恒沙劫於彼佛刹無一衆生與佛競論者來生其國何以故由彼如來本行菩薩時成熟衆生故佛告諸比丘於意云何能以下善根少善根不善習善根不善相應善根非大精進善根非善趣善根非善發善根非善迴向善根可能利益如是等衆生能與樂除苦耶可能淨如是廣大國土成熟如是多衆生耶諸比丘言不也世尊佛復告諸比丘言於意云何可以下心怯弱不善根相應心非精進心非善習善根心非善趣心非善發善根心非善迴向心可能利益如是等衆生思惟與樂能除苦耶可能嚴淨如是廣大佛刹成熟如是多衆生耶諸比丘言不也世尊佛復告諸比丘言於意云何可以下信少信羸信怯弱信不善相應信非精進信非善集善根信非善趣信非善發善根信非善迴向信能利益如是等衆生除苦與樂耶能嚴淨如是廣大佛刹成熟如是多衆生耶諸比丘言不也世尊佛復告諸比丘於意云何可以下戒少戒羸戒非精進戒非善集善根戒非善趣戒非善發善根戒非善迴向戒能利益如是等衆生除苦與樂耶能嚴淨如是廣大佛刹成熟如是多衆生耶諸比丘言不也世尊佛復告諸比丘言於意云何頗以下精進少精進羸精進怯弱精進非相應精進非精進精進非善集善根精進非善趣精進非善發善根精進非善迴向精進能利益如是等衆生除苦與樂耶及能嚴淨如是廣大佛刹成熟如是多衆生耶諸比丘言不也婆伽

婆佛復告諸比丘於汝意云何頗以下念少念羸念怯弱念非相應善根念非精進念非善集善根念非善趣念非善發善根念非善迴向念能利益衆生及思惟與樂耶及能嚴淨如是廣大佛刹成熟多衆生耶諸比丘言不也世尊佛復告諸比丘言於汝意云何頗以下定少定羸定怯弱定非相應善根定非精進定非善集善根定非善趣定非善發善根定非善迴向定能利益衆生思惟與樂耶能嚴淨如是廣大佛刹及能成熟如是多衆生耶諸比丘言不也世尊佛復告諸比丘言於汝意云何頗以下慧少慧羸慧怯弱慧非相應善根慧非精進慧非善集善根慧非善趣慧非善發善根慧非善迴向慧能利益衆生思惟與樂耶能嚴淨如是廣大佛刹及能成熟如是多衆生耶諸比丘言不也世尊佛告諸比丘言諸比丘實如是不以少善根少戒少信少精進少念少定少慧能利益衆生及思惟與樂離苦耶能嚴淨廣大佛刹成熟如是多衆生耶佛告諸比丘於意云何彼時因陀幢如來汝知誰也如來問已諸比丘默然不答當於爾時東方過如恒沙等諸佛世界有世界名曰月光莊嚴彼土有佛號高威德王如來應供正遍知今現住世文殊師利在彼衆中即知釋迦牟尼心念已即白高威德王佛言今釋迦如來在娑婆世界說法世尊我今往彼見釋迦如來禮拜聽法供養恭敬作是請已時高威德王如來告文殊師利任意而去今正是時爾時文殊師利童子從座而起偏袒右肩右膝著地頭面禮高威德

王如來右繞三帀譬如壯士屈伸臂頃時文殊師利在彼月光莊嚴世界中沒釋迦牟尼佛前出頭面接足敬禮如來却坐一面白佛言世尊昔時因陀幢如來者今即世尊是也何以故由是世尊具足不可思議諸善方便能成熟衆生淨佛國土恒不疲倦亦無猒足故世尊安置衆生住菩薩乘亦無猒足若有實語人作正語者勝中之勝勝中之妙勝中上首最勝中最勝言佛如是者當知釋迦牟尼佛眞實無異時文殊師利而說偈言

雄猛巧方便　憐愍諸世間　現大威神力
成熟衆生故　已於過去世　曾作八億佛
猶自有神力　無心取正覺　六十一三千
清淨佛國土　淺識不知佛　牟尼巧方便
不捨初發心　彼彼處處現　更於未來世
示現無量佛

迦樓羅王授記品第五

爾時復有八億六千萬金翅鳥王見諸阿脩羅供養世尊及得授記已於如來所生無等敬信踊躍欣喜爲供養故化作八億六千萬殿堂純以諸天七寶莊飾甚奇微妙一一殿堂七重构欄四寶所成微妙第一所謂金銀瑠璃玻瓈金构欄者金爲尋梁及作衆柱銀爲曲檽銀构欄者銀爲尋梁及作衆柱金爲曲檽毗瑠璃构欄以毗瑠璃而爲梁柱玻瓈爲檽玻瓈构欄玻瓈梁柱毗瑠璃檽彼諸殿堂周帀四面垂七寶鈴所謂金銀瑠璃玻瓈眞珠硨磲碼碯其寶精奇微妙第一是諸殿堂復以七寶羅網覆上所謂金網銀網毗瑠璃網玻瓈寶網赤眞珠網硨磲之網碼碯網

等微妙第一復更化作八億六千萬七寶之蓋微妙奇特所謂金銀乃至碼碯復更化作八億六千萬七寶妙幢所謂金銀乃至碼碯青幢黃頭黃幢青頭赤幢白頭白幢赤頭雜色之幢純色爲頭純色之幢雜色爲頭復更化作八億六千萬七寶妙旛有種種色嚴淨第一復更化作八億六千萬七寶之帳所謂金銀乃至碼碯寶線織成微妙第一爾時諸金翅鳥王持是八億六千萬七寶殿堂八億六千萬七寶之蓋八億六千萬七寶之幢八億六千萬七寶之旛八億六千萬七寶之帳悉以奉獻如來世尊既奉獻已彼諸鳥王及供養具於虛空中繞佛三帀譬如嚶羅婆那象王於三十三天頂戴諸天乘空而遊詣波利質多羅樹彼諸鳥王持是殿堂蓋幢旛帳飛騰虛空繞佛三帀亦復如是爾時彼諸鳥王敬繞佛已却住一面曲躬合掌衆共一音以偈讚曰

歸命出離生死者　歸命救度生死人
歸命無等堅固士　歸命無上無等聖
願我當得堅固身　三十二相自嚴飾
復有八十隨形好　唯願我等如導師
願我圓光具威德　形顏功德皆成就
願得第一佛威儀　令他心淨證寂滅
願具持戒三摩提　亦得諸佛上智慧
願悉作佛度群有　如佛今作世導師
世尊我願具十力　亦到十八不共岸
成佛智慧過世間　如今如來上中上
亦知衆生無體性　如幻如夢無所依
宣說如響如虛空　如佛今日爲衆說

爾時世尊知諸鳥王得敬信已現微笑相是時慧命馬勝比丘見佛微笑以偈問曰

人中無上勝導師　非是無事現微笑
愍世間者爲我說　現此微笑何因緣
彼諸鳥王已供佛　寶殿幢旛空中現
令此天人生希奇　願兩足尊說是義
一切大衆合掌住　深心清淨皆欣喜
願聞金翅未來果　願兩足尊說此義
人中最勝若說已　一切大衆皆無疑
大衆離疑得無畏　如來智能令欣喜
大衆欣喜得無畏　離諸過惡心清淨
彼衆樂聞如來說　猶如弟子受師言
願斷大衆心所疑　願佛攝受令欣躍
大衆欣喜皆來集　願說金翅當來果

爾時世尊以偈答慧命馬勝言

十力眞實超一切　八伎梵聲悉具足
降伏諸根爲馬勝　說於金翅未來果
善哉馬勝問是義　我現微笑愍世間
諦聽彼報以悅意　心當欣喜除疑網
鳥王於我設妙供　爲求無上菩提果
十種智力四無畏　得彼法故成導師
復求十八不共法　此等金翅供善逝
亦求堅固不壞身　三十二相八十好
求佛淨戒三摩提　諸佛境界大智慧
成就淨土度世間　金翅求此供養我
彼等信心供我已　智者能離畜生趣
當必得生於天上　此是惡道最後身
彼等後如恒沙劫　常生人中及天上
供養無量諸佛已　當得作佛伏諸根
彼佛國土無惡趣　具足身相離八難

彼佛同名普端正　其劫名曰須彌幢
八億四千萬歲中　憐愍世間故住世
彼時一切諸善逝　住壽佛事皆悉同
彼佛離熱度煩惱　一一諸佛八十會
一一會中八億人　離於憍慢得自在
以彼本有金色身　大力常懷憍慢故
後成佛時爲衆生　除斷憍慢轉法輪
彼等過去已曾爲　修極苦行仙人衆
其數八億六千萬　凡所修行爲神通
彼諸仙人得通時　歎已苦行爲希有
不犯禁戒具功德　居住林中生憍慢
以慢故生金翅中　以通心故具神力
戒清淨故得見佛　以慢故忘菩提心
如是佛授菩提記　及說金翅本所生
大衆聞已皆欣喜　喜已皆成菩提器

龍女授記品第六

爾時九億六千萬龍女見諸阿脩羅迦樓羅供養世尊及授記已心生欣喜彼得欣喜踊悅稱心於世尊所起心供養化作九億六千萬蓋皆七寶成毗瑠璃網以覆其上赤眞珠寶以爲網緣金爲蓋莖毗瑠璃寶以爲蓋子數有百千雜寶流蘇垂下四面化作九億六千萬馬青馬青色青形青光諸莊嚴具一切皆青毗瑠璃寶以爲纓鞚於上虛空中化作大威德摩尼寶車於其車上復有寶殿縱廣正等六十由旬其殿遍覆諸來大衆其殿四面化作九億六千萬衆寶流蘇周遍垂下甚奇微妙其諸光彩奪人心目化作寶網彌覆殿上復有寶鈴懸殿四廂化作七寶鴿鵶白鴿以次飛行繞殿四面又復化作九億六千

萬種諸龍音樂時諸龍女乘彼青馬各擲寶蓋於虛空中自然遊行是諸龍女各取樂器奏諸音聲繞佛三帀以天栴檀末天沉水末多摩羅葉末天眞金末及諸龍華幷復化作種種之華而散佛上復以優波羅華流蘇種種雜色衆華流蘇種種無量雜香流蘇種種無量雜色之衣種種無量雜色瓔珞以用散佛廣設供養亦如彼諸阿脩羅王爾時九億六千萬龍女作音樂時以佛神力其聲遍滿三千大千佛之世界其中衆生聞是聲者於阿耨多羅三藐三菩提得不退轉於大威德衆寶殿中及寶流蘇衆鳥行間諸寶鈴網微風吹擊出妙音聲其聲和雅甚可愛樂譬如百伎音樂善巧伎人之所擊作所出音聲和雅可愛於彼大威德殿乃至鈴網所出之聲亦復如是此聲亦遍三千大千佛之世界其中衆生若聞聲者於阿耨多羅三藐三菩提亦不退轉爾時彼諸龍女復更雨於種種天華種種天香與水俱下其香華氣順風逆風不順不逆皆悉能去以香水故於迦毗羅城縱廣正等六十由旬皆成香泥其香泥氣遍滿三千大千世界其中衆生聞是香氣亦於阿耨多羅三藐三菩提得不退轉爾時彼諸龍女供養佛已及九億六千萬蓋九億六千萬馬九億六千萬音樂一切衆寶莊嚴其莖於虛空中頭面禮佛右繞三帀却住一面曲躬合掌以偈讚曰

諸龍女等有智慧　心意踊悅生欣喜
供養釋迦牟尼佛　願求安隱大菩提
化作九億六千萬　寶蓋及與妙莊嚴

供養善逝善調心　出離一切諸障礙
復化九億六千萬　妙馬及與莊嚴具
馬與莊嚴皆青色　亦復更有青色幢
彼馬一切空中行　詣於佛所作供養
龍女咸有信敬心　頭面頂禮如來足
於龍宮中化音樂　爲供養故而持來
來已奉上釋迦文　應受供養大導師
善逝令彼音樂聲　遍滿三千大千界
無量衆生得聞已　皆悉不退菩提心
彼諸龍女於空中　化作一大衆寶殿
縱廣由旬有六十　遍覆十方一切衆
寶名威德熾然光　普照十方大千界
彼諸龍女大衆前　淨心欣喜供養佛
生於踊悅無等心　爲求安隱菩提果
願令我等當作佛　利益一切衆生故

我等願於無量衆　說法度諸煩惱纏
亦如十力大導師　現救苦惱衆生等
一切諸法如幻焰　亦如水沫不堅實
又如注雨所起泡　當知諸法無有主
衆生如像亦如影　如是觀察世間已
惟願我等爲衆說　法性眞如及實際
如佛無過善見法　虛僞妄相誑愚者
如幻莊嚴無有實　唯能惑亂諸凡夫
衆生於法迷無智　不知諸法如實性
導師已見彼岸法　復能令他衆生解
虛空興雲遍覆地　見彼空雲猶如影
彼無體實無所依　亦復如影無有實
如是衆生無體性　唯能誑惑諸根門
佛智如是見有趣　但能誑惑無智者
世間尊重以此業　於智慧人作利益

如來示現無體性　一切衆生眞實故
唯以實法悅預子　生死泥中作橋梁
愚癡實法非境界　由於著聲不求義
以佛無過我歸依　具足示現眞實者
能與愚夫作親救　歸趣舍宅善知識
如是爲求大菩提　我等供養尊導師
願得作佛覺寤他　利益世間猶如佛

爾時世尊知諸龍女得深信已現微笑相爾時慧命馬勝比丘以偈問曰

於世智中勝智者　最勝導師現微笑
尊重堅固德如山　今現微笑非無因
人中最上勝尊主　願爲說此笑因緣
天人龍鬼若得聞　於佛皆生大欣喜
世間導師於世間　常知一切因緣法
無有一法佛不解　因緣種類佛悉知
惟願善逝見爲說　如佛所知笑因緣
一切大衆若得聞　皆生欣喜除疑網
如來妙法有大利　此等大衆必當獲
大衆若得寂定心　由味妙法利益故
佛力令斷分別已　唯樂菩提聽佛說
若得聞於笑因緣　當必成就於佛道
若人於法情有疑　其心掉動生苦惱
現今此會大衆是　不知微笑因緣故
大衆堪能斷疑網　惟願導師令除滅
速爲衆說度我等　以何因緣現微笑
誰於今日心清淨　誰於今日降魔怨
誰於佛所生敬信　誰於今日供養佛
惟願導師大衆前　演說誰有如是力
我等聞已生喜心　生喜心已得安樂
此諸大衆咸敬禮　一切皆有疑網心

願說笑因生喜故　惟願世尊斷衆疑
此諸天人得聞已　大衆當得無疑網
若得聞於如來說　一切當得欣喜心
爾時世尊以偈答慧命馬勝言
善哉善哉慧馬勝　能問如來笑因緣
見諸龍女供養已　我愍世間故微笑
我今爲汝說彼果　離諸過惡至心聽
我今所爲現微笑　汝馬勝等聽我說
此諸龍女心無著　求大菩提修進行
以智慧修世間空　決定安住菩提道
於此無作無受者　亦無生者養育者
但有諸法無餘事　其法亦妄如焰像
以知恩故供養我　能以智慧知眞實
善哉佛解諸世間　所謂能見空無主
彼樂此空善修習　雖設供養猶如幻

於勝菩提所發願　觀彼菩提亦無著
此以無等供養佛　亦觀衆生空寂已
永離龍道惡趣身　與彼帝釋天中住
在忉利天極受樂　盡彼天子壽命已
無能毀呰彼名稱　復得生彼夜摩天
居止夜摩天宮時　具受彼天勝妙樂
諸佛子等住彼中　乃至盡彼天壽量
此諸佛子具受樂　盡彼夜摩天壽已
復得往生兜率天　與彼處天同其類
爲諸天女常圍繞　具受彼天勝妙樂
心無所著住善道　譬如蓮華水不汙
彼天能以大智慧　觀察一切世間空
猶如畫石字不滅　彼念不失亦如是
彼諸天子居彼天　具受彼中勝妙樂
於彼善道盡壽已　當更往生化樂天

彼得善名無能毀　爲諸天女勝供養
雖在天宮心無著　乃至盡彼天壽限
於彼化樂天宮中　具受彼天勝樂報
彼智慧者命盡已　於一切法得究竟
往生他化自在天　作大商主信清淨
住彼天中心無染　如是住時愛樂法
彼等居彼天宮殿　受彼極妙五欲樂
無愚癡者住善道　乃至盡彼限壽量
雖受天欲見其過　樂求寂定及涅槃
修習獲得禪定已　命終即生梵天中
於梵宮中善知禪　受彼禪果寂滅樂
智慧無等住一劫　願求無上大菩提
住彼梵宮一劫時　善住威儀求智慧
方便以利益世間　廣作無邊無有量
智住梵宮樂在禪　於禪不著而寂滅
知著禪樂亦是過　諸根寂定求菩提
於一切處心信解　皆得安住菩薩行
知諸禪定虛誑相　唯求寂滅大涅槃
彼諸佛子於彼中　求於安隱菩提果
在彼梵宮心清淨　思利世間善調心
諸梵天等自然教　彼說梵教非出世
唯有諸佛菩提道　究竟能得出世間
梵天當時生信已　發心安住於佛道
知彼梵天自然教　非是究竟出世道
於善逝法彼相應　爲於世間說是法
如彼法眼所說果　令彼聞者速能知
彼等住彼梵宮時　作諸利益世間已
能令無量那由他　億衆安住菩提道
彼於無量那由他　當得供養一切佛
後於未來星宿劫　諸根寂靜當作佛

諸天人龍阿脩羅　金翅夜叉乾闥婆
鳩槃茶鬼緊那羅　一切大衆皆欣喜
彼等一切佛教化　於佛法中得力已
皆悉欣喜合指掌　稽首頂禮於佛足

大寶積經卷第六十三

音釋

炷朱戍切燈炷也　寤五故切寐覺而有言曰寤　羸力追切瘦也　构欄构古侯切欄落干切門庭之遮闌也　櫺郎丁切闌楯下横櫺也　咽羅婆那梵語也亦云湮羅那此云香葉帝釋象王名也　韁鞚韁居良切羈勒也鞚苦貢切馬勒也　鶬鴰鶬七岡切鴰古活切鳥名也

大寶積經卷第六十四

高齊北天竺三藏那連提耶舍譯

菩薩見實會第十六之四

龍王授記品第七

爾時難陀優波難陀龍王等九億諸龍見諸龍女設妙供養及聞龍女得授記已生希有心未曾有心作是思惟乃至如來世尊應正徧知希有未有以是如來知諸衆生機根深信如來無有少分不見不聞不證如來正法是其善說能令大衆聞已現知無有時節隨機授法必令得果令諸智者現得證知乃至女人動轉輕躁智慧淺短猶得解佛所說深法況餘智者善能安住如來法中諸弟子衆如諸女人欲心增上瞋心增上癡心增上猶能得知如來所說是故難陀優波難陀龍王及諸龍等於如來所生希有心生未有心爲供養故徧閻浮提諸山大海興雲徧覆一切世間普雨香水以成香泥彼香泥氣充滿三千大千佛刹其中衆生聞香氣者皆不退於阿耨多羅三藐三菩提於迦毗羅城縱廣正等六十由旬雨赤真珠徧覆其地復以無價種種衆寶周帀徧覆尼拘陀園復以龍華化成妙堂縱廣正等六十由旬椽柱梁壁皆用七寶復更化作無量樂器爲供養故擊出妙音於彼龍華微妙堂中化作九億種種雜色衆華流蘇懸於堂上以毗瑠璃網覆諸寶柱以無價寶徧布堂下其寶柔軟譬如三十三天般籌緘婆羅石其石之色如毗瑠璃石觸柔軟如迦遮鄰提迦衣微妙可樂擊人眼目令諸天人愛戀繫念彼諸寶等亦復如是彼

諸種種摩尼寶中或有出於涼冷光焰有出青水有出赤水有出白水有出黄水或復有出雜色之水或復有出涼樂之風或有寶珠隨諸衆生所須之事皆悉出之或復有寶出於胦澤或有摩尼堪爲明鏡一切大衆皆現其中於迦毗羅大城之中所出人民隨其多少皆現寶中一切大衆皆悉覩見佛及聲聞作此種種神通變化以彼摩尼寶神力故於其地中出於種種雜色寶蓋及以種種雜色寶幢亦有種種雜色寶旛復出種種雜華流蘇亦有種種雜香流蘇復有種種雜寶流蘇復出種種真珠流蘇復出種種雜色龍旛復出種種衆寶鈴網復出種種雜色良馬諸所出者皆是龍力爾時難陀優波難陀龍王及九億龍驅彼良馬隨而步行右繞三帀以妙迦遮鄰提迦柔軟之寶而散世尊於彼堂下地中所出種種衆寶上昇虛空雨於如來及聲聞上復以諸龍無量樂器於虛空中自然出好微妙音聲供養於佛爾時九億諸龍繞佛三帀已在於佛前合掌默然念佛功德瞻仰如來目不暫捨樂佛功德深心安住阿耨多羅三藐三菩提故彼等少時合掌默然念佛功德已偏袒右肩右膝著地合掌向佛五體投地爲佛作禮衆共一音以偈讚曰

久修威儀百福相　悲心離垢行具足
棄捨無盡衆寶地　世尊出於迦毗城
於六年中修苦行　如來不得甘露道
善逝意猶不退悶　以其久修智慧故
如來真是天人師　爲世間故修苦行
世人聞已尚不堪　況復能以目親覩

牟尼過去捨頭目　如聖所集菩提心
我等聞是不生樂　由聞如來苦行故
如佛本作忍辱仙　爲迦利王截手足
及劓耳鼻不生恚　我等聞是不能忍
如佛以身上稱槃　爲鳥歸投不捨棄
我等聞已亦不樂　如來過去甚勤苦
何故我等心不樂　以世尊行極苦故
於如來所作惡者　墮惡道時佛復悲
具足聖慧大導師　云何能行不害心
修習道行無瘡疣　惟願佛說安樂行
今此龍衆已發心　求於善逝菩提行
如佛所說悉能行　惟願速說菩提道
此諸龍衆甚渴仰　唯求不死不生處
願說如來安隱行　令此衆生易受化

爾時世尊見諸龍衆設其供養及聞發願知深信已佛於爾時現微笑相諸佛法爾若現微笑即於面門放種種色無量光明其光遍照上至梵天照已還來從佛頂入爾時慧命馬勝比丘以偈問曰

善哉沙門大牟尼　非是無因現微笑
慈悲導師惟願說　無等善慧笑因緣
大衆瞻仰求欲聞　世尊無量功德行
於笑生疑心不樂　惟願法王斷衆疑
誰於釋迦佛法中　今生敬信心欣喜
誰令今日魔波旬　心意迷亂不欣樂
誰於今日能恭事　功德法父大導師
誰作第一勝供養　願釋師子上上說
此諸大衆合指掌　皆悉對佛瞻仰住
惟願衆師除疑網　爲衆演說笑因緣
大衆聞已生欣喜　能知世尊正法教

大智世尊令眾喜　隨順正教善安住

爾時世尊以偈答慧命馬勝曰

深廣智慧大眾師　說時梵音具八種
清淨其心離穢濁　諦聽我說笑因緣
此諸龍王敬信心　於我設供超一切
是等為求佛菩提　利益一切世間故
悲心增上觀眾生　無有導師云何樂
我云何得大菩提　成熟眾生不疲勞
深樂寂定具智慧　乘安樂乘心清淨
於空無相及無願　無量劫來久已修
其心平等觀世間　如佛所得智慧相
慈悲喜心皆平等　為令世間安隱故
第一悲心憐愍者　當得作佛稱其意
彼等觀察世間已　當成導師號無怨
彼等當得甘露時　無有魔怨亦無餘
恒常演說無我法　一向無有世俗說
彼諸如來具大悲　令諸眾生入佛智
是諸善逝說法時　一切眾生皆信解
彼等世世修道時　成熟眾生不為難
彼所成熟聞法已　當得解脫證甘露
諸聞法者悉解脫　是諸眾生皆端嚴
一切眾生皆能知　彼諸如來所說法
一切鬼神及畜生　無有不解彼佛語
一切皆得念法已　能解如來甘露法
無有眾生聞佛說　當時不生愛樂心
愛樂彼佛所說者　一切皆悉得甘露
彼時所有受化者　當得解脫生老病
及解脫死憂悲苦　聞佛說已心無垢
如是釋迦牟尼佛　說諸龍意答佛子
如彼堅智心中轉　為得無等菩提故

如來授彼諸龍記　大衆聞已皆欣喜
大衆喜已歸依佛　一切皆悉心寂靜

鳩槃荼授記品第八

爾時復有諸鳩槃荼一億八千萬見諸阿脩羅迦樓羅龍女龍王等供養如來聞授記已稱其心意踊躍欣喜生希有心得未曾有如來世尊功德智慧微妙殊勝得如是等希有供養不怪不喜以佛智慧於諸智慧最尊勝故譬如大海不增不減何以故以深廣故如是世尊得勝供養心無增減亦復如是何以故於一切法無所疑故爾時一億八千萬鳩槃荼等爲供養故化作一億八千萬蓋皆是七寶之所成就金線寶蓋銀線寶蓋毗瑠璃線衆寶之蓋玻瓈珠線衆寶之蓋赤眞珠線衆寶之蓋碼碯珠線衆寶之蓋硨磲珠線衆寶之蓋彼諸鳩槃荼於衆寶蓋懸寶流蘇有種種色金線寶蓋銀線流蘇銀線寶蓋金線流蘇毗瑠璃蓋玻瓈流蘇玻瓈寶蓋毗瑠璃線以爲流蘇赤眞珠蓋硨磲流蘇硨磲寶蓋赤眞珠線以爲流蘇碼碯寶蓋玻瓈流蘇又復化作一億八千萬衆寶之車亦種種色甚奇微妙所謂金銀瑠璃玻瓈眞珠硨磲碼碯於其車上復更化作一億八千萬衆寶之蓋與車相連一一寶蓋皆有百子其諸蓋莖皆用金銀及以玻瓈毗瑠璃等於彼寶蓋復化種種寶華流蘇嚴飾其蓋所謂金華流蘇銀華流蘇毗瑠璃華以爲流蘇玻瓈流蘇赤寶流蘇龍珠流蘇赤眞珠華以爲流蘇復以赤眞珠網彌覆其上又復化作鳩槃荼樂出種種聲而用樂佛復更化作一億八千萬衆寶

色馬調伏駿疾以駕其車爾時鳩槃茶等各乘寶車繞佛三帀以七寶華而散佛上爾時彼諸鳩槃茶等從車而下來至佛前頭面禮巳復繞三帀曲躬合掌住立一面以偈讚曰

不增不減大牟尼　譬如須彌諸山王
受此無上供養者　如來以得無畏故
觀諸衆生但有名　及但有用不取著
導師以修寂滅定　是故智者無貢高
牟尼知世猶如幻　亦如夢中受欲樂
復似水月春時焰　如是觀察悉無餘
譬如乾城無有實　於十方求不可得
其城無實但有名　佛見世法悉如是
一切人天所供養　寶車寶蓋及音樂
幢華流蘇合掌等　世尊觀知如影響
我等設是供養巳　願我當來得作佛
亦願我知世如夢　知巳說法如世尊
我等見諸苦惱者　生老病死之所逼
願知無比佛菩提　說令聞者得解脫
於諸無智衆生所　願得菩提爲說法
演說無有垢濁法　無導衆中爲作導

爾時世尊知諸鳩槃茶等深生信巳現微笑相爾時慧命馬勝比丘以偈問曰

佛非無因現微笑　不怪一切爲希有
如來不怪而現笑　我今願聞此因緣
一切天人皆有疑　見佛口中現微笑
惟願斷除諸疑網　演說世尊微笑事
誰於正法得深信　誰能如法見慈父
誰佛所讚行供養　人中勝者我願聞
今日誰於有爲行　見其過患能棄捨
今日誰能住實際　清淨心者我願聞

誰能降魔及眷屬　誰能令佛心欣喜
誰能得深有爲底　我願得聞斷疑心
一切大衆合掌住　爲聞如來笑因緣
願斷一切衆生疑　兩足尊者説彼記

爾時世尊以偈答慧命馬勝言

善哉馬勝問是義　汝於世間大利益
以汝問笑因緣故　諦聽馬勝我今説
鳩槃茶衆供養我　於寂滅法心得住
彼等見我不驚怪　心生希有起願求
彼等今日供養我　其心簡擇寂滅法
以深心信起大悲　於失道者能作導
愍衆生故供養我　爲失道者起慈心
此等賢智作是已　得捨鬼身生忉利
天主恒以慈悲心　在天數數教導彼
彼於諸法得無疑　得爲帝釋親眷屬
彼於無量恒沙劫　一一國土行佛行
被大弘誓堅固鎧　供養具大正法者
彼於無量諸國土　心無疲倦令清淨
利益大衆作導師　當得作佛號不怪
彼於諸國行行時　是國人必知成佛
以此方便未來世　雖度衆生無怪心
爲求無上安隱道　淨諸國土都不怪
於所作事心無著　於大菩提亦如是
所問笑因我已答　衆生疑心皆得斷
大衆離疑得欣喜　以定得知彼供養

乾闥婆授記品第九

爾時復有三億六千萬乾闥婆衆見諸阿脩羅迦樓羅龍女龍王鳩槃茶等供養世尊聞受記已稱其心意欣喜踊悦生希有心得未曾有歎言希有未曾有事乃至如來所説法

界無有變異而示有作善根增長雖無作者而示作業彼乾闥婆等於此法中如是知已於如來所心生尊重發阿耨多羅三藐三菩提心彼欣喜已爲供佛故化作三億六千萬頭哩羅婆那大龍象王皆有六牙一一牙上化作七池一一池中化七蓮華一一蓮華化作千葉一一葉上化七玉女一一葉間化七侍女以天諸寶爲莊嚴具而用莊飾復執天香而用供養復於一一哩羅婆那象王頭上化作三億六千萬蓋七寶流蘇懸蓋四邊七寶羅網以覆蓋上復於一一哩羅婆那象王頭上化作三億六千萬帳皆是諸天妙香所成繒綵流蘇懸帳四邊化作三億六千萬頭哩羅婆那大象王已彼乾闥婆等各乘其象鼓天音樂於虛空中旋繞如來三十六帀以天栴檀末天沉水末天多摩羅葉末天眞金末曼陀羅華摩訶曼陀羅華曼殊沙華摩訶曼殊沙華波樓沙華摩訶波樓沙華迦迦羅婆華摩訶迦迦羅婆華又復化作七寶之華而散佛上彼乾闥婆等散香華時是香華氣逆風順風縱橫皆去復雨種種天妙香水雨香水時於迦毗羅城縱廣正等六十由旬皆成香泥其香泥氣充滿三千大千世界其中衆生聞香氣者皆悉不退阿耨多羅三藐三菩提奏音樂時其諸音聲遍滿三千大千世界其中衆生聞此聲者亦得不退阿耨多羅三藐三菩提如是一一諸乾闥婆各於三億六千萬象王頭上設其供養令諸玉女有作樂者有作歌者有作舞者彼諸玉女作歌舞時令諸大衆一心觀望復有玉女動身手者

散栴檀末者散沉水末者廣作供養如阿脩羅所設之事等無異也爾時乾闥婆等各乘啞羅婆那大象王頭於虛空中繞佛三十六帀已各從象下復繞三帀頭面禮佛曲躬合掌在一面住以偈讚曰

世尊勝慧出有頂　自既出已復度他
一切世間無如佛　相好光顏極端正
人中最妙無邊稱　示現世間不思議
不見一法性相異　而令衆生住於善
無有變異眞如法　但有言說無餘義
無有用事及用者　雖然佛化諸群生
不來不去亦不生　佛能演說如是法
雖說諸法體性空　世雄而令修習道
無有一法能自作　世間明者說有作
諸法各各不覺知　世尊示現一切作
如車多集衆分支　彼支不知自能作
其車功用現可見　佛說諸法亦如是
諸法各各不相教　亦不迭互相覺寤
一切亦復不相依　法本不生亦不死
佛爲世諦如是說　世諦諸法不全無
如世諦法體性住　如是知已爲衆說
世尊如是說諸法　大悲所作甚奇特
諸法體性不可見　如來方便說其住
我等願作無邊稱　具百福相大導師
大悲利益諸世間　願作世親如今佛
我等願於闇障者　隨順貪駛欲流者
渴愛所纏百苦者　救濟度脫如世尊
我等願於衆苦者　不見彼岸魔縛者
走如獼猴輕躁者　救濟度脫如世尊
我等願於盲冥者　六趣往來疲勞者

於已自壞業果者　救濟度脱如世尊
爾時世尊知彼三億六千萬乾闥婆衆深生信已現微笑相爾時慧命馬勝比丘以偈問曰

無邊威德現微笑　導師如是非無因
願佛速説此因緣　斷除衆生諸疑網
今見世尊微笑已　大衆皆悉爲疑網
一切願聞微笑義　惟願大悲斷衆疑
誰於佛法生敬信　能得離於諸疑網
佛知衆生深信已　人天勝者故現笑
誰有智慧能隨順　如來所説真如法
知其念慧解行已　在大衆中現微笑
一切大衆無異心　唯欲樂聞雄猛説
合十指掌在首頂　一心瞻仰如來面
離諸穢濁無憂慮　世眼現在故欣喜
爲除一切心疑惑　願大悲説笑因緣

爾時世尊以偈答慧命馬勝言

我所現笑爲世故　善哉汝問正是時
大衆善根當增長　爲我微笑授記事
馬勝諦聽我所説　導師所現此微笑
我今當正説彼義　汝應欣喜聽我説
乾闥婆王敬信佛　其心清淨生欣喜
依於實法入法已　於佛正法生希奇
諸法寂滅安不動　此等大衆趣實際
如乾闥城如是入　供養於我無有等
如是諸法無有生　一切亦復不盡滅
大衆思惟如幻住　未能解了生疑惑
不可説法方便説　我以真實故如是
彼等入我正法已　乘大龍象供養佛
觀察菩提無生滅　乾闥婆王供養我

悲愍愚迷衆生等　是故求大一切智
彼等發願當作佛　令諸愚迷失智者
入眞實法安住已　使得不死寂滅句
此等作是供養已　捨離鬼身心喜悦
定得往生天宫中　恒與帝釋相親近
得值多億那由他　供養無垢諸善逝
從一佛刹至一刹　於諸佛所得聞法
彼等修淨佛行已　所得佛土亦清淨
化無量衆發道心　令其增長佛種子
知諸世間性空已　亦以此法教導他
令衆安住一切智　住世無量那由劫
彼佛同號無邊慧　一一諸佛住於世
皆悉無量那由劫　演説佛道令他聞
如是釋迦牟尼佛　説乾闥婆供養報
與其授記令得聞　馬勝所問笑因緣
大衆聞已皆欣喜　知彼佛記甚可樂
聞是無等佛記已　皆悉歸依釋迦文

大寶積經卷第六十四

音釋

躁　則到切動也不安靜也
椽　重緣切榱桷也
劓　魚記切刑鼻也
瘡疣　瘡初良切瘡痍也疣羽求切疣贅也
駿　祖峻切馬良逸也
鎧　可亥切甲也
迭互　迭徒結切互胡故切謂更迭差互也
猨猴　猨雨元切似猴長臂爲猨猴胡鉤切獼猴也

大寶積經卷第六十五

高齊北天竺三藏那連提耶舍譯

菩薩見實會第十六之五

夜叉授記品第十

爾時復有八億夜叉見諸阿脩羅迦樓羅龍女龍王鳩槃茶乾闥婆等供養如來聞授記已欣喜踊悅皆得稱心生希有心得未曾有知佛世尊智慧無盡最尊最勝無所罣礙不可思議復更得聞法門次第於佛世尊作導師想復於佛所作無盡慧想彼諸夜叉知佛智慧無有盡已於佛正法生愛樂心彼於佛法甚愛樂已爲供養故發勤精進亦以偈讚曰

我等今讚利世者　以佛智力具足故
無盡無量如大海　故人師子身無等
須彌可得知輕重　虛空可得知廣狹
如來所有智慧力　一切不能得測量
知諸衆生敬信心　是故應度皆已度
於其度者知所趣　故佛無比亦無等
隨彼所修善惡果　一切生處受其身
知彼根信所應受　故佛無比亦無等
貪欲惡行瞋恚行　及以癡行佛悉知
憍慢嫉妬亦如是　故佛無比亦無等
衆生於此多所失　如來善知彼業道
世尊知彼甚捷利　故佛無比亦無等
善逝善見諸世間　隨其方面所失者
及以語言所喪失　世尊見彼悉無餘
於六道中幾時住　隨彼多少所受苦
及其所受種種身　世尊一切悉知見
隨其煩惱力所起　造作方便及與業

隨業所受種種苦　導師一切悉了知
隨其所求解脫道　於佛法中已出家
精勤修學聖道已　盡諸煩惱佛悉知
於佛法中有凡夫　雖得出家不知義
誹謗明人微妙法　世尊亦復善見彼
彼諸誹謗正法人　業行所得衆苦惱
隨其地獄久近住　如來亦能具足知
於佛深得敬信已　出家受持正法藏
觀察諸法皆悉空　斷除一切諸有道
不顧一切諸趣身　觀察此身猶如幻
知諸音聲亦如響　堅住道者佛亦知
讚歎無等大導師　我今所得福德聚
以此福德願成佛　亦願衆生成自然

爾時世尊知夜叉衆深心信已現微笑相爾時慧命馬勝比丘以偈問曰

人中師子所現笑　惟願說其笑因緣
一切諸佛非無因　而現微笑人中月
今此大衆皆懷疑　以見導師微笑故
惟願世尊除其疑　皆令此衆得欣喜
今於佛所得信者　及知微妙正法者
其心堅固不動者　願佛宣說令彼聞
此諸大衆皆懷疑　一切瞻仰如來面
今日當有何等事　惟願世尊斷彼疑
今日誰現大神力　今日誰發大精進
今日佛共誰親友　於此大衆願顯現
善哉牟尼愍世間　惟願斷除諸疑惑
天人大衆若得聞　今日必當大欣喜

爾時世尊以偈答慧命馬勝曰

善哉馬勝汝所問　今當大利諸世間
由汝能問笑因緣　故歎汝善解我意

我今盡當答彼義　汝當一心專諦聽
知諸夜叉心意已　我爲世間現微笑
夜叉諸衆心敬信　以知菩提寂滅故
歎佛眞實功德已　發心趣向大菩提
爲知諸法空寂故　除遣一切所有相
於諸趣中願捨已　發心趣向大菩提
以禪定力知諸陰　但是世諦不取著
不著諸有如蓮華　發心趣向大菩提
於諸有中障礙事　彼見空故不爲縛
知佛菩提無上已　彼等能修菩提行
諸生老死皆悉空　此即無上菩提道
知法自性空寂已　能得安隱大菩提
知陰自性空寂已　寂靜菩提性亦離
所修菩提行亦空　此智能知非凡了
能觀智慧性自空　所觀境界皆寂滅
知者亦空知是已　是人能修菩提道
當知空亦性自空　相願亦復無體性
若有人能如是知　是人能修眞實行
天人大衆聞是已　心生欣喜獲利益
一切於佛敬信已　心住菩提寂靜句
今此殊勝供養已　夜叉之衆心清淨
此諸智者捨鬼道　於善趣中久受樂
彼於未來多億佛　以神通力一念中
於多佛土修供養　即於佛所獲得忍
於諸世界不起相　智者能以神力往
觀此世間猶如化　智者遊行無所著
此等勇猛供諸佛　當得無上大菩提
亦得無上淨佛土　其中當度無量衆
彼等當成世間解　一切同號無邊智
名聞十方壽千劫　寂滅智慧壽命等

彼等所有聲聞衆　猶如靜夜諸星宿
彼悉易得大菩提　一切無有苦難事
天人大衆聞是已　爲於菩提心踊悅
其心堅固發精勤　以精進力持諸行

緊那羅授記品第十一

爾時復有八億緊那羅衆大樹緊那羅王以爲上首見諸阿脩羅迦樓羅龍女龍王鳩槃荼乾闥婆夜叉等供養如來及聞授記已甚生希有未曾有心作是思量此實希有未曾有事以其衆生不可得故無命者故無生者故無有人故無摩那婆故無養育故無壽者故無有我故亦無我所故以諸陰故名爲衆生一切諸陰亦不可得以其界故名爲衆生一切諸界亦不可得以有入故名爲衆生一切諸入亦不可得以有業故得有果報而彼行業亦不可得無上菩提亦不可得一切菩薩亦不可得一切諸佛亦不可得世尊雖爾而復與諸菩薩授記以何義故如來與諸菩薩授記示其名號顯現業報說其當來菩薩大衆復顯諸佛神通之力又復說於正法之力亦復顯現莊嚴佛土宣說衆生有業有報又復說於清淨佛刹亦顯菩薩遊諸佛國從一佛土至一佛土復演菩薩往彼供養亦說供養殊勝神變又列供具微妙希有又復說於經若干劫當得作佛其佛住世經若干劫其佛當有若干聲聞彼佛滅後正法住世經若干劫何故如來捨諸衆生入般涅槃爾時大樹緊那羅王生此疑已與八億緊那羅衆從座而起偏袒右肩右膝著地合掌向佛以偈問曰

我等聞佛所記已　甚生疑惑大智慧
既說授記復言空　我於二說不能解
既說空寂離自性　法界平等無變動
而復如來受供養　此事云何衆中月
佛既說於無有生　而復說發菩提心
於無量智二種說　此言祕密我不解
云何言滅不可得　而人師子說有死
惟願如實爲記說　除斷我疑令無餘
云何佛說猶如幻　又復顯示生天中
於釋師子如是說　此祕密教我不解
佛說諸法無所依　而復說依善知識
此是世尊祕密語　我實不解人中雄
云何說於無所堪　復教衆生修諸業
降伏怨敵天中尊　祕密之說我不解
云何佛說性自空　復言觀空得解脫
我今於此不能解　願無邊智斷我疑
云何佛說事盡滅　復說諸法性寂滅
我今惟願無等等　開顯此等祕密說
云何端正須伽陀　顯示諸法如虛空
而愚癡人毀謗法　死必墮於大地獄
大雄恒說諸天道　又復說於諸餘趣
既言此等由作業　復道無有作業者
不可勝者所宣說　種種差別不可知
我今於此生疑惑　惟願世尊見除斷
既言善業無可集　復說修行得菩提
沙門法王如是說　此亦我等不能解
云何說法不可盡　而言謗者罪可畢
無量智慧願開示　我於是中大有疑
如來既說眞際法　復言顛倒及施等
無翳淨眼滅罪者　此義惟願爲我說

餘無有能爲我等　宣釋如是所疑事
唯有如來能斷除　是故我敬一切智
爾時世尊聞大樹緊那羅王等問諸疑已以偈答曰
汝言說空復授記　於此二事不能解
諸法若是不空者　佛不爲其說授記
以何因緣如是說　諸法若有體性者
一切常住不可轉　彼應不滅亦不增
諸法體性本自空　猶如平正清淨鏡
能現一切諸色像　如是當知一切法
法界無有變異相　汝於一切供養物
一一諸分當觀察　何等分中而有相
法界常住無變異　智者應當如是觀
諸凡夫人悉迷惑　無智慧故不能解
汝言佛說無有生　復說發心爲難解
汝等今當一心聽　十力所說祕密義
凡夫沒溺生死河　亦復繫心著彼處
心常懷於想顚倒　故受生死諸苦惱
從本已來未聞法　我若爲彼定說者
凡夫愚人於此法　轉復增長諸疑惑
彼聞菩提勝利益　其心專注於彼果
其心又復生味著　自然勝智無能通
汝言無滅復有死　此二我今不能知
於此一心應諦聽　我當爲汝眞實說
爲彼計常諸衆生　是故如來說於滅
恒見諸有皆衰壞　無有一法是常者
汝言諸法猶如幻　復言生天懷疑者
學人凡夫善趣等　是法不定故如幻
如汝所言無有依　復言依止善知識
欲求棄捨依止故　善友爲說無所依

汝言畢竟無堪能　復言有作我不解
當觀車爲衆分成　亦觀車有所作事
若復有人著於我　亦復取於我所爲
我爲是等說無堪　雖復如是非無作
汝言一切性自空　復疑觀空得解脫
顛倒愚癡無智者　不能了知體性空
從於妄想分別生　虛妄攀緣故被縛
爲化如是衆生故　善逝說於性非有
如汝所說事盡滅　一切諸法性亦滅
迷惑無智諸衆生　妄分別故生渴愛
譬如渴者見陽焰　以憶想故增長渴
愚人復爲虛妄害　於無所有起分別
渴者妄生見水想　陽焰之處水本無
妄想所害諸衆生　於諸不淨起淨想
愚癡凡夫愛所縛　彼穢惡中性無淨
譬如陽焰似水相　彼中體性實無水
如是身中無淨色　身色亦復性非淨
愚癡凡夫顛倒見　妄作淨想而被縛
雖說諸法如虛空　亦說謗者墮地獄
愚人聞之生怖畏　智者雖聞心安隱
世間體性自空寂　愚癡無智起我想
彼等若聞性空教　怖畏不得更受生
彼等毀謗妙空法　皆由計著我見故
如人繫縛於虛空　是無智人墮地獄
我本所說諸善趣　及爲世間說餘道
說有作業而不失　亦奪其執有作者
一切諸趣猶如夢　我爲汝說如是知
夢中無有去來相　顛倒見者著去來
我既演說有作業　十方推求無作者
譬如猛風吹諸樹　其樹相觸則火出

其風及樹不作念　言謂我等能出火
雖復如是而火生　當知有業無作者
汝言福德無積聚　復云善得菩提果
我今眞實爲汝說　汝當專諦至心聽
譬如世人得長壽　其命至於百餘歲
然彼歲數無聚積　一切緣集亦如是
汝言諸法無有盡　復言我說業可畢
觀空法者無有窮　隨世法故業有盡
我雖說有實際法　顚倒亦非實際外
顚倒愚癡衆生輩　不能了知眞實際
緊那羅王當諦聽　爲具智慧勤進者
一切諸相皆一相　所謂無相應當知
若能解入於一字　我爲智者說菩提
一切諸法皆無作　此說阿字總持門
一切菩薩之所行　無邊之相我已說
此亦能入一切法　所謂阿字總持門
一切諸法皆寂滅　示阿字門令得入
樹緊那羅應當知　此亦阿字總持門
一切諸法無分別　入此法門已宣說
緊那羅王應當知　此亦阿字總持門
一切諸法無自性　示阿字門令得入
樹緊那羅應當知　此亦阿字總持門
一切諸法無有邊　以阿字門說諸法
緊那羅王應當知　此亦阿字總持門
盡無盡法我已說　應說一切法無盡
一切十力諸如來　已說無盡總持門
一切諸法無有門　物無有故現非有
此亦即是總持門　由是能入阿字門
於諸不可思議法　諸佛依實能顯示
樹緊那羅應當知　此亦阿字陀羅尼

一切諸法無所趣　我爲智者說菩提
此亦即是總持門　是阿字門應當入
一切諸法無有來　若不修者則不得
此亦是其總持門　是阿字門應當入
諸法假名皆當有　推其自性不可得
此亦是其總持門　是阿字門應當入
一切諸法無自性　推其自性不可得
此亦是其總持門　是陀羅尼佛所說
一切諸法不可得　以法自性無故然
此亦是其總持門　是阿字門應當入
樹緊那羅應當聽　一切諸法離思念
此亦是其總持門　是陀羅尼善逝說
諸佛世尊已顯示　法無實故無障礙
此亦是其總持門　當入阿字陀羅尼
一切諸法無障礙　無有能障諸法者

此亦是其總持門　入阿字門我已說
一切諸法無有生　智者當知唯一相
彼一切法無生者　當知是法無有名
一切諸法無有生　其生本來不可得
此亦是其總持門　是阿字門應當入
若法無實無生者　不可覩見不可示
諸法自性不可得　是故無有能見者
一切諸法無有比　是故一相無有相
譬如虛空無有等　一切諸法亦復然
一切諸法無增減　非一非二非熱惱
亦非是冷復非熱　以非有故不可見
無有曲相及直相　亦復無有明闇相
亦無見聞諸相等　是無所有陀羅尼
非是諂曲非正直　無有卷舒諸相等
亦無瞋恚及欣喜　復無起作與寂滅

無有入相及出相　無進無退無來往
亦復無眠及無寤　離覺知相應當知
非是其眼復非盲　無有能見及暗障
亦無開相及閉相　非是調伏非不調
非是掉動及止息　亦非世間非涅槃
非是眞實非虛妄　如是當知佛境界
爲欲調伏世間故　斷除汝疑我無疑
第一義中無人能　除斷一切他疑網

爾時大樹緊那羅王聞佛説於總持之門心大欣喜既欣喜已發勇猛心即時化作八億重閣此諸重閣或在樹上或蓮華上或在山上皆是七寶之所莊嚴彼諸重閣皆以種種衆寶之蓋種種寶幢而用莊嚴復以種種寶華流蘇種種雜色繒綵流蘇而爲莊飾爾時大樹緊那羅王并及八億緊那羅衆持香山中所有水陸一切諸華以散佛上既散佛已一一各昇七寶重閣繞佛三帀復以水陸所有諸華重散如來復繞三帀爾時大樹緊那羅王及與八億緊那羅衆從重閣下復繞三帀頂禮佛足一心合掌瞻仰世尊目不暫捨却住一面思念如來過去現在無量功德爾時世尊知大樹緊那羅王及八億衆深心樂欲現微笑相爾時慧命馬勝比丘以偈問曰

善逝非是無緣笑　天人所供如實説
衆覩佛笑悉懷疑　今見最勝如初月
妙色世尊誰今日　於無二法起勝慧
我於今日懷疑惑　惟願人尊除我疑
誰於佛法得淨心　如來由彼現微笑
惟願如來爲記説　言説中勝斷我疑
是時一切諸大衆　若聞佛説皆欣喜

願除彼等諸疑惑　如佛所教皆能行
是故最勝兩足尊　除斷疑惑爲記說
願爲緊那羅王等　及爲一切諸衆生

爾時世尊復以偈頌答馬勝言

善哉馬勝知時問　我今爲汝分別說
由汝問故我顯示　衆人當得佛功德
汝當清淨專一心　聽希有事勿亂意
所謂善逝最勝智　無有障礙大知見
緊那羅王設疑問　爲利一切諸衆生
我今說彼當來果　諦聽我當斷汝疑
樹緊那羅八億等　王及臣民諸眷屬
是等於我供養已　從此命終生天上
從此已後九億劫　流轉在於人天中
具足修習五神通　得智自在心自在
彼於那由他佛刹　是人師子遣化往
身處天宮而不動　恒受禪悅安隱樂
彼於九十千萬劫　在於人天流轉已
各各自於佛刹中　皆得成於無上道
其劫號曰常照曜　於彼劫中成佛道
此皆一生補處人　彼智慧者當得佛
彼佛國土無一人　非是修行成熟者
皆是一生補處人　無求聲聞二乘者
一切皆是大菩薩　爲世明者悉生彼
悉是一生補處人　後當皆得成佛道
彼土諸大菩薩衆　安住弘誓大願中
我於無量諸佛刹　皆悉修治令清淨
彼菩薩願甚廣大　於長夜中善思量
以其清淨信樂心　各自修治已佛刹
彼諸佛土妙莊嚴　遠離一切諸煩惱
其地遍有諸宮林　解脫一切諸惡道

所有諸過及八難　彼佛國土悉皆無
既修清淨佛刹已　衆生便即易調伏
如是世尊天中天　爲緊那羅說授記
彼時一切諸大衆　聞已心皆大欣喜

大寶積經卷第六十五

大寶積經卷第六十六

高齊北天竺三藏那連提耶舍譯

菩薩見實會第十六之六

虛空行天授記品第十二

爾時復有八萬虛空行天見阿修羅迦樓羅及龍女龍王鳩槃荼乾闥婆夜叉緊那羅等供養如來并聞授記皆大欣喜踊躍無量於佛法中深心愛樂爲供養佛故起勇猛心彼虛空行天於迦毗羅城外周遍八萬六千由旬雨曼陀羅華遍布其地至於人膝雨曼陀羅華遍布地已持供養佛繞佛三帀即以偈頌而讚佛言

諸根寂靜微笑面　救護一切諸衆生
善逝具足大慈悲　故爲世尊人師子
如來大衆皆安住　於佛法中及涅槃
導師世尊勝妙足　我今頭面而頂禮
如十五日月盛滿　世人皆禮星中月
如是一切諸天衆　覩佛笑面咸敬禮
積集無量大福聚　亦復成就智慧身
具足無量大威德　故我頂禮世間親
具足十力功德山　於諦無畏離三垢
成就十八不共法　明見無疑說中勝
具足三十二種相　八十種好而自嚴
其心勝上如帝幢　故我頂禮無等等
已能究竟持戒力　禪力決定不傾動
執持最上智慧劒　最勝勇健降天魔
於智慧力到彼岸　調御聲聞心無恪
其心寂靜遊諸方　度脫一切諸天人
世尊人中勝師子　得於最上寂滅法
唯然十力願我等　亦當得此勝妙法

願我亦當天人中　爲諸世間所信樂
願如世尊等無異　了知衆生心樂欲
願我得利諸世間　以憐愍心大悲心
墮生死海苦衆生　願我皆能得度脱
願我於諸天人中　得作無上大導師
我當解脱諸有趣　爲百苦逼諸衆生

爾時世尊知虛空行天深心信樂已即便微笑時馬勝比丘即以偈頌而問佛言

佛牟尼王非無緣　三界照明現微笑
惟願十力爲我說　爲何衆生現喜相
見佛如來最勝面　現微笑相令衆喜
一切大衆皆懷疑　願聞佛說笑因緣
願大導師速爲說　微笑因緣利益事
願爲除斷衆疑網　沙門中王爲宣說
孰能令佛現微笑　誰於佛所上供養
令誰能達生死底　願人師子除我疑
誰於今日動魔宮　令魔狂亂心不安
誰於今日令天衆　悉皆欣喜大踊躍
惟願爲我速宣說　除斷一切世疑網
大衆若得聞佛說　一切皆悉大欣喜

爾時世尊即以偈頌答馬勝言

馬勝汝今請問我　虛空行天受記事
汝今問我大利益　無量世間諸人天
十力師子若無問　不得爲說佛子記
汝於今日問如來　廣利一切世間故
是空行天於我所　以欣喜心供養我
過於阿僧祇劫數　滅除煩惱得成佛
從於此間終没已　便即生於天勝處
於無量億諸佛所　悉以香華修供養
於彼佛所發道心　亦復增進菩提意

以說無量勝妙偈　讚人師子自然智
此等當於未來世　無量無邊諸佛所
以勝香華而供養　亦以妙偈而讚佛
那羅延身菩薩等　供養讚歎諸佛已
於當來世欣喜劫　得成最勝無上智
其佛號曰華幢尊　名稱普聞無譏毀
彼等八萬天神衆　皆同一劫得作佛
彼佛刹中無地獄　亦無餓鬼及畜生
彼土亦無修羅趣　無有一切八難等
此空行天成佛時　彼土一切諸人民
彼諸衆生壽無量　果報猶如忉利天
其國不聞惡道名　何況而有作惡者
彼時衆生皆如法　一切悉是調伏衆
彼佛度人無量億　其數過於恒河沙
爲說無依無著法　十力度脫彼衆生
彼佛入般涅槃已　廣布舍利起佛塔
彼佛一一諸舍利　於中皆現佛身相
名稱無毀諸身分　爲彼衆生示神變
無量億數諸衆生　皆發無上菩提心
導師如是智方便　爲彼空行天授記
一切大衆聞記已　皆悉欣喜大踊躍

四天王授記品第十三

爾時九萬四天王天見阿修羅迦樓羅龍女龍王鳩槃茶乾闥婆夜叉緊那羅等供養如來并聞授空行天記皆大欣喜踊躍無量於佛法中深心信樂譬如有人乘於朽船入於河中心作是念如此朽船不久當壞未沒以來可速度岸以免水難如是九萬四天王天亦復如是覩佛威神爲得佛法故起深信樂發勇猛心供養如來爾時四天王天并四天

王變化九萬七寶妙帳雜色種種端妙希奇廣大嚴麗其中多有赤真珠帳火珠寶帳瑠璃寶帳天金色帳金剛珠帳化作如是九萬七寶帳已於虛空中繞佛三帀又復化作九萬天樂於虛空中亦復旋轉繞佛三帀又復化作曼陀羅華摩訶曼陀羅華曼殊沙華摩訶曼殊沙華迦迦羅婆華摩訶迦迦羅婆華持此化華而散佛上復繞三帀即以偈頌而讚佛言

諸天有九萬　悉於導師所　皆一心合掌
願樂佛功德　無掉亦無没　無貪亦無悔
無舉亦無下　故禮兩足尊　斷除諸有種
亦滅無明闇　拔除煩惱刺　能摧我慢山
佛善拔毒箭　能滅諸瘡疣　善修不逸行
身圓滿無滅　滅除諸煩惱　解脫一切縛
斷除諸結使　出離諸憒鬧　空及無相法
是佛之所行　一切諸有中　其心無願樂
除斷渴愛根　棄捨無明闇　於諸四顛倒
悉皆能遠離　佛能知實際　世間無知者
凡夫聞生懼　如鹿怖獵師　墮身見衆生
於空不能知　無明所覆蔽　著世間繫縛
如實見真如　觀世猶空拳　爲世顯實智
由彼獲淨眼　顯示諸陰空　名色亦復然
界法體非有　諸人亦如是　此法及餘法
以名字而說　此名字諸法　佛說悉皆空
譬如大幻師　化作種種像　無衆生施設
無命亦無人　如是諸陰界　諸根十二入
皆從幻化生　如來作是說　譬如善畫師
畫作白象身　肢節皆相似　高下亦復然
實無高下相　但惑愚者眼　是法界平等

愚者自迷惑　佛皆為顯示　如掌菴羅果
智者不迷惑　善學諸佛教　如來大智慧
為世間智炬　轉於妙法輪　教化諸群生
當願開覺我　無上寂菩提　轉於妙法輪
如佛今所轉　我等於世間　迷失道路者
當為說妙法　如今佛所說

爾時世尊知彼四天王天深心所念即便微笑其佛口中出於種種五色光明爾時馬勝即以偈頌問如來言

佛非無因緣　而現微笑相　大雄佛世尊
願為說笑緣　覩佛現微笑　一切諸會衆
悉懷大疑惑　人尊應當知　誰令壞魔衆
誰令得除疑　誰於法決定　惟願人尊說
誰令得供佛　誰奉佛教行　此衆皆懷疑
願導師為說　兩足尊說記　衆生若聞已
悉皆除疑網　惟願導師說　復令諸衆生
依於種智道　速逮得菩提　是故應說記

爾時世尊復以偈答馬勝言

善哉汝馬勝　為衆故請佛　其微笑因緣
諦聽為汝說　為愍諸世間　當一心專聽
諸天滿九萬　悉皆住我前　以清淨信心
已曾供養佛　復以偈讚歎　了知諸空法
於法得決定　安住我法中　此等諸天衆
曾供八億佛　復於當來世　無量億佛所
供養彼諸佛　求於無上道　於無量億佛
若不供養者　彼於菩提樹　終不坐取證
彼等當來世　得成於佛道　號名曰大持
於世間最上　彼諸世間燈　各有聲聞衆
八十衆會集　知見無障礙　彼等成佛已
彼土諸衆生　一切皆壽命　具足八億歲

彼佛無量智　無數億比丘　皆遠塵離垢
悉住最後身　彼佛滅度後　爲彼功德者
莊嚴彼佛剎　造作無量塔　彼無量千衆
及百那由他　供養彼塔廟　利益世間人
或發菩提心　或有證涅槃　彼佛滅度已
正法久住世　經於八億歲　無量那由他
彼諸法王子　受持護法故　四天王天衆
彼佛授記已　爲利益世間　成熟衆生故
大衆得聞已　心皆大欣喜　踊躍無有量
奉順如來教

三十三天授記品第十四

爾時復有八億忉利諸天其天帝釋最爲上首見阿修羅迦樓羅龍女龍王鳩槃荼乾闥婆夜叉緊那羅虛空行天乃至四天王天供養如來及聞授記皆大欣喜踊躍無量於佛法中深心信樂深信樂已爾時帝釋及忉利天起勇猛心供養如來即便化作八億七寶重閣種種雜色端嚴殊特精妙希奇皆悉垂布赤珠瓔珞瑠璃瓔珞雜珠瓔珞火珠寶瓔珞一一重閣皆有百級莊嚴幢門一一級中皆悉復有四小重閣莊飾窻牖及師子座幢旛帳蓋寶鈴羅網有天童女端嚴第一侍重閣所及師子座擊諸天樂又復化作八億善調馬車天莊嚴具而嚴飾之所謂寶幢旛蓋及諸音樂於一切迦毗羅大城周遍縱廣六十由旬散曼陀羅華摩訶曼陀羅華曼殊沙華摩訶曼殊沙華迦迦羅婆華摩訶迦迦羅婆華波盧使迦華摩訶波盧使迦華遍布其地至於人膝爾時帝釋又復化作八億伊羅龍象一一龍象有八億頭一一象頭各有六

牙一一牙上有七華池一一池中有七蓮華一一蓮華皆有千葉一一葉中有七天女一一天女有七侍女種種莊嚴於重閣間安置龍象寶車隨後供養如來天重閣上雨天栴檀末天沉水末天真金末雨天曼陀羅華摩訶曼陀羅華曼殊沙華摩訶曼殊沙華波盧沙華摩訶波盧沙華迦迦羅婆華摩訶迦迦羅婆華金華銀華毗瑠璃華種種雜色波吒梨華如是化作一切種種勝妙寶華而散佛上彼天童女或作音樂或歌或舞或動其身如阿脩羅中廣說又復化作八億善調馬王種種莊嚴而乘其上復以種種天諸供具而散佛上復有八億諸天音樂在虛空中自然而作復於八億寶車之上一一各有一化天女彼八億天女或歌或舞或作音樂或動其身如脩羅中廣說彼伊羅龍王頭中所化天女悉作音樂如阿脩羅供養中廣說爾時八億天女悉供養佛爾時彼八億天作如是念是化天女供養如來一切諸法亦復如是如佛所說彼知一切法如幻化已於諸法中無有疑網彼諸法中得無疑已繞佛三帀頂禮佛足却住一面彼於諸法知如幻已亦知自身同於幻化知彼供養及以如來亦同於幻佛所說法亦復如是於諸幻法得無疑已即以偈頌而讃佛言

此諸化人設供養　一切諸人亦復然
帝釋天等及諸法　一切悉皆如幻化
如來導師亦如幻　聲聞衆從法化生
於佛所說悉無疑　能解如來所說記
如來世尊所說法　愚癡凡夫不能了

如來所說諸法等　一切悉皆猶如幻
若諸學人及無學　佛弟子衆調伏者
此等亦復如幻化　我於此法得無疑
世尊若人樂寂默　獨一無惱如麒麟
此等一切悉同幻　我於此法亦無疑
若行佛行菩薩行　利益衆生不放逸
彼是菩薩如來子　一切悉皆如幻化
善逝導師自然智　十力大悲智無量
智慧自在世間最　彼佛如是亦如幻
如佛世尊所說法　清涼寂靜無所依
得涅槃法及涅槃　彼等亦復猶如幻
善逝如法無所有　一切猶如幻化性
於此佛法及智慧　我等於中悉無疑
我等常願得如佛　見一切法亦如幻
我等行此佛境界　願得成佛無有疑

爾時世尊知八億三十三天深心信樂已即便微笑爾時慧命馬勝即以偈頌請問佛言

名稱無比具諸德　如來現笑非無因
如來今日爲何笑　惟願爲說除我疑
衆見如來現微笑　見已衆皆懷猶豫
惟願除彼衆疑惑　令衆勿懷諸疑網
彼諸天衆皆欣喜　讚歎如來及供養
如來現笑今爲誰　願佛爲說令衆喜
諸德清淨猶如月　應供養者願爲說
如來所說彼若聞　此等欣喜得成佛
如此諸天大衆等　知一切法猶如幻
諸天修學無障礙　惟願十力說此事
一切大衆若除疑　以欣喜心修菩提
起增上欲不下劣　衆聞即發勇猛心

爾時世尊以偈頌答馬勝言

馬勝汝今問如來　善合時機大利益
佛知天衆欣喜已　我現笑緣今當說
汝爲天衆問笑因　爲大利益諸衆生
我今爲汝說笑因　以清淨心善諦聽
如是諸天大衆等　知一切法猶如幻
無量無礙智見慧　當來離闇得作佛
過去流轉生死中　曾供諸佛如恒沙
於彼佛所數修習　一切諸法猶如幻
今復於我設勝供　亦如諸法同幻化
此於佛法深信樂　當來之世必成佛
於此佛法所作福　無有失壞及障礙
天衆於我供養已　復知諸法猶如幻
當來力近住劫中　得成最勝說中月
彼勝福者皆同號　名因陀羅幢王佛
彼佛宣說如幻法　度脫無量億衆生
是故汝等捨放逸　修一切法應如幻
是不逸者我所化　爲滿菩提分法故
精進猶如救頭然　速求寂滅勝菩提

夜摩天授記品第十五

爾時復有四億夜摩天衆見阿修羅迦樓羅龍女龍王鳩槃茶乾闥婆夜叉緊那羅虛空行天四天王天忉利天等供養如來并聞授記皆大欣喜踊躍無量爾時夜摩天衆知佛如來以無礙智授彼記已即於佛法起信樂心起信樂已即作是念如是佛法甚奇微妙若證佛法者無有不知無有不見無不簡擇無有不證於已生未生現生或已滅當滅現滅若業及報皆如實知甚奇如來能知世諦及第一義善知此二更無有餘彼佛世尊於其空法善能知見善知簡擇善證相應故名

薩婆若何謂世諦一切世俗生死所行於此諸法悉能曉知第一義者無有言說無有知者非心所行以無知故無能說者無顯示者無聞說者無有聞者以無說故亦無知者無生無示無有見者無有施設無有取著無有覺知無有能到亦無所到無能親近無能測量無有建立無有棄捨無有所作亦無能作無譽無毀無利無衰無稱無譏無苦無樂非惱非離煩惱非世閒非涅槃非覺非觀非進非退無動無作無有戲論過諸戲論所說色色非非色非數非非數非明非非明非有煩相不可得受想行識亦不可得眼相不可得耳鼻舌身意諸相亦復如是色相不可得聲香味觸法相不可得眼識相不可得耳鼻舌身意識相亦不可得眼觸相不可得耳鼻舌身及意觸相亦復如是眼觸生受亦不可得耳鼻舌身意觸生受亦復如是色思覺相亦不可得乃至法思覺相亦復如是空相不可得地界水界火界風界識界亦不可得欲界相不可得色界相不可得無色界相不可得有爲相不可得無爲相不可得如是等若彼彼法言說無能說者如是如是法名不可說法也佛法最勝無聞愚癡凡夫衆生不能知故聞已驚怖彼於佛法心生怖畏於一切智智便即退失諸天世人應當憐愍如此衆生常處生死恒爲苦切爾時夜摩天觀諸世閒煩惱衆生已爲得佛法故爲供養如來故起勇猛心所設供具過忉利天而供養佛供養佛已頂禮佛足右繞三帀却住一面爾時夜摩天即以偈頌而歎佛言

佛見諸陰皆空寂　於其界入亦復然
諸根聚積皆離相　如來如實悉了知
世間智者於實法　不從他聞自然解
所謂世諦及眞諦　離此更無第三法
如來悲愍於一切　爲利世間說俗諦
如來宣說於世間　爲諸衆生顯六趣
地獄畜生及餓鬼　人天之道及脩羅
下劣之家及勝家　所有貧家及富家
奴僕之屬及婢使　男女等類及二根
所有世間諸六道　佛無比身悉已說
觀於世諦諸法已　佛爲利世故宣說
衆生樂著於生死　不能離於世八法
所謂利衰及毀譽　所有稱譏及苦樂
得利便即生欣喜　失利心即生瞋惱
餘如所說應當知　世間皆隨此八法
於俗諦中說眞者　彼顛倒慧應當知
不淨樂中說樂淨　於無我中說爲我
無常法中說爲常　住此相中而取著
聞於如來所說教　恐怖誹謗不信受
誹謗如來實教已　墜墮極苦地獄中
凡愚貪求世樂故　轉受無邊百種苦
若有於其佛法中　如實觀察不顛倒
棄捨諸有入涅槃　猶如蛇脫其故皮
一切諸法體性無　空無有相第一義
若聞此法生愛樂　必得無上勝菩提
如來如實說此法　除斷天衆諸疑惑
悉發無上菩提心　爲度一切衆生故
如此天衆發心已　皆悉欣喜心清淨
得聞最勝佛法已　此諸天衆皆成佛

爾時世尊知彼四億夜摩天衆深心信樂即

便微笑爾時馬勝即以偈頌問如來曰

佛爲世間故現笑　一切時衆皆生疑
惟願世尊說笑因　令此衆會皆欣喜
聞於諸天授記已　一切皆悉大踊躍
有智慧者發勇猛　於佛法中如說行
此佛如來諸勝衆　具足有佛功德器
善哉宣說美妙言　爲攝如是大衆故
聞佛功德心喜樂　此諸大衆必當得
聞於如來授記已　如法當勤修精進
善哉人尊說中勝　於疑惑衆二心者
惟願世尊速爲說　時衆一心樂欲聞
彼夜摩天受勝記　願人師子速爲說
此諸大衆皆欣喜　一切悉發菩提心

爾時世尊即以偈頌答馬勝曰

爲利世間故現笑　馬勝合時善諮問
利益無量諸大衆　聞佛如來功德故
樂著貪瞋諸衆生　於佛功德無樂慧
其心愚癡所惑亂　當沒生死大海中
若於佛法深信樂　曾於先佛已請問
與大悲心相應者　是人能得佛功德
若人見彼衰惱逼　勝人於彼起悲心
彼諸衆生聞佛德　頂受佛教如華鬘
我諸衆會大清淨　於先佛所曾修福
彼於如來功德所　頂受猶如婆師鬘
夜摩天衆先佛所　曾修持戒除貪著
猒離煩惱心清淨　於穢衆生起悲心
於無量佛曾親近　其數猶如恒河沙
彼曾修習無量善　爲求無上菩提故
知衆生沒煩惱已　於苦衆生起悲心
於人師子利世者　問諸法門無有量

我今導師爲彼說　聞者悉得成佛道
知彼衆生煩惱鉤　爲說最上勝妙法
彼勝丈夫大導師　爲彼衆生說空法
彼聞諸佛所說已　悉皆了知諸法空
所謂空無諸法相　說無自性無相法
如是了知諸佛法　悉皆安住佛功德
此等勝妙供養我　如法各自受記莂
當於來世星宿劫　悉皆得成無上道
如是如來無增減　其數滿足四十億
其佛同號淨智尊　開悟無量諸衆生
大仙降伏諸怨者　答於馬勝所諮問
滿夜摩天所願求　大衆天人皆欣喜

大寶積經卷第六十六

大寶積經卷第六十七

高齊北天竺三藏那連提耶舍譯

菩薩見實會第十六之七

兜率陀天得授記品第十六

爾時八億兜率陀天見諸阿脩羅迦樓羅乃至夜摩天等供養如來聞受記已欣喜踊躍作如是念於何等法世尊與授阿耨多羅三藐三菩提記爲色授記受想行識得授阿耨多羅三藐三菩提記耶彼等諸天復作是念非與色授記亦復非與受想行識阿耨多羅三藐三菩提記何以故色既不生菩提亦不生云何無生色能悟無生菩提如是乃至識亦不生云何無生識能悟無生菩提色既不滅菩提亦不滅云何不滅色能悟不滅菩提如是乃至識亦不滅云何不滅識能悟不滅菩提色無分別菩提亦無分別云何無分別色能悟無分別菩提如是乃至識亦無分別云何無分別識能悟無分別菩提色既無二菩提亦無二云何無二色能悟無二菩提如是乃至識亦無二云何無二識能悟無二菩提色既無作菩提亦無作云何無作色能覺無作菩提如是乃至識亦無作云何無作識能覺無作菩提色既不可得菩提亦不可得云何不可得色能覺不可得菩提如是乃至識陰不可得菩提亦不可得云何不可得識能覺不可得菩提如是於彼不可得諸法中何者是佛何者是菩提何者是菩薩何者是授記色陰空受想行識亦復皆空何以故性自空故如是佛空菩提空菩薩空授記空何以故自體空故如是性空一切法中所言佛

者但名但用是世諦但是言說但是施設所言色陰受想行識亦但名用世諦言說及以施設智者於此不應取著譬如有人於其夢中受五欲樂彼人寤已不見彼樂憶念不得五欲樂故便生苦惱如是住於菩薩乘者若有取著不會菩提不證菩提故不得其味以不得味故心生苦惱何以故如是諸法如夢不實彼法義別愚癡凡夫取解各異一切諸法當如是知何法是佛何法是菩薩何法是菩提彼諸佛法皆不可得凡夫不可得凡夫法亦不可得聲聞不可得聲聞法亦不可得辟支佛不可得辟支佛法亦不可得菩薩不可得菩薩法亦不可得佛不可得佛法亦不可得菩提不可得涅槃亦不可得我等於此諸法之中解了無疑爾時兜率陀天於斯法中既無疑慮於世尊所樂修供養所作供養勝夜摩天頂禮佛足右繞三帀却住一面即以偈頌讚世尊曰

所有住佛功德者　如來爲其說行法
彼得三種解脫門　無等境界中修行
無色亦無受想行　無其受者亦無心
斯則無礙智境界　樂離欲陰人師子
彼諸智慧妙丈夫　不取發於菩提想
離陰已獲勝善根　於佛功德無疑慮
志願無上大菩提　然於菩提離取著
是故內心無憂喜　名爲佛子修聖行
同佛見法悉平等　是故於法無所畏
智者於此世間處　求佛功德起修行
簡擇色相無所著　棄捨一切有相心
於彼三有不起願　觀察諸有悉皆空

能知五陰各不生　如來授記及菩提
菩提心等亦無生　作是說者非愚惑
如來功德及生死　此諸佛法悉無生
如是知者人中勝　是爲眞實如來子
若能知是陰不滅　界入及以如來法
佛與菩提及授記　斯等諸法皆不滅
若爲菩提修行者　當知彼亦是不滅
知諸世間不滅故　彼求菩提不爲難
五陰界入與菩提　佛及菩薩皆無作
如是了知爲佛子　彼人能持佛正法
陰界諸入皆無覺　菩提與佛并菩薩
及以授記悉無覺　如是知者爲佛子
五陰界入性空寂　佛與菩提及授記
如來眞子修行者　斯等亦皆自性空
陰界諸入悉虛妄　兩足世尊及菩提
行者授記亦虛妄　如是了知爲佛子
非是依止非不依　亦非有法非無法
非是有爲非無爲　如是了知爲佛子
世尊如是見世間　我等如是知佛心
即爲勝妙供養佛　及以一切賢聖衆
我等讚佛所得福　唯佛世尊能了知
以斯功德施群生　願皆成佛具衆相

爾時世尊聞彼兜率諸天讚已及知深信即爲天衆而現微笑爾時慧命馬勝以偈問曰

得大勢力無上士　以其因力現笑光
願佛說是微笑因　令衆得聞皆欣喜
以見如來微笑故　此諸大衆悉懷疑
衆會慇懃普瞻仰　咸皆一心欲聽聞
猶如世間有病人　唯思醫師及良藥
如是大衆於佛所　願樂欲聞說授記

斯等皆有深智慧　志求菩提無所著
一切恭敬悉瞻仰　唯希如來爲記莂
世尊於此起大悲　以佛智力斷疑網
是故大衆得欣喜　咸皆願求佛功德
世尊今正授記時　惟願除滅諸疑惑
如來久已離怨敵　願斷衆邪外道論

爾時世尊即以偈答慧命馬勝言

汝今啓請如來義　問其微笑正是時
爲利世間故致問　必當饒益諸衆生
知諸天衆心樂欲　故我現是微笑光
以知佛法勝妙故　於我便作上供養
彼皆如實見世間　隨順聖教得證法
已到三種解脫門　非諸世間所能知
過去已供無量佛　亦曾問是深義趣
於彼佛所久修空　今故於斯顯空義
是故今者於此處　便得值遇佛世尊
以空讚歎無上士　利益一切諸世間
如斯世間悉無生　諸佛菩提及授記
所有修行菩提者　彼等一切亦無生
衆生悉同有此法　如是知已得菩提
過去曾學菩提心　彼於此義能解了
如是世間亦不滅　斯諸天衆善通達
明智照了悉無疑　是故彼天皆作佛
決定必得無依處　於法不取離分別
一切世間皆無作　彼於斯義能了知
一切法體離自性　天衆心淨無疑惑
菩提及與菩提心　一切皆空無自性
兜率諸天堅固慧　皆悉安住無所依
故得菩提不爲難　必當速成無上智
於其未來星宿劫　當得度脫無邊衆

彼天一切皆成佛　同號名曰擇法王
如來於此諸天衆　知其心樂爲記說
一切天人聞說已　咸皆踊躍稱心意

化樂天授記品第十七

爾時化樂天王爲首與其眷屬七億化樂諸天衆等見諸阿脩羅迦樓羅乃至見諸兜率天等供養如來聞授記已欣喜踊躍咸皆稱心得住實際於眞如中無有疑惑從座而起偏袒右肩右膝著地頭面作禮向佛合掌異口同音而白佛言世尊如我解佛所說義一切諸法是眞實際無邊際無礙際無住際無盡際不二際非際實際世尊所言實際者不顛倒故無邊際者無限量故無礙際者離對治故無住際者離自性故無盡際者無有生故不二際者謂一味故言非際者是非有故世尊彼實際者遍一切處無有一法而非實際世尊謂菩提者亦是實際世尊何者是菩提一切法是菩提離自性故乃至五無間業亦是菩提何以故菩提無自性五無間業亦無自性是故無間業亦是菩提世尊言菩提者如無餘涅槃性亦如無間業性何以故一切法即是無餘涅槃性亦是無間業性是故無餘涅槃界即是菩提世尊若有衆生住生死者可求涅槃於實際中無住生死求涅槃者何以故實際無二故世尊我等於此解了無疑若於此法無疑慮者當知是人已曾過去於諸佛所得受阿耨多羅三藐三菩提記

爾時世尊聞化樂天王及諸七億化樂天等說授記已欲令大衆心喜悅故而現微笑爾時慧命馬勝以偈問曰

憐愍世者現微笑　而不說其笑因緣
天人導師非無因　現此奇特微笑相
既見世尊笑光已　令諸大衆悉懷疑
惟願說其微笑因　斷除一切諸疑網
斯等若蒙如來說　聞已咸生希有心
爲彼衆會淨眞路　趣向菩提作因緣
若有衆生疑慮者　是人難得妙菩提
惟願大智斷疑惑　精勤速證無上道
世尊此諸大衆等　志求菩提離諸惡
得聞諸天授記已　決定當成大法王
是故世尊願憐愍　除斷一切疑惑心
授此諸天菩提記　令諸大衆皆欣喜

爾時世尊以偈答慧命馬勝曰

哀愍世間故現笑　馬勝汝今問我義
我悉與彼天授記　汝等咸各淨心聽
此諸化樂天衆等　自能授記得菩提
衆中既作師子吼　能壞外道諸邪見
譬如空中雨衆石　必墮大地無有疑
如是佛子離疑惑　自知定當成佛道
種如日沒至夜時　當知月出必不久
如是佛子備衆行　定知必當具十力
又如日在正中時　觀諸色像皆明了
如是佛子具衆行　自知必得薩婆若
喻若日光至沒時　衆人咸知日不現
如是佛子皆自知　決定當得最勝智
譬如衆流趣其下　智者當知歸大海
如是佛子具明慧　定知必得上菩提
如人以石擲虛空　決定墮地無疑慮
如是佛子悉自知　不久當得世間解
智者法爾有此見　以知法故不致疑

自知分有佛功德　必定近於自然智
假使諸魔那由衆　現佛言汝不作佛
不能沮壞其心意　已自善解眞法故
決定於彼佛功德　咸各自說得授記
於斯諸天授記事　如來悉生隨喜心
此天所修菩薩行　悉自了知不由他
彼等自說成善逝　世尊於此皆隨喜
是故馬勝若有人　欲得無上菩提者
可於此法應勤求　必獲最勝安隱處
自成正覺悟斯理　隨義如實能了知
親近供養善知識　彼證菩提不爲難
若有千劫修苦行　皮膏血肉無戀惜
若能解了斯義趣　此福廣大勝於彼
過去所有一切佛　未來憐愍衆生者
及以現在諸世尊　悉依此法成佛道
化天於我供養已　咸皆善知第一義
曾供過去諸如來　悟斯義理當成佛
諸佛所有勝三昧　及以現在所住定
彼天深得佛境界　由本先世久修習
馬勝化樂天子等　於彼三昧無有疑
清淨佛法既善學　今於佛道現修行
是故於理生信解　當正勤求離苦邊
常應親近多聞者　必得無上大菩提
聞佛所說妙法已　化樂諸天衆會等
皆悉欣喜除疑網　流注趣向大涅槃

他化自在天授記品第十八

爾時他化自在天王爲首與其眷屬八十那由他諸天衆等見諸阿脩羅迦樓羅龍女龍王鳩槃茶乾闥婆夜叉緊那羅訶羅伽闍天四天王忉利天夜摩天兜率陀天化樂天等

供養如來聞授記已欣喜踊悅皆得稱心異口同聲而白佛言世尊化樂諸天所說實際者我等尚不見實況復見際何以故世尊若見實者可言見際何以故是人行於二處住如是乘者若善男子善女人應為彼說此二種法此二法者非真境界世尊若善男子善女人於不二法不信不入雖復如是此人發心望得菩提當知是人行於非徑何以故此於菩提非道行故世尊若有衆生求菩提者是人不見一法可覺何以故無有少法可得覺悟阿耨多羅三藐三菩提故世尊彼法非過去非未來非現在非有為非無為非有非無非可識非可知非可捨非可修非可證謂菩提者彼法非與餘法作對治餘法亦不與彼法作對治何以故彼法非雜煩惱非離煩惱法體不可得性自離故此法不與彼法作對治彼法亦不與此法作對治何以故一切諸法離諸相故是故彼法非可知非可識非可捨非可修非可證世尊色生者離生相故彼亦非可知乃至非可證受想行識亦復如是世尊色滅者離色相故彼亦非可知乃至非可證受想行識亦復如是世尊過去者離過去相故彼亦非可知乃至非可證未來者離未來相故彼亦非可知乃至非可證現在者離現在相故彼亦非可知乃至非可證世尊有為者離有為相故彼亦非可知乃至非可證無為者離無為相故彼亦非可知非可識非可捨非可修非可證世尊如是等乃至為陰所攝或過去所攝現在所攝未來所攝或有為所攝無為所攝此等諸法皆不可得

以不得故是故彼法非可知非可識非可捨非可修非可證世尊若有如是爲求菩提發心修行善男子善女人彼皆名爲住菩薩乘

爾時他化自在諸天咸各說已所知法已以偈讚曰

世尊善說盡有邊　求不暫受六趣身
世間無智畏生死　發心欲度生死岸
彼諸陰體不可得　以陰性相本自空
一切法空皆無相　是故諸法離對治
自體即空無有物　無有可知及修捨
亦復非是可證法　如來說有即非有
相求菩提不可得　助道諸法亦如是
取心求佛不可得　菩薩相求亦不得
堅著諸相愚癡輩　彼等望得悟菩提
顛倒境界取相行　無智非行菩提道
入佛境界離衆相　名爲智者如法行
遠離諸相及無相　亦離於空及不空
彼能悟解無上道　於諸外道非境界
亦非聲聞所能知　又非緣覺之所趣
心得解脫淨無垢　羅漢於法相應者
及諸一切辟支佛　非彼智慧之境界
彼句非爲相心知　及修少空亦不解
若有解空說空者　亦說諸法無自性
彼受佛教無毀呰　是名善修空寂靜
能悟難悟菩提道　世尊於彼眞導師
讚佛二足最尊已　所獲無量諸功德
迴施一切諸群生　成佛覺悟未覺者

爾時世尊知彼八十那由他他化自在天及以天王等得深信已欲令大衆增益善根故現微笑爾時慧命馬勝以偈問曰

二足世尊現微笑　以知他化深信故
未曾演說笑因緣　惟願如來爲解釋
大聖今者非無因　現是希有微笑相
願佛開顯因緣義　滅除大衆諸疑惑
由見世尊微笑故　今此衆會悉懷疑
憐愍一切世間者　惟願敷演分別說
此衆咸皆背生死　合掌恭敬求涅槃
斯等靡不懷猶豫　無礙說者願斷除
悉皆正信善逝法　心得開解離取著
咸有淨信尊重心　善哉牟尼願解說
勇猛精進於佛法　遠離疑網登聖路
一切諸佛遊此道　是故願除大衆疑

爾時世尊以偈答慧命馬勝曰

汝爲憐愍大衆故　以偈問我正是時
具足辯才有巧便　乃能問此微笑義
以問如來現笑故　必當利益無量衆
是故一切衆會等　皆得住於勝菩提
知彼他化深信已　故我現是微笑光
一切隨順如來教　爲求菩提修妙行
觀察世法離諸相　如見陽焰非眞實
愚者見焰謂是水　欲求菩提勿同彼
取相貪樂凡夫境　無智常怖於無相
愚癡執相捨正路　離相能獲妙菩提
妄想思量虛僞法　隨所分別即被縛
智者觀相悉皆空　得上寂滅陀羅尼
執相凡愚住惡心　彼皆無智歸六趣
輪迴逼迫受衆苦　都由愚癡住相故
著相衆生見諸陰　佛與菩提及菩薩
智者離相見空已　能得無上大菩提
住相之類增煩惱　能觀無相得除結

所謂結者即是相　觀結無相即斷除
若有分別求道者　分別於道爲障礙
智者雖復行於欲　彼欲即爲無相行
諸法無體不可得　分別諸法説言空
若離分別得無相　彼即菩提更無餘
聞於善逝説是語　大衆除疑得無畏
頂受牟尼所説法　如智頂戴瞻蔔華
斯諸天衆獲無畏　於我設供最無上
亦知諸法佛境界　當作世間大導師

諸梵天等授記品第十九

爾時六千萬諸梵衆天見諸阿脩羅迦樓羅乃至他化自在天等供養如來聞授記已欣喜踊躍皆得稱心彼於世諦禪以喜悦爲食亦於佛法中得智慧明宿殖善根故已曾親承供養諸佛故及深信清淨故於甚深法獲得法忍彼諸天等知諸法無作非無作非生非不生非有非不有非起非不起非滅非不滅非依非不依非清非濁非憎非愛非賢非愚非知非不知非見非不見非受非不受非惻非不惻非無非非無非物非非物非可得非不可得非去非來非趣非不趣非空非不空非相非不相非願非不願彼諸梵天於一切法心無所著亦無所住於非用中不作非用想於非不用中亦不作非不用想於語言中無語言想於非語言中亦無非語言想於有作中無有作想於無作中亦無無作想於凡夫不作凡夫想於非凡夫亦不作非凡夫想於凡夫法不作凡夫法想於非凡夫法亦不作非凡夫法想於聲聞不作聲聞想於非聲聞亦不作非聲聞想於聲聞法不作聲聞

法想於非聲聞法亦不作非聲聞法想於緣覺不作緣覺想於非緣覺亦不作非緣覺想於緣覺法不作緣覺法想於非緣覺法亦不作非緣覺法想於菩薩不作菩薩想於非菩薩亦不作非菩薩想於菩薩法不作菩薩法想於非菩薩法亦不作非菩薩法想於佛不作佛想於非佛亦不作非佛想於佛法不作佛法想於非佛法亦不作非佛法想於涅槃不作涅槃想於非涅槃亦不作非涅槃想於生死不作生死想於非生死亦不作非生死想如是彼天一切皆悉離諸分別定心清淨彼等既得清淨心故以寂滅法說偈讚佛

大聖甚深寂滅智　修行寂滅到彼岸
演說寂滅度衆生　亦自常行寂滅法
菩提寂滅善清淨　斯法牟尼之境界
速得寂滅勝甘露　以是今得盡諸有
恒說寂滅微妙道　是彼智者所行處
八正之路滅惱濁　拔濟一切諸群生
善修寂滅證菩提　乃是先佛之所行
修彼能到安隱城　過去諸佛所證知
是諸如來修學法　導師如是化世間
若人能行有學法　獲得無學勝菩提
一心趣向寂滅道　諸根寂靜久修習
當得爲佛世間解　那羅延力度群生
若知寂滅甘露者　能盡一切諸有相
是爲眞實如來子　寂滅能除世間畏
彼等所設供養佛　勝上希有最殊特
所說寂滅盡煩惱　於諸無相最第一
世間寂滅離諸相　所謂寂滅即涅槃
衆生輪轉受諸苦　遠離寂滅取相故

牟尼諸法不思議　即是菩提一切智
已度淤泥到彼岸　故佛於此無疑慮
若有離陰得解脫　於佛大乘不願樂
欲求菩提思滅度　於其五陰生怖畏
離欲淨心求涅槃　彼等如是簡擇智
於法取相凡夫境　是謂如來之所說
若取寂滅即是縛　以是不得一切智
若有於其五陰相　不生存執取著心
彼能利益釋迦法　是名喜樂無相行
能獲無名安隱處　逮得菩提佛境界
降魔諍論滅煩惱　速得成就一切智
我等讚歎無上士　所獲寂滅諸功德
唯佛大智能了智　迴施衆生願成佛

爾時娑婆世界主大梵天王知諸梵天讚歎佛已對佛正立以實功德而讚頌言

法王已知一切法　不實虛誑如空拳
亦如秋雲及電光　是故大聖離取心
猶如夢中飢餓人　餐食百味甘美膳
夢人飢食皆不實　如來見法亦如是
又如夢中燋渴人　得飲清淨涼冷水
夢渴飲水皆虛妄　佛見諸法亦如是
無作無受無衆生　無其作業及得報
亦無得受果報者　世尊於此無疑慮
譬如美言得人愛　然彼語言無可取
亦無言說及聽者　大聖了知皆不實
如聞箜篌美妙音　其聲亦無真實性
世尊如是見諸陰　知陰無體不可得
猶如摩尼性自淨　繫之衣上隨色變
諸法自體本清淨　虛妄分別增倒染
譬如無垢鮮白衣　隨受染色種種變

諸法如是性自淨　隨所分別而染汙
猶如有人聞貝聲　尋其貝聲從何來
其聲非自非他性　大仙見法亦如是
如人思美餚饍食　其食衆緣所合成
觀食各各無自性　如來見法皆如是
譬如衆緣號爲城　推其城體無自性
如是衆緣皆悉空　法王見法亦如斯
喻若有人擊鼓聲　雖能令人心欣喜
聲及衆緣皆悉空　大聖見法亦如是
譬如有人打鼓時　其聲不從十方來
聲滅亦不向諸方　世尊見法皆如是
如是彼人擊鼓已　其鼓不生憎愛心
亦不分別衆緣性　佛見諸法皆若斯
又如彼人打妙鼓　聲不作心生他喜
及以衆緣皆亦然　導師見法皆如是
如人擊彼妙鼓時　鼓亦不生苦樂想
亦不觀察衆緣性　如來見法皆如是
猶如有人擊妙鼓　聲不即緣亦不離
及彼伎緣亦復然　牟尼見法皆如是

爾時世尊知諸梵天大梵王等深心敬信及以寂滅讃頌佛已又見大衆欲生善根即便微笑爾時慧命馬勝以偈問曰

旣見如來口中出　離垢清淨微笑光
世間天人大衆等　一切咸生希有心
以見世尊微笑故　諸來大衆普懷疑
皆悉瞻仰如來面　慇懃願樂欲聽聞
願佛開示笑因緣　蕩除大衆疑惑心
最勝牟尼非無因　而現希有微笑相
諸佛所現微笑光　必爲利益諸世間
今者爲誰現此笑　惟願敷演分別說

大衆得聞必欣喜　由知微笑因緣故
斯諸大衆皆合掌　一心瞻仰樂欲聞
是故願佛爲解釋　必當斷滅諸疑惑
導師爲彼諸來衆　願垂演說微笑因
衆會若聞必喜悅　以得洗除疑網故
衆心堅固皆清淨　專念希仰如來德
大衆瞻仰世尊顏　猶如覩見初生月
具八妙聲如梵天　一心渴仰願速聞
天人衆等聞佛說　必得除疑住正法
梵音演說義相應　得聞甚深出世法
佛智善巧能悅豫　故令大衆增踊躍
此衆心淨離疑結　能樂如來一切智
精進勇猛有力人　乃能志求無上道
是故導師愍世間　惟願解說令衆喜
善哉世尊平等心　憐愍一切諸衆生
令諸大衆增善根　安心不動求佛智

爾時世尊即以偈答慧命馬勝曰

憐愍一切諸世間　故我現是微笑光
汝當諦聽說彼因　其義甚深微妙句
此諸衆會若得聞　發勤精進修善業
當得利益諸衆生　於佛妙法起勝行
斯諸梵衆皆欣喜　如來法中悉無疑
那由他劫久修行　猶如恒河沙劫數
於諸境界悉不著　心如虛空無障礙
雖樂常修菩薩行　而不速取菩提證
此等復於未來世　無量億劫恒沙數
天衆清淨無垢穢　得大勢力住世間
然後當成一切智　爲大法王有威力
具足功德盡諸有　觀諸世間悉空寂
彼佛如本久修行　壽命限量亦如是

斯諸善逝住世時　能於苦惱度衆生
彼佛國土無倫匹　世界嚴淨甚滋茂
無量那由劫數中　如來演說不可盡
彼佛刹土嚴淨事　無量佛說亦不盡
彼佛同號大智力　國土皆悉名最勝
爲衆演說不動法　不可思議無所依
彼佛世界衆生等　咸皆修治諸善根
無一衆生受後有　生死之中重生者
彼等當時有一苦　於其世間便顯現
惟畏諸行皆無常　令諸衆生起猒離
爾時彼國衆生輩　離老病死諸苦相
一切依於一教法　同猒無常修勝行
彼諸衆生當爾時　耳更不聞餘音聲
唯聞不淨無常苦　無我寂滅空無相
甘露涅槃及菩提　安隱清涼無上樂

斯等如是勝妙音　恒常數數而得聞
爾時更無餘聲響　若樹若壁及露地
或復空中及寺廟　但聞如是微妙句
聞已一切皆得道　便於生死得解脫
皆是如來神力故　具八功德妙音聲
爾時無有雜毒心　所謂離欲及瞋恚
亦無愚癡出惡聲　麤言逼惱來經耳
一切猒背於生死　趣向涅槃大正路
彼土一切悉當空　佛及衆生皆滅度
斯是彼佛大神力　發弘志願不思議
曾於過去那由劫　爲求菩提修道行
彼國所有諸衆生　一切悉皆當作佛
此諸梵天發廣願　皆由觀察寂滅句
悉得證知甚深義　解了如來吉祥路
其所修學皆通達　於諸世間爲導師

彼能觀察衆生空　不生疲倦懈怠心

是故乃入諸法性　修集菩薩勝妙行

大寶積經卷第六十七

音釋

沮壞（沮慈呂切遏也止也壞古聵切毁之也）瞻蔔（梵語也正云瞻博迦此云黄華蔔蒲墨切）箜篌（箜苦紅切篌戶鉤切箜篌樂器也）餚饍（餚胡交切葅醢也饍時戰切具食也）

大寶積經卷第六十八

高齊北天竺三藏那連提耶舍譯

菩薩見實會第十六之八

光音天等得受記品第二十

爾時五十八千萬光音諸天見諸阿脩羅迦樓羅乃至梵天等供養如來聞授記已欣喜踊躍皆得稱心偏袒右肩右膝著地向佛合掌恭敬作禮白佛言世尊有三昧名照耀一切法若菩薩摩訶薩學是三昧一切法中悉得光明得入菩薩法門菩薩摩訶薩解了知已得無邊辯無礙辯相續辯種種辯美妙辯眞善辯相應辯解脫辯微細辯不共辯甚深辯乃至得於如來之辯世尊何者名爲照耀一切法三昧菩薩入此諸法門故念諸覺觀知一切法無覺離覺是無覺法遍一切處無有一法能覺察者何以故性自離故若法無性云何能覺知一切法無其覺已入阿字門得上辯才彼菩薩入阿字門已得無邊辯阿字無邊阿字非普遍阿字無作阿字非有爲阿字非成就阿字非事阿字無所依阿字無動轉阿字非略阿字非廣阿字非分別阿字非衆事成阿字不可穿阿字非色阿字不可示阿字不可覩阿字無有能見者阿字非可思阿字不定住阿字非可知阿字非能知阿字非可測阿字不能自示現阿字亦不能示他阿字非思議阿字不去阿字不來阿字非近阿字非遠阿字非言說阿字亦非可說法阿字非名阿字非用阿字非現前阿字非覆障阿字非移轉阿字非可改阿字非差別阿字無二阿字非生阿字非虛妄阿字非眞實

阿字不可說阿字非生滅阿字非清淨阿字亦非可淨法阿字非執持阿字非攝他阿字非棄捨阿字不爲他法作阿字亦不作他法阿字不生阿字不滅阿字不能生他法亦復不能滅諸法阿字非生非不生阿字不與生法作生因亦復不作不生緣阿字非依非不依阿字非假非不假阿字非却非不却阿字非許非不許阿字非可得亦非不可得阿字非空非不空阿字非分別非不分別阿字非相非不相阿字非願非不願世尊一切諸法皆如是相所謂無相一切諸法皆同一實所謂無實皆同一趣所謂無趣皆同一入所謂無入皆同一假所謂無假皆同一用所謂無用一切諸法皆同一說所謂無說世尊諸法無起不可得故諸法非有以無有故諸法無生以不生故諸法無滅以不滅故無爲法者無有作故世尊一切諸法皆同一如當如是知世尊是諸不生法彼法事用云何得知世尊譬如有人夢中所作當知諸法亦復如是何以故夢所作事不生不起亦非有故夢雖不實非無假名說有夢作一切諸法皆亦如是世尊譬如響聲唯有假名諸法但假亦復如是世尊喻若幻人但是假名當知諸法亦復如是世尊譬如陽焰但假名字諸法假名亦復如是世尊如鏡中像但有名用當知諸法亦復如是世尊爲悅豫凡愚說有夢事夢中所作皆非眞實響幻焰影亦復如是但有假名皆無實作世尊我等如是解知如來所說法義爾時光音諸天以偈讚佛

世尊善知此法義　及餘種種無邊法

如來所有諸佛子　得父資財常遊戲
世間少智莫能入　由常計著我心故
十方求我不可得　我體本來性自空
如空陽焰非實水　愚癡見彼作水想
都由無智生迷惑　虛妄顛倒計我人
彼癡愚惑如來教　是故不解深義趣
凡夫心識如焰水　不能了知諸陰義
心樂生死著苦箭　諸根駛流所漂溺
斯等畢竟無自性　爲癡覆蔽妄受苦
彼皆失智心迷亂　於諸苦中生樂想
心常顛倒順三毒　是諸煩惱甚可怖
貪欲瞋恚及愚癡　斯諸結使常隨逐
深樂受故生渴愛　愚癡不識故受苦
無智隨順諸煩惱　如人癡負怨家行
聞佛所說空教門　於空反畏失解脫

譬如怯人執持刀　應得安隱反生畏
大智世尊所說法　謂是微妙阿字門
能生眞實勝智慧　猶如平地生大樹
降諸魔怨那由衆　能悟安隱妙菩提
以彼八正大船栰　於諸有海度群生
世尊所有諸佛子　了知如來勝教法
速滅煩惱諸怨敵　疾證無上大菩提
既自解脫離毒心　見餘毒者施智藥
得到究竟彼岸果　獲大安樂無爲處
一切諸法皆悉空　諸餘外論妄分別
明人棄惡就正路　皆由本來久修學
心無所著即解脫　諸法體性自如是
彼能如是了知者　成佛大力那羅延
無有繫縛及縛者　諸法性空皆亦無
眞如寂滅及非如　非是垢穢亦非淨

煩惱無相亦無斷　以其本來性自空
如是能知眞實法　彼人當得一切智
自證解脱復度他　此等不生亦不滅
世間天人皆迷惑　如春禽獸見焰水
虛妄分別起渴心　想見男女受苦惱
以業種種生諸趣　由心作故有差別
造業有報及以受　彼業無有能作者
我等如是解佛法　是諸如來妙境界
是故如來心調伏　諸根寂靜能忍辱
世尊如法得供養　清淨無垢盡諸穢
具足衆德離闇冥　唯佛能施三界眼
我今讚佛所獲福　唯有出世大導師
二足世尊功德聚　能知我等所得報
以此微妙勝善根　迴施一切諸群生
願彼當於未來世　悉得成就一切智

爾時世尊知光音天深信心已及知修行辯才具足欲令大衆功德善根當復漸漸勝進增長故是時如來即現微笑爾時慧命馬勝即以偈頌問世尊曰

大悲善逝非無因　而現希有微笑相
能利世間無上士　正覺智慧超群生
兩足世尊功德聚　憐愍衆生願演說
爲誰而現此微笑　殊勝光顯於世間
一切衆生若得聞　心意決定大喜悅
修行善業證佛果　得離生死到涅槃
斯諸世間天人衆　生死苦惱之所逼
願度群生於有海　演說八正大船路
如是得聞大仙說　具八功德最勝道
世間於是生欣喜　樂修諸善願成佛
勇猛精進有大力　內心清淨離諸疑

當傳如來所說法　是佛眞子順聖教
此諸衆會無餘念　一心瞻仰大瞿曇
惟願敷演授記事　令其決斷疑惑心
合掌恭敬正意住　咸皆願樂欲聽聞
善哉願說甘露味　諸有渴法當得飲
是等一切諸會衆　心淨愛樂勝功德
瞻仰如來最勝顔　猶如嬰兒觀母面
大慧願授此天記　開現微笑因緣事
得聞如來授記已　世間當獲大利益
誰於牟尼增善根　及以發願得滿足
尅獲微妙功德藏　我今樂聞彼受記
大衆必生欣喜心　聞佛所說授記故
決定當具念慧力　及得修行三昧定

爾時世尊即以偈答慧命馬勝言

善哉馬勝所問事　辯才應機正是時
斯即如來神通力　以是汝今生智慧
爲利世間故增辯　是故汝今能致問
我今爲彼說授記　寂靜諸根一心聽
此諸勝慧光音天　過去已供無量佛
見是世間孤無救　發心安住欲作佛
修治眞實微妙行　必定當成一切智
爲求佛道諸衆生　如迷失徑教正路
如是得聞世尊教　其聲最勝無等等
樂佛功德智慧人　必得究竟到彼岸
彼有智力知善根　決定當獲佛菩提
欣喜已發菩提願　如婦生男稱其心
此天爲求菩提者　示其出世眞正路
於不可說那由劫　修習菩薩勝妙行
所化衆生過衆星　安置於佛菩提已
當來具足世間解　自然成就一切智

彼等妙土不可說　世界寬廣有百億
是諸妙刹甚清淨　無量種種勝莊嚴
彼佛國土諸衆生　無三惡趣及八難
一切皆發菩提心　咸各得住不退轉
彼諸如來國土中　亦復無有小乘法
衆生悉皆求佛道　便得進趣不退地
是諸刹土衆生類　一切壽命悉齊等
經於十億恒沙劫　皆由值遇諸佛故
若教那由刹衆生　悉得入於小涅槃
若復有人化一人　或男或女入大乘
初福比此功德聚　筭數譬喻不能及
是故若住大乘者　應當轉化於餘人
馬勝以是因縁故　如來出世甚爲難
猶如優曇極難值　無邊大智如是說
以巧深智善知識　善解方便示正路
安隱無上勝菩提　若人求者應親近
從佛口聞如是語　具足微妙甚深義
一切大衆皆欣喜　踊躍充滿稱心意
那由諸天住空中　皆散天衣旋轉下
欣喜讚聲滿虛空　敬禮無比大神力
清淨妙智度世間　能滅衆生煩惱熱
佛說甘露滅三毒　如阿伽陀消衆毒
得聞智慧斷諸結　世間迷惑多苦惱
於其有趣當得脫　從佛得聞勝法故

遍淨天授記品第二十一

爾時十二那由他遍淨諸天等見諸阿脩羅迦樓羅乃至光音天等供養如來聞授記已欣喜踊躍皆得稱心自現威力而白佛言世尊有三昧名超過一切法菩薩摩訶薩得是三昧已於諸攀縁及一切事皆生樂受不生

苦受假使於其地獄事中受諸苦惱皆生樂想或復於其畜生道中受畜生報亦生樂想或復餓鬼道中受飢餓苦亦生樂想或復於彼阿脩羅道中亦生樂想或復人中所受諸苦亦起樂想不生苦想假使截手及以截足割耳劓鼻或復鞭打杖刺入身或復牢獄繫閉或復倒懸或復裁割猶如衣帛或復裹繫及以束縛或復切膾或復鎚擣猶如甘蔗或復蹉蹋破如蘆葦或復火燒如酥油炷或復然身喻若明炬或與獅子虎狼爲食或復釃醋及以辛汁澆灌口鼻或復蒸煑及以火炙或與狂象踐蹋其身或復挑目或以鉾矟穿刺高舉假使瞋怒來截其首如是一切悉生樂想何以故由彼菩薩於其長夜修菩薩行時發如是願若有衆生施我食者願彼一切得涅槃樂若有與我洗浴身體禮拜奉迎尊重供養若有衆生罵辱於我或復有人讚歎於我若有衆生鞭打斫刺奪我身命願彼一切得涅槃樂乃至覺悟無上菩提彼菩薩成就如是心具足如是業亦復具足如是願於一切衆生皆起樂想常能修集無間不斷以是業報故得一切法樂善最三昧彼菩薩得此三昧時不爲衆魔之所動壞亦不爲魔事之所繫縛當知是菩薩得五種自在何等爲五一者壽命自在二者生自在三者業自在四者覺觀自在五者衆具果報自在彼菩薩摩訶薩若欲過一生證阿耨多羅三藐三菩提者以彼三昧力故即便能得若不樂速證無上菩提能住無量阿僧祇劫度脫衆生何以故當知彼菩薩住於大乘與諸菩薩常爲

導師攝受一切諸餘菩薩是大菩薩猒離諸趣爲衆生故亦復生於一切趣中究竟一切菩薩所學爲般若波羅蜜之所攝受具足一切巧方便力知諸魔業得法究竟彼諸菩薩承佛威神於一切法皆得盡知爾時遍淨諸天即以偈頌讚世尊曰

我等一切遍淨天　於諸佛法皆盡知
頭面歸敬天人師　諸根寂靜如寂滅
解了諸義智所供　已度生死牟尼尊
我今讚歎大導師　能善導他非他導
諸法性相非究竟　亦復無有依住處
如來善知妄想事　猶如幻師知幻術
智人解了語言音　喻若深谷諸響聲
世尊如是善知見　一切世間天人等
無有衆生及以命　亦復無人無壽者
大智觀察一切想　了達衆想悉歸空
二足世尊慈無等　恒常行慈不暫捨
一切世間諸天人　不能測知如來智
導師演說緣衆生　所謂慈心是善根
了知一切諸衆生　無有衆生及命者
我等於此無垢濁　其心清淨離疑惑
是故於佛勝智慧　應受供者令供養
於其十方世界中　求苦畢竟不可得
如來無上天中天　說於衆生起慈心
斯即是其世尊教　我今得解亦如佛
是故我於世間解　令得供養應供者
既無衆生亦無苦　是故無有可救度
已得遣除心憂悶　便獲欣喜大踊悅
如是佛教不思議　我等已得如實知
是故我今供養佛　願得如來無上智

佛於諸趣不見苦　涅槃亦復不可得
增上棄捨於生死　以此饒益諸世間
無苦無趣無衆生　亦無涅槃而可依
如是得知佛法已　是故我等今供養
佛具慈悲及喜捨　轉爲世間常演說
而復不見有衆生　得住於四無量心
不見有其放逸者　亦復不見不放逸
如是知佛教法已　我今供養大導師
於身離身無上士　觀身畢竟不可得
雖然亦非不說念　而說有念失念者
善逝常說修學念　所謂觀身正念處
我等如是知佛法　今得供養救度者
世尊觀受不可得　以受無有體性故
亦復觀察於受者　畢竟無其眞實性
又復觀彼修念者　究竟亦復不可得

我等如是知佛法　今得供養天人師
觀心及以心數法　畢竟無體不可得
亦復不見有修念　及以正住念處者
佛說念與心和合　樂求解脫應修學
我等如是知佛教　今得供養正遍知
如來不見有諸法　亦復不見修法者
大聖所說修習念　彼念亦復性自空
復說念與法和合　欲求解脫應當修
我等如是知佛法　今得供養一切智
念處一尚不可得　何況而復有三四
所謂於彼念住處　彼諸念處皆悉無
是故眞求不可得　畢竟無受苦樂者
我等如是知聖教　今得供養佛世尊
牟尼所說四正勤　若有比丘專修習
斯即能爲解脫路　當得出於生死海

而無解脫無縛者 無佛無教及菩提
然復不壞假名用 是故我今供大聖
佛說四種如意足 勝妙安隱解脫道
寂靜諸根衆生輩 修行此道得涅槃
如意及足修行者 眞實觀察不可得
而非斷絕示有作 智慧境界不可見
如是世尊教法中 我等於此皆悉知
其心清淨無垢穢 皆得遠離諸疑惑
以斯即爲上供養 供養堪受勝供者
是故妙智無倫匹 我今悉得修供養
世間解者說五根 出世能趣解脫道
愼莫放逸常勤修 是爲趣向涅槃路
無根及以修根者 亦無解脫及脫者
我等於此悉無疑 是故今得供養佛
導師所說五種力 非邪能趣涅槃城
此能盡滅煩惱縛 令諸縛者得解脫
彼諸力體性自空 煩惱及佛皆亦無
我等於此無疑慮 是故今得供如來
大仙所說七種善 菩提分法最勝道
能解一切衆生縛 趣向涅槃大正路
無有繫縛及解脫 亦無受縛得脫者
我等於斯無疑惑 是故今得供養佛
世尊說此八正路 顯示一切諸群生
是諸煩惱苦之本 修學聖道能斷除
斯等二法離對治 所謂聖路及煩惱
諸天於此悉無疑 故今供養應供者
修奢摩他及舍那 斯道能盡諸苦邊
示受諸苦習氣垢 世尊曠劫已蕩除
奢摩他及舍那果 是等一切皆悉空
天衆於此離疑網 是故我等今供養

佛說不淨治貪欲　慈心對治於瞋恚
毗婆舍那癡對治　如來顯示諸衆生
斯皆無作無暫停　是故無垢亦無淨
我等如是悉無疑　常樂供養大導師
如來所說十不善　斯等名之爲業道
殺生偷盜及邪婬　妄語兩舌與惡口
綺語貪欲及瞋恚　最後第十名邪見
佛說此等爲不善　是諸衆生惡業道
既無衆生亦無害　自餘九業亦如是
無有對治諸善惡　以彼自性空寂故
然復非無十力教　以其不壞法體性
我於佛慧亦不疑　是故今供無上智
若有修此如來法　是人即爲眞佛子
彼人處處皆受樂　恒常遠離諸苦惱
如是善逝勝智慧　安隱引導諸群生
我等於此離疑心　今悉供養應供者

爾時遍淨諸天偈讚佛已咸皆默然却住一面爾時世尊見彼天衆默然而住及知彼天深信心已而現微笑爾時慧命馬勝以偈問曰

今佛世尊最勝智　爲利世間現微笑
十力世雄超一切　而能化伏諸大衆
善解諸法大導師　所現微笑非無因
心無所乏世間解　惟願解說微笑義
此諸大衆皆一心　無其亂想住正念
喜心瞻仰功德山　唯樂聽聞恭敬住
於佛自在大論師　若得聞說必欣喜
善解諸法決定智　當得作佛導群生
若人於佛生淨信　必成大智世間最
測知微妙甘露句　是人能觀於十方

誰於未來世劫中　當得作佛愍世間
微妙言辭大導師　惟願說彼令衆喜
若於聖雄沙門所　生其敬信尊重心
亦住正法生信慧　一切諸魔不能動
若能生信得決定　即是佛子從心生
惟願世尊演說法　以是大衆得除疑
若有於其衆生所　慈心普覆遍世間
智慧堅固當成佛　便得安住一切智
百福莊嚴無上士　惟願開演除疑網
誰欲受持世尊法　如來爲其現微笑
願得聞佛善巧說　具八功德微妙音
先自得趣於善道　後能引導諸群生
如是善逝微妙法　佛子得住於彼中
世尊佛種不斷絶　必得久住於世間

爾時世尊即以偈答慧命馬勝言

馬勝汝今問笑光　我爲利益諸世間
汝獲福德稱其心　斯福無量不可盡
妙士乃能應時問　以是大利諸衆生
汝及一切大衆等　欣喜一心聽我說
斯等遍淨諸天衆　於我法中悉無疑
一切欣喜淨信心　以偈讚頌我功德
此天曾於過去世　供養千億那由佛
亦於彼佛問斯義　一切法中得無疑
由彼往昔因緣故　今以偈頌讚歎我
亦復淨心當讚歎　賢劫一切諸如來
當於優波羅劫中　成佛大力那羅延
教化不思那由衆　引導入於涅槃城
彼諸大仙成佛時　所得名稱甚微妙
我今爲汝說彼佛　一心寂靜善諦聽
同其劫中悉作佛　號曰法幢等正覺

咸皆救度不思議　那由他衆入涅槃
彼諸如來滅度已　焚身廣布諸舍利
以此舍利皆起塔　遍滿佛刹如散華
爾時一切佛舍利　各各皆悉廣流布
彼佛一一涅槃後　咸皆饒益於世間
不思那由衆生輩　供養彼佛舍利已
當得甘露妙涅槃　三世諸佛之所讚
若有稱彼諸佛名　所獲微妙勝善根
當得成就有學道　值佛轉獲殊勝果
猶如無量難思衆　皆於我所種善根
欣喜信樂清淨心　當得值遇彌勒佛
如是彼佛聲聞衆　從佛復至諸佛所
常得值佛入衆會　皆由供養彼舍利
得聞如斯佛語已　一切大衆生希有
勝妙功德有威神　遍淨諸天清信士
及諸大衆普欣喜　悉皆流注向菩提
得知如來大勢力　咸各頂禮世尊足

大寶積經卷第六十八

音釋

膾（古外切肉也）鎚搗（鎚直追切擊也搗都晧切舂也）蹉蹋（蹉七何切足跌也蹋徒合切踐蹋也）蘆葦（蘆落胡切葦于鬼切初生名葭稍大爲蘆長成名葦）釅醋（釅魚欠切酒醋味釅爲釅醋倉故切）澆灌（澆堅堯切沃也灌古玩切漑也）鉾矟（鉾莫浮切鉤兵也二丈爲鉾矟所角切矛屬長丈八爲矟）挑目（挑土凋切撥也取也）

大寶積經卷第六十九

高齊北天竺三藏那連提耶舍譯

菩薩見實會第十六之九

廣果天授記品第二十二

爾時八億廣果諸天見諸阿脩羅迦樓羅龍及龍女鳩槃茶乾闥婆夜叉緊那羅摩睺羅伽訶羅伽閣天四天王天三十三天夜摩天兜率陀天化樂天他化自在天梵摩天光音天徧淨天等供養如來聞授記已欣喜踊躍皆得稱心入一一法門從一一法門見無量法門於一切法門得無量辯不斷辯相應辯解脫辯無著辯無礙辯微細辯甚深辯種種辯美妙辯相續辯於諸辯才皆悉知已於如來所敬信尊重而作是言世尊有陀羅尼名無量門若有菩薩修集是陀羅尼者當知得彼不斷辯等於一切境界中心不迷惑是諸境界無有一法非陀羅尼是菩薩摩訶薩得是陀羅尼時於諸法中悉得陀羅尼解辯才無礙若菩薩住是無量法門陀羅尼時於五陰入十二入十八界入於諸根入四諦入十二因緣入於衆生入及非衆生入於有入非有入於取想入非取想入於依入非依入於空入於我入於相入非相入於願入非願入於有爲入無爲入如是一切處得不壞辯才是菩薩於陰入中得陀羅尼所謂色陰者即非成就何以故無有少色法得成就者何以故地界性非成就如是水火風界性亦非成就何以故地性離故若法無體性是名非成就如是水火風性自離故以法無體性是故非成就如是色非成就以非成就故不可

說名過去現在及以未來何以故色非有法故是故不可得若色不生者即是不滅以不生滅故即不可說復有如是說所有過去色現在未來色此等和合名爲色陰其色體性亦不可得何有過去現在未來是故色陰非是可說受想行識亦復如是是故陰入即是陀羅尼入以陀羅尼入故陰不可得以陰不可得故陀羅尼亦不可得以陀羅尼入不可得唯是但名但用但假但是世俗但是言說但是施設非陰非色亦非色入亦非陀羅尼體性可得何以故所謂陰等非是作法以非作法故無有積聚以積聚故得名爲陰譬如世間多物積聚假名城屋舍宅殿堂重閣樓闕窻牖欄楯城壁女牆却敵寮孔周迴具足名之爲城彼色性即不可得無有積聚以無積聚故即便無色亦無色陰受想行識亦復如是性不可得無有積聚以無積聚故即便無識亦無識陰彼諸陰入應如是知彼眼入者是誰入謂苦入何者是眼謂清淨四大所造色名爲眼何等是四大謂清淨地界水火風界彼淨地界性自離故以法體不可得彼即非成就如是清淨水火風界體性自離以法體不可得彼即非成就如是眼入非成就是故不可說言過去現在未來何以故眼入非物以非物故不生不滅若不生滅者即是不可說如是眼不生滅入亦不生滅以不生滅故即是不可說應當如是知唯是但名但用但假但是世俗但是言說彼名名體亦離自性何以故無有一法得名爲眼名爲入名爲苦以名不可得是故眼入亦不可得以眼

不可得即是陀羅尼入是陀羅尼入亦不可得何以故性自離故但名但用但假施設世俗言說如是以眼入入得陀羅尼得陀羅尼已便得辯才當知耳鼻舌身意色聲香味觸法亦皆如是於彼界入得陀羅尼眼眼體不可得界體不可得何以故眼離眼性故界離界性故以法體不可得彼即非物以非物故即非成就非成就者不生不滅以不生滅故彼即非過去非現在非未來但名但用但假但世俗但言說但施設彼名離名自性乃至施設亦離施設自性若法無自性不可得者即是非物以非物故即非成就非成就者即非生滅以不生滅故彼即非過去非現在非未來若於三世所不攝者彼名即非相亦非想非用非假非有爲非可說非來非去非可爲他說非可顯示非可知非可識非黑非白非窟宅離窟宅故非至非可至故非得非可得故非證非可證故非凡夫亦非凡夫地非聲聞亦非聲聞地非緣覺亦非緣覺地非菩薩亦非菩薩地非佛亦非佛地非地亦非非地此即是眞如不異如非非如寂滅無相但用但假謂如來者但世俗故說名如來非第一義有如來也何以故彼法不可得故無如來於彼界入應當入如是眼耳鼻舌身意界法界意識界如是一切餘界亦應知應當如是廣入法界世尊彼法界說言陰時而不壞彼法界本性說言入時說言界時說言四諦時說言十二因緣時亦不壞本法界體性彼法界隨所說處一切諸法建立名字皆不壞彼法界體性世尊譬如地界隨其所在作異

名字而不壞彼本地界性世尊如是法界隨其所在作異名字亦復不壞法界本性如是水火風界亦復如是世尊譬如虚空隨其所在差別異用而不壞彼虚空體性世尊如是法界隨其所在差別名用而不壞彼法界體性世尊入諸根時即是入法界言諸根者所謂眼根耳根鼻根舌根身根意根男根女根命根樂根苦根喜根憂根捨根信根精進根念根定根慧根未知欲知根知根知已根彼眼眼體不可得根根體不可得何以故是眼離眼自性故以法無體性彼即非物以非物故即非成就非成就者彼即不生若不生者即是不滅以不生滅故不可說言彼是過去現在未來若於三世中不生滅者彼即非眼亦非眼根云何有用應如是知世尊譬如空

拳虚誑無物但有名字乃至言說於第一義中空拳亦無如是眼及眼根猶如空拳虚妄非實而現虚相誑惑凡夫但有名字乃至言說於第一義眼及眼根俱不可得如是世尊得一切智已爲度衆生故說名爲根彼等諸根於第一義性自離故根體皆空其法體空者用亦虚妄非有非實誑惑凡愚離自性故不生不滅不生滅者不得說言彼是過去現在未來若於三世中無者彼即無名無相非可說非可爲他說非生非可生非已知非當知非已聞非當聞非識非可識非已證非當證非已得非當得非已見非當見非已到非當到何以故彼非有故世尊譬如有人於其夢中受樂喜笑囈語遊戲是人爾時從寐寤已憶念夢中受樂遊戲念已求之不見不得

何以故彼人夢中受樂喜笑囈語遊戲尚自無實何況寤時若見若得無有是處世尊如是諸根猶如夢中受樂遊戲實不可得如是一切諸法體性亦不可得以不可得故不可說言彼是過去現在未來若於三世中不可得者彼即不可說一切諸根當如是知世尊若入法界即入一切法入一切法即是入法界世尊入四諦法即是入法界何等爲四謂苦集滅道世尊亦說一切諸法皆悉是空非衆生非命非補特伽羅非想非相我等於此法中無有疑處世尊以無衆生故亦復無苦何以故衆生無處苦諦亦無以無苦故集諦亦無何以故無如是因而無果者世尊以無集故滅諦亦無何以故無集諦故亦無斷集以無滅故道諦亦無何以故無有是道不斷集者世尊道果者謂是滅諦彼煩惱不可得斷煩惱滅亦不可得以滅不可得故道亦不可得無有如是道而無其果此四聖諦但是分別虛妄非有以非有故不可說言過去現在及以未來若於三世中不可得者彼即非生非滅非相非想非設非可設非示非可示非顯非可顯非語言非可語言非言辭非可言辭非說非可說非見非可見非知非可知非識非可識非測非可測非達非可達非到非可到非得非可得非聞非可聞非見非可見非對非可對非證非可證非白非黒非明非暗非去非來非淺非深非清非濁非畏非安非縛非解非憎非愛非煩惱非清淨非智非非智非路非非路非壞非非壞非攝受非非攝受非生死非非生死非可得非不可得

非衆生非非衆生非命非非命非壽者非非壽者非我非非我非物非非物非空非不空非相非非相非願非不願非依非不依非有爲非無爲非斷非常非邪非正非實非妄非妄想非非妄想非處非非處非宅非非宅非知非不知非捨非修非生死非涅槃非覺非不覺非凡夫境界非聲聞境界非緣覺境界非菩薩境界非佛境界非境界非非境界非作非不作如是入諦即是入法界入法界已即得陀羅尼得陀羅尼已即得辯才入十二因緣即是入法界無明緣行行緣識識緣名色名色緣六入六入緣觸觸緣受受緣渴愛渴愛緣取取緣有有緣生生緣老死憂悲苦惱是衆苦大聚如是無明滅則行滅乃至憂悲苦惱滅衆苦大聚滅世尊彼無明無明體

不可得何以故性自離故若法無體性彼即非物以非物故即非成就非成就者非生非滅非生滅者即非過去非現在非未來若於三世中不可得者無名無形無相無想亦非差别唯是但名但假但用但世俗但言說爲教化一切凡夫衆生故彼無明於第一義實不可得不可得者即非差别用亦不可說世尊若是但名乃至但施設彼即非實唯是虛妄言說分别覺觀非定但是戲論彼無明若無自性者云何能生行無明無故行亦不生以不生故彼即不老不病不死不流轉即不生何以故若不生者云何有老以無老故乃至不生若不生不死者即是一切過現未來諸佛菩提但世俗名字非第一義所言無明即是菩提當知諸有支亦復如是如是入十

二因緣當知即是入於法界世尊如來不生一切諸法亦不生是故一切法即是如來如來不滅一切諸法亦不滅是故一切法即是如來世尊如來無相一切諸法亦無相是故一切法即是如來略而言之如是無相不可得非垢非淨非愛非憎法界不可識亦復不可知世尊眞如者即是如來一切諸法即是眞如是故一切法即是如來世尊實際者即是如來一切諸法即是實際是故一切法即是如來世尊隨所法中即有如來於其法中即有一切法是故一切法即是如來世尊若有人言如來得阿耨多羅三藐三菩提者彼諸衆生是計著見何以故如來不二菩提亦不二不二者不能覺悟於不二世尊若復有人作如是言如來轉於無上法輪彼諸衆生是執著見何以故如來非進退世尊若復有人作如是言如來滅度無量衆生彼等一切皆是執見何以故一切諸法實無衆生是故無有得滅度者世尊若復有人作如是言如來利益無量衆生彼等一切是取著見何以故如來不爲利益衆生亦復不爲不利衆生出現於世世尊若復有人於未來世作如是言如來捨壽彼諸衆生皆是執見何以故法界無攝受亦無捨故世尊若復有人作如是言如來入於無餘涅槃界彼諸衆生是計著見何以故法界非生死亦非涅槃世尊若復有人於我所說法能決定知者彼諸衆生於阿耨多羅三藐三菩提皆不退轉世尊假使法界有其變異是諸善男子善女人能如是信者必定當覺無上菩提無有變退爾時八

億廣果諸天於世尊所演說自已所證法已頭面禮足右繞三帀却住一面合掌而立異口同聲以偈讚佛

敬禮善逝知法者　那羅延力大導師
憐愍一切勝牟尼　方便示現於眞實
旣自了知一切法　如實顯示諸世間
稽首無量功德身　智慧最勝無上士
如是眞實微妙法　聖說相應無有異
世尊無等大醫王　能令衆生法眼淨
敷演八種眞聖路　爲得無上大菩提
歸敬無量功德身　智慧最勝無上士
顯示菩提正直道　畢定趣向大涅槃
獲得無等勝菩提　寂滅安隱最堅固
度脫多億那由他　輪迴生死苦衆生
頂禮無量功德身　智慧最勝無上士

觀察五陰悉空無　陰體畢竟不可得
彼陰即體離諸觀　唯誑愚惑癡衆生
凡夫於此悉被縛　猶如獼猴膠所粘
智者於斯得解脫　遊行無礙如空風
諸界即體性自空　一切智人如是說
彼空亦空無自性　究竟求之不可得
凡夫於此皆被縛　都由不知眞實性
智者觀察得解脫　於其三界無所著
諸入無體自空寂　一切智人如是說
猶如空拳虛非實　誑惑愚癡衆生輩
凡夫妄起取著心　皆由於法生疑惑
墜落生死皆喪壞　猶如商人沒巨海
彼等諸根性自空　畢竟推求不可得
譬如鏡中現面像　其像無實畢竟空
凡愚無智於此著　正由不知眞實法

猶如衆鳥入羅網　亦如淵中所釣魚
衆生無體離生相　依眞求之不可得
譬如壁上彩畫像　究竟無實衆生相
凡夫無智而取著　皆由不知眞實義
智者觀彼得解脫　猶如卵生出於㲉
因緣生法悉無常　皆悉空寂離攀緣
譬如夢中所受樂　非實誑惑癡凡夫
愚無智慧爲彼縛　由不思量妄分別
智人觀察得解脫　猶如飛鳥出籠網
如佛功德不思議　一切諸法亦如是
諸法無相如牟尼　法體寂滅如涅槃
諸法無依如如來　於其三界不取著
是故所有成佛者　皆由得知此義故
諸法無怖如世尊　不起自身及他想
諸法難思如導師　唯佛能知導群生
法無分別如善逝　非是凡夫心所行
是諸如來妙境界　唯佛大聖能了知
若有無智作是言　佛證無等大菩提
若復有人作是言　世尊已轉妙法輪
若復有人作是言　善逝已度那由衆
彼悉爲見之所縛　皆由不知眞實性
若人謂佛如是說　殺害行陰及與命
若言十力入涅槃　利益無量衆生已
彼人一切皆執見　入於魔罥之所縛
不能解知眞如法　以不知故不知佛
若有善知是非者　彼皆能知大導師
當獲無上功德聚　成佛憐愍於世間
斯即眞如無變易　一切諸法離疑惑
人中無上最勝尊　我等已知如是義
如是廣果諸天衆　咸皆於法得盡知

對佛導師自演說　現已內心淨信解
一切欣喜無疑慮　各自見已當成佛
此是如來微妙法　彼即自受導師記

爾時世尊知廣果諸天深信具足於佛法中決定無疑欲令大衆種善根故而現微笑爾時慧命馬勝以偈問世尊言

智慧導師功德山　非是無因而現笑
我從善逝親自聞　世尊現笑必有因
如來示此微笑相　令衆皆受清涼樂
天人脩羅大導師　惟願演說笑因緣
今見如來從面門　所現微笑甚清涼
此諸衆會悉懷疑　一心瞻仰如來面
大悲最勝人中上　願說希有微笑因
世間若得從佛聞　決定必除疑惑心
世尊彼等諸天衆　咸皆演說自授記
以何功德獲何果　願說成佛神通事
開演微妙梵音聲　惟願普斷諸有疑
一切大衆聞佛說　皆悉踴悅甚欣喜
斯等合掌皆一心　淨信瞻仰恭敬住
佛子天衆各思惟　希求無上大菩提
是諸衆會有疑惑　惟願如來爲除斷
必當得力知是非　具足成就一切智
得聞如來八種音　天衆靡不皆喜悅
當得護持如來教　隨順正法如說行
觀察知彼天心已　無上大智願解說
以是大衆生欣喜　於佛法中得信解
今於導師願得聞　天衆過去所修行
若蒙如來解說已　所願皆悉得滿足
廣果諸天如法行　必得成就一切智
當度世間諸群生　顯示眞如法體性

爾時世尊即以偈答慧命馬勝曰

善哉馬勝汝知時　今者問我正是宜
我爲廣果諸天輩　於此大衆現微笑
今當爲汝分別說　咸皆一心共諦聽
所現微笑因緣義　汝及大衆悉得聞
如來具足一切智　觀察因緣有三種
二足德聚正觀已　而現微笑示世間
有樂住於涅槃者　少智微淺願聲聞
復有樂住默然者　志求辟支佛菩提
復有樂求世導師　成佛大力那羅延
我觀彼等深信已　隨所樂欲而度脫
爲求聲聞示現者　當知是其最下笑
應當知我中品笑　爲求辟支而示現
馬勝當知此上笑　爲諸天衆授佛記
我說此三解笑因　所謂最下及中上
善解世間勝導師　而作微笑現瑞相
佛知衆生欲三乘　願樂求證於聖果
爲求聲聞現笑者　微笑光明從足沒
爲求辟支所示現　當知笑光入齋輪
爲受無上十力者　其光從佛頂上入
馬勝汝今應當知　微笑因緣有二種
我向所現微笑光　彼光於我頂上沒
當知光所現微笑　悉爲無上菩提記
我今當更爲汝說　微笑復有三種因
善哉馬勝及大衆　一心靜意俱諦聽
前現微笑爲佛者　其光即從頂上入
有光少時住身腰　須臾沒者爲辟支
我現微笑放光明　暫時在於足前住
斯光隨乘而變現　當知此爲聲聞人
今復更說微笑因　馬勝諦聽有三種

導師所放諸光明　出已圍繞於十力
其光既出皆踈散　還復速聚繞身腰
漸漸轉復更增廣　亦還右繞於如來
有光初停後廣大　漸漸右繞於我身
彼光悉遍世尊形　與身俱等無有異
其光莊嚴佛身相　暉赫猶如真金聚
牟尼所放微笑光　當知此光記剎土
有光出已猶如蓋　於上遍覆世尊身
有光如華空中住　其光照曜於導師
彼光一切皆右旋　三帀圍繞如來身
當知此光記壽命　出世大智現斯瑞
斯等三種微笑光　善逝隨根差別現
馬勝汝今應當知　此是三種微笑因
世間導師所現相　善知眾生深信樂
今於如來教法中　汝等聞此得除疑

是諸廣果天眾等　其數滿足有八億
廣說微妙正法門　各於異剎得成佛
壽命具足無有量　經由多劫住於世
是故如來現斯瑞　廣大光明五種色
此諸天眾於過去　三十有六僧祇劫
常得值遇諸世尊　親承供養習諸善
又復經於三十六　阿僧祇劫廣修行
斯等大士住世間　供養如來未曾倦
思惟救度眾生故　數數勤修供養佛
供養世尊應其宜　希求無上大菩提
彼諸天眾未來世　當得作佛那羅延
成妙牟尼功德山　其劫號曰勝金幢
是諸如來各自住　清淨莊嚴國土中
彼佛同號日光輪　具足無量功德聚
一一如來各住世　經於無量那由劫

此諸善逝所集衆　無量無邊不可數
一一導師成佛時　所有聲聞弟子輩
十力住經那由劫　筭數彼衆不可盡
若有筭師悉共聚　亦筭彼衆不能盡
當時所有諸菩薩　倍多於彼聲聞衆
皆悉發心住佛乘　願得當成一切智
於其清淨國土中　悉當成佛具十力
是諸菩薩所修行　皆如本師無有異
彼諸如來滅度後　正法與顯久住世
經於十二那由劫　爲諸佛子所護持
此諸佛法熾盛時　有發無上菩提心
其數過於恒河沙　皆悉勤修菩薩行
彼諸善逝滅度已　所有一切聲聞衆
斯衆皆悉得涅槃　過於大海諸沙數
如是彼諸佛正法　具足與顯於世間
饒益無量諸衆生　彼教如法大興盛
如是聞佛所說已　一切大衆皆信解
必當得成佛世尊　廣能利益諸群生
是時衆會悉欣喜　頭面禮拜如來足
無等恭敬於善逝　如法供養天人師
是故踊躍發精進　猶如有人救頭然
常應親近善知識　勤修般若波羅蜜
此是見實勝進行　汝等比丘應修習
當成無上二足尊　功德如山利世間

大寶積經卷第六十九

音釋

囈（魚祭切寐中有言也）補特伽羅（梵語也此云數取趣伽求迦切）㲉（克角切）魔罥（罥規縣切網也）臍輪（臍徂奚切臍輪謂肚臍輪相也）數數（並所角切頻也）

大寶積經卷第七十

高齊北天竺三藏那連提耶舍譯

菩薩見實會第十六之十

淨居天子讚偈品第二十三之一

爾時淨居諸天子知無量衆生得住菩提於佛法中無有疑慮已稱意踊悅各以妙偈讚佛功德爾時信施天子以偈讚曰

所愛妻子施　幷捨所重身　乃至王位財
我禮檀度者

爾時樂持戒天子以偈讚曰

如來本持戒　一切無所著　獲果到彼岸
我禮戒度者

爾時樂忍天子以偈讚曰

佛昔修忍辱　堪受解支節　初無悔惱心
我禮忍度者

爾時樂精進天子以偈讚曰

不退勇健者　精進有大力　已得上菩提
我禮進度者

爾時樂禪天子以偈讚曰

佛本修禪定　世間所不知　三際得平等
我禮禪度者

爾時威德天子以偈讚曰

大雄於般若　相續而修行　獲得無盡慧
我禮智度者

爾時界慧天子以偈讚曰

布施及愛語　利益與同事　以此度衆生
我禮大導師

爾時淨慧天子以偈讚曰

於大慈悲喜　長夜常修習　以是濟群生
歸命大船師

爾時淨心天子以偈讚曰

以度無諍行　調心大牟尼　能調未調者

我禮調御師

爾時無垢慧天子以偈讚曰

廣心柔軟心　心調及諸根　知諸衆生心

我禮悉知者

爾時淨意天子以偈讚曰

具足正念者　安住堅慧中　明達悉了知

禮覺覺他者

爾時莊嚴心天子以偈讚曰

佛久心清淨　亦淨佛國土　及淨群生慧

我禮淨法王

爾時無勝天子以偈讚曰

所願無能壞　降伏魔怨力　滿足諸大願

悅豫諸天衆

爾時速營事天子以偈讚曰

如來速知法　亦疾淨衆生　已見難見法

我禮速事者

爾時堅精進天子以偈讚曰

處處悉解脫　離癡無諸漏　已度彼岸住

我禮堅固力

爾時樂威儀天子以偈讚曰

離欲無諸過　除闇得漏盡　爲世勝福田

我禮應供者

爾時善住天子以偈讚曰

世尊住正法　三界所供養　一道安隱行

是故我敬禮

爾時無動天子以偈讚曰

佛如堅固山　不爲風所動　毀譽常平等

是故今敬禮

爾時得平等天子以偈讚曰
大雄色殊勝　具三十二相　有大深智慧
我禮端正智
爾時深慧天子以偈讚曰
非身大身者　安住眞如法　顯說於實際
世間無與等
爾時無等礙慧天子以偈讚曰
究竟同不二　勇健能伏魔　不疑於深義
照法到彼岸
爾時喜意天子以偈讚曰
喜意本勇健　所學皆通利　棄捨此三界
如蛇脫故皮
爾時定意天子以偈讚曰
譬如闇室燈　油盡故明滅　智者如是滅
由聞佛法故

爾時住舍摩他天子以偈讚曰
如來普觀察　爲欲所結縛　佛能斷彼罥
由執智劒故
爾時多舍摩他天子以偈讚曰
定心及定行　定威儀境界　佛能滅煩惱
我禮伏怨者
爾時無畏舍摩他天子以偈讚曰
學佛舍摩他　菩薩得名稱　正定導引故
成就定心佛
爾時定食天子以偈讚曰
寂滅一切法　大雄所演說　解彼大智者
疾成於如來
爾時常觀天子以偈讚曰
常觀諸衆生　悉隨如來學　獲得勝菩提
滿足大智慧

爾時持德天子以偈讚曰

如來智彼岸　菩薩修學故　成世大威德

能見無量法

爾時造光天子以偈讚曰

彼得不思光　當獲無垢樂　照世如來所

得聞智境界

爾時無垢光天子以偈讚曰

諸法無分別　以善方便故　修習如是智

故成妙丈夫

爾時無所住天子以偈讚曰

無住無觸嬈　諸法無所覺　不覺於自他

佛依真實見

爾時宅慧天子以偈讚曰

諸法無窟宅　導師如是見　爲衆生說故

隨順取法相

爾時無依慧天子以偈讚曰

諸法無所依　遠離於彼此　如來顯真實

如掌菴羅果

爾時虛空行天子以偈讚曰

知法如虛空　不生亦不滅　佛見法如是

故能離世間

爾時無積聚天子以偈讚曰

無求亦無慢　無覺無不覺　依真無自性

是佛見世間

爾時修慧天子以偈讚曰

猶如工幻師　幻作種種事　非實而見實

故佛無與等

爾時喜悟天子以偈讚曰

譬如鏡中像　雖見非真實　佛如是見法

不迷於世間

爾時除疑天子以偈讚曰

佛如呼聲響　諸法亦復然　說聞俱非實
是佛見世間

爾時無礙辯天子以偈讚曰

安住正法者　辯才深妙說　世尊乂證法
故能具足辯

爾時無障智天子以偈讚曰

依眞無自性　一切法如是　如來如實知
故能除闇冥

爾時無憂天子以偈讚曰

無憂亦無惱　無諍無嬈濁　諸法無垢染
佛見眞實性

爾時行具足天子以偈讚曰

無來亦無去　諸法無所有　如來眞實見
如是爲世說

爾時勝慧天子以偈讚曰

無染亦無淨　非愚亦非智　諸法無能所
佛依如實見

爾時得無礙天子以偈讚曰

非明亦非闇　非色非非色　非縛非解脫
佛慧如實見

爾時勇目天子以偈讚曰

非局亦非遍　非有亦非無　如夢受五欲
佛見法如實

爾時不瞬天子以偈讚曰

不生亦不滅　亦不住中間　迷彼無智者
唯佛見眞實

爾時住空天子以偈讚曰

非人非衆生　非用非世財　隨說故有用
佛能眞實見

爾時住無相天子以偈讚曰

所用一切法　彼皆悉無相　諸法性相離
導師如是見

爾時無願天子以偈讚曰

因法空無相　以是不起願　假設有願求
唯佛如實知

爾時三昧流注天子以偈讚曰

已得解脫門　無有解脫者　煩惱本亦無
佛見眞實性

爾時無毀天子以偈讚曰

捨棄一切惡　集諸功德聚　故佛無毀呰
亦無毀呰事

爾時電雲天子以偈讚曰

猶如雷電雲　降雨充大地　佛注正法雨
充足諸群生

爾時不唐願天子以偈讚曰

世尊辭無上　能轉正法輪　明達深法理
具足一切智

爾時具智慧天子以偈讚曰

無生亦無滅　諸法自性爾　如來善知故
亦復轉教他

爾時師子吼天子以偈讚曰

如來師子吼　演說空法時　外道皆怖畏
如獸畏師子

爾時業無放逸天子以偈讚曰

現前無放逸　佛修成菩提　導師於正法
無逸到彼岸

爾時住無放逸天子以偈讚曰

安住不放逸　增益佛正法　十力及餘行
佛法不思議

爾時無放逸生天子以偈讚曰

會於無放逸　助道得生天　以此濟群生

佛亦自解脫

爾時成無放逸天子以偈讚曰

無逸得成就　諸有依解脫　聲聞及菩薩

皆從如是學

爾時不逸行天子以偈讚曰

所有諸佛子　常不放逸行　能取一切智

善觀世間故

爾時無逸護天子以偈讚曰

佛修菩提時　守護不放逸　逮得勝菩提

大悲莊嚴故

爾時住不放逸天子以偈讚曰

若住不放逸　揀擇一相法　佛子大勇健

當得父遺財

爾時樂不放逸天子以偈讚曰

勇健樂不逸　能破煩惱山　是等以佛智

疾滅高慢聚

爾時堅持不放逸天子以偈讚曰

守護無放逸　昔求一切智　阿僧祇億劫

佛心無疲倦

爾時舍摩他現前天子以偈讚曰

法寂自性爾　是諸佛境界　智者依彼住

能趣勝菩提

爾時依舍摩他天子以偈讚曰

諸佛依舍摩　依而不取著　衆生煩惱滅

如雨淹諸塵

爾時住舍摩他天子以偈讚曰

諸佛住舍摩　不動如太山　天魔不能壞

心寂故歸命

爾時舍摩他調伏天子以偈讚曰

舍摩所調伏　佛子無譏毀　億魔不能動
離欲如羅漢

爾時修舍摩他天子以偈讚曰

大雄昔修習　舍摩他定時　無有知佛心
依何得禪定

爾時舍摩他上首天子以偈讚曰

佛轉正法輪　奮得舍摩他　餘法悉依彼
以是獲菩提

爾時留舍摩他天子以偈讚曰

佛說舍摩他　是爲心籠網　衆生墮迷獄
佛教降伏心

爾時舍摩他境界天子以偈讚曰

諸佛妙境界　是爲舍摩他　修此得無礙
成就大導師

爾時滿足舍摩他天子以偈讚曰

以禪充滿心　復更修習慧　故佛得菩提
復能安衆生

爾時重舍摩他天子以偈讚曰

不見有餘道　唯在佛法中　獲得大智慧
成就無上士

爾時欣毗婆舍那天子以偈讚曰

佛依毗舍那　能視一切法　菩薩隨順學
成就自然智

爾時生毗婆舍那天子以偈讚曰

到智彼岸故　成就大醫王　顯示四眞諦
皆由毗舍那

爾時住毗婆舍那天子以偈讚曰

住毗婆舍那　如實知諸法　勇健證菩提
能成大導師

爾時修盡毗婆舍那天子以偈讚曰

大士以智慧　修習勝菩提　不生識境界

成就大導師

爾時樂毗婆舍那天子以偈讚曰

智者依眞實　觀察如此法　能獲無等果

成佛號導師

爾時勤習毗婆舍那天子以偈讚曰

勤修智慧故　能立諸苦行　彼成難降伏

不爲邪道壞

爾時毗婆舍那天子以偈讚曰

所有諸佛子　觀察法相故　知彼法相已

成就調御師

爾時修毗婆舍那天子以偈讚曰

如來於長夜　修習勝智慧　能成一切智

度脫無量衆

爾時殊勝行天子以偈讚曰

佛修一切智　成就大導師　以法濟世間

越渡駛流水

爾時住毗婆舍那天子以偈讚曰

住毗婆舍那　觀察一切法　出生諸佛法

地生尼拘樹

爾時持毗婆舍那天子以偈讚曰

世尊諸佛子　攝受勝智慧　得上菩提已

能度諸衆生

爾時遊戲毗婆舍那天子以偈讚曰

遊戲於諸法　得佛無所畏　無怯亦無怖

勝智大牟尼

爾時隨順毗婆舍那天子以偈讚曰

大雄於諸法　皆會毗舍那　觀察無自性

是即佛菩提

爾時毗婆舍那堅固天子以偈讃曰

諸佛智堅固　於法無所畏　觀見群生苦

能起大悲心

爾時毗婆舍那天子以偈讃曰

以智趣菩提　有智能善學　彼得勝菩提

度脱諸衆生

爾時修空天子以偈讃曰

修習於空法　智者悟菩提　能壞諸牢獄

亦度結縛者

爾時解空天子以偈讃曰

世尊解空故　不見於身命　無緣無自性

依是爲世説

爾時空境界天子以偈讃曰

一切佛境界　諸法性自空　大雄於中學

愍濟衆生故

爾時信空天子以偈讃曰

如來離臭穢　怖畏亦久度　不著於諸法

如風無所依

爾時樂空天子以偈讃曰

修習空法者　能樂佛境界　彼即供養佛

亦成無上供

爾時空建立天子以偈讃曰

修習空法故　導師得建立　通達空法已

成就世間親

爾時向空天子以偈讃曰

佛知無一法　不是涅槃者　諸法趣涅槃

此是佛菩提

爾時空成就天子以偈讃曰

已得空寂定　佛子得成就　彼等供養佛

是修空法者

爾時趣空天子以偈讚曰
所有歸空者　有智非愚癡　無著斷煩惱
離垢得菩提
爾時滿足空天子以偈讚曰
佛法得滿足　成就難降伏　所有修空者
能利益世間
爾時住空天子以偈讚曰
安住佛法中　能修空智者　無量諸魔衆
不能動彼等
爾時樂無相天子以偈讚曰
憘樂於無相　不著有相中　簡擇諸法已
佛能超世間
爾時無相行天子以偈讚曰
習行無相時　清淨寂滅行　離相衆生等
魔不知彼趣

爾時無相境界天子以偈讚曰
無相佛境界　如來於中修　無相難證解
我禮定行者
爾時渴樂無相天子以偈讚曰
此等一切衆　渴樂無相法　希求父資財
供養天人師
爾時修無相行天子以偈讚曰
如來於無相　晝夜常修行　天人及鬼神
不知佛所趣
爾時無相解脱天子以偈讚曰
大雄住無相　思量一切法　導師所修學
是故我敬禮
爾時無相遊戲天子以偈讚曰
大慈現遊戲　常依無相法　成熟衆生故
住於佛智中

爾時無相成就天子以偈讚曰

善修離相者　能得佛菩提　亦能供養佛
如子恭敬父

爾時久樂無相天子以偈讚曰

彼愛佛正法　即是衆生塔　所有棄相者
得住於師處

爾時無相道天子以偈讚曰

衆生諸所歸　依道得濟度　無著寂滅行
如來最無上

爾時信無相天子以偈讚曰

信解無相者　寂滅離諸怨　我禮一切佛
自度度他者

爾時趣無願天子以偈讚曰

世尊所有願　求之不可得　彼等離所作
是佛出世間

爾時修無願天子以偈讚曰

於有不起願　修行寂滅心　斷除渴愛縛
是佛離世間

爾時無願生天子以偈讚曰

彼得大精進　於有離愛染　是等如來子
悉禮自已父

爾時從無願生天子以偈讚曰

彼等不起願　於有而壞有　所能斷愛縛
佛子離譏毀

爾時無願解脫天子以偈讚曰

無願得解脫　不求離諸縛　放捨不起願
佛子持威德

爾時出無願天子以偈讚曰

出離憂曠野　拔斷愛染根　彼等禮如來
得除飢渴者

爾時必定無頹天子以偈讚曰
善知有苦者　亦知世樂安　佛是彼等父
彼爲導師子
爾時向無頹天子以偈讚曰
於有見苦者　彼人得調伏　我禮善調伏
破有調御師
爾時超無頹天子以偈讚曰
超度有曠野　得住安隱處　普禮大導師
已伏煩惱怨
爾時被無頹鎧天子以偈讚曰
戰勝破怨敵　最强難伏者　降諸魔衆已
勇健不求有
爾時無頹力天子以偈讚曰
大力於解脱　能斷諸魔縛　是諸佛子等
觀魔如細草

爾時觀身天子以偈讚曰
諸有觀此身　彼能樂佛法　無身無作者
是等隨順法
爾時念身天子以偈讚曰
所有念此身　穢惡不清淨　已知身如實
敬禮大導師
爾時猒患身天子以偈讚曰
繫念於内身　觀見不淨相　彼得離身苦
調伏故敬禮
爾時捨身天子以偈讚曰
捨此膿血身　如蛇脱故皮　敬禮於非身
是大如來身
爾時猒惡身天子以偈讚曰
猒惡膿血身　不淨甚臭穢　捨此不淨身
歸敬天人師

爾時恚身疲勞天子以偈讚曰

所恚爛壞身　佛子求清淨　彼等悉禮佛
所修正法身

爾時怖身天子以偈讚曰

觀知此四大　猶如惡毒蛇　彼等超度身
敬禮大導師

爾時見身過天子以偈讚曰

現前見身過　是得智慧眼　悉照此三有
智者依佛慧

爾時不樂身天子以偈讚曰

所有不樂身　不依法相住　無著於諸結
彼等禮調御

爾時於有起怨想天子以偈讚曰

於有如怨想　修觀壞諸有　佛子如是學
智生悟菩提

爾時壞有天子以偈讚曰

於有見過已　能知滅無畏　佛子勤求道
獲得父遺財

爾時棄有天子以偈讚曰

所修棄諸有　樂住大涅槃　心淨離衆結
我禮大導師

爾時斷有天子以偈讚曰

斷除有根本　照達三千界　世尊諸子等
所學悉通利

爾時度有天子以偈讚曰

已度於有海　濟拔孤獨者　於此三界中
彼等不在數

爾時破有天子以偈讚曰

佛子修道者　能破於三有　彼是供養佛
以化衆生故

爾時於有解脫天子以偈讚曰

有流得解脫　究竟住後際　大雄出世間
敬禮斷有者

爾時滅有天子以偈讚曰

滅除有根本　度有到彼岸　已斷於後際
世間無如佛

爾時住後際天子以偈讚曰

如來後際住　寂滅到彼岸　度有一切智
覺了未悟者

爾時於有住後際天子以偈讚曰

佛於後際住　說彼三有因　不見有諸結
後能不生有

爾時得滅有天子以偈讚曰

知有空寂已　能解三有因　精進不怯弱
我禮平等者

爾時度有到彼岸天子以偈讚曰

度有到彼岸　拔除有根源　救度諸群生
導師愍一切

爾時於受無惱天子以偈讚曰

於受無貢高　無思亦無慮　禪事悉知解
觀受如水泡

爾時解受天子以偈讚曰

如來知諸受　本來無自性　凡夫所著處
如夢受欲樂

爾時觀受天子以偈讚曰

有智觀諸受　能取於善道　不生未來受
如是見導師

爾時離受天子以偈讚曰

受及所受者　佛見無自性　能即爲衆說
難知甚深句

爾時決定知受天子以偈讚曰
諸受但世諦　第一義中無　如來説真實
除斷世間疑
爾時善解受天子以偈讚曰
世尊善知受　猶如空中雲　誰迷無智者
獨佛能實解
爾時通達受天子以偈讚曰
如來達諸受　解受到彼岸　知受無我所
説法最爲上
爾時度受天子以偈讚曰
世尊已久度　最難三受海　捨離惡汙泥
佛智號無上
爾時斷受天子以偈讚曰
導師於諸受　了知出世間　超離汙染泥
不著於諸有

爾時思受天子以偈讚曰
如來念諸受　由受苦世間　衆生煩惱縛
佛智真實性
爾時解心天子以偈讚曰
佛心伏煩惱　亦降諸魔怨　依真無所破
故佛號牟尼
爾時識心天子以偈讚曰
佛久識心相　猶如巧幻師　幻作種種像
故佛號應供
爾時心行天子以偈讚曰
大雄已修行　能斷心所緣　億劫阿僧祇
心性不可得
爾時攝心天子以偈讚曰
躁動難調伏　無體而住窟　佛斷速疾心
故能受勝供

爾時簡擇心天子以偈讚曰
佛已簡擇心　衆生爲心縛　佛能眞實知
如幻師教子
爾時修心境界天子以偈讚曰
所行心境界　導師決定見　如夢受五欲
迷彼愚癡者
爾時心自在天子以偈讚曰
調伏作業已　心無分別事　如來見心相
世間所不知
爾時心勇天子以偈讚曰
所言心勇者　能破魔軍衆　以心見心者
觀心不疲倦
爾時建立天子以偈讚曰
如來觀衆生　於法建立者　以心能知心
彼則眞佛子

爾時定心天子以偈讚曰
所有伏心者　彼能行寂滅　是等離諸縛
不爲魔所惱
爾時柔輭心天子以偈讚曰
勇健柔輭心　調伏衆生輩　所樂佛法者
不著於諸欲
爾時淨心天子以偈讚曰
善心樂清淨　審思而作業　聞佛正法已
無疑於深義
爾時住法天子以偈讚曰
所有向法心　深樂不退沒　彼是眞佛子
已到調伏地
爾時思惟法天子以偈讚曰
思惟於法界　境界無非一　一切法界淨
諸佛所學處

爾時法界建立天子以偈讚曰

法界所建立　是大慈悲心　能住一相中

彼是眞佛子

爾時法界境界天子以偈讚曰

世尊說法界　是爲諸佛土　大士所行處

此智不思議

爾時法界生天子以偈讚曰

法界所出生　是智難思議　不疑深佛法

亦知諸根性

爾時入法界天子以偈讚曰

入深法界者　解法無與等　是力不思議

亦得諸妙願

爾時法界無畏天子以偈讚曰

已得無畏法　是住安隱處　所有辯才力

無能與等者

爾時善解法界天子以偈讚曰

如來解法界　亦達一切智　示現法界相

如掌菴羅果

爾時住法界天子以偈讚曰

世尊住法界　見法眞實性　不依亦不離

不取復不捨

爾時法界行天子以偈讚曰

如來行法界　寂靜如虛空　境界大牟尼

敬禮慈悲父

爾時歸法界天子以偈讚曰

隨其種種門　世尊說法界　彼彼法門中

無心亦無色

爾時法界精進天子以偈讚曰

世尊說精進　能知於法界　因修精進故

覺智到彼岸

爾時法界充滿天子以偈讚曰

大慈以正法　充飽諸世間　能知法界者

彼得住菩提

爾時徹法界天子以偈讚曰

世尊徹深法　故能觀世間　法界悉知已

我禮天人師

爾時住智處天子以偈讚曰

是處人中上　如來智所得　法界及十方

導師所行處

爾時住處天子以偈讚曰

法界是住處　衆智所行道　諸有一切法

悉作一相解

爾時知處天子以偈讚曰

世尊知法界　已作一相修　衆生諸欲性

佛亦悉了知

爾時出處天子以偈讚曰

能取一切智　是謂諸佛子　於此法界處

唯智所能知

爾時學處天子以偈讚曰

所習法界者　安住菩提中　得達自然處

疾成於如來

爾時非處學天子以偈讚曰

所見非處者　能樂如來教　千億衆魔軍

不能迷惑彼

爾時知非處天子以偈讚曰

所有知非處　智者得欣喜　我等修菩提

億魔不能動

爾時深密處天子以偈讚曰

善學深智處　安住正法中　能乘魔波旬

如車駕調馬

爾時善非處天子以偈讚曰

非處善法界　習學於一相　若魔能惱者

佛說無是處

爾時住處天子以偈讚曰

是處及非處　示現愚癡者　如來自覺已

復為衆生說

爾時善取天子以偈讚曰

彼因所取事　及昔所作業　彼因修業處

世尊皆悉知

爾時巧業天子以偈讚曰

貪欲及恚癡　佛亦知因業　為因為業者

如來悉知彼

爾時知當來天子以偈讚曰

知彼當來世　衆生所作業　彼因所作事

是處佛悉知

爾時思現在天子以偈讚曰

普及十方界　衆生業與因　處及因業事

導師悉了知

爾時力境界天子以偈讚曰

若業若與因　處所及出生　如來無不知

故稱天人師

爾時樂力天子以偈讚曰

因業及處所　三世果報中　彼有所作事

如來皆悉知

爾時力主天子以偈讚曰

因業所作事　報因及因緣　處所性自離

是佛無有等

爾時力吉祥天子以偈讚曰

因業所作事　處因緣世諦　所受用果報

佛知彼悉空

爾時力悅天子以偈讚曰

因業所作事　俗諦因緣處　佛自悉知已

說彼無自性

爾時力遊戲天子以偈讚曰

因緣所作事　處因緣世諦　不由自他生

佛知從緣起

大寶積經卷第七十

音釋

觸嬈（觸樞玉切觸犯也嬈而沼切擾同亂也）瞬（舒閏切目動也）駛（疎士切疾也）局（渠玉切拘也）

大寶積經卷第七十一

高齊北天竺三藏那連提耶舍譯

菩薩見實會第十六之十一

淨居天子讚偈品第二十三之二

爾時力生天子說偈讚曰

若諸因緣業　及所得果報　此體性悉空

佛說如師子

爾時隨順力天子說偈讚曰

若以業因緣　增長於諸果　兩足尊能知

是故佛無等

爾時順行力天子說偈讚曰

修習如是界　造作如是業　當還獲是報

佛眼悉能知

爾時力起天子說偈讚曰

修習如是界　成就如是性　佛知諸衆生

如觀手五指

爾時力行天子說偈讚曰

修習如是界　還值如是友　如是相親近

勝丈夫悉知

爾時力加天子說偈讚曰

加持於彼界　導師能了知　親近於諸友

人尊悉照見

爾時決定界天子說偈讚曰

彼界彼要期　彼友彼相應　佛悉決定知

故能除疑惑

爾時正定界天子說偈讚曰

彼界彼相續　隨所住世間　所行及諸趣

勝人皆悉知

爾時學界天子說偈讚曰

於彼諸界中　導師智能知　彼智體性空

勝智如是說
爾時乘界天子說偈讚曰
修習於彼界　隨機時住世　佛悉如實知
故號無比身
爾時隨順界天子說偈讚曰
修習於彼界　隨所得功德　依因及果報
佛知悉無餘
爾時共界住天子說偈讚曰
隨所修習界　隨其所向道　佛悉知無餘
故爲智所敬
爾時智行天子說偈讚曰
隨所修習界　隨其所向道　佛知衆生行
故號學智者
爾時行無畏天子說偈讚曰
正定及邪定　及不定衆生　於此三聚中
佛能決定知
爾時乘行天子說偈讚曰
若正定衆生　堪趣涅槃者　佛爲世間日
於中智無礙
爾時解脫行天子說偈讚曰
若有諸衆生　住於不定聚　墮於諸惡道
亦爲說涅槃
爾時力期會天子說偈讚曰
佛者但假名　力智亦如是　及四無畏等
但隨言說有
爾時見實天子說偈讚曰
無佛及佛法　亦無餘智聚　顯示第一義
如來如實知
爾時力住天子說偈讚曰
住於佛法力　因是得無畏　自在隨所欲

悉是諸佛子

爾時法無畏天子說偈讚曰

世諦及眞諦　顯示此二種　彼於眞諦中
言說不可得

爾時智尊天子說偈讚曰

法言說各異　法相亦復異　是言說無相
佛知是法相

爾時行精進天子說偈讚曰

非處不定衆　或向於異趣　邪定一切處
大牟尼悉知

爾時信力天子說偈讚曰

修習於彼界　如起信樂心　見貪以爲淨
牟尼悉了知

爾時不淨乘天子說偈讚曰

不實妄分別　增長貪欲界　信則行彼道
牟尼如實知

爾時慈乘行天子說偈讚曰

不實妄分別　增長嗔恚界　信則乘彼道
牟尼悉了知

爾時乘因緣道天子說偈讚曰

不實妄分別　增長愚癡界　信則乘彼道
牟尼悉了知

爾時乘捨天子說偈讚曰

有不活畏者　增長於嫉妬　信彼則習行
牟尼悉了知

爾時習近善知識天子說偈讚曰

近於善惡友　還增彼惡界　還成於彼信
瞿曇悉了知

爾時識堅固天子說偈讚曰

流轉於世間　隨所修習界　隨順信於彼

佛知悉無餘

爾時行堅固天子說偈讚曰

流轉於生死　修習如是行　隨順信於彼

佛知悉無餘

爾時信根天子說偈讚曰

若有諸衆生　隨所修習界　佛悉能了知

故號無礙智

爾時根行天子說偈讚曰

佛了知諸根　隨其方便起　攀緣及境界

隨所入如生

爾時乘根天子說偈讚曰

身苦所逼迫　由貪著渴愛　斷滅諸渴愛

惟佛智爲勝

爾時根境界天子說偈讚曰

教下根衆生　遠離於色愛　教利者觀察

兩足尊所說

爾時根勝天子說偈讚曰

下根住空閑　能滅於貪欲　正觀於渴愛

兩足尊能知

爾時根決定天子說偈讚曰

於先起愛欲　佛觀無所得　知無知寂滅

故名爲勝根

爾時不離根天子說偈讚曰

遠離不忿怒　是離嗔對治　是下根所行

佛知衆生欲

爾時信根天子說偈讚曰

行慈除嗔恚　能起衆生智　彼能滅恚界

人尊悉能知

爾時求根天子說偈讚曰

不嗔無過惡　慈行性寂滅　淨穢不可得

故號人中尊
爾時根順行天子說偈讚曰
行於邪分別　爲他說邪行　惑重無方便
佛見而解脫
爾時智起天子說偈讚曰
貪嗔恚癡等　取著於前事　違彼得智明
大名稱悉知
爾時離智愛天子說偈讚曰
貪嗔及愚癡　及明闇中事　其性不可得
兩足尊悉知
爾時持威德天子說偈讚曰
衆生所得智　隨得智多少　隨所成智器
如來悉能知
爾時求根天子說偈讚曰
以智知於智　遠離諸煩惱　天人師悉知
故我稽首禮
爾時一向樂根天子說偈讚曰
國土及時節　觀察法方便　煩惱穢及淨
如來悉知空
爾時智幢天子說偈讚曰
衆生根欲信　上中下差別　縛解及智慧
悉見無覺知
爾時根幢天子說偈讚曰
諸根上中下　煩惱智及受　調伏不調伏
佛說悉無相
爾時脩根天子說偈讚曰
禪解脫煩惱　正受三摩提　起清淨衆生
如來悉能知
爾時力速疾天子說偈讚曰
得禪寂滅故　於諸法自性　悉皆能了知

故號一切智

爾時力鎧天子說偈讚曰

若法及自性　能說於此法　能如實正受
故不著三世

爾時樂力天子說偈讚曰

煩惱邪分別　起生於四種　能知業所生
故號無比人

爾時知力天子說偈讚曰

能知清淨法　對治於煩惱　能宣說於業
故號佛無比

爾時力生天子說偈讚曰

於禪解脫起　三摩提正受　煩惱及清淨
佛悉說虛假

爾時力生天子說偈讚曰

禪解脫清淨　三昧及正受　彼從不逸生
佛於此悉知

爾時力增長天子說偈讚曰

大雄於此中　能於禪等轉　知入捨無礙
如風行於空

爾時知前際天子說偈讚曰

於無數億劫　住於諸有中　不爲有過染
故號勝丈夫

爾時住前際天子說偈讚曰

於無數億佛　已曾修供養　爲求無上道
是故我歸依

爾時見前際天子說偈讚曰

曾於過去世　種種奉施佛　於其種種辯
人尊悉獲得

爾時前際善巧天子說偈讚曰

昔流轉世間　如法學如行　曾見無量佛

故能深解法

爾時學前際天子說偈讚曰

諸佛法王所　大雄昔修行　於佛邊學已
故禮知衆行

爾時本方便具足天子說偈讚曰

於無量億劫　無邊諸佛行　修行勝精進
爲求佛智故

爾時本方便決定天子說偈讚曰

一切法決定　多億劫觀察　一切法無入
但說緣和合

爾時思前際天子說偈讚曰

於無量億劫　導師曾修行　知於處非處
故名解世間

爾時簡擇前際天子說偈讚曰

住於處非處　觀察於業因　界根禪解脫
佛悉能知彼

爾時觀察前際天子說偈讚曰

過去曾觀察　增長智慧力　十力大雄猛
以智觀世間

爾時前際境界天子說偈讚曰

大雄本修行　知一切衆生　淨行不淨行
故能治衆生

爾時觀察前際行天子說偈讚曰

先觀於衆生　過去之所行　信樂及與界
然後治衆生

爾時信力天子說偈讚曰

我今信如來　不可思議劫　觀察本所行
心悉無所著

爾時智信天子說偈讚曰

於無數億劫　思佛昔所行　善男子無能

測盡如來德
爾時觀後際善巧天子說偈讚曰
如來以佛眼　觀十方衆生　初生及與死
種種業相應
爾時學後際天子說偈讚曰
若因及以業　隨趣向佛道　牟尼悉知彼
故號一切智
爾時識生死天子說偈讚曰
若衆生以界　熏習造諸業　衆生及業習
佛了知無覺
爾時知生死天子說偈讚曰
近如是朋友　造作如是業　趣向如是道
牟尼悉了知
爾時所須善巧天子說偈讚曰
能知於所須　隨其所作業　如是作業已
如來悉了知
爾時事善巧天子說偈讚曰
依於如是事　造作如是業　佛悉能知彼
皆是佛境界
爾時知事天子說偈讚曰
隨所執著事　能有所造作　佛了諸根故
悉能知彼業
爾時智善巧天子說偈讚曰
若智及與事　佛知彼妄想　隨彼如執著
佛亦知無餘
爾時修作善巧天子說偈讚曰
隨執著造業　由於煩惱故　佛悉能知彼
故爲世間歸
爾時趣善巧天子說偈讚曰
隨趣如造業　隨業得彼果　隨所緣作業

佛眼悉了知

爾時攀緣善巧天子說偈讚曰

能知於所緣　隨緣業成熟　於諸趣受報
佛悉知無失

爾時習氣善巧天子說偈讚曰

知惡業習氣　善業亦復然　知過去所行
衆生趣趣中

爾時業善巧天子說偈讚曰

能知三種業　現未及過去　衆生於趣中
凡於中迷惑

爾時報善巧天子說偈讚曰

少作得多報　多作得少報　及知多少等
外道於中惑

爾時學業天子說偈讚曰

知於現報業　亦知生報業　及以後報業
佛眼悉能了

爾時知現法業天子說偈讚曰

若現世作業　現在則受報　佛悉能了知
凡夫不能解

爾時知生報天子說偈讚曰

若作如是業　於異生得報　彼大智悉知
衆生不能了

爾時知後報天子說偈讚曰

若業多億劫　然後得受報　或復過於彼
如來悉了知

爾時知業不熟天子說偈讚曰

若所造作業　其業緣未熟　未得於果報
如來悉了知

爾時觀業未熟天子說偈讚曰

如來善觀業　若業相應時　生於諸衆生

悉皆能善説
爾時善知業熟天子説偈讚曰
彼業若成熟　能與當來報　佛能如實知
亦知彼智空
爾時業熟決定天子説偈讚曰
一切智了達　輕業及以重　能知衆生欲
故得爲我尊
爾時知業輕重天子説偈讚曰
趣惡道衆生　隨其業如見　彼業若輕重
智者悉了知
爾時知衆生行天子説偈讚曰
見衆生所行　及輕重諸業　雄猛隨順知
外道不能了
爾時觀衆生行天子説偈讚曰
觀於衆生行　宣説於業報　如器恒河水
投鹽於一兩
爾時學業天子説偈讚曰
若受於恩業　佛説業究竟　亦學無學報
勝仙已宣説
爾時樂佛智天子説偈讚曰
佛勝眼所見　三界中愚智　隨業受於報
見微細頂禮
爾時説業盡天子説偈讚曰
生死衆生所　世尊大導師　悉了知無餘
故禮智無畏
爾時無所得天子説偈讚曰
若業及生死　衆生各趣趣　彼報猶如夢
兩足尊悉知
爾時求煩惱天子説偈讚曰
貪慾嗔恚癡　兩足尊悉盡　猶如夢渴人

飲於清泠水

爾時離分別天子說偈讚曰

從於分別生　貪慾嗔恚癡　猶如夢中戲
歸命勝說者

爾時滅分別天子說偈讚曰

若滅於分別　則名盡煩惱　如夢見雲散
人尊顯現此

爾時觀察漏盡天子說偈讚曰

如夢見天雨　起漏亦如是　大雄能顯示
起漏之因緣

爾時觀察夢天子說偈讚曰

如夢見天雨　起漏亦如是　大雄能顯示
凡迷惑生漏

爾時觀如夢天子說偈讚曰

如夢見天雨　隨順起諸漏　大雄能顯示
凡迷生諸漏

爾時如自性知天子說偈讚曰

如女夢生子　生已還復死　生喜亦生悲
佛觀世亦然

爾時思量夢天子說偈讚曰

如夢見斬首　盡漏亦如是　自解亦教他
故禮悉解者

爾時修習慧天子說偈讚曰

見法能解了　如夢遇愛事　遠離彼非實
如是悅世間

爾時智心天子說偈讚曰

聞於如來法　以空法自悅　如夢中說夢
如是曉世間

爾時歡喜意天子說偈讚曰

禪定者能令　世間天人喜　觀察於諸趣

猶如鏡中像
爾時決定慧天子說偈讚曰
聞於如來法　猶如箜篌音　度人天疑海
故禮人中王
爾時幻喜天子說偈讚曰
如人作幻化　迷惑於愚人　智者終不迷
知幻不實故
爾時除相天子說偈讚曰
觀於一切世　猶如夢作幻　我於中無疑
以聞佛法故
爾時學幻天子說偈讚曰
如幻師作幻　自於幻不迷　以知幻虛故
佛觀世亦然
爾時觀妄想天子說偈讚曰
妄想生世間　大導師悉知　如精進念佛
夢中即見佛
爾時滅妄想天子說偈讚曰
非事能生欲　皆由妄想起　不實妄起欲
人尊如實知
爾時識解天子說偈讚曰
猶如深谷聲　其響無有實　是故不著世
如是觀世間
爾時說善巧天子說偈讚曰
彼聲無有實　而於中聽聞　人尊宣說此
救拔諸凡愚
爾時如說行善巧天子說偈讚曰
於法別義中　衆生異妄取　能行者知法
於中除疑惑
爾時順義行天子說偈讚曰
若義及法實　無有能了者　無說亦無證

牟尼作是說

爾時法假名行天子說偈讚曰

煩惱垢漏習　皆想妄分別　穢汙及清淨

但假名言說

爾時分別善巧天子說偈讚曰

一切但名字　謂煩惱漏等　穢汙及清淨

大智之所說

爾時無依慧天子說偈讚曰

於三界不著　其心如虛空　離惡眞福田

頂禮心寂滅

爾時不下劣天子說偈讚曰

非色非非色　非欲非涅槃　佛心無所依

其猶如虛空

爾時無欲天子說偈讚曰

離於欲界愛　色無色亦然　解脫於貪癡

頂禮愛盡者

爾時遠離愛天子說偈讚曰

於有無有中　佛永斷遠離　於三界無著

頂禮牟尼王

爾時障愛天子說偈讚曰

障蔽於三界　行於丈夫行　能解脫衆生

歸命救濟者

爾時解脫渴愛天子說偈讚曰

遠離於結使　於後盡生滅　身心皆清淨

頂禮無怨親

爾時知自性天子說偈讚曰

大雄解自性　知法中無事　無縛亦無解

頂禮見實者

爾時出淤泥天子說偈讚曰

遠離愛欲泥　亦離於諸有　無取亦無捨

頂禮盡後有
爾時吐棄資緣天子說偈讚曰
棄垢及資緣　捨罪亦遠愛　亦離於諸蓋
歸命大導師
爾時棄欲天子說偈讚曰
棄捨利不利　無著行決定　出離於魔網
頂禮無著者
爾時樂利益天子說偈讚曰
若自及他道　遠離惱熱者　大雄見彼道
頂禮無礙見
爾時得名稱天子說偈讚曰
與佛智相應　如說如觀者　彼能除煩惱
頂禮解世間
爾時無畏天子說偈讚曰
於諸法決定　無能當對者　師子吼無畏
智海吼亦然
爾時一切處無所畏天子說偈讚曰
善度一切處　遠離諸毒箭　無畏不怯弱
我禮最勝者
爾時無所希天子說偈讚曰
非天乾闥婆　非魔及與梵　能有難問者
故佛如師子
爾時師子遊步天子說偈讚曰
佛於法無畏　曉了諸法故　無礙故無著
無能難問者
爾時無怖天子說偈讚曰
如山林師子　無怖亦無畏　摧伏諸禽獸
林中而大吼　世尊如是吼　驚怖諸外道
天龍乾闥婆　不見敵對者
爾時一切處超勝天子說偈讚曰

一切三界中　悉皆都無有　力敵於佛者
故爲我歸依
爾時師子慧天子說偈讚曰
大智見一切　於諸法無畏　世間無與等
我禮無所畏
爾時稱順生天子說偈讚曰
自知是正覺　如法無能難　若有能難者
世間悉無有
爾時持藏天子說偈讚曰
佛作師子吼　開顯諸法藏　億梵聞說已
悉發菩提心
爾時順威儀天子說偈讚曰
彼衆得大利　順佛威儀者　發菩提心已
必作勝導師
爾時順樂法天子說偈讚曰

彼世大衆生　得聞佛法已　能發菩提心
必成妙丈夫
爾時淨心天子說偈讚曰
得聞佛說已　世間無與比　千億衆生等
發勝菩提心
爾時清淨流天子說偈讚曰
人王於長夜　佛學善修習　故佛身清淨
嚴相三十二
爾時無漏心天子說偈讚曰
佛得盡漏故　而作師子吼　得上智慧山
無能難問者
爾時順衆生天子說偈讚曰
三界中悉無　天人及脩羅　言佛漏不盡
故佛具十力
爾時巧盡漏天子說偈讚曰

大勝沙門漏　皆悉盡無餘　於是無能難
故佛是我父
爾時常精進天子說偈讚曰
於人王能難　言有餘煩惱　世間不可得
故佛自在父
爾時寂滅行天子說偈讚曰
佛已斷貪嗔　愚癡及習氣　亦滅惡業行
我禮寂滅者
爾時方便行天子說偈讚曰
若以方便觀　斷盡諸煩惱　彼佛滿足智
是故我頂禮
爾時方便解天子說偈讚曰
無量巧方便　導師於中修　斷彼諸煩惱
皆悉盡無餘
爾時方便慧天子說偈讚曰
導師照世間　巧慧無有盡　故斷諸煩惱
及以習氣等
爾時修寂滅天子說偈讚曰
斷諸煩惱故　習氣悉無餘　於是佛大者
不動無所畏
爾時觀道理天子說偈讚曰
佛斷煩惱盡　及滅諸習氣　照明如佛者
世間更無比
爾時斷使天子說偈讚曰
佛斷諸習氣　無有腥臭事　故佛一切智
天中最勝慧
爾時住邊天子說偈讚曰
佛今最後身　已斷生因緣　由盡諸漏故
世親得無畏
爾時無量智天子說偈讚曰

大雄斷種子　焚燒苦惱芽　枯涸憂枝蔓
我禮離惱者
爾時出坑澗天子說偈讚曰
世尊一切智　已離無明坑　佛行已得淨
故佛得無畏
爾時度有天子說偈讚曰
已度於有海　導師所作辦　亦捨於彼岸
自利得無畏
爾時入涅槃天子說偈讚曰
佛已得寂滅　悉破諸煩惱　乃至少習氣
世親皆悉無
爾時法幢天子說偈讚曰
佛建正法幢　摧折憍慢幢　大雄已顯示
無量諸法行
爾時法性天子說偈讚曰

性與諸了本　牟尼達諸法　善友於羣生
我禮最勝海
爾時法充天子說偈讚曰
渴樂於佛法　故得無所畏　無著諸佛子
而作師子吼
爾時求法天子說偈讚曰
爲求諸法故　佛子得發心　及見佛無畏
有智求菩提
爾時渴法天子說偈讚曰
渴樂佛法故　多億衆生輩　聞佛無畏已
深發大精進
爾時法起天子說偈讚曰
見佛說法勝　建立於正法　無畏布施已
佛子求菩提
爾時持法天子說偈讚曰

世尊所說法　甚深難可見　佛子得聞已　求無上菩提

爾時無悋天子說偈讚曰

身命及餘財　佛子無悋惜　聞佛師子吼　悉求妙菩提

爾時無畏慧天子說偈讚曰

聞佛說法已　心思無有異　於佛無畏所　求法持律儀

爾時無異行天子說偈讚曰

聞法王吼已　不趣於異路　遠離於二乘　求無上菩提

爾時近住天子說偈讚曰

見佛師子吼　諸子得聞已　定得勝菩提　當成如來身

爾時近辯天子說偈讚曰

於佛世尊所　得聞辯才已　如來妙法中　深生喜樂心

爾時得辯才天子說偈讚曰

佛吼無畏時　所說不可毀　信樂心決定　終無退轉意

爾時常喜天子說偈讚曰

十力吼無畏　所有諸佛子　一切時歡喜　心調求菩提

爾時無怯弱心天子說偈讚曰

常喜不怯弱　世尊諸佛子　樂求勝菩提　以聞佛語故

爾時無礙心天子說偈讚曰

彼等求佛心　終不有退轉　欣喜微妙心　聞佛善說故

爾時巧知無邊法天子說偈讚曰

以修正法故　白法黨不滅　導師知非處
不生猒足心
爾時巧說法天子說偈讚曰
修行黑法黨　若不退減者　世尊知非處
故佛無所畏
爾時法性無畏天子說偈讚曰
黑法體性爾　必當穢淨法　彼不汙心者
佛知彼非處
爾時巧相應天子說偈讚曰
黑法及白法　二異不相合　佛說於彼義
故佛是我師
爾時巧知善不善天子說偈讚曰
大雄皆悉知　諸法不雜聚　妄想分別故
於善法中退
爾時如說行滿足天子說偈讚曰

行於煩惱者　終不生白法　不生白法故
當知必退減
爾時樂解脫天子說偈讚曰
若樂解脫者　修行於黑法　佛說彼有障
故佛一切智
爾時淨心天子說偈讚曰
心樂解脫者　須知煩惱事　大雄說此法
故佛應受供
爾時見煩惱天子說偈讚曰
行於煩惱中　不識煩惱者　彼不知正法
善逝如是說　若言行諸惡　不退善法者
於解脫非器　兩足尊所說
爾時調伏天子說偈讚曰
離欲及憒閙　亦離嗔癡等　如佛所說法
應當如是修　煩惱及白法　愚癡不知者

佛於彼非師　大仙如是說
爾時勤修解脫天子說偈讚曰
佛說對治法　爲除煩惱故　行彼不盡惑
無能擊難者
爾時向解脫天子說偈讚曰
佛說如是法　爲斷煩惱故　若修不滅惑
無能擊難者
爾時方便相應天子說偈讚曰
佛是說法者　爲諸聲聞等　若修不證者
無能擊難佛
爾時趣解脫天子說偈讚曰
佛說如是法　爲欲斷煩惱　若不滅惑者
無能擊難佛
爾時無畏功德天子說偈讚曰
爲滅煩惱故　佛說不淨觀　若不盡滅者
無能擊難佛
爾時善發心必修天子說偈讚曰
慈能斷嗔恚　修慈若不斷　無能擊難佛
世尊得無畏
爾時淨目天子說偈讚曰
佛說能修彼　智慧除愚癡　若彼不斷者
無能擊難佛
爾時滅覺觀天子說偈讚曰
爲覺對治故　說於安般念　修彼不滅者
無能擊難佛
爾時尊重無相天子說偈讚曰
爲斷吾我故　佛說空寂滅　以彼不滅者
於是無能難
爾時斷我慢天子說偈讚曰
爲斷憍慢故　佛說無相法　若修不滅者

不見能難佛

爾時淨身天子說偈讚曰

深心信清淨　一切煩惱盡　修彼不斷者
無能擊難佛

爾時深解想天子說偈讚曰

對治及朋黨　求於煩惱道　無畏難佛者
如來初不見

爾時解用天子說偈讚曰

世尊但名用　此彼盡不盡　無畏問難者
彼亦但假名

爾時調伏身業天子說偈讚曰

以智善解已　身業得流行　世尊悉徧知
故號一切智

爾時知身天子說偈讚曰

身業甚清淨　大雄悉無餘　憐愍羣生者
我禮世間親

爾時身業簡擇天子說偈讚曰

善簡擇身業　憐愍衆生等　照世而造作
故號勝丈夫

爾時善見身業天子說偈讚曰

身業得清淨　導師悉觀見　憐愍諸羣生
故號一切智

爾時善觀身天子說偈讚曰

善觀得清淨　身業得相應　憐愍羣生故
勝丈夫遊行

爾時成就語言天子說偈讚曰

具甘美功德　離於綺澀語　智慧相圍繞
世親而演說

爾時時語天子說偈讚曰

依時義相應　遠離無益事　佛言無不忠

衆生悉受行

爾時成就智慧天子說偈讚曰

不惱愍衆生　成相應不濁　不壞於因果
佛本如是說

爾時不相違天子說偈讚曰

乃至爲身命　未曾有妄語　是故佛功德
於世無有礙

爾時實語天子說偈讚曰

佛行實語因　以是世瞻仰　至心樂聽聞
爲得佛法故

爾時從實生天子說偈讚曰

世尊以實語　漸備成菩提　諸法眞實性
世尊皆悉知

爾時實精進天子說偈讚曰

於諸有爲法　如性眞實見　世尊皆悉知
諸法眞實相

爾時簡擇業天子說偈讚曰

於己及與他　知身口意業　以其智清淨
故號佛無等

爾時觀察意業天子說偈讚曰

人王心意業　所有思量事　悲念於衆生
故禮愍世者

爾時巧覺觀意天子說偈讚曰

世尊心緣處　是心皆調柔　悲念於衆生
故禮愍世者

爾時巧方便天子說偈讚曰

衆生心所緣　意業所起作　種種智慧生
世尊悉知彼

爾時解慧天子說偈讚曰

意業是佛地　愍觀衆生故　方便智清淨

佛智無體性

爾時巧知過去天子說偈讚曰

佛知過去世　若人所行業　戒忍精進智
佛皆悉知彼

爾時觀察過去天子說偈讚曰

觀察過去行　能知多億佛　過去所行處
求勝菩提故

爾時本行具足天子說偈讚曰

憶念本行事　億劫阿僧祇　佛心無所著
佛本所行處

爾時觀察本行天子說偈讚曰

阿僧祇億佛　導師悉曾問　出生三昧力
種種成佛法

爾時本行生天子說偈讚曰

無量阿僧祇　導師三昧門　過去諸佛所
曾問亦修行

爾時觀察本住天子說偈讚曰

生死中多過　應供非應供　觀已化衆生
度脫於盲冥

爾時猒過去世天子說偈讚曰

彼此相食噉　亦曾相戲樂　迭互相殺害
世尊皆悉知

爾時知未來境界天子說偈讚曰

導師未來時　智慧無有礙　衆生信業報
諸趣佛能知

爾時從本行來天子說偈讚曰

世尊於過去　智慧無障礙　善業三摩提
離趣知諸趣

爾時巧知未來天子說偈讚曰

佛於未來時　智慧無障礙　終死及生處

於業報亦爾
爾時離有法天子說偈讚曰
世尊王三界　三世中說勝　佛智常無礙
善知有境界
爾時用行天子說偈讚曰
衆生業行趣　及受果報事　此等但假名
世尊如是說
爾時觀察現在天子說偈讚曰
世尊王現在　智慧終不礙　於無數佛土
牟尼皆悉知
爾時現在無畏天子說偈讚曰
世尊正觀察　三世悉平等　究竟無所有
迷惑凡夫智
爾時智無所住天子說偈讚曰
導師如是見　三世無所住　以依於法性
諸法無事故
爾時教三世天子說偈讚曰
過去及未來　陰生必敗壞　無事無自性
導師所顯說
爾時意無著天子說偈讚曰
世尊說三世　皆悉無堅牢　如幻亦如焰
說言猶如響
爾時三世自在富天子說偈讚曰
世尊於三世　常勤增智慧　知諸行如幻
諸根無所著
爾時欲到彼岸天子說偈讚曰
大雄於其夜　得證上菩提　世尊勤進欲
至今不退減
爾時欲作精進天子說偈讚曰
世燈所有欲　常不有退減　世尊諸子等

甚樂精進欲

爾時建立欲作天子說偈讚曰

世尊從欲起　猶如水中蓮　不爲世所染

如蓮處於水

爾時欲解脫天子說偈讚曰

欲及世間親　此二名法界　不二無二體

世尊皆悉見

爾時精進生天子說偈讚曰

以精進威德　尅證大菩提　於其是非法

終不捨精進

爾時念具足天子說偈讚曰

佛於一切處　發心皆隨順　於其善惡法

佛念不損減

爾時攝心天子說偈讚曰

世親常攝心　知諸衆生行　隨其所修行

而爲其說法

爾時敬重般若天子說偈讚曰

世尊智慧海　邊際不可得　經億僧祇劫

佛說不可盡

爾時學解脫天子說偈讚曰

無等佛世尊　解脫不損減　解脫及脫者

佛求不能得

爾時會解脫智天子說偈讚曰

世尊解脫者　等解脫知見　解眞實不滅

以知無自性

爾時觀察身天子說偈讚曰

佛於然燈始　常修眞實行　三業無過失

故歎號爲佛

爾時深行天子說偈讚曰

世尊無過失　不如餘衆生　知諸法自性

佛自性不惑

爾時大慧天子說偈讚曰

佛於一切種　心念不迷惑　其念常現前

譬如油滿鉢

爾時心不散亂天子說偈讚曰

乃至少許時　心念終不亂　佛得不共法

衆生悉不知

爾時善解智慧天子說偈讚曰

若有思量捨　善逝無此事　世尊不共法

其法不思議

爾時超一切天子說偈讚曰

於是三界中　知其一切法　一切無如佛

故號難降伏

爾時堅持天子說偈讚曰

無上堅固士　於法無所畏　等同一切佛

能覺未覺者

大寶積經卷第七十一

音釋

淤泥淤依倨切淤泥澱滓濁泥也怯弱怯乞業切畏懦也弱日灼切劣弱也腥桑經切涸下各切水竭也蔓無販切藤蔓也摧折摧昨回切挫也折之熱切斷也憒閙憒古對切心亂也閙女教切不靜也澀色立切

大寶積經卷第七十二

高齊北天竺三藏那連提耶舍譯

菩薩見實會第十六之十二

遮羅迦波利婆羅闍迦外道品第二十四

爾時遮羅迦波利婆羅闍迦外道八千人見諸阿脩羅迦樓羅龍女及諸龍鳩槃荼乾闥婆夜叉緊那羅摩睺羅伽空行諸天四天王天三十三天夜摩天兜率陀天化樂天他化自在天梵天光音天徧淨天廣果天淨居天等供養世尊及聞讚歎生希有心聞此法門便生疑慮聞未聞法彼外道等白佛言瞿曇我等聞此昔未聞法聞已不樂遮羅迦波利婆羅闍迦外道亦不樂在家我於此法復生疑慮不生敬信都由昔來未聞此法是故我於瞿曇沙門所亦有因緣何以故以沙門瞿曇作如是神通變化作如是神通變化已以其變化故我等見此諸天等得微妙身及見大衆歸伏瞿曇者至多以知瞿曇善說法故是故於瞿曇所復生微信瞿曇復爲廣果天說如是法言一切法是如來者我等於此甚生疑慮云何一切法名爲如來我等於瞿曇所如是生信惟有瞿曇知我等意如是如是爲我等說令使我等解此所說義得離疑網從座而起作是請已世尊如是答於彼等是以我今還問汝等隨汝意答外道白佛善哉瞿曇瞿曇問我我今當說佛即問彼汝等知不云何胎入母腹如是問已外道答佛瞿曇我諸論中聞說三種因緣和合胎入母腹父母相近生於貪染思量欲事思故行欲是故胎入如是成胎佛言汝等外道於意云何父

母思時彼貪爲從母心起耶外道言不也瞿曇佛言可從於母思量起耶外道言不也瞿曇佛言彼貪可從父心起耶外道言不也瞿曇佛言爲從於父思量起耶外道言不也瞿曇佛言於意云何彼父貪欲可入母腹耶外道言不也瞿曇佛言於意云何父心入母腹耶外道言不也瞿曇佛言於意云何父分別入母腹耶外道言不也瞿曇佛言於意云何彼胎從天終已來入母腹耶外道言不知也瞿曇佛言於意云何彼胎爲從地獄終已來入母腹耶外道言不知也瞿曇佛言於意云何彼胎爲從畜生終已來入母腹耶外道言不知也瞿曇佛言於意云何彼胎爲從餓鬼終已來入母腹耶外道言不知也瞿曇佛言於意云何彼胎爲從阿脩羅終已來入母腹

耶外道言不知也瞿曇佛言於意云何彼胎可非色來入母腹耶外道言不知也瞿曇佛言於意云何彼胎爲是色來入母腹耶外道言不知也瞿曇佛言於意云何受想行識來入母腹耶外道言不知也瞿曇作是答已佛告外道作如是言外道此法甚深寂滅善說微妙難測非思量境界難可顯示非汝所知是諸外道異見異忍異種樂欲於非正處精進修行於異見中決定趣向佛言外道若善男子善女人遇如是善知識於甚深法中得生眼目外道譬如有人患其眼根得遇良醫治瘥眼目以其淨眼現身能覩昔未見色如是外道若有善男子善女人不具信等五根遇善知識慧眼得淨以淨慧眼得見深法是故汝等諸外道輩本昔長夜邪論誑惑而作

異見於其非法取善法相於非解脫取解脫相於非出處生其出相汝師自壞亦壞汝等外道如人自盲復語餘盲我將汝去智者當知此等二人於其非路必有墜落遭其辛苦外道如是若沙門若婆羅門實非導師自稱導師實非正覺言我正覺實不能知出世之道言我能知實不能見出世之道言我能見實不能知淺度之處言我能知實非教師言我是師彼所教者是爲邪教自非正覺所教悟者亦是邪覺實不解出言我能解彼所教出者是爲邪出實不知道言我知道其所示者皆是邪道實不知淺處言我知處其所度者反令困厄外道譬如牧牛人不知淺處驅牛入水於深處而渡彼牛捨此未到彼岸於其中流而受困厄無有救護何以故由牧牛人不知淺處外道如是汝等實非導師作導師想其所化者反受困厄外道我是導師實堪化導其所化者正化彼等我是正覺所言不虛我所悟者令其正悟我是能出所言不虛所教出者令其正出我見道故復能示他其所導者示其正路我知淺處所言不虛是以我所度者令其正度我知教化法是以能化他我知佛法能覺悟他我知出法令他得出由我正見故復能正示他我知可度處故能度於他所將度者令得好道汝等外道樂解脫者我是導師令在現前汝等應來我能正悟具解出法善見出道能作淺度處汝等一心諦聽善思悉生樂願正念現前心當流注發勤精進爲未證法令得證故未逮得法令獲得故昔未行道令進路故昔未到處令

得到故爲未伏魔令降伏故昔未求伴者令求伴侶故爲未得法方便令得方便故外道如我所說三法和合而得受胎我今當說汝等外道一心諦聽當爲汝等說受胎法門外道我言毋者是其過去作業之緣我言父者是其過去作業之因我言乾闥婆者謂是業招識外道我言迦羅邏者謂是業安置外道我言毋腹者業安識依處所識住腹已生得增長漸漸廣闊外道譬如藥草叢林依於大地而得增長漸漸廣闊外道如是彼識入毋腹已增長廣闊亦復如是彼毋腹中嬰孩成長方得産生生已漸增既得長大行宿時性隨終來處彼過所行此現習起彼是智知非愚能了共住交友常恒觀察方知其性外道諦聽彼人若從地獄終來生人中者當有是相智者應知其聲嘶破騾聲忽急聲怖畏聲高聲淺聲小心常怖數數戰悚其毛數竪夢中多見大火熾然或見山走或見火聚或見釜鑊沸涌或見有人執杖而走或見已身爲鉾矟所刺或見羅刹女或見羣狗或見羣象來逐已身或見已身馳走四方而無歸處其心少信無有親友外道有如是等無量衆相我今略說如是等相是名從地獄終來生人間此智所知非愚能測外道諦聽彼人若從畜生終來生人中者當有是相智者應知闇鈍少智懈怠多食樂食泥土其性怯弱言語不辯樂與癡人而爲知友喜黒闇處愛樂濁水喜囓草木喜以脚指剜掘於地喜樂動頭驅遣蠅虻常喜昂頭欠欬空噍常喜踡脚隨宜卧地不避穢汙常喜空嗅喜樂裸形常喜

虛詐異言異作多喜綺語夢泥塗身或夢見已身於田野食草或夢見已身爲衆虵纏繞或夢見已身入於山谷叢林之中外道有如是等無量衆相我今略說如是等相是名從畜生終來生人間智者能知非愚能測外道諦聽彼人若從餓鬼終來生人中者當有是相智者應知其頭髮黃怒目直視常喜飢渴慳貪嫉妬喜饞飲食喜背說人身體饒毛眼精光赤多思衆食貪樂積聚不欲割捨不樂見善人所見財物其心欲盜乃至得其少許財物即便欣喜常求財利樂不淨食見他資產便生嫉妬復於他財生已有想見他受用便生恪惜聞說好食心生不樂乃至巷路見遺落果及以五穀便生貪心採取收斂外道有如是等無量衆相我今略說如是等相是名從餓鬼中終來生人間智者能知非愚能測外道諦聽若從阿修羅終生人中者當有是相智者應知高心我慢常喜忿怒好樂鬪諍挾怨不忘起增上慢其身洪壯眼白如犬齒長多露勇健大力常樂戰陣亦喜兩舌破壞他人踈齒高心輕懱他人所造書論他人雖知語巧微密亦有智力及煩惱力樂自養身外道有如是等無量衆相我今略說如是等相是名從阿脩羅終來生人間智者能知非愚所測外道諦聽若從人終還生人中者當有是相智者應知其人賢直親近善人毀呰惡人好惜門望篤厚守信樂好名聞及以稱譽愛樂工巧敬重智慧具慙羞耻心性柔輭識知恩養於善友所心順無違好喜捨施知人高下善觀前人有益無益善能答對領

其言義善能和合亦能乖離善能作使宣傳言語於種種語能善通達憶持不忘亦復能知是處非處外道有如是等無量衆相我今略說如是等相是名從人中終還生人間智者能知非愚能測外道諦聽若從天中終生人間者當有是相智者應知爲人端正樂好清淨喜著華鬘及以香熏樂香塗身常喜洗浴所樂五欲簡擇好者不喜於惡喜樂音聲及以歌舞純與上人而爲交友不與下人而爲朋黨好喜樓閣高堂寢室樂慈爲道含笑不嗔吐言柔美言語善巧令人喜悅喜樂瓔珞及好衣服嚴身之具常樂出入行來暢步所作精勤終不懈怠外道有如是等無量衆相我今略說如是等相是名從天中終生於人間此智能知非愚能測外道若善男子若善女人欲超此相應近善知識順彼人意彼所作者即隨作之彼善知識令彼超度爲其說法外道從地獄終生人間者地獄以前作人身時造諸過惡起嗔恚故便作殺害以其彼業牽墮地獄彼在地獄受種種苦後生人間猶有習氣是人既知如是相已必須自知我從地獄來生人間是人爲捨地獄因緣應求善知識遇知識已彼善知識爲除嗔業故說慈悲亦說慈悲相應助道以此等行能除彼人餘殘習氣地獄因緣彼善知識或爲是人說慈悲相應尸波羅蜜斷除彼人嗔恚過惡是人修慈悲時六波羅蜜當得滿足增長福德外道從畜生終來生人間者畜生已前作人身時修行積習愚癡之法以習癡故便行惡業由作彼業生畜生中彼人本受畜生

身時與諸畜生久居住故行畜生儀式彼從畜生終已由有習氣畜生行法是人得人身已聞如是法見已身行應當自知我本必從畜生中終來生人間是人爲捨畜生行故應求知識彼善知識爲除是人愚癡業故說十二因緣以是法故愚癡得除彼善知識或爲彼人說般若波羅蜜旣聞般若波羅蜜故彼人愚癡體性自離作是觀時便生智慧外道從餓鬼終生人間者餓鬼以前作人身時修行積習慳貪之法是人修行慳貪法故堅持不捨彼業力故生餓鬼中與諸餓鬼久居住故行餓鬼業彼從餓鬼終已由有習氣餓鬼行法是人得人身已聞如是法見已身行應當自知我本必從餓鬼中終來生人間是人爲捨餓鬼行故應求善知識彼善知識爲除彼人慳貪業故爲說布施以是法故慳貪得除彼善知識或爲彼說與施相應助菩提法令其慳貪悉得斷除彼善知識或爲彼人說檀波羅蜜是人修行檀波羅蜜故六度得滿彼善知識或爲彼人說一切法皆悉平等是人以修法平等故般若波羅蜜得滿以修般若波羅蜜故流注趣向一切智處外道於阿修羅中終生人間者阿脩羅已前作人身時多作善根行於憍慢彼以慢故而作諸業修行積習憍慢業已彼業力故生阿修羅中與諸脩羅久居住故行阿修羅業從脩羅終已由有習氣修羅行法是人得人身已聞如是法見已身行當須自知我本必從修羅中終來生人間是人爲捨修羅行故應求知識彼善知識爲除彼人憍慢業故爲說聖住處以

是法故令彼得除憍慢之業或爲彼人說空法門以是空法令其彼人慢業得除亦除吾我得無我解或爲彼說因緣和合故有諸法以和合故而有所作若無和合亦無所作作是觀已慢使及業悉得除斷或爲彼人說諸法一相修行彼故般若波羅蜜得滿修般若波羅蜜滿已速證一切智終不退轉外道於人中終生人間者彼人昔作人身之時修行積習十善業道作彼業已數數修行以彼業力還生人中昔作人時與人久居行人儀式今還得人由有習氣是人得聞如是法已應當自知我本必從人中終已還生人中是人爲超彼習氣故應求知識彼善知識爲其彼人說無常想以無常想令除習氣彼善知識或爲是人說生死過涅槃至樂聞此法已是人能得猒生死過欣涅槃樂彼善知識或爲是人說六波羅蜜既得聞已能發無上菩提之心彼善知識或爲是人說善方便是人以此善方便故即能堅持六波羅蜜速證一切智終不退轉外道從天中終生人間者天身已前作人身時所修梵行布施持戒皆希來報是人如是修行積習作業久訖以是業力生於天上得生天已與天久居行天儀式從天終已由有習氣諸天行法是人得人身已聞如是法見已身行應當自知我本必從天中終來生人間彼人爲超天中習氣應求知識彼善知識教其彼人修持梵行不期來報說於求報是其過惡但爲顯說修淨梵行無所依著得福無量教行布施不期來報說於求報是其過惡但爲顯說行於布施無所依

著得福無量教行持戒不期來報說於求報是其過惡但爲顯說受持禁戒無所依著功德無量彼善知識或爲彼說善巧方便是人以此善方便故能行六波羅蜜行六波羅蜜已六波羅蜜漸得滿足速證一切智終不退轉外道從地獄終得人身者彼應依善知識依知識已應聽三世佛平等法聞平等法已應發勤精進依城邑聚落與大衆共居具四部處更互相於論量佛法學問難答三世法平等得現在前解一切法無有自性修此解故煩惱漸除外道從畜生中終生人間者彼應依善知識親近多聞以近多聞斷除愚癡是人雖復求多聞人及諸經論作非有想是人觀察非有想已自然解證無自性法是人以此三世法平等自然現前速證一切智終不退轉外道從餓鬼終生人間者彼應依善知識修行布施除其慳貪作諸功德以修捨故心不積聚是人以此三世法平等自然現前作一相解所言一相即是無相是人修此無相解故速證一切智終不退轉外道從阿脩羅終生人間者彼應依善知識與煩惱魔戰何者是煩惱魔所謂憍慢是時彼人應當觀察何者是慢是其誰慢誰受是慢誰以此慢起煩惱使誰捨此慢是人如是推求之時無慢可得亦不見有人攝受慢者彼人如是觀察義故無慢可得無起慢者與慢相應境界亦不可得亦不見有人能捨慢者如是觀已無一法可得復作是觀以惡攝受自誑已身他亦如是作是觀時能見諸法悉無自性以見諸法無自性故見法非有以非有故知

不成就不成就故知即不生若不生者知彼不滅若不生不滅者彼非可說若解不可說者則非過去非現在非未來三世不可得若法三世不可得者當知未曾有得有失外道當知此是一切法平等以此一切法平等當知一切法是真如不變不異如來亦真如不變不異以一切法即是真如是故觀慢得知是人從人中終得生人間以有憍慢習氣力故乃至從彼地獄中終得生人間以慢習故得知此相若無慢習不可得說此從人來乃至此從地獄中來外道此名離慢智慧彼相要以具巧方便乃能得知又爲般若波羅蜜加持此人方乃得知爾時八千諸外道等聞說此法得無生法忍彼等得住無生忍已從座而起頂禮佛足却住一面彼諸外道却住一面已異口同音說偈讚曰

導師智力所建立　知諸道趣不由他
知諸衆生遊諸趣　如見掌中菴羅果
由諸見趣濁世間　譬如雲霧障虛空
以是羣愚常流轉　譬如衆盲失正路
世間爲常爲無常　復言有常亦無常
又言非常非不常　譬如盲象入城行
言世有邊復無邊　復言亦有亦無邊
又言非邊非無邊　以是流轉如籠鳥
又言即身是神我　又言離身有神我
妄想分別所纏縛　如鳥被網心生苦
又言自在天所化　有言非因之所生
一切衆生見取覆　譬於雲霧障於月
由如籠中卵生鳥　於諸孔中常欲出
見取衆生如是癡　彼不解脫如籠鳥

又禮梵王及世主　及禮童子并圍紐
又禮方海毗沙門　如賊被捉求諸神
猶如貧人遇債主　求與債主立保證
如是世間著見取　愚癡求天希欲樂
佛見衆生依眞實　譬如見手掌五指
於諸趣中受百苦　譬如羣賊入牢獄
世尊於彼生慈悲　修諸道行知諸趣
世尊已說出獄法　如王生子放大赦
愍世不思僧祇劫　修諸苦行得菩提
見取所壞愚癡輩　佛令彼等得解脫
以是善逝人師子　於諸法中得自在
我等見取失正路　佛於見取拔我等
以是世尊具大力　具足無畏無怨對
衆中大吼如師子　我等亦願得彼法
以彼能動於三界　亦以彼法普徧照
以彼授記諸衆生　亦願我等值遇彼

世尊知彼諸外道等得其深信如作微笑現瑞光明爾時慧命馬勝比丘以偈問佛

佛愍世間現微笑　以見此等外道衆
惟願如來說彼因　所現微笑有何義
善解因者非無因　而現微笑瑞光明
善哉能現微笑光　大衆悉皆瞻仰佛
世尊大衆悉懷疑　以見善逝現笑光
悉皆猶如覲滿月　瞻佛願說微笑因
誰於今日設勝供　誰於今日悅慈父
誰令得住佛功德　善哉大智願演說
大衆聞之必歡喜　皆由外道得授記
惟願導師普爲說　於何乘中如得道
善哉牟尼除心惑　於其疑者斷疑網
以是大衆得歡喜　一向趣佛不退轉

爾時世尊以偈答馬勝曰

善哉馬勝巧知時　能問如來降怨者
憐愍世間作是說　能問導師自然士
我當說彼現笑事　一心諦聽所作因
汝宜欣喜聽我說　今說笑義所爲者
此諸外道皆調伏　捨諸惡見住善見
覩是世間見取惱　悉起悲心求菩提
一切見取悉得捨　以知不濁正見故
從我得聞無礙記　悉皆樂求一切智
過去佛所得記已　供養大慈兩足尊
具足二億諸佛所　以上無上菩提故
佛所行檀亦不少　亦淨持戒修禪定
淨修智慧發精進　於諸羣生修忍辱
常修習六波羅蜜　簡擇智慧求菩提
馬勝請問降怨者　發心樂求佛菩提
彼諸苦惱由惡黨　依止有惡見取中
彼等今見勝導師　捨諸惡見悉無餘
以得眞解如來教　隨順佛法起深信
彼於當來多億佛　皆悉供養求菩提
於其未來星宿劫　皆得作佛同一號
號曰普聞高名稱　彼等大智度世間
彼佛國土甚清淨　種種莊嚴無與等
彼離惡見衆生輩　純求菩提賢聖處
彼國衆生離惡趣　是時亦無一切難
彼等諸佛得壽命　皆悉同壽八萬歲
衆生聞彼佛名者　皆悉不退上菩提
若有衆女聞佛名　彼女皆悉得男身
如是世尊降怨者　與諸外道所授記
一切天人聞記彼　無不欣喜生敬信

大寶積經卷第七十二

音釋

瘥 楚懈切病瘳曰瘥
嘶 先稽切聲破曰嘶
數數 色角切頻數也
悚 息拱切懼也
豎 臣愈切立也
釜 扶雨切鑊屬
鑊 胡郭切釜屬
沸涌 沸方味切亦涌也
鉾稍 鉾莫浮切鉤兵也稍所角切矛屬
嚙 倪結切噬也
剜 烏丸切削也
掘 其月切穿地曰掘
蠅䖟 䖟眉庚切齧人飛蟲也
欠呿 呿丘加切欠呿謂氣擁滯欠呿而解也
空噍 噍才笑切咀嚼也
踡 巨員切膝曲也
饞 鋤銜切貪食也
輕懱 懱莫結切輕易也
毀呰 呰蔣氏切口毀也
圍紐 圍于非切紐女久切
債 側界切負財也

大寶積經卷第七十三

高齊壯天竺三藏那連提耶舍譯

菩薩見實會第十六之十三

六界差別品第二十五之一

爾時淨飯王及諸眷屬見阿脩羅迦樓羅龍及龍女鳩槃茶乾闥婆夜叉緊那羅摩睺羅伽阿羅竭闍天四天王天三十三天夜摩天兜率陀天化樂天他化自在天梵摩天光音天徧淨天乃至廣果天見彼供養及聞授記又聞淨居諸天說偈讚佛復聞外道亦得授記淨飯王作是思惟是事希有不可思議世尊如是善說一切世間聞已咸皆欣喜是時淨飯王以愛戀子故情意慇懃爾時世尊告父王言我所說法初善中善後善其義深邃其味亦善淳淨無雜清白無染顯說梵行法何者梵行所謂分別六界法門王今諦聽善思念之當爲王說王言善哉我今諦聽惟願說之佛言大王何者爲分別六界法門大王所言六界者即是丈夫六觸入亦是丈夫十八意識境界亦是丈夫大王我所言六界即是丈夫者我何故如是說大王何者是六界所謂地界水界火界風界空界識界大王此名六界所言六界是丈夫者所謂此也我言六觸入名爲丈夫何故如是說大王所言觸入何者是謂眼觸入見諸色故如是耳鼻舌身亦如是意觸入爲知法故我言六觸入是丈夫者謂此也我言十八意識境界是丈夫者何故如是說大王此十八意識境界何者是謂眼見可意色以憶想分別而生思覺見不可意色已亦憶想分別而生思覺見捨處

色已亦憶想分別而生思覺耳鼻舌身亦如是意知法可意處法知已思想分別不可意處法知已亦思想分別捨處法知已亦思想分別大王我言十八意識境界是丈夫者謂此也大王地界有二種有內有外大王何者爲內地界謂自身內所有彼彼身內所有得有取堅者強者所謂髮毛爪齒塵垢皮肉筋骨髓脾腎肝肺大腸小腸大便脬膜腦胲大王是等名爲身內地界大王何者是身外地界謂身外所有不得不取堅者強者大王是名身外地界大王身內地界生時無所從來滅時無所去大王有時女人自分別我是女人自分別我是女人已見外丈夫復生分別彼是丈夫是女人分別彼是丈夫已即生欲想生欲想已樂欲和合於彼男子而生染愛彼男子亦作是分別我是男子自分別我是男子已見外女人復生分別彼是女人此男子作是分別已於彼女人而生染愛是男子女人俱生染愛已而便和合以和合故而有歌羅邏大王彼丈夫分別及所分別事二俱不可得女人女人性亦不可得男子男子性亦不可得以是不相續而生分別彼分別亦自性不可得如分別自性不可得如是和合和合性亦不可得如和合和合性不可得如是歌羅邏歌羅邏性不可得若自性不可得者彼云何能生堅強大王當知因分別故而生有堅者強者彼堅強生時無所從來大王有時此身終爲塚間死屍彼死屍堅強相變壞時不向東方亦不向南西北方四維上下大王如是當知爲內身地界大王有時世間

居處悉皆空虚復生梵天七寶宫殿彼宫殿堅強相生時無所從來如是他化自在諸天七寶宫殿堅強生時無所從來如是化樂天兜率陀天夜摩天三十三天四天王天所有七寶宫殿堅相生時無所從來鐵圍山大鐵圍山堅固牢實同一金剛堅強生時無所從來如是須彌山尼民達山育乾達山伊沙達山佉提羅迦山鞞達略山毗那多迦山阿葉波竭那山鐵圍山大鐵圍山蘇達舍那山摩訶蘇達舍那山優帝伽羅山雪山香山諸餘黒山及三千大千世界若成時彼一切堅強生時無所從來此大地厚一百六十萬由旬生已而住大王彼堅強生時無所從來大王又時此世界壞是世界欲壞時此大地或爲火所燒或爲水所漂或爲風所吹悉皆散滅

彼地爲火燒時乃至煙灰都無所見大王譬如酥油爲火所燒無有遺餘大王如是此三千大千世界燒已灰燼不現後爲水所漂時亦無遺餘可見大王譬如以鹽投水消滅無餘大王如是如是三千大千世界爲水漂已亦無遺餘大王如是三千大千世界風吹壞時無有遺餘大王譬如毗嵐猛風吹諸飛鳥彼鳥散滅無有遺餘大王如是如是此三千大千世界爲毗嵐猛風之所吹壞一切散滅無有遺餘大王彼地界成時無所從來壞時無所去大王如是如是内身地界生時亦無所從來滅時亦無所去大王彼地界生時亦空住時亦空生住二時體性俱空大王彼水界亦有二種有内有外大王是内身水界謂自身内所有及餘彼身内所得所攝若水若

水性若水體若潤若潤性若潤體所謂此身中涙汗洟唾膿血瘡汁肪膏髓乳痰小便大王如是等物名身內水界大王何者是身外水界身所不得不攝者水及水性水體潤及潤性潤體大王此名身外水界大王彼身內水界生時無所從來滅時無所去大王謂如見所愛人眼中流涙苦惱所逼亦復流涙聞法敬信亦復流涙若遇風寒亦復流涙眼赤痛時亦復流涙大王彼涙出時無所從來滅時無所去大王又時身內水界增長增長已益彼水界能滅身內火界彼火界滅時去無所至大王彼身內外界生時亦無所從來滅時亦無所去大王彼身內外界生時亦空滅時亦空其水界性自是空大王有時彼內火界增盛增盛已能竭身內水界彼水界燒竭之時去無所至大王彼身內水界生時無所從來滅時亦無所去大王彼身內水界生時亦空滅時亦空體性自空大王又時此世界壞大王此世界欲壞時於虛空中興三十二重雲而住徧興三十二重雲住已徧覆三千大千世界徧覆三千大千世界已經五中劫天降大雨流注不絕如象王尿其後復經五中劫降麤大雨當於爾時其水積滿上至梵天大王彼大水界初生之時無所從來大王又時此世界居處壞時此世界中第二日出二日出時小河泉源悉皆枯盡大王又時此世界第三日出第三日出時大地江河悉皆枯竭大王又時此世界第四日出第四日出時四大河本源亦悉枯盡大王世界又時第五日出第五日出已大海中水一由旬二由

旬三由旬四五乃至十由旬悉皆枯盡二十三十四十五十由旬海水枯盡一百由旬二百由旬三百乃至千由旬亦皆枯盡二千三千四千乃至一萬由旬悉亦枯盡二萬三萬乃至四萬四千由旬大海水盡皆枯涸大王又時大海之中餘殘之水四萬由旬餘殘水在三萬二萬一萬由旬餘殘水在後復漸盡九千八千乃至一千由旬九百八百乃至一百由旬餘殘水在九十由旬八十七十六十五十四十三十二十乃至十由旬九由旬八由旬乃至一由旬餘殘水在五里下至十多羅樹九多羅乃至一多羅十人乃至一人餘殘水在於一人身齊咽至胲至臍至腰至跨至䠞至踝餘殘水在乃至牛跡水在大王當爾之時大海之中惟有少濕相如麤雨時乍濕乍乾大王譬如麤雨渧渧如有濕未周帀大海之水亦復如是大王又時大海之中所有濕處惟潤一指面大王彼水界漸滅之時去無所至亦不詣於東西南北四維上下大王彼水界生時亦空住時亦空滅時亦空如是大王彼水界性不可得惟有但用然彼但用非男非女大王火界亦二種一內二外大王何者是內火界大王身內所有及他身內所有所取火火體火相熱熱體熱相所謂能消飲食者身中所有溫暖蒸熱入於熱數者大王此名身內火界大王何者爲身外火界身外所有不取不受者所謂火火體火相溫暖蒸熱大王此名身外火界大王又時歌羅邏胞胎中身內火界增盛水界漸微是故歌羅邏漸稠漸堅大王譬如鐵器煎煮錫鋪以

火力故漸漸稠強大王如是如是以火力故歌羅邏漸稠漸堅歌羅邏漸稠漸堅故名遏浮陀遏浮陀以火力成故名爲卑尸迦卑尸迦以火力成故名爲堅固堅固爲火成故生於五支如是如是大王彼水界爲火界成熟如是如是彼水界漸稠漸堅故成於肉團大王彼火界生時無所從來而能燒滅於彼水界大王又時當有病人身內火界悉皆滅盡彼病人身內火界既滅盡已所食之物不復消化其彼病人不能消故於後不復更能進食不能食故身內火界悉皆滅盡以彼人不能進食身內火滅故必當命終大王火界滅時不至東方南西北方四維上下大王彼火界生時亦空滅時亦空而彼火界從本以來體性自空大王有時世界壞世界壞時身外

火界增盛洞一洞一已徧燒三千大千世界大王彼身外火界生時無所從來大王又時彼大火聚徧燒三千大千世界已還復滅盡大王彼火滅時不至東方南西北方四維上下大王彼身外火界生時亦空滅時亦空彼大火界體性自空非有不可得惟是但用然彼但用非男非女大王風界亦二種一內二外大王何者是身內風界自已身內及他身內所有風界所受所取風風體風名速疾不速疾體速疾名所謂住身四支者是風住胃者是風行五體者是風行諸子支者亦皆是風徧行大小支者亦是風出入息者亦是風略而言之徧身行悉皆是風大王此名身內風界大王又時身內風界增盛集合彼增盛集合時能枯燥水界亦能損滅火界于時枯

燥水界損減火界已令人身無潤澤亦無溫暖心腹皷脹四支倔強諸脉洪滿筋節拘急彼人爾時受大苦惱或復命終大王彼身內風界生時無所從來大王又時彼病人遇值良醫醫觀彼病人已應病處藥隨病與藥故風病除愈大王彼風界滅時亦無所去大王彼身內風界生時亦空滅時亦空身內風界體性自空大王何者是身外風界身外所有身所不取不受者風風體風名速疾速疾體速疾名大王此是外風界大王又時彼外風界增盛增盛故風界集合集合時落葉折枝條折樹拔根崩摧山峯倒壞大山破析分段漸次散壞乃至微塵而此三千大千世界爲風所吹周迴旋轉大王譬如陶師以杖轉輪三千大千世界爲風所轉亦復如是如少麫

麨爲風所吹碎末爲塵難可得見如是大王此三千大千世界爲風所吹破析作末已成於微塵成微塵已亦不可見大王譬如大猛風輪起以一把土隨風散之乃至微塵亦不可見如是大王此三千大千世界爲風所吹分析作末分析作末已乃至無一餘殘微塵可見大王彼外風界生時無所從來大王又時夏初彼外風界皆悉隱滅隱滅故暑熱無風於草木上無露以無露故一切草木無有濕潤大王彼外風界滅時亦無所去大王彼風界生時亦空滅時亦空彼風界體性自空大王彼內風界及外風界二俱皆空體性自離相亦自離性亦不可得滅相亦離何以故彼風界非作無作者故大王何者是虛空界虛空界亦二種有內有外大王何者是內虛

空界若自身内若他身内所受所取所謂虛空虛空體虛空名此身内所生入於陰數亦入入數亦入界數所有空孔竅大王此名身内虛空界大王何者外虛空界外所有非色者乃至無有如毛等虛空處名爲虛空大王此名外虛空界大王又時由業因緣故生諸入彼入等生已圍繞空界是時得名入内虛空界數大王如是一一法中推求無一眼入可得惟有作用大王何以故空地界清淨故如地界清淨空故如是水火風界清淨故空彼無所從來大王又時一切諸色悉皆壞滅以爲虛空何以故虛空界無盡故大王惟内虛空界安住不動大王譬如無爲涅槃界安住不動當知如是虛空界徧一切處大王譬如有人於空澤曠野掘作泉池陂井大王於意云何彼諸虛空從何而來王言世尊無所從來佛言大王若使彼人還以土塡大王於意云何彼虛空界去何所至王言無所去也何以故世尊彼虛空界無來無去何以故彼虛空界非男女故佛言大王外虛空界亦復不動性無變易虛空界空非是有法何以故虛空界非男非女故大王何者是識界如眼爲主攀緣於色對色知故眼識生或能知青黃赤白雜色亦知長短麤細如是一切所有色等物眼識所能覩者名爲眼識界如是若知聲若知香若知味若知觸若知法或知六根所緣所知是名意識界大王又此識界不依諸根亦不依界何以故大王非地淨色爲眼入非水火風淨爲眼入何以故非地界清淨及諸餘法以爲眼入及具眼入者如是乃

至非水火風界清淨色及諸餘法以爲眼入具眼入者何以故諸法無知故無了別故無堪能故非初非中非後故非内非外亦非中間大王如此識界了前事已即便謝滅不復更生彼識生時無所從來及其滅時亦無所至大王何謂爲眼入謂四大所成清淨色若使諸法體性自空何者是清何者是濁於諸法中無有淨穢云何於中而見淨穢如是大王是故當知眼入定體性畢竟空寂前際後際皆不可得何以故未來未至故不可得過去已滅故不可得未來未來事不可得彼眼處亦不可得自性離故若體性不可得者亦無男女性可得旣無男女性何有我我所大王若有我我所者是魔境界無我我所者是名諸佛如來境界何以故一切諸法離我我所故大王如實了知眼入空眼入自性空何以故此眼入相不可得是故此眼入體性空寂此空離於眼入相是名無相於相無求故名無願大王是名於眼入中三空解脱門現在前大王何者是耳入界乃至身入大王此一切法對三解脱門現前決定趣法界究竟徧虚空不可名不可説不可用不可示無有諍論無有語言不可測量大王以眼對色者名爲顛倒如是略説耳聲鼻香舌味身觸意法是故諸法説名意境界大王眼入對色者徃矚取著此眼三種礙照矚順境生於愛想若睹違境生於恚想矚中庸境生於捨想如是諸餘耳鼻舌身皆亦如是其意矚法亦復如是若緣順境生於愛心緣於違境則生嗔恚於中庸境生愚惑心如是境界是意所行

意徧行故名意境界大王彼意行於順色生於貪欲行於違色則起恚怒行中庸色起於無明如是聲香味觸意所緣法亦行三事起貪嗔癡謂意緣順境意法生於貪欲意緣違境意法生於嗔恚意緣中庸境意法生於無明起於愚癡大王應當如是知於諸根猶如幻化知彼境界其猶如夢大王如人夢中與諸婇女及衆人等共相娛樂是人覺已憶念夢中衆人婇女大王於意云何夢中所見是實有不王言不也大王於意云何是人所夢執謂爲實是爲智不王言不也世尊何以故夢中所見衆人婇女畢竟是無亦不可得何況共相娛樂是人但自疲勞都無有實佛言大王如是愚癡無聞凡夫見可意色眼見色已心生執著生執著已起於愛重起愛重已生染著心生染著已作染著業所謂身三口四意三種業造彼業已即便謝滅是業滅已不依東方而住亦復不依南西北方四維上下而住如是之業乃至臨死之時最後識滅見先所作心想中現大王是人自分業盡異業現前大王如似夢覺念夢中事如是大王最後識爲主彼業因緣故以此二緣生分之中識心初起或生地獄或生畜生或生閻魔羅界或生阿脩羅或生天人中前識既識生分識生生分相續心種類不絶大王無有一法從於此世至於他世而有生滅見所作業及受果報皆不失壞無有作業者亦無受報者大王彼後識滅時名爲死數若初識生名爲生數大王彼後識起時無所從來及其滅時亦無所至其緣生時亦無所從來滅時亦

無所至其業生時亦無所從來滅時亦無所至死時亦無所從來滅時亦無所至初識生時亦無所從來滅時亦無所至其生亦無所從來滅時亦無所至何以故自性離故彼後識後識體性空緣緣體性空業業體性空死死體性空初識初識體性空受受體性空世間世間體性空涅槃涅槃體性空起起體性空壞壞體性空大王如是作業果報皆不失壞無有作業者無有受報者但隨世俗故有非第一義大王當知一切諸法皆悉空寂一切諸法空者是空解脫門空無空相名無相解脫門若無於相則無願求名無願解脫門如是大王一切法皆具三解脫門與空共行涅槃先道遠離於相遠離願求究竟涅槃界決定如法界周徧虛空際大王當知諸根如幻境界如夢一切譬喻當如是知大王猶如夢中與怨共鬬是人覺已憶念夢中而共怨鬬於意云何夢中所見是實有不王言不也大王於意云何是人所夢執謂爲實是爲智不王言不也世尊何以故夢中畢竟無怨何況鬬戰是人徒自疲勞都無有實佛言大王如是愚癡無聞凡夫眼見不愛之色心不喜樂於不喜樂而生執著生執著已便生嗔恚生嗔恚已其心濁亂造作嗔業所謂身三口四意三種業造彼業已即便謝滅是業滅已不依東方而住亦復不依南西北方四維上下而住如是之業乃至臨死之時最後識滅見先所作心想中現大王是人見已心生恐怖自分業盡異業現前大王如似夢覺念夢中事如是大王最後識爲主彼業因緣故以

此二緣生分之中識心初起或生地獄或生畜生或生閻魔羅界或生阿脩羅處或生天人中前識旣滅生分識生生分相續心種類不絕大王無有一法從於今世至於後世而有生滅見所作業及受果報皆不失壞無有作業者亦無受報者大王彼後識滅時名爲死數若初識生名爲生數大王彼後識起時無所從來及其滅時亦無所至其緣生時亦無所從來滅時亦無所至其業生時亦無所從來滅時亦無所至死時亦無所從來滅時亦無所至初識生時亦無所從來滅時亦無所至其生亦無所從來滅時亦無所至何以故自性離故彼後識後識體性空緣緣體性空業業體性空死死體性空初識初識體性空受受體性空世間世間體性空涅槃涅槃體性空起起體性空壞壞體性空大王如是作業果報皆不失壞無有作業者無有受報者但隨世俗故有非第一義大王當知一切諸法皆悉空寂一切諸法空者是空解脫門空無空相名無相解脫門若無相者則無願求名無願解脫門如是大王一切法皆具三解脫門與空共行涅槃先道遠離諸相遠離願求究竟涅槃界決定如法界周徧虛空際大王當知諸根如幻境界如夢一切譬喻當如是知大王猶如有人於其夢中爲鬼所嬈心生恐怖是人覺已憶念夢中所夢之鬼於意云何夢中所見是實有不王言不也大王於意云何是人所夢執謂爲實是爲智不王言不也世尊何以故夢中所見畢竟無鬼何況怖也是人但自疲勞都無有實佛言大王

如是愚癡無聞凡夫眼覩色已於捨處色妄生執著生執著已作執著業所謂身三口四意三種業造彼業已即便謝滅是業滅已不依東方而住亦復不依南西北方四維上下而住如是之業乃至命根欲盡臨死之時最後識滅見先所作心想中現大王是人見已心生怖懼自分業盡異業現前大王如似夢覺念夢中事如是大王最後識爲主彼業因緣故以此二緣生分之中識心初起或生地獄或生畜生或生閻魔羅界或生阿脩羅處或生天人中前識既滅分生識生生分相續心種類不絕大王無有一法從於今世至於後世而有生滅見所作業及受果報皆不失壞無有作業者亦無受報者大王彼後識滅時名爲死數若初識生名爲生數大王彼後識起時無所從來及其滅時亦無所至其緣生時亦無所從來滅時亦無所至其業生時亦無所從來滅時亦無所至死時亦無所從來滅時亦無所至初識生時亦無所從來滅時亦無所至其生亦無所從來滅時亦無所至何以故自性離故彼後識後識體性空緣緣體性空業業體性空死死體性空初識初識體性空受受體性空世間世間體性空涅槃涅槃體性空起起體性空大王如是作業果報皆不失壞無有作業者無有受報者但隨世俗故有非第一義大王當知一切諸法皆悉空寂一切諸法空者是空解脫門空無空相名無相解脫門若無相者則無願求名無願解脫門如是大王一切法皆具三解脫門與空共行涅槃先道遠離於相遠離願求

究竟涅槃界決定如法界周徧虛空際大王當知諸根如幻境界如夢一切譬喻當如是知

大寶積經卷第七十三

音釋

脾腎 脾頻彌切土藏也腎時忍切水藏也
脬膜 脬匹交切膀胱也膜慕各切胲膜也
腦胲 腦奴晧切頭髓也胲古來切膜也
燼 徐刃切火餘也
呲嵐 梵語也此云迅猛嵐盧含切
洟 延知切鼻液也
唾 吐卧切口液也
汁 之入切湆也
肪 府良切脂也
髓 息委切骨中脂也
痰 徒含切病淮也
咽 烏前切嗌也
腋 羊益切左右肘脅之間曰腋
臍 徂奚切肚臍也
跨 苦瓦切兩股之間曰跨
蹲 市充切腓腸也
踝 胡瓦切腿兩旁曰内外踝
餳餔 餳徒當徐盈二切飴也餔補胡切食也
燥 先到切乾也
倔強 倔衢物切強巨兩切倔強梗戾貌
麨 尺沼切乾粮也
竅 苦弔切穴也
陂 彼爲切澤障曰陂又池也
填 徒年切塞也
矚 之欲切視也
嬈 而沼切擾亂也

大寶積經卷第七十四

高齊北天竺三藏那連提耶舍譯

菩薩見實會第十六之十四

六界差別品第二十五之二

大王如人夢中見於國中第一端正最勝女人於彼女邊得聞微妙可愛音樂彼人聞已以彼樂音而自娛樂受五欲樂是人覺已憶念夢中可愛音樂於意云何夢中所見是實有不王言不也大王於意云何是人所夢執謂爲實是爲智不王言不也世尊何以故夢中所見最勝女人可愛音樂畢竟是無況五欲樂是人但自疲勞都無有實佛言大王如是愚癡無聞凡夫見最勝女人及以音樂稱可其意心生執著生執著已起於愛樂既愛樂已生染著心生染著已作染著業所謂身三口四意三種業造彼業已即便謝滅是業滅已不依東方而住亦復不依南西北方四維上下而住如是之業乃至臨死之時最後識滅見先所作心想中現大王是人見已心生忙怖自分業盡異業現前大王如似夢覺念夢中事如是大王最後識爲主彼業因緣故以此二緣生分之中識心初起或生地獄或生畜生或生閻魔羅界或生阿脩羅處或生天人中前識既滅生分識生生分相續心種類不絕大王無有一法從於此世至於他世而有生滅見所作業及受果報皆不失壞無有作業者亦無受報者大王彼後識滅時名爲死數若初識生名爲生數大王彼後識起時無所從來及其滅時亦無所至其緣生時亦無所從來滅時亦無所至其業生時亦

無所從來滅時亦無所至死時亦無所從來滅時亦無所至初識生時亦無所從來滅時亦無所至其生亦無所從來滅時亦無所至何以故自性離故彼後識後識體性空緣緣體性空業業體性空死死體性空初識初識體性空受受體性空世間世間體性空涅槃涅槃體性空起起體性空壞壞體性空大王如是作業果報皆不失壞無有作業者無有受報者但隨世俗故有非第一義大王當知一切諸法皆悉空寂一切諸法空者是空解脱門空無空相是無相解脱門若無相者則無願求名無願解脱門如是大王一切法皆具三解脱門與空共行涅槃先道遠離於相遠離願求究竟涅槃界決定如法界周徧虛空際大王當知諸根如幻境界如夢一切譬喻當如是知大王耳聞惡聲生於惡心大王如人夢中親愛別離生大苦惱悲號啼哭或離父母妻子所愛眷屬是人覺已憶念夢中親愛別離悲哭等事於意云何夢中所見是實有不王言不也佛言大王於意云何是人所夢執謂爲實是爲智不王言不也世尊何以故夢中所見親愛別離畢竟是無何況悲泣是人徒自疲勞都無有實佛言大王如是愚癡無聞凡夫見聞惡聲而生執著生執著已起不愛心以不愛故生於嗔心生嗔心故造作嗔業所謂身三口四意三種業造彼業已即便謝滅是業滅已不依東方而住亦復不依南西北方四維上下而住如是之業乃至臨死之時最後識滅見先所作心想中現大王是人見已心生憂怖自分業盡異業現

前大王如似夢覺念夢中事如是大王最後識爲主彼業因緣故以此二緣生分之中識心初起或生地獄或生畜生或生閻魔羅界或生阿脩羅或生天人中前識既滅受生分識生生分相續心種類不絕大王無有一法從於今世至於後世而有生滅見所作業及受果報皆不失壞無有作業者亦無受報者大王彼後識滅時名爲死數若初識生名爲生數大王彼後識起時無所從來及其滅時亦無所至其緣生時亦無所從來滅時亦無所至其業生時亦無所從來滅時亦無所至死時亦無所從來滅時亦無所至初識生時亦無所從來滅時亦無所至其生亦無所從來滅時亦無所至何以故自性離故彼後識後識體性空緣緣體性空業業體性空死死體性空初識初識體性空受受體性空世間世間體性空涅槃涅槃體性空起起體性空壞壞體性空大王如是作業果報皆不失壞無有作業者無有受報者但隨世俗故有非第一義大王當知一切諸法皆悉空寂一切諸法空者是空解脱門空無空相名無相解脱門若無相者則無願求名無願解脱門如是大王一切諸法皆具三解脱門與空共行涅槃先道遠離於相遠離願求究竟涅槃界決定如法界周徧虛空際大王當知諸根如幻境界如夢一切譬喻當如是知大王耳聞捨聲起於捨相大王如人夢中聞不了句義聲是人覺已憶念夢中所聞之聲於意云何夢中聞聲是實有不王言不也大王於意云何是人所夢執謂爲實是爲智不王言不也

世尊何以故夢中畢竟無有音聲可得何況當有了義及不了義句是人空自疲勞都無有實佛言大王如是愚癡無聞凡夫聞於捨聲而生執著生執著已而生迷惑生迷惑已造作癡業所謂身三口四意三種業造作業已便即謝滅是業滅已不依東方而住亦復不依南西北方四維上下而住如是之業乃至臨死之時最後識滅見先所作心想中現是人見已心生執著自分業盡異業現前大王如似夢覺念彼夢中不了句義之聲大王如是最後識爲主彼業因緣故以此二緣生分之中識心初起或生地獄或生畜生或生閻魔羅界或生阿脩羅或生天人中前識既滅受生分識生生分相續心種類不絕大王無有一法從於今世至於後世而有生滅見所作業及受果報皆不失壞無有作業者亦無受報者大王彼後識滅時名爲死數若初識生名爲生數大王彼後識起時無所從來及其滅時亦無所至其緣生時亦無所從來滅時亦無所至其業生時亦無所從來滅時亦無所至死時亦無所從來滅時亦無所至初識生時亦無所從來滅時亦無所至其生亦無所從來滅時亦無所至何以故自性離故彼後識後識體性空緣緣體性空業業體性空死死體性空初識初識體性空受生受生體性空世間世間體性空涅槃涅槃體性空起起體性空壞壞體性空大王如是作業果報皆不失壞無有作業者無有受報者但隨世俗故有非第一義大王當知一切諸法皆悉空寂一切諸法空者是空解脫門空無

空相名無相解脫門若無相者則無願求名無願解脫門如是大王一切諸法皆具三解脫門與空共行涅槃先道遠離於相遠離願求究竟涅槃界決定如法界周徧虛空際大王當知諸根如幻境界如夢一切譬喻當如是知大王如人夢中以栴檀香或多摩羅葉香及諸種種餘香用塗已身是人覺已憶念夢中栴檀之香及多摩羅葉香并餘香等於意云何如夢中所見是實有不王言不也大王於意云何是人所夢執謂爲實是爲智不王言不也世尊何以故夢中畢竟無有諸香況塗其身是人徒自疲勞都無有實佛言大王如是愚癡無聞凡夫觸聞妙香便生愛著生愛著已復更深樂生深樂已起染著心生染著已作染著業所謂身三口四意三種業造彼業已即便謝滅是業滅已不依東方而住亦復不依南西北方四維上下而住如是之業乃至臨死之時最後識滅見先所作心想中現大王如似夢覺憶念夢中所聞諸香如是大王最後識爲主彼業因緣故以此二緣生分之中識心初起或生地獄或生畜生或生閻魔羅界或生阿脩羅或生天人中前識既滅受生分識生生分相續心種類不絕大王無有一法從於今世至於後世而有生滅見所作業及受果報皆不失壞無有作業者亦無受報者大王彼後識滅時名爲死數若初識生名爲生數大王彼後識起時無所從來及其滅時亦無所至其緣生時亦無所從來滅時亦無所至其業生時亦無所從來滅時亦無所至死時亦無所從來滅時亦無

所至初識生時亦無所從來滅時亦無所至其生亦無所從來滅時亦無所至何以故自性離故彼後識後識體性空緣緣體性空業業體性空死死體性空初識初識體性空受生受生體性空世間世間體性空涅槃涅槃體性空起起體性空壞壞體性空大王如是作業果報皆不失壞無有作業者無有受報者但隨世俗故有非第一義也大王當知一切諸法皆悉空寂一切諸法空者是空解脱門空無空相名無相解脱門若無相者則無願求名無願解脱門如是大王一切諸法皆具三解脱門與空共行涅槃先道遠離於相遠離願求究竟涅槃界決定如法界周徧虛空際大王當知諸根如幻境界如夢一切譬喻當如是知大王如人夢中夢見死蛇死狗死人等屍繫著於頸是人覺已憶念夢中所見死蛇死狗死人之屍心生怖畏大王於意云何如是夢中或以一屍繫著於頸是眞實不王言不也世尊佛言是人執於夢中所見之屍寧爲智不王言不也世尊何以故夢中畢竟無有死蛇死狗死人之屍況將繫頸是人徒自疲勞都無有實佛言大王如是無聞愚癡凡夫旣見臭惡而生執著生執著已起不愛心以不愛故生於嗔心生嗔心故造作嗔業所謂身三口四意三種業造彼業已便即謝滅是業滅已不依東方而住亦復不依南西北方四維上下而住如是之業乃至臨死之時最後識滅見先所作心想中現大王是人見已心生猒惡自分業盡異業現前大王如似夢覺念夢中事如是大王最後識爲

主彼業因緣故以此二緣生分之中識心初起或生地獄或生畜生或生閻魔羅界或生阿脩羅或生天人中前識既滅受生分識生生分相續心種類不絕大王無有一法從於今世至於後世而有生滅見所作業及受果報皆不失壞無有作業者亦無受報者大王彼後識滅時名爲死數若初識生名爲生數大王彼後識起時無所從來及其滅時亦無所至其緣生時亦無所從來滅時亦無所至其業生時亦無所從來滅時亦無所至死時亦無所從來滅時亦無所至初識生時亦無所從來滅時亦無所至其生亦無所從來滅時亦無所至何以故自性離故彼後識後識體性空緣緣體性空業業體性空死死體性空初識初識體性空受生受生體性空世間世間體性空涅槃涅槃體性空起起體性空壞壞體性空大王如是作業果報皆不失壞無有作業者無有受報者但隨世俗故有非第一義也大王當知一切諸法皆悉空寂一切諸法空者是空解脫門空無空相名無相解脫門若無相者則無願求名無願解脫門如是大王一切諸法皆具三解脫門與空共行涅槃先道遠離於相遠離願求究竟涅槃界決定如法界周徧虛空際大王當知諸根如幻境界如夢一切譬喻當如是知大王如人夢中夢鼻根壞是人覺已憶念夢中所壞鼻根於意云何夢中所見是實有不王言不也大王於意云何是人所夢執謂爲實是爲智不王言不也世尊何以故夢中畢竟無有鼻根況復壞也是人徒自疲勞都無有實佛

言大王如是愚癡無聞凡夫見鼻根壞便生執著生執著已起於恐懼既恐懼已生染著心生染著已作染著業所謂身三口四意三種業造彼業已即便謝滅是業滅已不依東方而住亦復不依南西北方四維上下而住如是之業乃至臨死之時最後識滅見先所作心想中現大王是人見已心生忙怖自分業盡異業現前大王如似夢覺念夢中事如是大王最後識爲主彼業因緣故以此二緣生分之中識心初起或生地獄或生畜生或生閻魔羅界或生阿脩羅或生天人中前識既滅受生分識生生分相續心種類不絕大王無有一法從於今世至於後世而有生滅見所作業及受果報皆不失壞無有作業者亦無受報者大王彼後識滅時名入死數若初識生名入生數大王彼後識起時無所從來滅時亦無所至其業生時亦無所從來滅時亦無所至死時亦無所從來滅時亦無所至初識生時亦無所從來滅時亦無所至其生亦無所從來滅時亦無所至何以故自性離故彼後識後識體性空緣緣體性空業業體性空死死體性空初識初識體性空受生受生體性空世間世間體性空涅槃涅槃體性空起起體性空壞壞體性空大王如是作業果報皆不失壞無有作業者無有受報者但隨世俗故有非第一義大王當知一切諸法皆悉空寂一切諸法空者是空解脱門空無空相名無相解脱門若無相者則無願求名無願解脱門如是大王一切諸法皆具三解脱門與空共行涅槃先道遠離於相遠離

願求究竟涅槃界決定如法界周徧虛空際大王當知諸根如幻境界如夢一切譬喻當如是知大王如人夢中自身飢渴得百味饌恣意而食是人覺已憶念夢中百味飲食於意云何是人所夢是眞實不王言不也佛言大王於意云何是人所夢執謂爲實是爲智不王言不也世尊何以故夢中畢竟無有飲食況復食也是人徒自疲勞都無有實佛言大王如是愚癡無聞凡夫見百種食已心生執著生執著已起貪樂心旣貪樂已心生染著生染著已作染著業所謂身三口四意三種業造彼業已即便謝滅是業滅已不依東方而住亦復不依南西北方四維上下而住如是之業乃至臨死之時最後識滅見先所作心想中現大王是人見已心生貪樂自分業盡異業現前大王如彼夢覺念夢中事如是大王最後識爲主彼業因緣故以此二緣生分之中識心初起或生地獄或生畜生或生閻魔羅界或生阿脩羅或生天人中前識旣滅受生分識生生分相續心種類不絕大王無有一法從於今世至於後世而有生滅見所作業及受果報皆不失壞無有作業者亦無受報者大王彼後識滅時名入死數若初識生名入生數大王彼後識起時無所從來及其滅時亦無所至其緣生時亦無所從來滅時亦無所至其業生時亦無所從來滅時亦無所至死時亦無所從來滅時亦無所至初識生時亦無所從來滅時亦無所至其生亦無所從來滅時亦無所至何以故自性離故彼後識後識體性空緣緣體性空業業

體性空死死體性空初識初識體性空受生受生體性空世間世間體性空涅槃涅槃體性空起起體性空壞壞體性空大王如是作業果報皆不失壞無有作業者無有受報者但隨世俗故有非第一義大王當知一切諸法皆悉空寂一切諸法空者是空解脫門空無空相名無相解脫門若無相者則無願求名無願解脫門如是大王一切法皆具三解脫門與空共行涅槃先道遠離於相遠離願求究竟涅槃界決定如法界周徧虛空際大王當知諸根如幻境界如夢一切譬喻當如是知大王如人夢中爲飢所逼遇得苦瓠并拘奢得子及維婆子等而便食之是人覺已念於夢中所食苦瓠子等於意云何是人所夢是真食苦瓠不王言不也大王於意云何是人所夢執謂爲實便生瞋恚是爲智不王言不也世尊何以故夢中畢竟無有苦瓠及拘奢得子等況復食也是人徒自疲勞都無有實佛言大王如是愚癡無聞凡夫夢爲飢所逼心生執著生執著已作執著業所謂身三口四意三種業造彼業已即便謝滅是業滅已不依東方而住亦復不依南西北方四維上下而住如是之業乃至臨死之時最後識滅見先所作心想中現大王是人見已心生妄想自分業盡異業現前大王如彼夢覺念夢中事如是大王最後識爲主彼業因緣故以此二緣生分之中識心初起或生地獄或生畜生或生閻魔羅界或生阿脩羅或生天人中前識既滅受生分識生生分相續心種類不絕大王無有一法從於今世至於後

世而有生滅見所作業及受果報皆不失壞無有作業者亦無受報者大王彼後識滅時名入死數若初識生名入生數大王彼後識起時無所從來及其滅時亦無所至其緣生時亦無所從來滅時亦無所至其業生時亦無所從來滅時亦無所至死時亦無所從來滅時亦無所至初識生時亦無所從來滅時亦無所至其生亦無所從來滅時亦無所至何以故自性離故彼後識後識體性空緣緣體性空業業體性空死死體性空初識初識體性空受生受生體性空世間世間體性空涅槃涅槃體性空起起體性空壞壞體性空大王如是作業果報皆不失壞無有作業者無有受報者但隨世俗故有非第一義也大王當知一切諸法皆悉空寂一切諸法空者

是空解脫門空無空相名無相解脫門若無相者則無願求名無願解脫門如是大王一切法皆具三解脫門與空共行涅槃先道遠離於相遠離願求究竟涅槃界決定如法界周徧虛空際大王當知諸根如幻境界如夢一切譬喻當如是知大王如人夢中夢舌根壞是人覺已憶念夢中舌根毀敗於意云何是人所夢是真壞不王言不也大王於意云何是人所夢執謂實壞是爲智不王言不也世尊何以故夢中畢竟無有舌根況復壞也是人徒自疲勞都無有實佛言大王如是愚癡無聞凡夫見舌根壞心生執著生執著已生不愛心生不愛已作染著業所謂身三口四意三種業造彼業已即便謝滅是業滅已不依東方而住亦復不依南西北方四維上

下而住如是之業乃至臨死之時最後識滅見先所作心想中現大王是人見已心生怖懼自分業盡異業現前大王如彼夢覺念夢中事如是大王最後識爲主彼業因緣故以此二緣生分之中識心初起或生地獄或生畜生或生閻魔羅界或生阿脩羅或生天人中前識既滅受生分識生生分相續心種類不絕大王無有一法從於此世至於他世而有生滅見所作業及受果報皆不失壞無有作業者亦無受報者大王彼後識滅時名入死數若初識生名入生數大王彼後識起時無所從來及其滅時亦無所至其緣生時亦無所從來滅時亦無所至其業生時亦無所從來滅時亦無所至死時亦無所從來滅時亦無所至初識生時亦無所從來滅時亦無所至其生亦無所從來滅時亦無所至何以故自性離故彼後識後識體性空緣緣體性空業業體性空死死體性空初識初識體性空受生受生體性空世間世間體性空涅槃涅槃體性空起起體性空壞壞體性空大王如是作業果報皆不失壞無有作業者無有受報者但隨世俗故有非第一義也大王當知一切諸法皆悉空寂一切諸法空者是空解脫門空無空相名無相解脫門若無相者則無願求名無願解脫門如是大王一切法皆具三解脫門與空共行涅槃先道遠離於相遠離願求究竟涅槃界決定如法界周徧虛空際大王當知諸根如幻境界如夢一切譬喻當如是知大王猶如夢中自覩國中最勝之女共相抱持是人覺已憶念夢中所得

細觸於意云何是人所夢是眞實不王言不也大王於意云何是人所夢執謂眞實是爲智不王言不也世尊何以故夢中畢竟無有此女況受細觸是人徒自疲勞都無有實佛言大王如是愚癡無聞凡夫見可意色眼見色已心生執著生執著已起於愛欲起愛欲已生染著心生染著已作染著業所謂身三口四意三種業造彼業已即便謝滅是業滅已不依東方而住亦復不依南西北方四維上下而住如是之業乃至臨死之時最後識滅見先所作心想中現大王是人見已心生愛喜自分業盡異業現前大王如彼夢覺念夢中事如是大王最後識爲主彼業因緣故以此二緣生分之中識心初起或生地獄或生畜生或生閻魔羅界或生阿脩羅或生天人中前識既滅受生分識生生分相續心種類不絕大王無有一法從於此世至於他世而有生滅見所作業及受果報皆不失壞無有作業者亦無受報者大王彼後識滅時名入死數若初識生名入生數大王彼後識起時無所從來及其滅時亦無所至其緣生時亦無所從來滅時亦無所至其業生時亦無所從來滅時亦無所至死時亦無所從來滅時亦無所至初識生時亦無所從來滅時亦無所至其生亦無所從來滅時亦無所至何以故自性離故彼後識後識體性空緣緣體性空業業體性空死死體性空初識初識體性空受生受生體性空世間世間體性空涅槃涅槃體性空起起體性空壞壞體性空大王如是作業果報皆不失壞無有作業者無

有受報者但隨世俗故有非第一義也大王當知一切諸法皆悉空寂一切諸法空者是空解脫門空無空相名無相解脫門若無相者則無願求名無願解脫門如是大王一切法皆具三解脫門與空共行涅槃先道遠離於相遠離願求究竟涅槃界決定如法界周徧虛空際大王當知諸根如幻境界如夢一切譬喻當如是知

大寶積經卷第七十四

大寶積經卷第七十五

高齊北天竺三藏那連提耶舍譯

菩薩見實會第十六之十五

六界差別品第二十五之三

大王如人夢中自持熱銅葉纏被其身是人覺已憶念夢中所被銅葉於意云何是人所夢是真實不王言不也大王於意云何是人所夢執謂真實是為智不王言不也世尊何以故夢中畢竟無有銅葉況以衣身是人徒自疲勞都無有實佛言大王如是愚癡無聞凡夫見恐懼事心生執著生執著已起於怖畏於怖畏已作怖畏業謂身三口四意三種業造彼業已即便謝滅是業滅已不依東方而住亦復不依南西北方四維上下而住如是之業乃至臨死之時最後識滅見先所作心想中現大王是人見已心生忙懼自分業盡異業現前大王如彼夢覺念夢中事如是大王最後識為主彼業因緣故以此二緣生分之中識心初起或生地獄或生畜生或生閻魔羅界或生阿脩羅或生天中或生人中前識既滅受生分識生生分相續心種類不絕大王無有一法從於今世至於後世而有生滅見所作業及受果報皆不失壞無有作業者亦無受報者大王彼後識滅時名入死數若初識生名入生數大土彼後識起時無所從來及其滅時亦無所至其緣生時亦無所從來滅時亦無所至其業生時亦無所從來滅時亦無所至死時亦無所從來滅時亦無所至初識生時亦無所從來滅時亦無所至其生亦無所從來滅時亦無所至何以故

自性離故彼後識後識體性空緣緣體性空業業體性空死死體性空初識初識體性空受生受生體性空世間世間體性空涅槃涅槃體性空起起體性空壞壞體性空大王如是作業果報皆不失壞無有作業者無有受報者但隨世俗故有非第一義也大王當知一切諸法皆悉空寂一切諸法空者是空解脫門空無空相名無相解脫門若無相者則無願求名無願解脫門如是大王一切法皆具三解脫門與空共行涅槃先道遠離於相遠離願求究竟涅槃界決定如法界周徧虛空際大王當知諸根如幻境界如夢一切譬喻當如是知大王如人夢中見身根壞不覺諸觸是人覺已憶念夢中敗壞之相於意云何是人所夢是真實不王言不也大王於意云何是人所夢執謂真實是爲智不王言不也世尊何以故夢中畢竟無有身根況敗壞也是人徒自疲勞都無有實佛言大王如是愚癡無聞凡夫自見身根敗壞心生執著生執著已起恐怖心起恐怖心已作恐怖業所謂身三口四意三種業造彼業已即便謝滅是業滅已不依東方而住亦復不依南西北方四維上下而住如是之業乃至臨死之時最後識滅見先所作心想中現大王是人見已心生怖懼自分業盡異業現前大王如彼夢覺念夢中事如是大王最後識爲主彼業因緣故以此二緣生分之中識心初起或生地獄或生畜生或生閻魔羅界或生阿脩羅或生天中或生人中前識既滅受生分識生生分相續心種類不絕大王無有一法從於

今世至於後世而有生滅見所作業及受果報皆不失壞無有作業者無有受報者大王彼後識滅時名入死數若初識生名入生數大王彼後識起時無所從來及其識滅時亦無所至其緣生時亦無所從來滅時亦無所至其業生時亦無所從來滅時亦無所至初識生時亦無所從來滅時亦無所至其生亦無所從來滅時亦無所至何以故自性離故彼後識後識體性空緣緣體性空業業體性空死死體性空初識初識體性空受生受生體性空世間世間體性空涅槃涅槃體性空起起體性空壞壞體性空大王如是作業果報皆不失壞無有作業者無有受報者但隨世俗故有非第一義也大王當知一切諸法皆悉空寂一切諸法空者是空解脫門空無空相名無相解脫門若無相者則無願求名無願解脫門如是大王一切法皆具三解脫門與空共行涅槃先道遠離於相遠離願求究竟涅槃界決定如法界周徧虛空際大王當知諸根如幻境界如夢一切譬喻當如是知大王如人夢中夢見幻師幻作五欲自見已身與彼圍繞共相娛樂是人覺已不見五欲便憶夢中五欲之樂於意云何是人所夢是眞實不王言不也大王於意云何是人所夢執謂眞實是爲智不王言不也世尊何以故夢中畢竟無有幻師況復幻作五欲遞相娛樂是人徒自疲勞都無有實佛言大王如是愚癡無聞凡夫見是幻師幻作五欲心生執著生執著已起於愛重起愛重已生染著心生染著已作染著業所謂身三口四意三

種業造彼業已即便謝滅是業滅已不依東方而住亦復不依南西北方四維上下而住如是之業乃至臨死之時最後識滅見先所作心想中現大王是人見已心生愛著自分業盡異業現前大王如彼夢覺念夢中事如是大王最後識爲主彼業因緣故以此二緣生分之中識心初起或生地獄或生畜生或生閻魔羅界或生阿脩羅或生天人中前識既滅受生分識生生分相續心種類不絕大王無有一法從於今世至於後世而有生滅見所作業及受果報皆不失壞無有作業者亦無受報者大王彼後識滅時名入死數若初識生名入生數大王彼後識起時無所從來及其滅時亦無所至其緣生時亦無所從來滅時亦無所至其業生時亦無所從來滅時亦無所至初識生時亦無所從來滅時亦無所至其生亦無所從來滅時亦無所至何以故自性離故彼後識後識體性空緣緣體性空業業體性空死死體性空初識初識體性空受生受生體性空世間世間體性空涅槃涅槃體性空起起體性空壞壞體性空大王如是作業果報皆悉不壞無有作業者無有受報者但隨世俗故有非第一義大王當知一切諸法皆悉空寂一切諸法空者是空解脱門空無空相名無相解脱門若無相者則無願求名無願解脱門如是大王一切法皆具三解脱門與空共行涅槃先道遠離於相遠離願求究竟涅槃界決定如法界周徧虛空際大王當知諸根如幻境界如夢一切譬喻當如是知大王如人夢中夢見大水漂

蕩已身妻子眷屬既見漂已心生無量種種憂惱是人覺已憶念夢中爲水所漂憂苦之事於意云何是人所夢是眞實不王言不也佛言大王是人所夢執謂眞實是爲智不王言不也世尊何以故夢中畢竟無有大水况復漂蕩生大憂惱是人徒自疲勞都無有實佛言大王如是愚癡無聞凡夫見水漂蕩心生執著生執著已其心不喜心不喜故作不喜業所謂身三口四意三種業造彼業已即便謝滅是業滅已不依東方而住亦復不依南西北方四維上下而住如是之業乃至臨死之時最後識滅見先所作心想中現大王是人見已心生忙怖自分業盡異業現前大王如彼夢覺念夢中事如是大王最後識爲主彼業因緣故以此二緣生分之中識心初起或生地獄或生畜生或生閻魔羅界或生阿脩羅或生天中人中前識既滅受生分識生生分相續心種類不絕大王無有一法從於今世至於後世而有生滅見所作業及受果報皆不失壞無有作業者亦無受報者大王彼後識滅時名入死數若初識生名入生數大王彼後識起時無所從來及其滅時亦無所至其緣生時亦無所從來滅時亦無所至其業生時亦無所從來滅時亦無所至死時亦無所從來滅時亦無所至初識生時亦無所從來滅時亦無所至其生亦無所從來滅時亦無所至何以故自性離故彼後識後識體性空緣緣體性空業業體性空死死體性空初識初識體性空受生受生體性空世間世間體性空涅槃涅槃體性空起起體性

空壞壞體性空大王如是作業果報皆不失壞無有作業者無有受報者但隨世俗故有非第一義也大王當知一切諸法皆悉空寂一切諸法空者是空解脫門空無空相名無相解脫門若無相者則無願求名無願解脫門如是大王一切法皆具三解脫門與空共行涅槃先道遠離於相遠離願求究竟涅槃界決定如法界周徧虛空際大王當知諸根如幻境界如夢一切譬喻當如是知大王如人夢中自見己身飲酒惛醉無所覺知不識罪福善惡尊卑優劣是人覺已憶念夢中飲酒迷亂於意云何是人所夢是眞實不王言不也大王於意云何是人所夢執謂眞實是爲智不王言不也世尊何以故夢中竟無有酒況飲惛亂不識尊卑善惡優劣是人徒自疲勞都無有實佛言大王如是愚癡無聞凡夫夢見飲酒惛醉心生執著生執著已起染愛心起染愛心已作染愛業所謂身三口四意三種業造彼業已即便謝滅是業滅已不依東方而住亦復不依南西北方四維上下而住如是之業乃至臨死之時最後識滅見先所作心想中現大王是人見已心生愛著自分業盡異業現前大王如彼夢覺念夢中事如是大王最後識爲主彼業因緣故以此二緣生分之中識心初起或生地獄或生畜生或生閻魔羅界或生阿脩羅或生天中人中前識既滅受生分識生生分相續心種類不絕大王無有一法從於今世至於後世而有生滅見所作業及受果報皆不失壞無有作業者亦無受報者大王彼後識滅時名入

死數若初識生名入生數大王彼後識起時無所從來及其滅時亦無所至其緣生時亦無所從來滅時亦無所至其業生時亦無所從來滅時亦無所至死時亦無所從來滅時亦無所至其生亦無所從來滅時亦無所至何以故自性離故彼後識後識體性空緣緣體性空業業體性空死死體性空初識初識體性空受生受生體性空世間世間體性空涅槃涅槃體性空起起體性空壞壞體性空大王如是作業果報皆不失壞無有作業者無有受報者但隨世俗故有非第一義也大王當知一切諸法皆悉空寂一切諸法空者是空解脫門空無空相名無相解脫門若無相者則無願求名無願解脫門如是大王一切法皆具三解脫門與空共行涅槃先道遠離於相遠離願求究竟涅槃界決定如法界周徧虛空際大王當知諸根如幻境界如夢一切譬喻當如是知

四轉輪王品第二十六之一

爾時佛告淨飯王言大王如上所說之法繫心精勤當自觀察修行勿隨於他此法乃是過去未來現在諸佛菩提能超一切世間自在能除一切渴愛降伏我慢滅除罪過一切諸法而得平等彼非凡夫地一切聲聞所不能到一切辟支佛非其境界一切菩薩之所修行一切諸佛之所證得大王於此法中應當安意應作是念我當云何於天人中得爲眼目得爲燈明得爲大炬得爲船栰善知水路得爲導師得爲商主得爲導首我當云何得自度已復能度他自既解脫令他解脫自

得安隱令他安隱自證涅槃令他涅槃大王當知不應觀過去世際所經豪富自在大王諸根如幻無滿足時亦無能滿者境界如夢於色聲香味觸無有猒足大王過去之世有轉輪王名無量稱大王彼無量稱王具足無量衆寶輦輿軍衆象馬無礙輪寶七寶具足所有軍乘無能壞者於先佛所植諸善根意力成就隨念即辦大王彼無量稱王有所憶念無不隨意何以故具足成就善根力故大王爾時無量稱王即作是念以我自試福德之力時無量稱王即作是念以我威力令此四天下所有樹木常有華果用之無盡大王彼無量稱王作是念已於四天下所有樹林華果繁茂用無窮盡大王無量稱王復作是念令四天下所有人民諸所欲願隨意無違大王彼無量稱王作是念已四天下中一切人民一切所願悉得充滿大王無量稱王復作是念我當更試善根之力若我有福令四天下降注香水作是念已於四天下尋降香雨大王爾時無量稱王復作是念我今當更自試福力大王時無量稱王即作是念若我福力令四天下普雨妙華作是念時於四天下尋雨妙華大王爾時無量稱王復作是念我今當更自試福力若我有福令四天下普雨妙衣作是念已於四天下尋雨天上劫貝樹衣大王彼無量稱王復作是念我今自試福力若我有福令四天下普雨銀雨作是念已於四天下尋降銀雨大王彼無量稱王復作是念我今當更自試福力復作是念若我有福令四天下普雨金雨作是念已於四天

下尋雨金雨何以故無量稱王所願從意皆由過去於一切衆生修共業善大王爾時此閻浮提地縱廣正等一萬八千由旬當爾之時此閻浮提有六十千萬諸大城郭大王爾時於此閻浮提中置立隍城名寶莊嚴其城縱廣十二由旬四面平正妙巧所成街巷莊嚴界分分明於其城外有多羅樹七重行列其多羅樹四寶合成所謂金銀瑠璃玻瓈莊飾端嚴甚可愛樂其金樹者根莖枝條悉皆是金其葉華果悉是白銀其銀樹者根莖枝條悉皆是銀其葉華果皆是黄金毗瑠璃樹根莖枝條悉是瑠璃其葉華果皆是玻瓈其玻瓈樹根莖枝條悉是玻瓈其葉華果皆毗瑠璃大王爾時彼寶莊嚴城周帀七重懸寶鈴網種種莊嚴微妙第一復以種種衆寶羅網彌覆其上於其城外有七重寶壍彼一一壍深半由旬廣一由旬其七重壍底岸平正八功德水清淨盈滿衆鳥易飲復有諸華所謂優鉢羅華拘物頭華波頭摩華分陀利華彌滿其中底布金沙其壍四邊周帀階道四寶莊嚴所謂金銀瑠璃玻瓈種種微妙甚可愛樂彼諸階道四寶合成黄金爲階白銀爲隥白銀爲階黄金爲隥瑠璃玻瓈間錯上下交互莊飾周帀欄楯七寶所成端嚴無比一一階道有七重寶門種種莊嚴微妙最上一一階道於其兩邊金芭蕉樹其壍四邊周帀階道於其兩頭一一皆有七寶妙座彼諸所有種種莊嚴皆悉是彼無量稱王福德所致其寶莊嚴城外周帀而有八萬園林無量稱王作此園林不起愛著我所之心悉施衆生

共同受樂是一一園有八大池一一大池縱廣半由旬於其池中有種種華優鉢羅華波頭摩華拘物頭華分陀利華如是衆華彌覆其上一一池邊有八階道一一階道四寶所成端嚴姝妙其階道頭建七寶幢門所謂金銀瑠璃及瑪瑙等其階兩邊閻浮檀金爲芭蕉樹莊飾嚴麗八功德水彌滿池中烏鳥堪飲其池四邊植諸妙華所謂阿提目多伽華薝蔔華阿輸伽華拘羅婆華波吒黎華迦賦迦羅華婆拘羅華婆利師迦華末利迦華蘇摩那華摩樓多華陀𧂐師迦華如是等陸地生華無量稱王爲令諸人受適樂故種植如是種種妙華是諸人民遊戲其中歡娛受樂大王彼寶莊嚴城所有寶鈴羅網寶多羅樹微風吹動出和雅音譬如有人善作五種微妙音樂其聲和雅甚可愛樂彼無量稱王所有宮城鈴網寶樹園林樂具所出妙音甚可愛樂亦復如是大王爾時寶莊嚴王城中所有人民以彼妙音娛樂受樂時彼寶莊嚴城豐樂安隱人民充滿豪富自在處處皆有優鉢羅華波頭摩華拘物頭華分陀利華大王彼無量稱王又於異時復作是念我今當往西瞿陀尼作是念已王及四兵俱昇虛空往瞿陀尼王既至彼彼諸小王皆來奉迎各以國土奉獻大王時無量稱王於彼止住百千萬歲於彼王領大王彼無量稱王復作是念我今當往東弗婆提作是念已即與四兵俱昇虛空往弗婆提王既至彼彼土小王亦皆奉迎復以國土奉上大王無量稱王於彼止住百千萬歲於彼王領大王彼無量稱王復

於異時作是思惟我當往彼北鬱單越作是念已即與四兵上昇虛空詣鬱單越王既至彼彼諸人民歡喜歸化王於彼住多百千歲王領受樂教已眷屬大王彼無量稱王於彼久時復作是念我曾聞有三十三天住須彌頂我今宜往忉利天上作是念已即乘龍象復與四兵飛昇虛空上須彌山大王爾時無量稱王即問御臣汝見須彌及以大海并四天下其事云何御臣答王我見須彌及大海水四天下等悉皆旋轉猶如陶師以杖轉輪我見須彌及四天下悉皆旋轉亦復如是王告御臣此龍象王大行未止大王爾時無量稱王復更前進問御臣言汝見須彌大海及四天下復更云何御臣答言我見須彌及大海水四天下等悉皆震動王答臣言今將欲

到須彌山頂此龍象王小行猶未止大王彼無量稱王復更前行問御臣言汝見須彌及大海水并四天下相復云何御臣答言我見須彌及大海水四天下等不動不轉王告臣言此龍象王今已到彼須彌山頂大王爾時無量稱王及與四兵尋即到彼須彌山頂大王爾時帝釋遥見無量稱王歡喜來迎而作是言善來大王即分半座命王令坐王即就坐在彼天上經無量歲與彼天主分半而治大王爾時無量稱王復於久時作如是念我今寧可退彼天主即住其中獨爲天王作是念已無量稱王及以四兵從彼三十三天即便退落還閻浮提寶莊嚴城墮七寶園中爾時寶莊嚴城中人民出於城外至寶篋園中見無量稱王及諸四兵從天而墮在彼園中

衆人見已速疾入城告城中人作如是言今有天子并及四兵從天而來在寶篋園中爾時寶莊嚴城中復有一王名曰作愛秉執國事彼作愛王聞有天子并及四兵從天而墮在寶篋園聞已速疾嚴敕四兵駕御善乘與諸城人從寶莊嚴城出詣寶篋園王及城人見無量稱王怪未曾有爾時作愛王尋敕速辦種種香華末香塗香疾至無量稱王所偏袒右肩右膝著地合掌長跪向無量稱王而作是言汝爲是誰王即答言汝於昔來頗曾聞有無量稱王以不時作愛王及諸臣民皆云我昔曾從先舊人聞本有大王名無量稱王四天下與其四兵昇忉利天無量稱王即答之言如汝所聞無量稱王即我身是爾時無量稱王初從天下聞彼人間飲食精氣心不愛樂不能堪忍身體沉惛猶如醍醐投熱沙中尋即沉没不得暫停無量稱王於閻浮提飲食諸味不生愛樂身心沉没亦復如是爾時作愛王見無量稱王不堪人中香氣飲食身心頓弊不能止住便作是語無量稱王有何善言我於來世何所傳説大王時無量稱王告作愛王言汝今當知無量稱王從昔已來王四天下威德自在有所須念無不隨意樹林華果及隨意菓能除一切衆生苦惱隨諸衆生所須之具皆令如意我復又能降天香雨天衣天華雨銀雨金王四天下豪富自在昇忉利天帝釋分座共治天事貪無猒故於天退没下閻浮提遂便終没時無量稱王告作愛王言如上衆事汝於未來當如是説無量稱王豪富自在貪求無猒自取命終

作是語已即便命終佛言大王當知勿作異觀莫生猶豫疑惑之心爾時無量稱王豈異人乎我身是也大王是故當知諸根如幻境界如夢大王如是應當繫心正觀勿信於他

爾時世尊即說偈言

常樂法自在　數數策其心　貪欲自在中
智心應遠離　離欲自在已　住法自在中
若能降伏心　則能伏煩惱　若能降煩惱
即得離業道　若離業道已　則爲世間塔
不爲欲穢染　顯示煩惱過　念饒益衆生
故號爲支提　聞貪欲過已　便能離貪欲
一切智淨心　故號爲支提　最勝大丈夫
念滅衆生惡　解脫彼嗔恚　故號爲支提
最勝大丈夫　念滅衆生癡　脫彼愚癡心
故號爲支提　調御天人師　念滅衆生慢
淨彼衆生心　故號爲支提

大寶積經卷第七十五

音釋

栰（房越切筏也大曰栰小曰桴）輦（力展切輓車也）塹（七艷切遶城水也）隥（都鄧切登䠻之道曰隥）篋（詰叶切箱篋也）猶豫（猶以周切豫羊恕切猶豫多疑不決也）

大寶積經卷第七十六

高齊北天竺三藏那連提耶舍譯

菩薩見實會第十六之十六

四轉輪王品第二十六之二

大王過去有王名曰地天如法爲王名爲法王七寶具足所謂輪寶象寶馬寶明珠寶玉女寶長者寶主兵寶是名七寶大王彼地天王父名曰地生彼地生王臨命終時其地天最爲長子其地生命終之後輔相大臣灌地天頂以爲大王即爲刹利灌頂大王時地天王既爲刹利灌頂王已於十五日月盛圓滿受齋之日沐浴洗頭剪除鬚鬢及以爪甲已著新淨衣以諸華鬘種種瓔珞天冠臂印環釧耳璩莊嚴其身在高樓上婇女圍繞即於東方有金輪寶千輻不減轂輞具足光明照曜縱廣七肘純是眞金大王時地天王見是事已即作是念我昔曾聞先舊人說若刹利灌頂王於十五日月圓滿時受齋之日沐浴洗頭剪除鬚鬢及除爪甲著不打衣以諸華鬘種種瓔珞天冠臂印環釧金璩莊嚴其身在高樓上婇女圍繞若於東方有金輪寶轂輞具足千輻不減而來應者當知是王定當得作轉輪聖王復作是念我今豈可作輪王耶我今當試大王爾時地天王即從座起偏袒右肩整理衣服右膝著地對輪合掌向彼天輪作如是言寶輪可下在地而住作是語已彼天寶輪從空下地住在王前時地天王即以妙香用塗其手勝妙好衣以拭輪寶以其右手接取輪寶置左手中復以右手摩拭其輪作如是言汝今應當降伏東方作是語

已時金輪寶飛昇虛空左右旋轉即往東方至彼往昔轉輪王道其道平正布散諸華甚可愛樂輪所經處皆悉平正無有高下以王福力河池井泉枯竭之處八功德水悉皆盈滿一切所有樹林花果枯悴之者悉皆敷榮已敷榮者更增鬱茂大王爾時地天轉輪聖王即與四兵隨輪而去輪寶若住王亦隨住王所至處所有國土大小諸王與其臣民各以金槃盛滿銀粟或以銀槃盛滿金粟奉迎大王各作是言善哉大王善來大王此諸國土安隱豐樂人民熾盛惟願大王受此國土攝化人民我等皆當奉給左右惟願止住爾時地天轉輪聖王告彼諸國王及臣民等作如是言我今不須國土寶物汝自受用汝今若欲隨順我者應離殺生亦莫偷盜亦莫邪婬亦莫妄語亦莫兩舌亦勿惡口亦莫綺語亦莫貪欲亦莫瞋恚亦莫邪見汝等應當自住十善亦教他人令住十善我則知汝歸從於我受我教敕我觀汝等猶如我子汝等常應供養父母師長及諸沙門婆羅門等莫作非法不善惡行亦勸他人令行善法若能如是我知汝等一切國土所有人民悉皆歸從降伏於我又復告言汝等常應孝養父母恭敬師長及諸沙門諸婆羅門莫作非法不善惡行亦勸他人令行善法若能如是我知汝等一切國土所有人民悉皆歸從降屬於我爾時聖王及諸四兵如是漸漸度於大海降弗婆提過盡人境輪寶乃住如是乃至南西北方及鬱單越悉降伏已度彼北海盡人境已王及輪寶還閻浮提本宮門上在虛空中

停住不動爾時地天轉輪聖王如是降伏四天下已還閻浮提即便止住地天大王及與輪寶還來至此閻浮提時彼四天下變成七寶端嚴殊特何謂七寶所謂金銀瑠璃玻瓈硨磲赤珠碼碯爾時輪寶於四天下周迴旋轉已一切地獄畜生餓鬼八難消滅於四天下所有一切不善惡聲悉皆除滅況有造作諸惡業者何以故皆是地天聖王本願力故又復輪寶周旋轉時四天下中不假種植處處皆生自然杭米淨無糠檜又復輪寶周旋轉時四天下中自然而生天樹寶衣又復輪寶周旋轉時四天下中一切病患悉皆除愈唯除三患何等爲三一者求欲二者飮食三者衰老又復輪寶旋轉之時四天下中所有人民壽千萬歲又復輪寶周旋轉時四天下中一切人民所有苦惱自然消滅如是等無量無邊希有不可思議之事出現於世爾時地天大王復於久時作如是念我今於此受諸快樂五欲衆具頗更有處勝此以不復自思念我昔曾聞須彌頂上有三十三天五欲資具其事云何爾時地天大王未除愛欲猒惡人間所有五欲資財之具欣彼天中上妙之樂我今寧可往彼天上爾時地天大王作是念已王及四兵忽然之頃至忉利天爾時帝釋遥見地天大王作如是言善來大王善哉大王即分半座命王令坐王即就座爾時地天在彼天上經無量百千歲分位而治爾時地天大王復於久時生大貪心作如是念我今應當退彼天主獨爲天王作是念已即從帝釋半座而墮并及四兵至閻浮提安隱

城中爾時地天大王久在天上受勝妙樂心生躭樂忽至人間不能堪受人中貧具身心沉没猶如醍醐置熱沙中尋即消化莫知所在地天大王身心沉没不能堪忍人中所有飲食精氣亦復如是爾時地天大王身心疲頓而説偈言

諸王大自在　不能除渴愛　如乾草遇火
是故應捨欲　常行於婬欲　未曾滿足時
如渴飲鹹水　終不能除渴　如衆流歸海
終無有滿足　愛欲亦如是　曽無滿足時
如火焚草木　無有猒足時　愛欲亦如是
終無有滿足　猶如深谷響　隨聲無休息
聞聲亦如是　亦無休息時　亦如盛香篋
受香無簡擇　鼻香亦如是　亦無有猒足
如杓攪美食　終無知止足　舌貪嗜美味
亦無於止足　如鏡現面像　亦無有猒足
如是行欲人　於欲無猒足　如虚空受風
未曽有猒足　身常受諸觸　終無猒足時
如夢中飲水　終不能除渴　意所受諸法
亦無有猒足　貪求愛欲人　復增長愛欲
觀於諸境界　愛無猒足時　見欲增苦惱
猶如火焚薪　滅除諸愛欲　亦如水滅火

佛言大王汝知爾時地天大王豈異人乎大王當知勿作異觀地天王者即我身是大王當知彼地天大王往昔之時豪富自在貪求無猒遂便命終何以故諸根無猒境無能滿諸根如鏡境如光影諸根如幻境界如夢大王應當安心此法深自觀察勿隨他教大王此法乃是過去未來現在諸佛世尊無上菩提大王應當遠離一切豪貴應當消竭一切

渴海倒憍慢山遠離一切衰禍於一切法平等非一切凡夫地亦非聲聞之所能行又非一切緣覺境界乃是一切菩薩所行一切諸佛正覺所證王當安心勿令散亂應作是念我當云何於未來世一切世間天人之中得爲燈明爲炬爲光爲船爲導爲師得爲商主爲首爲無上自度度彼自脫脫彼自安安彼自得涅槃令他涅槃大王莫觀先際所更豪富自在大王當知諸根如幻無有猒足無能滿者境界如夢不能令滿佛言大王過去有王名曰頂生有大威德有大神足有大威勢從父烏哺沙王頂上而生久積善根曾見無量無數諸佛修諸善根於諸世尊恭敬供養積集善本於四天下豪貴自在大王時頂生王灌頂受位七日已得七寶具足爲轉輪王何者爲七一者金輪寶千輻不減轂輞具足自然而有縱廣七肘而來應之二者白象寶六牙具足七支拄地白如雪山自然而至三者馬寶其色紺艶而來應之此上象馬從旦至食於四天下周徧八方盡大海際還住本處四者珠寶大如人髀純青瑠璃其光照曜周帀八方各一由旬五者長者寶豐饒財寶巨富無量隨王所念皆能辦之自然而應六者玉女寶形容端正微妙第一不長不短不白不黑身諸毛孔出栴檀香口氣淨潔如青蓮華其舌廣大出能覆面形色細薄如赤銅鍱身體柔軟猶如無骨冬溫夏涼其心慈悲常出輭語以手觸王即知王心所念之處七者主兵寶自然而出勇猛策謀武略第一預知王心七日所念善知四兵鬪戰之法未集

者令集已集者令散千子具足勇健端正能降怨敵大王爾時頂生轉輪聖王七寶具足王四天下如法化世令四天下豐樂安隱人民熾盛城邑聚落次第相近雞飛相及爾時大地一切無有沙礫荆棘多饒衆寶具足無量園林泉池端嚴殊妙甚可愛樂何以故皆是頂生聖王安住法力當爾之時若天若人受欲樂中最爲第一大王爾時頂生大王所住之城名阿踰閣其城東西十二由旬南北長七由旬其城七寶衆寶羅網彌覆其上懸衆寶鈴其城内外種種莊嚴悉皆如上無量稱王寶莊嚴城等無有異亦如忉利得勝之堂大王頂生大王造三種殿一名月出殿於盛夏熱時王居其中其第二殿名毗瑠璃藏於春月時王居其中其第三殿名曰威德起於冬寒時王居其中爾時頂生與王女寶并諸婇女前後圍繞入月出殿時身體清涼猶如牛頭栴檀塗其身體王與眷屬前後圍繞若入彼毗瑠璃殿時身心調適猶如多摩羅葉香用塗其身大王其頂生大王復與眷屬婇女圍繞入彼日威德殿時身體和煖猶如沉水香用塗其身入彼殿時身體和煖亦復如是大王是頂生王隨欲自在令諸殿等隨其時節而生樂觸隨意出風隨意出雨種種音樂隨意而至資生所須亦隨意現大王爾時頂生於其宫内七日之中天雨金銀過七日已作如是念甚奇希有不可思議如此清淨之業所獲果報隨意而現充滿我意福德所致無差違也誰有得見如是果報於修福德而生知足大王頂生聖王於閻浮提經百

千歲已作如是念我今於此閻浮大洲安隱豐樂人民熾盛悉皆歸屬於我宮內七日雨寶我今當往西瞿陀尼作是念已頂生大王即與四兵上昇虛空從閻浮提漸次至彼西瞿陀尼王既至彼於無量百千歲在彼王領頂生大王依報過人未得天報大王頂生聖王於瞿陀尼隨意雨寶滿其宮內如閻浮提等無有異大王爾時頂生復於後時作如是念我王閻浮提豐樂安隱人民熾盛又於宮內隨意雨寶此瞿陀尼亦皆安隱豐樂人民熾盛又於宮內隨意雨寶我今亦知東有大洲名弗婆提我今當往作是念已即與四兵俱昇虛空從瞿陀尼漸次而往東弗婆提王既至彼於弗婆提止住王領無量千歲受五欲樂依報過人未得天報大王頂生聖王於弗婆提隨意雨寶滿其宮內如閻浮提等無有異大王爾時頂生復於後時作如是念我閻浮提豐樂安隱人民熾盛又於宮內隨意雨寶及瞿陀尼亦皆安隱豐樂人民熾盛亦於宮內隨意雨寶此弗婆提皆悉安隱豐樂人民熾盛亦於宮內隨意雨寶我今亦知北有大洲名鬱單越其中人民無我我所雖復如此我當往彼自誡眷屬頂生大王作是念已與其四兵俱昇虛空從弗婆提漸次而往北鬱單越王既至彼於鬱單越無量千歲教誡眷屬復於久時作如是念我閻浮提豐樂安隱已雨七寶及瞿陀尼人民熾盛安隱雨寶東弗婆提亦皆如是隨意雨寶北鬱單越悉亦安隱我曾聞有三十三天住須彌頂我今當往躬自觀之爾時頂生作是念已即與

四兵俱昇虚空往須彌山頂當爾之時釋提桓因與三十三天集善法堂論人天事爾時帝釋遥見頂生從遠而來即出迎之作如是言善來大王善來至此即分半座命王令坐王即就座時頂生王坐半座時即有十種勝事映蔽諸天何等爲十一者壽命勝天二者容色勝天三者名稱勝天四者受樂勝天五者王領自在勝天六者形貌勝天七者音聲勝天八者香氣勝天九者食味勝天十者細觸勝天大王爾時頂生與彼帝釋形容相貌行動威儀等無差别飲食衣服資生之具悉無有異唯有視瞬爲别異耳而諸天等分别識知天王人王二種之别佛言大王甚奇希有帝釋頂生人天既别形容相貌等無有異大王當知福德之力其事如是誰於福德而生足也大王爾時頂生於忉利天無量千歲爲增上自在大王爾時頂生於四天下豪富自在復於忉利天上豪富自在帝釋分治猶不猒足復作是念我今寧可獨爲天主何用帝釋宜應退之大王爾時頂生作是念已從天退下還閻浮提於阿踰闍城最上園中王當下時威光照曜徧閻浮提一切諸方映蔽日光亦如日出月無光明日光在空無復光明王光映蔽亦復如是如日輪出映蔽月輪頂生威光映彼日輪亦復如是大王爾時阿踰城人出城遊觀見彼頂生并及四兵從天而退墮其園中彼人見已怪未曾有即入城中徧告城人言今有天子并及四兵從空而下墮彼王最上園中大王爾時城中王及臣民辦具種種歌舞妓樂塗香末香寶幢旛蓋

華鬘瓔珞身體衣服悉皆清淨速疾出城詣彼園中大王爾時頂生從天墮時一切大地六種震動當爾之時一切人中所有莊嚴最勝妙香用塗其身悉至園中頂生王所爾時頂生躭著天中上妙資産不能堪忍人中資具所有香氣沉惛在地喻如生酥醍醐投極熱沙中不得停住爾時頂生沉惛不住亦復如是爾時城中王及臣民内外人衆見頂生王在彼園中沉惛在地即便問言天爲是誰爾時頂生即告彼王及諸人民言汝昔曾聞有頂生大王不爾時國王及諸人民咸皆答言我昔曾從耆舊人所聞有大王名曰頂生不捨人身將諸眷屬并及四兵而昇天上爾時頂生告諸人言昔頂生者我身是也我及四兵從天而墮爾時國王及城内外所有人衆即以偈頌問頂生曰

我從舊人所　聞有威德王　號名曰頂生
極有大名稱　已身及四兵　從此昇天上
并及諸眷屬　法王如法治　人天勝王言
無常力所害　退天樂受苦　頂生者我是
諸人皆合掌　頂禮大王足　有何希有事
未來當傳說　從天而退者　受苦王說言
汝聽希有事　欣樂莫放逸　頂生大王者
統領四天下　受樂過天人　欲無猒致死
於其後宮内　七日雨珍寶　如法治天下
欲無猒而死　與彼天帝釋　分半座而坐
惡覺所惱亂　多欲故退墮　於其生死海
無智故沉没　樂著五欲者　天欲無猒死
如渴夢飲水　不能除其渴　受五欲亦爾
終無有猒足　智慧諸衆生　斷除愚癡闇

彼智者知足　正觀諸有趣　智觀察有趣
慧見老病死　斷除諸渴愛　捨有趣無著
觀觸如火燒　便捨於渴愛　觀受亦如是
知愛是非善　如擊衆音樂　根境界亦然
聖教中調伏　能捨根自性　一切五種人
從於名色生　識於中分別　則生於思覺
聖者作是觀　於取有不著　智者慧滿足
證滅如薪盡　頂生向彼王　臣民說是已
示諸有無常　即便取終沒

佛告大王汝知爾時頂生王者豈異人乎勿作異觀莫生疑惑我身是也我昔曾爲頂生王時統領人天豪貴自在貪欲無猒而取終沒是故大王應捨豪富憍慢自在住不放逸若能住於不放逸行是人即能修諸善根大王若不放逸者復能入於法界平等大王若人能離放逸者成就利益大王有爲無爲界非男非女非過去非未來非現在大王當於此法安住自心勿隨他教大王此法乃是過去未來現在諸佛世尊無上菩提大王應當遠離一切豪貴消竭一切渴海倒憍慢山遠離一切衰禍於一切平等非一切凡夫地亦非聲聞之所能行又非一切緣覺境界乃是一切菩薩所行一切諸佛正覺所證王當安心勿令散亂應作是念我當云何於未來世一切世間天人之中得爲燈明爲炬爲光爲船爲導爲師得爲商主爲首爲無上自度度彼自脫脫彼自安安彼自得涅槃令他涅槃大王觀先際所經豪富自在大王當知諸根如幻無有猒足無能滿者境界如夢不能令滿大王過去有王名曰尼彌了達諸法如法

爲王重不放逸若所作事離諸放逸大王是尼彌王常觀三世平等又觀一切諸法猶如三世平等觀過去一切諸法遠離自性觀未來一切諸法遠離自性觀現在法亦復如是遠離自性大王彼尼彌王觀一切三世法平等已於諸法不生取著彼尼彌王觀一切世間爲四顛倒之所顛倒於不淨法中而起淨想於苦法中而生樂想於無常法中而起常想於無我法中而生我想見世如是便作是念世間敗壞甚大敗壞如此衆生一切諸法自性空寂而不覺知大王爾時尼彌王復作如是念我當以四攝法攝諸衆生若我四法攝衆生者是諸衆生隨順於我受我言教爾時尼彌大王先作是方便已即以四攝攝諸衆生攝諸衆生已尼彌大王即教人民一切諸法平等作如是言汝諸衆生一切諸法離於自性若一切法離自性者彼法亦非過去非未來非現在何以故彼法自性無實故若法離自性者彼法亦不可說是過去未來現在大王爾時彼尼彌王於彼衆生所教是三世平等法已彼諸衆生八十千萬那由他無量百千衆生得無生法忍大王爾時三十三天在善法堂聚集而坐作是議言善哉善哉鞞提呵國人大獲善利是尼彌王解了諸法如法爲王具足方便於顛倒衆生所以善方便示不顛倒法也爾時釋提桓因在於餘處去善法堂遠即以天耳聞彼天說聞已尋來詣善法堂就座而坐旣就座已問彼天言汝諸天等在善法堂何所論說作是問已時諸天等報帝釋言唯然天主聽我所說我等向

來集善法堂所論之事說彼鞞提呵國人善得利益是尼彌王解了說法如法爲王具足方便於顛倒衆生所以善方便示不顛倒法也所謂顯示諸法自性彼諸天等作是語已爾時帝釋報諸天子作如是言是尼彌王具足成就不可思議善巧方便汝等在此忉利天上欲得見彼尼彌王不爾時諸天咸皆同聲作如是言唯然天主我等在此欲得見彼尼彌大王爾時帝釋天主即告御臣名摩多梨言汝當前來可莊嚴備諸天千馬寶車往閻浮提鞞提呵國尼彌王所說如是言此是諸天千調馬車遣來迎王惟願大王昇此寶車勿生怖畏三十三天悉皆願樂欲見大王若上車已作如是言大王我今將王從何道去詣彼天上爲從住顛倒地衆生道而去爲從住不顛倒地衆生道而去也爾時摩多梨答帝釋言唯然受教聞此語已即便嚴備千調馬車自昇其上從彼忉利下閻浮提至鞞提呵國尼彌王所語尼彌王作如是言忉利諸天今遣千調馬車王可昇車勿生怖畏忉利諸天願樂見王爾時尼彌大王以無畏心便即登之既昇車已摩多梨作如是言我今將王從何道去爲從住顛倒地衆生道去爲從住不顛倒地衆生道去王即報言汝可將我從彼二道中間而去爾時摩多梨即將尼彌王從顛倒地衆生所不顛倒地衆生所二處而去大王爾時尼彌王語摩多梨言汝可少時停車而住我當觀彼顛倒衆生所住之處時摩多梨即受王教暫止馬車爾時尼彌王於少時間令八十千萬衆生安住見實三

昧中何以故是王於少時間令如是衆住見實三昧中此王善習不放逸行故令此衆生住三昧者於後悉得無生法忍是時摩多梨都不覺知王所爲作爾時摩多梨又復將王到須彌頂爾時尼彌王遥見青茂叢林告摩多梨言彼林定是不顛倒衆生所居之處摩多梨言大王此是忉利諸天善法之堂彼忉利天衆集在堂上欲得見王惟願大王勿生怖畏當昇此堂爾時尼彌王心不恐懼便昇堂上爾時帝釋遥見尼彌王來即作是言善來大王便分半座命王令坐時尼彌王即就帝釋半座而坐爾時帝釋即以美言共相慰問言大王快獲善利能令佛法熾然增長爾時帝釋向忉利天衆作如是言此尼彌王成就具足不可思議善巧方便是王於少時間能令八十千萬衆生住佛法中然摩多梨都不覺知爾時尼彌王即爲忉利諸天廣説種種勝妙之法利益天衆已即白帝釋言我今欲得還閻浮提何以故於閻浮提爲欲護持佛正法故帝釋報言今正是時復敕御臣摩多梨言汝可還駕千調馬車送尼彌王還歸閻浮其尼彌王到閻浮提已成就大慈善巧方便令無量衆生安住佛法大王莫作異疑勿生異觀昔尼彌王者我身是也大王當觀不放逸力難可思議尼彌大王昇帝釋座尚無貪著是故大王於佛法中當勤精進修不放逸大王何謂佛法大王一切諸法皆是佛法爾時淨飯王聞此語已即白佛言若一切法是佛法者一切衆生亦應是佛佛言若不顛倒見衆生者即是其佛大王所言佛者如

實見衆生也如實見衆生者即是見實際實際者即是法界大王法界者不可顯示但名但俗但是俗數但有言說但假施設應如是觀大王一切法無生此是陀羅尼門何以故此名陀羅尼門於此一切法無動無摇無取無捨是名陀羅尼門大王一切諸法不滅是陀羅尼門何以故不滅是陀羅尼門於中一切法無動無摇無取無捨彼陀羅尼門無有相貌無有自性無可施設無作無造無來無去無衆生無命無人無養育非對治無形無狀無纏無離無穢無淨無愛無憎無縛無解無命者無出無退無得無住無定無亂無知非無知非見非不見非戒非犯非悔非不悔非喜非不喜非猗非不猗非苦非樂非定非不定非實非倒非涅槃非不涅槃非愛非離愛非見非不見非解脱非不解脱非智非不智非視非不視非業非不業非道非不道大王應當以此六十七法門入一切法大王是色自體非曾有非當有非今有如是受想行識體性亦復如是非曾有非當有非今有大王如鏡中像非有非無是色體性亦復如是非曾有非當有非今有受想行識亦復如是非曾有非當有非今有大王譬如響聲非曾有非當有非今有大王如是色體性亦復如是非曾有非當有非今有受想行識亦復如是非曾有非當有非今有大王譬如陽焰非曾有非當有非今有是色體性亦復如是非曾有非當有非今有大王譬如聚沫無有堅實非曾有非當有非今有是色體性亦復如是非曾有非當有非今有大王如是受想行

識體性亦復如是非曾有非當有非今有大王譬如夢中夢見國中最勝女人是夢所見亦非曾有非當有非今有是色體性亦復如是非曾有非當有非今有如是受想行識體性亦復如是非曾有非當有非今有大王譬如石女夢見生子是夢所見亦非曾有非當有非今有是色體性亦復如是非曾有非當有非今有如是受想行識亦復如是非曾有非當有非今有大王色無所依乃至識亦無所依大王譬如虛空無所依如是大王色無所依乃至識亦無所依大王色無有生乃至識亦無有生大王色無有滅乃至識亦無有滅大王如涅槃界無有生亦無有滅大王如是色亦無生無滅乃至識亦無生無滅大王譬如法界亦無生無滅大王如是色亦無生無滅乃至識亦無生無滅如是大王一切法是如來境界不可思議亦是如來境界不共法亦是如來境界不共一切凡夫境界故是故一切聲聞緣覺不毀不讚不得不失非覺非不覺非知非不知非識非不識非捨非不捨非修非不修非說非不說非證非不證非顯示非不顯示非可聞非不可聞何以故大王彼法無有如是法可得扶舉可得摧倒何以故一切諸法離自性故大王今可於此法中而安其心深觀此法勿信於他爾時淨飯王作是念於諸法中無法可得無有如是法得證是法號爲佛者諸法實不可得佛爲衆生但假言說爾時世尊說是法時淨飯王等七萬釋種得無生法忍爾時世尊知諸釋種得深信已而現微笑爾時慧命馬勝比丘以

偈問曰

大雄尊導師　爲世現微笑　惟願世明炬
演說微笑事　十力一切智　何因現微笑
願說彼笑因　斷世諸疑網　佛爲釋衆故
而現微笑瑞　爲諸人天衆　速除諸疑網
得聞大雄說　世間離諸疑　其心皆欣喜
安住佛法中　世尊諸子等　得知微笑事
堅固住誓願　智慧必通達　惟願尊導師
斷除大衆疑　衆等除疑已　必得廣大樂

爾時世尊以偈答馬勝曰

我現寂滅笑　馬勝當諦聽　我今如實說
釋種決定智　諸法不可得　釋種皆得知
是故於佛法　決定心安住　名稱大釋種
依於無所得　當得上菩提　曉知一切法
人中命終已　此釋種決定　得生安樂國
面奉無量壽　住安樂國已　無畏成菩提
能趣十方界　供養無量佛　安住一佛土
能供十方佛　愍諸衆生故　而求無上道
遊歷諸佛國　供養彼佛等　皆已神力到
隨佛所出處　無量僧祇劫　供養諸導師
以種種妙供　後當成佛道　一一成佛已
能度無量衆　令得成佛道　復化諸衆生
彼國衆生輩　皆當成佛道　彼諸世尊等
不度聲聞衆　一一諸佛等　俱壽一劫歲
彼佛正法住　無量阿僧祇　彼佛滅度後
大智菩薩衆　持法化於世　億歲阿僧祇
彼諸佛子等　教化無量衆　置於無上道
說法悉空寂　令住不放逸　修集空寂法
能得一切智　樂不放逸輩　聞是釋種趣
世尊所說者　天人咸欣喜　志求於佛道

爾時世尊告慧命舍利弗舍利弗此是菩薩見眞實三昧汝當爲阿毗跋智諸菩薩説之何以故舍利弗此三昧不可得説而如來於彼三昧中不得一法若不得者彼不可覺若不可覺者彼則不可説若不可説者彼則不可知彼不可知者即是過去未來現在諸佛之法舍利弗我今付囑於汝此是菩薩見眞實三昧應當受持讀誦廣爲顯説舍利弗若有善男子善女人住大乘者經歷十劫修行五波羅蜜離般若波羅蜜若復有人得聞是菩薩見實三昧者所得福德復過於彼若復有善男子善女人暫聞菩薩見眞實三昧若復有人得聞是菩薩見眞實三昧已爲一人説者此人得福復勝於彼若復善男子善女人經歷十劫聞已爲他解説若復有人乃至一刹那間脩此菩薩見眞實三昧者所得福德復過於彼是故舍利弗汝應以此菩薩見眞實三昧經爲諸菩薩説教示修行舍利弗若修此菩薩見實三昧者當獲無生法忍舍利弗於此會中我所授記無上道中諸菩薩者悉得安住此菩薩見眞實三昧中是時一切諸菩薩聲聞天人一切大衆阿修羅乾闥婆人非人等聞佛所説欣喜奉行

大寶積經卷第七十六

音釋

轂輞 轂古祿切輻所湊者曰轂輞文紡切車網也　肘 陟柳切二尺爲一肘　環釧 環戶頑切指環也釧尺絹切臂鐶也　摩抆 摩眉波切撫也抆武粉切拭也　秔 古行切稻之不粘者曰秔　糠檜 糠苦剛切檜苦外切糠檜穀皮也　齅 許救切以鼻擥氣曰齅　攪 古巧切擾動也　哺 薄故切　拄 知庾切距也

也紺古暗切青而含赤色也髀步米切股骨也鍱與涉切銅鐵薄也

沙礫礫郎擊切小石也

大寶積經卷第七十七

姚秦三藏法師鳩摩羅什譯

富樓那會第十七之一

菩薩行品第一

如是我聞一時佛住王舍城竹園中與大比丘衆俱及大菩薩摩訶薩其數無量爾時慧命富樓那彌多羅尼子從坐而起偏袒右肩右膝著地合掌向佛白佛言世尊我欲少有所問惟願如來垂愍聽許佛告富樓那隨意所問吾當解說令汝歡喜富樓那言我今爲諸行上功德名聞高遠常爲衆生求安樂者諸菩薩摩訶薩故有所諮請爾時富樓那以偈頌曰

行最上功德　名稱極高遠　淨戒樂法者

我問其所行　云何修治心　云何廣行施

云何度衆生　喜心常行道

富樓那白佛言世尊我今爲是諸大士故問如是事菩薩云何修集多聞猶如大海不可竭盡云何能集多聞寶藏能於諸法得決定義於諸語言善了章句而說偈言

菩薩云何求　多聞如大海　於法得定義

能善知佛道　云何於一言　而解無量義

能以智慧力　通達一切法　多聞無窮盡

問難心不動　慈愍故說法　以斷衆生疑

富樓那白佛言世尊我今隨地智力請問如來諸菩薩摩訶薩云何能於阿耨多羅三藐三菩提不退轉而說偈言

云何離衆難　得值遇諸佛　得值諸佛已

速得清淨信　得無上信已　難捨而能捨

棄捨一切已　力行無礙道　云何樂出家

閑靜修空智　云何不逆法　願具答是事
富樓那白佛言世尊我等悉知佛已具足一切智慧已度一切神通彼岸於三界中第一高尊得無有比微妙大智於諸法中行無障礙是故我今請問是事以偈讚曰

佛住上功德　已度神通岸　得無障礙智
我爲勇猛問　善學一切法　功德最高勝
破闇生慧明　令衆悉歡喜　怨親無憎愛
無憂無欺誑　大戰勝死王　摧破魔軍衆
不執於刀杖　降伏諸怨敵　常有慈悲心
堅住清淨戒　世尊無諂曲　無慢無戲調
得證明解脫　功德中最勝　如本所行道
所得勝智慧　願今爲我說　云何行得佛

爾時佛告富樓那言善哉善哉汝能諮問如來是事諦聽諦聽善思念之當爲汝說諸菩薩發心所行修集一切無量佛法爾時世尊以偈頌曰

我今說菩薩　初發菩提心　常以勇猛力
樂行菩薩道　諸菩薩所行　種種深心行
於佛得受記　是事當略說　深心樂法心
無量無有邊　種種現諸行　不以一事成
喜心內充滿　而行於布施　施已心無悔
其意益歡悅　菩薩作是念　衆生常貧窮
無有多聞財　我當爲求之　衆生常貧窮
皆由於懈怠　我當勤精進　從是得菩提
我當爲衆生　加心行忍辱　惡言罵捶打
默受而不報　當念誰罵我　罵者不可得
罵詈嗔恨者　皆悉是空事　如是思惟已
心無有嗔恨　常修行忍辱　從是成佛道
衆生無善心　當爲作世燈　令其得歸趣

無財足以財　衆生可愍傷　皆共行邪道
我當度脱之　令住於涅槃　衆生皆貧窮
無有智慧財　我得一切智　令其得充足
如是諸菩薩　爲度衆生故　發心求菩提
行如是等願

佛告富樓那諸菩薩摩訶薩種種因緣示現其心不住一法所以者何諸菩薩學一切法然後得道菩薩有四大希有事不見餘法勝此事者何等四菩薩能於懈怠衆生勤行精進是名希有能於強梁嗔恚衆中修行忍辱是名希有見諸衆生行於邪道自勤正道是名希有爲度衆生轉生死故而以深心發阿耨多羅三藐三菩提是名希有富樓那此四希有是名菩薩最大希有爾時世尊以偈頌曰

見懈怠衆生　勤心發精進　我不應效彼
行諸非法事　不應效嗔恚　嗔恚非佛道
常修慈悲心　菩提從是生　衆生樂邪徑
依止於邪徑　菩薩求正道　令衆住正道
見生死過患　一心求佛智　我得無上財
當度諸衆生　如是希有事　餘更無勝者
以是故當知　得離障礙法　設使燒身衣
頭然猶不救　懈怠心若生　即應速除滅

佛告富樓那菩薩有四法能生喜心何等四見諸衆生安處生死不能精進自見其身在於佛道修行精進便生喜心見諸衆生心常懈怠自見其身在於佛法勤行精進便生喜心見諸衆生嗔恨嫉妬自見其身無有恚嫉常懷慈悲便生喜心不見餘人勤行佛法與我等者便生喜心爾時世尊以偈頌曰

見衆生懈怠　已身行精進　是故此菩薩
自得歡喜心　見生死過患　而生猒離心
怖畏三界獄　勤心求捨離　衆生樂嗔恨
自住慈悲心　是故此菩薩　生歡喜悅樂
衆生所可作　皆所不應作　是故我當求
無有上佛道　是名眞實智　諸佛所稱歎
我當學是智　衆生得歸趣　是故此菩薩
常得歡喜心　從有爲空僞　當生眞實法

佛告富樓那菩薩有四法得離諸難值無難處值已不失能修佛法何等四一者菩薩謙遜其心柔輭凡見衆生常言善來和顏悅色先意問訊與之共語言常含笑二者一心求法常樂諮問勤求善利無有猒足三者常樂空閑遠離獨處四者自身安住佛菩提道亦化衆生令住佛道菩薩有是四法得離諸難值無難處值已不失能修佛法爾時世尊以偈頌曰

具足柔輭心　常樂行慈悲　若與衆生語
謙下心和悅　常求佛所歎　甚深微妙法
常持清淨戒　樂行頭陀事　雖行頭陀法
亦行深妙智　是故此菩薩　離難值無難
常於諸佛所　諮問諸深法　是故智增長
不生諸難處　常樂在空閑　清淨行頭陀
是故此菩薩　離難值無難　諸有智慧者
親近此四法　能離一切難　得值遇諸佛
得值諸佛已　具足不壞信　能發上精進
以求於佛智　是故求智者　應當學正法
若能學正法　得佛道不難

多聞品第二

佛告富樓那菩薩有四法則能修集多聞猶

如大海不可竭盡常能修集多聞寶藏能於諸法得決定義於諸語言善了章句何等四菩薩求法所謂十二部經修多羅祇夜受記經伽陀憂陀那尼陀那如是諸經本生經方廣經未曾有經阿波陀那論議經求已誦讀誦讀已正憶念正憶念已如所說行富樓那菩薩有此初法則能修集多聞猶如大海不可竭盡常能修集多聞寶藏能於諸法得決定義於諸語言善了章句復次富樓那菩薩於一切法中無所依止雖入禪定而無所依無所依故於諸法中得不住智得不住智已於諸法中得無礙知見何以故富樓那無法可貪作障礙者菩薩有此三法則能修集多聞猶如大海不可竭盡能常修集多聞寶藏能於諸法得決定義於諸語言善了章句復次富樓那菩薩以法因緣念佛及念佛法是人以法因緣念佛念佛法時不見有法可貪愛者是人不貪愛故於一切法心無所著是人於一切法無所著故於諸問難隨所問答而無有礙菩薩有此三法則能修集多聞猶如大海不可竭盡能常修集多聞寶藏能於諸法得決定義於諸語言善了章句復次富樓那菩薩成就無所得慈於行無礙無所得慈者不受諸事何以故富樓那住此相者或生貪欲或生瞋恚或生愚癡住彼相者亦或生貪欲或生瞋恚或生愚癡住事相物相陰相入相界相法相非法相者亦或生貪欲或生瞋恚或生愚癡是故富樓那所有受相皆名邪見菩薩悉滅一切諸相修集慈心衆生敗壞故相亦敗壞相敗壞故事亦敗壞事敗

壞故見亦敗壞菩薩爾時壞一切法修集於慈如是慈者名爲無所得慈如是無所得慈名爲法慈如是法慈名爲佛慈富樓那何名佛慈無作無壞是名佛慈復次富樓那如實通達一切諸法是名佛慈世尊云何名爲如實通達一切諸法佛告富樓那所通達者不言是法不言非法何以故富樓那若言有法即是非法若有無法無有非法則於其中無有戲論若無戲論是名涅槃汝具觀之極遠極近富樓那言不遠不近何以故世尊如是義者無方無處無內無外佛言如是富樓那於法作數世尊於何等法爲之作數富樓那如諸凡夫所著之法如來不得不修不證不通達如是法者爲之作數富樓那是諸法數不爲分別法故富樓那今爲汝說如是第一

寂滅法者能攝佛道富樓那當來有人欣赴世利若聞此經不樂聽受富樓那我此菩提汝等但以音聲章句少知之耳其中義趣汝所不知此義玄遠不可言宣唯有智者可以內知爾時世尊而說偈言

不能知義者　聞佛法憂苦　若能知義者
如來爲作師　若人佛爲師　是則求涅槃
無有諍訟心　能正思量法　此中無法生
亦無有法滅　無生無有滅　是諸法實相
若法無有生　即無有作起　是非與一異
此法中皆無　是名爲涅槃　中無有滅者
若言極遠近　是二俱爲空　若能知空者
即名知涅槃　若知涅槃者　是名我弟子

富樓那菩薩有此四法則能修集多聞猶如大海而不竭盡能常修集多聞寶藏能於諸

法得決定義於諸語言善了章句爾時世尊
以偈頌曰
常欲求多聞　諸佛所稱歎　能得定實義
是故如大海　能於一字中　及與一句義
於千萬億劫　說之而不盡　故當求正法
求已正思惟　勿貪取法相　不貪佛所讚
憶念諸如來　及念於正法　不以貪競心
而求於導師　常於諸衆生　修行慈愍心
而不著衆生　散滅一切法　大名稱菩薩
修習如是法　疾得陀羅尼　多聞從是生
猶如虛空性　無增無有減　法性亦如是
無增無有減　我以智慧力　無量劫說法
所說無央數　猶亦不名說　盡諸衆生性
皆使得人身　普共行出家　多聞如阿難
陀羅尼菩薩　爲是一切人　千億劫說法
智慧猶不盡　佛智慧無等　同虛空無量
虛空無生起　智慧亦如是　如龍不取水
而能雨大水　是水無住處　所雨無窮盡
菩薩亦如是　得此陀羅尼　諸法無住處
是緣說不盡　故應求多聞　求已正思惟
以法緣念佛　多聞從是生　慈普覆衆生
散滅衆生相　亦滅諸法相　多聞從是生

不退品第三

佛告富樓那菩薩成就四法能於阿耨多羅三藐三菩提不退轉何等四菩薩聞未聞法思量義理不即言非菩薩成就此初法者則於阿耨多羅三藐三菩提不退轉爾時世尊以偈頌曰
聞所未聞法　其心逮不逆　思量其義理
不即言非法　若聞於空法　常求其義理

是故智增長　佛道從是生　聞所未聞法
應求其義理　不退於菩提　智慧得增長
聞所未聞法　不隨惡慢心　不生於諂曲
生則非菩提　聞所未聞法　應求解其義
先雖未曾聞　一心應思念　是人求法時
能得聞正法　常值遇諸佛　不退失菩提
得見諸佛已　則能正問難　聲聞人得聞
咸以為歡喜　是人甚希有　能作如是問
我等尚無心　況能聞是事　聲聞稱希有
天神皆歡喜　諸佛稱其名　此是多聞果
若有所問時　佛答其所問　無量諸大衆
皆得大饒益　得聞是多聞　菩薩所問答
無量衆皆得　無上之法眼

佛告富樓那以是因緣當知菩薩聞未聞法信受不逆正心思量不即言非則能饒益無量衆生富樓那乃往過去無量無邊不可思議阿僧祇劫爾時有佛號一切功德光明王如來應供正偏知明行足善逝世間解無上士調御丈夫天人師佛世尊富樓那是一切功德光明王佛壽八十億歲其佛一會聲聞弟子不受諸法漏盡解脫恒河沙數此不可計是諸阿羅漢皆得共解脫菩薩衆數亦復如是富樓那其佛滅後法住六萬歲欲涅槃時百億菩薩皆與神力為護法故悉徧百億閻浮提內一一閻浮提各有一菩薩富樓那一切功德光明王佛滅度之後諸弟子衆漸皆懈怠不復誦持如是深經諸法空經淨戒頭陀經漸皆滅盡以其不能讀誦說故其法廣大有八百四萬法藏一一法藏有六十八百萬億那由他修多羅一一修多羅中有三

萬六千憂陀那一一憂陀那中有七百六萬億偈富樓那最後末世法欲滅時於此爾所佛法藏中餘但有一修多羅憂陀那時有比丘法師名那羅延於此閻浮提中佛與神力爲護法故是那羅延法師多聞廣博善能說法嚴飾文辭義理明了每常樂說所未聞法當說法時多有人衆違逆毀破那羅延法師便作此念是諸人衆所未聞法聞不能信不樂聽受若聽不解心不隨順聞已違逆破壞出過而作是言此非佛語非大師教所以者何我等未曾從師和尚聞如是經又諸長老比丘亦復不言從師和尚展轉所聞今諸比丘唯有一餘修多羅憂陀那我今何不獨處閑靜富樓那那羅延法師作是念已獨入深山爾時閻浮提中從劫初來有六萬八千大城城長十二由旬廣七由旬莊校嚴飾街巷相當人民充滿豐樂安隱其後續造八十四億小城有廣七由旬或六五四三二由旬其最小者廣一由旬富樓那爾時閻浮提中有一大城名爲安樂中有長者名爲闍匿有一子名摩訶耐摩陀是長者子在空閑處有一天來爲說偈言

汝當勤求法　求已正思惟　功德王如來
已記汝作佛

富樓那天說偈已忽然不現時長者子即詣父所頭面禮足作如是言我欲出家於一切功德光明王佛法中修習梵行爾時闍匿長者以偈答言

我家多財寶　金銀無有量　閻浮提所無
我家悉具有　我所求財寶　爲子愛欲樂

云何行出家　爲世所輕賤

爾時長者子偈答父言

我樂常求法　求已正思惟　不樂受富樂
當爲世作佛　不須家業寶　我欲求少欲
所出之法財　今當行出家　諸佛出世難
佛說法亦難　我今值佛法　云何當捨離

富樓那時長者子頭面禮父足繞已而出說此偈言

設有一億父　及有百億母　猶尚不能遮
今我出家心　我捨身壽命　父母親族財
唯不捨佛法　當行出家求

富樓那時長者子說此偈已出家爲道即詣那羅延法師求欲聽法時那羅延法師即爲演說所未聞經時摩訶耐摩陀比丘聞所未聞經已問那羅延法師言我於此經先所未聞如是諸經誰讀誰誦誰受持者從何處聞那羅延言我以宿命善根因緣故亦以一切功德光明王佛威神力故如是深經自然在心富樓那是摩陀比丘聞說此已加心思念智力即生以大智慧方便力故難問那羅延法師那羅延隨義答已而作是言一切功德光明王佛時有一比丘問佛是事如汝今問佛如是答時是比丘聞已歡喜富樓那是摩訶耐摩陀比丘復問那羅延法師那羅延言一切功德光明王佛時有一比丘問如是事如汝今問佛如是答時是比丘聞已歡喜摩訶耐摩陀比丘復問那羅延法師那羅延言一切功德光明王佛時有一比丘問如是事如汝今問佛如是答時是比丘聞已歡喜富樓那時摩陀比丘語那羅延法師言正士昔

日從佛聞如是幾問答事那羅延言置此勿問是事難信餘人身未證增上法亦復難信第二第三亦如是問摩訶耐摩陀問言正士昔日從佛聞是幾問答事那羅延言置此勿問不得已者今當爲汝譬喻解說諸有智者譬喻得解比丘我於一切功德光明王佛所得聞衆生之性多於地種比丘假使一切三千大千世界衆生若有色若無色若有想若無想若非有想非無想皆盡其數令得人身有智慧力一一衆生於彈指頃能起恒河沙等問然其所問各各不同比丘如是展轉乃至十方無餘世界一切衆生若一劫若過一劫起此諸問復有一人能彈指頃起爾所人一切諸問差別各異如是一人復盡一切無餘衆生若一劫若減一劫起種種問於汝意云何是所起問寧爲多不答言甚多非是譬喻所能得及那羅延語摩陀比丘言我今明了告汝勿生疑悔如彼一切無餘衆生若於一劫若減一劫所起疑問我從佛聞一法門中所答多彼如是二門三四五門十二十三四五十乃至百千萬億門比丘我當畧說一切所有筭數名字無量無盡不可思議過是諸數我盡誦持比丘此諸答者悉皆總在一法門中我悉知之所謂一切功德光明王如來說是道句門句印句本事句金剛句重句不可動句難得底句比丘於一門中攝一切法謂無作門一切諸法一切諸句是門爲本皆入是門一切修多羅憂陀那皆入門句分別一字能入多字比丘如是能入七萬八千諸陀羅尼是中有九萬二千諸根差別是衆

生行門中有八萬億形色於諸道差別是諸形色我知其名一一色中我知百名如是二百名字三百名字乃至知千名字皆在閻浮提中又復過是十方佛國其中所有各各緣各各名字我皆得知舉要言之佛所有力於諸法中各各差別問答差別我皆知之皆是一切功德光明王如來威神之力富樓那時摩陀比丘語那羅延法師言惟願正士還詣聚落城邑隨轉一切功德光明王如來法輪願受我請我當衛護爲受法者那羅延言且置勿説今世比丘悉皆懈怠集善法中無有深欲摩陀復言我從今日當於善法深生欲心爲求是法不敢懈怠富樓那摩陀比丘即請那羅延還入聚落令説正法常隨衛護諮聽未聞富樓那爾時摩陀比丘多爲人衆供養恭敬時人皆謂持戒智慧多聞最上功德無量時摩陀比丘入城邑聚落稱讚那羅延法師爲令衆生入於正法又使佛法普得流布富樓那時摩陀比丘多導人衆使供養法恭敬守護那羅延法師爲聽法故富樓那其後那羅延法師爲摩陀比丘所守護已後入城邑聚落種種廣説一切功德光明王如來阿僧祇劫所修菩提令普流布如是富樓那摩陀比丘於百歲中常隨那羅延法師所問諸法常是新異未曾重説富樓那那羅延法師得是摩陀比丘所護助故使無量衆生住聖法中無量衆生住佛菩提富樓那汝謂爾時那羅延法師守護法者善説法者豈異人乎即彌勒菩薩是富樓那摩陀比丘守護法師佐助勸請以是福德力命終之後即生下

方第十世界上衆佛所於彼佛前問斷一切衆生疑經佛時稱讚百千善哉即爲演說斷一切衆生疑經說是經時無量衆生初發阿耨多羅三藐三菩提心即入必定富樓那摩陀比丘命終之後復值須彌山佛於彼佛前問攝出一切法經時佛稱讚百千善哉即爲廣說攝出一切法門經說是經時無量衆生必定得阿耨多羅三藐三菩提命終之後復值山王佛於彼佛前問諸法門經時佛稱讚百千善哉即爲廣說一切法門經說是經時無量衆生必定阿耨多羅三藐三菩提命終之後復值梵音聲佛於彼佛前問請攝一切法經佛時稱讚百千善哉即爲廣說攝一切法經說是經時無量衆生必定阿耨多羅三藐三菩提富樓那摩陀比丘如是展轉所值諸佛值已問經所度衆生令住阿耨多羅三藐三菩提我若以劫若以過劫說諸佛名衆生所住阿耨多羅三藐三菩提者不可得盡富樓那是摩陀比丘凡所護持諸佛正法恒沙可數是諸佛者若現在世若已滅度不可稱計是故富樓那當知菩薩摩訶薩聞未聞法思惟義理得如是等大功德利富樓那汝謂爾時摩訶耐摩陀比丘於那羅延法師所聞未聞法隨其義趣者豈異人乎即橋越兠菩薩是時摩訶耐摩陀比丘守護正法聞所未聞隨其義趣不著言辭以是因緣值無量佛值已聞諸深妙經以是往昔善根因緣今於我所亦問攝一切法大海法門經我爲說時無量衆生得大饒益爾時世尊欲重明此事而說偈言

菩薩聞未聞　應思其義理　不應作是言
我昔未曾聞　聞所未聞法　正念思其義
是故慧增長　如海受衆流　多聞轉增上
智慧亦復爾　能聞諸佛事　廣利諸衆生
集多聞如海　智慧不可盡　善能知章句
差別中第一　是故應當聞　所未曾聞法
求所未聞法　得如是果報

復次富樓那菩薩摩訶薩於求多聞深生欲心於空閑處深生樂心一心勤求阿耨多羅三藐三菩提求已爲斷嗔恚修集慈觀爲斷貪欲修不淨觀爲斷愚癡修因緣觀富樓那何等是菩薩精進菩薩云何修集精進富樓那若有菩薩若於一劫若減一劫若行若坐常發精進富樓那如是不名眞實精進有菩薩若於一劫若減一劫修行淨戒苦行難行具足頭陀隨所緣事深生欲心而離諸法實相如是不名眞實精進富樓那白佛言世尊何者是菩薩眞實精進諸佛所讚世俗智者所不識嫌佛告富樓那菩薩於所未聞應深空法無有微相合第一義如是深經不違不逆明了其義勤發精進心不退沒聽受讀誦爲人解説是名菩薩眞實精進謂聞深經通達其義不違不逆如是精進諸佛所讚世間智者所不能訶是故富樓那菩薩應發如是莊嚴世間衆生不能得底我於此中當盡其底世間衆生所可没處我於此中不應沉没世間衆生所可畏處我於此中不應怖畏所以者何我發莊嚴不與世合爲離世法故而發莊嚴不以行世法故而發莊嚴爲不行法故而發莊嚴不爲隨世法故而發莊嚴爲轉

世法故而發莊嚴富樓那是名菩薩摩訶薩眞實精進菩薩成就此第二法則於阿耨多羅三藐三菩提不退轉爾時世尊欲明了此義而說偈言

菩薩求深法　常勤發精進　思量其義理
不隨於音聲　菩薩不隨言　知皆是虛誑
知諸法空故　但求於善語　若於千萬億
無量諸劫數　晝夜常行坐　加心行苦行
於所未聞經　不信非精進　能得深義底
不名爲懈怠　如是精進者　諸佛所稱歎
世間不得底　菩薩得其底　世間所畏沒
菩薩不畏沒　勤心常欲求　空寂眞妙法
空法中無畏　亦無有退沒　住我相法相
故生怖畏沒　散壞一切法　名爲菩提道
勤心發精進　疾成多聞海

復次富樓那菩薩善知五陰善知十二入善知十八界善知十二因緣善知五陰十二入十八界十二因緣故則能成就無依止智得無依止智故則於一切法不念不分別以不念不分別爲衆生說法破一切見令拔身見菩薩成就此第三法則於阿耨多羅三藐三菩提不退轉爾時世尊以偈頌曰

菩薩知五陰　十二入皆空　分別十八界
通達十二緣　不隨於五陰　知身是虛誑
於諸內外入　悉知其性空　如是知諸法
知已爲人說　是故此菩薩　智慧轉高大

復次富樓那菩薩摩訶薩如所結戒如所說戒善能隨學無所缺犯何等是菩薩學戒學一切法是菩薩學戒何以故富樓那菩薩學一切法得一切法智以是法智得無分別慧

以是無分别慧能知一切事云何知一切事菩薩悉知一切内事一切外事一切内外事富樓那何故名内内名凡所有受可貪著處謂是内身從十二因緣生是中但有世俗假名所謂此眼此耳此鼻此舌此身此意富樓那是名爲内是法凡夫所貪著故名之爲内作是言我當得如是眼不作如是眼得如是耳鼻舌身意不作如是耳鼻舌身意是中但以所起業緣有果報生是故名内其中差别凡夫貪著謂是眼是耳鼻舌身意皆名爲内復次富樓那内名爲二此事虚誑諸凡夫人貪著受取而生諍訟富樓那如來於此從本已來如實知之而不貪著云何如來如實知之而不貪著如來於此法中不作歸誰不作歸謂是愛結此眼不作歸離眼不作歸耳鼻舌身意不作歸離意不作歸何以故富樓那如來於法不得内不得外是故如來於此法中不作歸如來是實語者作是言比丘眼非汝等亦非他人何以故本體不可得故何法是眼是眼屬誰何法是耳鼻舌身意是意屬誰何以故本體不可得故富樓那眼者今當推檢耳鼻舌身意今當推檢於法無所貪受何以故若有受法則生苦惱苦惱生故則無有樂是故富樓那於法有受皆受苦惱若受苦惱則不離苦富樓那是名推檢眼推檢耳鼻舌身意無有入處何以故富樓那若有入處則有出處是故如來於經中説眼是空無我無我所本性自爾耳鼻舌身意是空無我無我所本性自爾是性無性如是無性無作無壞富樓那如是法性若諸佛生若佛不生

是性常住如來於諸法生知是不生是故如來是實語者作是言若有佛生若佛不生是性常住富樓那云何名無生云何名無生智富樓那諸法平等名爲無生道名無生智苦盡名無生道名無生智是名如來說有二諦謂世諦第一義諦富樓那如來所說苦相即是說無相云何名苦相謂是無爲相無爲即是無相智者知無爲是無相富樓那智者云何知無爲是無相謂知無爲法空知是寂滅知是歸處知第一利知無熱惱智者如是知無爲於是智中亦不生相富樓那智者離諸相得第一義利無作無壞富樓那若人有作即是壞若無作則無壞無壞相是空無壞相是無相無壞相是無願富樓那空法無有人作無有人壞無相無願無有人作無有人壞富樓那是名諸佛阿耨多羅三藐三菩提不壞相何等是諸佛阿耨多羅三藐三菩提謂諸如來所不得富樓那白佛言世尊何等法是諸如來所不得佛言富樓那一切法是諸如來所不得世尊以是故一切法是諸佛菩提耶佛言如是富樓那一切法是諸佛菩提而是菩提不名一切法言一切法是諸佛菩提者但是世俗假名言而說不精進者難解難知所以者何不精進者不能修習諸法平等若不平等則與佛諍富樓那何人不能修行平等富樓那一切世間行不平等諸佛菩提是中無等亦無不等富樓那我以是道得阿耨多羅三藐三菩提以是因緣我經中說一切諸法於正位中皆入必定是名必定入菩提門是故富樓那一切法皆是菩提爾時

富樓那白佛言希有世尊是諸佛阿耨多羅三藐三菩提亦定亦不定亦入文字亦不入文字亦入語言亦不入語言何以故世尊我今從佛聞說是經於諸法中普得決定光明世尊我今如是於諸法中得決定光明於一事中知一切事於一切事中知一事爾時佛讚富樓那言善哉善哉富樓那汝能如是疾入諸佛一切法利當知汝已曾於過去世供養諸佛種諸善根親近諮問富樓那我念過去於此土地虛空分中汝已曾於六萬八千諸佛所得聞是經以是善根功德因緣汝於諸法普得決定光明世尊若我已於若干佛所得聞是經我何故乃不以一念發阿耨多羅三藐三菩提佛告富樓那我念過去世汝曾一劫發阿耨多羅三藐三菩提心不離餘心而還退失以是福德因緣我今說汝於諸法師為最第一富樓那白佛言世尊我本作何罪障於一劫中發阿耨多羅三藐三菩提心而還退失佛言富樓那隨逐依止惡知識故又不能廣流布法故汝於阿耨多羅三藐三菩提心而還退失富樓那有四法退失阿耨多羅三藐三菩提成聲聞乘何等四菩薩親近惡知識故能於善根增惡遠離作是言何用如是發菩提心生死長遠苦惱無量往來五道值無難難值諸佛難淨信復難雖得值佛出家復難汝今得值無難勿復還失汝於諸佛未受阿耨多羅三藐三菩提記善根未定不得涅槃輪轉五道是人聞說是已心則退沒於菩提道懈怠不樂富樓那菩薩有是初法退失菩提成聲聞乘復次富樓那菩

薩不聞應菩薩經謂菩薩藏經發菩薩心經攝菩薩事經應六波羅蜜經以不聞故不如說行不如說學是人不知菩薩何法應親近何法應遠離何法應受何法不應受何法是菩薩法何法是聲聞法如是不知不分別故應親近法而不親近不應親近法而反親近是人應親近法而不親近不應親近法而親近故則便退失諸佛菩提心弱懈猒癈捨本願富樓那菩薩有此二法退失菩提成聲聞乘復次富樓那菩薩計得諸法貪著吾我行於邪見墮在邊見没在惡邪難可拔出得聞深經應第一義無有微相違逆不信不能通達起破法罪以是因緣生在難處不得值佛不得聞法不值諸佛所教化法不得善知識是人不見佛故不聞法不聞法故不值諸佛所教導法不值諸佛所教導法故不得善知識不得善知識故失無難處生在難處在難處故離善知識遇惡知識與惡知識共從事故忘失本念是人失本念故捨菩薩心捨菩薩乘而便退轉永失菩提念但行生死法不能修習大乘行法富樓那菩薩有此第三法退失菩提成聲聞乘復次富樓那菩薩得聞如是等經不能深心教化他人其心退没但樂獨行慳悋惜法心不欲說不能以法廣攝人衆以是不善根因緣故失智慧念失智慧念已不共他人讀誦經法不能以法與他共同是人轉身失菩薩心忘菩薩念富樓那菩薩有此第四法退失菩提成聲聞乘爾時世尊欲明了此事而說偈言

親近惡知識　懈怠於菩提　以是因緣故

失上菩提心　深生惡我見　墮在邊邪見
而起破法罪　生在於難處　生於難處已
則斷菩提心　忘失本憶念　是故失菩提
是人不得聞　生菩提心法　是心若增長
能成於菩提　得廣大妙法　慳悋不欲悦
以是因緣故　退失於菩提　求大乘菩薩
應知是四法　若知此四法　菩提得以生
是故應遠離　如此四惡法　勤修行空法
得近善知識　得如是經已　不應慳悋惜
勤心爲人説　從是生菩提
佛告富樓那菩薩成就四法隨迴向菩提心不退失隨迴向諸善根亦不退失何等四菩薩持戒清淨憶念成就有念安慧勤心精進而不懈退成就多聞生慧富樓那菩薩有此四法隨迴向菩提心不退失隨迴向諸善根亦不退失爾時世尊欲明了此義而説偈言
菩薩具持戒　所憶念深遠　勤心當精進
多聞莊嚴慧　菩薩常親近　如是之四法
隨心所起事　皆能得成就　是故應常持
淨戒勤精進　不斷憶念法　常勤求多聞
持戒淨生處　憶念能淨智　精進淨佛法
多聞生大慧　是故諸菩薩　當學是上法
學是上法已　當轉無上輪
復次富樓那菩薩有四法則能利益菩提持戒則是利菩提法忍辱則是利菩提法精進則是利菩提法多聞則是利菩提法富樓那是名四法利益菩提爾時世尊欲明了此義而説偈言
菩薩淨持戒　利益於菩提　精進及忍辱
多聞亦如是　清淨持戒者　所願皆得成

戒淨多利益　菩提不爲難　菩薩行忍辱
身相智慧成　是故當行忍　求佛相智慧
精進亦復能　多利益菩提　常行精進者
菩提則不難　多聞亦能利　聞已得近法
遠離於非法　菩提則不難　四法是種子
從是生菩提　是故諸菩薩　應近是利法
復次富樓那菩薩摩訶薩成就四法則得身
色具足財物具足眷屬具足終常不生諸惡
難處常值諸佛諸佛所讃何等四菩薩行慈
不嗔不惱一切衆生富樓那何謂菩薩行慈
不嗔不惱一切衆生菩薩行慈於諸衆生起
我救慈見諸衆生身苦心苦當作是念我當
勤行精進度是衆生於生死苦是諸衆生我
應與樂我應拔濟離生死苦於諸衆生應發
是心發是心已勤行精進修習六波羅蜜布
施持戒忍辱精進禪定智慧富樓那菩薩因
般若波羅蜜得具足六波羅蜜何等爲菩薩
般若波羅蜜菩薩云何因般若波羅蜜勤發
精進富樓那菩薩作是思量何法名我何法
名我所如是思量時不見法是我不見法是
我所作是念作是念已於此法中無我法無
我所法菩薩離我我所故知身空身空故衆
生空何以故諸法中我我所尚空何况衆生
菩薩如是離我我所故知衆生空衆生空故
知色陰空色陰空故受想行識陰空菩薩如
是離我我所故知身空身空故知衆生空衆
生空故知諸陰空諸陰空故知種亦空謂地
水火風虚空識種地種地種相空水火風虚
空識種識種相空是種無作者無使作者若
無作者是法即空富樓那菩薩於此離我我

所故知身空身空故知衆生空衆生空故知諸陰空知諸陰空故知諸種空諸種空故知諸入空諸入空故諸入相空諸入無作者無使作者若法無作者無使作者是法即空富樓那菩薩以是觀一切法空觀一切法空時不見諸法本體可生嗔處富樓那是名菩薩摩訶薩大慈知身空慈衆生空慈陰入種空慈菩薩若能行如是慈是名行一切法空慈富樓那是名菩薩行於大慈如是菩薩離我我所心深生欲心於阿耨多羅三藐三菩提生大悲心於諸衆生若有衆生不知如是諸法實相爲令知故發大莊嚴是名菩薩行於大悲我救故名慈我作故名悲菩薩成就如是大慈能爲衆生作救作歸作舍作洲能作究竟是故菩薩應如是修行大慈不貪著衆生亦不生嗔恨是名菩薩衆生空慈無有嗔恚富樓那若菩薩因慈因利因空能入一切諸法不生不滅是名菩薩常行大慈菩薩如是通達諸法諸魔魔民及魔所使皆不能壞菩薩成就是初法者能斷一切功德中縛斷功德縛故得平等波羅蜜爾時世尊欲明了此事而說偈言

菩薩常知是　修慈而觀空　知陰入界離
是中無有我　我我所二法　決定不可得
爲不得諸法　而修行慈心　不依止諸法
亦非不依止　是名諸佛道　諸不依止法
能得無上忍　忍諸法實相　諸法無生滅
能善通其理　諸有大智者　親近於是法
常得妙身色　亦得樂說辯　常得值諸佛
知諸法義利　是故此菩薩　得無爲上道

復次富樓那菩薩摩訶薩精勤供養諸佛塔寺敬心以好華香瓔珞塗香末香旛蓋妓樂種種供具而以供養菩薩成就此第二法能得具足一切功德爾時世尊欲明了此義而說偈言

菩薩以上妙　供養上智塔　華香及旛蓋
以求上智慧　以此功德緣　受身常端正
饒財多寶珍　眷屬具成就　必定於菩提
常安住於法　在在所生處　功德轉高增
諸王所恭敬　天龍神常念　一切諸衆生
亦皆共恭敬　若人供養佛　現在若滅後
所生得供養　常在無難處

復次富樓那菩薩摩訶薩常當勤心供養於法云何名爲法云何名供養法名四念處四正勤四如意足四禪五根五力七覺意八聖道止觀明解脫三解脫門盡智無生智是名爲法云何供養於是法中如所說行隨順不逆生欲精進具足修習是名供養法復次富樓那供養法法名如是等經信解思惟分別隨順心不違逆是名供養法菩薩成就此第三法能得具足一切功德爾時世尊欲明了此義而說偈言

常勤供養法　如所說中住　聞深空妙法
其心不違逆　故身常端正　亦得樂說辯
如我所讚法　以此轉高增

復次富樓那菩薩摩訶薩勤心供養如來聖衆若華若香若以瓔珞若以末香若以塗香若以旛蓋衣服飲食臥具醫藥資生之物若起僧坊若立園林若經行處若以浴池若以井泉若以人使如是等餘供養具種種供養

如是聖衆菩薩成就此第四法能得具足一切功德爾時世尊欲明了此義而説偈言

無上供養具　供養如來衆　以此功德縁
所生多財寶　身色常端正　亦得樂説辯
具足諸功德　智慧轉高增　供養正直心
無我我所者　以此智因縁　生處得供養
諸佛所稱讚　四法常親近　所生常尊貴
功德轉高增

大寶積經卷第七十七

音釋

諮津私切訪問也捶打捶主蘂切打音頂捶打杖擊也飾賞職切莊飾也

闍匿闍石遮切匿昵力切耐乃代切垙當侯切

大寶積經卷第七十八

姚秦三藏法師鳩摩羅什譯

富樓那會第十七之二

具善根品第四

爾時佛告富樓那菩薩摩訶薩發於大乘常當修習親近四法則能具攝一切善法亦能具足一切善根何等四富樓那善男子善女人發大乘心修習親近行忍辱法如是修行忍辱法時如心平等故則得平等波羅蜜亦得一切衆生平等波羅蜜是菩薩成就心平等波羅蜜智平等波羅蜜若行若立若坐若臥若覺若睡時有人來若持屎餅若持毒餅若持沸湯餅若諸糞掃若持火炭若持屎尿若持熱灰埳其頭上若埳其身菩薩於此不應瞋恨令心散亂而生忿恚不應自言我有何罪又不應以惡心視彼但應一心求自利法於所修事專心不捨應當如是調伏其心是人爲以何因緣故持此屎餅毒餅灰火來加我身我身不以此物因緣而得痛惱菩薩是時應如是觀衆因緣法誰與此物此物與誰以何物與是人如是如實思惟不見有法誰是與者誰是受者何者是法如是正念思惟觀時此彼不可得故一切諸法皆不可得皆不可見是菩薩不得不見一切法故不生瞋恨富樓那若菩薩如是思惟猶有瞋恨心起復應如是正念思惟何觸因緣使我身痛是諸觸者爲觸何處爲在於身爲在於心若在身者身如草木瓦石影像無覺無知非我非彼若在心者心無形色念念生滅須臾不住非我非彼但以虛妄憶想分別說言是苦

是樂不苦不樂我今不應生此虚妄憶想分別我今應觀平等實相我當修習賢聖所作不應隨逐凡夫所作何等爲是賢聖所作謂於諸法遠離解脱我爲遠離故學不爲和合故學如是虚妄憶想分別是皆和合爲誰和合爲是貪欲和合爲是嗔恚愚癡和合云何名爲貪欲嗔恚愚癡和合以身見故身見癡故貪身見故身受苦時嗔恚他人是名嗔恚和合有以身見癡故貪身見故不隨意故嗔恚他人是名愚癡和合若人如是三毒所縛或起如是罪業因縁諸佛不救何況餘人我應善觀諸因緣法觀於空法菩薩如是隨順正觀諸因緣法不見有法誰與誰受以何物與爾時菩薩當作是念一切諸法從衆緣生自性本空定不可得我當云何於無所得虚

妄法中得法作業而生嗔恚起行因緣我今應生無嗔恨心修行無作無起無生之法當觀空法不隨我心我今應觀不作不起無生之法不應依止起作之法我應如實思惟諸法我今不應於此虚妄無所有中而强作法虚妄强作謂是嗔恨所以者何依止法體則有嗔恨諸法實相畢竟空中無法本體可依止者菩薩如是思惟諸法其心寂然嗔恨不起又是菩薩若行若立若坐若卧若覺若睡時有人來以好美香末香塗香以好名華散其身上若以上妙香華瓔珞瞻蔔華鬘婆梨師華鬘衆華瓔珞以覆其身若以上妙細輭衣服謂加尸衣若拘攝衣若拘珍婆衣若憍施耶衣若芻摩衣若劫貝衣若細欽婆羅若細繒衣以如是等柔輭細衣以覆其身若以

上妙繒蓋幢旛張施其上若以諸天名華香妙衣珍寶瓔珞以覆其身若以天上甘美飲食而以進上菩薩於此種種供養不應生愛令心貪著不以此緣親附其人隨順其意往來問訊不應偏心而起愛著菩薩於此應以等心通達一切諸法平等應作是念我於衆生不應嗔恨不應愛念所以者何憎愛二事俱是煩惱我今於此不應生愛應善通了諸法如實所以者何諸煩惱中愛緣所合此最爲重如是煩惱深徹骨髓謂於能生結使法中愛心染著所以者何所貪著事若不隨意則生嗔恨人皆自欲貪愛其身有侵惱者則生嗔恨是故當知嗔恚則是染愛果報貪著則是愚癡果報我今當離染愛惡心於諸法中無所貪著我等不爲貪欲故學不爲嗔恚故學不爲愚癡故學我當廣學諸法真實於諸法相如實觀之隨所說中當如實行但應依止業報因緣於諸供養苦惱事中當知皆是宿業行緣是故於諸隨順法中不生喜愛違逆法中不生嗔恨但應清淨其心無所忿恚不令隨愛隨嗔隨癡惡法得生於心富樓那菩薩成就此初法者能得具足一切功德

爾時世尊欲明了此義而說偈言

我常讚智慧　亦讚持戒者　稱揚行忍辱
亦常讚多聞　我讚行善法　慈心愛語者
爲饒益衆生　隨宜讚衆德　我常訶五欲
嗔恨愚癡人　嫉妒慢諂曲　濁亂娆衆生
懈怠嬾惰心　懨戾難與語　背恩無反復
小事發大恚　貪求於利養　我當得利養
不欲令人得　是等我不讚　小智於利養

自欲嫉彼得　於他家生苦　是等我不讚
爲求得利養　轉易威儀行　此命非清淨
離我法甚遠　不修行道者　有此諸過咎
是等惡道緣　無一事可讚　不斷惡我見
貪愛心則多　貪愛心多故　勤求於利養
菩薩作是念　行忍益衆生　摧伏剛強心
疾得成佛道　我當行慈心　忍辱愍衆生
而知諸法空　從緣無所屬　何緣有諸法
是法與於心　妄想生嗔恚　不念則皆空
妄想生三界　相續身不絕　不分別妄想
則無如是過　常思量諸法　知皆從緣生
常觀諸法空　而能度一切　離戒苦衆生
憍慢所傷害　爲說滅苦法　多有所饒益
若人從東來　南西北四維　執持屎毒餅
以追其頭上　我不生嗔心　誰與誰受者

何法名爲我　觀以勤精進　不惡色視彼
何罪而見加　但發堅強思　慈心覆於彼
知是宿業緣　今受此果報　償已更不作
安住佛道中　餘人無有此　輕毀苦惱事
此必是業緣　雖久而不失　衆生在世間
常起善惡業　我今受此苦　當知是業緣
若還以惡報　後復受苦果　寧可以惡事
而加於彼人　當求無上法　求已爲人說
度脫衆生類　一切諸苦惱　若人以香華
瓔珞供養我　不應生愛心　當習平等觀
憎愛則非道　常應行捨心　當正觀諸法
誰與誰受者　空與空受耶　內空外亦空
空無與無受　一切皆無我　空無有貪離
空無有煩惱　亦無有清淨　離垢淨是空
空中無分別　空中無諸性　空常空無相

是比清淨道　若使有人來　段段解我身
於中不生恚　知從業緣有　衆生起善惡
隨業自受果　我必先世惡　今受此苦報
今受此惡報　觀身如影像　水沫幻化焰
無空畢竟空　若人支解身　有人將養我
當念報恩者　不以爲歡喜　利養不以喜
惡罵不嗔恨　二皆是障礙　非佛正眞道
當離諸一切　貪愛嗔恚心　常當修空寂
悉斷諸障礙　忍辱十力本　諸佛神通原
無礙智大悲　皆以忍爲本　四諦念正勤
根力覺道分　皆以忍爲本　何智不修忍
我於波羅柰　轉無上法輪　亦以忍爲本
諸佛常讚忍　汝等亦應修　空忍無生滅
諸法相常爾　乃得佛功德

復次富樓那菩薩摩訶薩能離五欲常樂出家心順出家趣向出家不貪五欲得出家已離諸憒閙遠處山林不失善法菩薩成就此第二法則能具足一切功德爾時世尊以偈頌曰

心常樂出家　而能常出家　常樂在山林
增益功德處　親近在空閑　即離五欲著
此中無衆閙　失諸善法緣　無有諸語言
往來問訊事　空閑寂然快　諸佛所稱讚
是故諸菩薩　所應常親近　勿貪樂聚落
近生利養心　若得利養喜　失則生憂惱
此人供養佛　不名爲供養　欲除如是過
當離諸利養　遠離在空閑　修習於空法

復次富樓那菩薩常學求法求已讀誦謂求淨戒頭陀細法不求多欲無猒足法求滅貪欲不益貪欲求破嗔恚不增嗔恚求斷愚癡

不益愚癡求破憍慢不求起慢求破我慢不求長慢求斷我我所法不求增我我所法求無我法不求依止我人衆生壽命法常求能得大智慧法不求退失大智慧法常求爲得無等慧法不爲求得小慧法求得具足一切諸法不求不具足諸功德法求如是法求已讀誦思惟正觀如所說行爲人演說不求世利乃至不求稱讚善哉教多衆生令住是法富樓那菩薩成就此第三法能得具足一切功德爾時世尊以偈頌曰

菩薩樂出家　持戒行頭陀　以是增智慧
智雨益衆流　得是深淨法　正念思其義
於如所說中　能如所聞行　常以清淨心
爲人廣解說　饒益諸衆生　心無所希望
得諸功德味　自住是法中　亦令餘人住
是故增佛法　若於無量劫　所集諸功德
令皆現在前　攝入菩薩道　故應求深法
佛所稱讚者　常爲衆生說　功德從是生

富樓那菩薩摩訶薩安住持戒頭陀法中能具一切善根福德富樓那過去久遠無量無邊不可思議阿僧祇劫爾時有佛號彌樓揵馱如來應供正徧知明行足善逝世間解無上士調御丈夫天人師佛世尊佛壽六千歲一會說法八十億比丘得阿羅漢道富樓那彌樓揵馱佛滅後法住五百歲般涅槃後七日之中諸大弟子皆亦隨佛入於涅槃富樓那是佛出於五濁惡世如我今也諸大弟子滅度之後多有衆生皆作是念沙門法中安隱快樂我等何不各共出家作是念已咸剃鬚髮法服出家出家之後惟行三事一常周

旋往來白衣舍二惟貪著利養自活三長肌肥無有福慧行是三事不修餘業百歲之後諸大弟子皆悉滅盡是等比丘多與白衣和合佛諸深經持戒頭陀細行妙法多皆廢捨不復讀誦富樓那當爾之時諸比丘衆樂行五欲貪嗜飲食爾時國王惟有一子名陀摩尸利王甚愛重時於靜處而作是念彌樓揵馱佛爲得何法令諸弟子皆共放逸與諸白衣所行無異作是思惟疑時有天神來至其所隱身不現而作是言王子彌樓揵馱佛所得深法清淨決定爾時王子聞天所說即作是言彌樓揵馱佛所得深法清淨決定其事云何答言王子是法無色無受想行識無陰界入無有五欲亦無欲心彌樓揵馱佛得是深法清淨決定爲衆生說爾時王子復問天言我等可得聞是法不可得解知如說行不天言王子汝能一心勤行精進得之不難富樓那爾時王子即作是念今是天神開悟我意我當出家求是深法即詣父母頭面作禮白父母言我今欲於彌樓揵馱佛法中出家爲道父母報言汝今何用捨我出家今諸道人於佛法中白衣無異爾時父母以偈答曰

今諸比丘衆　放逸受五欲　耕種行販賣
白衣無有異　貧窮多苦惱　不能自活者
如是諸人等　求活故出家　汝今生王家
富樂受五欲　多諸珍寶物　何用出家爲

陀摩尸利王子以偈答父母言

我不求榮位　若得當捨離　我今惟欲求
佛法深淨戒　有天開悟我　勸進我出家
佛所說深法　我冀當得知　我聞天所說

心中大歡喜　佛法今欲滅　我當助護持

父母以偈答陀摩尸利言

深經已滅盡　無有持誦者　汝今當何從
得聞佛深法　若於四衆中　有誦深義者
汝先從彼受　然後可出家

陀摩尸利以偈答父母言

我今勤精進　淨戒行頭陀　遠處山林中
求佛深淨法

富樓那陀摩尸利説此偈已頭面作禮辭行出家父母默然不能制止即詣比丘剃除鬚髮著袈裟受戒以恭敬心問諸比丘彌樓揵馱佛云何説法教諸弟子我得聞已當如説修行富樓那諸比丘語陀摩尸利比丘言我等不聞佛所説法但隨和尚諸師所行汝今亦應行如是法爾時陀摩尸利比丘答諸比丘言汝等必從貧賤出家是故今者但貴衣食所行如是白衣無異汝等今應與我共求佛深淨法時諸比丘以偈答陀摩尸利比丘言

我等所爲者　是事皆已得　衣食極豐足
免離王使役　安隱甚快樂　無敢輕慢者
白衣時苦惱　今皆無復有　是即名涅槃
第一快安樂　過是事以外　我皆不復用
我等多衣鉢　湯藥物甚多　白衣常給施
檀越家亦多

富樓那爾時陀摩尸利比丘聞諸比丘説此偈已心則悲惱涕零啼泣詣餘精舍復以是事問諸比丘彌樓揵馱佛云何説法教諸弟子我得聞已當如説行諸比丘衆亦如是答爾時陀摩尸利比丘即便捨離此諸比丘獨

入山林幽遠之處精誠一心欲求深法先時彌樓揵馱佛諸弟子中有大弟子名爲堅牢修空閑行獨住深山少欲知足心樂遠離所作已辦六通三明大阿羅漢亦如我今摩訶迦葉是堅牢比丘所住深山石窟壁上書此偈言

生死不斷絶　貪欲嗜味故　養怨入丘塚
唐受諸辛苦　身臭如死屍　九孔流不淨
如厠蟲樂糞　愚貪身無異　憶想妄分別
則是五欲本　智者不分別　五欲則斷滅
邪念生貪著　貪著生煩惱　正念無貪著
餘煩惱亦盡

富樓那堅牢比丘石窟壁上書此四偈陀摩尸利比丘經歷深山見此石窟壁上四偈見已讀誦思惟其義未久之間得五神通至彌樓揵馱佛本所燒處到已作禮圍繞三帀結跏趺坐發誓願言我不見佛不聞餘法不起於此富樓那彌樓揵馱佛所說經名八百千門釋提桓因誦持是經釋提桓因知陀摩尸利比丘深心愛法從忉利天上來下至其所爲說八百千門經又與四多聞本句七種重句十四門句陀摩尸利比丘聞已誦持於諸法中得智慧明彌樓揵馱佛所說清淨應空應離諸深妙經自然在心又彌樓揵馱佛爲現其身及比丘衆并所住處精舍牀榻大會四衆天龍夜叉揵闥婆阿修羅迦樓羅緊那羅摩睺羅伽人非人等一切衆會悉令得見陀摩尸利比丘於諸法中得智慧眼從坐處起漸漸遊行還至本國到父母所爲說清淨應空應離諸深妙經稱揚讚佛法衆功德富

樓那爾時陀摩尸利比丘父毋宫人大臣官屬聞是法已信心恭敬語陀摩尸利比丘言惟願大德濟度我等得於彌樓揵馱佛法中出家富樓那爾時八萬四千人俱隨逐國王及王夫人一時出家出家之後皆號陀摩尸利語諸比丘衆富樓那是陀摩尸利比丘還令彌樓揵馱佛法續復熾盛使多衆生得住其中是其宿命大慈悲心願護法故於是陀摩尸利比丘從一聚落至一聚落從城至城從國至國遊行稱讚彌樓揵馱佛及弟子功德又以清淨應空應離諸深經法爲諸衆生廣演解說爾時陀摩尸利比丘多爲衆人供養恭敬尊重讃歎名聞流布富樓那陀摩尸利比丘如是廣益諸衆生已後則命終其諸弟子比丘比丘尼優婆塞優婆夷皆共和合以一切香木爲積供養燒身共起塔廟縱廣十里以衆華香末香塗香瓔珞旛蓋供養恭敬尊重讃歎富樓那陀摩尸利比丘臨命終時願還生此閻浮提内即得隨願生在王家名爲得念於彌樓揵馱佛後第三百歲法中出家以其本願宿命智故諸門句陀羅尼句自然還得以得陀羅尼力故先未聞經能爲衆生數演廣說不說前身曾所說者富樓那時諸陀摩尸利比丘衆中深智明利厚善根者聞得念所說諸經心皆隨喜信受恭敬供養守護得念比丘其中比丘無有威德鈍根者頑鈍闇塞薄善根者聞得念比丘所說新法不信不受違逆說過作是言如是等經我等不從和尚諸師所聞本亦不從陀摩尸利大師所聞富樓那其中深智依止義者不隨

語言以依義故心不違逆不違逆故則護彌樓揵馱佛法恭敬守護得念比丘富樓那爾時比丘比丘尼優婆塞優婆夷有八十那由他人隨順得念比丘所說經法富樓那時陀摩尸利諸弟子衆別爲二部一名陀摩尸利諸比丘衆二名得念諸比丘衆得念比丘不說我是陀摩尸利所以者何陀摩尸利比丘人皆謂得阿羅漢道非是菩薩若自說者人則疑惑得念比丘人皆知是菩薩非阿羅漢富樓那得念比丘如是廣利諸衆生已後復命終諸弟子衆以一切香木爲積供養燒身四衆普集爲欲供養大師菩薩共起塔廟縱廣五里以衆香華末香塗香瓔珞旛蓋供養恭敬尊重讚歎富樓那得念比丘臨命終時還復願生此閻浮提隨願得生大長者家名

爲耶舍以本願故得識宿命於彌樓揵馱佛第四百歲始年七歲出家爲道得諸陀羅尼陀羅尼力故能爲人說所未聞經於是得念諸比丘衆陀摩尸利諸比丘衆其中厚善根者得聞耶舍所說諸法心大歡喜皆得法樂富樓那是諸比丘依止於義不隨語言是故聞耶舍比丘聞所未聞應空深經合第一義信受不逆能受持誦如所說行富樓那中有比丘頑鈍闇塞薄善根者從耶舍比丘聞所未聞所未合第一義應空深經不信不受違逆毀壞而作是言如是法者我等不從和尚諸師所聞亦復不從得念菩薩大師所聞富樓那諸從耶舍比丘聞法歡喜心信受者皆爲陀摩尸利比丘得念比丘等憎嫉輕慢不聽住止不共讀誦講說經法反更謗言此非

佛法非大師教富樓那爾時耶舍比丘廣宣流布彌樓揵馱佛法從一聚落至一聚落爲衆生說多所饒益教化八十億那由他人發阿耨多羅三藐三菩提心耶舍比丘所饒益如是後復命終其諸隨逐耶舍比丘有七萬人爲耶舍比丘起七萬塔以衆香華塗香末香瓔珞旛蓋供養恭敬尊重讚歎富樓那耶舍比丘臨命終時還復願生此閻浮提命終之後即得隨願復生王家生時諸天發大聲言今王所生多益衆生即隨此聲字爲導師至年十四於彌樓揵馱佛法第五百歲出家學道是導師比丘廣誦經書多聞深入文辭清辯善巧說法富樓那是導師比丘從一聚落至一聚落從城至城從國至國流布彌樓揵馱佛法多所饒益爾時陀摩尸利得念耶舍諸比丘衆皆來合集造詣導師欲共毁破爾時導師比丘知諸比丘來作是言汝諸比丘問難何事以何事問云何而問諸比丘等聞是語已憂愁不樂默不能答不能障礙導師比丘富樓那隨此菩薩壽命在世佛法熾盛隨其終後佛法則滅是導師比丘末後惡世法欲滅時從一聚落至一聚落從城至城從國至國爲多衆生敷說清淨應空深經化八百萬人令發阿耨多羅三藐三菩提心是人命終皆生天上富樓那是導師比丘所益如是今夜命終明日夜法滅富樓那彌樓揵馱佛法滅故諸深清淨應空經法皆悉滅盡富樓那如是菩薩摩訶薩以是深經守護佛法能自具足善根福德富樓那是導師菩薩命終之後即生彼土上方第十世界時彼佛

號善眼多陀阿伽陀阿羅訶三藐三佛陀即復出家宿世善根福德因緣深慧明利辯才無盡捷利無礙是導師比丘於善眼佛法中八萬四千歲修諸善法命終更生值第二佛號日增肩於是佛所出家修集善根求阿耨多羅三藐三菩提命終之後還生此土復值後佛號不空行多陀阿伽陀阿羅訶三藐三佛陀於佛法中復行出家七萬歲中勤修善根求阿耨多羅三藐三菩提時名首羅不空行佛授其記言我滅之後是首羅比丘當得作佛號無礙眼多陀阿伽陀阿羅訶三藐三佛陀富樓那菩薩成就是第三法能得具足一切功德爾時世尊欲明了此義而說偈言

菩薩聞甚深　清淨決定法　身自能安住
亦復教餘人　世間不得底　菩薩而不沒
住於淨戒中　廣利諸衆生　本事及譬喻
示衆以佛道　諸佛之所說　此是決定法
菩薩能行利　亦能利衆生　守護諸佛法
教衆以菩提　衆生如法事　菩薩皆爲作
教衆以佛道　是則近菩提　護持諸佛道
亦廣利衆生　諸天龍鬼神　天人所敬養
是故聞清淨　諸空深妙法　一心應思求
是則智增長

復次富樓那菩薩摩訶薩具足諸行諸行具故則能具足善根福德何等爲行富樓那菩薩親近善知識行布施持戒忍辱精進禪定智慧方便何等爲菩薩善知識菩薩所從聞如是經及教化方便諸佛阿羅漢及有深心求佛道菩薩皆名菩薩善知識菩薩成就此第四法則能具足一切功德爾時世尊以偈

頌曰

我說諸菩薩　所當應行法　施已心歡喜
無有諸悔恨　云何爲歡喜　謂樂悉徧身
常以此喜心　而行菩薩道　菩薩所布施
迴向於菩提　饒益諸衆生　自利無有量
若見有乞者　心生於佛想　念是人今來
施遺我佛道　我因於是人　得淨佛國土
是人示我佛　教化我佛道　我今值此人
快得大吉利　歡樂徧滿身　更不樂餘事
若有人來詣　遙見而問訊　仁者須何物
我當盡相與　若言無所須　菩薩亦歡喜
爲欲教化我　故言無所須　此賢以所樂
少欲知足法　今來開悟我　使得菩提緣
我今因此人　復得教以法　汝言無所須
是語爲善哉　若言須此物　以是可與我
菩薩若有者　歡喜言汝取　若行布施已
於後無所悔　以念佛道故　心常得歡喜
布施已迴向　衆生皆有分　普令無所乏
盡使得知足　若行菩薩道　衆生聞我名
自然知止足　不生慳貪心　今我國衆生
順道皆知足　捨諸五欲著　皆樂行出家
如是無量行　以施而迴向　願常行布施
衆生亦效我　菩薩行布施　以慈覆衆生
一切諸世間　無有如是樂　如大富長者
多財饒珍寶　惟止有一子　積年久遠行
長者聞子還　歡樂徧滿身　久別而今歸
便若如更生　菩薩見乞人　其心大歡喜
長者歡喜分　十六不及一　若得施行已
心則大歡喜　慈心所生樂　此樂無有比
如王治罪人　勑使支節解　殺者將殺處

舉刀垂當下　王恕賜榮位　是人大歡喜
猶不及菩薩　施貧得歡喜　菩薩行道時
不求於福田　有乞則便與　故得大歡樂
菩薩若值佛　羅漢辟支佛　敬心知難遇
故往供養施　菩薩有威德　明利心調順
樂功德求道　供養佛及衆　不以深恭敬
奉事諸天神　惟除於諸佛　及諸佛弟子
若有辟支佛　自然得涅槃　亦行而供養
有是諸功德　菩薩亦能知　福田善不善
世間諸智者　不敬惡外道　安住持戒品
慈心覆衆生　精進無有比　忍智多聞廣
行是諸功德　於世爲高尊　能證佛菩提
轉無上法輪　菩薩能修行　如是上四法
一切諸善根　悉皆現在前　無量億數劫
所修諸功德　悉皆攝入此　所行菩薩道
是故諸菩薩　應常修慈心　出家處山林
樂在空閑處　常求諸清淨　甚深決定法
具足菩薩行　以此自增長

神通力品第五

爾時世尊以神通力從身一一毛孔俱放百千萬億光明又從一一毛孔出如須彌山等大猛火焰又從一一毛孔出恒河沙等諸佛說法時會大衆普見如是大神通力爾時世尊現神力已還復如故語富樓那言汝見如來從諸毛孔出是神力不已見世尊富樓那如來常有如是神力無有休廢令諸弟子但知如來在此說法而我實於十方恒河沙等世界常作佛事無有休息亦於十方世界如是說法富樓那若人實語何者是無等等無比人兩足福田極深難測無邊行者舉足一

步一切衆生不能得知不能思量何心何行
舉足下足當說我是富樓那一切衆生不能
思量如來爲以何思何心何行舉足下足爾
時世尊欲明了此義而說偈言
世尊以何思　何行舉下足　動不動衆生
常不知此事　神通力無量　行處亦無量
功德無量故　第一極高尊　大智慧無量
無能盡知者　假令一切人　智慧神通力
皆如舍利弗　及與目揵連　亦不能知我
舉足下足事　正使一切人　皆作辟支佛
不知我一步　況餘深佛法　假無量日月
合爲一日輪　不能及如來　一毛孔光明
假使七萬億　那由他世界　日輪縱廣等
徧照無量土　如是諸大日　如十方恒沙
合以爲一日　一光如須彌　如是諸大日
常照十方界　比於佛光明　不現如焦樹
是諸大日光　不能徹樹葉　諸山河石壁
皆悉能障礙　如來光所照　一切須彌山
鐵圍金剛山　徹過無有障　光明神通力
威德無有量　誰見不發心　惟除於不信
衆生見如是　光明大神力　多發無上心
我等亦當得　時佛則微笑　阿難即問訊
世尊何故笑　無礙智願答　時佛答阿難
衆生今見我　所現大神力　發心願作佛
衆中三萬人　願護持是法　我等於佛後
讃誦如是經　是人我滅後　得聞是經法
中時及後時　聞已如說行　發道心者難
深樂佛法難　後世能持誦　是等經復難
千萬億數劫　諸佛出甚難　於後末世中
說是經復難

爾時佛告阿難我以如是等經倍囑累汝所以者何閻浮提内隨有如是菩薩藏經則有佛法阿難如是等深經滅故如說行法亦滅如說行法滅故佛法則滅阿難汝今當以第一供養具供養於我云何爲弟子以第一供養具供養於我汝心勿謂名華好香末香塗香旛蓋瓔珞衣服妓樂讃歎如來爲上供養阿難如是不名第一供養若人得聞如是等深經受持讀誦如所說行是名以第一供養具供養恭敬尊重讃歎於佛何以故諸佛皆共供養恭敬尊重於法不貴世間諸供養具是故阿難今以此經鄭重慇懃囑累於汝何以故阿難我學如是等經今得阿耨多羅三藐三菩提轉無上法輪過去諸佛本行菩薩道時亦學如是等經得阿耨多羅三藐三菩提轉無上法輪未來諸佛亦學如是等經當得阿耨多羅三藐三菩提轉無上法輪現在十方世界諸佛本行菩薩道時亦學如是等經得阿耨多羅三藐三菩提今轉法輪是故阿難是菩薩藏經名爲轉法輪經當奉持之我於波羅奈國梨師山鹿園中與聲聞弟子轉於法輪阿難我今於此竹園中轉此菩薩藏經不退轉輪斷一切衆生疑阿難過去諸佛亦皆於此虚空地分說是菩薩藏經未來諸佛亦皆於此虚空地分說此菩薩藏經我今得阿耨多羅三藐三菩提亦於此虚空地分說此菩薩藏經是故當知此地是佛大塔天人世間所供養處阿難此地獨有不共功德所謂過去諸佛於此說諸深經阿難所有貪欲嗔恚愚癡衆生入此竹園不發貪欲嗔

恚愚癡阿難如來雖住諸餘精舍而皆無有如是功德何以故阿難今此迦蘭陀竹林畜生入者不發婬欲衆鳥入者非時不鳴摩竭洴沙澆頂大王昔初登位與諸婇女入此園中共相娛樂入以自覺心無婬欲娛樂戲事諸婇女衆亦皆自覺心無有欲不樂戲樂時王歡喜每作是念願世有佛出於我國我當得見見已心信信已供養當以是園奉上於佛佛於中住我當聞法何以故可供養者應住此園非五欲人所應得住阿難洴沙王入此竹園生是善心皆以過去諸佛住此園中說此菩薩藏經是故此園所有功德不與餘共一切世間天人阿修羅皆應禮敬阿難是園無有蚖蛇蜈蚣蚊虻毒螫若住其中無復毒心亦是竹園不共功德我若百歲稱說此園所有功德猶不能盡何以故阿難今此竹園精舍成就無量功德餘處不爾阿難白佛言我本不知竹園乃有如是功德世尊我本不欲爲佛侍者我今懺謝如是過罪佛告阿難汝初於法得法眼淨爾時已爲除滅是罪也

大寶積經卷第七十八

音釋

屎鉼　屎詩止切糞穢也鉼薄經切瓦器也　塠　都回切聚土也　憹戾　憹力董切戾郎計切憹戾謂多惡不調也　揵馱　揵渠焉切馱唐何切　貪嗜　嗜常利切貪欲也　厠　初吏切溷厠也　牀榻　榻託合切牀狹而長者曰榻　積　子智切聚也　頑鈍　頑五關切癡頑也鈍杜困切愚鈍也　闇塞　闇烏紺切不明也塞悉則切窒塞也　捷　疾葉切疾也　洴沙　梵語也亦名頻婆娑羅此云影堅王名也洴蒲明切　螫　施隻切蟲行毒也

大寶積經卷第七十九

姚秦三藏法師鳩摩羅什譯

富樓那會第十七之三

大悲品第六

爾時大目揵連作是念希有世尊世尊成就如是大悲善能解說諸菩薩事所以者何菩薩具足修集佛法爲無生滅示悟衆生爾時佛知目連所念而告之曰如是如是目連諸佛成就大悲之心若我弟子聞說此悲具足義者心則迷悶無所復樂目連且置如來大悲若我具說爲菩薩時所有大悲汝亦迷悶無所復樂爾時目連白佛言善哉世尊願說本行菩薩道時大悲少分佛告目連汝今諦聽善念持之當爲汝說本行菩薩道時大悲少分當以譬喻解說其義本行菩薩道時所行大悲說不可盡而是大悲依於四事何等爲四是菩薩大悲菩薩隨所住悲能修佛法名爲大悲目連我本於衆生有如是大悲有如是大願所有衆生於阿鼻大地獄受諸苦惱黑繩大地獄僧伽陀地獄活地獄叫喚地獄大叫喚地獄炙地獄大炙地獄我常代此衆生受諸大地獄中苦乃至罪畢受諸苦時心無憂悔目連若可有是因緣得度衆生我能盡代令諸衆生出大地獄我代受苦一入地獄盡諸衆生所作罪業我於爾時心無憂悔目連我發如是大願精進諮問有智所謂佛及弟子可有如是道理因緣代受苦惱令諸衆生出地獄不目連智者聞已但爲我讚說多聞深發道心布施持戒忍辱精進讚說親近善知識目連我聞是已大發精進爲求

法故深生欲心求得成就諸佛大法勤行精進具諸波羅蜜深行忍辱目連我本云何深行忍辱本爲菩薩時發如是心十方所有衆生若有色若無色若有想若無想若非有想若非無想假使是諸衆生盡得人身來詣我所作是言仁者發阿耨多羅三藐三菩提心我等多所乏短五欲樂具資生之物汝若不能悉與我者不得阿耨多羅三藐三菩提若是衆生時皆惡口苦切罵詈妄說過惡不稱意故以刀杖瓦石加害我身我於爾時不應生恚不應悔退我應如是調伏其心是諸衆生愚癡不知起愚癡業若我於此愚癡衆生起瞋恨者與此何異此不入道我入善道我今於此衆生忍受諸苦不起瞋業心當如地等受好醜目連我本深行如是忍辱復次目連我常長夜於一切衆生如視一子如大長者饒財巨富多諸珍寶奴婢人使行百種戒求得一子深心愛念情無猒足目連是長者於子常求好事常與好事常與利益不與衰惱如是目連我常長夜於諸衆生視如一子我常長夜爲諸衆生求諸好事而以饒益不與衰惱目連我於長夜失道衆生邪道衆生示以正道令住正道目連以是因緣當知如來長夜於諸衆生深心愛念視如一子目連於過去世有賈客衆夜行失道入於邪徑夜黑暗故不知所趣皆作是言我等失道無救無歸無所依止誰諸衆生若天若龍若夜叉神若人非人示導我等令得正道誰能憐愍饒益我等於此夜闇邪隘道中與我光明目連爾時空林澤中有外道仙人草菴中住於

夜闇中聞諸賈客悲喚音聲而作是言今諸賈客夜闇於此空林中失道若我不救則爲非理是諸賈客或爲虎狼師子大象野牛諸惡獸等惱害奪命目連仙人即時以大音聲告諸賈客汝等勿畏我今相救當作光明示汝正道爾時仙人安慰告諸賈客已即以氎衣纏裹兩臂以油徧灌以火然之與諸賈客光明示道目連時諸賈客皆作是念今此仙人甚爲希有爲我等故不惜身命目連時是仙人以臂光明照示賈客道已於諸衆生悲心轉增作是念我得阿耨多羅三藐三菩提時邪道衆生爲作法明示以正道目連我於爾時雖然兩臂身心不異何以故目連深心菩薩於求他利不貪身命以淨心布施因緣臂還平復無有瘡瘢諸賈客等即得正道至天明旦見仙人兩臂無有瘡瘢生希有心今是仙人有大神力能於竟夜然其兩臂爲照我等使得正道然其手臂都不燒然必成大行必有大德目連時諸賈客語仙人言善哉仙人能爲第一難行苦行今以是行欲願何事仙人答言諸賈客我以此事願得阿耨多羅三藐三菩提已當度汝等於生死苦邪道衆生爲說正道時諸賈客心大歡喜皆作是言我等當以何事報此仙人仙人言汝等當共專行善法愼勿放逸諸賈客言敬從所誨諸賈客等恭敬歡喜於是別去目連汝謂爾時外道仙人爲諸賈客然臂照道豈異人乎勿作是念即我身是諸賈客者今千二百五十比丘是目連如來長夜怖畏衆生施以無畏邪道衆生示以正道無眼衆生令得淨眼

病重衆生能治令差以是因緣當知如來長夜於諸衆生深有大悲復次目連過去久遠於此閻浮提中大病劫至衆生普爲大病所惱爾時閻浮提王名摩醯斯那有八萬四千大城王於此中威勢自在時王最大夫人懷姙若以身手觸諸衆生病皆除差月滿產男生已即言我能治諸病人又亦生時閻浮提內諸天鬼神皆共唱言今王所生便是人藥以是音聲普流聞故字爲人藥時人皆將病人示此王子諸病人至王子手觸若以身觸即皆得差安隱快樂如是展轉閻浮提內皆將病人以示王子王子手觸病皆除差安隱快樂目連人藥王子於千歲中如是治病後則命終命終之後諸病人來聞其已死憂愁涕泣誰復度我病痛苦惱諸病人言人藥王子於何燒身問知所在趣其燒處出骨擣末以塗其身即皆得差作是唱言人藥王子於今猶能治諸病人目連如是因緣治諸病人骨漸消盡骨盡之後至然身處取地灰炭各塗其身病皆得差目連如是人藥王子於大病劫以是方便治諸病人目連汝謂爾時人藥王子豈異人乎勿作是念即我身是我於多病苦惱衆生無救無依療治其病我今得阿耨多羅三藐三菩提亦以大智慧藥治諸衆生畢竟盡苦目連我爲衆生受身隨可饒益即便饒益目連以是因緣當知故爲衆生受身而作饒益復次目連過去久遠我曾獨行時有惡獸來奪我命欲噉我肉我臨死時心發是願我今死後當生於此空林澤中作大畜身若諸惡獸奪我命者悉皆令得充足

飽滿所以者何是諸惡獸常害小蟲以噉其肉多起殺罪而不飽足我時發願當生於此作大畜身令諸噉肉飲血衆生皆得飽足即時死已於中化生作大畜身令諸惡獸飲血噉肉皆得充足如是展轉百千萬億那由他世故爲受身饒益衆生乃至一劫目連若我自說本行道時飢渴衆生以身血肉施令飽滿若以一劫若減一劫說不可盡目連我本如是於諸苦惱衆生深生悲心復次目連過去久遠我念本身見諸苦惱衆生而作是念我今不應捨而不救即至其所而問之言汝有何苦何所須欲答言仁者我等今者甚大飢渴我聞是已即語之言汝等今須何等飲食答言我等惟欲飲血噉肉若能以身血肉與我我則快樂無復病痛我即許之便自割

肉出血與諸衆生目連我於爾時心無悔惜不愁不沒但作是念我今割肉亦滅爾所生死苦分我常長夜樂如是施如是施已深得歡樂以是因緣當知如來於諸衆生深有大悲目連我念過去時世有王名爲大力有大德力厚種善根時大力王而作是念我今何不設大施會充滿衆生作是念已設大施會恣所求欲須食與食須飲與飲有須衣服卧具金銀寶物車乘錢財有須硨磲碼碯玻瓈瑠璃珊瑚琥珀等寶悉能與之華香瓔珞塗香末香繒綵幢蓋男女大小奴婢人使象馬牛羊田地產業皆悉與之目連是大力王如是大施爾時帝釋而作是念我今何不與此國王作障礙事令其不果時即自化作婆羅門往詣王所而問王言今大會中何所布施

答言婆羅門我所有物悉以布施無所愛惜婆羅門言汝所志願我今所乞能見與不大力王言我既發言所有盡與婆羅門言王如是者我今須王身分王便念言是婆羅門不須財物今來直欲破我大施我若不以身分與者我則自破大會施事作是念已語婆羅門言與汝身分截取持去婆羅門言大王今者作如是語將無悔耶大力王言我心不悔但以今者多有乞人四方來集我皆應使悉得滿足婆羅門言我今一人尚不充足何論餘人目連時大力王即以利刀自割其臂與婆羅門汝可取是一臂目連其大力王自割臂時心無變異無有悔恨如是一心布施故能捨一切故臂還平復時大力王以刀割身分與婆羅門與已還生目連爾時帝釋以是因緣天福則盡心熱苦惱大喚現身即墮阿鼻大地獄中目連汝謂爾時大力國王以身施者豈異人乎勿作是念即我身是爾時帝釋欲障礙我大施會者豈異人乎勿作是念即調達是目連是時調達癡人生嫉恚心欲障我施而不能壞墮大地獄我今得阿耨多羅三藐三菩提設大法施調達癡人猶生恚嫉貪利養故謀合人衆欲共殺我我時經行在於耆闍崛山下自上山上機關發石自破善根於我生惡自失利養豪尊勢力身墮阿鼻大地獄中目連我於調達癡人無有身口意惡而於長夜以我爲怨世世障我修集善法而亦不能障我行善我常長夜慈悲覆潤而不能使以我爲親目連調達世世不識我恩我今舉手如調達等亦復不識天人世間

阿脩羅恩如是等人入邪定位目連調達於後臨入阿鼻大地獄時於我乃生深實好心此亦是如來威神之力調達第一不知恩義臨入阿鼻大地獄時聞大聲言癡人調達嗔恚於佛不可殺人而欲横起殺害因縁以是罪故今墮阿鼻大地獄中聞是大怖心即摧伏而作是言我今惟以骨肉一心歸命於佛心即得樂於佛生信作大音聲即入阿鼻大地獄中以是因縁後出地獄得生人中出家學道得辟支佛號曰骨髓目連我今授調達記作辟支佛則爲已度於生死苦目連我度調達如我本願所以者何我於先世要度調達我當度汝餘無度者目連調達但於我所種涅槃因縁不於餘種調達從是已後亦復不於餘種善根但於我所信心清淨言歸命佛以是善根因縁後得辟支佛道目連我常長夜於諸衆生如父母想愍其孤窮無有財物往來生死險難惡道愚癡無智常盲無目誰能示導誰能救護惟我一人應示應救目連我念是已若有衆生惡口罵我我不還報若切責我我亦不報若嗔若打我終不報所以者何我應常與一切衆生畢定安樂應除一切苦惱衰患今我不應與諸苦惱是諸衆生誰能忍者惟我能忍我今當學衆生忍法善寂滅法柔和順法當如調伏大象不如不調伏象目連譬如調伏大象入戰陣時心不退縮能忍鼓聲螺聲角聲大㘁喚聲聞如是等可畏音聲不驚不畏能忍寒熱蚊寅毒蟲風雨飢渴能忍種種鉾劒所傷弓弩箭矟刀鉾戟劒鐵輪鞭打皆能忍受不驚不畏直衝

戰陣不退不縮目連調伏大象不作是念我於賊陣不能衝入但作是念我當勝此賊陣目連我本行菩薩道時發大心願亦復如是於諸衆生調伏其心若諸衆生惡口罵我我不加報於我有諍我亦不報若以刀杖瓦石加我及奪我命我於爾時心不退轉於阿耨多羅三藐三菩提亦不分別是則可受是不可受是應親近是不應近於是事中無憂無悔無有恚恨於菩薩道心無猒離不作是念我今不能入大賊陣但作是念我能破是大惡賊陣當得阿耨多羅三藐三菩提度脱三界無量衆生目連我本行菩薩道時所行忍辱於諸衆生所有慈悲若以言說不可得盡復次目連過去久遠有外道仙人名爲忍力受如是法我於衆生不生嗔恨爾時有魔名爲惡意而作是念我今何不往詣仙人壞其忍法令發嗔恨退捨忍心即遣巧罵千人前後圍繞惡口罵詈妄說其過穢言鄙辭苦切備至行時亦罵到聚落亦罵入聚落亦罵食時亦罵食已亦罵從座起亦罵從聚落出亦罵還至住處林樹亦罵立亦罵坐亦罵卧亦罵經行時亦罵乃至息入息出亦罵常隨逐罵種種不淨醜惡罵詈無有休息目連爾時千人爲魔所使於八萬四千歲惡口罵詈忍力仙人爾時惡意魔於忍力仙人入聚落時自以屎灌其頭上著鉢中塗衣鉢塗身以糞掃灑其頭上時忍力仙人八萬四千歲健罵千人惡口罵詈輕賤心終不嗔恨乃至不生退没之心亦不自言我有何罪終不生怨恨八萬四千歲亦不以惡眼視惡意魔亦不自

言我有何罪目連是健罵千人罵於忍力仙人過八萬四千歲已知不可壞生淨信心懺悔除罪作是言汝以是事欲求何法我亦願得是法目連是健罵千人於仙人所得清淨心供養恭敬尊重讚歎仙人既受供養而亦不生貪愛之心目連汝謂爾時忍力仙人豈異人乎勿作是念則我身是我時受是忍辱法惡意魔所遣千人惡口罵詈不休不息常輕於我亦不能令我心異目連健罵千人於忍力仙人生清淨心已懺悔罵罪隨學忍力仙人發阿耨多羅三藐三菩提心我時教化令住佛法是千人具足是六波羅蜜次第成佛皆已入於無餘涅槃目連汝謂爾時惡意魔常遣千人罵詈我者豈異人乎勿作是念即調達是復次目連我念過世自以其身施與衆生爲世間人而作奴僕爾時衆人種種使我有人使我分除屎尿有人使我作除糞人有人使我除土有人使我取草有人使我取穀米乳酪酥油蜜有人使我取薪炭火水如是等種種事務皆使我取目連我不憶爾時生如是心有人使我分除屎尿不隨去者有人使我取華香瓔珞塗香末香飲食果蓏而便隨去目連我不憶爾時所好作務隨去不好作務而不隨去目連我不念爾時隨刹利不隨婆羅門隨婆羅門不隨刹利隨逐毗舍不隨首陀羅隨逐首陀羅不隨毗舍隨逐刹利婆羅門不隨毗舍首陀羅隨逐毗舍首陀羅不隨刹利婆羅門亦不念有如是差別是人大是人小隨逐是人不隨是人目連但隨先喚我者歡喜隨去目連我念本行菩薩

道時不念有人以如法事使我令作終無有力而不爲作目連我念本行菩薩道時無有爲事而不究竟無有作善而善不終訖舉要言之我念本行菩薩道時未曾貪身何況財物我行菩薩道時於財物中不生我物想我但以先業果報有財於是財物生如是念此物當與衆生共用於此物中我有分者衆生亦有目連隨我行菩薩道得近佛法不作是念於我物中言我有分衆生有分但念所有物是衆生物我無有分目連隨我得近佛法則於其中樂不貪著不攝不取樂遠離諸法不樂受諸法樂一切空法不樂一切法有樂一切法寂不樂諸法事相樂本性無所有不樂本性有所有目連我念本行菩薩道時無量百千萬世於夜闇中自然其身失道衆生照示道處目連我念本行菩薩道時無量百千萬世毀肉衆生割肉施與目連我念本行菩薩道時無量百千萬世飲血衆生刺血施與令得飽滿快樂目連舉要言之於世間中若諸財物資生所用於諸衆生終不貪惜皆爲不惱不害衆生智者所許賢聖所讚我常如是長夜於諸衆生深行悲心復次目連我念過去作賈客主名爲吉利入於大海取大珍寶安隱而出還達本國是人入城到家門前是時城中多有乞兒圍繞在前作如是言善來安隱吉利大檀越我等欲有所乞若見許者我等當乞目連爾時吉利語諸乞人汝等可乞我所有物能以相與無所貪惜時諸乞人語吉利言汝從大海所得寶物盡以與我我等若爾皆得吉利如是目連吉利即時

以諸珍寶盡與乞兒凡有八十億摩尼珠一一皆直百億兩金目連是吉利以是多物施已心無有異不生疑悔爾時吉利以多寶物與乞人已不入其家復還至海採取珍寶入海之後倍得寶物過八十歲還到本國欲入城時見犯罪人殺者執縛打惡聲鼓街巷唱令將至殺處加以刑戮時應死者遥見吉利作是言賈客主施我無畏救我死罪與我壽命汝是大檀越賢善好人吉利聞已語應死者咄人我今施汝無畏救汝死罪即至殺者所人人皆與一摩尼珠價直一億兩金汝今少住待我今者至王邊還爾時吉利疾至王所白言大王我欲以好珍寶買此人命王答吉利是人罪不可恕不可得買若必欲買汝所有物盡以與我并自伏死乃可得脱目連爾時吉利聞已歡喜我得大利得滿所願能救此人得稱我意即時吉利得救此人免於死罪即以居家所有財物及於大海所得珍寶無量千億金銀寶物皆送與王白大王言可放此人我所有物盡現在此王受物已語殺者言將吉利殺答言爾諾受王命已即縛吉利將至殺處右手舉刀欲斫吉利手直不下驚怪恐怖即將吉利白王此事目連王聞此語即自執刀欲殺吉利舉刀欲斫其王即時兩臂落地得大衰惱發聲而死目連汝謂爾時吉利賈客主豈異人乎勿作是念即我身是爾時王者即調達癡人是目連爾時調達欲奪我命不能得奪至於今世我得阿耨多羅三藐三菩提欲奪我命而亦不能何以故如來一切世間天人阿脩羅中無能害者

何況調達癡人調達於今謀集惡人來欲殺我亦自方便欲得殺我而失利養名聞勢力生身直入阿鼻地獄目連我本行菩薩道時不見利益衆生如調達者而調達不知恩義我本修菩薩道時於衆生中猶如父母以是因緣當知如來於諸衆生悲心深厚復次目連過去久遠雪山王邊有五百羣象於中有一大象王爲主體貌可愛大力有智時是象羣宿出在山嶮隘難之處惟有一道爾時獵師見此象羣即夜於嶮道中大作坑埳作是念此諸羣象當墮此中得屬於我隨我所取夜作坑已驅逐羣象向嶮道坑羣象欲出見有大坑不能得過目連時象羣主以身橫在坑上爲橋使五百羣象於脊上過羣象過已作勢踊跳爾時山神說是偈言

惡人作深坑　中有智象王　度彼亦自度
唐勞作深坑

目連汝謂爾時象王利根大力者豈異人乎勿作是念即我身是時五百羣象今五百比丘爲調達所壞者是爾時獵者調達等五百比丘是所謂蹇陀達多迦樓羅提舍三聞陀達多拘迦梨提婆達多目連我常長夜見怖畏衆生施以無怖畏見苦惱衆生施以安樂貧窮衆生施以財物墮邪道衆生示以正道病痛衆生除其病苦飢餓衆生施以飲食食肉飲血衆生以身血肉施與目連我隨所願皆作不虛我許衆生不生懈怠目連我發阿耨多羅三藐三菩提於其中間所有誠言終不有異所作精進懈廢休息我不得阿耨多羅三藐三菩提耶目連我隨語而行隨行而

語

答難品第七

爾時會中有一比丘名曰象手從座而起偏袒右肩右膝著地合掌白佛言世尊我從如來聞此難事身毛爲竪涕淚流下我今欲問一事世尊自言我爲菩薩時隨語而行隨行而語世尊從初願度一切衆生若作是願於今所度衆生未盡當入涅槃如來滅後或有人來難諸比丘汝等大師本願當度一切衆生衆生未盡而自滅度若有是難當云何答佛告象手比丘若有如是難者應還問彼汝以何法爲衆生彼人若言陰入界是衆生應還問彼爲陰入界和合是衆生爲離散是衆生彼人若言陰入界和合是衆生應還語彼汝自答已所以者何和合是衆生陰入界非衆生佛所說法爲離散故不爲和合世尊樂離散行不樂和合和合中無衆生彼人若言但陰入界是衆生應還問言若爾者一切草木瓦石皆是衆生所以者何汝說陰入界是衆生是中亦有陰入界彼人答言是中無心無心數法故非衆生者應還問彼若爾者一切衆生應是一衆生何以故如來不說陰入界有異彼人若言如來經中說有衆生是故有衆生應還語彼汝自答已何以故如來經說離有離無彼人若言若爾者無有道果應還問彼汝以何爲果彼人若言我說決定第一義爲果應還問彼決定第一義中無音聲語言無音聲語言中不得言決定有無汝說決定第一義爲果是決定第一義中無衆生無衆生名字是故汝說有衆生此語自破復

次象手如來經說於諸法中無有滅者但滅苦惱我如是通達諸法實相隨所得法爲衆生說爲無貪取爲遠離爲無戲論爲無作起象手若人如是知我法義是人即能不爲有無而起行業若人不爲有無而起行業是人云何見有衆生見無衆生象手是名常住諸法實相是中無有憶想分別無垢無淨無來無去無道無道果無長無短無方無圓無形無色是故說諸法一門謂是定門象手是名見法門入是見法門名爲能見佛象手於是云何隨以何法見佛是法已滅今滅當滅滅相耶不也世尊於意云何隨以何法見佛是法已生今生當生生相耶不也世尊象手若爾者如來不名爲滅如是世尊象手彼人若言所有身相我爲是故言如來滅入涅槃已不復轉還但見身相不轉還故名如來滅應還問彼汝說身相成就爲如來耶彼人若言我說身相成就名爲如來應還答彼如佛經中不說身相名爲如來若說身相是如來者一切瓦石山河草木皆是如來彼人若言一切瓦石山河草木無有三十二大人相名如來者應答彼言汝說有三十二相名如來者轉輪聖王則是如來何以故轉輪聖王身有三十二相彼人若言相入相法知相婆羅門說當作佛是事爲實應答彼言若有三十二相即應是佛而汝自說相師見有三十二相記當得作佛汝今說佛相彼人若言我說佛十力四無所畏十八不共法無漏根力覺道禪定解脫三昧等是爲佛相應答彼言汝說十力等是佛相者今應說佛體性彼人若言

佛與是相異耶應答彼言汝自言是佛相佛相非佛彼人若言更有無形無色法是佛十力等爲相應答彼言無形無色法云何以有形有色爲相又汝若說無形無色法名爲佛者餘無形無色法皆可是佛若是等法亦是佛者是十力四無所畏十八不共法根力覺道禪定解脱三昧等亦應與是爲相應象手我諸弟子應當如是降伏癡人復次象手我本願得阿耨多羅三藐三菩提度脱一切衆生我坐道場得阿耨多羅三藐三菩提已不得衆生不得衆生名字我坐道場但通達十二因緣法是事有故是事有是事無故是事無何事有故有何事何事無故無何事所謂無明因緣故有諸行諸行因緣故有識識因緣故有名色名色因緣故有六入六入因緣故有觸觸因緣故有受受因緣故有愛愛因緣故有取取因緣故有有有因緣故有生生因緣故有老死老死因緣故有憂悲苦惱如是展轉但是大苦聚集無明滅故諸行滅諸行滅故識滅識滅故名色滅名色滅故六入滅六入滅故觸滅觸滅故受滅受滅故愛滅愛滅故取滅取滅故有滅有滅故生滅生滅故老死滅老死滅故憂悲苦惱滅是中但是大苦聚滅我於是中生眼智明覺通達如是無中無後無壞解脱如來通達是解脱故不得餘法但得衆因緣生法象手如來是通達諸法隨以如是爲衆生說象手若諸佛生若諸佛不生諸法性相常住不異謂名色不失不相違背不生不起象手我常如是說法汝等亦應隨我意知我爲汝等說如是法汝等

但當勤修行之象手大師所應為弟子事事我盡作已汝等如所說行於諸法中當得智明爾時象手白佛言世尊若有人言如來所說正法滅故誰當示導無說導故名正法滅正法滅故名如來滅如是亦名不度一切衆生佛告象手若人如是難問應如是答佛是一切智人皆知皆見常待衆生可度時節雖入涅槃猶能有益又佛今與未來世佛授記作佛是則佛種相續不絕一切佛法是一佛法是故說名如來法如來法者即是佛法是故當知如來本行菩薩道時隨語而行隨行而語象手白佛言希有世尊如來善能通達推求一切諸法善能通達一切法故身口意業智慧為首皆隨智慧世尊本行菩薩道時隨語而行隨行而語佛告象手如是如是象手如汝所說我本行菩薩道時隨語而行隨行而語象手若人實說誰不錯謬出於世間饒益衆生安樂天人一切大師說正道者正智解脫無有戲論到於彼岸度未度者如來世尊當說我是是為實語者象手若人實語誰是不誑者知恩報恩者當說我是是我為實語若有衆生小事於我是事不失象手我從初發阿耨多羅三藐三菩提心已來於其中間心無退轉亦不憶念貪樂聲聞辟支佛乘我當得是法但一發心欲教弟子求辟支佛象手過去久遠我時作外道仙人智慧明利多聞辯才得深法忍時有五百年少婆羅門見在居家五欲過患見出家利出家學道皆來詣我即為說法得辟支佛道具六神通心得自在具如意足常以神力飛入城邑聚

落乞食供養於我我作是念如是成就大淨智人我則不應受其供養是諸仙人我教化故得如是法而我不得爲得是法未證當證故勤行精進象手我勤精進爲證是法時淨居天來現其身而告我言莫貪是智汝應當得阿耨多羅三藐三菩提應度無量無邊衆生象手我時聞已不復修道心得第一歡喜快樂半月靜坐樂悉徧身象手菩薩成就四法諸天開悟得歡喜心自知當得阿耨多羅三藐三菩提何等四一者菩薩自深發阿耨多羅三藐三菩提心亦教他人令深發心二者見發大乘人心不生嫉不作是念阿耨多羅三藐三菩提惟我當得餘不應得三者衆生所行隨時而誨好意共語將護其善四者常自勤心廣求諸法爲他人說無所慳悋象手菩薩摩訶薩成就此四法諸天開悟知當作佛爾時世尊欲明了此事而說偈言

菩薩以堅心　住於無上乘　亦能化衆生
令住於此乘　本行菩薩時　常無嫉恚心
勤行發精進　喜心轉增益　見諸衆生惡
知時而化喻　常以慈悲心　而無有瞋恚
常勤行求法　流布與衆生　以法充一切
如雨普流潤　行是四法者　諸天所開悟
汝當得作佛　勿生疑惑心　菩薩聞是已
勇猛發精進　是事必應實　我定當作佛
如是諸菩薩　以精進及願　憶念知與慧
而自轉高大　若有諸如來　出現於世間
是菩薩則有　如是諸功德　天人所恭敬
諸王及臣民　皆生歡喜心　知是有道者
經書章句義　文頌筭數事　皆悉善通達

衆生中最上　聰達有智慧　造事不以力
但以其策謀　而能有所成　摧伏諸戰陣
不以身手力　但以智慧力　自然而降伏
諸王及臣民　皆歎未曾有　憐愍衆生故
生在於世間　諸人僉皆知　謂與天共語
何故知如此　以知我心故　是菩薩常得
值遇見諸佛　往詣諮請問　能大益衆生
諸佛答問已　斷了所疑惑　能利諸衆生
皆使得歡喜　佛示神通力　受記當作佛
是故此菩薩　心得大歡喜　所愛貴重物
內外無貪惜　是故大歡喜　自知當作佛
普慈覆一切　常無瞋恨心　是故大歡喜
自知當作佛　諸佛所稱讚　已得深妙忍
是故大歡喜　自知當作佛　不依止諸法
知法不可依　得如是智慧　身能飛虛空
其心不在內　亦復不在外　出過一切想
故得無上忍　長夜以慈悲　普念諸衆生
以是福德故　得見無量佛　一切身皆是
佛身無差別　能得如是忍　以法自增長
發心菩提者　誰不隨而學　堅住於正法
得如是功德　是故求道者　常應勤求法
以法求自利　增益於菩提

富樓那品第八

爾時富樓那彌多羅尼子白佛言希有世尊世尊過去世行菩薩道時善能堅住種種善法佛言如是如是富樓那我長夜行菩薩道時堅住善法爾時世尊欲明了此事而說偈言

求法能得法　是名佛道本　常勤修習法
遠離於非法　常行於正道　遠離諸邪道

常修習諸佛　所可親近道　是則離諸難
能得無難處　得無難處已　精進必不虛
在二最尊貴　諸形色中上　眷屬具成就
於諸一切勝　堅心常安住　戒品忍辱品
亦住精進品　增長於禪智　於諸衆生中
常能爲上首　功德中亦勝　了義無所畏

爾時富樓那白佛言世尊如是妙法誰當不學但念我等本昔懈怠不望佛智不自信得如是佛慧以聲聞乘而自出度世尊我從今日示教利喜諸菩薩衆令住佛法何以故諸佛世尊行難行者世尊本行菩薩道時爲衆生故常行如是甚難大事如是事者一切阿羅漢辟支佛尚無況餘衆生世尊如是甚難大事惟諸菩薩摩訶薩等憐愍饒益一切衆生故行菩薩道時有如是等無量無邊阿僧祇甚難大事世尊諸菩薩行如是甚難大事得阿耨多羅三藐三菩提已能轉法輪度脫苦惱衆生佛言如是如是富樓那如汝所說諸菩薩摩訶薩深發阿耨多羅三藐三菩提心爲一切衆生求利安樂於一切衆生有大慈悲爲一切衆生故行菩薩道時有如是等無量無邊阿僧祇甚深極難大願大事佛說經已慧命富樓那時會四衆天人龍神乾闥婆阿脩羅等皆大歡喜信受佛語

大寳積經卷第七十九

音釋

氎（徒恊切細毛布也）　纏裹（纏直連切繞也裹古火切包裹也）　瘡瘢（瘡初良切痍也瘢蒲官切瘡痕也）　除差（差楚懈切病瘳也）　擣（都皓切舂也）　戟（居逆切枝兵也）　衝（尺容切突也）　蓏（郎果切果蓏也蔓生曰蓏）　戮（力竹切殺也）　嶮（虛儉切阻也）　埳（苦感切小阱也）　脊（資昔切背呂也）　跳（徒凋切躍也）

大寶積經卷第八十

隋北天竺三藏闍那崛多譯

護國菩薩會第十八之一

如是我聞一時婆伽婆在王舍城耆闍崛山中與大比丘衆千二百五十人俱菩薩摩訶薩五千人一切皆得無礙辯才大忍成就降伏魔怨近於佛智一生補處皆得陀羅尼無邊辯才力無所畏自在神通乃至一切功德皆悉具足其名曰普賢菩薩普眼菩薩普明菩薩普光菩薩圓光菩薩上意菩薩無邊意菩薩廣意菩薩無盡意菩薩持地菩薩持世菩薩益意菩薩呪手菩薩文殊師利等六十不思議菩薩賢護等十六菩薩如是等菩薩摩訶薩五千人俱復有娑婆世界主梵天王及釋提桓因護世四王功德天子正意天子一切天王一切龍王一切緊那羅王一切乾闥婆王一切夜叉王一切阿脩羅王一切迦樓羅王如是等王各各皆與百千眷屬俱悉來集會爾時世尊坐功德藏師子寶座於大衆中色像顯現如須彌山普照世間如日天子顯現世界如月天子其德寂靜如梵天王威德難瞻如天帝釋七菩提分皆悉具足如轉輪王宣說無相空無願法心無所畏如師子王身光照耀如大火聚又放光明猶如諸天最勝無上摩尼寶珠普照三千大千世界以大梵音令諸衆生悉得歡喜於一切法解其深義於大衆中而爲說法初中後善其義微妙具足無雜清淨梵行爾時衆中有一菩薩摩訶薩名曰喜王在衆中坐覩見如來坐師子座放大光明如百千日普照一切令天

人光隱蔽不現見是事已踊躍歡喜徧滿身心不能自勝即從座起合掌向佛以偈讚曰

世尊覆蔽此大衆　天龍脩羅乾闥婆
菩薩聲聞無威德　普照一切如金山
猶如須彌諸天俱　處於大海佛亦然
世尊住於慈悲海　放大光明百千種
住於梵行猶梵王　光明威德過諸天
安住禪定解脫中　照曜世間勝衆生
猶如帝釋在天衆　色像光明最爲勝
佛過世間亦復然　諸相莊嚴功德具
猶如輪王典四域　照曜世間說法時
令諸衆生入聖道　世尊顯現慈悲意
光明障蔽火摩尼　猶如秋日行虛空
佛比千日最爲勝　佛日普照於世間
如夜闇時秋滿月　佛光清淨亦復然
面部圓滿猶如月　覆翳一切天人光
猶如山頂夜火聚　清淨顯現無邊界
能滅一切無明闇　世尊智慧光普照
佛音徧滿山谷中　能伏外道猶師子
宣說無我空無願　令諸外道皆恐怖
威光猶如摩尼王　映奪一切摩尼光
如來軀體眞金色　普照世間勝諸光
如來世間無與等　況復有勝世尊者
福智精進方便等　一切功德無能過
救護世間大丈夫　我今覩見功德海
令我歡喜生尊重　是故頂禮世尊足
我已讚歎勝調御　功德圓滿世間燈
我今所有諸功德　令諸衆生證菩提

爾時喜王菩薩摩訶薩偈讚佛已合十指掌諦觀佛身目不暫捨觀察法界甚深難解難

行難入不可思惟難知寂靜微細之法不可思量諸佛境界内心觀察周徧法界觀如來智世尊境界無有等等作是觀已入如來智不思議境方便行中諸佛世尊同一法性而無有異思惟觀察諸佛世尊無所染著猶如虛空作是觀時入於實證眞如體性一切諸法性皆如是生如是信愛樂諸佛如來無礙解脫之門知常樂我淨知佛之身作是思惟如來之身徧一切刹現衆生前諸佛功德於無量劫說不可盡喜王菩薩作是念已默然而住觀於法界爾時有一慧命菩薩比丘名曰護國在舍婆提城受夏安居三月過已執持衣鉢共諸年少初學比丘遊行諸國至王舍城者闍崛山爾時慧命護國菩薩到世尊前頂禮佛足右繞三帀却住一面合掌向佛以偈讚曰

敬禮最勝放光者　敬禮意如虛空者
敬禮能決他疑網　敬禮超過三界尊
十方無數刹土中　聞讚如來功德事
彼國所有諸菩薩　歡喜皆來供養佛
菩薩如法供養已　一心聽佛所說法
聞法歡喜還本土　讚歎如來諸功德
如來積行爲衆生　經於無量無邊劫
爲他求於菩提時　其心初無有疲倦
世尊行檀持戒堅　羼提精進遊諸禪
智慧方便皆具足　是故稽首大聖尊
如來具足四如意　諸根諸力諸解脫
又知衆生心意識　是故頂禮大智海
知諸衆生心所念　身口所作善惡業
亦知解脫方便等　世尊知已爲說法

貪欲恚癡迷衆生　能令入於三惡道
如來知已教斷除　令彼衆生生善趣
過去一切諸世尊　天人魔梵所恭敬
未來功德具足者　世尊皆悉了了知
諸佛淨土所生處　菩薩聲聞及緣覺
天人眷屬與種姓　壽命長短皆悉知
滅度已後正法住　供養舍利起廟塔
受法藏人若干種　調御丈夫皆悉知
十力智慧無障礙　悉能了達三世事
入於一切法智中　故我稽首大智海
佛無等等況有過　諸相莊嚴如來身
譬如星宿在虛空　是故我禮勝丈夫
如來妙色無與等　映蔽大會天人光
釋梵威德在佛邊　一切隱沒皆不現
身如金山無垢穢　紺髮柔輭而右旋
佛頂顯現如須彌　無量功德光明聚
眉間毫相放大光　無量無邊無有數
佛眼脩廣如青蓮　以大慈悲視衆生
如秋滿月行虛空　如來面部亦復爾
衆生觀者無猒足　是故我禮面中王
猶如師子鵝孔雀　安行徐步如象王
遊止震動於大地　敬禮十力大苦行
手指傭纖無不愛　網縵珊瑚赤銅色
臂肘脩長立過膝　敬禮如來金色身
足下輪相羅網具　行時足跡猶彩畫
若有頂禮世尊者　佛光照曜得生天
法王具足七財寶　常以法施調伏心
教詔衆生以法行　我今頂禮於法王
慈悲爲鎧念爲刀　持戒爲弓智慧箭
以此能破煩惱怨　生死有愛增長種

自度度他億衆生　解脱一切諸繫縛
能示無畏安隱路　令其得至常樂道
行此乘者斷生死　無有恩愛别離苦
得至微妙無爲處　慈心説法爲衆生
讚歎最勝世尊已　一切法中自在者
以此讚歎勝善根　令諸衆生證菩提

爾時護國菩薩偈讚佛已合十指掌而白佛言世尊我心有疑欲問如來惟願聽許爾時佛告護國菩薩比丘恣汝所問我當爲汝分别解説斷汝所疑令汝歡喜爾時護國既蒙聽許即白佛言菩薩摩訶薩修行何等於一切法增長功德到究竟處而得自在證捷疾智得決定智於法明了入一切智教化衆生能決疑網解一切智以巧方便濟度衆生如言而行常宣眞實得念佛三昧善能諮問一切深義聞已能持速疾證得一切種智爾時護國菩薩欲重宣此義而説偈言

菩薩行行常決定　眞實決定從何生
智慧大海分别處　願勝丈夫爲我説
佛身微妙猶眞金　人天中勝大福聚
慈愍我等大歸依　清淨之行爲我説
云何而得無盡利　覺道總持甘露生
云何清淨智慧海　而斷衆生諸疑惑
無量億劫在生死　而無疲倦悔猒心
觀諸衆生逼切苦　常爲衆生作利益
清淨刹土佛眷屬　最勝國土及壽命
一切衆事微妙處　願説清淨菩提行
降伏衆魔破邪見　枯竭愛海得解脱
法行相續無斷絶　無上最勝爲我説
色力財寶及四辯　哀愍輭言令衆喜

慈悲雲雨潤一切　願爲我說佛境界
願出迦陵頻伽聲　大梵雷音破邪見
衆會渴仰爲法來　願施解脫甘露漿
我今欲成微妙道　若不樂法則不請
聞法時至恭敬待　惟願爲說大法寶
世尊我願成菩提　如來深知我志樂
非爲惱亂故問佛　善哉願說最勝行

爾時世尊告護國菩薩言善哉護國汝今乃能問如是義利益多人安樂天人亦大饒益於未來世攝諸菩薩諦聽諦受當爲汝說護國白言善哉世尊願爲我說佛言護國菩薩有四法能成如上清淨之事何等爲四一者真實心無諂曲二者於諸衆生行於平等三者心念行空四者如言而行護國當知如此四種能得菩薩清淨之法爾時世尊欲重宣此義而說偈言

若有菩薩心無諂　而常不退菩提道
亦無很戾貢高意　彼則名爲無邊智
見諸衆生無救護　生老病死所逼切
發心欲度於有海　能爲一切作法船
調伏平等於衆生　觀諸衆生如一子
皆當救度令解脫　最勝丈夫發此心
行住坐卧念空門　壽者我想皆悉無
一切世間都如幻　衆生愚癡所迷惑
大智菩薩所言說　依之行行無違失
調伏寂靜離諸過　能求菩提名佛子

佛說偈已告護國菩薩言善男子菩薩摩訶薩復有四種無畏之法何等爲四一者所謂得陀羅尼二者值善知識三者得深法忍四者戒行清淨是名菩薩四無畏法爾時世尊

欲重宣此義而說偈言

菩薩大名稱　由得總持故　受持最妙法
如來所宣說　恒常無忘失　增長於智慧
彼等智無礙　超過一切法　常遇善知識
增於助道法　常說於菩提　諸佛所行處
惡知識如火　畏燒故遠離　若聞空相法
勇猛堅其心　菩薩離我人　一切諸見等
持戒無缺漏　其心調寂靜　教化諸衆生
安住於佛戒

佛說偈已復告護國諸菩薩衆行圓滿到究竟處有四功德令心歡喜何等爲四一者菩薩見佛而生歡喜二者聞正法而生歡喜三者捨一切而生歡喜四者順法忍而生歡喜是爲四法生於歡喜爾時世尊重說偈言

菩薩所生處　常見最勝人　威光徧一切
照曜於世間　見已心恭敬　如天奉帝釋
爲度衆生故　求於菩提時　從佛聞正法
不怖而歡喜　一心信敬已　隨順於佛教
聞於隨順法　得忍心無疑　諸法無衆生
我想亦復爾　常觀如是已　捨相生歡喜
既不取我相　見乞心踊躍　城邑與大地
妻子及壽命　一切布施時　其心初無悔

佛說偈已復告護國菩薩作如是言有四種法應當棄捨何等爲四一者菩薩棄捨居家二者既出家已不貪利養三者離諸檀越四者不惜身命是爲四法應當棄捨爾時世尊重說偈言

菩薩見家過　捨之而出家　遊止於山林
無人寂靜處　遠離男與女　眷屬及大衆
單已無等侶　譬如犀一角　專意求淨道

得失心無憂　少欲及知足　離諂除憍慢
精進爲衆生　布施調伏心　苦行修禪定
一心求佛智　不惜身與命　遠離愛眷屬
堅心求菩提　其志猶金剛　若人來割截
無有恚恨想　勇猛心增長　求於一切智

佛說偈已復告護國菩薩有四種無悔之法何等爲四一者不破禁戒無悔之法二者住阿蘭若處無悔之法三者行四聖種無悔之法四者多聞無悔之法是爲四種無悔之法

爾時世尊重說偈言

持戒淨無垢　猶如摩尼珠　不生貢高心
言我能持戒　復以此戒善　轉教於多人
常懷如是望　成就於佛戒　彼等住空閑
清淨蘭若處　亦不生我想　及以壽者想
觀察男女色　猶如於草木　不生男女想
及以吾我想　彼住四聖種　無懈怠諂曲
至心恒修行　遠離於放逸　求多聞功德
精勤常修習　願成一切智　最上功德處
衆生處牢獄　無有救護者　輪轉於生死
求財以自給　我當求法船　濟度彼生死
煩惱海衆生　令其至彼岸　衆生無歸依
亦無救護者　衆生在有爲　無能令其出
我當作導師　救之令解脫　是故我發心
求於菩提道

佛說偈已復告護國菩薩有四種調伏之行應當行之何等爲四一者願生善處常值諸佛二者供養師長而不求報三者常樂空閑棄捨利養四者得無礙辯頭陀忍法是爲四種調伏之法爾時世尊重說偈言

菩薩勇猛樂山林　常不從人求利養

恒得深智無礙辯　善能通達諸法相
常當供養諸師長　隨順師教無違背
隨所生處值諸佛　供養恭敬求菩提
常生勝處名高遠　若生天上天中尊
又得成就菩提道　教諸衆生行十善
念佛功德常歡喜　我亦不久成佛道
既成正覺功德滿　度脱衆生生死苦

佛說偈已復告護國菩薩有四種法淨菩提行何等爲四一者行菩提時心無嗔恨二者棄捨眷屬宮殿財寶樂處山林亦不稱說已之功德三者雖行布施不求果報四者精勤樂法不見師過是爲四法淨菩提行爾時世尊重說偈言

其心清淨無怨恨　亦不求人之過罪
自不諂曲無染著　行於大道求菩提
深觀居家是苦本　親近惡友無正念
是故棄捨行出家　處於山林求解脱
遊行空閑寂靜樂　永斷眷屬恩愛念
不惜於身及壽命　獨步無畏猶師子
乞食支身常知足　猶如飛禽無儲積
不樂生天及人中　惟求無上菩提道
獨行無侶惟一已　恒不恐怖如師子
畏諸煩惱如野獸　若得利養心不喜
觀諸衆生恒放逸　慈悲誓願爲破之
我爲救護諸衆生　常當熾然勤精進
凡所出言恒哀愍　於憎愛人常含笑
不著一切亦如風　惟當求於丈夫行
常樂行於空無相　觀有爲法如幻化
調伏諸根意廣大　行住常樂甘露法
常依佛教行大道　恒當清淨於內心

求陀羅尼及辯才　荷負諸苦求菩提
菩薩常觀如是行　現前利益生歡喜
若不愛樂於菩提　是人無惡而不造

佛說偈已復告護國菩薩有四種墮落之法何等爲四一者不恭敬他二者背恩諂曲三者多求利養名聞四者詐善揚德是爲四種墮落之法爾時世尊重說偈言

彼於父母及師長　常懷憍慢不恭敬
違背恩養心諂曲　諸根散亂多愚癡
常念利養不休息　諂曲詐現精進相
自謂持戒及苦行　一切無有如已者
惡口麤言喜鬬諍　常求人過不休息
彼恒違離沙門行　營理田作及販賣
未來世中諸比丘　棄捨功德及戒行
以懷嫉妬鬬諍故　覆滅損壞我正法
彼去菩提甚懸遠　亦復遠離七聖財
違背解脫八正路　流轉五道生死中

爾時世尊說此偈已復告護國菩薩有四種障道之法何等爲四一者懈怠二者不信三者我慢四者嗔恚是爲四種障道之法爾時世尊重說偈言

懈怠不信闇鈍心　常爲我慢及嗔恚
見有忍辱諸比丘　驅逐擯出於塔寺
若得利養心歡喜　各言我是常住者
恒作方便求人短　何人有過我治罰
如是等人去法遠　憎嫉功德墜三塗
猒惡諸佛微妙法　是人當入猛火中
彼人造惡不休息　必當具受苦中苦
是故汝等求菩提　無令後悔墮惡道
無量億劫佛乃出　爲諸衆生作利益

汝等既得善趣身　應捨放逸求解脱

爾時世尊説此偈已復告護國菩薩須捨四種福伽羅不得親近何等爲四一者不得親近惡知識二者不得親近執見之人三者不得親近謗法之人四者不得親近貪利養人是謂四種之人不得親近爾時世尊重説偈言

能捨惡知識　親近善知識　菩提道增長
猶月漸圓滿　遠離執見人　及捨我壽等
爲求佛道故　棄之如毒器　誹謗於佛法
寂靜甘露味　若欲求菩提　應避如糞穢
遠離貪利養　亦捨惡行人　是等不應近
猶如避火坑　若欲降衆魔　轉無上法輪
欲求第一利　速遠惡知識　捨愛及憎惡
利譽亦嫉妬　若求無上道　常修於佛智

爾時世尊説此偈已復告護國菩薩有四種法受未來苦何等爲四一者輕慢有智之人二者常懷嫉妬之心三者於一切法無有信心四者於淨智法常疑無忍而求利養是謂四法受未來苦爾時世尊重説偈言

侍佛之人有智者　一切天人應供養
而反貢高懷憍慢　是故彼受無邊苦
於淨法中心無忍　所求利養皆非法
常懷憍慢而貢高　見有智者不恭敬
於佛法中無信解　於賢聖衆亦復然
此人常遊三惡道　若在人中多愚癡
彼捨人間壽命已　在大地獄受劇苦
若此劫盡生餘方　畜生餓鬼亦復然
若欲求作世間燈　能盡諸苦勝丈夫
常當遠離三塗業　修諸功德成菩提

爾時世尊說此偈已復告護國菩薩有四繫縛何等爲四一者輕慢於他是菩薩繫縛二者於世俗定其心樂著不求究竟是菩薩繫縛三者不守自心智慧未成而行放逸是菩薩繫縛四者爲求利養而入他家是菩薩繫縛護國當知是謂菩薩四種繫縛爾時世尊重說偈言

恒常輕慢他　樂住世間善　貪著諸見縛
如象没深泥　樂入白衣家　常懷於放逸
闇鈍無智慧　此行名繫縛　欲斷諸有苦
遠離老病死　當捨於憍慢　常行菩薩道
受於無邊苦　棄捨諸樂事　亦離於憎愛
成佛無染著

汝等常應行六度　諸地諸智諸力等
一切功德若成就　常得解脫死羅網

我於往昔無量劫　爲諸衆生求菩提
常行布施以調伏　捨離恩愛住正道
恒不捨離阿蘭若　苦行羸瘦求菩提
熾然精進無懈怠　求於最勝丈夫智
見諸衆生在有獄　輪轉生死五道中
慈念一切起大悲　是故求於菩提道
捨於愛子及妻妾　亦捨資財七寶等
壽命國土及大地　爲求菩提佛智故
我昔處於勝山林　時作仙人名忍辱
爲王歌利截鼻耳　血變爲乳無恚恨
往昔亦曾作睒子　慈孝供養於二親
時被迦夷箭所中　爾時亦無瞋恚想
不惜身命投高巖　爲求諸佛善言故
爾時亦無身命想　爲成菩提大事故
往昔慈愍於飢獸　身肉充濟於八虎

爾時空中諸天衆　讚言善哉大丈夫
往昔樂行大布施　曾作淨行婆羅門
憐愍衆生貧苦故　入海求於如意珠
還爲海神所盜竊　我時勇猛抒大海
尋時得珠還閻浮　用濟貧苦諸羣生
亦曾作王爲蘇摩　乃至失命不妄語
諸王因我皆解脫　名聞廣流於十方
我昔曾見貧窮人　時我爲王以身施
令彼巨富多財寶　是故號我一切施
我昔曾爲尸毗王　有鴿恐怖來投我
我以身肉代彼命　令彼得離於恐怖
我昔作王名師子　身遇重病醫授藥
時有病人乞此藥　我不愛命先施與
我昔修行爲衆生　曾作王子蘇達拏
時有人來乞妻子　我不愛惜盡施與
曾作菩薩名嚴熾　爲化才德國王故
經於八萬四千年　勤行精進始受化
亦作王子名淨威　於佛塔前自然身
恭敬供養於十力　無上最勝兩足尊
曾作國王名月光　時有梵志名可畏
從我求索於身首　我無愛惜以頭施
又作國王名福德　於諸聚落街巷中
積滿醫藥及飲食　擬施一切諸衆生
曾作大王名日淨　端正妓女有千人
七寶瓔珞莊嚴體　心不愛惜用布施
又作國王名寶髻　七寶天冠莊嚴首
最妙華香而嚴飾　亦用布施一切人
又作國王名知足　手脚柔軟如兜羅
色妙清淨如蓮華　亦以布施衆生等
又作商主名師子　有羅刹女欲害人

能以方便驅遣彼　安置商人於洲渚
又作商主名善眼　將衆五百採七寶
有諸羅刹像美女　亦令商人脫彼難
曾作王子名福焰　妻妾妓女有數億
端正殊妙猶天女　捨之出家無愛戀
又作商主名金色　時有如來號無垢
於彼佛前然十指　供養最勝兩足尊
又作國王號華眼　一切瞻仰心無猒
如是妙眼用布施　憐愍一切衆生故
又作菩薩名多髮　見有婦人喪其夫
晝夜思念不能捨　纏綿倮形心發狂
菩薩爾時生慈悲　化作死夫言喪妻
漸漸教化彼狂婦　還令醒悟得本心
又作菩薩名普瞻　見有一人病羸困
我於爾時生慈悲　以已血肉用施彼
又作國王名華敷　見有一人病困篤
我於彼人起慈心　破於骨髓療彼病
又作國王名成利　見有一人甚貧窮
施以一切諸財寶　及捨愛命心無戀
又作國王名信幢　兩手柔輭具輪相
時有人來乞我手　爲求菩提用施彼
又作國王名普現　有四天下多財寶
豐樂安隱男女盛　爲求菩提用布施
又作王女名智意　其身白淨甚柔輭
慈悲歡喜割股肉　及以血施心無悔
又作女人名銀色　金色城中有婦女
新產飢渴欲食子　我割兩乳用施之
又作國王名聞德　多饒最勝諸瓔珞
金銀七寶諸車乘　世間難捨皆能施
又作王子名知恩　有人墮海名無恩

無恩為寶壞我眼　我於爾時心不恨
又念過去作戰夫　在大陣中心無殺
寧自喪身不害人　乃至蟻子無殺想
又念過去曾作雉　恭敬供養於尊者
同類老小皆給恤　爾時亦無憿慢心
又念過去作猨猴　在山逢值於獵師
諸獼猴衆皆歸我　我懷慈心救彼命
又念過去作象王　時被國王所執縛
我念父毋盲無目　分捨身命飢不飡
又念過去受羆身　有人失道我救養
彼將獵師反害我　我於爾時亦無恨
又念過去作象王　時被獵者箭所著
我求菩提功德故　以牙奉施於彼人
又念過去作雉身　在於曠野鈌林裏
彼林為火所焚燎　時我救林天雨華

我昔曾作九色鹿　飲水食草恒河邊
其水深廣漂流急　有人墮河我救之
其人貪財受王募　多將兵衆來害我
我求菩提行慈悲　於彼人所亦無恨
又念過去曾作龜　濟度商人令過海
五百商人食我肉　我時亦無嗔恨想
我念過去行菩提　曾作魚身遊水裏
憐愍一切捨身命　百千衆生來食我
我見百千衆生病　化身為藥猶如山
欲令衆生除病苦　變作蟲身名為月
又念曾作師子王　巨身大力仍有慈
時被毒箭所中射　於彼人所起慈愍
又念過去作馬王　身色白淨猶珂雪
常在大海高山頂　度諸商人羅刹難
又念過去求菩提　曾作國王名居耶

見於五欲多諸患　不隨婬女諂誑言
又念過去曾作兔　常化諸兔以善事
時與仙人同居處　捨身投火救仙飢
又念過去作鸚鵡　常處多饒花果林
報枯樹恩不捨離　釋變枯樹生花果
又念曾作獼猴王　見諸獼猴被龍害
遂教獼猴竹筒飲　獼猴悉免諸龍難
又復重念作鸚鵡　取人稻穀養二親
稻主執我生嗔恚　云何盜我熟苗稼
我即報言汝種時　云施一切衆生等
我今取以養父母　是故不名爲偷盜
稻主即時生歡喜　我是禽獸汝爲人
善哉鸚鵡有智慧　能懷孝養供父母
我從今去以稻施　任汝供養於二親
如是過去無量事　無有苦行而不作
未曾有懷疲倦意　以求無上清淨道
若內若外所有物　無有一種而不起
持戒忍辱精進禪　無量方便及智慧
皮肉骨髓及以血　以施一切諸衆生
往昔住於山林中　勇猛精進身枯竭
爲求佛說大小乘　教示衆生令入道
常樂在於頭陀所　曾所修行無棄捨
如是一切難苦行　我於往昔無不行
我說未來衆生等　聞我此等生輕笑
不信受行一句偈　反更毀謗如是法
斯由貪著衣食等　心常覺觀多睡眠
諂曲毀法無慚愧　破壞正教無功德
聞此微妙寂靜法　各共相諍非佛語
我師多聞猶如海　能講能說最第一
彼亦不行如此法　決定非是佛所說

次前亦有耆老等　從昔已來諸名德
亦未受行如是法　汝等勿求虛妄事
於中無我無壽命　亦不說有富伽羅
唐自疲勞無福祐　徒修精勤苦行等
既言有法名大乘　云何復言空無我
以無衆生無作者　是故於中不須求
此等文句假設作　亦如外道邪意說
如來不說如是事　訶罵毀辱諸比丘
此等不善無羞恥　姦僞欺誑無不作
來世於我教法中　而作形相諸比丘
內懷嫉妬慢覆心　手足擾動失威儀
袈裟恒常垂兩角　身被法服常在村
遊於俗間恒酒醉　身著法衣親俗人
棄捨正教功德聚　樂爲俗人通信使
畜養牛馬諸畜等　奴婢作人不淨物
種蒔田園恒亂心　心樂諸惡無善行
亦不親近善知識　口恒不擇於語言
身中惡行無不作　貪取佛塔衆僧物
何況己物而肯施　見他持戒諸比丘
誹謗言非眞梵行　不護禁戒無威德
樂處俗家侵他妻　白衣畜婦猶懷愧
彼惡比丘貪轉甚　畜養妻子求不猒
與諸俗人無有別　若有檀越請供養
施與衣食湯藥等　受他信施無善念
惟增貪欲侵彼妻　心常繫念女色邊
隨順煩惱無聖行　方便誘誑諸婦女
教化俗人令斷欲　謂貪欲者墮惡道
地獄及以畜生等　然於自身不依教
云何傳欲教化他　此人三業不如法
所有眷屬亦復爾　晝夜聚話無休息

惟論五欲諸世事　受畜門徒惟驅使
終無教誨以善道　多受弟子自圍繞
顯已德大招名利　外現異相詐慈悲
攝諸徒衆不求利　門徒眷屬多病患
乾枯病癩癬瘡等　惟是雜類下人輩
終不教示聖衆等　戒聞定慧悉棄捨
不行比丘所作事　非道非俗無所名
猶如爛壞腐朽木　於諸律儀生輕賤
布薩毗尼亦復然　自在遊行背師教
搪突如象醉無鈎　或時詐現在山林
心常念於聚落事　三毒煩惱恒熾然
暫時不能寂靜住　忘失諸佛教戒事
及以頭陀功德等　我慢貢高滿身中
墮於可畏阿鼻獄　晝夜恒論國土事
亦復論說於賊盜　身心專營親緣事
捨離禪定及智慧　設有所作樂麤事
心存自安故營造　假使營理僧伽藍
貪著房舍眉恒顰　自身口意不調柔
徒衆相學亦復爾　彼惡比丘設造寺
專爲已身及眷屬　若有比丘順從彼
即便安置攝受住　若有持戒諸大德
方便善能說法利　自能調伏亦調他
如是比丘終不受　此房現今我受用
餘房是我弟子住　自外已屬諸同學
汝去此中無處停　現今所有牀鋪者
各以付他有所屬　更無剩長可相容
亦無衣食汝須去　暫時所須尚不與
況借房舍及諸物　如是不行僧次法
彼惡比丘如俗人　多畜錢財眷屬等
我諸弟子如法者　處處驅遣不聽住

彼時憶念我所說　各懷悲傷入山林
嗚呼我師微妙法　不久悉滅不復現
現有比丘求多利　身無法行嫉有德
設有具戒功德者　爲彼惡賊無利養
皆自傷歎去城邑　常住空靜山林中
癡慢貢高諸惡行　常行鬭諍兩舌者
欺誑世人得利養　自謂與聖等無異
我此法教功德藏　具足一切妙功德
來世破壞不復現　以無持戒我慢故
又如寶藏爲他壞　又如華池枯乾竭
猶如寶轝自摧折　我法未來亦復然
彼惡比丘難調伏　滅我法行無有餘
未來如是惡世中　破壞我法甚可畏
如是樂喜諸惡者　遠離天人及善行
從於此身捨命已　墮於地獄畜生中
於彼無量億千歲　具受一切諸苦惱
於後假使得人身　多苦穢惡恒不淨
若盲若聾若眼瞎　恒常身體懷疾病
顏色醜惡見不喜　常懷畏懼承事他
難得心意無親愛　所說語言無信受
若有如是惡行者　在所呵責驅出衆
彼人多饒諸病苦　常被杖石打驅逐
常爲飢渴惱其身　他人見者常輕賤
若聞如是衆多苦　應捨諸惡心調伏
於諸衆生行善行　勿令於後生悔心
若有愛敬佛世尊　聖衆持戒頭陀法
汝應勤求如是行　應捨眷屬及名利
此皆顛倒如幻化　應觀有爲如泡夢
恩愛合會必別離　一切有爲不久住
莫捨正勤諸力等　勤求諸地波羅蜜

乃至未覺妙菩提　常應修集一切行

爾時佛復告護國菩薩言善男子於未來世行大乘菩薩富伽羅等有如是等過患應自遠離自不勤求而與此人共相習近不勤正行自行諂曲親近行諂曲者自無智慧隨順無智慧者貪求世利恒無猒足慳惜他家嫉妬勝己諂曲詐僞無羞無慙詐現聖相自尊自重彼衆眷屬各相譽讚以求名利求利養故常入聚落旣不憐愍一切衆生亦不爲教化諸衆生故常自說言我有平等恒作是念云何他知我是衆生眞善知識知我多聞實於佛法無恭敬心無求法心猶如破器無所復用如懈怠人無有成辦相求過失行於方便無智懈怠惟惡覺觀各各論說破法等事固執惡心至死不悔多集慳貪所畜眷屬亦學是師以自圍繞在我法中如是行者凡所作事不問明哲不求佛法以無精進行故生貧窮家從貧窮家而得出家於我教中得少利養心生歡喜而無慙愧彼等尚無懺悔之心何能自覺勝智彼等棄捨諸佛功德而取現在名利以得現在利故自言我是沙門也護國我於如是富伽羅如是人等我不說其有隨順俗忍何況能有諸佛大智彼等遠於人天道況成佛道護國如是等人我說有八種法障礙於菩提何等爲八一者當生三惡道二者當生邊地下賤三者當生貧家四者顏色不正五者愚癡無智六者常與惡知識相會七者多諸病患八者得大惡病以取命終護國此等八法是障礙菩提所以者何護國我亦不說但以有言說而得菩提我亦不

說詐現聖者有清淨行也我亦不說有謟曲者有菩提行也我亦不說多貪利養者有供養佛行也我亦不說有我慢者有清淨般若行也我亦不說無智慧者能决他疑行也我亦不說有妬嫉者有淨心行也我亦不說不精進者能得諸陁羅尼行也我亦不說不樂功德者而得善道行也我亦不說慳惜他家者有身心清淨行也我亦不說詐現威儀者能值遇佛會也我亦不說樂在俗家者有清淨口業行也我亦不說不恭敬者有心清淨行也我亦不說有不知足者有樂法行也我亦不說惜身命者有求法行也護國我雖呵罵毀呰六師然彼諸外道在我法外入我法中作諸惡業我若毀辱過患倍彼六師何以故彼等但爲自口言我是比丘而以無行欺誑一切天人世間故爾時世尊欲重宣此義而說偈言

威儀濁亂無恭敬　惟增我慢貪名譽
煩惱覆蔽心迷醉　此等遠離妙菩提
躭著名利及懈怠　懈怠增長失正念
若無正念失持戒　若無持戒失善道
彼人生在貧窮家　得出家已著利養
如人棄捨於真金　擔負草穢以爲寶
爲求名利住山林　至彼更求諸等侶
棄捨神通辯才智　求現名利及眷屬
若彼命終墮惡道　或生貧窮下賤中
懈怠惡色無威德　斯等皆由我慢受
彼既遠離諸善行　亦由放逸失正念
在於長遠大惡道　億千劫中未能脫
若求名利得菩提　提婆達多應是佛

毗嵐猛風吹壞物　懈怠無戒亦復然
自無善行貪女色　戒行不淨失功德
於我法中無所用　無智猶如朽爛木
若為菩提求佛法　何得不依解脫行
猶如黐膠縛獼猴　我慢求道亦復然
我昔為求一句法　棄捨身命為菩提
彼人懈怠捨我教　如是無利於我法
我昔為求善教故　投身高崖及火聚
我得聞已如法行　棄捨一切愛憎等
彼人聞我功德法　曾不愛樂於一句
無法云何得菩提　猶如盲前說道路

大寶積經卷第八十

音釋

翳於計切蔽也　羼提梵語也此云忍羼初限切　傭丑容切圓直也　鎧苦亥切鉀也　網縵縵謨官切網縵謂佛手指間皮相連如鵝鴈掌也　諂丑琰切佞言曰諂　很胡懇切很戾不聽從也　犀先稽切形似水牛一角在頂白羣　擯必刃切斥也　睒舒贍切目病也　抒直呂切挹也　倮郎果切赤體也　股公戶切脛本曰股　癩癬癩落蓋切疥也癬息淺切乾瘍也　搪揬搪徒郎切揬陀骨切搪揬謂抵觸也　顑顇顑子六切顇愁貌　剩長剩實證切餘也長直亮切多也　瞎許鎋切目盲也　泡披交切水漚也　黐膠黐丑知切黏也膠古肴切骨也　獼猴獼音彌猴音侯獼猴猨猱之屬

大寶積經卷第八十一

隋北天竺三藏闍那崛多譯

護國菩薩會第十八之二

爾時佛復告護國言護國我念往昔過無量阿僧祇劫復過阿僧祇不可稱量不可思惟無有譬喻不可計筭不可得說是時有佛出世名曰成利慧多陀阿伽度阿羅訶三藐三佛陀明行足善逝世間解無上士調御丈夫天人師佛世尊爾時有王名曰焰意護國彼焰意王治化之時此閻浮提縱廣一萬六千由旬護國彼時此閻浮提內有二萬諸城彼一一城有千俱致家護國時彼焰意王自所住城名曰寶光明東西十二由旬南北七由旬七寶所成寶牆七重以爲圍繞一一牆間相去八步牢固難壞護國彼國衆生壽命十俱致那由他歲護國爾時彼焰意王初生一子名曰福焰端正殊特身色具足世間無雙瞻者無猒護國時彼王子初生之日於其生處有七寶藏自然出現其王宮內亦有七寶藏自然出現上高七人護國彼王子生時閻浮提內一切衆生皆大歡喜踊躍無量若有衆生被繫閉牢獄枷鏁著身者自然解脫護國彼福焰王子世間所有工巧術藝於七日內皆悉學成護國彼福焰王子於日初分時有淨居諸天來告彼王子言童子汝莫放逸應善觀無常童子命不久停至於後世如是速疾恒須觀察生大怖畏造業必受如影隨形時淨居諸天復爲童子說此偈言

童子謹慎莫放逸　亦莫隨順放逸者
棄捨放逸佛所讚　若受放逸諸佛訶

常自調順不放逸　一切能施無妬嫉
慈悲念於諸衆生　彼人不久當作佛
過去無量佛　現在及未來　一切從善起
住不放逸道　飲食及衣服　金銀瓔珞等
俱致劫布施　爲求無上道　手足耳鼻等
求者歡喜施　眞心求功德　不久得成佛
王位威勢力　妻子及眷屬　有爲如幻化
速捨莫戀著　壽命不久停　如坏器易壞
假借世不久　此亦無常淨　父母及眷屬
惡道無能救　衆生造善惡　如影恒逐形
多求於欲海　相害不爲利　而無濟拔者
虛受疲勞苦　今欲作他利　求寂無上道
乾枯皮肉髓　汝莫以爲苦　諸佛出世難
寂滅法難聞　勤事善知識　能破諸魔衆
捨離惡知識　能住於正道　遮蔽惡邪逕
善哉精進住　汝莫惜身命　持心如金剛
正問諸師道　莫捨正信意　一切過去佛
常樂阿蘭若　汝應順彼學　應樂在空閑
棄捨於恩愛　妻子眷屬等　已身及壽命
以求廣大智

爾時世尊復告護國菩薩言善男子其福焰王子從彼諸天聞此偈已於十年内未曾睡眠未曾戲笑未曾歌舞未曾喜樂未曾踊躍未曾放逸不入園苑不樂眷屬不貪王位於資財城郭不生樂心如是一切内外諸物皆悉棄捨唯入禪定住於靜室而自思惟一切法無常無强無力無有堅牢暫現而滅王位無味無有自在恩愛別離怨憎相會無可貪著妄生愛樂皆由愚癡虛妄誑惑無一實也唯有解脫寂滅爲樂而諸凡夫愚癡所醉常

樂處之橫生優劣之相我今在此凡愚衆中應住默然思不放逸護國爾時彼焰意大王爲此童子更別立城名勝喜樂有七重寶牆以爲圍繞其城南北有七百街巷其街牆壁七寶所成金鈴羅網以覆其上更以真珠衆寶羅網重覆其上一一巷首皆有八萬四千寶柱於諸寶柱上繫六萬寶繩共相鉤連諸寶繩間懸十四俱致寶多羅樹微風吹動出妙音聲猶如百千音樂不鼓自鳴一一諸街巷首安置五百童女盛壯少年善解歌舞爲一切衆生愛樂之故其焰意王復更告令一切汝等諸人從今已去晝夜莫作餘事唯作歌舞嬉戲令諸衆生歡喜受樂四方來者悉令歡喜乃至不聽出一麤言欲令王子心生愛樂復於巷首安置種種布施之具所謂衣服飲食瓔珞牀敷氈褥車乘輦轝象馬牛羊五行之具金銀瑠璃硨磲碼碯珊瑚琥珀真珠等寶塗香末香燒香薰香種種花鬘等若須衣者與衣須食與食須飲與飲須乘與乘隨其所須而施與之更於處處安諸珍寶等聚擬諸衆人之所受用又於城中造作宮殿擬爲王子遊戲之處其地皆以衆寶間錯於其城上起大高樓衆寶莊嚴於城中央造一大殿殿內安置千萬牀敷於殿四邊造諸園苑其園苑內有諸樹木一切花果諸喜樂樹具足充滿護國彼園苑中造七寶池其池四面有四寶堦道何等爲四所謂金銀瑠璃玻瓈於一方面有二師子百寶所成彼二師子各吐香水入彼池內其池四邊復各有二寶師子各各引水而出其池常有優鉢羅華波

頭摩華俱物頭華奔陀利華其池四岸寶樹圍繞復有樹木諸花果等周帀徧滿復有八百寶樹是諸寶樹以諸寶繩共相連繫一一寶樹各懸繒旛其池四面復有億數寶多羅樹於其樹間繫以寶繩懸諸金鈴微風吹動出微妙音如百千樂不鼓自鳴恐諸埃塵以大寶網彌覆池上於彼殿內安置千萬七寶牀敷諸寶牀上各敷五百種褥於殿中間敷一高座其座七寶所成高於七人復於座上敷八萬俱致微妙衣服其高座前置寶香爐燒沉水香夜三晝三散諸名華以金羅網彌覆殿上其羅網邊懸金蓮華復以眞珠羅網覆金網上復有八萬明淨珍寶以爲光明於其園內又置九百萬寶聚一一寶聚高一由旬出大光明照彼世界護國於彼園內復有諸鳥所謂鸚鵡鸛鵒鴻鶴俱繫羅鳥孔雀鵝鴈及以鴛鴦俱那羅鳥迦陵頻伽鳥命命鳥彼等諸鳥若欲鳴時皆作人聲微妙和雅猶如諸天歡喜園內諸鳥之音凡所出聲皆欲令王子生歡喜故又復別爲王子建立厨饍日別辦具五百種味以供王子爾時大王又勅國內諸城邑一切童子普告令集童子之數凡有八十俱致其諸童子或年始二十或有過者悉能善解一切工巧技藝嚴飾鮮潔皆令入於勝喜樂城而彼童子等各有父母復將千萬俱致婇女擬諸童子驅馳使役童子眷屬亦皆奉獻千萬童女以爲給使乃至國內大富長者及以人民亦各送千萬俱致婇女是諸婇女年始十六不長不短不白不黑不麤不細皆悉端正世間無比善解音樂

及以歌舞善於戲笑言語調柔顏色和悅若老若少皆能慰喻一切技能悉善通達身相具足其口香氣如優鉢羅華身諸毛孔出栴檀香微妙清潔猶如天女福焰王子處此宮内婇女衆等常作音樂種種供養爾時王子聞此音樂已作如是念今者此等爲我作大怨讎奪我善法我應棄捨王子爾時見諸樂事不喜不樂譬如丈夫臨被刑戮雖見色欲不生歡喜如是如是福焰王子在彼女衆之時心無歡喜在彼城内與諸眷屬同會聚集亦不歡喜從是以來經於十年不取色相不取聲香味觸等相唯作是念我今何時脫此怨讎我於何時行不放逸當得解脫爾時諸女白焰意王言大王當知今此王子共我等聚不相喜樂亦不受樂佛言護國爾時焰意王與八萬小王前後圍繞詣向福焰王子所到已流淚滿面遍身戰掉不能自勝憂愁苦惱迷悶躃地須臾復起趣向福焰王子而說偈言

汝有最妙大果報　有誰爲汝作不善
而不受於最勝樂　汝不受樂我憂苦
願汝受樂施我喜　若有觸擾向我説
我能與彼極重罪　汝觀此城妙蓮華
是我思惟爲汝作　世間所少速當説
我能示現如帝釋　汝今面目如青蓮
云何顰眉不暢適　今此婇女甚殊特
微妙清淨等諸天　各各善解諸技術
歌舞音樂悉能通　汝應與此相娛樂
云何憂愁如毒箭　汝今應當快受樂
非是憂愁苦惱時　園林池苑甚茂盛

花果枝葉鬱扶踈　寬博如天妙果林
汝今正是少年時　顏色顚頳如枯花
但應受樂莫憂苦　流泉浴池猶如天
微妙香水洗浴身　諸花開敷群蜂繞
汝今云何不愛樂　鵝鴈鸚鵡及鴻鶴
命命俱那微妙聲　香山雪山無有異
誰有見聞不愛樂　衆寶勝殿眞珠網
瑠璃嚴淨如天宮　寶座莊嚴妙衣覆
金鈴羅網出妙音　種種音聲甚殊特
街衢道路及巷首　千數婇女作音樂
猶如喜園天玉女　何故迷亂不受樂
童子婇女如天身　爲汝受樂故聚集
父母爲汝泣墮淚　我如喪失所愛子
愁憂悵怏何可任

爾時福焰王子以偈報父王言

如彼具足功德者　觀諸有爲生死苦
猒離煩惱欲求脫　棄捨一切世間欲
見諸衆生投死網　常求解脫遠欲樂
思惟菩提最爲勝　惟願父王聽我說
無人爲我作惡事　我自不樂諸欲樂
一切恩愛如怨讎　增長煩惱向惡趣
此諸婇女愚人樂　增長魔業繫縛纏
遠離功德增不善　又令未來墮惡趣
諸聖呵責此五欲　我今云何樂苦本
如此婇女假外色　唯有皮囊盛筋骨
肉血屎尿内不淨　此眞死屍云何樂
歌舞音樂技術等　如幻如夢誑愚癡
愚癡分別失正道　我豈隨順作愛業
園林花果至冬時　枯頳萎黃皆墮落
無常散壞不久留　壽命無定癡放逸

心如大海不知足　恩愛增長求無猒
常爲諸欲相殘害　我如須彌風不動
父母兄弟姉妹等　妻子朋友諸眷屬
王位百官及勢力　若墮惡道無能救
我等今者如草露　亦如電光不暫停
心意散亂無定所　思惟見是不放逸
咄哉少年不久住　咄哉壽命如瀗流
咄哉有爲如浮雲　咄哉三界求王位
智者來教莫放逸　無有菩薩貪世間
若欲作佛救拔他　父王放逸不作佛
若隨諸欲爲愛奴　彼失功德無善路
若於今身貪殺生　如鳥在網欲求活
境界猶如惡毒蛇　諸陰猶如怨害賊
其心著有無利益　猶如空村無依怙
父王園林如毒樹　無常暴水悉漂没

我今云何而可樂　我見世間無正行
猶如劫盡盛火然　衆生於中受大苦
我爲是等解脱故　當速成辦如法船
衆生久睡無自覺　病來長久我欲治
爲拔毒箭令安樂　除彼邪徑住正道
繫縛三界無能出　我爲説法令脱免
衆生貧窮無法財　我施善教令其富
惡趣道中迷没者　我當教示以善道
我欲摧拔諸愛樹　行諸慈悲然智燈
令見三界大火聚　又興慈悲起大雲
如波羅蜜普徧覆　利益衆生如電光
道品總持以爲雨　清涼能滅熱惱焰
我爲是故生王家　在於有爲不樂欲
我爲利益衆生故　隨世受生求菩提
一向不樂諸有樂　父王我在怨讎中

智者云何樂此路　有眼不墮於高岸
若求菩提捨放逸　一切世間順諸趣
唯我當欲逆彼行　大王我言終不虛
惟願父王還本宮　願捨世間王位等
隨彼須者所受用　若受放逸貪王位
億數王位我不欲　若處宮內無得道
唯當寂靜無畏處　若樂五欲無能辦
我向山林處寂靜　至於彼所求菩提
三世如來在蘭若　正覺菩提不在欲

爾時世尊說此偈已告護國菩薩言善男子爾時彼福焰王子爲父王說偈已在於宮殿與諸婇女相隨經行而心不安唯住三種威儀而住何謂爲三所謂若行若住若坐而不眠臥處在高樓第八重上夜半時間於上空中見淨居諸天在空而行讚佛功德乃至法僧功德護國時彼福焰王子聞彼諸天讚歎佛已身毛皆竪徧體戰慄合十指掌以偈告彼諸天言

善哉諸天輩　憐愍我等苦　莫生疲倦心
我欲有所問　汝行於虛空　讚歎誰功德
我聞此讚聲　心生大歡喜

佛告護國爾時彼天以偈報福焰王子言

童子汝不聞　如來出興世　佛名吉利意
無歸爲作歸　能知人心行　福智具足滿
聖衆具禪定　百千那由他

爾時福焰王子復以偈告彼諸天言

我未覩彼色　汝爲我說相　我若得見聞
問彼菩提道　云何化衆生　云何當來世
於衆生中尊　爲我解說之

爾時淨居諸天以偈報福焰王子言

世尊髮潤澤 右旋而青色 頂髙如雪山
白毫等淨日 清淨如瑠璃 妙色而右旋
耳目甚脩廣 色如青蓮華 方頰如師子
脣如頻婆果 口齒甚齊密 清淨如珂雪
具足滿四十 四牙甚鋒利 舌長能覆面
威德大自在 爲諸衆生等 放億數光明
徧滿三千界 乾竭諸惡道 無上最勝尊
妙聲覆真實 能令聞者喜 滿諸衆生願
勝彼如意珠 不缺減功德 隨順於道分
莊嚴於法髮 音聲百千種 演暢無虚説
勝於一切天 過諸梵天音 他聞發歡喜
勝諸緊陀羅 迦陵俱翅羅 鴛鴦及鴻鶴
俱那羅梵聲 和合種種聲 音詞不雜亂
能令義顯現 妙淨如瑠璃 能令智者樂
教令發道心 心淨生踊躍 隨順他心智

能決疑者問 彼尊法王者 自在大世尊
有是勝法音 項直肩圓滿 肘臂傭過膝
指掌縵網長 七處皆平滿 慈悲舉勝手
安慰諸衆生 身色如真金 一一毛右旋
腨輪深且密 陰藏如馬王 胜如象王鼻
鹿王纖長膞 足下蓮華文 千輻網具足
迴顧如象王 遊步如師子 舉身皆相稱
猶如釋天杖 空中雨天華 於上變成蓋
去住恒隨逐 法王希有事 若得利無利
若得樂及苦 若得名不名 若讚若毀呰
一切無染著 猶如華在水 亦如師子王
衆生中無比
爾時世尊告護國菩薩言護國爾時福焰王
子從彼諸天聞説歎佛功德乃至法僧功德
已歡喜踊躍不能自勝護國爾時福焰王子

復作是念如是諸佛世尊有如是大衆成就如是覺證最勝妙法如是聖衆弟子成就我不得見我今值遇生死諸惡苦惱如是生死無有義利諸凡夫輩執著我見在家多諸過患貪欲無猒智者呵毀放逸無明黒暗之所覆蔽如是諸行難可穿徹如是識心甚難降伏如是名色甚深難覺如是六入而不自在如是惡觸果報受持如是愚癡多諸過患如是渴愛堅縛不捨如是諸取甚難捨離如是諸有無有聖道如是生者甚難解脫如是老者能壞少年如是病者損減壯色如是死者無有潤澤如是生者多諸衰惱如是往來無有利益如是微妙如來正教甚可愛樂何可以愛奴故爲諸煩惱迷惑其心爲諸惡覺濁亂不淨心常放逸常與愚癡等輩而爲朋友不善思惟心常染著煩惱生死樂惡知識常與如是諸惡俱者常不能辦世間淨善何況能得阿耨多羅三藐三菩提也如我今者即於此樓東面投身而去若從門出恐諸眷屬爲作障礙佛告護國爾時福焰王子欲向吉利如來邊即向彼如來方面絶身復作是言若彼如來是一切知見者亦應念我護國爾時吉利意如來阿羅訶三藐三佛陀即伸右手放大光明照福焰王子即於光中出一蓮華大如車輪有百千葉然彼蓮華放百千光明其光明盛照福焰王子身爾時福焰王子即自見身處彼蓮華旣住華中合十指掌曲躬向吉利意如來多陀阿伽度阿羅呵三藐三佛陀口三唱言南無佛陀耶南無佛陀耶護國爾時吉利意如來還攝光明福焰王子

即乘佛光至如來前舉身投地如大樹倒禮彼如來一千拜已護國爾時福焰王子以偈白世尊言

我久得重病　今值大醫王　於苦厄難中
世尊濟拔我　願尊爲我説　云何住法中
當得大福利　惟願尊顯説　世尊我於先
夜半諸天來　教我莫放逸　聞此天教已
恐怖來此處　今問大世尊　云何不放逸
我今失正道　願爲作商主　我今如生盲
願爲我作眼　我今臨險岸　願尊救濟度
惟願大慈悲　令我生正信　如病困篤者
願尊速療治　我今如貧人　願尊見攝受
我今被繫縛　願尊能爲解　我心大疑惑
願決我癡網　示我修行處　云何得菩提
我今没大水　願示度濟我　我處大闇中
願然大法炬　我身有大瘡　願治速令差
我身有毒箭　願尊能爲拔　常墮諸惡道
願慈救濟我　諸有執著者　迴邪住正道
我没憂慼河　願度至彼岸　得住八聖道
我壽命短促　求善多障礙　願從今去後
得住眞如命　我今身閑靜　已離於諸難
作福必獲報　願爲我決疑　世尊爲我説
菩薩不放逸　而向無上道　未來證菩提
能解諸有縛

爾時佛告護國菩薩言護國爾時吉利意如來知福焰王子心已爲其廣説諸菩薩行其福焰王子聞此法已即得陀羅尼名曰解脱亦得五神通即時上昇虛空化作衆華以散佛上如是重散護國爾時福焰王子從空下已即以偈讚彼吉利意如來言

敬禮金色尊　面淨如滿月　敬禮智無比
離垢三界尊　髮淨光潤澤　項高如須彌
觀者無猒足　眉間白毫相　清淨妙光明
目如青蓮華　微妙甚殊特　慈悲心哀愍
觀示諸世間　如來廣長舌　輭薄如赤銅
出能徧覆面　說法教導衆　敬禮微妙聲
齒白如珂雪　堅實如金剛　齊密具四十
熈怡微笑時　教化無量衆　敬禮美實言
尊色世無比　放光照諸剎　梵天及護世
彼光悉不現　鹿王纖𦞦腨　行步如象王
亦復如師子　安庠遊步時　地動諸山震
世尊具身相　皮膚輭妙澤　身如紫金色
威光無與比　觀者無猒足　苦行無數劫
樂施無疲倦　慈心向衆生　故禮大悲父
尊常樂施戒　堅住忍精進　禪定及般若

總持智無比　是故我敬禮　世尊說法時
降伏諸外道　處衆如師子　醫王除三垢
聞者皆歡喜　是故我今禮　身口意清淨
三界無染著　如蓮華處水　尊聲如梵天
如迦陵伽音　度過三界岸　是故我敬禮
尊觀諸世間　如幻亦如夢　復如技兒戲
說諸法無我　衆生及命者　亦如水中月
空寂無生處　如是知世已　爲彼作方便
百千諸法門　慈悲攝教衆　衆生多諸患
諸毒常熾然　觀察熱惱已　猶如大醫王
常行於世間　拔濟無數衆　生老病死苦
愛離怨憎會　憂悲苦惱等　觀世苦惱已
慈悲能度脫　常行於世間　世界如車輪
天人或畜生　地獄餓鬼中　迷惑無導師
世尊爲彼等　示現最勝導　過去有諸佛

法王離世間　亦說此聖道　如今世尊說
清淨無穢濁　勝於大梵天　亦勝乾闥婆
及與諸天女　如是等諸音　如來聲最勝
爲世間解說　眞實潤益忍　種種方便說
具足諸功德　百千那由數　諸衆生聞已
證三乘寂滅　若有供養彼　得勝上妙樂
無量天人等　當得正眞道　或得於人王
大富長者等　或領一天下　二三四天下
轉輪聖帝王　十善化衆生　七寶具足樂
皆由供養佛　或作釋梵王　四天大王處
兜率化樂天　他化須夜摩　斯由供養佛
來世作正覺　如是供養佛　或見或聞聲
無有空過者　除多衆生苦　得證甘露處
最妙無老病　世尊知正道　善說正道處
能斷諸惡道　令住無畏路　無垢大聖道

能爲衆生依　若人求福德　須於佛邊種
以是因緣故　當得無盡藏　多數俱致劫
彼福不可盡　乃至未成佛　當得清淨剎
微妙如他化　得已大歡喜　彼妙剎土中
所有衆生輩　身口意清淨　如是等功德
斯由供養佛　若彼衆生輩　求天及涅槃
及以人中樂　福報等無量　斯皆不可盡
大名勝供養　復於百剎中　無量百千衆
當說大名稱　斯有歎佛德　如來除熱惱
能令衆解脫　慈悲見歡喜　諸根寂清淨
人中最勝王　無量功德聚　是故我頂禮
我已得五通　虛空能飛上　聽尊妙音聲
未來若作佛　爲衆宣微妙　度脫無量衆
我讚功德聚　無垢清淨福　天人諸龍等
夜叉乾闥婆　雜類衆生輩　來世願成佛

爾時世尊說此偈已復告護國菩薩言護國爾時焰意大王過彼夜已聞彼童子宮內哭聲聞已馳向勝喜樂城到已問諸婇女輩言汝等今者為何哭耶時彼諸女白大王言大王當知福焰王子於今夜中忽然不見護國爾時焰意王聞此語已迷悶躃地如大樹倒須臾乃起大聲悲泣啼哭懊惱巡繞彼城經百千帀護國爾時彼處護城天神告焰意王言大王當知東方去此有佛世尊名曰成利慧大王王子今在彼處頂禮承事供養彼佛世尊爾時焰意王聞天告已即時與童子宮內諸婇女等及王部從八萬四千俱致百千那由他衆向於東方往詣成利慧如來阿羅呵三藐三佛陀所到已頂禮佛足却住一面以偈歎佛

敬禮功德智慧海　人中丈夫無等等
三界最勝無有比　天王修羅皆供養
衆中殊特最極尊　觀佛色相無猒足
三十二相莊嚴身　猶如須彌寶清淨
佛身微妙紫金色　見者無猒我頂禮
無量百千億數劫　如來苦行無猒倦
無量劫數供養佛　百千俱致不可數
往昔布施難思議　是故身色甚嚴淨
布施持戒禪定慧　忍辱精進善方便
世尊色身甚清淨　勝於日月摩尼光
釋梵光明隱不現　佛現妙色為世間
或現在於兜率天　或復示現欲下生
或現清淨白象身　夢中右脇入母胎
佛身現處如虛空　如影水月夢幻化
佛身應現亦如是　又復示現初生時

或行七步示丈夫　唱言天人我最上
我能救脫諸苦衆　於諸法中無疑惑
爲衆示現始學書　成就禪定寂靜處
示現在於婇女中　捨於父母及妻子
眷屬宗親戀慕啼　捨家處林恒獨步
俱致數天恒圍繞　恒常讚歎不生猒
久已降伏四種魔　此刹示現始降伏
久已轉於無垢輪　今以慈悲示初轉
觀於世間著常想　在衆唱言我涅槃
見諸世間樂生死　世尊爲說寂滅處
福智方便無比喻　身放光明照多刹
諸方菩薩尋光來　頂禮世尊不思議
法王爲說微妙法　心生歡喜證清淨
爲衆現身同世間　佛身無來亦無去
如來住法如幻化　是故頂禮大丈夫
善哉世尊說妙道　爲衆顯於菩提路
爲我顯示勝法門　是故我今證此法
如來爲我所示現　我證皆爲衆生說
佛智無惱三界尊　我今歎佛諸功德
願共世間諸衆生　速證寂滅無上道

爾時世尊說此偈已復告護國菩薩言護國爾時彼成利慧如來知焰意王深信心已如應說法令住不退轉地於阿耨多羅三藐三菩提中護國爾時彼福焰王子白成利慧如來言世尊我今欲請如來及比丘僧入我城内惟願世尊慈愍聽許爾時成利慧如來憐愍王子故默然受請護國爾時福焰王子知佛許已白其父母告諸眷屬并婇女等言尊等當知我今以勝喜樂城并莊嚴具悉以奉施彼如來及比丘僧終無悔也惟願父母及

諸眷屬生隨喜心爾時父母眷屬一時同聲唱言善哉善哉我皆隨喜護國爾時福焰王子即時更好莊嚴勝喜樂城奉施如來爾時王子爲佛及僧日別辦具五百種味上妙飲食供佛及僧復爲比丘造僧伽藍皆以七寶莊嚴其房舍内敷置雜色種種繒褥數百千重又爲比丘僧日別造新淨衣布施衆僧隨意所樂復更爲造經行之處皆以衆寶莊嚴其地上覆寶網經行兩邊種諸樹木花果種種諸華謂優鉢華波頭摩華芬陀利等一切衆華無不具足時彼王子如是供養佛及衆僧經三億俱致歲於其中間未曾睡眠不愛身命唯念供養佛及衆僧其間無貪欲心無瞋害心於王位處不生樂心於一切處棄捨身命況復餘物復於如來有所説法皆悉受持終無忘失乃至一句未曾重問如來於其時間亦不洗浴亦不以酥油塗摩其身亦不洗足亦不坐卧唯除食時及大小便利乃至終無疲倦之想而彼如來涅槃時自取赤栴檀爲積聚闍毗如來身於闍毗如來身處以種種上妙供具供養舍利又於閻浮提内處處以諸華鬘名香種種音樂乃至旛蓋寶幢供養舍利如是供養已爲其舍利復更别造九十九俱致寶塔彼諸塔等七寶所成復以雜寶眞珠羅網以覆塔上又爲諸塔造七寶蓋彼一一塔奉施五百寶蓋又於一一塔所奉施音樂數百千種於閻浮提内處處悉令種諸妙華樹於一一塔所前然百千燈一一燈器盛千斛油又復更以一切諸香塗香末香燒香及諸華鬘等供養彼塔爾時福焰王

子如是供養經俱致歲已於後出家既出家已唯畜三衣常行乞食樂於頭陀恒坐不卧於餘時間未曾睡眠亦不從人有所求索施與一切心不望報常爲他人解説正法如是經四俱致歲乃至若有以一善言讃歎者心尚不受何况受人利養之物若聽法時無疲倦想常有諸天承事供養爾時彼國土内王與大臣夫人婇女一切人民并諸眷屬悉皆隨從學彼王子出家修道護國爾時淨居諸天子等見是事已作如是念今此國内一切人民並學王子出家今此國内盡是三寶我等今者應作檀越供養彼等即時供養三寶利益世間彼如來涅槃後正法住世經六萬四千俱致歲皆是福焰比丘之所任持其福焰比丘從此已來常如是供養如是次第供養九十四俱致諸佛彼一一佛悉皆如上供養之行護國於汝意云何其焰意王豈異人乎莫作異見則今無量壽如來是也護國於汝意云何彼福焰王子豈異人乎莫作異見則我身是也爾時其守護城天神者豈異人乎則阿閦佛是也爾時世尊復告護國菩薩言護國是故若諸菩薩摩訶薩若欲得阿耨多羅三藐三菩提者應當學彼福焰王子深心至誠所修諸行能捨一切憎愛心是故我常勤修如是苦行故得成於阿耨多羅三藐三菩提然未來世有諸比丘愛重名利貪著眷屬於諸善法自然損減常爲我慢怨賊之所損害甚可憐愍以貪利故遠離正法虚然出家汙沙門行但有口言我是菩薩然其内心純行諂曲身心昬濁没煩惱泥纏有形相

違於本道捨已誓願貪著衣服飲食房舍臥具湯藥等事心無慚愧不避恥辱無有威儀離佛境界心恒貪著護國若有得聞如是法者應當覺知彼惡知識惡知識者求名貪利不應親近爾時世尊欲重宣此義以偈頌曰

多行於放逸　遠離十力處　心常貪利養
及諸眷屬等　棄捨佛菩提　千種諸功德
詐聖求名利　惡性無慚恥　姦諂無羞愧
彼專爲利事　入於佛法中　隨順諸煩惱
速疾墮惡趣　口言我大德　勝在阿蘭若
心恒念聚落　彼等爲貪故　心多諸覺觀
彼人遠解脫　猶如天與地　行者應遠離
如畏惡毒蛇　彼不樂佛法　并諸功德僧
棄捨離善道　常行於邪徑　失於無量善
爲諸有覆蔽　聞我往昔行　眞實成心信
應當學我行　多俱致劫數　如是法難得
應發大忍心　我有所說處　勤劬當奉行
若當欲成佛　妙勝大乘中　應念彼王行
諸功德無量　思惟眞實已　應住彼教中
如是菩提道　當見如佛說　深思諸功德
聖人種性處　當應如教行　若捨如是教
則失功德味　當生惡趣中　愚癡無有別
生彼已當悔　勸住山林者　愼莫自讚譽
亦勿毀他行　寧常自訶責　昔背億數佛
斯由我慢心　莫惜己身命　恩愛處悉捨
如我說此經　法中生敬心　若能如說行
菩提不爲難　此乘大仙說　聞已莫生疑
是故佛法中　應住如聖教　精勤捨身命
如我教莫違　若不信此教　於後悔無益

爾時世尊說此偈已復告護國菩薩言護國

若有菩薩常行五波羅蜜無有休息若有菩薩於此經中能如法行能如教住復自唱言我如教住我如教行於前行五波羅蜜功德者欲此此功德百分不及一百千分不及一百千俱致分不及一筭數過筭數分不及一哥羅分不及一譬喻分不及一憂波尼沙陀分不及一佛說此經時三十那由他天及人阿修羅等未曾發阿耨多羅三藐三菩提心者皆悉發心得不退轉於阿耨多羅三藐三菩提復有七千比丘盡諸有漏心得解脫爾時長老護國菩薩白佛言世尊此法本有何名我等云何奉持作是請已爾時佛告護國菩薩善男子言此法本名不空誓清淨行如是受持亦名善丈夫遊戲菩薩行決定毗尼如是受持亦名眞實義具足如是受持亦名福焰菩薩大士往昔本行如是受持佛說是法已長老護國菩薩及諸天人阿修羅乾闥婆等聞佛所說歡喜奉行

大寶積經卷第八十一

音釋

坏器 坏鋪杯切瓦器未燒者 阿蘭若 梵語也此云閑靜處若爾者切 戰掉 掉徒弔切戰掉震懼也 躃地 躃必歷切足不能行也躃地謂足躃而僵仆于地也 盛筋 盛音成盛貯也筋舉欣切骨絡也 慄 音栗竦縮也 網縵 縵謨官切謂佛指相連如鵝鴈掌也 䏶 部禮切股也 膞 市兗切腓腸也

大寶積經卷第八十二

曹魏天竺三藏康僧鎧譯

郁伽長者會第十九

如是我聞一時佛在舍衛國祇陀林中給孤窮精舍與大比丘僧千二百五十人俱菩薩五千人彌勒菩薩文殊師利菩薩斷正道菩薩觀世音菩薩得大勢菩薩如是等而爲上首爾時世尊與於無量百千大衆恭敬圍繞而演說法爾時郁伽長者與五百眷屬出舍衛大城詣祇陀林給孤窮精舍到已頂禮佛足繞三帀已却住一面爾時復有愛敬長者名稱長者善與長者耶奢達多長者善財長者愛行長者給孤窮長者龍德長者實喜長者是等各與五百長者俱出舍衛大城詣祇陀林給孤窮精舍到已禮佛足繞三帀已却坐一面是等一切及與眷屬皆向大乘厚種善根決定至於無上正道爾時郁伽長者知諸長者皆悉集已承佛神力向佛合掌白佛言世尊欲有所問願垂聽許說是語已世尊告曰長者如來當聽恣汝所問隨汝所疑我隨汝問而當演說悅可汝心時郁伽長者聞是語已白佛言世尊若善男子善女人發阿耨多羅三藐三菩提心解向大乘信於大乘欲集大乘欲乘大乘知於大乘護諸衆生安慰撫喻一切衆生爲欲安樂一切衆生堅固莊嚴我要當度於未度者脫未脫者無安慰者當安慰之未涅槃者當令涅槃荷擔一切作大橋船聞無量佛智欲修佛智發大莊嚴知生死中無量苦患於無量阿僧祇劫心無憂惱於無量劫流轉生死而心無倦世尊是

中若有住菩薩乘善男子善女人或有出家修習法行或有在家修習法行善哉世尊哀愍人天阿修羅世尊守護大乘不斷三寶爲一切智久住世故世尊惟願演說在家菩薩戒德行處云何在家菩薩住在家地如來所勑隨順修行而不損壞助菩提法於現法中無纏覆業得增勝行世尊云何出家菩薩捨所珍愛而行出家當教是等云何行法云何修善出家菩薩云何可住云何不住如是請已爾時世尊告郁伽長者善哉善哉長者如汝所問是汝等所宜長者諦聽善思念之今爲汝說在家出家菩薩所住學得勝行郁伽白言如是世尊受教而聽佛言長者在家菩薩應歸依佛歸依法歸依僧以此三寶功德迴向無上正眞之道長者云何在家菩薩歸依於佛我要得成於佛身三十二相以自莊嚴持此善根集三十二丈夫相爲集此故勤行精進長者是名在家菩薩歸依於佛長者云何在家菩薩歸依於法長者而是菩薩恭敬於法及說法者爲法欲法樂法極樂助法住法持法護法堅住於法讃歎於法住於法行增法求法以法爲力施法器仗唯法爲務我成阿耨多羅三藐三菩提已當以正法等施一切人天阿修羅長者是名在家菩薩歸依於法長者云何在家菩薩歸依於僧長者若是菩薩見須陀洹斯陀含阿那含阿羅漢及與凡夫若見聲聞乘皆悉敬順速起承迎好語善音右繞彼人應當如是思念我等得無上正眞道時爲成聲聞功德利故而演說法雖生恭敬心不住中長者是名在家菩薩

歸依於僧長者在家菩薩成就四法歸依於佛何等四不捨菩提心不廢勸發菩提之心不捨大悲於餘乘中終不生心長者是名在家菩薩成就四法歸依於佛長者在家菩薩成就四法歸依於法何等四於法師人親近依附聽聞法已善思念之如所聞法爲人演說以此說法功德迴向無上正眞之道長者是名在家菩薩成就四法歸依於法長者在家菩薩成就四法歸依於僧若有未定入聲聞乘勸令發於一切智心若以財攝若以法攝依於不退菩薩之僧不依聲聞僧求聲聞德心不住中長者是名在家菩薩成就四法歸依於僧復次長者在家菩薩見如來已修於念佛是名歸依佛聞於法已修於念法是名歸依法見於如來聲聞僧已而不忘失菩提之心是名歸依僧復次長者若菩薩願常與佛俱而行於施是名歸依佛守護正法而行於施是名歸依法以此布施迴向無上道是名歸依僧復次長者在家菩薩作善丈夫業不作不善丈夫之業長者云何名爲善丈夫業非是不善丈夫之業長者是在家菩薩如法集聚錢財封邑非不如法平直正求非麤惡求不逼切他如法得封起無常想不生慳想喜捨無恡給事父母妻子奴婢諸作使者以如法財而給施之所謂親友眷屬知識然後施法復次長者在家菩薩荷負重擔發大精進所謂一切諸衆生等五陰重擔捨於聲聞緣覺之擔教化衆生而無疲惓自捨己樂爲衆生故利衰毀譽稱譏苦樂而不傾動超過世法財富無量而無憍逸失利名稱無

有憂慼善觀業行守護正行見毀禁者而不生瞋諸有所趣善住所覺除去輕躁滿足智慧助成他務捨已所作無所希望有所爲作而不中捨知恩念恩善爲所作施貧封祿有勢力者折大憍慢於無勢力而慰喻之除他憂箭忍下劣者除捨憍慢及增上慢恭敬尊重親近多聞諮問明慧所見正直所行無爲無有幻惑於諸衆生無有作愛修善無足多聞無猒所作堅固與賢聖同於非聖者生大悲心親友堅固怨親同等等心衆生於一切法無有悋惜如聞開示思所聞義於諸欲樂生無常想不貪愛身觀命如露觀於財物如幻雲想於男女所如聞獄想於眷屬所生於苦想於在田宅生死屍想於所求財毀善根想於其家中生繫閉想於親族所生獄卒想於夜於晝生無異想於不堅身生堅施想於不堅命生堅施想於不堅財生堅施想彼云何名於不堅身生堅施想他有所作悉皆爲之作務使令名不堅身生堅施想不失本善增現善根是不堅命生堅施想降伏慳悋而行布施是不堅財生堅施想長者是名在家菩薩如是修習善丈夫行於諸如來無一切過名相應語名爲法語無有異想向無上道

復次長者在家菩薩應受善戒所謂五戒彼樂不殺放捨刀杖羞愧堅誓不殺一切諸衆生等不惱一切等心衆生常行慈心彼應不盜自財知足於他財物不生希望除捨於貪不起愚癡於他封祿不生貪著乃至草葉不與不取離彼邪婬自足妻色不希他妻不以染心視他女色其心猒患一向苦惱心常皆

捨若於自妻生欲覺想應生不淨驚怖之想是結使力是故爲欲非我所爲當生無常想苦無我想不淨之想彼人應作如是思念我當乃至不生欲念況二和合體相摩觸應離妄語諦語實語如說如作不誑於他善心成就先思而行隨所見聞如實而說守護於法寧捨身命終不妄語彼應離酒不醉不亂不妄所說不自輕躁亦不嘲譁不相牽掣應住正念然後知之若心欲捨一切財賄須食與食須飲施飲若施他時應生是念今是檀波羅蜜時隨彼所欲我當給施又我當使求者滿足若施彼酒當攝是人得於正念令無狂惑何以故悉滿他欲是檀波羅蜜長者是故菩薩以酒施人於佛無過長者若在家菩薩以此受持五戒功德迴向阿耨多羅三藐三菩提善護五戒又倍應當離於兩舌若有諍訟應當和合離於惡言出愛軟語先語問訊不毀辱他利益他語法語時語實語捨語調伏語不戲笑語如說如作不生貪癡常安一切心不毀壞常修忍力以自莊嚴常應正見離諸邪見不禮餘天令當供佛復次長者在家菩薩若在村落城邑郡縣人衆中住隨所住處爲衆說法不信衆生勸導令信不孝衆生不識父母沙門婆羅門不識長幼不順教誨無所畏避勸令孝順若少聞者勸令多聞慳者勸施毀禁勸戒瞋者勸忍懈怠勸進亂念勸定無慧勸慧貧者給財病者施藥無護作護無歸作歸無依作依彼人應隨如是諸處念行是法不令一人墮於惡道長者如是菩薩一一勸導乃至第七欲令衆生住於德

行隨如是處不能令住而是菩薩於此衆生應生大悲堅發一切智慧莊嚴作如是言我若不調是惡衆生我終不成無上正眞道何以故我爲是故發誓莊嚴不爲以調無諂無僞具戒德行發大莊嚴我當勤發如是精進令所作不空衆生見我即得信敬長者若菩薩在如是城邑村落中住不教衆生令墮惡道而是菩薩諸佛所呵長者是故菩薩應當如是莊嚴大莊嚴我今應當修行是行住諸城邑村落郡縣不令一人墮於惡道長者猶如城邑有善明醫令一衆生病毒而死多衆呵責如是長者若是菩薩隨所住處不教衆生令墮惡道而是菩薩則爲諸佛之所呵責復次長者在家菩薩善修學行所謂家者名殺善根名不捨過害助善業是故名家云何名在一切結使在中住故故名爲在又復住於不善覺故住不調伏住無慙愧愚小凡夫住不善行諸惡過咎是故名家又復在家一切苦惱悉在中現害先善根故名在家又復家者在是中住無惡不造在是中住則於父母沙門婆羅門不好敬順是名爲家又復家者長愛枝條憂悲苦惱悉在中生招集殺縛呵打瞋罵惡言出生是故名家未作善根掉動不造已作善根悉令散滅智者所呵謂諸佛聲聞若住是中墮於惡道若住是中墮貪瞋癡是故名家若住是中妨廢戒聚定聚慧聚解脱聚解脱知見聚是故名家若住是中父母妻息姊妹親友眷屬知識貪愛所攝常思念財貪欲無滿如海呑流終不滿足若在家住如火焚薪思處無定如風不住在家消

身猶如服毒一切衆苦皆悉來歸是故應捨如離怨家若住在家聖法作障多起諍緣常相違逆住在家中善惡緣雜多諸事務在家無常不得久住是不停法在家極苦求守護故多諸憂慮謂怨親所在家無我倒計我所在家誑惑無有實事現似如實在家離別多人住處在家如幻多容集聚無實衆生在家如夢興衰代故在家如露速破落故家如蜜滴須臾味故家如刺網貪著色聲香味觸故家如針口蟲不善覺食故家如毒蛇互相侵故家多希望心躑躅故在家多怖王賊水火所劫奪故家多論議多過患故如是長者在家菩薩名善知家復次長者在家菩薩住在家中善調伏施分別柔輭應作是觀若施彼已則是我有餘家中者非是我有已施者堅餘者不堅已施後樂餘者現樂已施不護餘者守護若已施者非愛所縛餘者增愛若已施者非我所心餘者我有已施無怖餘者怖畏若已施者是道基柱餘是魔柱已施無盡餘者有盡已施者樂餘守護若已施離結餘者增結已施大封餘者非封若已施者是丈夫業其餘在者非丈夫業若已施者諸佛所讃其餘在者凡夫所讃如是長者在家菩薩應堅住施復次長者在家菩薩若見乞者應起三想何等爲三善知識想他世富想菩提基想復有三想順如來教想欲果報想降伏魔想復有三想於求者所起親眷屬想於四攝法起攝取想於無邊生起出離想應當如是生是三想復有三想何等爲三除貪欲想除瞋恚想除愚癡想生是三想何以故長者

是人貪欲瞋恚愚癡俱得微薄長者云何三事俱得微薄若施財時心無貪著是名貪薄於乞者所生於慈心是名瞋薄若布施已迴向無上正真之道是名癡薄長者是名施者貪瞋癡薄復次長者在家菩薩見乞者已修趣滿足六波羅蜜想何等爲六若是菩薩隨所有物無不施心是名修趣滿檀波羅蜜依菩提心施是名修趣滿尸波羅蜜於求者所不生瞋呵是名修趣滿忍波羅蜜若布施時不生自己乏少之想是名修趣滿進波羅蜜若布施已心不憂悔倍生歡喜是名修趣滿禪波羅蜜若布施已不得諸法不望果報是名慧者不住諸法隨無所住向無上道是名修趣滿般若波羅蜜是名菩薩見乞求者修趣滿於六波羅蜜復次長者在家菩薩於世八法應生放捨彼人於家財賄妻子不生憂喜假使忘失不生憂愁應如是觀有爲如幻是妄想相父母妻子奴婢使人親友眷屬悉非我有我不爲是造不善業此非我宜是現伴侶非他世侶是樂伴侶非苦伴侶我非護彼我之所護施調人慧進不放逸助菩提法諸善根等此是我有隨我所至彼亦隨去何以故父母妻子男女親屬知識作使不能救我非我歸依非我舍宅非我洲渚非我蔭覆非我我所是陰界入非我我所況父母妻子當是我所父母妻子是業所爲我善惡業亦隨受報彼亦隨業受善惡報長者而是菩薩去來坐起常觀是事不爲父母妻子眷屬奴婢作使造身口意惡不善業猶如毛分是故長者在家菩薩於己妻所應起三想何等三

無常想變易想壞敗想長者是名在家菩薩於已妻所生於三想在家菩薩於已妻所復生三想何等三是娛樂伴非他世伴是飲食伴非業報伴是樂時伴非苦時伴長者是名在家菩薩於已妻所生於三想復生三想何等三不好想臭穢想可惡想是名三復生三想何等三怨家想魁膾想詐親想是名三復生三想何等三羅剎想毗舍遮想鬼魅想是名三復生三想何等三非我所想非攝受想乞求想是名三復生三想何等三持身惡行想持口惡行想持意惡行想是名三復生三想何等三欲覺想瞋覺想害覺想是名三復生三想何等三黑闇想汙戒想繫縛想是名三復生三想何等三障戒想障定想障慧想是名三復生三想何等三諂曲想羂網想猫伺想是名三復生三想何等三災患想熱惱想病亂想是名三復生三想何等三妖媚想作衰想霜雹想是名三復生三想何等三病想老想死想是名三復生三想魔想魔女想可畏想是名三復生三想憂想哭想苦惱想復生三想大雌狼想摩竭魚想大雌猫想復生三想黑蛇想尸守魚想奪魔精氣想復生三想無救想無歸想無護想復生三想母想姊想妹想復生三想賊想殺想獄卒想復生三想暴水想波浪想洄澓想復生三想淤泥想溺泥想混濁想復生三想盲想杻想械想復生三想火坑想刀坑想草炬想復生三想無利想刺想毒想復生三想繫獄想謫罰想刀劍想復生三想鬬諍想言訟想閉繫想復生三想怨憎會想愛別離想病想略說乃至

一切鬬諍想一切滓濁想一切不善根想長者在家菩薩於已妻所應生如是想貌觀念復次長者在家菩薩於自子所不應極愛長者若於子所生於極愛非他人所則爲自毀應以三法而自呵責何等三菩提道是平等之心非不平等心菩提道是正行所得非是邪行菩提道是無異行得非雜行得復應呵已心於自子所生怨家想惡知識想非善知識想違逆佛智平等之慈害我善根彼應隨處自調於心如愛其子一切亦然如愛自身一切亦然應修是觀我異處來子異處來何以故一切衆生曾爲我子我亦是彼諸衆生子終不生念我子彼非何以故去至六趣而復爲怨或復爲子我其當作等親非親我以何故於其所親倍生愛與於非親所一切不與我若生於愛不愛心不於非親所一切不與我若生於愛不愛心不能趣法何以故不等之行至不等處行平等行至於等處我不應行是不等行我學等心一切衆生疾至一切智長者在家菩薩於諸財物不生我所想攝護想不繫於彼不想不愛不生結使復次長者在家菩薩若有乞者來至其所有所求索隨所施財應至心念我所施財及不施財俱當散滅不滿所願必當歸死我不捨財財當捨我我今當捨令作堅財然後乃死捨此財已死時無恨歡喜無悔若不能施應以四事白於乞者今我力劣善根未熟於大乘中我是初行其心未堪自在行施我是著相住我我所善大丈夫今向汝悔勿生嫌恨我當如是勤行精進滿足一切衆生所願長者在

家菩薩應當如是白於乞者復次長者在家菩薩聞過去佛語若不值佛及與聖僧彼應敬禮十方諸佛諸佛本行乃至成佛悉生隨喜如是晝夜各三時淨身口意業淨於慈善具足慚愧清淨之服所集善根以菩提心而生隨喜柔輭善作恭敬斷慢修行三分誦三分法專心悔過諸不善業更不造新一切福業悉生隨喜集滿相好勸請諸佛轉於法輪於說悉受持一切法願佛久壽增長善根令我國土亦復如是復次長者在家菩薩受持八戒修沙門行應當親近淨戒德行沙門婆羅門依止給使不見其過若見沙門越於戒行不應不敬又佛如來是應供正遍覺戒行所熏定慧解脫解脫知見所熏袈裟無有滓濁一切結染皆悉捨離仙聖之幢倍生恭敬於彼比丘生大悲心彼不應爲如此惡行諸佛世尊名寂調伏一切悉知聖幢相服不寂不調不伏不知作此非法如世尊說不輕未學非是彼過是結使敎以結使故現造是惡此佛法中有於出法是人能出則有是處若解是結修行正觀得至初果定趣無上正眞之道何以故智能害結世尊又說人則不應妄輕量人則爲自傷如來所知非我所知是故不應瞋嫌害彼復次長者在家菩薩若入僧坊在門而住五體敬禮然後乃入當如是觀此處即是空行之處無相行處無作行處慈悲喜捨四梵行處是正行正住所安之處我當何時捨於家垢我當何時住如是行應生如是欲出家心無有在家修集無上正覺之道皆悉出家趣空閑林修習得成無上正

道在家多塵汙出家妙好在家具縛出家無礙在家多垢出家捨離在家惡攝出家善攝在家沒於愛欲淤泥出家遠離愛欲淤泥在家凡俱出家智俱在家邪命出家淨命在家多垢出家無垢在家衰滅出家無滅在家處憂出家歡喜在家則是衆惡梯隥出家離隥在家繫縛出家解脫在家畏俱出家無畏在家謫罰出家無罰在家多患出家無患在家煩熱出家無熱在家多求苦出家無求樂在家掉動出家無動在家貧苦出家無苦在家怯弱出家無怯在家下賤出家尊貴在家熾然出家寂靜在家利他出家自利在家之人無潤精氣出家之人有大滋潤在家結樂出家滅樂在家增刺出家無刺在家成小法出家成大法在家不調出家調伏在家離戒出家護戒在家增長淚乳血海出家乾竭淚乳血海在家之人諸佛聲聞緣覺所呵出家之人諸佛聲聞緣覺所讚在家無足出家知足在家魔喜出家魔憂在家不降伏出家降伏在家奴僕出家爲主在家生死際出家涅槃際在家墮落出家拔墮在家闇冥出家明炤在家之人根不自在出家之人諸根自在在家狂逸出家不逸在家不相應出家相應在家下觀出家上觀在家多營出家少營在家少力出家大力在家諂曲出家正直在家多憂出家無憂在家箭俱出家俱箭在家病患出家無病在家老法出家壯法在家放逸命出家修慧命在家誑詐出家無誑在家多作出家無作在家毒器出家甘露器在家災患出家無災害在家不捨出家放捨在家之人

取於毒果出家之人取無毒果在家之人不愛相應出家不與不愛相應在家癡重出家智輕在家失方便出家淨方便在家失正意出家淨正意在家失至意出家淨至意在家之人不能作救出家作救在家造窮劣出家不造窮在家非舍出家作舍在家非歸出家作歸在家多怒出家多慈在家負擔出家捨擔在家不盡一切諍訟出家盡諍在家有過出家無過在家忩務出家閑務在家熱惱出家離熱在家多讎出家無讎在家貯聚出家無聚在家財堅出家德堅在家憂俱出家寂憂在家損耗出家增益在家易得出家之人億劫難得在家易作出家難作在家順流出家逆流在家處流出家船栰在家結河出家越度在家此岸出家彼岸在家纏縛出家離纏在家嫌恨出家寂恨在家王法出家佛法在家愛染汙出家離染汙在家生苦出家生樂在家淺近出家深遠在家易伴出家難伴在家妻伴出家心伴在家悤務出家離務在家逼他苦出家樂他樂在家財施出家法施在家持魔幢出家持佛幢在家巢窟出家離巢在家非道出家離非道在家稠林出家離林如是長者在家菩薩漸次思念我恒河沙等設於大禮爲諸衆生一日悉施善調法中生出家心是則堅實施已畢足我今應當堅修戒聞彼入僧坊禮如來塔生於三想我亦當得如是供養我亦當得愍一切衆生留於舍利我如是學如是行如是精進疾得阿耨多羅三藐三菩提設作一切佛諸事已如佛如來入於涅槃是入僧坊觀於一切諸比丘

德誰是多聞誰是說法誰是持律誰持阿含何等比丘持菩薩藏誰阿練兒何等比丘少欲乞食著糞掃衣獨處離欲誰是修行誰是坐禪誰是營事誰是寺主悉觀彼行隨諸人欲不生譏呵若在寺廟及往聚落有所言說善護口業若有比丘乏於衣鉢病藥所須隨應給與不令起瞋何以故諸天及人有嫉妬結應倍護彼凡夫人心非阿羅漢凡夫起過非阿羅漢彼近多聞爲修聞故親說法者修行決定近持律者調伏結使不墮犯中親近持於菩薩藏人於學修行六波羅蜜及修方便近阿練兒修學獨處親近修行修學端坐若有比丘未定位者須衣施衣須鉢施鉢勸彼比丘發無上心何以故此非勝處財法攝彼如是長者在家菩薩如是善知沙門之行若有沙門鬪訟諍競而和合之捨於身命守護正法長者在家菩薩見病比丘捨自肉血令彼病愈長者在家菩薩未開施心不先請化施已心悔一切善本以菩提心而爲上首長者在家菩薩住在家地如佛教行不忘不失助菩提法現法無染得增勝法爾時郁伽長者及諸長者一切同聲歡喜讃歎希有世尊善說在家過患而猶未知出家戒行出家功德世尊我等亦觀在家多過出家德大惟願世尊哀愍我等願得出家說是語已佛告長者出家甚難一向淨行時諸長者白言世尊實如聖教惟願世尊聽我出家當如教行爾時世尊即聽出家告彌勒菩薩一切淨菩薩汝善丈夫令是等出家時彌勒等令九千長者悉皆出家是長者等受出家戒是時復

有千長者等發阿耨多羅三藐三菩提心爾時郁伽長者白言世尊巳說在家過患功德善哉世尊願說出家菩薩戒聞功德之行云何菩薩善妙法中調伏出家禮拜起住去來進止佛告長者善思念之當爲汝說出家菩薩應如是學如是住行唯然世尊受教而聽佛言長者出家菩薩應如是學我以何緣捨業出家爲修慧故勤加精進如救頭然應作是念我今應住於四聖種樂行頭陀長者云何出家菩薩修四聖種是出家菩薩隨所有衣應生知足歎美知足不爲衣故而行妄語若不得衣不想不念不生憂惱設令得衣心不生著雖服著衣而無繫著不貪不住知其過咎知於出離隨是知足不自稱譽不毀他人長者出家之人隨所乞食隨所敷具亦當知足而生歎美不爲敷具而起妄語不得不念不生憂惱得不染著無染心畜不悋不繫知其過咎知出離行隨是知足終不自稱毀於他人樂斷樂離樂於修習於此樂斷樂離樂修不自稱譽長者是名出家菩薩住四聖種復次長者出家菩薩以十功德持著身衣何等十爲慚恥故爲覆形故爲蚤虻故爲風暴故不爲輭觸不爲好故爲於沙門表戒相故此染色衣令諸人天阿修羅等生塔想故而受持之解脫而染非欲染衣寂靜所宜非結所宜著此染衣不起諸惡修諸善業不爲好故著染服衣知聖道巳我如是作於一念頃不持染結長者是名出家菩薩十事功德持著身衣復次長者出家菩薩見十事故盡其形壽不捨乞食何等十我今自活不由他

活若有衆生施我食者要令安住於三歸處然後受食若不施食於是衆生生大悲心爲彼衆生勤行精進令是衆生所作辦已後食其食又我不違佛所教勅爲植滿足根本因故依降伏慢積聚無見頂因緣故不爲女人丈夫男女共和合故平等乞食於諸衆生生平等心集一切智莊嚴具故長者出家菩薩見此十利盡壽不捨於乞食法若有至心敬信來請爾時應去若有請者不至心請觀有自利利彼因緣即便應去復次長者出家菩薩見十利故終不捨於阿練兒處何等十自在除去故無我持故捨卧具愛故寂無愛故處無可利故阿練兒處捨身命故捨衆閙故如來法中所作作故寂定適意故專念無留難故長者是名出家菩薩見十德利盡壽不捨阿練兒處長者若阿練兒欲聽法故有和尚阿闍黎因緣事故爲問病故至村聚中當作是念今夜還去若爲讀誦在房舍住應作是念我今故在阿練若處住阿練兒處與法相應於一切物無有諍想於一切法無障礙想集法無猒長者出家菩薩在阿練兒處作如是觀我以何緣住阿練兒處非但空處名爲沙門是中多有不調不寂不堅不相應亦住是中所謂獐鹿獼猴鳥獸師子虎狼賊旃陀羅是等無有沙門功德是故我應具阿練兒行沙門義利謂繫念不亂得陀羅尼修大慈大悲五通自在滿六波羅蜜不捨一切智心修行方便常以法施攝取衆生教化衆生不捨攝法修行六念勤進修聞繫念修集正相應行不證果智守護正法信於業報是名

正見斷於一切妄想分别是正思惟隨所解法而爲演説是名正語除盡業漏是名正業斷除結習是名正命勤趣於定是名正進不忘諸法是名正念得一切智知是名正定解空不驚無相不怖無願不怯心不執有依義不依語依智不依識依法不依人依了義經不依不了義經長者是名出家菩薩住沙門法復次長者出家菩薩不應親近多人衆中我應捨彼我之善根終不捨於一切衆生故修於善根長者出家菩薩有四親近如來所許何等爲四長者出家菩薩親近聽法是佛所許親近成熟一切衆生是佛所許供養如來是佛所許親近不捨一切智心是佛所許長者是名出家菩薩四種親近如來所許長者親近是四勿親近餘復次長者出家菩薩

住阿練兒處應如是念我以何故來在此處我來至此爲怖何事畏誰故來畏衆閙故畏親近故畏貪瞋癡故畏狂慢故畏惱熱故畏慳貪故畏於色聲香味觸故畏於陰魔煩惱魔死魔天魔故無常常畏無我我畏苦中樂畏不淨淨畏心意識畏現在搥打畏我見畏我我所畏惡知識畏利養畏非時語畏不見言見畏不聞言聞畏不念言念畏不識言識畏沙門垢畏欲界色界無色界畏一切諸道生死處畏地獄畏畜生畏餓鬼畏我今怖懼如是等畏來至於此阿練兒處不住在家憒閙衆中若不修行不修念處則不相應脱是畏故來至此處過去無量菩薩摩訶薩一切皆住阿練兒處解脱諸畏得於無畏得無畏阿耨多羅三藐三菩提未來菩薩亦復如是

住阿練兒處脱一切畏得於無畏無上正道
現在菩薩摩訶薩亦復如是住阿練兒處修
行無畏得於無畏阿耨多羅三藐三菩提脱
一切畏是故我今欲得無畏脱一切畏住阿
練兒處復次長者出家菩薩住阿練兒處無
怖無畏應如是學若有畏者皆由著我皆由
執我我爲初首皆由愛我起我見我想我持
我妄想於我守護於我若住阿練兒處不捨
執我是爲失利長者若住阿練兒處無有我
想是住阿練兒處無有見著是住阿練兒處
不住我我所是住阿練兒處長者當知無涅
槃想是住阿練兒處況煩惱想長者謂阿練
兒處者不依著於一切諸法不住諸法於諸
法無礙不依色聲香味觸住住一切法平等
無垢住善調心棄一切畏住於無畏住脱一
切結流大河住於聖種住於少欲住於知足
易滿易養住充滿智住如聞修行住於解脱
觀空無相無作門故住解脱知見斷繫縛故
住於邊際順因緣故住所作已辦究竟淨故
長者猶如空處藥木叢林不怖不畏如是長
者出家菩薩住阿練兒處應自生心猶如草
木牆壁等想猶如幻想是中誰畏誰怖是故
應以無畏觀身此身非我非我所無衆生無
壽命無人無丈夫無少年所言畏者空名無
實我今不應以無實生畏如彼空處藥木叢
林無住無護應如是知一切法已如是善住
阿練兒處何以故斷憂諍故名阿練兒無生
無護名阿練兒復次長者出家菩薩住阿練
兒處應如是學漸順戒聚次修定聚住阿練
兒處集於慧聚住阿練兒處習解脱聚住阿

練兒處生解脫知見聚住阿練兒處敷助菩提法住阿練兒處集於十二頭陀功德住阿練兒處諦方便故住阿練兒處善知陰故住阿練兒處等法界故住阿練兒處削除諸入故住阿練兒處不忘菩提心故住阿練兒處觀空無畏故住阿練兒處不失一切諸善根故住阿練兒處佛所讚歎住阿練兒處菩薩所讚住阿練兒處諸聖所譽住阿練兒處欲解脫者之所依故住阿練兒處欲一切智者應住是處復次長者出家菩薩住阿練兒處以少許事滿六波羅蜜何以故住阿練兒處不惜身命是名出家菩薩住阿練兒處修習滿於檀波羅蜜長者出家菩薩住頭陀戒身口意戒是名出家菩薩住阿練兒處修習滿於尸波羅蜜長者云何出家菩薩住阿練兒處修習滿於忍波羅蜜於諸衆生無瞋恚心忍一切智長者是名出家菩薩住阿練兒處修習滿於忍波羅蜜長者云何出家菩薩住阿練兒處修習滿於進波羅蜜而是菩薩應如是學我不離是處要當得於無生法忍長者是名出家菩薩住阿練兒處修習滿於進波羅蜜長者云何出家菩薩住阿練兒處修習滿於禪波羅蜜長者出家菩薩住阿練兒處捨於禪定教化衆生修諸善根長者是名出家菩薩住阿練兒處修習滿於禪波羅蜜長者云何出家菩薩住阿練兒處修習滿於般若波羅蜜長者是出家菩薩住阿練兒處應如是學如我此身空處亦爾如我此身菩提亦爾如如無妄想如空無妄想長者是名出家菩薩住阿練兒處修滿般若波羅蜜長

者出家菩薩住阿練兒處如是修滿六波羅蜜長者出家菩薩成就四法知阿練兒處何等四淨戒多聞思惟相應如法修行是名出家菩薩知住阿練兒處復次長者出家菩薩若結增上不應親彼住阿練兒處應摧伏結復次長者出家菩薩住阿練兒處應修五通爲化天龍夜叉乾闥婆故復次長者出家菩薩應如佛教住阿練兒處是中我應滿於一切清淨之善善法所熏後至城邑聚落說法長者是名出家菩薩如是四法住阿練兒處復次長者出家菩薩從阿練兒處起受法讀誦諳於和尚阿闍黎所上中下座是我福田不應懈怠是我自業不嫉於彼應爲彼使應如是觀如來應供正徧覺一切天人魔梵沙門婆羅門供養福田佛是一切衆生之父佛不生心求於給使我今欲學我亦當爲一切衆生作於給使我不求他爲我給使何以故長者若有比丘重於給使失法功德若以財攝彼當云何欲使我作故以財攝我非爲法故自失已信若財攝給使無大報利若向和尚阿闍黎所知其心意應如所作莫令和尚阿闍黎不信於我不敬愛我彼捨身命爲讚誦法故稱滿其意爲功德利捨於利養讚歎於法長者若是菩薩於他人所受持讀誦一四句偈施戒忍進定慧相應集菩提道於是師所爲法恭敬如上諸師受持文字章句偈頌於無量劫應爲彼使不生諂僞一切供養長者當知不報其恩況不敬法長者若信起善念念佛法僧念於無漏念寂調伏於無量劫給侍使令供養和尚猶不報滿和尚之恩

長者應如是知長者當知若聞法已有無量報得無量智我應無量供養和尚復次長者出家菩薩如出家法住長者云何名爲如出家法住是出家菩薩聞淨戒已應如是學修四淨戒何等爲四謂住聖種樂於頭陀不親近於在家出家不諂曲住阿練兒處復次長者出家菩薩聞淨戒已復應如是學四淨戒何等四爲身淨戒亦不得身謂口淨戒亦不得口離於諸見發一切智心長者是名四淨戒復次長者出家菩薩聞淨戒已應如是學於四淨戒何等四離於我想棄於我所遠斷常見解因緣法長者是名四淨戒復次長者出家菩薩聞淨戒已應如是學於四淨戒何等四謂陰無所有界如法界入如空聚不住假名長者是名四淨戒復次長者出家菩薩聞淨戒已應如是學於四淨戒何等四知我不得我開覺於他令心清淨心不樂住一切法等無有動摇長者是名四淨戒復次長者出家菩薩聞淨戒已應如是學於四淨戒何等四所謂解空不畏無相一切衆生起於大悲入於無我長者是名出家菩薩四種淨戒復次長者出家菩薩聞淨三昧已應如是學何等淨三昧謂一切法無所有無有二心正業心一處心無動摇心無戲論心無亂鬧心無依止心於心自在無有馳散不住心界見心如幻觀一切法等如法界無行無住又亦無起不得内外三昧同等住如是法説名三昧如是長者是名出家菩薩觀淨定聚復次長者出家菩薩聞淨慧聚聞已應觀何等名爲清淨慧聚是菩薩應如是修學知於緣法

分別智辯智疾智衆生智攝外衆生智如是長者出家菩薩觀淨慧聚復次長者出家菩薩應如是學所謂慧者名無繫縛以無身故無所執持無動無住無形無相無生無行如虛空故長者若如是觀名爲菩薩住於出家說是法時八千衆生發阿耨多羅三藐三菩提心是諸長者得無生法忍三萬二千衆生遠離塵垢得法眼淨爾時郁伽長者歡喜踊躍以價直百千衣奉上供佛白言世尊以此善根普施一切諸衆生等令諸在家菩薩摩訶薩成就如佛所教戒法諸出家菩薩願令滿足一切諸法亦令滿足如佛所教世尊云何在家菩薩住在家地學出家戒如是問已佛告長者在家菩薩具足五法住在家地學出家戒何等爲五長者菩薩住在家地中不

悋一切所有財物與於一切智心相應不望果報復次長者在家菩薩住在家地具淨梵行不習欲想況二和合復次長者在家菩薩至於空處修習四禪以方便力不入正位復次長者在家菩薩住在家地應極精進學於智慧一切衆生以慈相應復次長者在家菩薩住在家地守護於法亦勸他人長者是名在家菩薩住在家地具足五法學出家戒爾時郁伽長者白言世尊我在家中如世尊教當如是住增廣佛道諸出家戒我亦當學爾時世尊即便微笑諸佛常法若微笑時種種色光青黃赤白從面門出徧照無量無邊世界上過梵世蔽日月光還繞身三帀入如來頂爾時阿難見佛微笑從座而起整於衣服偏袒右肩右膝著地而白佛言大德世尊以

何緣笑諸佛世尊非無緣笑佛告阿難汝今見是郁伽長者供如來不欲修行法作師子吼阿難白言已見世尊已見善逝阿難是郁伽長者住在家地是賢劫中如來應供正徧覺出現於世常在家供養恭敬是諸如來護持正法常在家中住出家戒廣聞如來無上菩提爾時大德阿難語郁伽長者汝見何利樂在家中有聖智不答言大德不成大悲不應自謂我是安樂大德阿難菩薩摩訶薩忍一切苦不捨衆生說是語已佛告阿難是郁伽長者住在家地是賢劫中多化衆生非出家菩薩百劫百千劫何以故阿難百千出家菩薩所有功德不如是郁伽長者所有功德大德阿難白佛言世尊此經何名云何受持佛告阿難是經名郁伽長者所問亦名在家出家菩薩戒亦名殷重給事師長品阿難若有菩薩得聞是經是大精進非下精進住於梵行百千萬倍所不能及也是故阿難欲自住進欲勸他進欲自住於一切功德欲勸他住應聽此經受持讀誦廣爲人說如說修行阿難我以是法付囑於汝受持讀誦何以故阿難此法具足一切功德阿難若有菩薩與是法相應則不離與如來相應阿難若有菩薩離於是法則爲離佛若有菩薩離於是法離受持讀誦如說修行是離見於一切諸佛何以故阿難佛出家事皆於此經而顯示之阿難假令三千大千世界滿中大火應從中過爲正覺故往聽此經受持讀誦如說修行阿難若令三千大千世界滿中七寶恭敬奉施爲聞此法受持讀誦如說修行阿難若爲

過去一切諸佛起七寶塔以一切供而供養之阿難若現在佛及聲聞僧以諸樂具盡壽供養阿難未來諸佛及諸菩薩悉爲奴僕及爲弟子而供養之不聞是經不受不持不讀不誦不轉不住離是等法不名供養諸佛如來阿難若有菩薩聞於是經受持讀誦爲他廣説如説修行而是菩薩已爲供養三世佛已何以故阿難如説修行則是如來調伏之法説是語已大德阿難郁伽長者乾闥婆世間天人阿修羅等聞佛所説皆大歡喜

大寶積經卷第八十二

音釋

郁伽 梵語也此云威德郁乙六切伽求加切

嘲譁 嘲陟交切以言相調也譁胡瓜切讙也

躑躅 躑直炙切躅直六切躑躅行貌

魁膾 魁苦回切凡爲首曰魁膾古外切切肉也謂屠宰之類

鬼魅 魅明祕切老精物也山林之怪曰魅

罔 音眏罟也

洄澓 洄胡瑰切逆而上曰泝洄澓音服伏流也亦洄也

淤泥 淤依據切淤泥濁泥也

杻械 杻敕九切手械也械下戒切桎梏之總名也

謫罰 謫側格切責也罰房越切罪罰也

明炤 炤音照明所燭也

船栰 栰音伐簰也大曰栰小曰桴又大船也

捶打 捶主蘂切打音頂捶打以杖擊也

大寶積經卷第八十三

唐三藏法師菩提流志奉 詔譯

無盡伏藏會第二十之一

如是我聞一時佛在王舍城耆闍崛山與大比丘衆一千人俱皆悉成就殊勝功德能師子吼菩薩摩訶薩五百人一切皆得陀羅尼門辯才無礙證無生忍住不退轉具諸三昧遊戲神通善知衆生心行所趣其名曰日幢菩薩月幢菩薩普光菩薩月王菩薩照高峯菩薩毗盧遮那菩薩師子慧菩薩功德寶光菩薩一切義成菩薩成就宿緣菩薩成就願行菩薩空慧菩薩等心菩薩喜愛菩薩樂衆菩薩戰勝菩薩慧行菩薩電德菩薩勝辯菩薩師子吼菩薩妙言音菩薩能警覺菩薩巧轉行菩薩寂滅行菩薩如是等菩薩摩訶薩而爲上首復有釋提桓因四大天王娑婆世界主梵天王及大威德諸天龍夜叉乾闥婆阿修羅迦樓羅緊那羅摩睺羅伽如是等無量諸大衆俱爾時電德菩薩見諸大衆寂然清淨諸大龍象皆悉已集即從座起偏袒右肩右膝著地合掌向佛白言世尊我有少疑今欲諮問惟願如來見垂聽許爾時世尊告電德菩薩言如來應正等覺恣汝所問當爲汝說電德菩薩白佛言世尊菩薩摩訶薩成就何法能滿衆生一切所欲不爲諸過之所染著隨其根性方便引導令彼衆生身壞命終不墮惡趣決定當得證於平等處世無染猶如蓮華不動法界遊諸佛刹常不離佛不見色身住三解脫不入正位隨衆生欲嚴淨佛土於刹那頃速得成就阿耨多羅三藐三

菩提爾時電德菩薩摩訶薩即於佛前以偈問曰

無上人中尊　無邊知見者　安住於共法
利益諸世間　等心視衆生　爲世所依怙
示諸邪正道　令畢竟安樂　積集勝功德
猶如衆寶聚　世間智慧日　三界應供尊
願說最上乘　成就菩薩道　面相如滿月
具足奢摩他　開示寂靜法　能滅諸煩惱
願說菩薩行　饒益諸衆生　佛刹并壽命
色身與眷屬　三業及諸法　一切皆清淨
惟願如來說　清淨菩薩行　云何降伏魔
云何而說法　云何不忘失　惟願爲宣說
云何勇進者　遍入於生死　安住一相中
於法常無動　云何諸佛所　親近而供養
常觀佛色身　畢竟離諸相　雖證三解脫
如鳥飛空界　未具諸功德　終不入涅槃
知諸根性欲　隨順無所畏　亦不生染著
成熟彼衆生　先施世間樂　後令發淨心
具足殊勝智　證無上菩提　如是深妙義
惟願如來說

爾時世尊告電德菩薩摩訶薩言善哉善哉善男子乃能問佛如是之義利益安樂無量衆生攝受現在世間天人及未來世諸菩薩等是故電德應當諦聽善思念之當爲汝說電德菩薩言唯然世尊願樂欲聞佛告電德菩薩摩訶薩有五種伏藏大伏藏無盡伏藏遍無盡伏藏無邊伏藏菩薩具足如是伏藏永離貧窮即能成就如上所說殊勝功德以少功力速疾當得阿耨多羅三藐三菩提云何爲五所謂貪行伏藏瞋行伏藏癡行伏藏

等分行伏藏諸法伏藏電德云何名爲菩薩摩訶薩貪行伏藏謂諸衆生貪行相應顛倒繫縛隨行諸相種種分别於色聲香味觸法等諸境界中執著堅固躭樂昬迷菩薩於彼諸衆生等種種心行應如實知彼諸衆生何所樂欲於何境界染習增强具足成就何等信解往昔曾種何等善根於何乘中當得發趣所有善根久如成熟菩薩爲斷諸衆生等一切欲故令彼善心常相續故審諦觀察而爲療治電德當知衆生根行差别難識一切聲聞辟支佛所不能知何況凡夫及諸外道是故電德或有衆生雖著諸欲亦能成熟阿耨多羅三藐三菩提或有衆生纔觸欲境或以染心發於語言便得成熟無上明脫或有衆生覩諸妙色心生欲染彼色變壞即便覺知欲惱便息深念無常則能成熟無上明脫或有衆生雖見女人不生貪著於後思念方起染心想彼形容而生愛戀或有衆生於其夢中見可意色心生貪著繫念追求或有衆生聞女人聲便生貪愛有時暫見離貪染心便得成熟無上明脫是故電德菩薩於是種種貪病及以貪藥善巧了知而於法界無有二相於此迷惑法界衆生起大悲心電德若貪瞋癡若法界智無有少法而可得者菩薩作是念言如我所見是諸衆生於此無相自性空寂假名安立和合法中起於貪欲瞋恚愚癡我當於此如實觀察爲彼迷惑貪欲衆生住於大悲成滿昔願不動法界以無功用智而成熟之若有丈夫於彼女人妄生淨想起重貪染菩薩即便示現女身端正殊妙色

相具足珍寶瓔珞種種莊嚴猶如天女昔所未見隨彼衆生令其愛著極貪戀已量彼堪任方便拔其貪欲毒箭以自在力還變女身現其人前而爲說法令彼衆生通達法界便没不現若有女人於彼丈夫心生愛染菩薩便爲現丈夫身乃至拔其貪欲毒箭而爲說法令入法界便没不現電德是諸貪行二萬一千及彼諸行八萬四千菩薩無功用智出生無量億千法門開曉衆生悉令解脫而亦不念我爲衆生如是說法亦無衆生得解脫者電德譬如無熱龍王以業力故於其宫内出四大河爲諸衆生水陸住者夏時熱惱而作清涼潤澤花果滋實五穀令諸衆生安隱快樂而彼龍王不作是念我今令此河水流出已出當出然於四河常自汎滿爲衆生用

菩薩亦復如是成就昔願以無功用智說四聖諦滅除一切生死熱惱普施人天聖解脫樂而是菩薩亦不念言我今說法已說當說任運住於大悲之心觀察衆生隨應說法復次電德譬如帝釋有十二那由他諸天女等以彼帝釋自在力故現其多身令諸天女於彼欲樂皆得滿足各自念言我今獨與帝釋歡娱而是帝釋實無所染菩薩亦復如是於諸衆生應可度者隨其意樂而成熟之然是菩薩亦無染著復次電德譬如日輪出山峯時光明普遍照閻浮提所照之處青黄赤白種種形色皆悉顯現而彼日輪一色一光無差别相菩薩亦復如是智慧日輪照於法界出彼衆生執著山峯所緣一相隨其意樂而爲說法然於法界無有二相電德是名菩薩

摩訶薩貪行伏藏菩薩證得此伏藏已或於一劫或過一劫隨諸衆生種種意樂現無量身以種種言詞而爲說法然於法界亦無二相復次電德譬如真金由工巧力隨意所作種種瓔珞莊嚴之具其相各異而彼金性無有差別菩薩亦復如是善觀法界隨諸衆生種種意樂現無量身以種種言詞而爲說法然於法界亦無二相是爲常入法界一相菩薩獲得如是伏藏能爲衆生種種說法彼聞法已具足富有無盡聖財生死貧窮悉皆永斷復次電德云何名爲菩薩摩訶薩瞋行伏藏謂諸衆生憍慢相應計我我所住自他相從久遠來不修慈忍瞋恚熱惱自壞其心於佛法僧不生憶念瞋毒所覆迷惑於法菩薩於彼多瞋衆生終不起於損害傷惱唯作是念奇哉衆生愚癡迷惑乃於諸法本性寂靜無垢濁無和合無違諍遠離法中顛倒相應妄生瞋恨如是念已住大悲心常自懇惻設有支解其身分者爲欲調伏瞋行衆生安住忍辱若彼無量瞋行衆生互相違背心懷恚恨是業成已當墮毒蛇惡趣之中住忍菩薩以慈念力化此衆生能令不受惡趣之報決定當得證於平等是名菩薩善巧方便滅除衆生瞋恚之行復次電德菩薩若見瞋惱衆生作是念言一切諸法本性清淨此諸衆生隨相而行妄生分別於此平等無違法中而起瞋心彼諸衆生於法界性不能了知若此衆生見法性者終不於他而生忿害以不了知法界本性是故生瞋菩薩於彼多瞋衆生倍增慈愍住於大悲成滿昔願以無功用智

爲壞衆生瞋恚行故開示演說種種法門而亦不念我爲衆生除瞋說法何以故菩薩善觀法界相故是爲菩薩安住法界無差別相滅煩惱行電德譬如不除黑闇得現光明亦非無能除黑闇者如是黑闇及光明性皆如虛空無有差別菩薩亦復如是依此法界無差別智善巧說法摧滅種種瞋行衆生不於法界而作差別電德譬如日輪所出光明隨所照處皆日輪攝菩薩亦復如是爲欲調伏滅除瞋行所有言說皆是法輪不於法界而作差別如是瞋行二萬一千及彼諸行八萬四千菩薩成就無功用智隨彼衆生種種瞋行而爲說法不作是念我爲衆生今現說法已說當說是名菩薩摩訶薩瞋行伏藏菩薩證得此伏藏已若於一劫若過一劫隨諸衆生種種意樂以種種文字語言方便演說不能得其瞋行邊際而是菩薩智慧辯才亦不可盡是名菩薩善說法界無差別相獲得如是瞋行伏藏復次電德云何名爲菩薩摩訶薩癡行伏藏電德諸菩薩等如是之行甚爲難事謂諸衆生隨惑行者惱害他者無明胎㲉所纏裹者如蠶處繭自繫縛者於法界中無方便者不善觀察所應行者著我見者行邪道者住鈍行者難出離者爲如是等迷惑衆生從初發心起大加行不生疲苦亦無懈怠如是思惟應以何緣何等勝解云何說法令此衆生入菩薩行而得解脫菩薩往昔善觀法界以無功用智住於大悲知彼衆生迷法界已隨力所堪而爲說法悉令調伏亦不念言我今說法已說當說以彼往昔誓願力

故善觀緣起自然演出百千法門斷除衆生無明業行令得解脱電德譬如良醫善療衆病先善綜習醫方諸論纔見病相皆悉了知呪藥所施無不除愈菩薩亦復如是善觀法界以無功用智爲彼積習癡行衆生隨其根性開示演説百千法門悉令明了電德是名菩薩摩訶薩癡行伏藏菩薩證得此伏藏已善觀緣起爲如是等癡行衆生若於一劫若過一劫隨其性欲以種種文字語言善巧演説不能得其癡行邊際而是菩薩智慧辯才亦不可盡是名菩薩於一切法無差别相善巧宣説獲得如是癡行伏藏如是癡行二萬一千及彼諸行八萬四千菩薩爲斷如是行故開示演説百千法門是名菩薩癡行伏藏復次電德云何名爲菩薩摩訶薩等分行伏藏譬如四面鏡輪清徹明淨無諸垢翳懸於四衢所對色像皆於中現無有增減而此明鏡亦不念言我能現此種種色像然善磨瑩此鏡輪已一切諸相自然而現菩薩亦復如是法界鏡輪善磨瑩已住無功用三昧隨諸衆生心行差别開示演説百千法門悉令了知皆得解脱不起法相及衆生相何以故菩薩善觀法界相故於此四行相應衆生如實了知隨其根性而爲説法而於法界及衆生界如實觀察無有二相爾所法界及衆生界明見無二無差别故電德譬如虚空無有種種差别之相亦無建立菩薩亦復如是善觀法界了一切法入於一相亦由往昔誓願力故隨衆生行種種説法而於法界無有差别電德此等分行二萬一千及彼諸行八萬四

千菩薩觀察悉皆明了譬如良醫知病授藥以無功用智種種說法是名菩薩摩訶薩等分行伏藏菩薩證得此伏藏已爲諸衆生若一劫若過一劫隨其志樂以種種言詞善巧宣說不能得其諸行邊際菩薩智慧辯才亦不可盡是名菩薩善說法界無差別相獲得如是等分行伏藏

大寶積經卷第八十三

音釋

迦樓羅 梵語也亦云揭路荼此云金翅鳥 **瞋恚** 瞋稱人切怒而張目恚於避切恨怒也 **㲉** 音㲉 **綜習** 綜作弄切理經也綜習謂方技醫書無不參綜學習也

大寶積經卷第八十四

唐三藏法師菩提流志奉 詔譯

無盡伏藏會第二十之二

復次電德菩薩成就如是智已於諸衆生根行意樂善巧了知若見多貪衆生爲欲調伏療其病故示同凡夫現受諸欲具有妻子家業資生猶如蓮華而不染著有諸衆生癡無智慧不知菩薩善巧方便而作是念何有智者貪受諸欲不異凡夫便謂菩薩遠離菩提如是衆生心不淨故起大瞋忿不生敬信由此業故身壞命終墮大地獄復以菩薩容化因緣罪報畢已決定當得入於平等電德譬如猛火隨投草木一切熾然悉成於火菩薩亦復如是智火熾然所有衆生若貪瞋癡若善不善菩薩於彼與之同行一切熾然皆成智慧是名菩薩不共之法又如須彌山王不共之相所謂四面四寶所成隨諸衆生青黄赤白種種色相彼若往詣瑠璃面者皆同一色如彼瑠璃詣金色面皆如金色銀玻瓈色悉皆同等菩薩亦復如是得不共法隨諸衆生若貪瞋癡若善不善至菩薩所與之同行一切皆令入菩薩智彼心不淨自惡業故或墮地獄餓鬼畜生閻摩羅界以是菩薩不共功德及願力故罪報畢已決定當得阿耨多羅三藐三菩提電德過去無量無邊阿僧祇劫五濁世時有佛出現號曰寶聚功德聲如來應供正偏知明行足善逝世間解無上士調御丈夫天人師佛世尊時世壽命百二十歲如我今日彼諸衆生極重貪欲瞋恚愚癡煩惱覆蔽違逆父母兄弟朋友不順和尚及

阿闍梨不知恩德常懷毒害姦詐賊心互相破壞非理而行於佛法僧不生敬信慳悋鄙薉行餓鬼法彼佛刹中有如是等諸惡衆生難可調伏時彼世尊亦以往昔誓願力故於此惡世得阿耨多羅三藐三菩提其佛復有二萬二千大聲聞衆彼時有王名曰廣授自在王化統閻浮提於佛法中信心清淨請彼如來及比丘衆於夏安居廣設供養爾時有一法師比丘名爲無垢具足辯才善巧說法衆所樂聞開示衆生常不疲倦凡所說法無有希求容相熈怡先言問訊色力具足顏貌端嚴爲諸衆生之所樂見供養恭敬尊重讚歎復有新學年少比丘常隨無垢出入王宫無有障礙種種供養衣服飲食卧具醫藥時彼衆中多有比丘不知修習身戒心慧不敬佛法及以衆僧常見斷見及我見等謗於佛法輕躁難調不攝諸根住於非法無沙門行自稱沙門身口意業悉皆邪僻時彼世尊過安居已便入涅槃其王廣授以赤栴檀闍維供養造立八十俱胝寶塔以赤栴檀而爲欄楯四面皆有金色蓮華無垢比丘佛所記莂多聞第一於佛滅後弘宣正法隨所遊行城邑聚落教化無量百千衆生皆令住於阿耨多羅三藐三菩提爾時多有諸惡比丘不知修行常懷嫉妬爲魔所惑詣彼王所而作是言王所師敬無垢比丘出入王宫無有禁制而彼比丘未離貪欲非時而食香鬘嚴身實非梵行不應供養我爲此事來告於王莫於過後佛正法中而生不信時有一魔名爲極惡即自變身作比丘像復詣王所如前重說

時廣授王數聞此語即作是念無垢比丘精勤有智我所尊重若有此事終無是處作是念已爾時魔衆於虛空中便現半身向彼王所而說偈言

王應學技藝　善識於機宜　廣授不能知
非是人王相　佛羅漢弟子　已具於大智
如是語不依　云何隨斷見　比丘爲利益
告汝以誠言　斷見惡趣人　實非修梵行
彼人於宮內　共采女娛樂　王應與侍從
親覲離疑心　王聞如是事　心生大驚惱
即便將侍從　速疾詣宮中　無垢時在宮
演說第一義　諸法自性空　無我無壽者
王與諸兵衆　俱爲魔所惑　見宮中婇女
圍繞於比丘　瞋猛如醉象　便勑旃陀羅
比丘汙我宮　當治以苦法　臣佐及眷屬
皆爲魔所持　於無罪比丘　隨忿而生害
魁膾持刀進　無垢便悲泣　王語汝非法
何故而復悲　無垢白王言　是事難自表
且待須臾間　我當有明證　王聞比丘言
即止於魁膾　當試作何事　汝應速宣說
成就勝意樂　行慈利世者　合十指爪掌
而發於誓言　大王汝當知　若實無此事
願地六種動　空中雨妙華　當發如是言
大地六種動　空界雨天華　魔衆懷憂惱
王聞生淨信　禮足求歡喜　我當墮地獄
無依願覆護　咄哉遇此惡　如何起毒心
無覆無所依　所從唯惡友　十方我無護
唯有於大師　我當捨王位　盡壽歸依住
比丘知彼王　及眷屬志樂　爲說第一義
王聞得正信　與百億眷屬　捨王位出家

修習頭陀行　不受他人請　時王後宮內
婇女八萬人　聞說第一義　皆住不退轉
王依於佛教　二十四年中　日夜常懺悔
罪業猶不盡　百俱胝眷屬　惡心向法師
由此命終後　墮於無間獄　多億年受苦
罪畢遇如來　以昔恐怖因　餘報常羸劣
次第轉修習　供養千億佛　各於餘國中
悉皆成正覺　俱同一名字　號功德名稱
時彼廣授王　慈忍比丘所　由起毒害意
於多億歲中　受昔惡業對　墮大叫地獄
畢此業報已　還得於人身　值普眼如來
親近常供養　由此轉奉事　八十俱胝佛
然後成正覺　今則我身是　彼比丘欲害
無罪法師者　當來得作佛　彌勒菩薩是
時彼王宮內　八萬諸婇女　淨信植衆德
承事無量佛　於今復發行　大願利衆生
當奉千億佛　各成等正覺　我今告汝等
一切勿生害　修慈佛所讚　速得大菩提

是故電德於諸衆生根性志樂不能善知應一切時勿生害心電德譬如諸山須彌爲最如來智慧亦復如是於諸智中最尊無上譬如一切諸水之中海爲最勝如來智慧亦復如是於諸智中最爲深大又如諸國王中轉輪聖王最爲尊上如來智慧亦復如是於諸智中爲無上上電德如來成就如是智故一切衆生貪瞋癡行心心轉變如來悉知一彈指頃皆能攝受電德如來成就一切種智如明眼人自觀掌中五菴羅果不用功力明了無疑如來亦爾了知一切衆生心行於大衆中種種說法無量無數佛世界中貪行相應

諸衆生等爲貪熱惱晝夜尋思虛過於時我悉知見爲貪熱惱起於身口種種之業我悉知見瞋行衆生瞋忿覆心互相憎嫉以毒害故墮無間處我悉知見癡行相應諸衆生等無明闇蔽迷惑執著樂隨邪見我悉了知有堪任者不堪任者有增進者有退失者於如來乘種善根者於緣覺乘種善根者於聲聞乘種善根者我悉了知如來成就如是智慧處大衆中能了衆生心行差別知非時故默然捨住但作是念此諸衆生於法迷惑不能解了如來具足殊勝根力善知時故堪調伏者勝志樂者能堪忍者受善言者我悉了知如是知已於彼衆生攝受利益是故電德初業菩薩未入正位於諸衆生勝志樂行不能善知若在家若出家皆不應起嫌害之心勿於長夜自致衰惱是故菩薩從初發心當於一切住大乘者生於佛想於餘衆生雖復見彼作諸惡業而亦不起損害之心何以故如來常說若諸衆生於白淨法有少缺減終不能得入於涅槃菩薩若見貪行衆生應作是念彼爲貪欲熱惱所燒是我過咎見彼瞋恚及以愚癡熱惱燒者皆悉念言是我之罪何以故我見一切衆生病苦應爲求藥方便療治我先誓願除衆生病而今捨置是我過咎菩薩成就如是意樂自省其過於諸衆生深起慈心若遇殺害割截身分於彼怨所生反報心無有是處電德菩薩如是正修行時過去所有不善之業未盡無餘未來不善終不更起電德乃往古昔無量阿僧祇劫然燈佛前有佛名勝生如來應供正徧知明行足善

逝世間解無上士調御丈夫天人師佛世尊出現於世世界名光明在安隱王城林中而住爾時有旃陀羅名爲可畏兇險好殺安忍無慈手塗於血見者皆懼時旃陀羅繫牛其舍方入欲殺牛見驚怖掣繩奔走往於勝生如來林所時旃陀羅持刀隨逐彼牛惶怖墜於深坑其命將終楚痛號吼時旃陀羅見是牛已更增忿怒便入坑中持刀欲殺未下之頃爾時勝生如來於彼林中無量百千大衆圍繞廣爲分別緣起法門所謂無明緣行行緣識識緣名色名色緣六入六入緣觸觸緣受受緣愛愛緣取取緣有有緣生生緣老死憂悲苦惱如是因緣一切皆是純大苦集電德於此緣中無明於行無思無覺行於無明亦無思無覺乃至生於老死無思無覺老死於生亦無思無覺如是諸法性不可得無行無念無我我所本性清淨各不相知凡夫不聞如是法故執色是我我有諸色色屬於我乃至受想行識亦復如是由此執著我我所故無常計常苦計爲樂不淨計淨無我計我生四顛倒顛倒見故無明迷惑不正思惟隨心染著不能破壞有愛繫縛生死輪迴相續不斷智者善觀法界相故不見有少我人衆生乃至壽命生老病死繫縛殺害而可得者電德爾時可畏旃陀羅於是時中遥聞如來說法之聲即便覺悟尋止殺心棄所持刀從坑而出往詣佛所頂禮雙足却住一面白言世尊我今願欲於佛法中出家爲道佛言可爾善來比丘即成沙門得具足戒爾時勝生如來知彼意樂漸已成熟廣爲演說諸菩薩

行可畏聞已證無生忍於佛法中永不退轉彼牛得聞如來所說緣起法句其聲微妙心生喜悅命終之後生兜率天得見彌勒成就正信如是電德諸衆生行甚深微密難識難知是故電德菩薩欲求阿耨多羅三藐三菩提者應當善知衆生根行於一切衆生中住平等心無礙之心於一切法常無染著捨諸所有修持淨戒安住忍辱發起精進入諸禪定如實觀察一切法性電德菩薩圓滿如是六法速能證得阿耨多羅三藐三菩提云何圓滿所謂依止一切智智而修行故電德何者是諸菩薩法伏藏所謂菩薩見一切色如實了知本來不生自性清淨菩薩於色得善巧故則能成就四無礙辯何等為四所謂義無礙法無礙詞無礙樂說無礙義無礙者於諸色義無罣礙故云何色義謂第一義云何第一義謂色不可得故成就如是第一義智名義無礙法無礙者於諸色法如實觀察如實了知名法無礙詞無礙者謂於諸色以無礙智善巧言詞種種分別名詞無礙樂說無礙者謂於諸色隨衆生機開示演說無染無著名樂說無礙菩薩成就如是智已普於一切迷惑執著色法衆生隨其性欲以無功用智如應說法而於法界不作二相廣說乃至香味觸法亦復如是電德是名諸菩薩摩訶薩法伏藏菩薩證得此伏藏已為欲調伏於如是等諸境界中迷惑衆生隨其意樂於一一處若一劫若過一劫以種種言詞善巧宣說亦不能得諸處邊際菩薩智慧亦無損減不離法界隨順無二無差別故是名菩薩善

巧演説一切諸法無差别相獲得如是法伏藏已能爲衆生如應説法令得具足無盡法財生死貧窮悉令永斷電德是名菩薩摩訶薩五種伏藏大伏藏無盡伏藏遍無盡伏藏無邊伏藏菩薩成就如是伏藏圓滿殊勝諸功德故少用功力速得阿耨多羅三藐三菩提説此伏藏法門時電德菩薩得陀羅尼五百菩薩得電光明三昧三萬六千天子發阿耨多羅三藐三菩提心爾時月幢菩薩白佛言世尊如佛所説無功用智是義云何佛告月幢若有菩薩於善法中身心相應攀緣造作是名功用若有菩薩身心調柔無念無依離修行相以彼成就往昔願智億千佛刹所可施爲種種示現而於法界亦無所動常演説法無少法相以四攝法成熟衆生亦無衆生而可度者嚴淨一切諸佛刹土而亦不見不淨佛刹常念諸佛不觀色相遊諸佛刹不離法界是名菩薩無功用智菩薩成就如是智故滿足衆生一切希望而於所作亦無染著爾時世尊説此無功用智時三千大千世界六種震動釋提桓因與忉利天於上空中雨曼陀羅華優鉢羅華拘物頭華波頭摩華芬陀利華栴檀末香而散佛上天鼓自鳴大光遍照昔未曾見衆生遇者身得清涼爾時世尊告電德菩薩言過去如來應正等覺皆於此處開示演説如是法門未來諸佛當出於世亦於此處開示演説如是法門現在無量阿僧祇世界中諸佛如來爲此法門不斷絶故放大光明爾時長老阿難從座而起偏袒右肩右膝著地合掌向佛白言世尊當何

名此經我當云何奉持佛告阿難此經名爲無盡伏藏亦名說一切法無差別相以是名字汝當奉持佛說此經已電德菩薩長老阿難及諸四衆一切世間天人阿修羅乾闥婆等聞佛所說皆大歡喜信受奉行

大寶積經卷第八十四

音釋

俱胝梵語也此云百億胝張尼切　欄楯欄郎干切木勾欄也楯豎尹切闌檻也　乾闥婆梵語也亦云健達縛此云香陰帝釋樂神也闥他達切

大寶積經卷第八十五

唐三藏法師菩提流志奉　詔譯

授幻師跋陀羅記會第二十一

如是我聞一時佛在王舍城耆闍崛山中與大比丘衆千二百五十人俱皆阿羅漢衆所知識菩薩摩訶薩五千人得大神通變現自在證無生忍及陀羅尼其名曰師子菩薩師子慧菩薩妙栴檀菩薩調御菩薩大調御菩薩光勝菩薩光現菩薩光威菩薩光嚴菩薩明覺菩薩衆上菩薩調御衆生菩薩及賢劫中一切菩薩彌勒菩薩摩訶薩文殊師利法王子等而爲上首復有四大天王釋提桓因娑婆世界主大梵天王幷諸無量天龍夜叉阿修羅乾闥婆緊那羅摩睺羅伽等衆所圍繞如來世尊大名稱故普聞世間所謂如來應供正徧知明行足善逝世間解無上士調御丈夫天人師佛世尊一切知者一切見者成就十力四無所畏四無礙解十八不共法大慈大悲五眼具足記説神變教誨神變神通神變皆悉圓滿能以三千大千世界大地城邑草木叢林須彌山等大海江河諸天宮殿置一毛端令住虛空或經一劫或過一劫隨念所期而不傾動時王舍城國王大臣婆羅門居士一切人民皆於如來深生尊重以諸上妙飲食衣服卧具湯藥恭敬供養於彼城中有一幻師名跋陀羅善閑異論工巧呪術於諸幻師最爲上首摩竭提國唯除見諦之人及於正信優婆塞優婆夷等諸餘愚人皆被幻惑無不歸信時彼幻師聞於如來功德名稱便生是念今此城中一切衆生悉皆

於我生尊重心唯有瞿曇沙門猶未信伏我今應當往彼角試彼若歸我摩竭提人必皆於我倍加恭敬時彼幻師宿植善緣成熟時至及由世尊威德力故從王舍城往耆闍崛山覩佛光明踰百千日面輪嚴好猶如滿月身相圓滿如尼拘陀樹毫相清淨如摩尼光其目紺色如青蓮華乃至梵天無能見頂以六十種清淨音聲爲衆說法而此幻師雖覩如來威德特尊猶懷邪慢復更念言我今應當試驗於彼若是一切知見之者應知我意作是念已前禮佛足而作是言願於明日受我微供爾時世尊觀彼幻師及王舍城諸衆生等根熟時至爲成熟故默然受請時彼幻師既見世尊受其請已復作是念今此瞿曇不識我意定知非是一切智人即便辭退作禮而去尊者目連時在會中既覩斯事前白佛言此䟦陀羅欲於如來及比丘衆有所欺誑惟願世尊勿受其請佛告目連莫作是念然貪瞋癡能爲誑惑我於是事久已斷滅證得諸法本無生故我於長劫安住正行何有人能欺誑我者汝今當知彼之所作非真幻化如來所作是真幻化所以者何現證諸法皆如幻故假使一切諸衆生類皆成幻術如䟦陀羅比於如來百分千分乃至筭數譬喻所不能及復告目連於意云何彼之幻師頗能變現三千大千所有世界令嚴飾不答言不也目連當知我今能於一毛端中變現莊嚴恒沙世界猶未盡於如來神力目連當知有大風輪名爲碎壞彼能碎壞三千世界復有風輪名毗嵐婆能壞世界復能成立復有

風輪名爲鼓動彼風常能旋轉世界復有風輪名爲安住彼風能行有頂之處復有風輪名爲飄散彼能飄散須彌山王及黒山等復有風輪名爲猛焰劫火燒時能飄猛焰上至梵天復有風輪名爲止息劫火燒時彼能止息劫火所燒復有風輪名爲清涼能使一雲普覆三千大千世界復有風輪名爲遍霔劫火燒時普於世界降霔大雨復有風輪名爲乾竭劫水漂時能令彼水悉皆枯涸如是風輪我若具説窮劫不盡目連當知於意云何此之幻師能於如是諸風輪中暫安住不答言不也佛言目連如來能於如是風輪行住坐卧得無摇動又復能以如是風輪納芥子中現諸風輪所作之事然於芥子無增無損而諸風輪不相妨礙目連當知如來成就幻術之法無有限極爾時尊者大目揵連及諸大衆聞於如來作是説時生希有心頂禮佛足同聲唱言我等今者遇大威德神通導師獲大饒益若有得聞如來世尊如是神力深生信解此人必當獲大善利發於阿耨多羅三藐三菩提心時彼幻師即於其夜詣王舍城於最下劣穢惡之處化作道場寛廣平正繒綵幡蓋種種莊嚴散諸華香覆以寶帳復現八千諸寶行樹其寶樹下一一皆有師子之座無量敷具悉皆嚴好爲欲供養諸比丘故而復化爲百味飲食并現五百給侍之人服以白衣飾以嚴具作是化已時四天王來至會中告幻師言汝於明日爲供如來化作如是無量嚴具由是因緣獲大功德我今爲欲助於汝故供養如來於此化爲第二道場

頗能聽不時彼幻師聞是語已生奇特心即便聽許於是四王即便變現無量殊妙莊嚴之具倍於幻師幻化之事時天帝釋復與三萬諸天子等來詣道場語幻師言我今亦欲因汝供養莊嚴道場幻師驚悚又便聽許於是天帝為如來故化作堂宇猶如三十三天殊勝之殿又復化作波利質多俱鞞陀羅天妙樹等次第行列幻師爾時見斯事已嗟歎驚悔欲攝所化盡其呪術幻化之事宛然如故便自思念此為甚奇我從昔來於所變化隱現從心而於今時不能隱沒必由為彼如來故然時天帝釋知彼心念告幻師言汝於今者為如來故莊嚴道場無能隱沒以是當知若復有人於如來所乃至發於一念之心由斯善本畢竟能作般涅槃因彼聞天帝作如是說心甚歡喜過夜分已往如來所白言世尊我於今時營辦已訖願垂哀愍爾時世尊於晨朝時著衣持鉢與諸大眾恭敬圍繞入王舍城赴彼幻師道場之所摩竭提國外道梵志婆羅門等咸願如來為於幻師之所幻惑為欲見故皆來集會諸比丘比丘尼優婆塞優婆夷樂欲見聞如來神變及師子吼亦皆集會爾時如來以佛神力令彼幻師帝釋四王各見世尊在於已所莊嚴之處彼時幻師既見是已捨於憍慢前禮佛足白言世尊今於如來悔過發露我先於佛妄生欺誑幻化種種莊嚴之事後雖慚悔無能隱沒爾時世尊告幻師言一切眾生及諸資具皆是幻化謂由於業之所幻故諸比丘眾亦是幻化謂由於法之所幻故我身亦幻智所幻故

三千大千一切世界亦皆是幻一切衆生共所幻故凡所有法無非是幻因緣和合之所幻故汝今應以幻化飲食隨次而行時彼幻師與四天王釋提桓因并來眷屬及所幻化給侍人等即持飲食施佛及僧同會衆人悉皆充足爾時摩訶迦葉而說偈曰

知食是幻化　受者亦復然　了此平等時
乃名爲淨施

大目乾連曰

知座是幻化　坐者亦復然　了此平等時
乃名爲淨施

舍利弗曰

如化給侍人　受者心亦然　施者能如是
乃名爲淨施

須菩提曰

勿以施爲施　勿以受爲受　施者能如是
乃名爲淨施

阿難陀曰

所施如虛空　受者不可得　遠離於身心
其施最清淨

光幢菩薩曰

譬如彼幻師　幻化莊嚴事　諸法皆如是
愚人不覺知

光嚴菩薩曰

如座及諸樹　皆幻心所爲　幻心與虛空
何有少差別

師子菩薩曰

野干未曾聞　師子所哮吼　其心無所懼
嗥吽林樹間　適聞師子聲　藏竄而無所
幻師亦如是　不對如來前　常於外道中

自讚超過佛　幻師雖造作　幻術有其邊
如來所成就　幻術無窮盡　一切諸天魔
莫能知邊際

師子慧菩薩曰

了知給侍人　飲食并食者　一切皆幻化
善施無過上

彌勒菩薩曰

如火得酥油　展轉而增盛　世尊對幻師
幻化亦如是

文殊師利菩薩曰

此會衆善事　如本未曾爲　一切法皆然
常等於前際

爾時世尊爲欲成熟彼幻師故化一長者入於會中謂幻師曰汝今於此欲何所作幻師答言我爲供養沙門瞿曇設諸飲食長者告言莫作是說如來今者與諸比丘在闍王宮受供而食佛神力故令彼幻師見於如來與諸比丘在彼而食又復化作第二長者謂幻師言汝何所作幻師答言我爲供養沙門瞿曇長者復言莫作是說如來今者與比丘衆在於梵志里巷之中巡行乞食佛神力故令彼幻師還見如來與諸聖衆在里巷中巡行乞食又復化作第三長者告幻師言如來今者在彼醫王耆婆園中爲諸四衆宣說妙法佛神力故令彼幻師皆見如來次復化作釋提桓因來詣幻師而復告言如來今在三十三天爲衆說法彼時幻師復見如來在天衆中演諸法要爾時幻師復於林樹華葉之間及諸一切師子座上并王舍城里巷垣牆室宅堂殿及諸勝處皆見如來具諸相好亦於

一切諸如來所自見已身悔過發露彼時幻
師唯見佛身餘無所見歡喜踊躍而便獲於
念佛三昧從三昧起合掌向佛而說偈言
我昔於閻浮　幻化無過上　今比佛神通
無能及少分　由是方了知　諸佛難思力
隨心能變現　化佛如恒沙　所見諸如來
皆具於相好　願尊爲顯示　何者是眞佛
於此諸如來　我欲修供養　願尊爲我說
何者爲勝果　若人於佛所　不生尊重心
如是諸凡夫　退失於安樂　今於世尊前
發露先所犯　妄試如來罪　求願滅無餘
梵釋并大衆　願皆證知我　爲度諸群生
今發菩提心　以智慧光明　覺悟於世間
施與甘露法　悉皆令充滿　若人於佛所
見如是神變　及聞悅意言　勝行無礙智
何有明慧者　不發菩提心　願示菩提道
及徧清淨行　何等爲修行　二乘不能入
云何所行處　尊重而供養　云何具威儀
及離諸疑悔　云何於多聞　無猒修堅實
云何爲人說　令樂於正法　無希利養心
及善知恩報　云何於衆生　常爲不壞友
云何近善友　捨離惡知識　云何值諸佛
供養心無倦　云何爲學處　尊重及清淨
云何定種性　成就如理心　及捨不如理
具足正思惟　云何無怯弱　不爲魔所攝
思惟於義理　不捨諸衆生　云何不應捨
不取而攝取　得入於正行　具足善方便
云何修慈悲　成就諸神通　證於無礙辯
及得陀羅尼　云何獲法忍　清淨之辯才
當捨應捨法　得入甚深義　云何於誓願

一切皆圓滿　於諸波羅蜜　而得不退轉
我於如是法　當願勤修行　惟願大悲尊
爲我廣宣說
爾時世尊以偈答曰
若了一切法　皆同於幻化　是人則能現
百億諸佛身　往於俱胝刹　度脫諸衆生
譬如跋陀羅　無色現衆色　不生亦不滅
無住無去來　世尊變化身　及與比丘衆
亦無有生滅　乃至於涅槃　此皆是如來
不思議神變　亦如幻化者　現象馬軍陣
迷惑諸衆生　妄見爲眞實　如是象馬軍
無性亦無生　諸佛無色相　無去亦無來
住於我見人　妄生於佛想　不應以色相
種族及生處　乃至梵音聲　而欲觀如來
亦難以心識　分別於諸佛　諸佛法性身
超過於三世　自性離諸相　不墮於法數
所現諸如來　自性無生起　亦無蘊界處
住於無所依　如是佛法身　非五眼能見
若謂我見佛　是則不能見　以無見爲見
如空中鳥跡　如汝所見佛　及餘未見者
平等如虛空　一相無差別　戒定慧解脫
及解脫知見　一切諸如來　功德無差別
皆住於空性　於法無所著　一切皆幻化
無性亦無生　供養一如來　則供於多佛
諸佛之法身　平等無差別　如是一切佛
咸能生福利　普施諸如來　皆獲於大果
同證於平等　清淨之法性　是故諸如來
無種種差別　如汝先所問　何者爲眞佛
當捨散亂心　諦聽我宣說　應住正念慧
觀察於諸法　一切皆無生　妄見爲眞實

色相若有生　則應無有滅　是故諸如來
畢竟無有生　彼亦非已生　亦無有散滅
由是觀如來　以無見爲見　如汝所見佛
不依止方所　一切諸凡夫　皆依於五蘊
應當於彼蘊　如佛而觀察　諸佛及諸法
乃至於衆生　以無相爲相　無有依止者
若作是觀察　速證於菩提　諸法皆非有
由妄分別生　因緣體性空　離作者性故
如是能了達　因緣作者空　彼則能了知
離染清淨法　以清淨法眼　得見諸如來

時彼幻師聞是說已得順法忍五千衆生發阿耨多羅三藐三菩提心二百菩薩證無生忍爾時世尊飯食已訖欲滿幻師所施願故復說偈言

能於所施物　施者及受人　等無分別心
是則施圓滿

爾時阿難白佛言世尊我等願於如來以佛神力加持幻師令所施設莊嚴之事於七日中令不隱沒是時如來爲衆請故令彼幻師幻化道場滿足七日嚴飾如故爾時如來與諸比丘及大菩薩天龍夜叉乾闥婆等恭敬圍繞還耆闍崛山爲衆說法爾時幻師復往佛所頂禮佛足右繞三帀却住一面而白佛言世尊願爲演說諸菩薩道勤修行者速當得至菩提道場佛言諦聽善思念之當爲汝說幻師白言唯然世尊願樂欲聞佛言善男子有四種法是菩薩道若能修行速當得至菩提道場云何爲四一者於菩提心永不退失二者於諸衆生常無棄捨三者一切善根求無猒足四者護持正法起大精進善男子

菩薩復有四法徧清淨行云何爲四一者律儀清淨二者意樂清淨三者智慧清淨四者受生清淨復有四法唯菩薩行非彼二乘之所能入云何爲四一者修習禪定而不隨生一者於甚深義心能簡擇三者於諸衆生起大悲心四者種種辯才演法無礙復有四法所行之處云何爲四一者樂住閑寂二者猒於憒閙三者於諸衆生起大悲心四者能了諸行無有去來復有四法尊重供養云何爲四一者不惜身命二者心常歡悦三者捨離憍慢四者如說修行復有四法威儀具足一者知時二者知處三者寂靜四者眞實復有四法能離疑悔云何爲四一者於惡作事應預防護二者於諸智人當樂親近三者於所聞義常善思惟四者不以慈心不舉他過復

有四法多聞無猒云何爲四一者增長自他正智慧故二者於他疑惑能斷除故三者於佛正法能攝受故四者於諸如來讚無盡故復有四法多聞堅實云何爲四一者聞正法已能善解了二者聞正法已不作諸惡三者聞正法已爲他開示四者聞正法已迴向菩提復有四法說法利益云何爲四一者常受他人香味飲食二者恒受衣服種種供養三者令魔眷屬勢力羸弱四者諸天護持魔不得便復有四法令他信樂所說之法云何爲四一者心少欲故二者常知足故三者語柔輭故四者身順法故復有四法能演正法無有希望云何爲四一者於生死中恒懷怖畏二者不求世間利養親友三者於諸衆生常生擁護四者於諸聖種而能修習復有四法

知恩報恩云何爲四一者勸諸衆生趣菩提故二者知所作業不失壞故三者慈愛衆生如已身故四者善能修行菩薩事故復有四法於諸衆生爲不壞友云何爲四一者能被忍辱大甲冑故二者福利衆生不求報故三者於大悲心常不退故四者雖多惱害亦不捨故復有四法於諸善友應當親近云何爲四一者成就善巧方便二者成就殊勝意樂三者成就菩薩正行四者成就勸讚菩提復有四法於諸惡友應當捨離云何爲四一者讚說二乘二者令退菩提三者增長惡法四者損壞諸善復有四法得值諸佛云何爲四一者恒以一心專念佛故二者稱讚如來諸功德故三者所受律儀徧清淨故四者以勝意樂發弘願故復有四法供養諸佛心無懈倦云何爲四一者應自慶快我今供養最上福田二者由我供養一切衆生亦當供養三者因供養已於菩提心當得堅固四者覩於如來三十二相善根增長復有四法於諸學處生尊重心云何爲四一者超過惡道二者得生善趣三者尊重如來四者圓滿諸願復有四法所應學處云何爲四一者於菩提心常不捨離二者於諸衆生心行平等三者於波羅蜜精進修行四者聞無量法不生恐怖復有四法學處清淨云何爲四一者不造諸惡二者深解空性三者不謗諸佛四者滅壞諸見復有四法三昧種性云何爲四一者離憒閙故二者樂寂靜故三者心無亂故四者善根增故復有四法如理之心應當成就云何爲四一者所修善法迴趣菩提二者心常

宴寂無有執著三者於解脫門常勤修習四者曾不求證二乘涅槃復有四法不如理心應當捨離云何爲四一者於諸生死有所怖畏二者於所修行不生信受三者於祕密教不求勝解四者於諸善根而不修習復有四法正思惟心應善修學云何爲四一者菩薩乃至爲一衆生於無量劫受生死苦二者應先了知一切衆生根性差別而爲說法令捨煩惱三者應當斷一切惡修一切善降伏魔軍證於阿耨多羅三藐三菩提四者當爲三千大千世界無量衆生以一梵音演諸法要復有四法無怯弱心魔不能摧云何爲四一者觀一切法猶如幻化二者常與如理正智相應三者於一切法無所分別四者於一切相無所執著復有四法思惟於義云何爲四一者知一切法從因緣生二者知無少法名爲起者三者知緣生法彼即無起四者知法無生亦無滅壞復有四法不捨衆生云何爲四一者不捨弘願二者忍於疲苦三者不惜身命四者恒修四攝復有四法不應捨離云何爲四一者於諸布施而不捨離二者成熟衆生而不捨離三者常自覺察而不捨離四者增長他善而不捨離復有四法常應攝受云何爲四一者微少善根亦當修習二者增長他善心無懈怠三者聞說施戒則能信受四者不求一切利養名譽復有四法入於正行云何爲四一者成就通智二者住大三昧三者修習空性四者無所執著復有四法善巧方便云何爲四一者菩薩於諸發心以菩提心而爲上首乃至煩惱猶令順趣無上菩

提何況發起諸善心等二者觀諸衆生乃至住於邪見之者皆爲法器三者了知諸法無有自性四者修習解脱於三昧門無執著想復有四法修大慈心云何爲四一者修大慈心救護衆生二者修大慈心度脱衆生三者修大慈心覺悟衆生四者修大慈心爲令衆生入涅槃故復有四法修大悲心云何爲四一者修大悲心爲令衆生離諸惡道住善趣故二者修大悲心爲令衆生捨諸惡行習善法故三者修大悲心爲令衆生離於小乘入大乘故四者修大悲心爲令衆生離於生死得涅槃故復有四法成就神通云何爲四一者不惜身命無愛戀故二者了一切法如幻化故三者於諸衆生起尊重故四者修奢摩他無散亂故復有四法得無礙辯不可爲四

一者隨順於義不隨於文二者隨順於法不隨於人三者了達諸法離於文字四者依了文字演説無盡復有四法得陀羅尼云何爲四一者於諸多聞無有猒足二者於多聞者恭敬供養三者以種種名説眞實義四者隨祕密教能正趣入復有四法能得法忍云何爲四一者多修勝解二者無有退轉三者資糧圓滿四者精勤無倦復有四法得淨辯才云何爲四一者於説法人無所違逆二者尊重法師恭敬聽受三者不以多聞而自憍慢四者於少聞者不生輕賤復有四法應當捨離云何爲四一者於貪瞋癡應當捨離二者於聲聞乘應當捨離三者於緣覺乘應當捨離四者於善法想應當捨離復有四法入甚深義云何爲四一者於有爲法深達緣起二

者於祕密義能正了知三者於諸法性深生正解四者於一切法了達空義復有四法令願圓滿云何爲四一者尸羅清淨二者淨除惡業三者無有諂誑四者增長善根復有四法於諸波羅蜜而得不退轉云何爲四一者以善巧方便能於一波羅蜜遍通諸波羅蜜二者以善巧方便隨了一衆生遍了一切衆生三者以善巧方便證於一法清淨遍證一切諸法清淨四者以善巧方便了知一佛遍能了知一切諸佛何以故由於法生無差別故佛說如是菩薩四法門時幻師跋陀羅證無生忍心懷踊悅即昇虛空其身去地七多羅量爾時世尊熈怡微笑從其面門放無量光其光普照諸佛世界還於如來頂上而没爾時尊者阿難作是念言如來應正等覺現此微笑非無因緣即從座起偏袒右肩右膝著地合掌向佛以偈問曰

普聞三界遍知尊　威德智處難思者
已達菩提功德岸　今現微笑有何緣
十方五趣諸衆生　心行種性上中下
如來於彼悉能了　今現微笑有何緣
人天八部諸大衆　所出種種妙音聲
比於如來清淨音　乃至不及歌羅分
世尊光明遍十方　普照無量諸佛刹
日月摩尼梵天光　無有能比如來者
已了性空甚深法　無我無人及衆生
有無二邊皆捨離　善知三際如水月
今誰趣於最上乘　紹繼如來法種性
生於廣大三寶中　微笑因緣願宣說
如來所現微笑光　爲彼諸乘有差別

於膝於肩而没者　如斯爲彼二乘人
今者所放無量光　此光入於如來頂
天中勝者爲何人　於此佛乘當授記
爾時世尊告阿難言汝今見是跋陀羅不白言已見佛告阿難此善男子過於九萬二千劫於大莊嚴土善化劫中當得成佛號曰神變王如來應正等覺彼佛國土人民熾盛安隱豐樂地平柔輭如兜羅綿花果諸樹次第行列幢旛寶蓋以爲莊嚴衆樂自鳴妙香充遍所須飲食應念而至諸所受用資生之具如忉利天而無有異彼國常現種種莊嚴是故號爲大莊嚴土於彼國内一切人民皆住大乘深信堅固彼神變王如來壽七千歲正法住世滿百億年臨涅槃時授名稱菩薩阿耨多羅三藐三菩提記告言汝於來世次當作佛號一切最勝如來應正等覺時跋陀羅聞於如來如是記已從空而下頂禮佛足而作是言我今歸命如來應正等覺及法比丘如是慇懃無量俱胝數百千遍復作是言如佛世尊以於眞如無有異故説一切法不異眞如乃至無有差别無有缺減無有分别無生無作我今歸依亦復如是爾時尊者阿難謂跋陀羅言汝若如佛所説眞如而歸依者汝今豈於佛法性中有所得耶幻師答言我身即是如來法性所以者何我及如來無二無别一切諸法皆眞如故言眞如者則一切法無差别性一切衆生亦復如是尊者當知言無二者無所分别是爲無二何以故遍知諸法但有名字是佛智故尊者阿難前白佛言奇哉世尊此跋陀羅乃有如是智慧辯才

昔以幻化惑亂世間今時復以智慧惑亂佛告跋陀羅言善男子汝實爾耶跋陀羅言如佛所作惑亂之事我亦如是惑亂世間所以者何謂佛世尊於無我中說有衆生及壽命者此於世間是大惑亂如於如來證菩提已不見少法是生死往來而說生死往來如我意者唯有如來是大惑亂佛言善男子善哉善哉如汝所說諸佛如來於無我中乃至無有生死往來而隨世俗說衆生等亦無少法名爲涅槃然爲證得涅槃法故說於涅槃時跋陀羅聞是說已前白佛言我願出家作於比丘爾時世尊告彌勒菩薩摩訶薩言汝當與是善男子剃除鬚髮授具足戒彌勒菩薩承佛教旨即與出家受於具戒既出家已復白佛言世尊此出家者唯形相耳非真出家若諸菩薩真出家者謂離諸相處於三界成熟衆生方可名爲真出家也說是語時五千衆生發阿耨多羅三藐三菩提心皆於諸漏心得解脫爾時阿難白佛言世尊當何名此經我等云何奉持佛告阿難此經名爲授幻師跋陀羅記法門亦名漸證菩提法門若有衆生於未來世欲見如來及爲衆生作佛事者當於此經受持讀誦廣爲人說所以者何是人則爲已見如來亦已爲他施作佛事是故阿難若於此經受持讀誦流通之者則爲哀愍利樂衆生若欲發趣無上菩提亦於此經當勤修習此經能出無上菩提此經能生無上菩提是故此經亦復名爲出生菩提若有受持此經典者當知諸佛住止其身何況於中如理修行時跋陀羅復白佛言世尊此

經亦名發覺善根何以故今於佛所得聞是經一切善根皆現前故佛說是經已尊者阿難及跋陀羅天人大衆阿修羅乾闥婆等聞佛所說皆大歡喜信受奉行

大寶積經卷第八十五

音釋

毗嵐婆梵語也此云迅猛嵐盧含切涸曷各切水竭也悚息勇切懼也胄音宙兜鍪也

大寶積經卷第八十六

唐三藏法師菩提流志奉　詔譯

大神變會第二十二之一

如是我聞一時佛在舍衛國祇樹給孤獨園與大比丘衆千二百五十人俱菩薩摩訶薩八千人文殊師利與商主天子俱在會中爾時商主天子白佛言世尊如來常以幾種神變調伏衆生佛告天子我以三種神變調伏衆生一者說法二者教誡三者神通云何名爲說法神變所謂如來無礙大智見未來世一切衆生心行差別於三寶所有信不信及業果報皆悉了知如佛所說若現在世所行惡因當墮惡趣隨業受報決定無差若彼衆生善業因緣誓願力故從惡趣出生人天中或以聲聞辟支佛乘及以大乘而得解脫經爾所劫受苦受樂當得涅槃當得值遇若干諸佛如是等業決定無差若彼衆生善業因緣誓願力故當生欲界色界無色界經爾所劫以如是乘而得解脫以如是行當得見佛承事供養如是一切上中下品善不善業乃至一念如來悉知而爲說法是名說法神變云何名爲教誡神變若如是教諸持戒者是應作是不應作是應信是不應信是應親近是不應親近是法雜染是法清淨乃至攝受一切功德善道資糧行如是道得聲聞乘辟支佛乘行如是道成就大乘非法應離如法應住如佛所教決定無差是地獄業是傍生業是餓鬼業是人天業不善應捨善法應修此是聖道應如是學此等衆生人天往返漸入涅槃如是示教終不空過是名教誡神變

云何名爲神通神變若爲調伏憍慢衆生或現一身而作多身或現多身而作一身山崖牆壁出入無礙身上出火身下出水身下出火身上出水入地如水履水如地日月威德以手捫摩或現大身至於梵世乃至廣大徧覆三千大千世界隨所應現調伏衆生是名神通神變爾時商主天子白佛言世尊頗有神變能過此耶佛告天子如來復有殊勝神變即語文殊師利汝可演說令諸菩薩得深法忍摧伏衆魔亦令如來菩提之法久住於世文殊師利白佛言世尊如來若以三千世界四大海水置於掌中水性衆生無所嬈動如是神變未爲殊勝若如來於一切法不可言說無名無相無色無聲無行無作無文字無戲論無表示離心意識一切語言道斷寂靜照明而以文字語言分別顯示一切世間所不能解沙門婆羅門聞者驚怖是名諸佛最大神變復次如來若以三千大千世界内於口中於四天下無所障礙日月光明亦不隱蔽如本而住其中衆生亦不覺知往來方所世尊如是神變未爲殊勝若如來於一切法不可說無文字無名相乃至離心意識一切語言道斷寂靜照明而以文字語言宣說顯示是名諸佛最大神變復次如來不共之身神通力故隨諸衆生種種示現悉令歡喜如是神變未爲殊勝所謂如來大神變者無我說我無衆生說衆生無人說人無養育說養育無名說名無色說色無受想行識說受想行識無處說處無界說界雖說眼空眼不言空雖說色空色不言空說眼識空識不言

空乃至意空及以法空意識空等亦復如是說如是等無名無相無動無知無言之法摧滅一切生滅之相是則如來最大神變如是神變不與眼相應不與色相應不與眼識相應不與耳聲耳識鼻香鼻識舌味舌識身觸身識意法意識相應如是神變不與身合不與心合無行無作離諸境界一切世間所不能信何以故言世間者名爲五蘊凡夫於此妄生執著或說蘊常或說無常以是義故一切世間妄見蘊常聞說無常不能生信妄見蘊樂聞說蘊苦不能生信妄見蘊我聞說無我不能生信妄見蘊淨聞說不淨不能生信計蘊我所說無我所不能生信計五蘊實聞說不實不能生信以是義故如來神變出過心相聞者不欣一切世間所不能信復次超眼境界非色法故是名神變超耳境界非聲法故乃至超意境界非意法故不可顯示非智所知是名神變復次空無相願不可言說而說於空無相無願是名神變無起無作無性無相無生無滅本來涅槃不可言說而說涅槃是名神變復次布施清淨三輪故是名神變何等爲三謂離我相及衆生相不念菩提持戒清淨是名神變所謂身口意業無所作故忍辱清淨是名神變刹那壞滅無所著故精進清淨是名神變無去無來身心不動故禪定清淨是名神變心無所依內外寂靜故智慧清淨是名神變照明諸法滅一切見故復次法無出相說出離法是名神變法無差別文字分別是名神變法無所行說有修行是名神變法無來去說有來去是名神變

於一道證建立諸果是名神變於一味法分別三乘是名神變一切諸佛唯是一佛說無量佛是名神變一切佛土唯一佛土說無量土是名神變無量衆生即一衆生說無量衆生是名神變一切佛法唯一佛法說無量法是名神變法不可示顯示諸法是名神變法無所得修習作證是名神變爾時商主天子白文殊師利言如我所解仁所說義於一切法所有言說悉名神變文殊師利言如是如是一切言說實無所說名大神變說是法時一萬二千天子發阿耨多羅三藐三菩提心五百菩薩得無生法忍爾時長老舍利弗語商主天子言汝聞此神變不驚怖耶天子答言我即神變云何驚怖舍利弗言天子以何密意而作是言天曰一切諸法若善不善無動而動名大神變是故舍利弗作善業者生於天上有大威德如是善業不可思議一切衆生往來生死亦不可思議不可思議者名大神變如佛所說四種境界不可思議一者業境界不可思議二者龍境界不可思議三者禪境界不可思議四者佛境界不可思議以是義故說一切法名大神變不應驚怖復次舍利弗若如來說此神變虛空界寧有怖耶答言不也天曰若虛空不怖云何問言汝不驚怖舍利弗言汝豈同虛空耶天曰如佛所說若內空外空是虛空不答言如是天曰是故一切衆生是虛空性舍利弗言天子如汝所說不久亦當現此神變何以故超過一切境界是大神變故爾時舍利弗白佛言世尊此商王天子往昔供養諸佛世尊及文殊

師利乃能成就如是辯才佛告舍利弗如是如是如汝所說是文殊師利之所成熟舍利弗乃往古世過無量劫有佛名等須彌如來應供正徧知明行足善逝世間解無上士調御丈夫天人師佛世尊出現於世國名安樂劫名歡喜舍利弗彼佛世界一切衆生具足安樂乃至無有少苦惱聲彼佛國土四寶所成金銀瑠璃及以頗梨地平如掌清淨柔輭如天妙衣無諸難處天人充滿安隱熾盛快樂無量是故名爲安樂世界彼佛法中純是菩薩精進勇猛智慧光明得修多羅王陀羅尼辯才無盡善巧方便分別說法神通智慧摧破魔怨解脫無礙成就定忍善知根性應病與藥具大福德智慧資糧爲諸衆生不請之友以神通力徧遊佛剎入智行海安住施戒智慧多聞無邊善根方便迴向住於十力四無所畏一切佛法遊戲三昧諸禪解脫彼佛世尊以如是等諸大菩薩而爲眷屬於彼世界有轉輪王名淨莊嚴正法化世王四天下七寶具足王有千子悉發阿耨多羅三藐三菩提心淨莊嚴王及其後宮亦皆已發阿耨多羅三藐三菩提心彼等須彌如來壽七十俱胝歲爾時淨莊嚴王於百千歲中承事供養彼佛如來及菩薩衆衣服飲食一切樂具王與千子及其後宮得清淨信愛法歡喜更無異心常於佛前手自供養親近聽法過百千歲已時王千子及以內宮獲得四念何者爲四一者念佛菩薩二者念施三者念戒四者不忘菩提之心得此念故若晝若夜常得見佛及諸菩薩後於一時淨莊嚴王及其

眷屬爲聽法故往至佛所時彼如來爲欲教化諸菩薩故於大衆中現種種神變爾時淨莊嚴王前白佛言世尊頗有神變能過此耶佛告大王如來復有殊勝神變所謂了知過去已滅現在不住未來未生無心心所而說三世心心所法於一味中說三解脫於一滅諦說四聖諦開示諸法空無相願成就顛倒苦惱衆生說無相無爲成就菩提於不取不捨說檀波羅蜜於無住無作說尸波羅蜜於無我法說羼提波羅蜜身心寂靜說毗離耶波羅蜜不亂不攝說禪波羅蜜離彼此岸說般若波羅蜜無所動念而行方便離依怙相修習於慈以無作法修習於悲以離欣悅而修於喜以不住法而修於捨以無所見起於天眼無所聞故起於天耳無所攀緣起他心智離於前際起宿命智身心不動起於神足不住於法修於念處以無生滅修四正勤非根說根非力說力諸法寂靜說菩提分法無差別修八聖道不住寂靜修奢摩他遠離法相修毗鉢舍那本來寂滅而說涅槃彼佛世尊爲淨莊嚴王千子眷屬說此神變法時八萬四千衆生發阿耨多羅三藐三菩提心淨莊嚴王及以千子證於法忍以佛神力即於佛前以偈讚曰

如須彌山　映于大海　如來威光　蔽諸大衆
如日初出　破一切闇　世尊毫相　徧照佛剎
如月圓滿　光明熾盛　佛德圓滿　慧光普照
譬如蓮華　不著於水　佛處于世　無所染著
如師子王　吼於林野　人中師子　吼於性空
說一切法　非有非無　令離邊見　名師子吼

於一切相 若生若滅 說無生滅 名師子吼
分別此岸 或示彼岸 不住諸法 名師子吼
分別二相 是染是淨 諸法性淨 名師子吼
貪瞋癡行 從分別生 不起分別 名師子吼
說生死法 無常無我 從顛倒起 名師子吼
生死涅槃 本來寂靜 是大菩提 名師子吼
諸見所縛 流轉世間 開示性空 名師子吼
如來導師 所現神變 悉能開示 名師子吼
於一切違順 其心不傾動 常住於平等
名隨順法忍 隨順佛所說 甚深寂靜法
亦不於中證 名隨順法忍 遠離諸過惡
增長於善法 於中無所著 名隨順法忍
說諸法空聲 及一切見聲 二俱無所著
名隨順法忍 無邊佛法聲 種種煩惱聲
不起聲分別 名隨順法忍 於施戒多聞
精進及定慧 如法而修行 名隨順法忍
不捨菩提心 平等觀一切 清淨菩提道
名隨順法忍 如來自意語 開示諸佛法
於此無疑惑 名隨順法忍 若我證菩提
當大師子吼 演說此神變 如今佛所說
我於不思議 無上大福田 已植於種子
終無有退轉 假令大地壞 大海悉枯竭
我所種善根 永無有退失 了知衆生心
其性如虛空 深植菩提種 得無邊福德
如我今志樂 唯佛能證知 天人乾闥婆
無有能知者 我今終不求 諸天勝妙報
我當得智慧 如佛人中尊 我於百千歲
親近供養佛 發趣菩提故 修此無邊業
我今與千子 及後宮眷屬 願常供養佛
爲成熟菩提 我今得善利 善見於諸佛

善得聞此法　愛樂於菩提　若愛樂菩提
則爲愛樂法　憐愍衆生故　不捨於佛乘

爾時衆中有菩薩名法速疾語淨莊嚴王言：大王汝不隨順如來神變亦非發趣無上菩提何以故大王菩提者住於法界不來不去無知無行非色非相不取不捨如畫虛空無所觸礙本性清淨大王菩提者入一切處諸法平等故菩提無分別離諸相故菩提寂靜止息相故菩提性淨離計著故菩提不動無雜亂故大王菩提者名心平等無所起故菩提者名衆生平等本無生故菩提者名不生生因緣無性故菩提者不可顯示離心意識故大王菩提無所行過諸境界故菩提無戲論離尋思相故菩提爲空性相空故菩提無相離一切相故菩提無願無所住故菩提無作無業報故菩提無爲離三相故大王菩提者性相如是若於此法有所願求徒自疲勞何以故如菩提性菩薩應行能如是行名爲正行爾時淨莊嚴王白法速疾菩薩言願爲我說菩薩正行法速疾言大王捨諸所有是菩薩行衆生平等無分別故頭陀學戒是菩薩行戒性平等無所行故離瞋熱惱是菩薩行忍性平等無心相故堅固勇猛是菩薩行精進平等離心行故三昧解脫是菩薩行禪定平等無所緣故聞慧資糧是菩薩行慧性平等無所念故生於梵住是菩薩行染淨平等二俱離故起諸神通是菩薩行神通平等不生念故具足辯才是菩薩行法義平等離心相故成就勝解是菩薩行法界平等無所動故修七覺分是菩薩行觀照平等不懈息

故起四攝法是菩薩行諸法平等同其事故等心衆生是菩薩行心性平等無分别故莊嚴佛土是菩薩行清淨平等如虚空故三十二相是菩薩行觀法無相入平等故淨身口意是菩薩行離於三業性平等故隨喜衆生是菩薩行一切衆生等無我故不猒生死是菩薩行了知如夢性平等故常修善業是菩薩行知業平等無業報故堅固修行是菩薩行觀一切法如幻化故安忍衆苦是菩薩行了知平等苦不生故親近善友是菩薩行於友非友心平等故勤修深心是菩薩行果報平等無所求故多聞無猒是菩薩行説法聽法俱平等故不慳悋法是菩薩行平等説法不希求故攝受正法是菩薩行平等成熟諸佛法故常求實智是菩薩行第一義諦性平等故謙下其心是菩薩行等心謙下諸衆生故普攝一切諸善功德是菩薩行功德平等無所念故爾時淨莊嚴王聞説如是諸菩薩行歡喜踊躍生愛樂心即脱衣服嚴身之具與法速疾菩薩時王千子亦各脱身莊嚴之具用上菩薩作如是言願令一切衆生成菩薩行得是辯才我等今者快得善利得見如是眞善知識恭敬供養爾時法速疾菩薩告淨莊嚴王汝所供養甚爲下劣當知復有殊勝供養時法速疾菩薩以偈頌曰

大千界衆生　皆發趣菩提　假令盡一劫
男女以奉施　若人發道意　以信而出家
隨佛而修學　其福勝於彼　過去未來世
一切諸如來　無有不捨家　得成無上道
三世一切佛　稱讚出家法　若樂供養佛

當依佛出家　設滿恒沙界　珍寶供養佛
不如一日中　出家修寂靜　彼則近菩提
摧破魔軍衆　出家不放逸　白法恒增長
不壞衆善根　遠離諸煩惱　捨於家業累
順道聖所讃　捨家離惱縛　除惱離魔縛
心解行無染　不久證菩提
爾時淨莊嚴王聞此偈已於自在王位一切
愛欲皆悉捨離即白佛言世尊我願於佛善
法律中出家受戒時等須彌如來告言大王
出家無患我常勸讃樂著居家非我所許汝
於王位猶有愛著我當教汝如法而住爾時
淨莊嚴王告千子言汝等誰能紹繼王業諸
子咸言我等亦樂出家願垂聽許父王告言
汝等若悉出家此四天下國土人民誰當養
育若汝等大悲堅固應爲作王普令衆生安
住善法時千子中有一王子名念大悲即以
偈頌答父王言
父王於佛法　所得諸功德　我悲受王位
亦當如是學　我常修梵行　盡形持八戒
我當不飲酒　不塗飾香華　身去莊嚴具
不卧金牀座　足不躡金屣　首不飾寶冠
不著天妙衣　不觀諸妓樂　不翫奇鳥獸
不從宫女人　周巡四天下　宣行十善道
訶責家過患　讃歎出家法　捨自在憍慢
親近佛法僧　不退菩提心　常猒於三界
以施愛利益　同事攝衆生　普令於大乘
悉當得成熟　晝夜六時分　當往於佛所
爲聽聞法故　供養彼如來
爾時等須彌如來讃念大悲王子言善哉善
哉善男子汝見平等法故住於大悲出家正

信於在家菩薩最爲殊勝與出家功德等無有異爾時淨莊嚴王即立念大悲紹於王位與九百九十九王子從佛出家既出家已等須彌如來爲說如是神變之法於後不久獲五神通得念揔持多聞智慧時念大悲於十五日受灌頂位亦以是法爲四天下一切衆生宣示教化九十二俱胝衆生發阿耨多羅三藐三菩提心悉於等須彌如來法中出家修道住於大乘得不退轉舍利弗汝觀是法無量功德成熟一切善根衆生舍利弗彼淨莊嚴王者豈異人乎今商主天子是也法速疾菩薩者今文殊師利是也彼千子者此賢劫中千佛是也念大悲王子者我身是也舍利弗是諸菩薩深心正行不放逸故得阿耨多羅三藐三菩提說此往昔修行法時三萬二千天人發阿耨多羅三藐三菩提心爾時舍利弗語文殊師利言仁與商主天子久修梵行多供養佛種諸善根文殊師利言大德夫梵行者名八聖道是有爲法我即無爲是故我不久修梵行夫梵行者名有所行我無所行是故我不久修梵行又梵行者名爲二相我無二相是故我不久修梵行又梵行者名滅煩惱我無煩惱亦無所滅是故我不久修梵行馳騁五欲說於梵行我於五欲本無所行是故我不久修梵行超過魔道名爲梵行我當安住諸魔道中是故我不久修梵行成就善法名爲梵行我於善惡都無所得是故我不久修梵行聲聞緣覺所住正位名爲梵行我無所證是故我不久修梵行修涅槃道名爲梵行我於涅槃無所願求是故我不

久修梵行復次舍利子汝所説我多供養佛汝謂如來可供養耶所以者何如來非色亦不可見云何而得供養如來如來非受息一切受如來非想離一切結如來非行畢竟無作如來非識出過心意云何可得供養如來復次如來行於性空非眼色界住無相際非耳聲界離於二相非鼻香界無可知相非舌味界無障礙相非身觸界入於平等非意法界云何可得供養如來又如來者名爲法界名曰如如入於實際住於大空不動本性斷諸戲論無所攀緣不住於識不依三界亦不住於今世後世常寂極寂離身口意無形無相無毁無譽無漏無失猶如虛空徧一切處云何可得供養如來復次舍利弗如汝所説種諸善根此善根者非身見根非貪瞋根非顛倒根非五蘊六入七識住根非八邪九惱十不善根彼善根者非戒學根非心學根非慧學根非正趣道根非明解脱根非四諦六通根非九次第定十無學根非五根五力七菩提分八聖道根又善根者非結使根非障礙根非惡作根非生滅見根非斷常見根非我見人見衆生見壽者見根非蘊魔煩惱魔死魔天魔根彼善根者非妄念根非無明根非行識名色六入觸受愛取有生老死憂惱根彼善根者非欲界色界無色界根非布施持戒忍辱精進禪定智慧根非慈悲喜捨根非聲聞緣覺所證之根菩薩善根者所謂心無所住一切智根無自作他作根忍辱調伏根莊嚴身口意根大慈大悲根成熟一切衆生根攝受一切法根成熟一切佛法根不斷

三寶種根捨一切所有不求果報根積集衆
善不求釋梵根發大精進不樂小乘根修習
禪定不味著根以無所捨行智慧根徧入諸
行修方便根具足十力四無畏根得陀羅尼
無礙辯根獲神通力淨佛土根趣菩提樹轉
法輪根時文殊師利說此三種決定義已一
切大衆咸稱善哉以種種花散於世尊及文
殊師利上作如是言若佛刹中無文殊師利
佛不出世非文殊師利不能成熟一切衆生
廣大善根若有得聞文殊師利所說法門不
驚不怖遠離一切魔業障礙於此大乘得清
淨光明

大寶積經卷第八十六

音釋

捫摩 捫音門捫摩謂捫撫摩抄也 嬈 爾沼切擾同亂也 羼提 梵語也此云忍辱羼初限初澗二切 躡屣 躡尼輒切徙所里切躡屣謂躡著屣復也

大寶積經卷第八十七

唐三藏法師菩提流志奉　詔譯

大神變會第二十二之二

爾時世尊於大衆中讚商主天子善哉善哉如汝所言天子汝聞文殊師利所說神變而能了知於餘神變更無驚怖何以故一切世間大驚怖者所謂於常想中說無常想於樂想中說於苦想於我想中說無我想於淨想中說不淨想於有想中說於無想於諸見中而說空想寂靜想中說於無想於三界中說無願想於我我所說無著想若於是中不驚不怖是則名爲住正調伏何以故若生驚怖則於是法不能受持所謂執著於我及以我所若無執著則無所住無所住則無所動無所動則無來去無來去則無所受無所受則無所取無所取則無顛倒無顛倒則無邪見無邪見則無正信無正信則無正見無正見則無正定無正定則無亂心無亂心則無住處無住處則無建立無建立則無識相無識相則無思惟無思惟則無所得無所得則無攀緣無攀緣則無分別無分別則不見自他不見自他故則無相續無相續故則無熱惱無熱惱故則無煩惱因無煩惱因故得見光明見光明故則得智慧得智慧故得廣大心得廣大心故魔不得便摧伏魔故則無障礙無障礙故則爲現前得一切佛法如是天子於一切法無生無作開示演說是則名爲說大神變爾時舍利弗白文殊師利言如我所問仁者皆以祕密說耶文殊師利言舍利弗一切諸法文字合集假名安立文字無盡隨

樂而說諸法無性如應得解舍利弗一切法自性離無積集無所見但隨樂欲如應演說而此法者無所從來亦無所去不在方不離方無集無散若以文字說一切佛法一切衆生法不從身出不從心出從因緣生如彼文字無有積集心心所法亦無積集如心心所無有積集一切煩惱障礙亦無積集如煩惱障礙無有積集智慧亦無所積集是故煩惱智慧二俱捨離煩惱智慧無所住故是則名爲說大神變爾時商主天子白文殊師利言何等是菩薩智文殊師利言苦智不厭諸蘊故集智積集善根故滅智示有生故道智離惡道故因智所作不壞故緣智斷生死故佛智令入證故緣生智無所著故蘊智除蘊魔故界智法界平等故處智善觀空聚故施智無非時故戒智攝諸破戒故忍智守護衆生故精進智作善業故禪定智不離定心故智慧智了知諸法故方便智成熟衆生故慈智拔諸有故悲智無疲倦故喜智愛樂法故捨智成就佛法故觀察智住念處故正勤智順平等故神足智無作用故信根力智離一切著故精進根力智摧破一切煩惱故念根力智不失念故定根力智一切法平等故慧根力智知諸根性故菩提分智自然覺故道智拔諸惡趣故盡智善根無盡故無生智得無生忍故念佛智成就佛身故念法智轉法輪故念僧智入平等衆故念捨智不捨一切衆生故念戒智圓滿一切願故念天智離一切惡故衆生根智了知無量故圓滿智於戒無缺故衆生業智如實相應故處非處智不見

處故十力智攝諸聲聞緣覺故無畏智了知障非障故過去世無礙智無所著故未來世無礙智一切法無所趣故現在世無礙智無所住故一切衆生受無量身智從語言生故一切衆生言音差别智從心生故一切衆生心所動智能覺了故無過失智了知一切衆生過失故無卒暴智能息一切諸鬪諍故不失念智安住亂心衆生故攝衆生智攝諸懈怠故佛不共智知應化故大方便智依般若故天子是名諸菩薩智以是智故當得如來無礙大智爾時商主天子白文殊師利言希有希有是菩薩智於三界中最爲殊勝不可以少莊嚴而能成就若能發生是智慧者爲大神變文殊師利云何菩薩能於此法具足莊嚴文殊師利言天子若聞一切衆生本來寂滅不生驚怖是名菩薩具足莊嚴天子言文殊師利云何名菩薩答言若行菩提而無所住是名菩薩又問云何名摩訶薩答曰已度諸行圓滿大智爲摩訶薩又問云何說爲殊勝衆生答曰以智慧故不著於法以方便力攝受一切是故說爲殊勝衆生又問云何名爲清淨衆生答曰不與一切煩惱住故爲除衆生煩惱病故發大精進是名清淨衆生又問云何名爲極清淨衆生答言若爲度脫一切衆生淨修道品是名極清淨衆生又問云何菩薩爲世導師答曰若能安住所行之道成熟無量無邊衆生是名導師又問云何菩薩住於調伏答曰若於所應調伏衆生能令安住究竟調伏是名調伏又問云何菩薩而得勇猛答曰若能成熟一切衆生摧破魔

怨令出生死是名勇猛又問云何菩薩難可沮壞答曰若能成滿往昔誓願不求聲聞緣覺道證是名菩薩難可沮壞又問云何菩薩勝出一切答曰以智方便護持正法成熟衆生一切天人靡不瞻仰是名勝出又問云何說法答曰依佛所說摧滅一切衆邪異論是名說法又問云何說律答曰自住於戒能斷衆生煩惱惡業是名說律又問云何具足利益衆生答曰所集善根迴向一切是名具足利益衆生又問云何直心答曰於貪恚癡諂曲衆生不生恚礙又問云何不諂答曰所言誠實又問云何離誑答曰諦思後言又問云何離慢答曰於一切衆生不起貢高又問云何大施答曰所集難得無上菩提猶施衆生何況世間所有之物又問云何具戒答曰乃至失命終不捨於菩提之心又問云何爲忍答曰能忍逼迫不逼惱他又問云何精進答曰簡擇諸法無少可得又問云何禪定答曰不見欲界又問云何智慧答曰無所分別又問云何住慈答曰觀衆生界空無所有云何住悲答曰知諸法空而不捨精進云何住喜答曰住大寂樂求法無厭云何住捨答曰不染世法能救世間云何身清淨答曰隨意生身於一切衆生平等示現云何語清淨答曰凡所說法終不空過悉能滿足一切衆生云何意清淨答曰一切衆生所有心念於一心中悉能了知云何天眼答曰能見一切色相光明而無所著云何天耳答曰聞一切聲離諸聲相云何他心答曰了知諸心生滅流注云何宿命答曰不動實際了知前際云何神

通答曰不動魔業摧破諸魔云何調伏答曰能調一切難調伏者云何爲護答曰不爲諸根之所擾亂云何調順答曰一切諸法所不能動云何寂靜答曰處煩惱火而不爲燒度煩惱者而演説法云何淨信答曰若説佛身是色相法終不信受不爲所壞云何菩薩善巧方便答曰若見衆生煩惱過失等於菩提是名菩薩善巧方便説此法時萬二千衆生發阿耨多羅三藐三菩提心五百菩薩得無生法忍爾時世尊讃言善哉善哉文殊師利善能演説諸菩薩行則爲已攝一切菩薩無量功德爾時商主天子白文殊師利言仁於往昔恭敬供養幾佛世尊得是辯才文殊師利言譬如幻人心數已滅天曰衆生心相尚不可得何況幻人而有心滅答曰諸佛如來

性相如是我依是法供養如來天曰仁者行檀波羅蜜爲久近耶答曰如佛所化人若有問言久近行檀波羅蜜當云何答天曰無可答也文殊師利言我亦如是云何乃問久近行耶天曰汝住慳耶答言如是又問汝意云何答曰我不捨佛法及一切衆生是故爲慳天曰如文殊師利所説義者亦破戒耶答言如是天曰汝意云何答曰夫破戒者則墮惡趣我爲度脱苦衆生故入惡趣中故名破戒又問汝起害心耶答言如是天曰汝意云何答曰夫害心者名爲不愛我於煩惱及以二乘都無所愛故名害心又問汝懈怠耶答言如是又問汝意云何答曰我不起身口意業無所進求不取不捨故名懈怠又問汝散亂耶答言如是天曰汝意云何答曰夫散亂者

非謂不住解脫心耶天曰如是答曰我爲成熟一切衆生不住解脫故名亂心又問汝無智耶答言如是又問汝意云何答曰夫無智者同諸愚惑不怖生死豈不爾耶天曰如是答曰我於生死不驚不怖爲欲成熟愚惑衆生同其事業故名無智天曰汝爲世間堪供養者答曰我於一切生殺害心又問汝意云何答曰我殺害彼貪欲瞋癡故爲世間堪供養者天曰如汝所説令諸世間悉當驚怖答言天子若實際驚怖則世間驚怖何以故一切世間即實際故又問若復有人毁謗此説當何所至答曰當至涅槃又問以何意耶答曰聖解脫中無有文字是故毁於言説得至涅槃以是義故一切諸法本來解脫不復解脫又問是義云何答曰已解脫者寧更解脫

又問謗正法者豈不入地獄耶答曰若已解脫則離諸垢云何趣地獄耶天曰文殊師利如汝所説無讚助者答曰空無相願中何所讚助又問修空行者當何所住答曰當住於慈所以者何衆生如幻自性空故天曰文殊師利云何了知諸衆生界答曰見一切衆生從因緣起不斷不常是故徧知衆生界也又問衆生界者爲何義耶答曰衆生界者即是法界又問云何法界答曰自性空界名爲法界又問何謂空界答曰超過一切境界是虛空界又問何等是超過界答曰是佛境界又問何謂佛境界答曰眼界是佛境界然佛境界非眼眼色眼識境界故耳界是佛境界然佛境界非耳耳聲耳識境界故乃至意界是佛境界然佛境界非意意法意識境界故色

界是佛境界然佛境界非色境界故受想行識界是佛境界然佛境界非受想行識境界故無明界是佛境界然佛境界非無明界故乃至老病死界是佛境界然佛境界非老病死境界故欲界是佛境界無貪相故色界是佛境界非對除貪故無色界是佛境界非無明見故無爲界是佛境界無二相故有爲界是佛境界非三相故天子是名佛境界如是境界入一切界若邊無邊皆悉攝受菩薩善入是境界故常行世間一切境界超過魔界佛界魔界如實了知寂靜平等是則名爲最大神變復次菩薩不住平等以平等法成熟衆生云何平等及非平等一切諸法自性空寂如是了知名住平等不能入於諸法性空名非平等菩薩成熟如是衆生而亦不住空平等故一切諸法無願平等無作平等無生平等無滅平等離染平等寂靜平等無性平等滅平等涅槃平等彼不了知是平等法菩薩成熟如是衆生而亦不住於平等故是故菩薩不住平等不離平等是菩薩行爾時商主天子白文殊師利言願爲我說諸菩薩行文殊師利言天子菩薩行者不可思議天子言云何菩薩行不可思議文殊師利言貪行是菩薩行貪不可思議故瞋行是菩薩行瞋不可思議故癡行是菩薩行癡不可思議故不慳悋是菩薩行無施想故不毀戒是菩薩行不取戒相故不恚害是菩薩行無忍相故不懈怠是菩薩行離精進念故不散亂是菩薩行不住定故離愚癡是菩薩行不作智想故無煩惱是菩薩行無所斷故無貪愛是菩

薩行離身相故悲愍心是菩薩行捨女人慈故無染汙是菩薩行呵責五欲故離非法是菩薩行積集善根故無慳惜是菩薩行捨身命故滅諸惡是菩薩行無熱惱故無所著是菩薩行離愛非愛故無所壞是菩薩行正觀煩惱故不怖畏是菩薩行入無邊生死故大精進是菩薩行荷負一切衆生故不退轉是菩薩行成滿昔願故衆寶行是菩薩行攝三寶故一切行是菩薩行勤修助道法故無障礙是菩薩行離二邊故無過失是菩薩行智者所讃故安住心是菩薩行念一切衆生故無分别是菩薩行等觀一切故善丈夫是菩薩行荷擔無倦故勇猛是菩薩行摧破一切煩惱故堅固是菩薩行所作不中廢故勝出是菩薩行精進不退故隨順是菩薩行於諸同侶無違逆故歡喜是菩薩行於行惡者令歡喜故信樂是菩薩行見佛聞法事師欣悅故金剛甲冑是菩薩行不毀律儀故莊嚴佛土是菩薩行淨其心故超過一切是菩薩行入最上乘故知恩報恩是菩薩行不斷佛種故智慧方便是菩薩行攝受無斷故說此菩薩行時五百菩薩得無生法忍爾時商主天子白文殊師利言快哉善說此菩薩行若諸菩薩能如是行則爲已受如來記莂佛告天子如是如是如汝所言我昔得此行時然燈世尊與我授記我時獲得無生法忍是名如來最大神變若久成就清淨業者乃能修習此菩薩行爾時商主天子白佛言世尊云何名無生云何當得此無生忍佛言無生者非先有生後說無生本自不生故名無生非先

有起後說無起本來不起故名無起非先有相後說無相本來無相故名無相非先有作後說無作本自無作故名無作非先有衆生後說於空衆生性空故說爲空如是了知無生無滅本無所染是名無生云何爲忍如是忍可一切衆生一切刹土本來不生是名爲忍如是忍可一切聲聞辟支佛本來不生是名爲忍如是忍可一切菩薩一切諸佛本來不生是名爲忍如是忍可一切諸法本來不生是名爲忍天子以諸法不生故刹那刹那空以刹那空故名爲無相刹那無相故色刹那空色刹那空故受想行識刹那空識刹那空故界刹那空界刹那空故處刹那空若刹那空則無所有無所有故則無所染無所染故則自性離自性離故是名一切法本來寂

靜能如是忍入於平等是則名爲得無生忍受菩提記得此忍者爲無所得云何名爲有所得者見我我所二相可得名有所得見衆生壽者養育我人二相可得名有所得何謂無所得見我自性及我所性了知無二名無所得是則名爲成就於忍天子菩薩於無數劫修行此忍是名如來最大神變說此忍時三千大千世界六種震動大光徧照一切世界百千音樂不鼓自鳴於虛空中雨衆妙華四萬二千衆生皆發阿耨多羅三藐三菩提心九萬菩薩得隨順法忍以佛神力令此娑婆世界如然燈佛入蓮華城時等無有異爾時世尊即便微笑無量百千種種色光從佛口出徧照無量無邊世界乃至梵世日月光明悉不復現繞佛三帀還從頂入爾時慧命

阿難即從座起偏袒右肩右膝著地合掌恭敬即於佛前而說偈言

我問光莊嚴　光明無與等　破諸煩惱闇
微笑何因緣　摧破衆魔怨　降伏諸外道
我問十力者　何緣現微笑　如來殊妙色
具三十二相　十方所尊敬　微笑何因緣
智海智慧樹　開導諸群生　功德無有邊
何緣現微笑　名稱徧三世　離垢具三明
已度三解脫　何緣現微笑　破生死醫王
足下輞輪具　金剛身不壞　微笑何因緣
誰能具此忍　誰修此淨行　志求佛功德
由是尊微笑　導師所示現　是必有因緣
善哉演梵音　令衆咸歡喜

佛告阿難我說此法門時七萬二千衆生發阿耨多羅三藐三菩提心三萬二千菩薩獲無生忍阿難汝見是商主天子不阿難白言唯然已見佛言阿難此商主天子已曾供養無數諸佛勸發無量衆生於阿耨多羅三藐三菩提阿難此商主天子過三百阿僧祇劫當得阿耨多羅三藐三菩提號功德王光明如來應正等覺明行足善逝世間解無上士調御丈夫天人師佛世尊國名清淨劫名無垢其土皆以七寶所成地平如掌有八階道寶網彌覆種種莊嚴彼佛剎土無有聲聞辟支佛名及餘外道勤迦波利羅婆若迦等無諸魔事壞正法者亦無八難及諸非法苦惱之聲隨心所念飲食自然彼土衆生衣服珍玩猶如他化自在諸天身皆金色三十二相住阿耨多羅三藐三菩提是故名爲清淨世界彼功德王光明如來壽四十小劫彼佛法

中有六十二俱胝菩薩以願力故隨佛涅槃阿難若有菩薩發阿耨多羅三藐三菩提心得如是忍一切當生清淨世界爲功德王光明如來授阿耨多羅三藐三菩提記爾時會中有天子名曰觀察以天曼陀羅花散如來上作如是言若功德王光明如來成無上道時我當生彼清淨世界爲轉輪王承事供養彼佛世尊諸菩薩衆次補佛處得阿耨多羅三藐三菩提佛告阿難此觀察天子當於彼功德王光明如來法中作轉輪王名曰善見以無量供具恭敬供養彼佛如來具足圓滿助菩提法當於彼土成阿耨多羅三藐三菩提號普光明如來應正等覺阿難彼善見王立其長子紹王位已於彼佛所出家修道彼佛世尊臨涅槃時便與授記此善見菩薩於我滅後次當得成阿耨多羅三藐三菩提佛授記已便入涅槃爾時舍利子告商主天子言如來已授汝菩提記天子言大德如佛所化人而與授記我亦如是如眞如性不增不減如來授記亦無增減爾時世尊告阿難言如是法門汝當受持廣爲人說利益安樂無量衆生攝受未來諸菩薩故阿難白佛言世尊我已頂受當何名之云何奉持佛告阿難此經名爲說大神變亦名文殊師利所說窑語亦名商主天子所問如是受持阿難若善男子善女人能於此經信受讀誦爲他廣說則爲已攝一切功德佛說此經已慧命阿難并餘比丘商主天子及無量無邊阿僧祇那由他諸天子等文殊師利及無量阿僧祇十方世界諸來集會菩薩摩訶薩衆及一切世

間天人阿修羅等聞佛所說歡喜奉行

大寶積經卷第八十七

音釋

沮壞（沮在呂切止遏也壞音怪毀之也）輞（音罔車輞也）慳（音客靳惜）

大寶積經卷第八十八

元魏優禪尼國王子月婆首那譯

摩訶迦葉會第二十三之一

如是我聞一時婆伽婆在舍婆提城祇樹給孤獨園與大比丘僧五千人俱菩薩摩訶薩八千人俱其名曰文殊師利菩薩觀世音菩薩大勢至菩薩德藏菩薩彌勒菩薩如是等菩薩摩訶薩而爲上首爾時世尊與百千大衆恭敬圍繞而爲說法爾時摩訶迦葉在大衆中從座而起偏袒右肩右膝著地合掌恭敬白佛言世尊我欲少問如來應正徧知若佛聽許乃敢咨問佛告迦葉恣汝所問如來悉能爲汝分別斷汝疑心令得歡喜爾時摩訶迦葉白佛言世尊若有善男子善女人欲求涅槃於正法中出家當云何學云何行云何修觀爾時世尊告摩訶迦葉善哉善哉迦葉汝今善能問於如來如是之義如汝所問爲利一切諸天世人令得安樂汝今諦聽善思念之吾當爲汝分別解說爾時摩訶迦葉白佛言世尊如是願樂欲聞佛告迦葉善男子善女人欲求涅槃於正法中出家應學淨戒具律儀戒具正法教於清淨戒微細不犯應如是學隨順正法離諂曲心遠離貪欲具足慚愧常畏生死樂求遠離厭離生死常念涅槃若在樹下若山巖間若在靜室若在窟中初修正意念於如來應供正徧知明行足善逝世間解無上士調御丈夫天人師佛婆伽婆生具足種性具足善根具足無量淨戒無量三昧無量智慧無量解脫無量解脫知見具足一切無邊佛法不可思議具足無等

無邊功德實語眞語所言無二不誑衆生爲大醫王能拔毒箭爲不請友具大慈悲爲大導師説甚深法令入甚深説寂滅法令得寂滅空無衆生無相斷相無願離願無有戲論離諸戲論甚深難見難覺其性遠離離於有無無行斷行無説離説無相平等離垢清淨無取無捨能滅諸苦能斷渴愛令至涅槃迦葉比丘如是一日若過一日在於靜室心念如來作是思念我得人身得出家道得比丘法親近如來不應懈怠所以者何於此修戒當得道果以是因緣於未來世若佛出世當得見佛佛出世難如優曇花迦葉比丘修行應學慧命須菩提之所修行迦葉如來應正徧知難得見聞於正法中而得出家具比丘戒甚爲希有善男子善女人於正法中出家者爲二事故何等爲二一者爲現得道果故二者爲見未來佛故迦葉有諸癡人受著袈裟違背如來自謂我得道果聖人是人若在靜室若在窟中貪心思念一切施主施我衣鉢作如是念如來不知我不覺我不見我迦葉比丘若在靜室若在窟中若行若坐若卧若念貪欲若念瞋恚及餘種種諸惡覺觀隨所住處其中諸神知彼比丘心生愁憂作如是念此諸比丘非法非宜於正法中得出家已思惟如是不善之法迦葉彼諸神等知彼比丘各作方便令不安隱迦葉彼諸天神以少善根得少智慧尚知他心況復如來百千萬億阿僧祇劫具行智慧迦葉如來無所不知無所不見無所不覺無所不證迦葉如來具足無礙智慧於三世法皆悉了知是故迦

葉善男子善女人於正法中得出家者應作是念諸佛如來悉知我心十方世界現在諸佛亦知我心莫於佛法作沙門賊迦葉云何名沙門賊沙門賊有四種何等爲四迦葉若有比丘整理法服似像比丘而破禁戒作不善法是名第一沙門之賊二者於日暮後其心思惟不善之法是名第二沙門之賊三者未得聖果自知凡夫爲利養故自稱我得阿羅漢果是名第三沙門之賊四者自讃毀他是名第四沙門之賊迦葉是名四種沙門之賊迦葉譬如有人具大勢力於閻浮提一切衆生所有珍寶金銀瑠璃眞珠珊瑚琥珀等寶刀杖加害皆悉奪取迦葉於汝意云何此人得罪寧爲多不迦葉白佛言甚多世尊佛告迦葉若有凡夫未得聖果自知凡夫爲利

養故自稱我得須陀洹果若受一食罪多於彼爾時摩訶迦葉白佛言希有世尊如來說此律儀之法誰聞此法未得聖果自說得道受一餞水佛告迦葉如是如是如汝所說若欲離生死者應如是行如救頭然迦葉若復有人身具大力於四天下衆生資身之具加以刀杖悉皆奪取迦葉於意云何彼人以此劫奪因緣得罪多不迦葉白佛甚多世尊甚多善逝佛告迦葉若凡夫人未得聖果爲利養故自稱我得斯陀含果受一食施罪多於彼迦葉若復有人於千世界所有衆生一切資具金銀瑠璃眞珠珂貝琥珀珊瑚種種諸寶無價寶衣騎乘宮殿飲食之具刀杖加害悉皆劫奪迦葉於意云何彼人以是劫害因緣得罪多不迦葉白佛甚多世尊甚多善逝

佛告迦葉若有衆生未得聖果自知凡夫爲利養故自稱我得阿那含果受人信施乃至一食罪多於彼迦葉若復有人身具大力於中千世界一切衆生若天龍夜叉乾闥婆阿修羅迦樓羅緊那羅摩睺羅伽人非人等一切樂具刀杖加害悉皆劫奪迦葉於意云何彼人以是加害因縁得罪多不迦葉白佛甚多世尊甚多善逝佛告迦葉若有衆生未得聖果自知凡夫爲利養故自稱我得阿羅漢果受人信施乃至一食罪多於彼迦葉寧奪三千大千世界衆生一切樂具不應自稱我得聖果受人信施乃至一食迦葉我觀沙門法中更無有罪重於妄稱得聖果者迦葉聲聞之人有四惡欲何等爲四一者求見未來世佛二者求作轉輪聖王三者願生刹利大姓四者願生婆羅門大姓是名四種惡欲若有所求乃至涅槃亦名惡欲是名如來祕密之説迦葉聲聞之人有四種性於一切時一切事所不應作何等爲四一者著我二者著人三者犯戒四者求未來佛法此四種性聲聞之人於一切時一切事所不應作迦葉若有沙門婆羅門持淨戒者我爲彼説阿耨多羅三藐三菩提終不爲彼惡欲人説爲持戒人心不諂曲求涅槃者令其安隱是故爲説迦葉我今更説令諸行者聞已歡喜迦葉若復有人以一切樂具供養四天下一切衆生若一劫若減一劫迦葉若復有人以一器水施於持戒正命之人彼善男子善女人所得功德勝前布施無量無邊迦葉是惡欲人若受人施傷害於人過於一切惡友怨敵迦葉

出家之人微細煩惱復有四種具彼煩惱如負重擔入於地獄何等爲四一者見他得利心生嫉妬二者聞經禁戒而反毀犯三者違反佛語覆藏不悔四者自知犯戒受他信施迦葉是名四種微細煩惱出家之人具此煩惱如負重擔入於地獄迦葉有四種相似沙門何等爲四一者惡戒二者我見三者誹謗正法四者斷見是名四種相似沙門迦葉出家之人有四放逸入於地獄何等爲四一者多聞放逸自恃多聞而生放逸二者利養放逸得利養故而生放逸三者親友放逸依恃親友而生放逸四者頭陀放逸自恃頭陀自高毀人是則名曰四種放逸迦葉出家之人具四放逸墮於地獄爾時摩訶迦葉白佛言世尊當來末世後五百歲有相似沙門身被袈裟毀滅如來無量阿僧祇劫所修集阿耨多羅三藐三菩提爾時世尊告摩訶迦葉汝莫以此問於如來何以故迦葉彼愚癡人實有過惡如來不說以惡欲故其心妄執邪行諂曲一切魔事皆悉信受彼愚癡人實有過惡如來不說爾時摩訶迦葉白佛言世尊惟願如來久住世間爲我說法佛告迦葉如來不久當般涅槃迦葉白佛言世尊惟願世尊住世一劫若減一劫守護正法爾時世尊告摩訶迦葉彼諸癡人假使千佛出興於世種種神通說法教化彼愚癡人於彼惡欲不可令息迦葉當來末世後五百歲有諸衆生具足善根其心清淨能報佛恩守護我法爾時摩訶迦葉白佛言世尊我寧頂戴四大天下一切衆生山河石壁城邑聚落滿於一劫若

滅一劫不能聞彼愚癡衆生不信之音世尊我寧坐於一胡麻上滿於一劫若滅一劫不能聞彼不信癡人破戒之音世尊我寧在於大劫火中若行若立若坐若卧百千億歲不能聞彼不信癡人破戒之音世尊我寧受於一切衆生瞋恚駡辱撾打加害不能聞彼不信癡人偷法大賊毀禁之聲世尊我修少行智慧微淺如是重擔我不能堪世尊唯有菩薩堪能荷負如斯重擔世尊我於此中欲說譬喻世尊譬如有人年耆極老年百二十身嬰長病卧在牀席不能起止時有一人巨富饒財賷持珍寶至病人所而語之言我有緣事當至他方以寶相寄爲我守護或十年還若二十年待我還時汝當歸我彼老病人卧在牀席無有子息唯獨一身彼人去已未久之間時彼病人因至命終所寄財物悉皆散失彼人行還求索無所世尊聲聞之人亦復如是智慧微淺修行甚少又無伴侣不能久住在於世間若付正法不久散滅爾時世尊讚迦葉言善哉善哉迦葉我已了知而故付汝令彼癡人得聞此已生於悔心爾時摩訶迦葉白佛言世尊我今更欲說第二喻世尊譬如有人身力盛壯無諸患苦離一切病壽命無量百千萬歲生大種姓具足財寶善持淨戒有大慈悲內懷歡喜能捨一切衆生煩惱其心勇猛利益多人令得安樂利益天人時有一人賷持寶物來至其所而語之言我有緣事當至他方以寶相寄當好守護若十年還若二十年待我來時當見相還其人得寶藏積守護彼人行還即便歸之世尊菩薩

摩訶薩亦復如是若以法寶付諸菩薩無量千億那由他劫終無失壞利益無量無邊衆生不斷佛種不斷法輪僧寶具足世尊如是之事我不能持唯有菩薩乃能堪受世尊此彌勒菩薩摩訶薩俱在此會如來付之於當來世後五百歲法欲滅時如來無量阿僧祇劫所集阿耨多羅三藐三菩提法悉能守護流演廣説何以故世尊此彌勒菩薩摩訶薩於當來世當證如來阿耨多羅三藐三菩提世尊譬如國王第一太子灌頂受位當爲王事如法治世王諸群臣悉皆朝宗世尊彌勒菩薩摩訶薩亦復如是治法王位守護正法

爾時世尊讚摩訶迦葉善哉善哉如汝所説

爾時世尊即伸右手猶如金色微妙光明無量阿僧祇劫善根所集其指掌色猶如蓮花以摩彌勒菩薩摩訶薩頂作如是言彌勒我付囑汝當來末世後五百歲正法滅時汝當守護佛法僧寶莫令斷絶爾時如來伸金色手摩彌勒菩薩頂時於此三千大千世界六種震動光明徧滿三千大千世界爾時地天及虚空天上至阿迦膩吒天悉皆合掌白彌勒菩薩摩訶薩言如來以法付囑聖者惟願聖者爲利一切諸天人故受此正法爾時彌勒菩薩從座而起偏袒右肩右膝著地合掌恭敬白佛言世尊我爲利益一一衆生尚受無量億劫之苦況復如來付我正法而當不受世尊我今受持於當來世演説如來無量阿僧祇劫所修集阿耨多羅三藐三菩提彌勒菩薩説此語時三千大千世界六種震動

爾時彌勒菩薩摩訶薩復白佛言世尊不應

於餘衆生而起諍論及增上慢何以故世尊正事業者謂護正法世尊若聲聞辟支佛不能荷負菩薩重擔爾時世尊讚彌勒菩薩摩訶薩言善哉善哉彌勒如汝今日至於我前作師子吼受持守護如來正法如是恒河沙等過去諸佛前諸大菩薩亦復如是作師子吼守護正法爾時彌勒菩薩摩訶薩白佛言世尊惟願世尊說當來世愚癡人輩自稱菩薩自稱沙門爲名利故惱亂施主知識親屬惟願世尊說其過惡何以故若世尊說其過惡我得聞已自攝心行彼愚癡人聞如來說或得信解如來知我如來覺我爾時世尊告彌勒言善哉諦聽善思念之當爲汝說彼癡人過彌勒當來末世後五百歲有諸衆生自稱說言我是菩薩彼諸惡欲我今說之彌勒具四法者自稱菩薩何等爲四一者求利養二者求名聞三者諂曲四者邪命彌勒具此四法是故自稱我是菩薩佛告彌勒當來末世後五百歲自稱菩薩而行狗法彌勒譬如有狗前至他家見後狗來心生瞋嫉嘊喍吠之內心起想謂是我家佛告彌勒當來末世後五百歲亦復如是自稱菩薩行於狗法至他施主家中生已家想旣起此想便生貪著前至他家見後比丘瞋目視之心生嫉恚而起鬬諍互相誹謗言某甲比丘有如是過某甲比丘有如是過汝莫親近某甲比丘汝若親近某甲比丘則爲衆人之所輕賤增長罪垢如是之人心生嫉妬行餓鬼因貧賤之因爲自活故妄稱己身以爲菩薩爲衣食故讚歎如來智慧功德令餘衆生生於信仰內自

犯戒惡欲惡行佛告彌勒汝觀來世有如是等大怖畏事師子之獸應師子吼作師子業非野干鳴作野干業讚歎能捨一切財物而自慳悋不能離貪讚歎慈愍自行瞋恚讚歎忍辱自行不忍讚歎四攝自不能行布施愛語利益同事但有言語而不能學樂精進菩薩之行彌勒往昔過去無量無邊不可稱計不可思議阿僧祇劫爾時有佛號曰智上如來應供正徧知明行足善逝世間解無上士調御丈夫天人師佛婆伽婆彌勒彼佛出於五濁惡世時佛法中有一菩薩比丘名樂精進具足念慧少欲知足順如來教遊諸村邑爲人說法國王大臣一切人民之所知識尊重恭敬時彼比丘欲入城邑先自觀察若得尊重愛語讚歎然後入城復遊邪見不信之處於彼不得善語供養唯得瞋恚罵詈撾打而彼比丘被忍辱鎧安住大悲不捨衆生亦不瞋恚不生悔心彌勒樂精進菩薩所化衆生悉爲比丘而作施主奉施衣食卧具湯藥佛告彌勒於意云何時彼比丘不至餘家有嫉妒不彌勒白佛不也世尊佛告彌勒汝觀樂精進菩薩利益之心少欲知足大悲觀察城邑聚落不得食處則止不入化邪見人爲餘比丘而作檀越更不重入化諸邪見不信之家令其正信瞋恚打罵心不瞋恨如是彌勒過去之世諸大菩薩入於村邑爲化衆生不爲自活彌勒莫作異觀爾時樂精進菩薩豈異人乎我身是也彌勒是故菩薩若入村邑欲化衆生當學樂精進菩薩摩訶薩復應學餘大菩薩行莫學狗法佛告彌勒當來末

世後五百歲有諸比丘自言菩薩爲衣食故入於聚落不爲教化衆生入於聚落唯爲財物遞相誹謗自得便喜見他得利愁憂瞋恚自求不得便生愁憂見他不得便生歡喜彌勒汝觀彼人如是顛倒爲菩薩法所有樂具應悉捨與一切衆生何以故以大悲心故發廣大願令諸衆生悉得樂故彌勒譬如長者居士唯有一子顏貌端正敬順父命愛之甚重以少因緣繫在牢獄父時聞之親自入獄彌勒於汝意云何如是長者入於牢獄爲何事故彌勒菩薩白佛言世尊爲見子故入於獄中求出解脱佛告彌勒言牢獄者即是生死長者居士喻諸菩薩言一子者如諸菩薩摩訶薩於諸衆生如一子想彌勒如彼長者居士入於牢獄爲見其子愍而救之菩薩摩訶薩亦復如是入於聚落不爲飲食衣服卧具爲化衆生令得解脱佛告彌勒當來末世後五百歲有諸比丘不修身不修心不修戒不修慧彼諸比丘入於聚落持諸香華與人作信以求衣服卧具飲食佛告彌勒比丘之法不應如是作下賤業入於村邑若入村邑應爲求法求善知識莫懷諂曲莫起憍慢應作法語莫説世事莫説田宅苦樂得失王事賊事城邑聚落軍衆之事莫説男女婚會之事唯應説法讚佛功德歎説正法歎説聖僧説於布施持戒忍辱精進禪定智慧之法佛告彌勒若滿三千大千世界珍寶樂具若善男子善女人以此珍寶樂具施諸衆生若有善男子善女人爲他人説一四句偈令其得聞彼善男子善女人所得功德勝前功德無

量無邊阿僧祇數佛告彌勒觀此比丘入於村邑有大利益彌勒若入城邑勿得遠離讚歎三寶論說世事何以故彌勒若金銀瑠璃眞珠碼碯珊瑚諸寶及諸樂具不能令人離於生老病死憂悲苦惱彌勒唯有正法能大利益離於生老病死憂悲苦惱是名如來微密之法爾時世尊而說頌曰

三千大千界　珍寶滿其中　以此用布施
所得功德少　若說一偈法　功德爲甚多
三界諸樂具　盡持施一人　不如一偈施
功德爲最勝　此功德勝彼　能離諸苦惱

佛告彌勒若有菩薩摩訶薩以滿無邊世界珍寶施諸佛如來若有菩薩以大悲心爲一衆生說四句偈功德勝彼爾時世尊而說頌曰

若恒沙世界　珍寶滿其中　以施諸如來
不如一法施　施寶福雖多　不及一法施
一偈福尚勝　況多難思議

爾時世尊告彌勒菩薩言彌勒如來有光名曰一切功德莊嚴在右掌中我以此光能令三千大千世界衆生所須一切樂具悉皆充足須食與食須飲與飲須衣與衣須乘與乘須寶與寶如是等事我悉能與彌勒一切衆生雖得此樂於生死中不能解脫彌勒是故如來不施衆生世間樂具但與出世無上法寶衆生聞已畢竟離苦是故彌勒汝等悉應學於如來無上法施莫重世間資生施也彌勒當來末世後五百歲正法滅時有諸比丘自稱菩薩身作不善口作不善意作不善身犯禁戒口犯禁戒意犯禁戒造不善業無沙

門果彌勒我爲發菩提心善男子善女人說菩薩善根不墮地獄畜生餓鬼及餘難處善男子善女人應勤精進具足慙愧常畏生死諸有生處常懷怖畏我當云何令諸三界六道衆生速得解脫何以故彌勒菩薩摩訶薩發願許度三界六道一切衆生令得解脫不安隱者令得安隱未涅槃者令得涅槃彌勒我觀一切世界若天若人若魔若梵若沙門婆羅門中不見一人有能荷負如是重擔如菩薩者彌勒譬如有人頂戴三千大千世界山河石壁有人告言善男子汝今以此三千大千世界頂戴一劫若減一劫若百千劫頂戴不息彌勒於汝意云何如是之人爲大力不彌勒白佛言世尊甚大世尊甚大善逝佛告彌勒菩薩摩訶薩精進之力復勝於彼菩薩發願許度一切衆生皆令得住涅槃之樂彌勒譬如有人於三千大千世界一切衆生所有作業彼人一時悉能成就彌勒於汝意云何此人所作事業寧爲大不彌勒白佛甚大世尊佛告彌勒菩薩所作事業復過於此菩薩發言三界衆生受苦惱者我令解脫彌勒譬如長者唯有一子容顏端正年在幼稚孝順父母長者及子妻妾眷屬奴婢財物悉入王獄爾時大王語長者言去此一百由旬有城名某汝去七日令至彼城復行七日還至我所汝能如是捨汝妻子眷屬財物悉皆還汝及賜官物若過七日從於彼城不至此者當斷汝命及汝一子親屬財物悉入於官佛告彌勒於意云何如是長者勉力勤進爲愛自身爲愛一子爲惜妻妾奴婢財物而從

彼城勤苦至此彌勒菩薩白佛言世尊如我解佛所説義者彼人不念飲食睡眠唯念速行何以故世尊如是之人自惜命故是故速行佛告彌勒若一切衆生勤行精進悉如彼人一切衆生如是精進欲比菩薩精進百分不及一千分不及一百千分不及一億分不及一百千億分不及一百千億那由他乃至不可數分不及一何以故彌勒一切衆生順生死流菩薩逆生死流令其住於不動涅槃彌勒譬如有人勇猛大力轉勝於前取四大海及諸河水悉還置於阿耨大池彌勒於意云何是人所作爲希有不彌勒菩薩白佛言世尊如是之事甚爲希有佛告彌勒菩薩精進難作希有復過於此菩薩以大悲心化一切衆生令住阿耨多羅三藐三菩提是事爲難若能信有佛法及僧此事爲難若有能信善惡業果此事爲難貪瞋癡起能令滅者是事爲難能捨親屬發少欲心而求出家行至七步此事爲難身披袈裟於正法中正信出家離於欲火此事爲難不犯禁戒此事爲難能離憒閙修遠離行此事爲難信諸法空此事爲難於深法中得柔順忍此事爲難證三解脱門此事爲難證須陀洹果乃至阿羅漢果此事亦難何以故彌勒所謂難者於正法中以信出家得沙門果彌勒當來末世後五百歲有諸衆生發菩薩心於正法中出家學道空無所得捨菩薩業作凡愚行彌勒何等是菩薩業彌勒菩薩業者有二十法若有菩薩不成就此二十法者則不能得坐於道場何等二十法一者離慳心二者修布施三者

離熱惱四者修淨戒五者離瞋恚六者修忍辱七者離懈怠八者大精進九者離亂心十者念慧修無依定十一者修甚深忍十二者具足般若波羅蜜十三者行無相行十四者行空行十五者行無願行十六者成無願境界十七者不捨一切衆生十八者修行大悲十九者不念聲聞緣覺之乘二十者心樂成就如來智慧是名菩薩摩訶薩二十種業菩薩成就此二十業能坐道場彌勒菩薩摩訶薩有四種畢定誓何等爲四一者畢定成佛轉於法輪二者生死衆生令得解脫三者令無量衆生住阿耨多羅三藐三菩提四者捨自身樂令諸衆生得無漏樂是名四種畢定之誓佛告彌勒譬如二人善解醫方善解呪術善别毒藥善識甘露爾時一人於大衆中

即取毒藥而自食之現希有相食已受苦身不安隱復求甘露呪術望除毒氣爾時彼人求不能得毒氣熾盛遂便命終時第二人作如是言我今不能食於毒藥不食毒藥不須甘露不欲處衆作希有想令身苦惱彌勒當來末世後五百歲有諸在家出家菩薩亦復如是作如是言如我說法能除諸罪如是語已轉集惡業復作是言我還懺悔我說彼人於正法中名爲死人何故名死謂於正法墮落退沒是名爲死彌勒復有菩薩其心清淨作如是言我不作罪不須懺悔我當懺悔過去未來一切諸罪現在不作亦如彼人不食毒藥不須甘露彌勒所言毒者於正法中犯於戒律是名爲毒彌勒汝等莫作食毒之人佛告彌勒復有四法能令菩薩離薩婆若離

聲聞果況薩婆若何等爲四一者不知恩二者諂曲三者妄語四者犯戒彌勒此四種法能令菩薩離薩婆若亦離聲聞況薩婆若彌勒復有四法菩薩應急走捨離過百由旬何等爲四一者利養二者惡友三者惡衆四者同在一處或作戲笑或瞋或鬭當速捨離過百由旬菩薩於餘菩薩不應惡心彌勒若有菩薩打罵割截三千大千世界一切衆生彌勒於汝意云何菩薩以是打罵割截一切衆生得罪多不彌勒菩薩白佛言世尊打一衆生得罪尚多何況三千大千世界一切衆生何以故世尊一切菩薩於衆生不應起於瞋恚之心爾時世尊告彌勒言若有菩薩打罵割截三千大千世界一切衆生得罪尚少若有菩薩於餘菩薩起瞋恚心退於菩提復爾所刼彌勒譬如木柱若以草土不能斬截必以利斧乃能斬之菩薩善根亦復如是餘不能盡若於菩薩起瞋恚心能滅諸善彌勒是故菩薩應學恭敬於初發心諸菩薩等心生尊重如世尊想爾時彌勒菩薩摩訶薩白佛言世尊我當修行尊重恭敬一切衆生何況菩薩何以故世尊應捨瞋恚行於忍辱離於諂曲行清淨心遠離有爲行於無我無取之行不貴財寶當重法行不求衣食當求法財捨離嫉妬見人巨富心助歡喜非唯求名以爲沙門當學沙門一切功德我非口說當修實行捨於利養少欲知足求佛功德不爲財利入於聚落念薩婆若入於聚落不爲衣食入於村邑行諂曲行當行正行讃四聖種不學凡夫下劣之心當學佛行不觀他過但自

調伏修奢摩他毗婆舍那離三業惡常修三業清淨之行離於破戒當學波羅提木叉不依佛法僧而自活命讚歎如來真實功德不爲求施爲求法故常讚正法修如法行讚歎聖僧依不退僧不依世間有爲之僧不求一切世間資身之具唯求正法不求世事求出世法離於諂曲行真實行不樂一處當如野鹿無所依止離世間樂求佛功德當離睡眠初夜後夜讀誦經典捨於憒鬧當行遠離於諸功德不生厭想求諸功德心不暫息當離狗法當行師子所吼之法爲究竟友不應暫友捨無反復當行報恩不以財利而作親友當以淨心而作親友捨虛誑心行真實行捨下劣法當求成就無上佛身於如來所當行恭敬不起憍慢捨於兩舌心口相違當行誠實無二之言不作菩薩而行諂曲當以淨心行奢摩他毗婆舍那捨於我慢當行恭敬離不淨食當淨持戒食人之施當捨邪念念諸佛法離於人見行於空行離於妄覺行無相行離身諂曲當行三業清淨之行不求財利而演說法以大悲心而說正法不以財物而作親友以法親友不爲自利爲利他人令不損害行阿蘭若離於諂曲不作諂曲而行乞食不行諂曲著糞掃衣所以者何具十二頭陀者不求一切世間利養爾時世尊讚彌勒菩薩摩訶薩言善哉善哉彌勒汝求佛功德心無厭足作師子吼已於過去佛所種諸善根能說此法說此功德爾時彌勒菩薩摩訶薩說此法時衆中五百比丘從座起去爾時摩訶迦葉問諸比丘今聽說法汝等比丘欲

詣何所諸比丘言大德迦葉如彌勒菩薩摩訶薩所說之法甚深難得我等作如是念我等不能修得此法欲還歸俗何以故信施之食難可消故爾時文殊師利菩薩讚諸比丘善哉善哉善男子是汝所應若不能消信施之食寧可一日百數歸俗不應破戒受人信施爾時文殊師利白佛言世尊何等之人應受信施爾時世尊告文殊師利菩薩善男子若有修禪解脫者我聽彼人受信施食爾時文殊師利告五百比丘汝等今者應速修行佛世難值當住佛法爾時五百比丘問文殊師利言文殊師利我等云何修行文殊師利告諸比丘言汝等應如是觀無一法合無一法散無一法生無一法滅不受一法不捨一法不增一法不減一法若如是行於法無得無得則無去無去故無來無來則無住比丘是名無來無去無住無不住爾時文殊師利說是法時五百比丘於諸漏中心得解脫

大寶積經卷第八十八

音釋

撾打 撾織瓜切打音頂撾打擊也　啀柴 啀五佳切柴士皆切犬鬬貌

罵詈 詈音利正斥曰罵旁及曰詈　薩婆若 梵語也此云一切智若爾者切

大寶積經卷第八十九

元魏優禪尼國王子月婆首那譯

摩訶迦葉會第二十三之二

爾時摩訶迦葉白佛言世尊當來末世後五百歲何等菩薩行於諂曲爾時世尊告迦葉言迦葉多有衆人行於諂曲親近惡友少讀誦經爲求衣食爾時摩訶迦葉白佛言善哉世尊唯願世尊利益多人說彼諂曲不勤修行菩薩之過令彼菩薩聞此過已自攝心行令得清淨爾時世尊告摩訶迦葉言迦葉當來末世後五百歲有諸菩薩親近惡友少讀誦經唯作供養舍利之業以香花瓔珞旛蓋燈明供養如來舍利塔廟迦葉我爲在家無智衆生令種善根說供養舍利彼諸癡人不解我意但作此業迦葉我於一切天人之中常說此法修奢摩他毗婆舍那以自調伏世間當有信樂婆羅門居士供養舍利迦葉彼諸癡人捨於讀誦修禪智慧供養舍利因之活命迦葉若有菩薩以滿三千大千世界上至梵天香花燈明一一燈炷如須彌山以如是等供養如來若有菩薩淨心持戒於師尊所受持讀誦一四句偈淨心修行乃至七步功德勝彼無量無邊迦葉若有菩薩以滿三千大千世界花香末香於百千歲晝夜六時供養如來若有菩薩捨於憒閙深畏三界爲利衆生發心趣向阿蘭若處舉足七步勝前功德無量無邊迦葉於意云何如來化衆生故作是說耶迦葉莫作此見如來實說所以者何如來現見明了知故佛告迦葉過去無量無邊不可思議無數阿僧祇劫爾時有佛

號妙華如來應供正徧知明行足善逝世間解無上士調御丈夫天人師佛婆伽婆其劫亦名妙華迦葉妙華如來有九十六億百千聲聞大衆爾時有轉輪聖王名曰尼彌如法治世主四天下迦葉時尼彌大王千子具足勇健威猛迦葉爾時大王具千子已復有二子結跏趺坐忽然化生一名達摩二名善法迦葉爾時大王請妙華如來及比丘僧滿八萬四千歲供養衣服卧具飲食湯藥捨諸家事唯修供養七日之後一切比丘各施新衣種種飲食隨心所樂廣造精舍隨心樂住一一比丘給使七人施百味食迦葉爾時大王造立精舍方八十由旬彩畫微妙出過世間妙華如來及比丘僧坐彼精舍從於地下出衆妙華令彼精舍華至於膝迦葉爾時大王於不思議功德精舍供養妙華如來滿八萬四千歲恭敬供養尊重讚歎迦葉爾時大王供養如來滿八萬四千歲已最後一日妙華如來飯食之後達摩善法二子眷屬及諸四衆至妙華如來正徧知所頭面作禮白佛言世尊頗有布施功德善根勝此尼彌大王功德善根者不迦葉時二王子禮如來時大千世界悉皆震動迦葉爾時妙華如來侍者弟子名通達法從座而起頂禮佛足白佛言世尊何因緣故大地震動以何因緣此二王子禮佛而住爾時妙華如來告通達法善男子何用此問若佛如來說此王子淨心深忍大悲之心禮如來足一切天人皆當迷没迦葉爾時妙華如來告一聲聞神足弟子那羅延言善男子汝示神力起二童子迦葉爾時那

羅延比丘從座而起即以右手捉一童子復以左手捉一童子欲扶令起而不能動時那羅延盡大神通扶二童子欲令其起不能動彼如分一毛爲千萬分不動一分迦葉爾時三千大千世界地皆震動山河石壁悉亦大動而不能動彼二童子迦葉爾時那羅延以妙華如來威神力故令於下方恒河沙等諸佛世界悉皆震動而亦不動彼二童子毛之一分迦葉爾時那羅延比丘禮妙華佛白言世尊我將不失神通力耶何以故世尊此二童子生來未久在於佛前頭面著地我盡神力不能令起爾時妙華如來告那羅延比丘言善男子汝不失通善男子菩薩境界不可思議一切聲聞緣覺所不能動不能思量善男子若滿三千大千世界一切衆生具大神力如汝不異至於億劫不能動此二童子起迦葉爾時妙華如來說此語時衆中四百二十萬衆生發阿耨多羅三藐三菩提心彼諸衆生作如是念菩薩神力甚爲希有未得一切智神力乃爾大聲聞神力不能令動況成佛道是故我等應行菩薩道願證如來無上智慧迦葉爾時四百二十萬衆生作是念已於無上菩提心得堅住迦葉爾時彼衆有一菩薩名曰善慧在大衆中從座而起偏袒右肩頂禮佛足白妙華如來言世尊唯願世尊起二童子如彼所問願佛解說佛告迦葉爾時妙華如來從虛空中出大音聲其聲徧滿乃至十方恒河沙等諸佛世界聲至之處世界地皆六種震動放大光明徧照十方迦葉時二童子聞此聲已從地而起迦葉童子起

時於此三千大千世界人天妓樂不鼓自鳴於虛空中雨衆妙華迦葉時二童子從地起巳至如來所右繞三帀頂禮佛足合掌恭敬瞻仰如來迦葉爾時妙華如來告善慧菩薩言善男子此二童子禮我足已作如是問世尊頗有布施福德善根勝此尼彌大王功德善根者此二童子禮我足已發問而住迦葉爾時善慧菩薩白妙華如來言世尊願佛解說二童子問令諸天人得安樂故爾時妙華如來告善慧菩薩善男子汝今諦聽當爲汝說善男子尼彌國王所作功德若有菩薩住阿蘭若行遠離行少知諸法得無生忍功德勝彼無量無邊善男子若三千大千世界一切衆生一一衆生所作功德如尼彌王如是三千大千世界一切衆生所有福德不如菩薩修行遠離住於淨心正念相應解諸法空無來無去如是少忍功德勝前功德百分不及一千分不及一億分不及一百億分不及一千億分不及一百千億分不及一百千那由他億分不及一乃至筭數不及其一善男子如恒河沙等一切世界所有衆生一一衆生悉作福德如尼彌王彼諸衆生所作福德至恒河沙劫常修福德善男子於意云何彼善男子得福多不迦葉爾時善慧菩薩白妙華如來言希有世尊如來說喻不可思議如此善根不可思議迦葉爾時妙華如來告善慧菩薩善男子我今告汝有智慧人成就深忍能信此語彼一切衆生所集善根不如此二童子以淨心故禮如來足勝前一切衆生善根百分不及一千分不及一百千分不及

一億分不及一百億分不及一千億分不及一百千億分不及一百千億那由他分不及一乃至筭數譬喻所不能及迦葉爾時妙華如來大衆之中八萬四千比丘同聲發言世尊我等隨喜彼人功德成就深法忍信諸法空心樂遠離趣阿蘭若舉足七步發阿耨多羅三藐三菩提心成就智慧我等隨喜迦葉爾時妙華如來讚諸比丘善哉善哉諸善男子汝等以此隨喜之業不思議善根當作恒河沙等轉輪聖王然後得成阿耨多羅三藐三菩提爾時摩訶迦葉及諸大衆一時同聲白佛言世尊我等隨喜彼人發心成就深忍信諸法空遠離寂滅自性清淨爾時世尊告摩訶迦葉言迦葉爾時達摩善法二童子白妙華如來言世尊菩薩具何等法施不望報不生嫉妬心不慳悋不生貪著見人行施心不希望成就如來無上之行得深法忍成無上智迦葉爾時妙華如來告達摩善法二童子言善男子菩薩具足四法施不望報不嫉妬不慳悋不生貪見人施不希望成就如來無上之行得甚深忍見無上智何等爲四一者信諸法空二者遠離三者深忍四者正念善男子菩薩具此四法施不望報心不嫉妬不慳悋不生貪見人施不希望成就如來無上之行成就深忍具無上智善男子復有四法若菩薩具此四法施不望報心不嫉妬不慳悋不生貪見人施不希望成就如來無上之行成就深忍滿無上智何等爲四善男子菩薩求多聞得多聞已遊於城邑聚落說法無所希望乃至不受一言善讚心無所貪諸

佛所說一切施中法施第一住第一施其心歡喜不求世間財物布施何以故善男子十方無數阿僧祇諸佛世界諸佛如來及比丘僧不少世間資生之具若有菩薩住清淨戒修於正法具大悲心不求利養一切諸佛之所憶念若有能說一四句偈說偈文字皆自性空一切諸法亦復如是皆自性空此善男子善根功德勝前善根百分不及一千分不及一百千分不及一億分不及一百億分不及一千億分不及一百千億分不及一百千那由他億分不及一乃至阿僧祇分亦不及一迦葉爾時妙華如來告二童子善男子菩薩具足四法得成如來無上之行何等為四一者行無上處二者說無上法三者施無上物四者信無上法善男子是名四法菩薩成就此四法者得成如來無上之行迦葉時妙華如來為二童子說是法時彼二童子聞此法已踊在空中高七多羅樹同聲讚佛

如來知諸行　教衆生行施　而不著於施
此施無上施　能成無上忍　此中無有我
衆生命及人　希有大精進　演說如是法
成就甚深忍　及得無上行　得無上菩提
永滅諸欲惱　大智慧清淨　更不受後有
說於遠離行　令住阿蘭若　修於空解脫
亦不生分別　常勤行布施　不生於分別
此是無垢際　遠離諸名字　說清淨尸羅
令行寂滅處　此是第一戒　覺知寂滅處
常修行於忍　不分別衆生　此是清淨忍
離一切分別　修堅固精進　離一切有為
佛說此精進　能成遠離法　焚燒一切事

斷於諸有無　此無分別禪　不起諸煩惱
非此亦非彼　中間亦不住　此第一智慧
遠離於三世　修習寂滅想　復觀於此想
此想何處生　是故知無想　讚歎佛功德
演說第一法　其心不異念　聽受於正法
說名字無盡　自性體不成　觀境界無實
其心則解脫　若起如是想　我爲說法者
彼則被魔縛　不知於法相　若欲得菩提
及求聲聞者　求緣覺菩提　當修學此法
說於一解脫　智慧無邊量　勿作下劣願
當願上菩提　若求如是身　相好自莊嚴
如佛金色身　當求上菩提　作生一切法
作者不可得　諸法從緣生　無自性自性

迦葉時二童子在虛空中說此偈時尼彌大王從城而出及諸地神虛空諸神皆悉來集爾時眾中八萬四千眾生發阿耨多羅三藐三菩提心阿僧祇眾生種於善根迦葉爾時達摩善法二童子等從空中下詣妙華如來所白言世尊我等歸依佛歸依法歸依僧發阿耨多羅三藐三菩提心以比丘形行菩薩道世尊眞發心者信一切法無生世尊眞發心者不著諸法何以故世尊若有著則法不生是故世尊說離著心得彼無生世尊此無生亦不應說是無生何以故有言說者則有生滅若具淨智則無生滅無生滅處是畢竟盡是故世尊以平等際發阿耨多羅三藐三菩提心不念於法亦無法得亦無不得如是得平等無得平等何以故一切諸法本性淨故迦葉爾時妙華如來爲二童子說此法時眾中十千眾生得無生法忍尼彌大王并及

千子五千大臣悉發阿耨多羅三藐三菩提心佛告迦葉爾時妙華如來飯食既訖澡洗鉢已於大衆中告大王言尼彌大王我今說法王及大衆聞佛說法踊躍歡喜迦葉爾時達摩善法二童子聞佛說法以淨信心離於欲火欲求出家從城而出來至佛所至佛所已而說頌曰

一切諸如來　讚歎出家法　在家多垢穢
壞滅白淨法　增長不善法　毀滅於善法
在家多過失　出家離染汙　設使百億劫
受欲無厭足　在家如死滅　受欲無厭足
如海受衆流　而無有厭足　凡夫亦如是
受欲無厭足　如火燒乾草　而無厭足時
凡夫亦如是　受欲無厭足　貪欲網所縛
滅壞於世間　是故應離縛　爲發出家故
在家具衆過　不得無上道　出家修遠離
爾乃得菩提　過去諸如來　已入於涅槃
住阿蘭若法　獲得大菩提　是故學諸佛
趣向阿蘭若　捨愛離居家　然後得安隱
一切三千界　珍寶滿其中　以此珍寶聚
在家施諸佛　若以無惱心　知於在家過
學諸佛如來　出家求智慧　既求出家已
遠離諸欲火　舉足行七步　勝以三千施
三千之功德　不如此一分　是故出家者
如來之所讚　成就大智慧　遠離諸繫縛
離一切諸著　乃證無上道　速住寂靜處
斷除諸欲愛　一切毒熾心　悉滅無有餘
學諸佛如來　如實知諸法　速遠離在家
住阿蘭若法　若欲求佛道　修於遠離行
應學阿蘭若　不應樂在家　此是諸佛境

聖人所住處　能住此道者　則能得菩提
欲等惱衆生　若求遠離者　應離在家法
修習阿蘭若　欲證甘露法　轉無上法輪
摧伏諸魔怨　當習阿蘭若

迦葉爾時達摩善法二童子說此頌已從城而出往詣妙華如來所住之處到已頭面禮足右繞三帀白言世尊我等今者於如來所欲求出家唯願世尊哀愍聽許令得出家迦葉爾時妙華如來知二童子信心清淨求出家法是時如來即聽出家住比丘法迦葉爾時大王聞二童子得出家已即以太子令紹王位王與九百九十九子八萬四千夫人五千大臣及諸人民以淨信心離於欲火捨家出家一切俱往詣妙華佛到已頂禮佛足白妙華佛言世尊我等欲求出家願佛聽許令得出家迦葉時妙華佛知諸大衆心信清淨悉聽出家住比丘法迦葉爾時大王第一太子登位七日内自思惟我終不捨薩婆若心何用如是王位寶財爲欲所縛我終不捨無上菩提作是念已發心出家於十五日遊四天下說此偈言

我父及親屬　皆悉已出家　無量億衆生
爲法亦出家　我今樂出家　不樂住五欲
一心求出家　欲詣導師所　若發心出家
離諸欲火者　應速隨我去　離難甚難得
不發出家心　不遠離欲火　安心在居家
安住於實法

迦葉時彼太子說此偈時四天下中無一衆生樂在家者皆悉發心願求出家迦葉時妙華如來知諸衆生心信清淨求出家已妙華

如來於四天下一切城邑村落悉作化佛及比丘僧迦葉時四天下一切衆生無有一人住在家者以淨信心離於欲火悉得出家彼諸衆生旣出家已不須種植其地自然生諸粳米諸樹自然生諸衣服一切諸天供侍給使迦葉爾時達摩善法二比丘勇猛精進於其六十三億歲中不坐不卧但勤精進求薩婆若念薩婆若於六十三億歲勤精進已得遍至三昧所坐之地名金剛處其地皆是金剛所成十方一切諸佛說法悉聞受持聞已復能爲他解說迦葉時四天下一切衆生若有修學聲聞乘者無一衆生凡身命終極懈怠者得阿那含從此命終生淨居天共彼同行求緣覺者從此命終當生他方無佛之處生大種姓諸根具足以過去世善根力故離於欲火而行出家七日之後成緣覺道利益無量無邊衆生入般涅槃菩薩乘者成就五通具四無量無礙辯才得陀羅尼迦葉莫作異念爾時尼彌大王豈異人乎則我身是時太子者今彌勒菩薩是迦葉莫作異見何以故達摩童子今文殊師利是善法童子者虛空藏菩薩是迦葉汝觀彼佛國土清淨如是善根衆生之所住處爾時摩訶迦葉白佛言世尊妙華如來壽命幾時佛告迦葉妙華如來壽命八劫迦葉妙華如來般涅槃後正法住世滿足一劫一切諸天供養舍利無在家人迦葉時二比丘少欲知足不供舍利不禮佛塔迦葉爾時諸天新學比丘百千大衆各相謂言此二比丘邪見不信於佛舍利不與供養不禮佛塔迦葉爾時諸天及諸比丘百

千大衆説此語時達摩善法二比丘問衆人言於汝意云何云何供養是真供養如來以何事故如來舍利而得供養諸比丘言修戒定智慧解脱解脱知見故舍利得供養二比丘言修戒定慧解脱解脱知見是真供養非供舍利諸比丘言如是如是如汝所言云何戒相禪定智慧解脱解脱知見復何等相達摩善法二比丘言無作相是戒相乃至解脱知見無作相是知見相迦葉時二比丘語衆人言於意云何無作能供養無作不諸比丘言不也達摩善法二比丘言真供養者無佛想無見佛何況供養若供養佛當供養自身諸比丘言云何供養自身二比丘言應如如來應正徧知供養自身一切衆生之所供養如佛所學應如是學護持禁戒集諸善法思惟諸法莫取法相若能如是自供養者當得天人之所供養若欲供養佛舍利者當自供養如佛如來具諸功德舍利得供養若能成就如是功德名供養佛不起想相名供養佛若多若少不生分別名供養佛非後世去非今世來非此岸非彼岸非常非斷非取非捨是則名曰供養如來非增非減非生非滅非盡非不盡是則名曰供養如來非心非心數法非憶想非我非取非受非諍論非不諍論非毁非讃非二非入是則名曰供養如來亦非有爲亦非無爲是則名曰供養如來身無所作口無所作意無所作於身口意求不可得是則名曰供養如來無過去想未來現在想不可得無依無著無所求想亦不分別是則名曰供養如來無佛想無法想無僧想無

人無自無他想是則名曰供養如來眞如來身名無生相不可以生而修供養眞如來身名無作相不以作相而修供養眞如來身名無二相不應二相而修供養眞如來身名無漏相不以有漏而修供養眞如來身名曰空相不以身見命見斷見常見我見我所見有見無見供養如來眞如來身名無相相不可以相而修供養眞如來身名無願相不可以願而修供養眞如來身名無有相不可以有而修供養眞如來身名不動相不可動相而修供養眞如來身名無行相不可以行而修供養眞如來身名離貪相不可以貪而修供養眞如來身名離瞋相不可以瞋而修供養眞如來身名離癡相不可以癡而修供養眞如來身具戒定慧解脫解脫知見不可以破戒亂心愚癡而修供養眞如來身慈悲喜捨不可以瞋心惱心妬心散心而修供養眞如來身具布施持戒忍辱精進禪定智慧不可以慳破戒瞋恚懈怠亂癡而修供養迦葉達摩善法於大衆中說此法時四百二十萬衆生得無生法忍八萬四千衆生得清淨智阿那含果二百三十萬衆生發阿耨多羅三藐三菩提心迦葉汝觀達摩善法二比丘等如是淨心迦葉汝應學彼正士甚深之忍及巧方便迦葉彼二比丘於大衆中說此法時諸比丘聞此法已皆住深忍悉行少欲知足之行不供養舍利及佛塔廟何以故彼諸比丘悉樂深法迦葉彼七日後一切佛塔悉皆隱沒及諸舍利所在器中亦悉隱沒迦葉汝應如是學彼正士甚深之忍佛告迦葉當知末

世後五百歲有諸菩薩及諸比丘不修身不修心不修戒不修慧爲活命故供養佛塔及佛舍利不爲涅槃不爲離欲而修供養自犯禁戒愚癡無智如來舍利具戒定慧解脱解脱知見之所熏修爲活命故供養尊重具貪瞋癡於佛如來應正徧知離貪瞋癡所有舍利爲活命故而興供養自身具足慳貪嫉妬瞋恚懈怠亂心愚癡若大施主正住一心爲活命故化令供養如來舍利迦葉我爲教化初始發心諸善男子善女人等以神通力留此舍利令供養者受人天樂爲未來因乃至涅槃彼愚癡人於我法中雖得出家不解我法捨出家行而但供養塔廟舍利爲自活故爲得衣鉢爲利養故爲名聞故爲此事故供養舍利何等名爲比丘之業迦葉如上所説沙門之業則有二種一者修禪二者習誦如是説者爲入道故非究竟説迦葉若有作業能盡業者名沙門業無作無誦無禪無作無無作無念無不念無盡無生證三脱門不住三界無來無去是沙門業彼衆生等離斯正業更習餘業彼福業者爲化在家人如是在家順如來教當得阿那含果彼愚人輩於我法中而行出家尚不修行隨順之法況復能得若有得者無有是處迦葉於當來世後五百歲有相似沙門衣服形貌似像沙門戒不相似定不相似慧不相似迦葉譬如有人善知醫方及諸呪術即以呪術呪一袈裟與人令著彼見生貪即便著之若至七日若至八日其身熾然猶如火聚如彼呪已取之與人彼人見已便生貪著比丘亦爾見好衣服受

取而著若至七日若至八日若在舍内若在巷中若在林中彼所著衣熾然如火燒人善根迦葉於汝意云何彼著袈裟有利益不迦葉白佛言世尊無所益也佛告迦葉如是如是我袈裟者戒定智慧解脱解脱知見無量阿僧祇善根所集迦葉於當來世有愚癡人著聖人衣似像沙門入於村邑中有信心婆羅門長者居士見彼法服謂爲沙門皆共尊重供養讚歎彼愚癡人因袈裟故而得供養便生歡喜身壞命終墮於地獄生地獄已大熱鐵鍱以爲衣服吞噉鐵丸飲洋沸鐵坐熱鐵牀迦葉汝觀袈裟威德如是彼愚癡人著於袈裟受樂放逸自作惡業身壞命終墮於地獄迦葉我常説言寧以燒熱鐵鍱爲衣不以破戒之身而著袈裟寧吞熱鐵不以破戒之身食人信施迦葉汝觀破戒之人食他信施有如是過是故汝等應當修學清淨戒法迦葉於汝意云何若天若龍若夜叉若乾闥婆若阿修羅若迦樓羅若緊那羅若摩睺羅伽若人若非人能作如來色身像不迦葉白佛言不也世尊如來色像不可思議無色像故是故此等皆不能作佛告迦葉於當來世後五百歲有諸比丘不修身不修心不修戒不修慧若於氍上墻壁之下造如來像因之自活以此業故自高慢人爾時摩訶迦葉白佛言世尊波斯匿王造如來像得福多不佛言迦葉得福甚多波斯匿王造如來像施無價衣不求衣服飯食之報迦葉彼愚癡人爲活命故造立形像迦葉若賣畜生猶尚不善況彼癡人作如來像於白衣前而衒賣之以

自活命迦葉譬如有人幼小無知捨棄甘露而飲毒藥迦葉彼愚癡人亦復如是造如來像爲資生故而便賣之是名爲毒迦葉所言毒者於正法中貪是其毒迦葉彼愚癡人以貪心故而起瞋恚遞相鬪諍互相誹謗各言我行供養因彼諍論墮於地獄迦葉譬如有人無巧方便入敵戰時所持刀劒而反自傷迦葉愚癡之人亦復如是無方便故因於法故而墮地獄迦葉若有善男子善女人以七寶造如來塔莊嚴成就一一寶塔高廣嚴好如須彌山徧滿恒沙諸佛世界譬如甘蔗竹葦迦葉於汝意云何彼善男子善女人得福多不迦葉白佛言世尊造如來像如四指者得福無量況復造像如須彌山所得功德不可思量佛告迦葉若有菩薩內觀佛身得深法忍功德勝彼無量無邊迦葉若復有人住於淨戒以四句偈爲他人說解其義趣所得福德無量無邊迦葉云何觀於如來之身迦葉若菩薩欲觀如來者當學大精進菩薩迦葉乃往古昔無數阿僧祇劫有佛世尊號曰光明如來應供正徧知明行足善逝世間解無上士可化丈夫調御師天人師佛婆伽婆迦葉光明如來般涅槃後有一菩薩名大精進婆羅門種端正無比迦葉光明如來正法之中有諸比丘少欲知足住如法行迦葉彼諸比丘皆悉造立如來形像爾時有一比丘於白氎上畫如來像衆彩莊嚴悉皆具足持至大精進菩薩所爾時大精進菩薩見此畫像心大歡喜作如是言如來形像妙好乃爾況復如來正徧知身願我來世得成如是妙

色之身爾時大精進菩薩作如是念我今不能住在居家若在家者不能成就如是之身迦葉爾時大精進菩薩年始十六諸根具足至父母所頭面敬禮白父母言我今欲於如來正法出家學道願爲隨喜父母答言莫作是說何以故我今年老唯汝一子汝若出家我等當死大精進言我當方便令父母存我得出家父母問言欲作何業子白父母我從今日不食諸味不昇牀坐不食酥油不飲漿水若善若惡口不言說乃至得出家迦葉大精進菩薩如是誓已嘿然而住如是嘿然一日不食爾時父母誦諸呪術持百味食而授與之亦不肯食亦不言說迦葉大精進菩薩如是嘿然過第二日爾時父母與母知識五百人等持百味食來至其所誦諸呪術望其飡食設尚不顧視況復食之迦葉時大精進於第三日父親五百持種種食勸之令食亦復如是嘿然不語不飲不食亦不顧視於第四日五百同友持百味食誦諸呪術令從己志時大精進嘿然而住於第五日爾時父母悉出寶藏金銀瑠璃種種寶物及諸婇女八萬四千上妙嚴飾將至其所父親母親及其同友各五百人勸大精進作如是言汝當在家以此財寶布施自恣作福與諸婇女共相娛樂時大精進於大衆中嘿然而住曾不瞻眄於第六日斷諸憶想不起食念但念如來應正徧知迦葉爾時父母及其知識八禺四千諸妙婇女同時悲泣禮大精進時大精進亦不顧視迦葉爾時大精進菩薩所住之處有一宅神於虛空中現大神力而說頌曰

精進心堅固　難動如須彌　不捨出家心
爲得菩提故　大地可傾動　火可在水居
如是等可轉　菩薩不可動　汝等莫勤苦
而作不善業　衆生無慧眼　久遠處生死
爲利諸羣生　是故求菩提　其心樂出離
必成無上道　不爲世間報　而行菩薩道
願成大覺智　救濟苦衆生　三千大千界
珍寶滿其中　及諸上妙土　其心不貪著
汝等愚癡心　所作不善業　汝當自悔過
菩薩不處俗

迦葉時大精進菩薩父母眷屬知識及諸婇女聞天神語悉皆悔過告菩薩言隨意出家汝當飲食勿令殞絕迦葉時大精進不食七日光明暉恱顏色不變唯心憶念正徧知身一切諸天散華供養時大精進過七日已捨諸家業如棄涕唾爾時父母同友知識及諸婇女八萬四千皆悉悲泣隨而送之爾時大精進菩薩持畫氎像入於深山寂靜無人禽獸之間開現畫像取草爲座在畫像前結跏趺坐正身正念觀於如來諦觀察已作如是念如來如是希有微妙畫像尚爾端嚴微妙況復如來正徧知身復作是念云何觀佛爾時林神知彼菩薩心之所念白菩薩言善男子汝如是念云何觀佛若欲觀佛當觀畫像觀此畫像不異如來是名觀佛如是觀者名爲善觀時大精進作如是念我今云何觀此畫像與如來等復作是念如來像者非覺非知一切諸法亦復如是非覺非知如是像者但有名字一切諸法亦復如是但有名字如是名字自性空寂無所有如來之身其相如

是如此畫像非證非得非果非證者非得者非得果者非住者非去非來非生非滅非垢非淨非色非非色非貪盡非瞋盡非癡盡非陰界入非初非中非後一切諸法亦復如是如來身相亦復如是如此畫像非覺非作一切諸法亦復如是如來身相亦復如是如此畫像非見非聞非嗅非嘗非觸非知非出息非入息一切諸法亦復如是無有知者如此畫像非欲界攝非色無色界攝一切諸法亦復如是如此畫像非初非中非後非此非彼非行非非行非取非捨非作非誦非實非虛非生死非涅槃一切諸法亦復如是如來身相亦復如是菩薩如是觀如來身結跏趺坐經於日夜成就五通具四無量得無礙辯得普光三昧具大光明成就天眼過於人眼以此天眼見於東方阿僧祇佛得淨天耳諸佛世尊所說之法悉能聽受天耳淨故一一諸佛所說之法聽聞受持不相障礙迦葉時大精進勤行精進滿足七日以智爲食不食世供一切諸天散華供養迦葉時大精進不被袈裟亦不見佛不受禁戒心但憶念學薩婆若迦葉菩薩應如是觀如來身非觀非非觀迦葉菩薩應如是觀如來畫像如大精進菩薩摩訶薩觀如來像如是觀已成大智慧以此智慧悉見十方阿僧祇佛聞佛說法迦葉爾時大精進菩薩從山而出來至村落爲人說法一會說法二萬衆生住阿耨多羅三藐三菩提無量阿僧祇衆生住於聲聞緣覺功德父母親屬皆住不退阿耨多羅三藐三菩提迦葉莫作異念爾時大精進菩薩摩訶薩

者豈異人乎我身是也迦葉是故菩薩摩訶薩應學大精進菩薩摩訶薩亦應學餘諸大菩薩迦葉當來末世後五百歲有求菩薩諸善男子無方便心多諸貪著於墻壁下畫如來像而求利養彼作是說我獨供養人無供養以修少善自高慢人因此供養以自活命迦葉彼時衆生不修三昧不誦正典但作此業因此業故於施主邊獲得衣服飲食卧具湯藥以自活命迦葉汝觀彼破戒菩薩住不淨戒自稱多聞迦葉彼破戒人不誦經典供養形像因而自活爾時摩訶迦葉白佛言世尊希有世尊希有善逝世尊廣說愚癡凡夫諂曲之失世尊若有善男子善女人聞如是說何有不住清淨之戒世尊願於未來此法久住令彼善男子善女人聞已慚愧如來知我如來覺我所作邪法永令休息爾時世尊告摩訶迦葉如來所說爲善男子聞我此法修行離惡我爲此人說如是法爾時世尊說此經已摩訶迦葉彌帝隸菩薩文殊師利童子一切世間天人阿修羅乾闥婆等聞佛所說皆大歡喜

大寶積經卷第八十九

音釋

鐵鍱　鍱音葉　衒賣　衒熒絹切鬻也　瞻眄　眄莫辮切斜視也

大寶積經卷第九十

唐三藏法師菩提流志奉　詔譯

優波離會第二十四

如是我聞一時佛在舍衞國祇樹給孤獨園與大比丘衆千二百五十人俱菩薩摩訶薩五十萬人爾時世尊如龍象王顧視觀察告諸菩薩摩訶薩言善男子汝等誰能於後末世護持正法攝受如來百千萬億那由他阿僧祇劫所集阿耨多羅三藐三菩提法安住祕密種種方便成熟衆生爾時彌勒菩薩即從座起偏袒右肩右膝著地合掌白言世尊我能堪任於後世時護持如來百千萬億那由他阿僧祇劫所集阿耨多羅三藐三菩提法師子慧菩薩曰我能堪任安住祕密種種方便成熟衆生無盡意菩薩曰我能堪任以廣大願度脫無盡諸衆生界跋陀羅菩薩曰我能堪任令諸衆生得聞我名皆悉成熟無空過者妙德菩薩曰我能堪任於諸衆生隨所願求悉令滿足無畏菩薩曰我能堪任攝受無邊世界衆生而作饒益金剛菩薩曰我能堪任於惡趣中度諸衆生令得解脫除障菩薩曰我能堪任解脫衆生煩惱繫縛智幢菩薩曰我能堪任滅除衆生無明闇蔽法幢菩薩曰我能堪任常行法施度脫衆生日幢菩薩曰我能堪任恒以安樂成熟衆生月幢菩薩曰我能堪任以諸功德成熟衆生善眼菩薩曰我能堪任與諸衆生自性安樂觀自在菩薩曰我能堪任於諸惡趣拔濟衆生得大勢菩薩曰我能堪任度諸惡趣未度衆生普賢菩薩曰我能堪任令諸衆生憶念過去

經歷受苦便得解脫善數菩薩曰我能堪任調伏一切難調衆生妙意菩薩曰我能堪任樂小法者度令成熟善順菩薩曰我能堪任成熟下劣少智衆生光積菩薩曰我能堪任拔濟墮於畜生趣者令得解脫不思議菩薩曰我能堪任愍念成熟餓鬼衆生令得解脫大威力菩薩曰我能堪任爲諸衆生閉惡趣門無諍論菩薩曰我能堪任爲諸衆生示解脫道賢吉祥菩薩曰我能堪任究竟斷除衆生苦惱月光菩薩曰我能堪任與諸衆生畢竟安樂日光菩薩曰我能堪任於諸衆生未純熟者令得成熟無垢菩薩曰我能堪任令諸衆生所有志樂皆得圓滿斷疑菩薩曰我能堪任度脫一切下劣衆生無畏菩薩曰我能堪任攝受衆生稱讚利益慧勝菩薩曰我能堪任隨順種種勝解衆生皆得成熟光明菩薩曰我能堪任恒以正勤拔濟衆生無量菩薩曰我能堪任爲諸衆生於一切法示無爲道無畏菩薩曰我能堪任隨諸衆生種種志樂皆能示現寶勝菩薩曰我能堪任示諸衆生妙珍寶聚妙慧菩薩曰我能堪任令諸衆生見者歡喜皆得成熟寶藏菩薩曰我能堪任度脫衆生離諸障礙寶賢菩薩曰我能堪任令諸衆生自識宿命皆得成就寶手菩薩曰我能堪任以諸珍寶惠施衆生令得安樂勝意菩薩曰我能堪任令諸衆生永離貧窮喜見菩薩曰我能堪任施諸衆生一切樂具金剛菩薩曰我能堪任爲諸衆生開示正道福相菩薩曰我能堪任悅可衆心令得度脫法超菩薩曰我能堪任淨除衆垢而演說

法無垢菩薩曰我能堪任愛護衆生悉令成熟法現菩薩曰我能堪任常以正法度脱衆生空寂菩薩曰我能堪任令諸衆生滅煩惱毒月勝菩薩曰我能堪任爲諸衆生示法方所師子意菩薩曰我能堪任常以法施利益衆生童子光菩薩曰我能堪任從卑下處拔出衆生覺吉祥菩薩曰我能堪任開示正道閉惡趣門金光菩薩曰我能堪任示現身相成熟衆生吉祥菩薩曰我能堪任與諸衆生常作利益持世菩薩曰我能堪任爲諸衆生閉地獄門甘露菩薩曰我能堪任令諸衆生越度生死網明童子曰我能堪任於後末世爲諸衆生示現光明滅除煩惱爾時舍利弗聞諸菩薩作如是等勇猛弘誓成熟衆生歎未曾有白佛言希有世尊此諸菩薩摩訶薩

不可思議具足大悲方便善巧勇猛精進而自莊嚴一切衆生無能測量不可沮壞所有光明無能障蔽世尊我當稱讚是諸菩薩未曾有事所謂堪任有來求索頭目耳鼻身體手足一切諸物無所悋惜世尊我常思惟若有人能逼迫如是諸菩薩等從其求索若内若外一切財物心無怯弱當知皆是不可思議解脱菩薩佛言舍利弗如是如是如汝所言是諸菩薩智慧方便三昧境界一切聲聞及辟支佛所不能知舍利弗此諸菩薩摩訶薩能現諸佛神通變化滿足衆生諸所欲樂而於諸法心無所動若有衆生樂爲居士憍慢放逸菩薩爾時爲成熟故現大居士威德之身而爲説法若有衆生恃大勢力而自憍慢菩薩爾時爲調伏故現那羅延大力之身

而爲說法若有衆生志求涅槃菩薩爾時爲度脫故現聲聞身而爲說法若有衆生樂觀緣起菩薩爾時爲度脫故現緣覺身而爲說法若有衆生志求菩提菩薩爾時爲度脫故即現佛身令入佛智如是舍利弗是諸菩薩種種方便成就衆生悉令安住於佛法中所以者何唯有如來智慧解脫究竟涅槃更無餘乘而得度脫以是義故名爲如來如來如實覺了如故故名如來知諸衆生種種欲樂悉能示現故名如來成就一切善法根本斷於一切不善根本故名如來能示衆生解脫之道故名如來能令衆生遠離邪道住於正道故名如來演說諸法眞實空義故名如來舍利弗菩薩如是知諸衆生種種志樂隨應說法令得解脫爲諸愚夫開示實智不動法界能現種種幻化莊嚴令諸衆生次第當得趣涅槃岸復次舍利弗在家菩薩住於慈愍不惱害心應修二施何者爲二一者法施二者財施出家菩薩應修四施何等爲四一者筆施二者墨施三者經本施四者說法施無生法忍菩薩應住三施何等爲三所謂王位布施妻子布施頭目支分悉皆布施如是施者名爲大施名極妙施舍利弗白佛言世尊是諸菩薩於貪瞋癡不怖畏耶佛言舍利弗一切菩薩有二犯戒何等爲二一者瞋相應犯二者癡相應犯如是二犯名大破戒舍利弗因貪犯者爲過微細難可捨離因瞋犯者爲過麤重易可捨離因癡犯者爲過深重復難捨離所以者何貪結能爲諸有種子生死蔓莚連持不絕以是義故微細難斷因瞋犯

者墮於惡趣可速除斷因癡犯者當墮八種大地獄中難可解脱復次舍利弗若有菩薩犯波羅夷者應對清淨十比丘前以質直心殷重懺悔犯僧殘者對五淨僧殷重懺悔若爲女人染心所觸及因相顧而生愛著應對一二清淨僧前殷重懺悔舍利弗若諸菩薩成就五無間罪犯波羅夷或犯僧殘戒犯塔犯僧及犯餘罪菩薩應當於三十五佛前晝夜獨處殷重懺悔應自稱云我某甲歸依佛歸依法歸依僧

南無釋迦牟尼佛　南無金剛不壞佛
南無寶光佛　南無龍尊王佛
南無精進軍佛　南無精進喜佛
南無寶火佛　南無寶月光佛
南無現無愚佛　南無寶月佛
南無無垢佛　南無離垢佛
南無勇施佛　南無清淨佛
南無清淨施佛　南無娑留那佛
南無水天佛　南無堅德佛
南無栴檀功德佛　南無無量掬光佛
南無光德佛　南無無憂德佛
南無那羅延佛　南無功德華佛
南無蓮華光遊戲神通佛
南無財功德佛　南無德念佛
南無善名稱功德佛　南無紅炎帝幢王佛
南無善遊步功德佛
南無鬭戰勝佛　南無善遊步佛
南無周帀莊嚴功德佛
南無寶華遊步佛
南無寶蓮華善住娑羅樹王佛

如是等一切世界諸佛世尊常住在世是諸世尊當慈念我若我此生若我前生從無始生死已來所作衆罪若自作若教他作見作隨喜若塔若僧若四方僧物若自取若教他取見取隨喜五無間罪若自作若教他作見作隨喜十不善道若自作若教他作見作隨喜所作罪障或有覆藏或不覆藏應墮地獄餓鬼畜生諸餘惡趣邊地下賤及彌戾車如是等處所作罪障今皆懺悔今諸佛世尊當證知我當憶念我我復於諸佛世尊前作如是言若我此生若於餘生曾行布施或守淨戒乃至施與畜生一摶之食或修淨行所有善根成就衆生所有善根修行菩提所有善根及無上智所有善根一切合集校計籌量皆悉迴向阿耨多羅三藐三菩提如過去未來現在諸佛所作迴向我亦如是迴向

衆罪皆懺悔　諸福盡隨喜　及諸佛功德
願成無上智　去來現在佛　於衆生最勝
無量功德海　我今歸命禮

如是舍利弗菩薩應當一心觀此三十五佛而爲上首復應頂禮一切如來應作如是清淨懺悔菩薩若能滅除此罪爾時諸佛即現其身爲度一切諸衆生故示現如是種種之相而於法界亦無所動隨諸衆生種種樂欲悉令圓滿皆得解脫復次舍利弗菩薩若入大悲三昧則能示現地獄畜生閻魔羅界成熟衆生菩薩若入大莊嚴三昧則能示現長者之身成熟衆生若入殊勝三昧則能示現轉輪王身成熟衆生若入熾然威光三昧則能示現帝釋梵王殊妙色身成熟衆生菩薩

若入一向三昧則能示現聲聞之身成熟衆生菩薩若入清淨三昧則能示現辟支佛身成熟衆生菩薩若入寂靜三昧則能示現諸佛色身成熟衆生菩薩如是入一切法自在三昧隨其志樂現種種身成熟衆生或現帝釋身或現梵王身或現轉輪聖王身皆爲成熟諸衆生故而於法界亦無所動何以故菩薩雖復隨順衆生種種示現不見身相及衆生相無所得故舍利弗於意云何如師子王大哮吼時諸小野干能堪任不舍利弗言不也世尊又舍利弗如大香象其所負重驢堪任不不也世尊又如帝釋及梵天王威德自在貧賤之人能堪任不不也世尊又如大力金翅鳥王翱翔運動諸餘小鳥能堪任不不也世尊佛言舍利弗是諸菩薩所有善根勇猛之力依出離智淨諸罪垢遠離憂悔得見諸佛及得三昧亦復如是如斯罪障非諸凡夫聲聞緣覺所能除滅菩薩若能稱彼佛名晝夜常行是三種法能滅諸罪遠離憂悔得諸三昧爾時優波離從禪定起往詣佛所頂禮佛足右繞三帀却住一面白佛言世尊我於靜處獨坐思惟作如是念世尊所說波羅提木叉清淨戒學爲聲聞緣覺菩薩乘者作是說言寧捨身命終不捨戒世尊若佛在世若滅度後云何名爲聲聞緣覺波羅提木叉云何名爲菩薩乘者波羅提木叉世尊說我於持律中最爲第一我當云何能了毗尼善巧之義若我從佛親聞受持逮無所畏然後乃能爲他廣說今此大衆諸來菩薩及比丘僧悉皆集會善哉世尊惟願廣説決定毗尼

斷除疑悔爾時世尊告優波離汝今當知聲聞菩薩學清淨戒所發心所修行異優波離有聲聞乘持清淨戒於菩薩乘名大破戒有菩薩乘持清淨戒於聲聞乘名大破戒云何名爲聲聞乘人雖持淨戒於菩薩乘名大破戒優波離聲聞乘人乃至不應起於一念更受後身是名聲聞持清淨戒然於菩薩名大破戒云何菩薩持清淨戒於聲聞乘名大破戒菩薩摩訶薩修行大乘能於無量阿僧祇劫堪忍受身不生厭患是名菩薩持清淨戒於聲聞乘名大破戒以是義故爲菩薩乘說不盡護戒爲聲聞乘說盡護戒爲諸菩薩說開遮戒爲諸聲聞說唯遮戒爲菩薩乘說深心戒爲聲聞乘說次第戒云何菩薩持不盡護戒聲聞乘者持盡護戒菩薩乘人雖持淨戒於諸衆生應當隨順聲聞乘人不應隨順是故菩薩持不盡護戒聲聞乘人持盡護戒云何名爲菩薩持開遮戒聲聞乘人持唯遮戒若諸菩薩於大乘中發趣修行日初分時有所犯戒於日中分不離一切智心如是菩薩戒身不壞若日中分有所犯戒於日後分不離一切智心如是菩薩戒身不壞若日後分有所犯戒於夜初分不離一切智心如是菩薩戒身不壞若夜初分有所犯戒於夜中分不離一切智心如是菩薩戒身不壞若夜中分有所犯戒於夜後分不離一切智心如是菩薩戒身不壞若夜後分有所犯戒於日初分不離一切智心如是菩薩戒身不壞以是義故菩薩乘人持開遮戒設有所犯不應失念妄生憂悔自惱其心於聲聞乘有所犯

者便爲破壞聲聞淨戒何以故聲聞持戒斷除煩惱如救頭然所有志樂但求涅槃以是義故名聲聞乗持唯遮戒復次優波離云何菩薩持深入戒聲聞乗人持次第戒菩薩乗人於恒沙劫受五欲樂遊戲自在未曾捨離菩提之心如是菩薩不名失戒所以者何菩薩善能守護安住菩提之心乃至夢中一切結使不爲其患而是菩薩所有煩惱漸漸當盡不應一生便盡諸結聲聞乗者成熟善根如救頭然乃至一念不喜受生以是義故大乗之人持深入戒說有開遮名不盡護聲聞乗人持次第戒名曰唯遮名爲盡護何以故優波離求大乗者於阿耨多羅三藐三菩提甚爲難得具大莊嚴乃能成就是故菩薩雖於無量阿僧祇劫往來生死終不生猒離之心以是義故如來觀察爲大乗人不應一向說猒離法不應一向說於速證涅槃之法應當爲說慈喜相應甚深微妙無染之法遠離憂悔無繫著法無障無礙性空之法菩薩聞已於生死中而無猒倦決定圓滿無上菩提爾時優波離白佛言世尊若有菩薩貪心相應而犯於戒或有菩薩瞋心相應而犯於戒或有菩薩癡心相應而犯於戒世尊如是菩薩於三犯中何者爲重爾時世尊告優波離言若諸菩薩修行大乗如恒沙劫貪心相應而犯戒者其罪尚輕若一瞋心而犯於戒其罪甚重何以故因貪犯戒攝受衆生因瞋犯戒棄捨衆生優波離所有諸結能攝衆生菩薩於此不應生畏所有諸結能捨衆生菩薩於此應生怖畏優波離如佛所說貪欲難

捨爲過微細瞋恚易捨爲過麤重癡難捨離過復麤重優波離於煩惱中若難捨離小犯之罪是諸菩薩應當堪忍若易捨離大犯之罪如是煩惱乃至夢中不應忍受以是義故大乘之人因貪犯戒我說是人不名爲犯因瞋犯戒爲大犯戒名大過患名大墮落於佛法中是大留難優波離若諸菩薩於毗尼中無善方便貪相應犯便生怖畏瞋相應犯不生怖畏若諸菩薩於毗尼中有善方便貪相應犯不生怖畏瞋相應犯生大怖畏爾時文殊師利法王子在大衆中白佛言世尊一切諸法畢竟毗尼何所調伏佛告文殊師利若諸凡夫了知諸法究竟毗尼如來終不說於調伏以不知故如來爲令覺了諸法畢竟毗尼漸次爲說諸毗尼法爾時優波離白佛言世尊如來說此決定毗尼文殊師利於是法中未有所說善哉世尊願令文殊師利爲少解說佛告文殊師利汝今當說究竟毗尼善巧之義是優波離願樂欲聞爾時文殊師利法王子語優波離言一切諸法畢竟寂滅心寂滅故名究竟毗尼一切諸法我不可得無染著故名不悔毗尼一切諸法本性清淨無顛倒故名最勝毗尼一切諸法如如實際離諸見故名清淨毗尼一切諸法不來不去無分別故名不思議毗尼一切諸法無住無著念念滅故名淨諸趣毗尼一切諸法住虛空際離諸相故名自性遠離毗尼一切諸法無去來今不可得故名三世平等毗尼一切諸法不可安立心平等故名永斷疑惑毗尼優波離是名法界究竟毗尼諸佛世尊依此成

道若善男子於是法中不善觀察則爲遠離如來淨戒時優波離白佛言世尊文殊師利所說諸法不可思議爾時世尊告優波離言文殊師利所說之法依不可思議無礙解脫以是義故凡所說法離諸心相謂心解脫增上慢人令得離於增上慢故優波離白佛言世尊云何聲聞及菩薩乘增上慢者佛告優波離若有比丘作是思惟我斷貪欲名增上慢我斷瞋恚及以愚癡名增上慢貪欲法異諸佛法異名增上慢瞋恚法異諸佛法異名增上慢愚癡法異諸佛法異名增上慢謂有所得名增上慢謂有所證名增上慢謂有解脫名增上慢見諸法空名增上慢見於無相名增上慢見於無願名增上慢見於無生名增上慢見無所作名增上慢見有諸法名增

上慢見法無常名增上慢謂諸法空何用修習名增上慢優波離是名聲聞乘人增上慢者云何名爲菩薩乘人增上慢者若諸菩薩作是思惟我當發心求一切智名增上慢我當修行六波羅蜜名增上慢唯依般若波羅蜜而得解脫更無餘法而得出離名增上慢此法甚深此非甚深名增上慢此法是淨此法非淨名增上慢此諸佛法此緣覺法此聲聞法名增上慢此法應作此不應作名增上慢此是深法此非深法名增上慢此是近法此非近法名增上慢此是正道此是邪道名增上慢我於阿耨多羅三藐三菩提爲疾得耶不疾得耶名增上慢一切諸法不可思議無能知者我能了知名增上慢乃至於不可思議阿耨多羅三藐三菩提而起思惟爲大

執著是名菩薩增上慢者爾時優波離白佛言世尊云何比丘離增上慢佛告優波離若於一切不思議法無所執著是名究竟無增上慢爾時世尊欲重宣此義而說偈言

一切戲論從心起　不應分別法非法
如是見法不思議　彼人處世常安樂
凡夫迷惑隨心轉　多劫輪迴諸有中
若知法性皆無性　是名眞實不思議
若有比丘念諸佛　非善思惟非正念
於佛妄生分別想　而此分別無眞實
若有思惟於空法　如是凡夫住邪道
但以文字說於空　文字與空何可得
若有思惟寂靜法　是心非有本無生
心行覺觀皆戲論　無念名爲見諸法
一切諸法無思念　有心有念盡皆空
若人愛樂觀察空　於此無念勿生念
法同草木無知覺　若離於心不可得
衆生自性無所有　一切諸法皆如是
如因日光眼能見　夜則緣離無所覩
若眼自能見色者　何故待緣方能了
眼常因彼諸光明　能見種種青黃色
當知見性依衆緣　是故知眼不能見
設有聞諸悅意聲　聞已即滅而無住
推其去處不可得　以分別故生聲想
一切諸法但言聲　文字於中假安立
是聲無有法非法　凡愚不知妄生著
我爲世間歎布施　而施根本不可得
無所說中而演說　是故佛法不思議
我常歎說持淨戒　亦無衆生破戒者
破戒之性猶虛空　清淨持戒亦如是

我說忍辱爲最勝　無見無生爲忍性
實無少法可瞋者　由是說名殊勝忍
我說晝夜常精進　寤寐恒覺爲無上
雖經多劫勤修行　然於所作無增減
禪定解脱及三昧　開示世間如實門
法性本來無所動　隨順假說諸禪定
觀察覺了名智慧　了知諸法名智人
諸法自性無所有　亦無觀察了知者
我常歎說修苦行　愛樂頭陀寂靜法
能知諸法不可得　是名清淨知足人
我說地獄諸苦事　死入大怖惡道中
無量衆生起猒心　實無惡趣可來往
刀杖鉾矟衆苦具　亦無有能造作者
由分別故而見有　無量楚毒迫其身
園林種種妙華敷　宮殿衆寶相輝映
亦無有人能作者　皆從分別妄心生
虛僞之法誑世間　凡夫繫著生顛倒
猶如分別諸幻焰　於此取捨悉皆空
我說發趣菩提心　利益世間最殊勝
而實菩提不可得　亦無發趣菩提者
心性清淨常光明　眞實無僞無塵染
凡夫分別生貪著　而彼煩惱本來空
諸法自性常寂靜　何有貪欲及瞋癡
不見生貪離欲處　爾乃名爲得涅槃
了知諸法如虛空　常處世間無所畏
其心未曾生染著　由是成就大菩提
於無數劫修衆行　度脱無量諸衆生
衆生自性不可得　實無衆生可度者
譬如世間大幻師　化作無邊千億衆
還復害此諸化人　於此幻化無增損

一切衆生如幻化　求其邊際不可得
若知如是無邊性　斯人處世無疲猒
了知諸法如實相　常行生死即涅槃
於諸欲中實無染　調伏衆生言離欲
大悲利益諸衆生　而實無人無壽者
不見衆生而利益　當知此事甚爲難
如以空拳誘小兒　示言有物令歡喜
開手拳空無所見　小兒於此復號啼
如是諸佛難思議　善巧調伏衆生類
了知法性無所有　假名安立示世間
以大慈悲勸說言　於我法中最安樂
汝應出家捨恩愛　當得沙門殊勝果
旣已出家勤修習　如所修行得涅槃
復觀諸法如實相　實無諸果而可得
果無所有而得證　於此方生希有心
快哉大悲人師子　善說相應如實法
一切諸法如虛空　安立百千名句義
或說名爲禪解脫　或名根力或菩提
而此根力本無生　禪定菩提亦非有
無色無形不可取　但以方便示衆生
我說修行有所證　當知遠離一切相
若謂於中有所得　是則非證沙門果
諸法自性無所有　當於何處言得證
所說得證爲無得　如是了知乃名得
衆生得果名殊勝　我說衆生本不生
尚無衆生而可得　云何當有得果者
譬如良田無種子　於中終不有芽生
如是衆生不可得　當於何所而言證
一切衆生性寂滅　無有得其根本者
若能了知如是法　斯人滅度永無餘

過去無數百千佛　無有能度衆生者
若此衆生眞實有　畢竟無能得涅槃
一切諸法皆寂滅　未曾有法可生者
若能如是見諸法　彼人已出於三界
是則無礙佛菩提　於中究竟無所有
若能了知如是法　我說名爲離欲人

爾時世尊說此偈已二百比丘增上慢者諸漏永盡心得解脫六萬菩薩得無生忍爾時優波離白佛言世尊當何名此經我等云何奉持佛告優波離此經名爲決定毗尼亦名摧滅心識汝應受持佛說此經已尊者優波離諸比丘衆文殊師利并諸菩薩摩訶薩及一切世間天人阿修羅等聞佛所說皆大歡喜信受奉行

大寶積經卷第九十

音釋

蔓莚 蔓音萬莚音延蔓莚相連屬不斷貌　掬 音菊　彌戾車 梵語也亦云蔑戾車此云惡見彌民卑切戾力霽切　波羅提木叉 梵語也此云解脫又律云木叉者戒也故經云戒是正順之本故名波羅提木叉　鉾矟 鉾莫侯切鈎兵也長二丈矟色角切矛屬長丈八者謂之矟